Albert Camus

Albert Camus: A Biography
by Herbert R. Lottman

카뮈,

지상의 인간 ❶

허버트 R. 로트먼 지음 한기찬 옮김

한길사

카뮈, 지상의 인간 ❶

지은이 • 허버트 R. 로트먼
옮긴이 • 한기찬
펴낸이 • 김언호
펴낸곳 • (주)도서출판 한길사
등록 • 1976년 12월 24일 제74호
주소 • 413-756 경기도 파주시 교하읍 문발리 520-11
　　　www.hangilsa.co.kr
　　　E-mail : hangilsa@hangilsa.co.kr
전화 • 031-955-2000~3
팩스 • 031-955-2005

상무이사 • 박관순 | 영업이사 • 곽명호
편집 • 강진홍 박희진 최원준 박계영 | 전산 • 한향림 김현정 | 저작권 • 문준심
마케팅 및 제작 • 이경호 | 관리 • 이중환 문주상 장비연 김선희

출력 • 지에스테크 | 인쇄 • 만리문화사 | 제본 • 상지사피앤비

제1판 제1쇄 2007년 2월 28일

값 25,000원
ISBN 978-89-356-5836-7 04800
ISBN 978-89-356-5835-0 (전2권)

이 도서의 국립중앙도서관 출판시도서목록(CIP)은
e-CIP홈페이지(http://www.nl.go.kr/ecip)에서 이용하실 수 있습니다.
(CIP제어번호 : CIP2007000522)

알베르 카뮈(1913~60)
"나는 언제나 넘쳐흐를 만반의 태세를 갖추고 있는 나의 감수성을 길들이는
법을 익혀야 한다. 나는 그것을 반어와 냉담 속에 감추는 데 능했던 것 같다.
이제는 다른 가락으로 노래하지 않으면 안 된다."

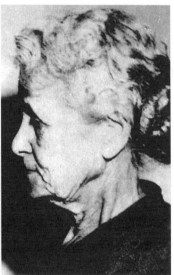

아버지 뤼시앵 오귀스트 카뮈(왼쪽)와 어머니 카테린(오른쪽)
"가난한 소년을 행복하게 성장할 수 있게 해준 것은 태양과 바다였다.
또한 그 소년이 아무것도 부러워하지 않고 성장할 수 있게 해준 것은 그의 가족,
그 가족의 '침묵과 겸양, 천성적이고도 냉정한 자존심' 덕분이었다."

에티엔 삼촌의 일터에서(1920, 앞줄 가운데 반바지 차림)

어린 알베르 카뮈는 아버지가 제1차 세계대전에서 전사한 후,
어머니와 함께 할머니의 집에서 살았다. 두 아이를 데리고 친정으로 돌아온
카뮈의 어머니는 가정부로 일하며 생계를 꾸렸다.

동료 축구선수들과 함께(1931, 앞줄 왼쪽)
학창 시절 카뮈는 축구 팀의 골키퍼로 활약했다. 결핵 발병 때문에
축구를 그만둘 수밖에 없었던 그는, 자신에게 도덕과 인간의 의무에 관해
가르쳐준 것은 스포츠였다고 회상했다.

첫 번째 아내 시몬 이에(왼쪽)와 고등학교 졸업 앨범 사진
카뮈는 18세에 시몬 이에를 만나 사랑에 빠졌고 얼마 후 결혼했다.
그러나 이들의 결혼 생활은 오래 가지 못했고, 시몬 이에의 여생은
병원과 약물 치료소를 들락거리는 것으로 채워졌다.

왼쪽부터 벨카디, 마르그리트 도브렌, 잔 시카르, 크리스티안 갈랭도, 알베르 카뮈
알제 시절의 카뮈와 친구들은 중심가 근처 언덕 꼭대기에 있는 집을
'세상 위의 집'이라고 이름붙이고, 그곳에서 공동체 생활을 했다.
언덕 위의 집은 카뮈에게 세상으로부터 도피처가 되어주었다.

철학교사 장 그르니에
카뮈는 고등학생 때 장 그르니에를 만난 후 평생 동안 그를 정신적 지주로 여겼고,
새로운 작품을 발표할 때마다 미리 보여주며 조언을 구했다.
카뮈는 장 그르니에의 『섬』이 재출간될 때 서문을 썼다.

두 번째 아내 프랑신(왼쪽)과 함께
오랑에서 수학교사로 일하던 프랑신은 결핵환자이며
제대로 된 직장도 없는 카뮈를 만나 결혼했다.
그들은 금반지를 살 돈이 없어서 구리반지로 결혼반지를 대신해야 했다.

서재의 앙드레 지드
카뮈는 자신의 지적 규범과 예술적 이상형을 당시
프랑스의 작가들에게서 발견했다. 카뮈는 특히
앙드레 지드의 모든 작품을 읽으며 그를 문학적 스승으로 삼았다.

독일의 파리 점령 당시 발간된 지하 간행물 『콩바』 제1호
『콩바』는 지하 신문이기 이전에 비밀 저항운동 단체였다.
카뮈는 『콩바』에서 수행한 임무 때문에 전쟁이 끝난 후
유명인사로 떠올랐다.

『콩바』사무실의 옥상에 선 앙드레 말로(왼쪽)와 파스칼 피아(오른쪽)
독일이 프랑스를 점령하자 앙드레 말로는 저항군을 조직하여 지하 운동을 벌였다.
『콩바』의 편집 책임자였던 파스칼 피아는 카뮈에게 많은 도움을 주었다.
카뮈는『시시포스의 신화』의 헌사를 파스칼 피아에게 바쳤다.

『콩바』 사무실의 카뮈(왼쪽)와 앙드레 말로(오른쪽)
서츠 차림에 넥타이를 맨 카뮈가, 담배를 물고 있는
앙드레 말로와 시선을 교환하고 있다. 앙드레 말로는 카뮈의 원고를
갈리마르사에 보냄으로써 『이방인』의 출간을 도왔다.

이 신화가 비극적인 이유는 주인공의 의식이 깨어 있기 때문이다. 아마도 그에게 고뇌를 안겨주는 통찰이 동시에 그의 승리를 완성시킬 것이다.

• 『시시포스의 신화』에서

카뮈, 지상의 인간 ❶

감춰진 카뮈 | 개정판 서문   27
기억을 완성하기 위하여 | 초판 서문   39
카뮈에게로 가는 먼 길 | 서장   43

지중해의 이방인

1 최초의 인간

이주민들의 나라   52
뿌리를 찾아서   56
연약하고 섬세한 아이   58

2 가족 드라마

포도주 상인이 된 참전 군인   64
알베르 카뮈가 태어나다   67
몸 속의 포탄 파편   68
결핍의 드라마   72
진정한 이방인   75

3 벨쿠르에서의 성장

노동자와 이주민의 거리   84
어머닌 언제나 말이 없으셨죠   87
해변의 시인   89
비범한 교사와 비범한 학생   95

4 불시의 한기
학교로 가는 길 102
축구공은 예측한 방향에서 오지 않는다 106
장 그르니에를 만나다 111
부자들이나 걸릴 만한 병 113

5 삶에 대한 자각
아코 이모부 123
하느님은 아무 말도 없군 125
해방을 가져온 책 130
장래가 유망한 젊은이 134
사슬에 묶인 프로메테우스 139

6 신비로운 요부
그녀는 돌아오지 않을 거야 146
저는 아무것도 후회하지 않습니다 151
지중해를 담은 시 159
오류를 범하느니 침묵하는 편이 낫다 163
악의 꽃에서 걸어 나온 여인 169

7 앙가주망
시대정신에 휩싸이다 176
자넨 철학자로군 181
그녀는 현재에 산다 185
정치에 이끌리다 189

8 공산당 입당

인간의 연대를 위하여 200

연극이라는 운명 205

절망에 대해 생각하기, 희망을 누리기 212

태양으로의 귀환 216

9 영혼의 죽음

빛 속의 집 229

사교 모임 234

유럽 여행 237

삶이 달라질 것이다 242

나는 뭔가를 기다리고 있었다 248

10 세상 위의 집

코뮌의 친구들 254

얕은 바닥 256

문화의 집 266

삶에 대한 기호 270

젊은 지중해 272

자신을 설명하고 싶지 않은 남자 276

11 전환점

지극히 사적인 이야기 282

내 육체와 싸울 것 284

글을 쓸 수 있을 것 같은 도시 287

피렌체와의 사랑 292

구속에 대한 두려움 296

12 정당

가난뱅이 백인과 이슬람 교도   300
파시즘과 사회주의   306
영리한 변증론자   313
공산당에서 제명되다   317

13 집단극장

여덟 시간짜리 일자리   324
젊은 연극을 위하여   330
그 사람은 작가예요   332
연정이 섞인 우정   340
카라마조프가의 형제들   344

14 만남들

자유라는 슬로건   352
진정한 보물   355
구애하지 않으면 안 되는 여인   359
부조리에 관한 메모   365
이 친구는 어디에 쓸모가 있을까   367

15 알제 레퓌블리캥

봉급쟁이와 국무총리의 대화   375
절망이 순수한 단 하나의 경우   379
사건과 음모   383
전쟁이라도 일으키자, 먹을 것을 얻게   389
마지막 공연   393

16 1939년 9월

부조리 3부작 403

짐승의 통치가 시작되다 408

검열과 자유 411

폐간된 신문 417

17 파리 수아르

살아 있는 톱니바퀴 428

피난길 435

고독과 어릿광대 443

불길한 도시에서의 결혼 446

18 오랑

편집자 생활 450

오랑의 레지스탕스 455

저항하는 지식인들 459

첫 파도 앞에 선 알몸들 463

19 부조리

어느 외로운 이가 쓴 소설 470

유대인은 제외하시오 474

이 원고를 추천합니다 478

『이방인』이 출간되다 482

20 페스트

해방의 페스트 493

각혈 495

요양을 위한 은거지 498

청춘이 빠져나가고 있다 505

2 절망에 대한 반항

21 이 이방인은 누구인가
절망의 도시에서 함께 보낸 시간　514
새로운 친구들　520
격리된 인간　528
문명에 대한 유죄 판결　531

22 점령지 파리
독일의 파리　540
인간이라는 짐　545
갈리마르　551
미래의 대표 주자　555
보부아르의 회상　559

23 투쟁
새로운 저항 운동　567
지하 단체의 신문　571
가짜 신분　576
사려 깊은 혐오　583

24 오해
개막 준비　590
프랑스에서 가장 유망한 여배우　594
성공한 실패작　598
도피자들　606

25 해방
파리 탈환　612

투쟁은 계속된다 614
자유냐 죽음이냐 620
가증스러운 신문 627

26 최초의 투쟁
인간의 정의 634
품위 있는 일간지 637
삼각관계 639
끝나지 않은 전쟁 641
무자비한 정의와 사형 650

27 전쟁의 끝
다시 알제리로 658
투쟁을 둘러싼 투쟁 664
독일 여행 669
고통에 좌우되지 않기 670

주 677
찾아보기 721

카뮈, 지상의 인간 ❷

3 영광과 상처의 나날

28 생 제르맹 데 프레   29
29 뉴욕 여행   51
30 희생자도 처형자도 아닌   87
31 투쟁의 끝   111
32 베스트셀러   135
33 돈 키호테   161
34 유럽과 미국   187
35 결핵 재발   211
36 반항인   235
37 사르트르 대 카뮈   259
38 요나   283

4 길 위의 배덕자

39 바다   305
40 거리의 꿈   329
41 엑스프레스   349
42 전략   375
43 어느 수녀를 위한 레퀴엠   407
44 노벨상   433

5 루르마랭의 노래

45 스톡홀름   457
46 어떤 침묵   483
47 루르마랭   509
48 마지막 나날   535
49 빌블르뱅의 어둠   557
50 남겨진 이야기   577

감사의 말 | 후기   587
오래된 거울에 맺힌 새로운 상 | 옮긴이의 말   589
카뮈 연보   591
주   593
찾아보기   631

감춰진 카뮈

• 개정판 서문

이 책을 읽는 독자는 아마도 카뮈의 애독자일 것이다. 사실 카뮈는 우리 시대의 문화적 영웅이라 할 만한 인물이므로 그의 이야기를 읽는 것을 그다지 부끄러워할 필요는 없다. 그러나 독자는, 필자가 이 평전을 구상해서 면담과 조사를 진행하던 20년 전 프랑스에서는, 알베르 카뮈를 정치적 비순응주의자로 보는 시각이 우세했다는 사실을 믿지 못할 것이다.

파리 지식인들의 심장부이자 카뮈의 고향이며 일터이기도 했던 좌안(左岸)의 주민들 가운데 노골적인 적의를 보이지 않은 상당수 사람들 역시, 카뮈라는 인간을 어떻게 생각해야 할지 종잡지 못하고 있었다.

내가 조사했던 모든 모임에는 알베르 카뮈의 진정한 찬미자 만큼이나 적, 그리고 가짜 친구들이 많았다. 카뮈의 중요성에 대해 의혹이나 우려를 품은 사람들을 그토록 많이 만날 수 있었다는 것이 정말이지 이상하게 여겨졌다. 나는 오래된 유골을 뒤적이는 듯한 죄의식을 느끼지 않을 수 없었다.

라탱 구(區)의 지식인 대부분은 정치적 분파에서는 장 폴 사르트르를 편들었으면서도, 소련의 스탈린주의와 마오쩌둥의 이른바 문화혁명이 도를 넘어선 이후 스스로를 수치스럽게 여기기 시작하던 중이었다. 그들은 수치스러워하는 한편으로, 당시 내가 전기를 집필 중이던 이 '추방자'에 대해 질문받을 생각에 짜증부터 내고 있었다.

당시만 해도 아직 치유가 불가능한 사르트르파가 많았고 사태를 관망하는 기회주의자는 그보다 훨씬 많았다. 전체주의가 다시금 준동하려는 듯이 보이는 시점에서 관망하는 행위는 지적 반역이나 다름없었다.

그러나 그 시절 나는 그와 똑같이 위험한 다른 장애물들에도 직면했다. 일종의 오도된 우정 때문에 카뮈의 몇몇 친구들은 묻혀 있던 진실을 드러내기를 꺼려했다. 그리고 카뮈 자신도 전기작가가 폭로할지 모르는 사실들에 대해 우려했던 나머지, 전기작가를 따돌리기 위해 할 수 있는 일이라면 무엇이든 다했다.

피상적인 내용이라도 마다 않을 무모한 작가들은 그들에게서 아무런 도움도 얻지 못했는데, 아마도 그 점 때문에 카뮈의 생애에 대한 최소한의 정확한 사실조차 그가 일했던 출판사의 밀실 안쪽에 감추어졌을 것이다(불운한 전기작가는 그저 복도 저편에 서 있을 수밖에 없었다). 물론 카뮈의 사생활은 보호될 필요가 있다. 이 책의 독자는 그의 친구들이 그렇게 생각한 이유를 알게 될 것이다.

그러나 결국 나는 그의 옛 친구와 연인들에게, 협조하지 않을 경우 그들의 소중한 기억이 그들과 함께 사라져버릴 테니 이 일만이 친구의 생애에 대한 정직하고도 완벽한 기록을 남길 유일한 희망이 될 것이라고 설득함으로써 일을 성사시킬 수 있었다. 내가 한 일은 그것이었다. 비로소 나는 두 번 다시 나올 수 없는 증언들을 편집해놓은 이 책을 흡족하게 여길 수 있게 되었다.

그런데 여기에는 이제껏 아무에게도 말해본 적이 없는 다른 심각한 문제가 있었다. 카뮈는 채 땅속에 묻히기도 전에, 쓰러진 문학의 전사는 물론 그들 자신의 자존심까지 보호하고 싶어 했던 선의의 가문들의 손에 넘겨졌다. 그들은 유력 일간지를 소유하고 있었다.

그들 가문에 대한 두려움 때문에 프랑스에서는 지금껏 단 한 번도 진지한 전기를 출판하려는 시도가 없었다. 특히 '프랑스에서'라고 말하고 싶다. 왜냐하면 카뮈의 조국에서는 이런 종류의 책이 출판될 기회라는 것이 아예 없었으니까. 당시 파리의 유력한 문학 출판사였던 카뮈의 출판업자는 인정받을 수 없는 책을 세상에 내놓음으로써 상속자들을 불쾌하게 만들 생각은 꿈에도 하지 못했을 것이다.

결국 나는 카뮈의 부인으로부터 아무 단서도 붙지 않은 협조를 구할 수 있었다. 지금 생각해보면 당시 카뮈 부인은 내가 얼마나 깊이 파헤칠지, 또는 내가 어떤 글을 쓰게 될지 전혀 몰랐던 것 같다. 그녀는 자신이 보호하는 것이 카뮈의 이미지였다고 생각했을지 모르지만(그는 결코 가정적인 남자가 아니었다) 실제로는 자신과 가족의 이미지를 우려했다. 또한 우연찮게도 프랑신 카뮈는 프랑스령 알제리와 독립전쟁에 대해 죽은 남편과 공유해도 될 만큼 나름대로 강한 신념을 품고 있었다. 그녀는 카뮈의 원고에 대한 자신의 영향력을 발휘해서, 자신의 비좁은 사교계에 속한 학자 외에는 아무도 원고에 접근하지 못하도록 할 수 있었다.

저작권은 각 나라별로 표준화되어왔다. 이는 미국이 가장 엄격한 국제저작권 협약인 베른 협정에 가입하고 난 후 자국의 저작권법과 그 실행을 유럽에서 작성한 규범에 맞춰 조정해왔다는 것을 의미한다. 그러나 미국의 전기작가에게는, 생존해 있거나 최근에 작고한 인물의 출간되지 않은 서신이나 다른 문서를 이용할 권리가 최근까지도 보장되지 않았다. 그런 자료를 공공기관에서 구할 수 있는 경우에도 마찬가지였다.

그러나 프랑스에서는 20년 전에 벌써 저작권법이 모든 일을 가능하게 해주었다. 나는 자료 보유자뿐 아니라 저작권 보유자(이 경우는 카뮈의 재산관리자)의 허락을 받지 않고는 출간되지 않은 편지와 원고를 인용할 수 없다는 것을 잘 알고 있었다. 또한 나는 이 책에 관해 사전 심의를 받지 않는 한 재산관리자의 허락을 구하지 못하리라는 사실도 알고 있었다.

일례를 들면, 카뮈와 서신을 주고받았던 어떤 사람은 막대한 양의 비밀 자료를 갖고 있었는데, 그녀 자신은 그 서신의 출간을 허락할 권한이 없었음에도 그것을 내게 보여주기로 마음먹었다. 나는 그 자료를 일종의 '비망록'으로만 이용할 수 있었다. 그런데 내가 그 자료를 읽기로 약속한 시간에 가보니 그녀는 집에 없었다. 그 대신 그녀의 이웃사람이 문을 열어준 후 자료가 가득 들어 있는 쇼핑백 두 개를 내주었다.

"이걸 가져가세요. 여기서는 읽으실 수 없어요" 하고 그 이웃사람이 말했다.

"그럼 언제 돌려드리면 될까요?"

"한 달이나 여섯 주쯤 뒤에나 가능할 거예요. 그분은 여행 중이니까요." 이것이 그 사람의 대답이었다.

이렇게 해서 나는 카뮈의 파리 생활 전반이 담긴 수백 통의 편지를 손에 넣게 되었다. 그것은 다른 어떤 자료와도 견줄 수 없는 소중한 자료였다. 내게 남은 문제는 여름 휴가가 끝날 때까지 그것들을 안전하게 보관하는 것이었다. 이 경험에서 나는 내 탐구의 대상에 대해서만큼이나 그 자료를 빌려준, 남을 신뢰할 줄 아는 인물에 대해서도 알게 된 셈이다.

그녀는 바로 제2차 세계대전이 끝나는 무렵부터 카뮈의 만년에 이르기까지 그의 절친한 여자친구이자 첫 번째 연인이었던 마리아 카자레스였다. 스페인에 파시스트 정부가 들어서기 전 국무위원의 딸로서 프랑코가 마드리드를 점령한 후 일가와 함께 망명한 그녀는 어느 누구보다도, 그 어떤 것보다도 카뮈로 하여금 스페인의 자유를 위해 헌신하게 만든 장본인이었다. 그녀는 이 책이 인쇄되고 있던 1996년 11월에 세상을 떠났다.

초판이 출간되었을 때 내 책은 프랑스 독자들의 뜨거운 환영을 받았으며, 그것과 상관없이 문학계에는 격렬한 질투를 야기했다. 나는 그들의 질투를 용서해줄 생각이다. 왜냐하면 그중 몇몇은 진정으로 카뮈를 잘 알고 있었고, 실제로 그럴 용기만 있었다면 그에 대한 전기를 쓸 수도 있었을 테니까.

그와 동시에 선정성과 타협하지 않은 나의 태도 역시 어느 정도 인정받았던 것 같다. 일단 카뮈가 많은 여자와 사귀었다는 사실이 널리 알려진 이상 무엇 때문에 불필요한 고통을 일으킨단 말인가?

예를 하나 들자면, 나는 바로 그 이유 때문에 어느 젊은 스칸디나비아 출신 여인의 신원을 확인해주지 않았다. 그녀를 그냥 토르베라고 하자. 조사 과정에서 나는 카뮈의 생애 만년에 이 놀랄 만큼 매혹적인 여학생이 극히 중요한 존재였다는 사실을 알게 되었다. 그는 오로지 그녀를 위해 다른 모든 사람과 일들을 포기하려 했다. 아무튼 내가 듣기에는 그랬다. 나는 '그의 문학적인 삶이나 연극과는 아무런 상관이 없는 매혹적인 젊은 여인'인 그녀를 카뮈의 생애 마지막 몇 주에 할당해놓았다.

나는 그녀가 루르마랭에서 그와 함께 마지막 며칠을 보냈다는 사실을 알았다. 그녀는 카뮈의 가족이 크리스마스를 보내기 위해 찾아왔을 때 잠시 자리를 피해주었을 뿐이다. 그녀가 알고 있기로, 그때 카뮈는 자신이 그녀와 결혼할 것이라고 공표하기 위해 파리로 돌아갈 작정이었다. 결국 그는 파리에 가지 못하고 말았지만.

나는 토르베가 이미 오래 전에 고국으로 돌아갔으리라고 짐작했는데, 가까운 소식통이었던 장 블로슈 미셸이 바로 일주일 전에 파리 시내에서 버스에 탄 그녀를 봤다는 말을 전했다. 나는 전화번호부를 집어들었다. 파리 사람들 대부분은 전화번호부를 믿지 않지만, 그래도 도움이 되는 때가 많다. 그녀의 전화번호가 나와 있었던 것이다! 그녀는 선뜻 나와 만나겠다고 했다.

우리가 옛 추억을 더듬기 시작했을 때에야 비로소 그녀는 불안한 모습을 보였다. 그녀는 이제 결혼한 몸이었으며, 아주 만족스럽게 살고 있었고, 그녀가 알베르 카뮈와 그런 행복을 누린 적이 있다는 사실을 아는 친구는 거의 없었던 것이다.

그러나 결국 토르베는 나를 도와주기로 했다. 이 일은 카뮈의 연애 편력을 좀더 파헤치거나 또 다른 개인사를 덧붙이기 위한 것이 아니라, 그가 무엇을 하고 말했으며 또 언제 어디서 그런 행동과 말을 했는가에 대해 보다 직접적이고 상세한 정보를 얻기 위해서였다. 토르베는 그가 사고로 죽고 난 후 두 번 다시 들여다

보지 않은 편지 몇 통을 갖고 있었고, 그 편지에 내가 찾고자 하는 몇 가지 해답이 들어 있었다.

그로부터 얼마 후 이 새로운 정보 제공자는 나의 프랑스 출판업자에게 전화를 했다. 이 선한 출판업자는 그때 막 지금 여러분의 손에 들려 있는 이 책을 출판하려던 참이었다. 그는 자신의 동료인 카뮈의 출판업자가 이를 불쾌하게 여길 거라고 생각하고, 내게 토르베에 관한 언급은 하지 말아달라고 요청했다. 물론 굳이 그녀의 이름을 언급할 필요는 없었다.

이는 사실 중요한 문제가 아니었다. 정말 중요한 문제는 이미 이 책에 담겨 있었다. 하나는, 모든 독자들이 이 책을 읽을 마음의 준비가 되어 있지 않았다는 사실이었다. 카뮈 자신은 정상적인 정치관의 소유자였고 그의 친구들 역시 대부분 정상에 가까웠으나, 사람들이 많이 찾는 성공한 작가라고 해서 언제나 자기 마음대로 할 수 있는 것은 아니다.

나는 그의 가장 가까운 동료는 물론 심지어 그의 가족조차 알지 못하는 몇 가지 일들을 알아냈는데, 이는 카뮈가 굳이 그것들을 감추려 하지 않았기 때문이다. 비록 아랍과 베르베르 토착민을 옹호하려다 그렇게 되긴 했지만 그는 자신이 알제리의 프랑스 공산당에서 제명된 이유를 밝힌 적이 없다. 그가 감추고 내가 밝혀낸 사실들은 모두가 그에겐 명예로운 일들뿐이었다.

또 다른 사실들은 그가 입밖에 꺼내놓았다면 그의 동시대인들 대부분을 부끄럽게 만들었을 일들인데, 그중에는 그가 일했던 출판사의 내부 인물들도 포함되어 있었다.

『이방인』(L'Etranger)을 출간할 무렵 병에 걸려 있었던 그는 별다른 희망도 없이 오랑에 머물고 있었다. 독일 점령하의 프랑스에 있던 갈리마르 출판사는, 카뮈의 대학시절에 등불이나 다름없었으며 한때 명망을 떨쳤던 문예지 『누벨 르뷔 프랑세즈』(N. R. F., La Nouvelle Revue Française)에 그 소설을 사전 발표하기를 원했다. 그러나 카뮈는 그러기를 거부했다. 그가 거부했던 이유는 나치 점령당국의 통제를 받는 잡지에 글을 발표하고 싶지 않아서였다. 그런 반면 나이도 많고 얼핏 현명해 보이며 세상 돌아가는 일을 잘 알 수 있는 파리에 살던 몇몇 작가들은 계속해서 별 생각 없이 협력지에 이용당하고 있었다.

만약 내가 이 책을 쓰지 않았다면 그의 희생적 행위는 세상에 알려지지 못했을 것이다.

마찬가지로 카뮈는 장 폴 사르트르에게 도전했을 때도 혼자였다. 당시 사르트르가 자신은 어떤 일이 있더라도 스탈린주의자들과 동맹을 맺겠노라고 선언했을 때, 카뮈는 살인자와 거래하는 급진적이고 세련된 무리와 어울리기를 거부했다. 그 일 때문에 카뮈는 사르트르파에게 조롱과 수모를 받았다. 그 당시엔 거의 모두가 사르트르파였다. 카뮈의 내적 망명은 기묘한 소설 『전락』(La Chute)에서 예술로 승화되었지만, 과연 그 당시 그 작품의 열쇠를 쥐고 있었던 사람은 누구였을까?

내 책이 출판됐을 때는, 지금으로선 정말이지 상상하기 힘든 일이지만 파리의 몇몇 분별 있는 지식인들이 비로소 사르트르가 자신들을 타락시켰다는 증언을 받아들이기 시작하던 무렵이었다. 내 책이 그 조류를 바꾸는 데 일조했다면 위안이 되겠지만, 실제로는 그렇지 않다. 조류를 바꿔놓은 것은 일련의 사건들이었던 것이다.

한 창조적인 예술가에 관한 전기를 쓰기 위해서는 어느 것 하나

빠뜨려서는 안 된다. 전기작가는 모든 것을 다 이용해야 한다. 내 직접적인 모델은 리처드 엘먼의 백과사전적 저서 『제임스 조이스』였다.

책이 출판된 뒤, 나는 종종 카뮈가 아침식사로 무엇을 먹었는가까지 기록했다면서 놀림을 받았는데, 어쩌면 내가 좀 지나쳤을지도 모르겠다. 한 저명한 비평가는 프랑스에서 가장 진지한 일간지에 다음과 같이 썼다. "이 책은 하나의 삶에 대한 역사적 종합이 아니다. 이 책은 FBI의 추적이나 다를 바 없다. 작가의 사생활에 대해서는 그런대로 신중하게 취급하긴 했지만 이 책을 대한 독자가 처음 일으키는 반응은 당혹감이다. 이 책을 읽는 독자는 정말이지 믿기 어려울 정도로 까탈스러웠던 카뮈를 만나게 된다."

그러나 그 비평가는 그 모든 점에도 불구하고 새로운 방식에 대해서는 호감을 느낀 모양이었다. "공정한 태도로 적나라한 사실들을 한데 집약해놓음으로써 우리는 이 전기의 주체와 단둘이 남아 있을 수 있다. 참으로 방대한 조사 결과는 카뮈에게 그만이 지니고 있던 신비를 되돌려주고 있다."

내가 카뮈의 동시대인들이 정리한 세부 사항을 완전히 무시한 것은 부분적으로는 내가 반대 방향의 극단을 추구했기 때문일 것이다. 최악의 걸림돌은 오류투성이의 비평적 언사들로 보강된 사이비 전집이었다. 나는 단순히 제1권의 주를 제2권의 주와 비교함으로써 그 오류를 찾아냈다.

당시 프랑스 문인들 사이에 횡행했던 학문의 정확성에 대한 경멸적인 태도 때문에 한 세대의 문인들은 정확한 날짜를 기록으로 남기지 못하고 말았다. 그중에는 신문 따위는 아예 읽은 적도 없는 이들도 있었는데, 그들은 묵은 신문기사를 어디서 찾아봐야 할지조차 몰랐을 것이다.

이러한 '진지성'의 결여는 물론 내게는 행운이었다. 나는 무에서 시작해야 했다. 그 결과 모든 이의 구미를 맞추지는 못하는 방대한 책이 되었지만, 신중한 독자라면 이 고통 받은 인간과 그를 형성한 시대, 또한 그가 형성할 수 있었던 시대에 대해 뭔가 배울 점이 있을 것이다.

이 책은 프랑스에서 절판된 적은 없었지만 여전히 '카뮈 산업'이라고 할 만한 방대한 사업과는 동떨어진 채 남아 있는데, 어떤 전기작가들은 자신들이 카뮈와 친분이 두터웠다고 주장하면서도 내 책의 내용을 훔쳐 자기들 것으로 만들었다. 비록 다른 사람의 이름으로 나온 전기에서 이 책의 내용을 찾아볼 수 있는 경우가 가끔 있지만, 그럼에도 오늘날 프랑스에서 가장 많이 읽히고 참조되는 것은 바로 이 전기라 할 수 있다.

이미 땅에 묻힌 카뮈는 속수무책으로 적들에게 장악되고 규정되었다. 그들은 사르트르-카뮈 전쟁에서 살아남은 자들인데, 그들은 고속도로의 가로수가 그 일을 하지 않았더라면 대신해서 카뮈를 암살했을 사람들이다. 카뮈의 생전에 전기가 출판됐더라면 그의 적들로부터 옹호를 받았을지도 모를 일이다.

그런데 이제 그 위험은 그의 친구들로부터 나오고 있으며, 그들 중에는 카뮈의 눈부신 태양 아래서는 있을 곳이 없는 태양 숭배자들도 끼여 있는 것이다. 그들 중 몇몇은 발췌와 윤색으로써 그의 사상을 생생하게 오도한 바 있다. 카뮈의 고국에서조차 그를 이해하지도 돕지도 못한 자들, 실제로 카뮈가 괴로워했던 마지막 10년 동안 그에게서 등을 돌렸던 자들의 손에 그의 명성이 좌우되고 있다는 사실은 분명 비극이다.

이 책의 초판이 준비됐을 때 나의 출판업자는 예의상 그중 한 권을 카뮈의 상속자에게 보냈다. 그들은 즉각 법원에 출판금지 가처분 신청을 냈고, 남아 있는 모든 책을 압류하는 소송을 제기했다. 그런 일은 프랑스 법에서는 가능한 일이었다. 소송 사유는 '비밀공개 혐의'였다. 즉 카뮈가 사망할 당시 작업 중이던 자전적 소설로서 아직 출간되지 않은 『최초의 인간』(*Le Premier Homme*)을 내가 이용했다는 것이다.

나는 나로서는 도저히 접근할 방도가 없는 『최초의 인간』을 이용한 적이 없다. 출판사의 변호사는 내가 알베르 카뮈의 유년기와 학창시절을 재구성하기 위해 독자적인 출처를 찾아 이용했다는 사실을 입증했고, 소송은 기각되었다.

나는 카뮈의 유년기 친구들, 즉 본토 프랑스로 귀환한 이후 마르세유, 아비뇽, 엑상프로방스 등지의 남프랑스 도시에 흩어져 살고 있는 프랑스계 알제리인들을 수소문했던 것이다. 예를 들면 카뮈의 동창 한 사람은 내게 자신이 소년 알베르와 함께 알제 시를 가로질러 매일 전차를 타고 고등학교에 등교하던 일을 이야기해주었다. 나는 그의 꼼꼼한 묘사에다 오래된 여행안내서에서 찾아낸 세부 배경을 덧붙였을 뿐이다.

카뮈 역시 『최초의 인간』에서 자신의 성장기를 되찾기 위해 어느 정도 나와 비슷한 탐색 과정을 거쳤다. 나는 카뮈보다 운이 좋았다. 어떤 이유에선지 그는 아버지쪽 조상의 행적을 찾지 못한 채, 자신이 1870~71년 전쟁 직후 프러시아의 알자스-로렌 합병 당시 프랑스 쪽을 선택한 알자스 지방의 이주민 후예라는 집안의 전설을 그대로 받아들였다.

나는 그가 마을마다 뒤지고 다녔을 때 찾아내지 못한 호적을 입수했는데, 거기에는 카뮈의 조상 중에 알자스인이 전무하다는 사실이 드러나 있었다. 그들은 그저 보르도의 카뮈 집안이었을 뿐이다.

　내 출판업자가 보기에는, 단지 카뮈가 전차를 타고 등교했다는 사실 때문에 카뮈의 재산관리자가 책을 압류하기 위해 심각하고 유별나게 행동한 것 같지 않았다. 그것보다는 내가 영혼도 없고 성적 감정도 없으며 정치적 관심도 없는 문인, 생존하는 가족들이 미래의 세대에 그대로 넘겨주기를 바라던 카뮈의 모습과 너무도 다른 카뮈를 발견했기 때문이라는 쪽이 훨씬 타당하다. 이런 일은 빠를수록 좋은 법이다.

　1997년 파리에서
　허버트 R. 로트먼

기억을 완성하기 위하여

• 초판 서문

    처음에 나는 파이프 담배 연기가 자욱하고 벽에 나무널빤지를 댄 서재에서 깃털 펜촉으로 씌어지는 전기에 대해 상상했다. 그런데 이 책을 준비하는 동안 내가 주로 한 일은 증인들을 찾아다니며 그들이 명예로운 침묵으로 여기고 있는 그 침묵을 깨뜨리도록 설득하고, 불구대천의 원수나 무심한 사람들을 추궁하여 적어도 한 번만이라도 완벽하고 객관적인 증언을 하도록 만들기 위한 현장 조사였다.

    나는 종종 정성스럽게 보존된 원전 자료들뿐만 아니라 하찮은 듯이 보이는 기사 토막, 소책자, 잡다한 기록들까지 직접 발굴하지 않을 수 없었다. 무엇보다 기뻤던 것은 사라진 줄 알았던 중요한 자료를 찾아내거나 마지못해하는 증인에게 정보를 들이대며 보다 상세한 고백을 하지 않을 수 없게 만들 때였다.

    내가 끊임없이 우려했던 것은 이전에 출판되어 널리 퍼지고 오류투성이인 산더미 같은 자료들, 즉 혼란스러운 연대기, 날짜가 부정확한 서류와 편지들을 어떻게 처리하느냐 하는 문제였다. 책장을 통째로 채울 정도로 많은 카뮈 관련서들이 바로 그런 자료에 근거했기 때문에, 나는 대학가 서점에 잔뜩 쌓여 있는 그 책들을 볼 때마다 질겁하곤 했다. 알베르 카뮈에 관심이 있는 모든 사람들이 그 자료들을 고스란히 받아들일 게 분명했다.

알제리 독립의 결과, 프랑스가 그 지역을 지배했던 130년이라는 세월의 증거가 차츰 말소돼가고 있었다. 프랑스령 알제리에서 태어나 성장기 전부를 보낸 인물의 전기작가인 나는, 살아 있는 증인들이 뿔뿔이 흩어진 것은 물론이고 생생한 기록이 멸실됐다는 사실과 직면했다.

결국 카뮈의 유년기에 대한 최상의 기록은 인상적이고 아주 약간의 윤색이 가미된 작가 자신의 기억의 환기이지만, 그의 천성적인 과묵함(수많은 방문객을 격분시키거나 또는 존경을 자아내게 만드는 '수줍음'이라는 풍토병)은 다른 면에서 전기작가로 하여금 아주 방대한 작업을 할 수밖에 없게 만들었다.

그리고 설혹 카뮈의 상속자들이 내가 서류와 원고에 접근하도록 허락했다 해도, 내가 이러한 자료를 이용하거나 해석하는 방식에 그들이 아무 책임도 없다는 조건이었을 것이다. 그들은 이 책을 보지도 않았고 승인하지도 않았다. 다시 말해 이것은 '인정받은' 전기가 아닌 것이다. 그러나 나는 알베르 카뮈의 부인과 그녀의 언니 크리스티안 포르의 참을성 있는 조력에 감사하는 바이다. 이 책은 그에 대한 감사의 표시다. 카뮈도 만약 이 책을 읽을 수 있었다면 필자의 의도를 이해해주었으리라고 생각한다.

문학적 전기가 안고 있는 위험 가운데 하나는 독자가 여기에 모든 정수가 있기 때문에 다른 것은 읽을 필요가 없다고 여길 수 있다는 사실이다. 작가의 인생에서 정수는 바로 그의 작품이다. 때로는 한 작가의 전기가 주빈이 빠진 연회처럼 보일 수도 있다. 따라서 전기작가가 해야 할 일은 그 전기로 감히 자신이 다루는 작가의 전집을 대체하려 하지 말고 그 작품으로 독자의 주의를 이끄는 것이다.

카뮈에게로 가는 먼 길

• 서장

카뮈는 모든 것을 가진 것처럼 보였다. 젊음, 잘생긴 외모, 때 이른 성공 등. 이는 동시대의 유명인들 사이에 질투를, 그것도 아주 지독한 질투를 불러일으키기에 충분했다.

그는 처음에 『이방인』이라는 짧은 소설 하나로 자국에서 관심의 초점이 되었으며, 이 이방인은 다시 『페스트』(*La Peste*)로 훨씬 큰 명성과 국제적 평판을 얻었다. 지하 레지스탕스라는 신비스러운 후광까지 업은 그는 제2차 세계대전을 겪으며 젊은 영웅으로 부상했다.

전후 몇 년 동안 그가 발행한 『콩바』(*Combat*, 투쟁)는 변화를 요구하는 세대의 도덕적 지침서였다. 오랫동안 친구였으며 나중에는 적이 된 장 폴 사르트르는 종종 인용되는 카뮈에 대한 글에서 그 당시의 마법을 "인간과 행동과 작품이 한데 결합된 탁월한 사례"라고 회상한 바 있다. 젊은 프랑스와 세계에 대해 그 이상으로 희망을 품었던 사람도 없는 것 같다.

북아프리카 이슬람 교도에 대한 불공평한 처사에 관해 최초로 항의한 무리 가운데 끼어 있던 카뮈는 이후 어떤 싸움도 피하지 않았고, 스페인의 반파시스트 망명자, 스탈린주의의 희생자, 젊은 급진주의자, 양심적 병역 거부자 들에게는 절실한 친구였다. 그가 노벨문학상 수상자로 선정되었을 때 스웨덴 한림원은 그가 전체주의에 대한 세계 최선봉의 문학적 적수라는 점을 언급했다.

카뮈는 매우 젊은 나이에 노벨상을 받았다. 그보다 젊은 수상자는 루드야드 키플링밖에 없었다. 『뉴욕 타임스』의 한 편집자는 그의 수상을 환영하면서 "그의 목소리는 전후 세계의 혼란 속에서 균형 잡히고 온건한 인도주의를 들고 나타난 소수의 문학적 목소리 가운데 하나"라고 말했다.

그러나 그 무렵 알베르 카뮈는 곤경에 처해 있었고, 그 역시 이를 알고 있었다. 시대에 뒤떨어진 운동에 대한 노골적인 지지 표명으로 야기된 논쟁과 알제리 전쟁으로 인한 개인적인 압박감, 가족 및 그 자신의 질병 등은 집필 중단으로 나타났고, 이는 몇 해씩이나 이어졌다. 대중의 눈에는 온갖 부수적인 활동 때문에 그것이 제대로 보이지 않았지만 말이다.

그에 대한 최악의 우파 및 좌파 비판가들은 그를 내리막길에 접어든 독선적인 협잡꾼이라고 비웃으면서 그런 상황을 교묘하게 이용하는 법을 잘 알고 있었다.

가난과 겸양 속에서 자라나고 언제나 문학 살롱과 문학적 영광, 상과 훈장에 거리를 두었던 젊은이는 '알베르 카뮈'라는 꼬리표를 붙인 동상에 만족하기를 거부했다.

"사람들이 내 본모습을 알기만 했다면……" 그는 몇 안 되는 절친한 여자친구이자 비서에게 그렇게 한탄했다.

그러고서 마침내 그는 곤경에서 헤어나오는 길을 찾았다고 생각했다. 새로운 집, 새로운 일, 제대로만 된다면 이제 중요한 문학적 대작과 그가 좋아하는 연극으로 돌아오는 일이 가능해 보였던 것이다.

그러나 그는 자동차 사고로 세상을 떠나고 말았다.

지중해의 이방인

1 최초의 인간

> 그는 아버지의 어렴풋한 윤곽을 본다. 다음 순간 모든 것은 지워지고 만다.
> 마침내 아무것도 남지 않는다. 이 지상에서의 일은 늘상 그랬던 것이다.
> • 『최초의 인간』을 위한 메모(로제 키요의 『바다와 감옥』에서 인용)

1960년 1월 4일, 파리로 돌아가는 도중 자동차 사고로 죽은 알베르 카뮈는, 아코디언처럼 늘어나며 모퉁이에 쇠가 달리고 한 번도 써본 적이 없는 자물쇠가 붙은 불룩하고 까만 가죽가방을 지니고 있었다. 그 가방은 차가 충돌한 가로수 근처 도로 위에서 진흙 범벅이 된 채 발견되었다. 가방 안에는 일기와 몇 통의 편지, 여권 같은 소지품 외에 프로방스 지방 루르마랭의 은거지에서 쓰고 있던 소설 원고가 들어 있었다.

그 소설이 완성됐다면 제목은 『최초의 인간』이 되었을 것이다. 카뮈는 초고의 일부분만 써놓은 상태였다. 빽빽한 글씨로 대략 8만 자가량이 씌어진 145페이지짜리 원고였다. 새해 초에 집필 계획과 자신을 위해 작성한 일정표에 따르면 그 소설의 최종 원고는 1961년이나 돼서야 완성될 예정이었다.

진행 중이었던 그 작품을 카뮈가 얼마나 중요시했는지는 알기 힘들다. 죽기 전 10년간 그는 두 권의 중요한 작품을 출간했는데, 하나는 정치 에세이 『반항인』(*L'Homme révolté*)이고, 다른 하나는 짤막하면서도 기묘한 독백인 『전락』이다. 『최초의 인간』의 단서를 쥐고 있는 이들은 『전락』이 카뮈의 작품 중에서 가장 개인적이라고 간주했는데, 이 작품은 『반항인』의 출현과 더불어 그에게 장 폴 사르트르와의 결별이라는 충격을 안겨준 폭풍에 뒤이어 씌어졌다. 그리고 또한 가족의 병이라는 개인적 위기와 시기를 같이하고 있었다.

1957년 10월에 카뮈의 노벨상 수상이 발표되었는데 그의 지인과 찬미자들에게는 반가운 소식이었지만, 노벨상 수상이 자신의 모든 중요한 작품이 이미 씌어졌다는 의미라고 여긴 수상자에게는 또 하나의 번민거리일 뿐이었다. 아무튼 그의 문학 및 정치적 적수들은 재빨리 그 점을 지적하고 나섰다.

그러나 알베르 카뮈는 자신이 이제 겨우 출발점에 서 있다고 확신하고 있었다. 자신이 태어난 알제리에서 벌어진 민족주의자들의 봉기로 점점 불안해하고, 그가 그 드라마에서 한몫을 하기를 원하는 자들에게(그런데 정작 그 자신은 그 역할을 맡을 수 없다고 여겼다) 시달림을 받아가며 우울증에 가까운 심리적 억압 상태에 처해 있던 그는 자신이 거의 절반의 속도로 일을 진척시키고 있다고 여겼다.

물론 그는 여전히 남의 작품을 각색하고 연출하면서 연극 활동을 계속할 수도 있었고, 이따금씩 에세이나 기사를 발표하고 있었다. 그럼에도 그는 자신의 내면에 있다고 여긴 중요한 작품에 착수할 수 없다는 사실이 몹시 불만스러웠다.

그런데 이제 다시 글을 쓰기 시작한 것이다. 그는 노벨상 상금으로 자신이 사랑하던 남프랑스 보클뤼즈의 간선도로에서 조금 떨어진 마을 루르마랭에 있는 집 한 채를 샀다. 그는 이곳에서 되도록 많은 시간을 보내기로 결심했다. 삶의 마지막 해가 된 1959

년에 카뮈는 봄의 일부를 루르마랭에서 지냈고 한여름에 다시 왔으며, 11월에는 아예 그곳에 눌러앉아 연말 내내 작업을 했다.

따라서 『최초의 인간』은 그가 친구들과 스스로에게 일기를 통해 약속해왔던 창조 작업으로의 귀환이었던 것이다. 그러나 그는 그 작품에 단순히 창조 작업으로의 귀환 이상의 의미를 부여했다. 그는 친구들에게 정색을 하고 자신의 『전쟁과 평화』라고 일컬었던 작품을 쓰고자 했던 것이다. 일기에서 그는 다음과 같은 사실을 스스로에게 상기시켰다.

그는 1828년에 태어났다. 그가 『전쟁과 평화』를 쓴 것은 1863년에서 1869년 사이였다. 요컨대 35세에서 41세 사이였다.

이미 10여 년 전부터 그 작품을 구상하고 있었지만, 1913년 11월에 태어난 카뮈가 진지하게 『최초의 인간』에 착수한 것은 그의 나이 45세 때였다. 사후에 발견된 개인적인 문서 가운데는 공들인 점성술적 예언이 적혀 있는 것이 있다. "불후의 명작은 1960년에서 1965년 사이에 씌어질 것이다."

아무튼 카뮈가 스웨덴 국왕으로부터 노벨상을 받기 전날 스톡홀름에서 기자들에게 말했듯이 그 작품은 "내 완숙기의 소설"이 될 예정이었다.

레프 톨스토이는 몰락기에 처한 저 위대한 제정 러시아와 나폴레옹의 러시아 침공을 작품의 소재로 삼았다. 카뮈는 그 당시 아직 프랑스 영토였던 알제리에 대한 서사 소설을 쓰려 했다. 그는 반평생 이상을, 즉 성장기 전부를 그곳에서 보냈기 때문에 이 작품은 또한 성장소설이 될 예정이었다.

이주민들의 나라

대부분 무일푼이었던 이주민들은 프랑스의 전 지역은 물론 스페인, 이탈리아, 그 밖의 유럽 다른 국가들로부터 알제리로 건너와 이곳을 무한한 가능성을 지닌 신생국가로 건설했다. 알제리는 인종의 도가니였다. 개척자들은 당시 자신들이 바라던 부는 아니더라도 엄청난 토착민들과 더불어 프랑스의 보호 아래 살 권리를 얻었다. 신세계의 식민지화 과정에서 일어날 수 있는 일이 이들 이주민들에게도 일어났다. 카뮈는 『여름』(L'Eté)에서 이렇게 말하곤 했다.

알제리의 프랑스인들은 짐작도 못했던 혼합물로서 완전한 잡종들이다. 스페인인, 알자스인, 이탈리아인, 몰타인, 유대인, 그리스인이 마침내 이곳에서 만났다. 이 무지막지한 잡종교배가 미국에서 그렇듯이 행복한 결과를 낳은 것이다.

그 역시 이런 짐작도 못한 잡종 중 하나였다. 외가가 스페인계인 그는 이제 곧 살펴보게 될 테지만 아무런 근거도 없이 아버지쪽 가족이 프랑스와 독일 간의 영원한 전쟁터인 알자스 출신의 이주민이라고 믿었다.

알제리로 이주한 유럽인들은 사실상 조상을 포기한 셈이었다. 입대하면서 자신의 신분을 포기하는 외인부대 용병들, 또는 변방의 식민지에서 새로운 인생을 살려는 전과자나 사회적 낙오자들과 마찬가지로 이들 이주자들에게는, 북아프리카의 베르베르족이나 아랍인들의 오래되거나 새로 생긴 마을에서 새출발할 기회가 주어졌다. 그들은 무엇이든 자신들이 생각하는 그런 사람이 될 수 있었다. 미국과 같은 시기에 같은 방식으로 일어난 일이었는데, 과거의 유럽에서는 불가능한 일이었다.

따라서 '최초의 인간'은 제1세대 프랑스계 알제리인이었다. 그는 알베르 카뮈가 채 한 살도 되기 전에 제1차 세계대전에서 전사한 아버지였다. 그러나 또한 문맹 가족이라는 사실로 알 수 있듯이, '책이 없는 집'으로 상징되는 문화와 역사의 진공 상태에서 성장한 알베르 카뮈 자신이기도 했다. 그는 이미 1954년의 어느 인터뷰에서 기자에게 이렇게 말한 적이 있다.

"결국 나는 글을 읽지도 쓰지도 못하며 도덕이나 종교조차 갖지 않은 채 제로에서 시작하는 최초의 인간을 상상하게 되었다. 그것도 교육의 하나라고 말할 수는 있겠지만, 그렇다 해도 교사가 없는 교육인 것이다."[1]

그는 또한 한때 자신의 교사였으며 평생 스승이었던 장 그르니에에게, 나이 마흔이 되자 자신이 (루소 식으로) 받은 교육에 대해 글을 쓸 준비가 되었다고 토로했다. 그는 실제로 죽기 6년 전인 그 무렵 내용의 기초를 잡기 시작했다.[2]

카뮈는 자신의 '최초의 인간'이 최후의 인간이 되는 것을 보지 못하고 세상을 떠났다. 20세기 중반 민족주의의 기세 속에서 민족의식이 싹튼 알제리 이슬람 교도들이 알베르 카뮈가 교통사고로 죽은 지 불과 2년 뒤에 그 영토를 점유하게 되었기 때문이다.

『최초의 인간』은 1994년 프랑스 파리의 갈리마르 출판사에서 출판되었으며, 1995년에는 뉴욕의 앨프리드 A. 크노프 출판사에 의해 "The First Man"이라는 제목으로 출간되었다. 카뮈의 유족이 출판을 허락하지 않았던 『최초의 인간』은 프랑스령 알제리에서 상상 속의 아버지라는 그림자 아래서 성장하며 겪은 슬픔과 기쁨을 매우 정교하게 묘사하고 있다.[3] 카뮈는 그 책에 "아담"이 라는 제목을 붙일까 생각하기도 했다.[4]

'첫 번째' 최초의 인간은 알베르 카뮈의 아버지가 될 수밖에 없 었는데, 아들인 알베르 카뮈가 부계의 혈통을 그 이상 추적하지 못했기 때문이다. 그가 아버지와 조부모에 대해 알아낸 거의 모든 사실은 글을 몰랐던 어머니와 외할머니로부터 들은 것들이다. 사 실상 글로 적힌 기록이란 것은 존재하지 않았다.

종종 카뮈 일가가 알자스에서 이주해왔다는 주장이 나오곤 했 다. 알베르 카뮈 자신도 『시사평론 3』(*Actuelles III*) 서문에 썼듯 이 알자스인인 친조부모가 1871년에 프랑스를 선택했다고 굳게 믿고 있었다. 공인된 카뮈 작품집에서는 이를 가문의 기원으로 삼고 있다. 그리고 카뮈는 자신이 사망할 무렵 쓰고 있던 자전적 소설에서 알자스인의 도착에 서사적 깊이를 부여하려고 시도했 다. 미래의 독자들은 거기에서 영국 청교도들의 전설적인 대항해 와 신세계 상륙을 연상하게 될지도 몰랐다.

가족의 내력에 대한 또 다른 주장은 카뮈 일가가 알자스 출신이 아니라 그곳에서 가까운 로렌 지방 출신이라는 것이다. 한 예로, 알베르의 사촌 에밀 카뮈는 자신의 어머니에게서 그 얘기를 들었 다고 말하고 있다. 알베르의 형 뤼시앵도 '카뮈'와 '코르메리'(친 할머니의 처녀적 성)라는 두 성이 로렌 지방에 흔한 성이라고 생 각했다. 그는 또한 마르그리트 이모가 그의 아버지 집안이 '그쪽 독일인'이라고 말하는 것도 들은 적이 있었다. 그것은 알자스가 아니면 로렌(로렌의 모젤 구역에 독일어를 쓰는 주민들이 살았기 때문에) 토박이에게 쓰이는 표현이었다.

알자스인가, 로렌인가? 1871년 1월의 파리 함락과 더불어 프로이센-프랑스전쟁이 끝난 후 알자스-로렌 지방이 독일에 양도되었다. 프랑크푸르트 조약에 의거하여 이 지방 주민들에게는 프랑스 시민권을 선택할 기회와 프랑스에서 살 권리가 주어졌다. 이 새로운 주민의 정착을 돕기 위해 프랑스 입법부는 알제리에서 가장 쓸모 있는 1천 제곱킬로미터에 달하는 토지를 프랑스 국적을 선택한 알자스 및 로렌 출신 이주민에게 귀속시킬 것을 결의했다.

생애의 마지막 10년 사이에 알베르 카뮈는 집안의 기원을 추적하기 위해, 친가쪽 조부모가 살았다고 여기던 울레드 파예트로 여행을 떠난 적이 있다. 만약 그 여행에서 성과를 거두었다면, 그가 알게 된 새로운 사실은 『최초의 인간』 앞부분에 나왔을 것이다. 그런데 실제는 그렇지 않았다. 장 그르니에는 자신의 제자 알베르 카뮈에 대해 쓴 소책자에서, 카뮈가 자기 집안의 유래를 추적했을 때 본국 프랑스에서는 모든 프랑스인의 생득권이나 다름없는 그러한 정보가 알제리의 시당국에 없다는 사실을 확인했다고 밝혔다.

집안의 전설이 알베르 카뮈의 경우만큼이나 오도된 경우도 찾아보기 힘들다. 전기작가들은 어느 계보 문헌을 참조하더라도 카뮈라는 성이 프랑스 전역에 널리 분포돼 있다는 사실을 안다. 로렌과 그 북쪽 및 동쪽은 물론이고, 서쪽으로는 브르타뉴, 남쪽으로는 프로방스에까지 분포돼 있다.

그리고 역사가를 위해 18세기 후반 이후로 프랑스의 모든 시민에 대한 중요한 통계치를 기록해온 호적청이라는 공공문서국이 있다. 어느 프랑스인이든 이곳에서 자신의 집안에 대한 정보를 구할 수 있다. 당시 알제리는 프랑스의 일부였기 때문에 그 지역 주민에 대해 동일한 유형의 기록이 보관되고 있었다. 그렇다면 어째서 자신의 부친과 조부에 대해 탐색하던 카뮈가 호적청을 찾아가지 않았던 것일까? 그것은 알 수 없는 일이다.

이유가 무엇이든, 카뮈의 전기작가는 오늘날 카뮈나 그의 집안 어느 누구도 얻지 못한 정보를 갖고 있다. 그리고 이 정보가 알제리 조상에 대한 신화를 뒤집어놓았다. 알제리의 카뮈 집안에 대해 지금까지 알려진 사실보다 한 세대를 거슬러 올라가는 내용이었다. 역설적인 일이지만, 조상을 탐색하던 카뮈는 자신이 제2차 세계대전 때 1년 넘게 지냈으며(그때 그는 종종 미칠 정도로 외로웠다), 순례를 위해서 또는 단지 휴식을 위해 수없이 돌아가곤 했던 그곳에서 그 정보들을 찾아낼 수도 있었다.[5]

뿌리를 찾아서

기록에 나오는 최초의 카뮈는 클로드로서 1809년 프랑스 남서부의 큰 항구도시이며 포도주 집산지인 보르도 태생이다. 그는 프랑스의 식민지 초창기에 아내 마리 테레즈(처녓적 성은 벨레우드)와 함께 알제리로 이주했다.[6] 이 부부는 알제 인근의 델리 이브라힘 외곽에 있는 울레드 파예트라는 농촌에 정착했다. 울레드 파예트는 아랍어로 '파예트 부족 또는 가문의 땅'이라는 의미이다.

델리 이브라힘과 울레드 파예트 마을은 사헬이라는 산악지대에 길게 자리 잡고 있다. 그곳은 지중해로부터 얼마 떨어지지 않은 내륙의 좁은 구릉지로서, 해안과 약 100킬로미터 거리를 두고 평행을 그리며 알제와 서쪽의 케르켈 사이에 구불구불한 통로를 형성하고 있다.

클로드 카뮈 부부가 프랑스에 있을 때 가난했거나 적어도 땅 한 조각 없었으리라는 것은 쉽게 상상할 수 있는 일이다. 이제 곧 알게 되겠지만 이 부부의 아들은 글을 읽거나 쓰는 것을 배우지 못했다. 새로운 식민지에 학교가 없었기 때문이다. 프랑스령 알제리에서 그들이 희망했던 것이 무엇이든 그곳에서의 삶은 분명히 처음 약속받았던 것보다 힘들었다.

당시 프랑스는 아직 알제리 영토를 평정하지 못한 상태였다. 1830년의 군대 상륙과 더불어 절정에 달한 군사적 정복은 토마뷔고 원수 휘하의 10만 명이 넘는 대군에 의해 이루어졌다. 1841년부터 1847년 사이에 그들은 전설적인 전사 아브드 엘 카데르와의 싸움에 주력하게 된다. 프랑스는 1848년 혁명 때까지는 어느 정도 영토를 장악했지만, 카빌리의 베르베르족과의 전투는 1857년까지 계속되었다.

그 동안 식민지 정책은 계속 추진되었으며 1848년에는 이주민의 수가 거의 10만 명에 육박했다. 새로운 이주자들에게 식민지에서의 삶이 거친 것이었다면 토박이 이슬람 주민의 삶은 그보다 험난했다. 이른바 개척시대의 거친 감성과 직면한 파리의 정부는 종종 본토 유럽인들의 식민화를 장려하는 것만큼이나 이슬람 교도와 그들의 땅을 보호하는 데도 진력해야만 했다.

클로드와 마리 테레즈의 아들 밥티스트 쥘 마리우스 카뮈는 1842년 11월 3일 울레드 파예트가 아닌 마르세유에서 태어났다. 그 사실에 대해서는 그의 어머니가 당시 아브드 엘 카데르와 프랑스군의 격전을 피하는 것은 물론 치료를 받기 위해 그곳으로 여행을 했으리라고 추측할 수 있을 뿐이다. 두 곳 사이에는 정기 항로가 있었다. 밥티스트 카뮈는 자신의 아버지처럼 울레드 파예트에서 농업에 종사했다. 알베르 카뮈의 집안에 대한 전설에서 1871년 이후 알자스로부터 이주했다는 인물이 바로 그다.

그는 1873년 12월 30일, 시청에서 울레드 파예트 출신의 처녀 마리 호르텐스 코르메리와 결혼했다. '시청'이라는 말은 적절한 표현이 아닐지도 모르겠다. 그것은 그저 공적인 사무를 보는 데 쓰이는 낡은 블록 건물에 불과했다.

울레드 파예트는 독자적인 행정 관청이 들어설 만큼 중요한 지역이 아니었기 때문에, 이웃한 델리 이브라힘의 시장과 부시장들이 필수적인 공공 업무를 같이 수행했다. 성냥갑만한 요새 역시 당시 거의 끝나가고 있던 식민지 전쟁의 상징물에 불과했다. 그 후 1962년 알제리 독립 때까지 델리 이브라힘은, 프랑스군의 상륙을 위한 준비로 그 일대에 대한 정밀한 지도를 제작했던 나폴레옹 공병단의 일원을 기리는 기념물과 1830년 원정군의 병사들에게 바치는 언덕 위의 기념물로 본토인들의 평정을 기념하고 있었다.

호적청의 기록 덕분에 이 결혼에 대해 알려진 또 하나의 사실은 알베르 카뮈의 할아버지가 혼인서약서에 서명을 하지 않았다는 것인데, 그것은 글을 쓸 줄 몰랐기 때문이다.

연약하고 섬세한 아이

카뮈 집안이 보르도 출신이라면 코르메리 집안은 어디 출신일까? 그들 가문 역시 알자스나 로렌과 관련이 있는 것일까? 이번에도 대답은 '그렇지 않다'이다. 신부 마리 호르텐스의 아버지인 마티외 쥐스트 코르메리는 프랑스 남중부의 삼림과 기름진 계곡이 있는 산악지대(전반적으로 그곳의 주민은 부유하기보다는 가난한 편이었다) 아르데슈에서 울레드 파예트로 이주한 인물이다.

마티외는 1826년 가축과 염소 사육, 밀과 과수 재배에 종사하는 언덕 기슭의 조그만 농촌인 실락에서 쥘리앵 코르메리와 엘리자베스 뒤몽의 아들로 태어났다. 19세기에 그 지역은 지금보다 인구가 훨씬 조밀했다.

오늘날 낯선 사람이 실락을 지나는 경우는 아마도 상쾌한 산책과 숲 속의 승마, 론 강의 조망, 랑그도크 지역 변경의 낡은 성채 관광을 즐길 수 있는 인기 휴양지 베르누상비바레에 가다가 길을 잃었을 때뿐이리라. 그러나 그것보다 훨씬 의미 있는 사실은, 알베르 카뮈가 나치의 끔찍한 프랑스 점령기 동안 가족과 알제리의 친구들로부터 격리된 채 그의 인생에서 가장 길었을 사실상의 망명기를 실락에서 그리 멀지 않은 곳에서 보냈다는 것이다. 그가 당시 거주했던 르 샹봉 쉬르 리뇽은 그의 증조부의 조상들이 살았던 땅에서 불과 50킬로미터도 떨어져 있지 않았다.

알베르의 친할머니 마리 호르텐스 코르메리는 1852년 울레드 파예트에서 마티외 쥐스트 코르메리와 마르그리트(처녓적 성은 레오나드)의 딸로 태어났다. 마리 호르텐스가 밥티스트 카뮈와 결혼했을 때 그녀의 아버지는 불과 한 달 전에 사망했으며, 당시 그녀가 막 스물한 살이 되었을 때였음에도, 그녀의 어머니가 결혼에 동의한 것으로 기록되어 있다.

밥티스트는 생업이 대장장이였다고 전하는데 혼인서약서에는 농부로 등재되었다. 아마도 두 직업 모두에 소질이 있었는지도 모르겠다. 그와 마리 호르텐스는 다섯 자녀를 두었다. 처음 두 아이는 딸이었으며, 다음에는 아들만 내리 셋을 낳았다.

알베르 카뮈의 아버지 뤼시앵 오귀스트는 막내였다. 밥티스트 카뮈는 불과 44세의 나이로 세상을 떠났다. 집안의 전설에 의하면 그의 아내는 남편과 거의 동시에, 또는 그 직후에 세상을 떠난 것으로 되어 있지만, 실제로 그녀는 남편보다 7년을 더 살았다.

두 딸 테레즈와 마리는 하녀로 남의 집에 들어갔고, 첫째와 둘째 아들은 델리 이브라힘에서 북쪽으로 3킬로미터도 채 떨어지지 않은 셰라가에 살고 있던 마리 호르텐스의 누이인 이모의 손에 맡겨졌다. 이모 부부는 그곳의 소지주였다.

이렇게 해서 알베르의 아버지 뤼시앵 오귀스트 카뮈만 남게 되었다. 이 책에서는 그의 아들이며 알베르 카뮈의 형인 뤼시앵과 구별하기 위해 그의 중간이름을 사용할 것이다.

뤼시앵 오귀스트는 1885년 11월 28일에 태어났다. 그는 아버지가 죽었을 때 겨우 한 살이었다. 무슨 쓸모가 있기에는 너무 어렸기에 그는 형제들과 떨어져 어느 프로테스탄트 고아원에 위탁되었다. 전하는 말에 의하면 그는 사춘기의 어느 때인가 고아원에서 달아나 셰라가에 있는 한 포도원의 견습일꾼이 되었다고 한다.

아버지의 순수한 프랑스 혈통에 비해 어머니의 스페인 혈통을 추적하는 일이 더 쉬웠을 리가 없지만, 그래도 알베르 카뮈는 자신의 증조부모 미구엘 생테스 소테로와 마르가리타 쿠르사치 돈셀라가 스페인 영토인 발레아레스 제도의 메노르카 서쪽에 있는 시우다델라에서 결혼했다는 사실을 밝혀냈다. 그들이 알제리로 이주하고 난 뒤인 1850년에 카뮈의 외할아버지 에티엔 생테스가 태어났다. 카뮈의 외할머니 카테린 마리 카르도나(『이방인』에서 그 이름을 찾아낸 이들이 생각했던 것처럼 그저 '마리 카르도나' 가 아니라)는 메노르카의 반대편 해안에 위치한 산 루이스 마을에 서 1857년에 태어났다. 카테린 카르도나는 호세 카르도나 이 폰 스(알제에서는 '조제프 카르도나'라는 이름을 쓰게 된다)와 잔 페 델리크의 딸이다.

발레아레스 제도에서 두 번째로 큰 섬인 메노르카는 1802년 마 지막으로 스페인에 반환되기 전까지 무어족, 영국인, 프랑스인에 게 연이어 점령당한 역사를 안고 있는 곳이다. 전설에 의하면 메 노르카인들은 거인족의 후예이며 그 섬에는 여전히 스톤헨지와 브르타뉴의 원시적인 돌기둥을 연상케 하는 거석(巨石)이 산재해 있다.

우리에게 좀더 의미 있는 일은, 북아프리카의 무어족이 이곳을 수백 년간 점령한 결과 무어의 건축 유산과 더불어 무어족의 혈 통이 남게 되었다는 사실이다. 이는 프랑스의 식민지 점령보다 훨씬 깊은 뿌리를 갖고 있다. 알베르 카뮈가 아프리카와의 이 먼 혈연관계를 알았는지는 확실치 않다.[7]

아버지의 뒤를 이어 농장 일꾼이 된 에티엔 생테스와 카테린 카 르도나는 1874년 알제 변방에 있는 쿠바라는 마을에서 결혼했다. 그들은 모두 아홉 자녀를 두었는데, 그중 일곱이 살아남았다. 그 들은 잔, 마르그리트, 카테린(알베르 카뮈의 어머니), 앙투아네트 (그녀는 알베르의 첫 번째 후원자인 귀스타브 아코와 결혼하게 된 다), 마리, 에티엔(알베르 카뮈의 소설의 등장인물이 된 술통 제조 공), 조제프였다. 1882년 11월 5일 비르카뎀에서 태어난 카테린 은 유난히 연약하고 섬세한 아이였다.[8]

어린 뤼시앵 오귀스트 카뮈는 다시 가족의 품안으로 돌아와 두 형 중 한 사람의 도움으로 포도주 운반업자가 되었다.[9] 군대에 징병됐을 때 그는 직업을 마부라고 기재했다. 셰라가에서 그는 3년 연상의 젊은 처녀 카테린 생테스를 만났다. 얼마 후 뤼시앵 오귀스트는 사실상 생테스의 대가족에 입양된 셈이 되고 말았다. 1907년, 가장인 에티엔 생테스가 사망하자 미망인은 아들들과 딸 둘(카테린도 포함되었다)을 데리고 셰라가에서 '벨쿠르'라고 불리는 알제의 노동자 계급 주거지로 이사했다.

제대한 뤼시앵 오귀스트는 셰라가로 돌아가고 싶지 않았다. 그래서 당시 대규모 포도주 운송업자인 쥘 리콤 밑에서 일하던 생테스의 아들 조제프가 그에게 일자리를 얻어주었다. 생테스 집안은 또한 청년 뤼시앵 오귀스트의 원한에 공감했다. 그가 고아원 시절의 기억과 자신을 그곳에 유기한 친형제들에 분개했기에 생테스 집안도 다른 카뮈들과는 전혀 교류를 하지 않았던 것이다.

2 가족 드라마

아들이 그 어머니에게 느끼는 이상한 감정이
그의 모든 감성을 구성하게 마련이다.
• 『작가수첩 1』

알베르 카뮈는 아버지에 대해 이야기할 때 일정한 거리를 둘 수밖에 없었는데, 마른 전투에서 입은 부상으로 사망한 아버지와 당시 한 살도 채 되지 않은 아기 사이에 벌어진 바닥 모를 간격을 메워줄 증인은커녕 변변한 문서조차 남아 있지 않았기 때문이다. 집안의 여자들, 즉 할머니인 카테린 생테스와, 귀가 잘 들리지 않는데다 남편의 죽음으로 인한 충격으로 말까지 더듬게 된 어머니 카테린 카뮈는 그 일에 외경심을 표하는 것이 고작이었을 것이다.

앞서 언급했던 이유들 때문에 아이는 성장하면서도 카뮈 집안과는 거의 접촉하지 않으며 지내야 했다. 어린 알베르는 영원히 부재하는 아버지에 대한 기억을 환기하려 할 때마다 어머니의 도움에 의지했다. 그는 어머니에게 "내가 아빠를 닮았다는 게 정말인가요?" 하고 묻곤 했다.

"꼭 닮았단다."(『안과 겉』*L'Envers et l'Endroit*)

생의 막바지에 『최초의 인간』을 집필하던 알베르 카뮈는 다시한 번 똑같은 시도를 하지만 이번에는 실제 이상의 아버지 상을 창조하게 된다.

실제로 알베르 카뮈는 자신의 아버지를 회상하는 데 그 자신의 전기작가 이상으로 나아가기가 어려웠다.

포도주 상인이 된 참전 군인

1906년 뤼시앵 오귀스트 카뮈는 2년간의 군복무에 징집되었다. 19세기부터 프랑스에서는 군복무가 의무적인 일이었으며, 그 덕분에 프랑스는 몇십 년간 식민지 전쟁에서 막강한 군대를 유지할 수 있었다. 그는 1907년에 모로코 침략을 위한 원정군으로 복무하게 되었다.

이 북아프리카 정복 시대는 유럽 국가들의 경쟁과 밀접한 관계가 있다. 20세기 초반 들어서도 프랑스는 식민지 점유권을 확대했지만, 모로코에서 술탄을 지지하는 황제 빌헬름 2세와 맞닥뜨리게 되었다. 프랑스와 독일, 그 밖의 다른 유럽 국가들과 미국을 한데 결합시켜준 1906년 알헤시라스 회의에서 국제 무역을 보장(그럼으로써 독일의 이익을 보호)하는 반면 프랑스와 스페인에게 경찰권을 부여하는 협정안이 통과되었다. 사실상 그 회의는 프랑스의 모로코 지배에 문을 열어준 셈이 되었다.

프랑스는 루이 료티 장군이 우지다를 점령한 것과 더불어 알제리로부터 모로코로 세력을 침투시키기 시작했다. 그런 다음 카사블랑카에서 유럽인들이 피살된 것을 구실삼아 1907년 8월 앙투안 드뤼드 장군 휘하의 1개 사단 6천 병력을 그곳에 진주시켰다. 5년 후 프랑스는 모로코에 보호령을 설정했는데, 이는 1956년에 모로코 독립이 승인될 때까지 지속되었다.

뤼시앵 오귀스트 카뮈는 주아브의 제1연대에 배속된 일개 사병으로서, 프랑스식으로 말하자면 '2급 병사'에 불과했다. 1906년 8월부터 기본 훈련 과정을 거친 그는 1907년 12월부터 1908년 8월까지 카사블랑카 작전에 투입되었다. 그가 맡은 역할은 정확히 알려져 있지 않은데, 어쨌든 선행 표창을 받고 상륙부대를 떠났다. 그는 '비교적 뛰어난 사수'로 분류되었다.

이들 주아브 연대는 프랑스 보병 중에서도 특히 화려하여 북아프리카식 의상을 연상시키는 불룩한 바지와 느슨한 베레모를 착용했다. 실제로 '주아브'라는 말의 어원은 아랍어로서, 1831년 알제리에서 창설된 부대의 초창기 때 모병했던 베르베르족의 한 부족을 기리는 말이다. 어떤 의미에서 그들은 돌격 전문 부대였다. "주아브 대원처럼 용감하다"는 말은 그 당시에 흔히 쓰이던 표현이었다. 군복무 후 뤼시앵 오귀스트는 예비군으로 전속되었으며, 나중에 제1차 세계대전이 발발했을 때 다시 주아브 대원으로 복귀하게 된다.[1]

카사블랑카 작전에서 돌아온 뤼시앵 오귀스트의 삶에 두 가지 변화가 생겼다. 셰라가로 돌아가지 않기로 한 그는 벨쿠르의 생테스 일가와 합류하면서 카테린 생테스와 그녀의 가족을 통해 이미 앞에서 언급한 리콤에 일자리를 구했다. 그리고 1909년 11월 13일에 카테린 생테스와 결혼했다.

그의 사망과 관련된 문서를 제외하면 가족의 수중에 남아 있는 유일한 공문서인 군사 서류 덕분에 이 무렵 그의 키가 178센티미터이고 머리는 밤색이며 눈은 푸른색이었다는 사실을 알 수 있다.[2]

그는 고아원에서 기본적인 읽고 쓰기를 배웠다. 군사 서류는 그가 문맹이 아니라는 사실을 입증하고 있다. 그러나 그의 아들 뤼시앵에 의하면, 뤼시앵 오귀스트가 문맹이 아닌 것은 직무상 글을 읽고 써야 했던 일자리 덕분이었다고 한다. 그가 고용주에게 보낸 보고서에는 자신의 의사를 표현할 기회가 생긴 데 대해 즐거워하는 기색이 역력했으며 일부러 과장한 표현이 엿보인다. 그의 아내는 글을 배운 적이 없었다. 그들의 결혼증명서에는 카테린과 그녀의 어머니가 자신들의 이름을 서명할 수 없었다는 사실이 나타나 있다.

프랑스인들은 그 지역 토착 작물이 아닌 것이 알제리에서 잘 자란다는 사실을 발견했는데, 그것은 바로 포도였다. 본토 프랑스 포도 재배업자들에게는 실망스러운 일이지만 얼마 지나지 않아서 알제리는 온통 포도원으로 덮이게 되었다. 당연한 일이지만 값이 싸면서 맛이 강한 북아프리카산 포도주가 프랑스로 수출되었다.

쥘 리콤 에 피에는 주요 포도 매매 및 운송회사였다. 여전히 알제에 남아 있는 그 회사 지하실은 200만 갤런의 포도주를 저장할 수 있었으며, 부두에 추가로 창고가 마련돼 있었다. 당시 리콤이 하는 일은 다양한 산지의 포도를 구매하여 고객에게 운송하는 것이었다. 1912년까지 포도 압착 시기가 되면 뤼시앵 오귀스트 카뮈는 회사를 대리해서 지역 공급업자에게 파견되었으며, 그 이후에는 운송을 감독했다.[3]

그해에 그는 알바 군의 주도에서 그리 멀지 않은 시디 무사에 있었다. 알제에 있을 때는 계속해서 벨쿠르에 살았다. 1910년 1월 20일 뤼시앵 오귀스트의 맏아들 뤼시앵이 태어났을 때 그들 가족은 라마르틴가의 아파트를 떠나 인접한 리옹가에 거주하게 된다.

뤼시앵 오귀스트는 죽기 바로 전 다시 그 거리로 돌아가는데, 그의 미망인은 그후 두 번 다시 그곳을 떠나지 않았다.

알베르 카뮈가 태어나다

1913년 가을 포도 수확이 끝난 후 리콤은 뤼시앵 오귀스트와 그의 임신한 아내 카테린, 그리고 어린 아들 뤼시앵을 보네 지역에서 가장 비옥한 재배지인 몬도비 근처의 도맨 뒤 샤포 드 장다름('헌병 모자의 사유지'라는 뜻)이라 불리는 포도원에 장기직으로 파견했다.

오늘날 '안나바'라고 불리는 보네는 튀니지 국경에 가까운 동쪽 끝에 위치한 프랑스령 알제리의 주요 항구였다. 그곳에서 남쪽으로 12킬로미터 떨어진 몬도비는 보나파르트 나폴레옹이 1796년 이탈리아 피에몬테의 몬도비에서 승리를 거둔 기념으로 그 도시의 이름을 딴 것이다. 그곳은 나폴레옹의 승전을 기념하는 이름이 붙은 수많은 알제리 읍 가운데 하나로서, 1848년 프랑스인들이 본토로부터 실직 상태에 있는 도시 노동자들을 정착시키기 위해 그저 지도에 X자 표시를 해서 만든 마을이었다.[4]

가족 소유의 문서[5]를 보면 카뮈 집안의 전설[6]은 사실로 보인다. 그들이 목적지에 도착한 직후인 1913년 11월 7일 오전 2시에 카테린 카뮈는 둘째아들을 낳았다.

알베르의 아버지는 다음 날 오전 10시 몬도비 시청에 출생 신고를 했는데, 그때 자신의 나이를 28세로, 직업을 포도주 상인으로 기재했다. 당시 31세였던 그의 부인은 가정주부로 기재되었다. 출생 신고의 증인은 사무실 직원인 살바토르 프렌도와 역시 포도주 상인인 장 피로였다. 이름으로 볼 때 프렌도는 몰타 섬 출신이고 피로는 나폴리 사람이었던 것 같다.[7]

출생 장소는 생폴 농장으로 기재되었는데, 그곳은 몬도비 북쪽으로 8킬로미터 가량 떨어져 있으며 보네와는 좀더 가까운 곳이다. 그 아이는 분명 비슷비슷한 집들이 늘어선 어느 한 동네에 있는, 하얗고 야트막한 방갈로에서 태어났을 것이다. 적어도 1960년대의 한 방문객에게는 그렇게 여겨졌다.[8]

식구가 늘어난 이 가족은 생폴 농장에 오래 머물 예정이었기 때문에 뤼시앵 오귀스트는 그 주소를 영구적으로 등재했다. 알베르의 출생 신고를 한 날이었다. 신고를 마친 그는 프랑스인들이 '포도주 양조'라고 일컫는 과정인 포도의 압착과 저장, 그리고 선적을 위해 보네 항구로 운송하는 일에 착수하기 시작했다. 그의 아들 알베르는 파리의 임시 아파트 주방 선반에, 그 당시 아버지가 알제에 있는 고용주를 위해 장식체로 꼼꼼하게 작성한 편지 몇 통을 보관하게 된다.

알베르가 태어난 지 채 일곱 달도 지나지 않은 7월 4일, 뤼시앵 오귀스트는 자신이 수확기를 앞둔 9월에 주아브 연대에서 17일간 훈련받으라는 통지를 받았다는 사실을 리콤에 보고했다. 그는 수확기와 압착기 동안 내내 샤포 드 장다름에 머물기로 정해져 있었다. 연대장으로부터 입영 연기 신청을 거부당할 것을 걱정한 그는 자신의 상사에게 조언을 구했다.

몸 속의 포탄 파편

그러나 사태는 뤼시앵 오귀스트나 그의 상사, 또는 연대장에게 결정을 내릴 만큼의 여유를 용납하지 않았다. 프랑스의 한 세대를 살육장에 몰아넣은 세계대전이 일어났다.

6월 28일, 뤼시앵 오귀스트의 편지가 그의 상사에게 닿기 일주일 전 사라예보에서 프란시스 페르디난드 대공이 암살되었다. 7월 28일, 오스트리아는 세르비아에 대해 선전포고를 했다. 이어서 8월 3일 러시아에 대해 선전포고를 한 독일이 프랑스에 선전포고를 했다. 8월, 독일은 벨기에와 북프랑스를 침공하기 시작했다. 실제로 카뮈 일가에게는 그 전쟁이 훨씬 더 실감나는 것이었을지도 모른다. 8월 4일 연안에 정박 중인 독일의 순양함 괴벤호와 브레슬라우호가 보네 시를 폭격했기 때문이다.

그러나 뤼시앵 오귀스트가 8월 1일 리콤에 보고한 대로, 그 무렵 카테린 카뮈와 그녀의 두 어린 아들은 알제에 돌아왔다. 그는 이틀 전에 알제로 세간살이를 운반해놓았던 것이다.[9] 그리고 그 자신은 이제 주아브 연대의 제1연대 제5중대에 배속되었다.

그가 찍은 엽서용 기념사진을 보면 장식달린 예복 차림을 한 잘생긴 남자의 모습을 확인할 수 있다. 좀더 자세히 보면 군모에 늘어진 술까지 볼 수 있다.

독일군이 심상치 않은 속도로 진군하고 있던 본토에서는 연대의 지원이 절실했다. 위협을 받고 있던 파리를 구하기 위해 새로운 부대가 투입되고 있었다. 1914년 9월 4일자로 아내를 안심시키기 위한 엽서를 보냈을 때 그 병사는 파리에 닿을 만한 거리에 있었다. 그 엽서에는 파리의 바로 동쪽에 있는 몽트뢰유 수 부아의 소인이 찍혀 있었다.

그날 밤 늦은 시각에 프랑스군의 총사령관 조제프 조프르 원수는 파리의 북동부 몇 킬로미터 앞까지 진군해 있던 독일군에 대한 대대적인 반격을 명령했다. 8월 24일 이래 독일군의 파리 접근을 저지하기 위한 시도로서 마른 전투가 예정되어 있었다. 이제 거의 모든 프랑스군이 반격에 투입되었다. 군대를 전선으로 이동시키기 위해 파리의 택시까지 동원되었다고 한다. 그리고 주아브 연대원 뤼시앵 오귀스트 카뮈는 포탄 파편을 맞고 전선에서 병원으로 후송되었다.

리옹 가에 있는 어머니의 아파트에 있던 카테린은, 파리에서 서쪽으로 360여 킬로미터 떨어진 브르타뉴 북부 생브리외의 한 병원에서 남편이 보낸 엽서를 받았다. 훗날 알베르가 어머니에게서 전해 받은 이 엽서에는 전쟁 발발 전 가톨릭계 고등학교였던 병원의 전경이 그려져 있다. 벨 에포크(20세기 초의 황금시대)풍의 교복 차림을 한 태평스런 여학생들이 운동장에서 놀고 있었다. 뤼시앵 오귀스트는 자신의 병실 창문을 X자로 표시해놓았다.

그는 자신이 회복되고 있다면서 아이들의 안부를 물었다. 부상 사실을 알리는 공식 전보가 먼저 도착했을 가능성이 높지만, 우리가 아는 한 카테린이 남편의 부상 소식을 처음 접한 것은 이 엽서를 받고 나서였다.

뤼시앵 오귀스트는 1914년 10월 11일에 사망했는데, 이번에는 카테린이 전보를 받은 것이 확실하다.[10] 군병원 당국의 호의로 '살 속에서 발견된 조그만 포탄 파편 하나'를 받은 그녀는 그 유품을 잘 보관했다고, 『안과 겉』의 어린 소년은 회상하고 있다. 그 소년은 여기서 자기 아버지에 대해 '확신 없이…… 아무런 기억이나 감정도 없이' 말하고 있다.

그는 자기 아버지가 열의에 들떠서 출정했다고 들었으며, 부상을 당한 후 '임종에 이르기까지 꼬박 일주일 동안 눈이 멀었다'고

믿었다. 그러나 병원에서 꼼꼼하게 글을 써 보낸 엽서를 보면, 그가 눈이 먼 것은 아니었다.[11]

카테린은 전보의 충격으로, 또는 남편의 몸에서 빼낸 포탄 파편 때문에, 그녀의 아들이 유년기에 관해 남긴 몇 편의 글에서 언급한 적이 없는 정신적 외상을 입었다.[12] 그녀는 분명 병에 걸렸고, 가족들은 그것을 '뇌막염'이라고 여겼다. 뇌막염은 세균성 질환이지만, 충격의 징후를 묘사하는 데 잘못 쓰이는 경우가 왕왕 있다. 그녀의 동생 앙투아네트는 언니가 말을 제대로 못하게 됐다고 했다. 카테린은 이전에는 정상적으로 말을 할 수 있었으나 단어를 잘못 발음하기 시작했으며, 결국 낯선 사람들 앞에 잘 나서지 않게 되었다.[13]

아마도 아들 알베르가 이유를 몰랐을 이러한 장애에다 귀가 잘 들리지 않았던 점, 그리고 글을 모르는 점 때문에 그녀는 아들들이 성장한 가정에서 누구보다도 수동적인 구성원이 되고 말았다.[14] 귀가 잘 들리지 않는 점은 상대방의 입술을 읽는 능력으로 어느 정도 보정되었으므로 그녀에게 말을 할 때 구태여 언성을 높일 필요는 없었다.

카테린 카뮈는 죽은 남편의 무공훈장과 전공훈장을 금박 액자에 넣어 리옹 가의 아파트에 걸어두었다. 그녀는 남편의 무덤을 방문할 기회가 없었다. 남편의 무덤은 알제에서 가자면 프랑스 영토의 끝이나 다름없는 생 브리외의 생 미셸 공동묘지 전사자 묘역 첫 번째 줄에 자리 잡고 있었다. 훗날 알베르 카뮈가 노벨상을 받았을 때 어느 기념 단체가 그 묘비의 주인이 알베르 카뮈의 아버지라는 사실을 확인하는 명판을 붙였다.[15]

결핍의 드라마

카뮈는 자신의 유년시절에 대한 글 몇 편을 남겼다. 『안과 겉』에 포함된 에세이와 그 에세이의 초고 등 초기에 쓴 글에서는 친근하면서도 거리감 있는 분위기가 풍긴다. 카뮈는 나이가 들어가면서 자기 자신이나 다른 사람을 보호할 필요성을 덜 느끼게 되었으며, 최후의 미완성 소설에는 자신이 기억하고 있는 많은 진실을 담았다. 오랜 세월에 걸친 이러한 회상은, 유년기가 행복했다고 단언하고 싶은 욕망("처음에 세계는 적이 아니었다")[16]과, 이따금 개인적으로 자신이 프롤레타리아였다고 주장할 필요성 사이를 움직이게 된다.[17]

가난은 그 이야기의 일부, 그가 쉽게 털어놓을 수 있는 한 부분일 뿐이었다. 가난은 보편적 상황이었으며 그만이 독창적으로 얘기할 수 있는 것이 아니었기 때문이다. 그는 나머지 문제에 대해 자기 가족만의 구체적인 드라마를 끊임없이 반복해서 다뤄보려는 시도를 하게 되는데, 결국 죽음을 맞이할 때까지도 그 일을 끝내지 못했다. 최후의 소설은 가족 드라마를 그 어느 때보다 깊이 있게 탐색했을 것이며, 그랬을 경우 작가는 예술을 통해서 벨쿠르의 유년기를 머릿속에서 지워버릴 일정한 형식을 부여하게 되었을지도 모를 일이다.

그 드라마의 주요 구성요소는 다음과 같다. 재산도 없이 두 아이를 데리고 알제에 있는 어머니의 집으로 들어간 카테린 카뮈(자신의 의견을 명확히 얘기하지 못하는데다 무방비 상태인)는 보다 강한 여인의 지배 아래 놓이게 되었다. 이제 카테린의 어머니, 카테린 카뮈의 두 남동생 에티엔과 조제프가 가족 구성원이 되었다.

그 아파트에는 방 세 칸과 부엌 하나가 있었다. 그 중에서 식당으로도 쓰이는 방 하나는 에티엔과 조제프의 침실이기도 했다. 그 방에는 리옹가에 면한 조그만 발코니가 붙어 있었다. 카테린의 어머니는 방 하나를 따로 썼다. 카테린 카뮈는 두 아이 알베르와 뤼시앵과 함께 나머지 방 하나를 썼는데, 두 아이는 1인용 침대에서 함께 잠을 잤다. 이 방과 카테린의 어머니의 방은 조그만 뒷마당에 면해 있었다.

한동안 카테린의 조카(그녀의 언니인 잔의 딸) 가브리엘이 그들과 함께 지내면서 카테린의 어머니와 같은 방을 쓴 적이 있었다. 1920년경 조제프는 그 집을 나와 독자적인 삶을 꾸려갔지만, 다리를 저는데다 자기 의견을 명확히 말할 줄 모르는 에티엔은 집에 남았는데, 그런 외삼촌의 모습은 조카의 책 속에 거의 변형되지 않은 다양한 형태로, 때로는 전혀 아무런 변형도 가하지 않은 채 등장하게 된다.

그들의 아파트는 알제 시 벨쿠르 지구의 주택 2층에 있었다. 그 층에는 다른 두 가구가 있었는데, 세 집이 복도에 있는 화장실을 공동으로 사용했으며 욕실은 없었다. 아래층에는 나중에 식당으로 바뀐 포도주 주점과 미용실, 모자 가게가 있었다. 알베르가 그곳을 떠난 1930년까지 수도나 전기 시설은 갖춰져 있지 않았다. 가족들은 식탁 위의 석유 등잔을 '허공에 매달린 물건'이라고 불렀다. 다른 방에는 탁자용 석유 등잔이 있었다.[18]

가족의 드라마는 결핍을 이야기하기 위한 소재로 동원됐을 때 대개 이런 식으로 재현되었다.

두 아이만 남긴 채 남편이 죽은 가난한 여인이 있었다. 그녀는 역시 가난한 어머니와, 노동자인 불구자 동생과 함께 살았다. 그 여인은 아이들의 교육을 자기 어머니에게 맡겨둔 채 청소부로 일하며 생계를 꾸려갔다. 거칠고 거만하며 지배적인 성격의 노파는 아이들에게 엄격했다. 그중 하나는 결혼했다. 이제 다른 한 아이에 대해 이야기하게 될 것이다. 초등학교, 그 다음에 고등학교를 다니는 그 아이는 몰인정한 할머니와, 사랑을 할 줄도 애무할 줄도 모르기 때문에 결국 냉담해지고 마는 착하고 자상한 어머니와 함께 사는, 더럽고 빈한하며 역겨운 집으로 돌아온다.[19]

노벨상을 받은 해에 초기 에세이집의 신판을 위해 쓴 서문에서 그 유년기는 어느 정도 덜 고통스러운 체험이 되기도 한다.

가난이 내게 불행이었던 적은 한번도 없었다. ······타고난 냉담함을 교정받기 위해 나는 곤궁과 태양 사이의 중간에 놓인 것이다. 곤궁 덕분에 나는, 태양 아래에서는 만사가 잘돼가며 모든 것이 역사의 한부분이라는 느낌을 받지 못했다. 태양은 나에게 역사가 전부가 아니라는 사실을 가르쳐주었다.

가난한 소년을 행복하게 성장할 수 있게 해준 것은 태양과 바다였다. 또한 그 소년이 아무것도 부러워하지 않고 성장할 수 있게 해준 것은 그의 가족, 그 가족의 "침묵과 겸양, 천성적이고도 냉정한 자존심" 덕분이었다.[20]

진정한 이방인

할머니 카테린 생테스는 남편의 요절과 딸들과의 헤어짐으로 심술궂어진 거친 여인이었다. 게다가 두 어린 것을 데리고 돌아온 카테린 카뮈의 일은 그녀가 이해할 수 있는 선을 넘어선 것이었다. 그녀는 철권으로, '황소 힘줄'(문자 그대로 황소의 목줄기 힘줄을 말린 것이다)로 불렸던 채찍으로 가정을 꾸려나갔다. 그 채찍은 규칙적이면서도 효과적으로 어린 뤼시앵과 알베르에게 떨어지곤 했다. 말대꾸는 용납되지 않았다. 피로와 노파에 대한 두려움에 시달리고 자신의 의사를 표현할 줄 몰랐던 아이들의 어머니는 이런 소동과 매질의 수동적인 목격자였다.

"그애 머리를 때리지 마세요" 하고 그녀는 애원한다.(『안과 겉』)

에티엔 외삼촌도 자신의 어머니를 두려워했으나 마음속 깊이 사랑했다. 카테린 카뮈가 어머니를 사랑했는지는 확실치 않다.

에티엔이 가까운 술통 공장에서 일을 하면서 받아온 노임은 가계에 보탬이 되었다. 초기의 미완성 소설 『행복한 죽음』(*La Mort heureuse*)에서 카뮈는 카르도나라는 이름으로 묘사되었는데, 그 이름은 물론 카뮈의 외할머니의 처녓적 이름이다. 카뮈의 소설에는 가족의 이름이 무수히 등장한다. 조카의 초기 원고 「빈민가의 음성」(Les Voix du quartier pauvre)에 나타난 에티엔 외삼촌은 "귀머거리에 벙어리이고 천박하며 우둔한" 인물이다. 이러한 묘사는 알베르가 가족의 아파트에서 떠난 직후 여전히 분개에 불타고 있을 때 씌어진 것임을 유의해야 한다.

세월이 흐르면서 에티엔 생테스는 1955년에 씌어진 단편 「벙어리」(Les Muets)에서처럼 이상적인 모습을 얻게 된다. 여기서 그는 이바르라는 이름으로 등장하는데, 그것은 실제로 에티엔의 매형들 즉 잔과 마르그리트 생테스의 남편들의 이름이었다. 이 소설에 나오는 이바르의 아내 페르난데는 카뮈의 두 번째 아내 프랑신의 어머니 이름이었으며, 프랑신의 법률상의 이름과 일치하기도 한다. 실제로 에티엔 생테스는 열서너 살 무렵 외과 수술을 받기 전까지 완전히 벙어리였다.[21] 그는 수술을 받고 나서도 말하는 데 곤란을 겪었다.

한편 에티엔 생테스와 카뮈의 어머니 카테린 카뮈가 관련된 한 가지 사건이 카뮈의 작품에 반복해서 나타난다. 그 사건이 실제로 언제 일어났으며, 어떤 결말에 이르렀는지에 대해서는 알 길이 없다. 알베르와 뤼시앵의 유년기 또는 청소년기의 어느 한때 그들의 어머니에게 애인이 있었다. 격분한 에티엔이 그 남자를 집 밖으로 집어던지고 나서 이번에는 카테린 쪽으로 돌아섰다. 그때 알베르의 형 뤼시앵이 그의 앞을 가로막고 나섰다.

「빈민가의 음성」(1934년 12월)에 서술된 이야기에 의하면 에티엔은 과부가 된 누나가 사랑하는 남자와 만나는 일을 방해했다. 카테린의 애인은 그녀에게 꽃이며 오렌지, 자신이 축제 때 상품으로 받은 술 따위를 선물했다. 그것은 불륜 관계였는데, 그 남자의 부인은 주정뱅이였다. 그는 미남은 아니었지만 성품이 착했다.

"그녀는 자기에게 열중하는 그 남자에게 관심을 쏟았다. 사랑이 별것인가? 그녀는 그의 빨랫감을 세탁해주면서 언제나 그 남자가 청결을 유지할 수 있게 해주었다."

에티엔이 그들의 만남을 반대했기 때문에 카테린 카뮈는 애인을 몰래 만나야 했다. 그러나 어느 날 애인이 방문했을 때 에티엔이 나타나면서 '한바탕 무시무시한 소동'이 벌어졌다. 이 이야기에서는 아들이 이제 가족과 함께 벨쿠르의 아파트에 살고 있지 않다. 그의 어머니가 아들을 찾아와 눈물을 흘리며 이야기를 들려주었던 것이다. 이 사건은 알베르의 어머니가 마흔여덟 살 무렵인 1930년 이후에 일어난 에피소드일 것이다.[22] 『행복한 죽음』 초고에서는 카테린 자신이 그 소동이 벌어진 뒤 가족이 살던 아파트를 떠난다.[23]

전체적으로 볼 때 외삼촌에 대한 알베르의 진술에는 균형이 잡혀 있다. 그는 갑자기 분노를 터뜨리는 인물이지만, 양손에 온통 못이 박인 정직한 노동자이기도 했다. 알베르 카뮈가 노벨상을 받은 후 기자들이 찾아갔을 때 에티엔은 아주 흡족해하는 것 같았다. 은퇴한 그는 당시 볼링과 요리를 하며 시간을 보내고 있었다. 그는 벨쿠르의 아파트에 살던 시절을 이렇게 회상했다.

"나는 큰 돈은 벌지 못했지만, 알베르에게는 언제나 사정이 허락하는 한 모든 것을 갖게 해주었다."[24]

알베르의 할머니 역시 생생한 묘사의 덕을 보았다. 한정된 관계뿐만 아니라 독특한 성격과 사건이 아이에게 준 강렬한 인상을 암시하기라도 하듯이 동일한 사건과 성격적 특성들이 반복해서 나타난다. 『안과 겉』에서 할머니 카테린 생테스는 일흔의 나이에도 여전히 가정을 통솔하고 있다. 그녀는 1927년 알베르가 열네 살이었을 때 일흔 살이었다.

이 지겨운 인물은 면전에서 자기 손자에게 "엄마와 할머니 중에서 누가 더 좋으냐?"고 물을 방문객을 기다렸다고 한다. 그러면 그 아이는 엄마가 앞에 있건 없건 "우리 할머니"라고 대답하지 않으면 안 되었다. 그러면서 아이는 한편으로 "늘상 침묵만 지키고 있는 어머니에 대한 애정이 폭발하는 것"을 경험한다. 방문객이 소년의 대답에 놀라는 시늉을 하면, 알베르의 어머니는 "어머니가 저 아이를 길렀으니까요" 하고 해명하는 것이다. 그런데 어른이 된 알베르 카뮈는 그 일을 다르게 설명하고 있다.

그것은 또한 그 노파가, 사랑이란 요구하는 것이라고 믿고 있었기 때문이기도 했다. 그녀는 한 가정의 당당한 어머니로서 엄격하고 편협했다. 그녀는 남편 몰래 바람을 피운 적이 없었고, 아홉 자녀를 낳아주었던 것이다.

카테린 할머니를 두려워한 것은 알베르와 뤼시앵뿐 아니라 그들의 어머니 카테린과 에티엔 외삼촌도 마찬가지였다.

꼬마 알베르가 노파를 다루는 데 훨씬 능숙했다는 형의 증언이 있다. 노파는 알베르가 형보다 낫다는 사실을 공공연히 인정했다.[25] 알베르와 무척 가까웠던 초등학교 친구 앙드레 빌뇌브는 알베르와 함께 카테린 할머니를 모시고 영화를 보러 가곤 했으며 줄거리를 설명해주기까지 했다.[26]

아마 생테스 할머니에게도 나름대로 좋은 면이 있었겠지만, 손자들은 나름대로 '정확한 판단'을 할 수 있는 나이였다. 그들은 할머니를 연민과 인정에 호소하는 사기꾼으로 보았는데, 일례를 들면 실제로는 창가에서 빈둥거리고 있었으면서도 일을 하고 있었던 것처럼 꾸미는 것이 그랬다.

할머니는 필요할 경우에는 중병에 걸릴 수도 있었다. 그래서 할머니가 정말 중병에 걸렸을 때도 알베르는 할머니가 죽기 전까지 그 일을 사실로 여기지 않았다. "장례식 날, 사람들이 울었기 때문에 그 역시 울었지만, 자신의 울음이 진심이 아닐지 모른다는 두려움을 품고 있었다."(『안과 겉』)

할머니가 세상을 떠난 후 알베르의 어머니와 에티엔 외삼촌이 공동으로 집안을 꾸려간 덕분에 집안 분위기가 바뀌었다.[27]

어린 알베르 카뮈에게 그가 훗날 두고두고 듣게 될, 그리고 그의 삶에 중요한 역할을 하게 될 아버지에 관한 실질적인 이야기를 처음 들려준 사람은 할머니 카테린 생테스였을 것이다.

에세이 「단두대에 대한 성찰」(Réflexions sur la guillotine)에서 아무런 허구의 차폐물 없이 이야기하던 카뮈는 자신이 어머니에게서 그 이야기를 들었다고 했다. 그 이야기에 의하면, 제1차 세계대전이 일어나기 직전 어떤 농장 가족을 살해한 범인이 단두대 사형 선고를 받았다고 한다.

아동 살해범에게는 목을 자르는 형벌이 제격이라고 여겼던 카뮈의 아버지는 처형장에 가보기로 했다. 그는 처형장에 제 시간에 도착하기 위해 한밤중에 일어났다.

그런데 그는 자신이 처형장에서 본 일에 대해 아무 말도 하지 않았다. 그의 아들이 알고 있는 사실은 아버지가 괴로움에 찬 표정으로 황급히 귀가했다는 것뿐이다. 아버지는 아무 말 없이 침대에 몸을 던지더니 갑자기 구토하기 시작했다.

카뮈는 그 이야기를 사형 폐지에 대한 긴급 호소를 위해 처음 쓴 이후 오랫동안 애용했다. 왜냐하면 목을 자른다는 의식적인 행위는 그의 아버지처럼 단순하고 정직한 인간의 적개심을 뛰어넘을 정도로 끔찍한 일이 분명했기 때문이다. 그 남자가 전적으로 정당하다고 여겼던 형벌이었지만 실제로는 구토하게 만드는 것 이외에 아무런 효과도 없었던 것이다. 정작 보호해야 할 정직한 인간으로 하여금 구토하게 만들 뿐인 형벌에 대해서는 의문을 제기할 만했다.

최초로 간행된 소설 『이방인』에서 카뮈는 주인공 뫼르소로 하여금 그 이야기를 하게 만든다. 주인공 역시 자기 어머니에게서 그 이야기를 들었다. 그 이야기는 또한 그가 아버지에 관해 들은 것 중 유일하게 정확한 정보이기도 했다. 그러나 나중에 해변에서 아랍인을 죽이게 되는 소년 뫼르소는 그런 이야기에 감동을 받기에는 이미 지나칠 정도로 경직돼 있었다. 처음 그 이야기를 들었을 때 아버지의 행동은 그에게 어느 정도 혐오감을 안겨주었지만, 자신이 처형을 기다리고 있는 지금은 그 행동이 이해된다. 사형보다 더 중요한 문제가 어디 있겠는가!

나중에 『페스트』에서, 단두대 처형장에 참석하기 위해 아침 일찍 일어나는 사람은 검사인 타루의 아버지다. 결국 타루는 그것 때문에 집을 떠난다. 아버지가 일찍 일어났던 일, 구토했던 일은 평생토록 아들의 머릿속을 떠나지 않는다. 꿈속에서는 처형자의 희생자가 되기도 한다. 그러다가는 그 자신이 단두대에 올라가게 되고 말 거라는 할머니의 경고도 도움이 되지 않았다.[28]

성인이 된 알베르 카뮈는 레지스탕스 동료들이 나치 협력자를 처형하는 것을 반대했다. 카뮈는 그들이 저지른 행위는 혐오하면서도 사형은 인정하지 않았기 때문에 동료들로부터 고립되었다. 이러한 사형 혐오는 스탈린주의자들과의 결별을 불러왔고, 그로 하여금 알제리의 이슬람 민족주의자들이 정당한 목적에서 테러를 하는 것도 거부하게 만들었다.

정확한 날짜는 알 수 없는데, 알베르의 어머니가 리옹 가의 아파트에서 괴한의 공격을 받은 적이 있었다. 『안과 겉』에 서술된 바에 의하면 그녀는 황혼 무렵 발코니에 앉아 있다가 봉변을 당했다. 괴한은 등뒤에서 그녀를 공격하고는 무자비하게 방 안으로 끌어당기다가 무슨 소리가 나는 것을 듣고는 달아났다. 그것이 사건의 전말이었다.

당시 이미 청년이 되어 다른 곳에서 살고 있다가 달려온 알베르에게 의사는 어머니 곁에서 하룻밤을 지내도록 충고했다. 훗날 그의 형은 이웃 사람들 모두가 그 괴한을 아랍인으로 간주했다는 진술을 남겼다.[29]

제1차 세계대전이 벌어진 4년 동안 전쟁 미망인 카테린 카뮈는 정부로부터 돈 한푼 받지 못했다. 공식적인 남편의 전사 통고와 최초의 연금 지급 수표가 도착한 것은 종전을 몇 달 남겨둔 때였다. 집안에 신청서를 작성할 만한 사람이 없었기 때문에 이웃의 한 회계사가 연금 신청을 거들어주었다.

전쟁 중에 카테린은 류머티즘에 걸릴 때까지 탄약 공장에서 탄피를 분류하는 일을 했다. 전쟁이 끝난 후에는 청소와 세탁, 다림질 일을 맡아 했다. 나중에 그녀의 자녀들은 '국가에서 보호하는 전사자 자녀'로 지정되었는데, 이는 매년 구두 한 켤레, 교복 한 벌, 교과서 등을 구입할 약간의 비용과 무료 진료를 받을 자격을 의미했다.[30]

카뮈의 미완성 소설 『행복한 죽음』을 접하지 못한 독자들은, 나이가 들어갈수록 경이로운 어머니로 비쳤던 이 조용하고 순종적인 여인에 대해 카뮈가 어떤 감정을 느꼈는지 제대로 알기 힘들 것이다.

그의 초기작들을 읽은 한 독자는, 카뮈가 자신이 '이방인'이 될 수밖에 없었던 상황을 어머니 탓으로 돌리는 것 같다고 했다. 그런데 정작 '이방인'이었던 것은 그녀였던 것처럼 보인다.[31]

3 벨쿠르에서의 성장

> 내 방은 이웃한 대로 쪽에 있었다. 아름다운 오후였다. 하지만
> 인도는 축축하게 젖어 있고 여전히 행인 몇 명은 걸음을 서두르고 있었다.
> 처음에는 산책을 나온 가족들이 보였다. 세일러복 차림의
> 두 사내애가 있었는데, 반바지는 무릎 위까지 올라왔고
> 뻣뻣한 옷 때문에 좀 거리적거려 하는 듯이 보였다.
>
> • 『이방인』

배를 타고 알제에 도착하는 여행자는 알제리의 수도인 이곳의 항구와 도시가 무대에서 바라본 고대 그리스나 로마의 원형극장과 닮은 점이 전혀 없다고 생각할지도 모른다. 이 도시는 반원을 그리며 만을 에워싸고 있는 형상을 하고 있다. 주위를 둘러싼 언덕 위로 층층이 솟아 있는 하얀 건물들로 이루어진 거리는 원형극장의 특별 관람석이다.

알베르 카뮈는 반평생이 넘도록 이 극장에서 삶을 연기했다. 우선 바다에서 볼 때 왼쪽에 위치한 벨쿠르에는 그가 성장한 하류 노동계급과 영세상인 거주 구역이 있다. 오른쪽으로는 인구가 밀집해 있는 이슬람 교도 카즈바(토착민 구역) 너머에 바브 엘 우에드의 다국적 주민들의 거주지가 있고 바로 그 가장자리에 카뮈가 다닌 고등학교가 자리 잡고 있었다.

두 극단 사이의 도시 중심부에는 관청과 대학, 그리고 북적거리는 상가 지역이 있는데, 카뮈는 그곳의 미슐레가에서 임시로 지낸 적이 있다.

다음으로 도시 중심지 위 언덕 꼭대기에 카뮈를 가르친 교수들

과 부유한 친구들이 살았던 주택지구가 있는데, 그 자신도 첫 번째 결혼 때 한동안 그곳에 살면서 '세상 위의 집'이라는 공동체 경험을 한 적이 있다. 그가 명성이 절정에 다다랐을 때 은거하고 싶어 했던 곳은 그보다 훨씬 위쪽, 바로 지평선에 맞닿을 만큼 높이 치솟은 고지대였다.[1]

노동자와 이주민의 거리

그러나 그를 형성한 곳은 벨쿠르였다. 카뮈는 그곳에 있는 할머니의 아파트에서 생후 8개월부터 17세까지 살았다. 그 뒤로도 몇 번씩 그곳으로 돌아오기도 하고 임시 은거지로 삼기도 했다. 벨쿠르는 영세한 공장과 항만 시설에서 저임금을 받으며 일하거나, 독립적인 장인으로 생계를 유지하며 가난을 운명으로 여기는 알제 사람들의 구역이었다. 그곳은 또한 하위직 공무원과 회사원, 영세 상인들의 거주지이기도 했다. 이곳의 유럽 출신 노동자 계층은 다른 어느 곳보다도 토착 이슬람 교도들과 밀접하게 접촉하며 살았다.

리옹가는 벨쿠르를, 르마라보로 알려진 이웃 이슬람 지역과 분리시킨다. 르마라보는 그 지역 이슬람 교도 묘지에 있는 어느 성인의 무덤에서 딴 이름이다.[2] 벨쿠르의 유럽인들이 대부분 프랑스 출신인 데 비해 시의 중심지 맞은편에 위치한 바브 엘 우에드에는 스페인계, 이탈리아계, 유대인계 주민들이 많았다고 한다. 그것이 사실이라면 스페인 출신인 생테스 집안은 벨쿠르의 통례를 볼 때 예외였던 셈이다. 그러나 벨쿠르의 학생들 대부분이 비프랑스계라는 사실도 확인되고 있다.

훗날 카뮈는 『결혼』(*Noces*)에서 "벨쿠르 주민은 바브 엘 우에드에서처럼 일찍 결혼한다"고 회상했다.

그들은 일찍부터 노동을 시작하여 10년 안에 평생 겪을 수 있는 모든 일을 경험한다. 서른 살의 노동자라면 이미 자신이 가진 모든 패를 다 써버리는 것이다. 그래서 이제 그에게 남은 일은 아내와 자식들에게 에워싸여 죽음을 맞는 것뿐이다.

그들에게는 도덕률, 그것도 아주 특별한 도덕률이 있다. 어머니의 기대를 결코 '저버리지' 않는 일이다. 또한 자기 아내가 남들에게 존경을 받도록 해야 한다. 적과 싸울 때는 반드시 일대일로 상대한다. ……그러나 동시에 장사꾼의 도덕률은 수수께끼에 싸여 있다. 사람들은 언제나 경찰에 잡혀 가는 사람을 연민 어린 표정으로 지켜보곤 했다.

벨쿠르의 한쪽 끝은 해변이었다. 그 언저리 한쪽 끝에 자르댕 데세라는 식물원이, 다른 한쪽 끝에는 바라크와 운동장이 있었다. 그 구역의 주된 영세산업인 술통 제조업이 카뮈 가족의 생계에 도움이 되었다. 알베르의 외삼촌 에티엔은 해변에서 몇 블록 떨어진 커다란 술통 공장에서 일했다.

카뮈 가족의 아파트가 있던 리옹가는 벨쿠르의 간선도로였다. 그 거리는 시 외곽으로 빠져나가는 국도였다. 이 거리를 따라 초저녁이면 십대 청소년들이 남자애들은 남자애들끼리, 여자애들은 여자애들끼리 무리지어 어슬렁거리곤 했다. 이곳에는 그들이 톰 믹스나 타잔, 더글러스 페어뱅크스, 그레타 가르보 등이 나오는 영화를 본 먼지 뿌연 극장들도 있었다. 카뮈의 '이방인'은 이곳 리용가에 살고 있었다.

도살장 근처 아래에는 '병기창 해변'이라 불린 가난한 주민을 위한 해변이 있었다. 알베르와 친구들은 이곳에서 코르크로 만든 띠를 매고 물에 떠다니면서 수영을 익혔다. 일광욕을 하면서 물고기로 가득한 그물을 끌어올리는 어부들을 볼 수 있었던 그 좁다란 해변은 아이들에게는 경이로운 곳이었다.

해안을 따라 나 있는 도로는 '양의 길'이라 불렸는데, 내륙으로부터 이 길을 따라 알제 항구에서 운송될 양들을 몰고 가곤 했기 때문이다. 나이가 차면서 벨쿠르의 소년들은 술통을 나르는 마차 뒤꽁무니에 올라타 부두로 가곤 했는데, 그곳 항구의 깊은 바다에서는 수영과 다이빙을 동시에 즐길 수 있었다. 당시에는 연료를 때는 선박이 지금보다 훨씬 적었기 때문에 물이 맑았다. 벨쿠르의 '병기창 해변'은 알제의 부두 시설이 확장되면서 흡수되어 지금은 사라졌다.

알베르가 다닌 뮈리에가의 벨쿠르 유치원은 아마도 자선 기관이었을 것이다. 아무튼 카뮈 집안은 유치원에 수업료를 낸 적이 없었다. 유치원 원장은 "아이들에게 아주 헌신적인 조그만 곱사등이 여인"으로 묘사된 마드모아젤 마리라는 여자였다.[3]

알베르는 여기서 읽고 쓰기를 배웠다. 그는 나이에 비해 몸집이 작았기 때문에 놀이를 할 때면 친구들이 그를 보호해주고 싶어했다. 그가 훗날 국립고등학교(리세) 시절 가장 좋아한 축구에서 골키퍼를 맡은 것은 되도록 거친 움직임을 피하기 위해서였다.

어머닌 언제나 말이 없으셨죠

알베르 카뮈에게는 이웃 동네의 초등학교가 벨쿠르 시절의 중요한 분기점이 되었는데, 오메라트가에 있던 공립초등학교는 같은 학교 안에 남학생과 여학생을 위한 건물이 따로 있었다. 학교에 가려면 리옹가를 따라 두어 블록을 간 다음 왼쪽으로 짤막한 한 블록을 걸어가면 됐다.

카뮈의 집은 책이나 신문, 잡지조차 없는 밀폐된 세계였다. 어린 카뮈는 친구들을 집 안으로 들이기를 꺼려했다. 초등학교 때의 친구들 중 거리에 면한 출입구에서 카뮈-생테스 일가의 아파트로 올라가는 충계가 있는 복도 너머까지 가본 사람은 거의 없었다.

카뮈는 자기 집을, 가족을, 청소부이자 세탁부인 어머니를 부끄럽게 여겼던 것일까? 그에 대한 증언은 상충된다. 역시 가난한 소년이었던 루이 기유는, 카뮈는 자기 어머니가 세탁부였다는 사실을 결코 숨긴 적은 없었지만 남의 입을 통해서가 아니라 자기 입으로 그 얘기를 하고 싶어 했다고 여겼다. 알베르의 형 뤼시앵은, 자신들은 가난했으나 자존심이 강했으며 어찌 됐건 벨쿠르의 즐거움인 태양과 바다는 공짜였노라고 주장했다. 그들 형제는 구두를 신지 못했던 적이 없었고 학교도 거르지 않고 다닐 수 있었다.[4]

그러나 집에는 책이 없었을 뿐만 아니라 알베르가 쓸 책상도 없었다. 교과서와 공책은 모두 책가방 속에 넣어둘 수밖에 없었다. 그는 머리 위에 등잔이 걸려 있는 식탁에서 공부를 한 다음 교과서를 다시 책가방 속에 넣어두곤 했다. 식탁에는 어느 것 하나 늘 어놓을 수 없었다.

학교의 조그만 도서실에서는 일주일에 한 번씩 책을 빌릴 수 있었고, 할머니는 알베르와 그의 형을 시립도서관 회원으로 등재시켜주었다. 초등학교 교사들은 학생들에게 자기들이 갖고 있던 책을 빌려주기도 했으므로, 영리한 아이라면 언제나 읽을 책을 마련할 수 있었다.

마르그리트 이모의 아들 프랑수아 이바르는 카뮈 형제에게 닉 카터와 버팔로 빌의 이야기 같은 인기 있는 모험담, 신문기자가 주인공인 가스통 르루의 탐정소설, 그렇지 않으면 첩보물 작가인 미셸 제바코의 작품들을 빌려주곤 했다. 알베르는 그 모든 책을 탐독했다. 나이가 좀 들었을 때 알베르의 형은 동생 알베르와 그의 친구 앙드레 빌뇌브가 『카나르 앙셰네』(*Le Canard Enchaîné*) 같은 파리의 정치 주간지를 읽고 있을 뿐만 아니라 그것을 자기보다 빠르게 이해한다는 사실을 깨달았다.[5]

그 무렵의 가정은 『안과 겉』에 묘사된 대로였을지도 모른다. 어머니는 하룻동안의 피곤한 노동을 마치고 빈 집으로 돌아온다. 그녀의 어머니는 물건을 사러 나갔고 아이들은 아직 학교에서 돌아오지 않았다. 그녀는 쓰러지듯 의자에 주저앉아 햇살이 사라져가는 마룻바닥을 멍하니 응시한다.

그 순간 집에 들어선 소년은 앙상한 어깨의 가냘픈 실루엣을 알아보고 우뚝 멈춰선다. 그는 두려운 것이다. 그는 어머니에 대한 연민에 사로잡힌다. 그것이 그녀에 대한 사랑일까? 어머니는 그를 쓰다듬어준 적이 없었다. 방법을 모르는 것이다. 그래서 소년은 잠시 동안 물끄러미 그런 어머니를 바라보기만 한다. 이방인이 된 기분을 느끼며 소년은 어머니의 불행을 의식한다.

훗날, 훨씬 더 훗날 젊은이는 리옹가로 어머니를 찾아와 아무 말 없이 마주앉아 있게 된다. 어머니가 당신이 말을 잘 하지 않아서 지루하냐고 묻자 젊은이는 "아뇨, 어머닌 언제나 말이 없으셨잖아요"라고 대답한다.

설혹 그가 알베르 카뮈가 아니었더라도 외부 세계와의 접촉인 독서 때문에 소년과 어머니 사이의 거리는 필연적으로 벌어지게 마련이었다. 유년기의 환경에 대한 회상에는 언제나 이런 괴리감이 나타난다. 또한 집은 할머니가 채찍을 휘두르는 곳이기도 했다. 그리고 에티엔 삼촌이 술통 공장에서 만든 나무 물통으로 90미터 가량 떨어진 리옹가의 샘에서 물을 길어오는 것 같은 허드렛일을 해야 하는 곳이기도 했다.

해변의 시인

이런 상황에서 설비가 잘 갖춰지고 쾌적한데다 운동장까지 딸려 있는 오메라트의 3층짜리 교사는 소년에게 도피처가 되었을 것이다. 규율과 가벼운 체벌, 긴 수업시간에도 불구하고 알베르가 자신의 매력을 발휘하기 시작한 곳도 바로 이곳이다. 그 매력은 근육이 아니라 지성에서 비롯된 타인에 대한 영향력이었다.[6)]

알베르는 청중을 모아놓고 얘기하기를 좋아했으며, 다른 학생들은 그의 말에 귀를 기울이곤 했다. 그러나 그는 혼자서 가까운 병기창 해변으로 가 데모스테네스(그리스의 웅변가─옮긴이)처럼 자갈을 입에 넣고 시를 읊기도 했다. 한번은 다른 학생들이 뒤따라가 알베르가 하는 일을 보았다. 그런 일이 몇 차례 되풀이되자 소년은 다른 아이들이 자기를 지켜보고 있다는 것을 깨달았지만,

그냥 무시하기로 마음먹었다.

학교 때의 기록은 현재 거의 남아 있지 않다. 가족에게도 없고 당시의 교사들도 모두 사라졌으며 프랑스식 학교 제도 역시 사라져버렸다. 1920년 5월 21일 카뮈는 1차 세계대전 때 전사한 병사의 아들로서 정식으로 '국가에서 보호하는 전사자 자녀'로 등재되었다.[7] 앞에서도 언급했듯이 이 고결한 자격 덕분에 소년은 매년 얼마간의 교재와 몇몇 필수품을 마련할 수 있었다.

당시는 까만 작업복과 장 바르트라고 불리는 세일러복의 시대였다. 교사들은 학생들을 조용히 하게 할 때면 나무 자로 교탁을 두드렸다. 그 두드림에는 필요하다면 매질로라도 규율을 잡겠노라는 암시가 들어 있었다.

교실 창밖으로는 술통 제조공의 규칙적인 망치 소리 외에 해안과 학교 사이를 지나는 증기기관차의 기적 소리가 들려오곤 했다. 시장의 떠들썩한 외침, 가구 제조공이 못질하고 톱질하는 소리, 풍로와 철로 작업장과 벨쿠르의 시멘트 및 성냥 공장에서 나는 이 소리들은 바로 교실에 있는 학생들의 아버지와 삼촌과 사촌들이 내는 소리였다.

오락시간에 학생들은 살구씨를 가지고 놀았는데, 이는 놀이 도구일 뿐 아니라 그들만의 화폐이기도 했다. 아이들은 살구씨로 '칙칙' 놀이를 했는데, 주사위를 던졌다가 재빨리 상자로 덮은 다음 숫자를 알아맞히는 아이가 살구씨를 따는 놀이였다. '릴로로 다섯 점 따기' 놀이도 있었다. 그것은 15피트쯤 떨어진 곳에 찰리 채플린을 닮은 얼굴을 오려낸 골판지를 놓고 살구씨를 던져서 입을 통과할 경우 살구씨 한 개를 더 얻고 눈구멍을 통과할 경우에는 다섯 개를 얻는 놀이였다. 목요일이면 아이들은 공터에 모여

집에서 대구 꼬리로 만들어 온 연을 날리곤 했다. 그 당시 아이들의 장난감은 거의 모두 집에서 만든 것들이었다.

공터는 아이들의 결투장이기도 했는데, 그때는 주먹과 머리가 동원됐다. 말다툼을 끝장내기 위한 주먹다툼은 '도나드'라고 했는데, 아이들은 땅바닥에 책가방 네 개로 링을 표시했다. 그럴 때면 소문을 들은 모든 사람들이 싸움을 구경하러 왔으며, 교사들은 아예 참견하기를 포기했다.

아이들은 벨쿠르 방언으로 '마카우라'라고 불리는 좋은 날씨에는 수업을 빠지고 항구로 내려가 수영을 하거나 큰 돛이 달린 배들을 구경하면서 섬과 아득히 먼 나라를 발견하는 꿈에 젖곤 했다. 이 '마카우라'는 종종 체벌로 끝나곤 했다.[8]

아이들은 좀더 나이가 들면서 위니옹가에 있는 알카자르 극장으로 영화를 보러 가거나 피오셸관으로 권투시합을 구경하러 가곤 했다. 알카자르 극장 맞은편에 벨쿠르 시장이 있었는데, 그곳에서는 장이 파한 후에 공놀이를 할 수 있었다. 아이들은 이따금 교정에서 열리는 기뇰 인형극단의 공연을 보기도 했다.[9]

학교 맞은편에는 오렌지 껍질을 원료로 쓰는 아메르 피콩 아페리티프 공장 입구가 있었다. 껍질을 깐 오렌지가 건물 밖에 산더미처럼 쌓여 있어서 길을 건너기만 하면 무더기에서 오렌지를 집어들 수 있었다. 그러나 그 일은 별로 재미가 없었는데, 오렌지가 너무 흔했기 때문이었다. 아이들은 이웃 공장에서 일하는 연상의 여자아이들과 시시덕거리기를 더 좋아했다. 알베르는 그러지 않았는데, 아마도 일정한 거리를 유지하기 위해서였을 것이다.

여름방학 때면 아이들은 리옹가와 해변 사이에 있는 세라믹 공장에서 일을 했는데, 굽기 전의 장식용 타일에 아라비아 무늬를 그려넣으면서 타일 하나당 몇 상팀씩을 받았다. 이때 찍은 단체사진으로 미루어보아 알베르는 외삼촌이 일하는 술통 공장에서 얼마간 조수 노릇을 한 적이 있었던 모양인데, 단편 「벙어리」의 술통 공장 묘사로도 그 사실을 알 수 있다.

아이들이 좋아하던 놀이 가운데 하나는 누가 제일 오랫동안 물속에서 견딜 수 있는지 알아보기 위해 귀와 콧구멍을 솜으로 막고 잔다르크 광장 분수대 속으로 뛰어드는 것이었다. 한번은 알베르의 학교 친구인 루이 파제가 집에서 솜을 가져와 친구들에게 나눠주었다. 나중에 아이들의 콧구멍과 귓구멍이 붓기 시작하자 학부모들은 아이들이 무슨 이상한 병에 걸린 것이 아닌가 걱정했다. 밝혀진 바에 의하면 루이가 넉넉히 나눠주었던 그 솜은 발열성 솜털이었다고 한다.

동급생들의 눈에 비친 알베르는 지구력이 없어 보였다. 영양부족 때문이었을까? 그는 다른 아이들처럼 며칠 동안 집에 들어가지 않고 먼 곳을 배회하며 놀지도 않았다. 한번은 아이들 중 몇몇이 이슬람 교도의 종교 축제 한가운데 끼어들어 그 자리에서 '세례', 즉 할례를 받은 적이 있다고 한다. 아무도 그 일로 경찰을 찾지 않았고 학부모들도 소동을 피우지 않았다. 또 아이들은 어슬렁거리며 인근의 아랍인 판자촌에 가서 공동 급식을 나누어 먹기도 했다.

벨쿠르의 유럽인들 중에는 우범자도 많았는데, 어른들은 물론 아이들 사이에서도 범죄가 공공연한 화젯거리였다. 살인범들은 카즈바 저편 바베루스 감옥 옥외에서 단두대형을 받았다. 아이들은 그곳으로 가서 처형 장면을 구경하기도 했다. 우리는 앞에서, 이런 단두대형에 대한 알베르의 유일한 지식이 그의 부친의 경험에서 나온 것임을 살펴보았다.

카뮈가 동급생들의 거친 원정에 끼지 않았다는 사실은 동급생들의 기억에서 그를 더욱 초연한 인물로 만든 듯이 보인다. 아니면 그 사실은 알베르가 수업과 엄격한 가정 사이에서 잠깐이나마 자유로운 시간을 누렸음을 말해주는 것뿐일까? 그는 이미 사회에서 자신이 처한 위치를 알고 있었거나, 또는 적어도 그의 친구 루이 파제만큼은 그렇게 여겼던 것 같다. 물론 알베르는 리더였다. 그러나 다른 지도자들과 달리 이 지도자는 주먹보다 언어를 선호했다. 그는 자비로운 독재자였다. 그는 싸울 수도 있었지만 공격적인 성격은 아니었다. 그는 정말 화가 날 때면 상대가 친구이든 교사이든 자신의 경멸감을 표현할 줄도 알고 있었다.

학교 안의 모든 학생은 각자 별명이 있었고, 때로는 서로를 별명으로만 알고 있는 경우도 있었다. 그러나 알베르는 언제나 알베르일 뿐이었다. 그를 베베르라고 부르는 사람도 있었지만, 고등학교를 졸업한 이후 생 제르맹 데 프레의 친숙한 매춘부들을 제외하면 그를 그렇게 부르는 사람은 없었다.

그는 자신을 따르는 친구들 사이에서 어떤 역할을 맡은 것처럼 보였다. 열 살 때 알베르는 이미 옷으로 고상한 멋을 풍기기 시작했는데, 그 점은 고등학교와 대학을 함께 보낸 친구들이 가장 자주 언급하는 그만의 특징이 되었다.

이 무렵 그는 주인공인 엔지니어가 절벽의 높이를 측정하기 위해 합동삼각형의 원리를 사용하는 쥘 베른의 『신비의 섬』(*L'Ile mystèrieuse*)을 읽었다. 그 개념에 충격을 받은 알베르는 동네 공원에 친구들을 앉혀놓고 베른의 기하학 응용에 대해 설명했다. 그런 다음 친구들 하나하나에게 질문을 던졌다.

그는 친구 파제에게 시집을 주었다. 그들은 거리에서 또는 시 외곽을 산책하면서 책을 읽었고, 독서를 마치면 권투를 하곤 했다. 언젠가 파제는 알베르가 교실에 남겨둔 노트를 본 적이 있다. 거기에는 거의 이해할 수 없는 은유로 가득한 풍경 묘사가 담겨 있었다. 카뮈는 훗날 친구 마르그리트 도브렌에게, 자신은 일곱 살 때부터 작가가 되고 싶었노라고 말했다.

벨쿠르의 유럽계 주민들은 대체로 이슬람교 주민들과 관계가 좋았다. 그들은 이웃한 동네에서 또는 한 동네에서 살았으며 같은 학교에 다녔다. 카뮈의 동급생들의 기억에 의하면 학생들 가운데 3분의 1 가량이 이슬람 교도 출신이었다. 교사는 "이 답안지를 봐라. 그 애는 이 문제를 너희들 중 누구보다도 잘 풀었어. 게다가 그 애는 아랍인이라고!" 하고 말했을지도 몰랐다. 거리에서도 두 종족은 서로를 차별하지 않았다. 이슬람 교도와 유럽인이 한데 어울렸던 것이다.

그러나 유일하게 남아 있는 학급 기록부를 보면 교사 루이 제르맹의 중등과정 2학년 학생 33명 가운데 아랍인처럼 보이는 이름은 한두 명에 불과하다. 따라서 막연한 그 집단 기억이 사실이었는지를 확인하기는 어려운 일이다. 어쨌든 문 밖에는 아랍의 이야기꾼을 비롯한 이슬람 교도들이 우글거렸으며, 벨쿠르 아이들의 대부분은 루이 파제가 그랬듯이 아랍적인 성향을 몸에 익혔다.

그곳의 유럽인들도 티푸스·장티푸스·결핵에 걸리거나 뱀이나 곤충에 물리는 것 등으로 사망률이 높았다. 사람들은 사막의 유목민들이 질병을 도시로 옮긴다고 여겼다. 매년 많은 학생이 죽었고, 그들과 절친했던 아이들은 교사를 따라 장례식에 참석하곤 했다.

8학년 때까지 살아남은 학생은 수료증을 받았으며, 그 다음에는 직업을 얻기 위해 견습생이 되었다. 벨쿠르의 초등학교에서 고등학교로 진학한 학생은 거의 없었다. 루이 파제의 기억에 의하면 카뮈 이외에 주목할 만한 경력을 쌓은 학생은 한 사람도 없었다. 실제로 훗날 카뮈가 만나게 되는 알제의 똑똑한 젊은이들 가운데 벨쿠르 출신은 거의 없었다.

비범한 교사와 비범한 학생

어린 카뮈의 삶에서 그의 장래를 결정하게 된 계기가 있다면, 열 살 때 초등학교 교사인 루이 제르맹의 학급에 있었다는 점일 것이다. 제르맹이 카뮈가 익혀야 할 모든 지식을 가르쳐준 것은 아니었지만, 그는 뛰어난 학생을 발견해서 그 아이가 장래를 준비할 수 있도록 노력할 줄 아는 교사였다. 그 당시 그 지역의 기준으로 볼 때는 쉽게 볼 수 있는 일이 아니었다.

알베르 카뮈는 제르맹에게 빚진 사실을 결코 잊은 적이 없었다. 그는 자신의 노벨상 수상 연설 및 강의록을 출판하면서 그 소책자를 초등학교 시절의 선생님에게 헌정했다. 그것도 고등학교 때의 교사였던 장 그르니에나 친구이자 시인인 르네 샤르에게 헌정할 때처럼 그냥 헌정한 것이 아니었다. M.('선생님'[Monsieur]) 루이 제르맹에게 헌정한 것이다.

그렇다고 제르맹 선생님이 알베르 카뮈에게 지나칠 정도로 관대했던 것은 아니다. 빈정거림의 대가이며 엄격한 규율 지상주의자였던 그는 학급의 다른 몇몇 학생들에게는 무자비한 폭군이나 다름없었을 것이다. 그의 학생들 중 알베르 카뮈나 앙드레 빌뇌브처럼 영리한 학생들은 그 대가로 여분의 숙제를 받고 더 많은 공부를 해야 했다.

제르맹은 반항하는 학생들의 손가락을 '박하 방망이'라고 부르는 막대기로 때렸다. 그의 맏아들과 동급생이었던 알베르의 형에 의하면 완벽주의자였던 제르맹은 자기 아이들이 나무랄 데 없는 학생이라고 생각하지 않았다. 루이 파제는, 제르맹이 카뮈에 대해 관심을 쏟느라 어쩌면 자신의 자녀들과 불화를 일으켰을지도 모른다고까지 여겼다.

카뮈와 유치원 때부터 제르맹의 학급까지 함께 다녔던 이브 드 와용은 자신은 수학에서 최고였던 반면 문학에서는 언제나 그가 최고점을 받았다고 회상했다. 까뮈는 말하기와 읽기, 암송과 구두 시험에 탁월한 재능이 있었으며, 오락을 제외한 모든 분야에서 비범함을 보였다. 초등학교 과정의 어느 시점에선가 저학년을 맡고 있던 교사 하나가 알베르의 재능에 놀라 그의 성적을 제르맹에게 보여준 적도 있다.

당시 제르맹은 비범한 교사라는 평판을 얻고 있었으며 동료 교사들 중에서 리더였고 모두가 존경하는 교사였다. 키가 훤칠하고 흰 안색에 눈이 짙푸른 그는 프랑스어를 전공했다.[10]

1923년 10월 알베르가 루이 제르맹의 5학년 학급(중등과정 2학년)에 들어갔을 때는 열 살을 한 달 앞두고 있었다. 제르맹은 그해에 가르친 학생들의 성적표를 일부 보관하고 있었다. 그는 생의 만년에 그 성적표를 카뮈 일가에게 넘겨주었다. 학년의 첫째 달에 알베르가 학급에서 2등이고 빌뇌브가 3등이었다. 품행에서는 두 차례 나쁜 점수를 받았다. 12월에는 카뮈가 1등이었으며, 1월에도 1등이었다. 과목에는 역사, 지리, 과학, 암송, 국민윤리 등이 포함되어 있었다. 이 성적표에 있는 다른 학생들의 이름으로 인종의 혼합 정도를 짐작할 수 있다. 거기에는 코르닐롱과 플뢰리는 물론이고, 심지어 레베크와 파스퀴르뿐 아니라 알마도바르, 그라비에로, 과르디올라, 귀다, 하무드, 로벨, 마드리드, 모스카르도, 산티아고, 빈센시니 등이 있었다.

이전에 카뮈를 가르쳤던 교사들에게서 미리 귀띔을 받았든 받지 않았든, 제르맹은 자기 학급에 있는 그 학생의 비범한 재능을 인식했다. 하지만 그렇다고 해서 뭘 어떻게 할 수 있었을까? 대부분의 벨쿠르 출신 아이들은 의무교육이 끝나는 즉시 생업에 나서는 유일한 행로를 밟아야 했다. 카뮈의 형은 열다섯 살이 되자 가계를 돕기 위해 월급 100프랑을 받고 직업 전선에 나섰다.

어느 날, 제르맹은 알베르의 가족과 이야기를 하기 위해 그를 데리고 리옹가 93번지를 찾아갔다. 그는 알베르가 학업을 계속해야 한다고 주장했다. 그러면서 자신이 카뮈의 고등학교 진학을 위해 장학금을 얻어보겠다고 했다. 빈민을 위해 마련된 이 장학금은 학비가 무료인 공립학교에서 교과서와 점심값을 지급하는 것이었다. 그 말을 들은 할머니 생테스는 알베르를 포함해서 가족 전부가 일을 해야 한다고 반박했다. 그러나 이번에는 알베르의 어머니가 말참견을 하고 나섰다. 큰아들이 일을 할 테니, 알베르는 학업을 계속해도 좋을 것 같다고 말한 것이다.

할머니가 양보했다. 알베르는 빌뇌브와 함께 집중해서 공부를 하기 시작했다. 1924년 6월 그랑 리세에서 열리는 시험을 보려면 우선 자신들이 다니는 학교 교장의 추천과 지명을 받아야 했다. 알베르와 빌뇌브 둘 다 시험에 합격했다.[11]

제르맹은 분명 카뮈에게 읽을 책들을 주었을 것이다. 또한 그는 카뮈에게 한 권의 책이 한 사람의 인생에서 어떤 역할을 할 수 있는지 최초로 경험하게 해주었다. 교사는 학급 학생들에게, 제1차 세계대전의 참호 생활을 그린 대중소설로서 1919년에 출판된 이후 베스트셀러가 된 롤랑 도르줄레의 『나무십자가』를 낭송해주었다.

일개 병사가 매일같이 겪는 고난과 전사하는 장면을 리얼하게 그린 그 이야기를 들은 어린 카뮈는 아버지에 대해 생각하지 않을 수 없었을 것이다. 제르맹 자신도 전쟁에서 살아 돌아온 인물이었기에, 적어도 학교에서만이라도 아이들의 아버지 노릇을 대신하려는 기분이었을 것이다. 이 교사는 또한 소년과 그의 할머니를 화해시키고 어머니에 대한 사랑을 고취시키며, 어른이 된 카뮈로 하여금 공립학교 제도에 대해 진정한 찬사를 바치게 만든 장본인이 되었다.[12]

그 당시 사람들은 가톨릭 교도가 아니면 무신론자로 분류되었다. 소년의 가족은 신앙이 깊다기보다는 미신을 믿는 편이었으며 미사에 참석하는 사람은 아무도 없었다. 카뮈는 훗날 "세례와 종부성사가 전부였다"고 술회했다. 그러나 가톨릭에 대한 그의 입장은 적대적이라기보다는 중립적이었다.[13] 첫 영성체 차림으로 단정하게 옷을 입은 열한 살 때의 알베르 카뮈를 찍은 사진이 아직 남아 있다.

그러나 이때의 경험에 대해 말할 수 있는 것은 『최초의 인간』에 나온 것이 전부다. 여기서 알베르의 대역인 자크 코르메리는 사제로부터 부당하게 뺨을 맞는다. 최소한 『최초의 인간』에 등장하는 한 학생은 카뮈가 이 사건을 글로 쓸 때는 물론 평생 동안 잊지 못했다고 여기고 있다.[14]

벨쿠르 전체가 카뮈가 다닌 최초의 학교였다. 온갖 인종과 잡다한 직종이 뒤섞인 동네 덕분에 카뮈는 그가 훗날 프랑스에서 만나게 되는 작가나 다른 지성인들은 말할 것도 없고 알제의 중산층 친구들조차 공유하지 못한 삶과 매일같이 조우하면서 성장할 수 있었다. 친구들에 의하면 그는 한번도 온갖 계층 사람들과 편하게 대화하는 능력을 잃은 적이 없었다고 한다.[15] 훨씬 후에, 그가 마르크스로부터 자유를 배우지 못했다고 주장한 어느 비평가에게 카뮈는 이렇게 대답했다. "그건 맞는 말이다. 내가 자유를 배운 것은 가난 속에서였다."[16]

4 불시의 한기*

"결핵은 치료법이 있는 병이야.
다만 시간이 걸린다는 게 문제일 뿐이지."
  • 「빈민가 병원」(L'Hôpital du quartier pauvre)의 환자

　반세기 전의 추억을 반추하던 알베르 카뮈의 동창생은 벨쿠르
에서 알제 시의 심장부를 관통하여 그랑 리세로 알려진 고등학교
까지 전차로 통학하던 일을 생생하게 기억하고 있었다.[1]

　오래된 알제리 전차노선을 이용한 30분 동안의 여행은 소년들
에게 보다 큰 도시, 즉 다른 세상에 대한 발견이나 다름없었다. 때
로는 전차 안에 사람이 너무 많아서 바깥 발판에 겨우 매달려 가
기도 했지만 대개 앞이나 뒷 승강장에 선 소년들은 수다스런 대
화를 나누었다. 당시에는 모든 일이 유쾌하기만 했다. 소년들은
때로는 그저 지나치는 도시 풍경을 물끄러미 바라보곤 했다.

　전차는 리옹가를 출발하여 목요일마다 축구를 하던 '연병장'을
따라 달렸다. 지역 주둔 연대의 막사를 지난 후 승객들로 빽빽한
전차는 무스타파 언덕 아래로 곤두박질하듯 내려갔는데, 그럴 때
마다 소년들은 언덕 아래로 질주하는 전차의 속도에 흥분하곤 했
다. 차장은 무스타파 정류장에서 급브레이크를 걸곤 했다.

　얼마 후 전차는 오른쪽으로 아가 역을 끼고 클로젤 시장에 이른

* 『행복한 죽음』에서

다. 벨쿠르의 노동자들 대부분은 사람들로 북적대는 이 교차로에서 내리는데, 그렇지 않은 사람들도 중앙우체국인 '큰 우체국'에 가기 위해 이곳에서 내린다.

이제 학생들은 프랑스의 정복 1백 주년을 기념하여 1930년대에 완공될 예정으로 한창 건축 중이며 위풍당당한 14층짜리 건물인 총독부 청사로 통하는 플라토 데 글리에르의 기슭에 이른다. 전차에서는 그 높은 건물 최상층의 건축용 발판밖에 보이지 않는다. 그러나 사방 어디에서나 변하는 도시를 목격할 수 있다. 이곳에서 알프레드 뢸뤼슈가를 따라 건축 중인 시 청사와 알레티 호텔 부지를 통과하게 된다. 건물들은 매일 조금씩 높아져간다. 전차는 이들 건설 현장을 따라 항구 위 15미터 위쪽 축대를 따라 축조된 카르노가에 접근한다.

학교로 가는 길

이제 그들은 그 노선에서 가장 경관 좋은 지점에 이른 것이다. 바로 발치에 알제 만이 있다. 그곳의 풍경은 매일 바뀌었는데, 유럽 대륙에서 온 증기선들이 도착했다 떠나고 화물을 하역하고 예인선들이 끊임없이 항구를 가로질러 분주하게 움직이는 곳이다. 때로는 승객을 가득 태운 대형 유람선이 들어오기도 하고 위풍당당한 전함 함대가 해안 저편에 정박하기도 했다.

바로 그 다음 정류장인 브레송 광장에서는 새들이 야자수며 무화과나무, 태산목 숲에서 지저귄다. 이제 그들은 왼쪽으로 큰 은행들이 들어서 있는 견고한 아케이드 건물과, 이제 곧 옮기게 될 낡은 시 청사 앞을 지나간다. 그리고 마지막으로 전차의 종점인 청사 광장에 이른다. 크고 네모난 그 광장의 주위는 아케이드로 에워싸여 있는데, 한복판에는 루이 필리프 왕의 맏아들이며 프랑스의 알제리 정복군 지휘관이었던 오를레앙 공이 말을 타고 있는 동상이 우뚝 솟아 있다.

그 광장은 인근 카즈바에서 온 이슬람 교도 주민들로 북적거렸다. 이곳에는 1660년에 건립된 저 유서 깊은 페슈리 회교사원이 25미터 높이의 첨탑과 함께 우뚝 솟아 있다. 그러나 소년들은 자신들이 좋아하는 아이스크림 행상이 있는 광장 한쪽 끝으로 시선을 돌리곤 했다. 그들은 종종 수업을 마치면 그곳에 멈춰서서 '크레폰네'라는 레몬 셔벗을 사먹었는데, 행상인은 셔벗에 격자무늬를 내기 위해 일부러 얼음 속에서 회전하는 원통형 용기 벽에 대고 문지르곤 했다.

그곳에서 학교까지는 10분쯤 걸어가야 했다. 그들은 아케이드 통로로 난 바브 엘 우에드로로 걸어갔다. 왼편에는 카즈바가 있고, 오른편에는 구(舊)선원 지구가 자리 잡고 있었는데, 온갖 선원들이 들락거리던 그곳은 훗날 값싼 임대주택으로 가는 길을 내기 위해 헐리고 말았다. 하지만 당시는 카즈바의 이슬람 교도와 라마린 출신의 나폴리 어부 가족들로 너무나 빽빽해서 길을 걸어가기가 힘들 정도였다.

소년들은 동방의 각종 물품들이나 기름에 튀긴 디저트, 벌꿀을 발라 구운 즐라비아 판매대 앞에서 걸음을 멈추곤 했는데, 그것들은 특히 수업이 끝난 뒤 꾸물거릴 시간이 있을 때는 더할 나위 없는 유혹이었다.

수업 시작 시간이 얼마 남지 않았다는 것을 깨달은 소년들은 아케이드를 벗어나 전찻길을 따라 걸어간다. 거리에는 개인 승용차도 다니긴 했지만 당시에는 그리 많지 않았다. 소년들은 얼마 남지 않은 소중한 시간을 아끼기 위해 도로와 아케이드 사이를 오가고 사람과 차량들 사이를 헤치고 나아가면서 이제 거의 뜀박질을 한다.

이윽고 아케이드에서 벗어나면 또 하나의 광장에 이르게 되는데, 광장 오른쪽에는 군용 막사가, 왼쪽에는 그랑 리세가 자리 잡고 있다. 학교는 카즈바와 말 그대로 어깨를 비벼대는 듯한 위치에 있었다.

1868년에 건립된 교사는 흰 석재의 전면과 신(新)그리스 양식의 박공으로 이루어져 있었다. 교사는 마렝고 정원을 사이에 두고 화려한 바브 엘 우에드와 분리되어 있었다.[2] 그보다 위쪽 무스타파 언덕의 중간쯤에는 좀더 배타적인 고등학교인 리세 오슈, 또는 프티 리세가 자리잡고 있었다. '그랑'의 학생들은 부러운 눈으로 '프티'를 바라보곤 했으며, '프티'의 학생들은 '그랑'을 조롱하곤 했다. 하지만 고학년이 되면 어차피 모든 학생들은 그랑에 다니지 않으면 안 되었다.[3]

고등학교 1학년 때 동급생들의 눈에 비친 '베베르'는 대부분의 과목에서는 평균 수준이지만 문학에서는 탁월한 느긋한 학생이었다. 그는 명랑하고 좋은 친구였다. 다른 친구들에 비해 용돈이 좀 딸린다고 해도 고등학교 학생들 사이에서는 별 문제가 되지 않았다. 아마 그는 교복을 그다지 자주 갈아입지는 못했을 것이다. 외투도 없었으나 알제의 기후에서는 비옷으로도 충분했다.[4] 1924년 10월 입학 때부터 통학생이었던 그는 학교에서 점심 식사를 했다. 그 학교에는 세 가지의 과정이 있었는데, 카뮈는 프랑스어와 라틴어에 치중한 A 프로그램을 이수했다.

그랑 리세에는 1학년에서 6학년까지 있었는데, 마지막 학년은 프랑스에서 대학이나 상급학교로 진학하는 데 필수적이며 가장 중요한 '바크' 또는 '바칼로레아'(대학입학자격)를 따기 위한 준비반이다. 알베르의 형에 따르면 가족들은 알베르가 교사가 되기 위한 과정을 밟고 있는 줄 알았는데, 실제로 집이 가난한 학생의 경우 아카데미 과정인 A 프로그램이 교사직으로 나아가기 위한 수단이었다.

각 학급에는 3, 40명 가량의 학생이 있었다. 수업은 오전 8시에서 정오까지, 그리고 오후 2시에서 4시까지 진행되었다.[5] 훗날 카뮈는 어느 인터뷰에서, 자신은 고등학교 때 라틴어를 배웠는데 키케로와 베르길리우스에 진력이 났으며("정말 지겨웠다!") 영어도 공부했노라고 말했다. 부족하나마 스페인어를 독학하기도 했다.[6]

찾아보기 힘든 리세 초기의 자료 가운데 하나는 당시 그의 처음 몇 주간의 품행이 방정하고 성적이 뛰어났음을 입증하는 1928년 11월 16일자의 성적표. 이 무렵부터 카뮈는 여름방학 동안 친구들과 어울려 해변에서 시간을 보내기보다는 일을 하기 시작했다.

『최초의 인간』에 등장하는 자크 코르메리의 경험을 전기 자료로 인정할 경우, 이 무렵 할머니는 철물점 일자리를 구하는 카뮈에게 나이를 속이도록 시켰다. 훗날 카뮈는 여름방학 동안 자신이 선박 중개업자의 사무실과 자동차 부품상점에서 일했다고 술회했다. 그의 형 뤼시앵은 부친이 근무했던 리콤에서 정규직 사원으로 일했다.

축구공은 예측한 방향에서 오지 않는다

알베르 카뮈는 엄격한 글쓰기에 대한 해독제 역할을 한 것으로 알려진 스포츠에 대해 적지 않은 열정이 있었다. 실제로 운동은 카뮈에게 어쩌면 리세 시절의 학업보다 중요했던 것 같다. 1930년 이전에 사귄 친구들 대부분은 카뮈를 탁월한 운동선수로 기억하고 있으며, 그 자신도 스포츠가 아닌 분야에서 사귀게 된 친구는 단 한 사람뿐이었던 것으로 기억했다.

카뮈는 나이에 비해 체구가 작았다. 학교 시절 친구 한 사람은 애정 어린 어투로 그를 "기묘하게 찢어진 아몬드 모양의 눈과 장난기 어린 보조개, 조롱하는 듯이 보이는 입에 익살맞아 보이는 작은 삼각형 얼굴"이라고 묘사하고 있다.[7] 오락 시간이면 학생들은 약식으로 조를 짜서 운동장에서 축구를 했다. 방과 후 4시에서 5시 사이에는 한 팀당 열한 명씩 팀을 나누었다. 알베르는 골키퍼였으며 이따금 센터포워드를 맡아 볼을 배급하면서 팀을 이끌기도 했다.

동료 선수였던 에르네스트 디아즈는, 알베르가 특히 짧은 패스와 드리블에 능했다고 회고했다. 훗날 그들은 알제리 대학생 총연합의 스포츠 분과인 알제 레이싱 대학(RUA)의 주니어 팀에 가입하게 된다. 여기서 알베르는 골키퍼로 활약했다. 그들은 자르댕 데세에 인접한 리옹가 한쪽 끝의 스타디움에서 시합을 했다. 이곳에는 축구장 외에도 훈련용 풀장과 프랑스 챔피언을 배출하곤 한 시멘트로 된 자전거 트랙이 있었다.[8]

그러나 무엇보다 '베베르'를 사로잡은 것은 축구였다. 그는 축구에 뛰어났으며 적지 않은 투지를 발휘했다. 거친 운동장에서 상대편 선수의 발치에 몸을 던지다가 다치는 일도 있었다. 그는 주전 팀에 발탁될 것처럼 보였다.[9] 카뮈는 그로부터 25년쯤 지난 후 후배들을 위해 어느 스포츠 잡지에 기고한 글에서, 자신이 아마도 1928년부터 주니어 팀에서 뛰기 시작했을 것이라고 회고했다. 그 이전에는 몽팡지에 스포츠연맹(ASM) 소속이었다고 했다.

나는 이내 공이 예측한 방향에서 오는 법이 없다는 사실을 배웠다. 그 사실은 훗날의 내 인생에, 특히 누구 하나 솔직하게 행동하는 사람이 없는 본토 프랑스에 있을 때 도움이 되었다. 그러나 몽팡지에 스포츠연맹에서 멍투성이로 1년을 보내고 나자 고등학교에서는 나를 놀려댔다. 대학에 갈 학생이라면 알제 레이싱 대학 팀에 들어야 한다는 것이었다.

당시에는 목요일이 주중 휴일이었기 때문에 일요일에는 시합을 가졌으며, 연습이나 시합이 없고 날씨가 허락할 경우에는 수영을 했다.

"고생에 따르는 극도의 피로감으로 한몸이 되는 저 엄청난 승리의 기쁨은 물론이거니와 패배 후 몇 날 밤을 울고 싶은 어리석은 욕망 때문에" 알베르는 자기 팀을 사랑했다. 팀 동료 가운데 한 명은 훗날 프로 선수가 된 레몽 쿠아르였다. 규칙에 따라야 하고 "그것도 남자답게 해야 하는데, 왜냐하면 결국 모든 인간은 남자이기 때문"이다.

카뮈는 특히 공동묘지 바로 옆에 있는 스타디움에서 벌였던 거친 시합에 대해 글을 쓴 적이 있는데, 자칫하면 스타디움에서 묘지로 직행할 수도 있다는 예감이 든 경기였다. 상대편 선수 한 명이 "반격할 사이도 없이 무자비하게 내 등짝에 온 체중을 싣고 떨어진다. 내 운동복 상의를 잡고 매달리며 정강이뼈를 스파이크로 긁고, 골대에 밀어붙이면서 무릎으로 내 사타구니를 걷어찬다."

그렇지만 카뮈는 당시의 일을 이렇게 결론짓는다.

수많은 일을 겪으면서 오랜 세월이 지난 후, 나는 내가 인간의 도덕성과 의무에 관해 확실하게 알고 있는 사실들은 스포츠 덕분이라는 것, 그리고 그것을 알제 레이싱 대학 축구팀에서 배웠다는 사실을 깨달았다.[10]

훗날 친구인 샤를 퐁세가 건강이 허락했을 경우 축구와 연극 중에서 어느 것을 선택했겠느냐고 물었을 때 카뮈는 "그야 물론 축구"라고 대답했다. 퐁세는 어느 일요일 아침 정치 집회가 끝나고 나서 여느 때와 다름없이 깔끔한 옷차림을 한 카뮈가 인도를 걸으면서 쓰다버린 구두약 통으로 드리블하는 광경을 목격했다.[11]

별일이 없었다면 카뮈는 틀림없이, 그 자신은 물론 그의 고등학교 동급생들의 눈에 영웅들처럼 보였던 대학 정규 팀에 들어갔을 것이다.

교실 역시 카뮈의 인식의 확장에 기여했다. 그가 한 학기 선배로서 프티 리세에서 전학을 온 또 다른 고등학생과 만나게 된 것은 이 무렵(1928~29년)이었을 것이다. 훗날 에세이스트이자 시인이며 편집자, 미술사가로, 그리고 오래지 않아 프랑스에서 TV 명사로서 명성을 떨치게 된 막스 폴 푸셰는 카뮈 외에 국가적 명성을 얻은 유일한 동창생이었다. 푸셰는 노르망디에서 알제리로 이주해온 인물이었다. 그는 이내 고등학교에서, 그 다음에는 대학에서 가장 유망한 학생 가운데 하나가 되었으며, 대학을 넘어서서 젊은 화가와 건축가들의 그룹을 결성하기에 이른다.

이 두 사람은 프랑스에서 온 연상의 대학교수들 그룹과 합세하여 알제 문화계의 핵심적인 인물이 된다. 실제로 푸셰가 1930년이 돼서야 본격적으로 카뮈를 알게 되었다 치더라도, 당시의 그에게는 또 하나의 의미심장한 만남이 있었다.

프랑스 이주민들은 그해에 알제리 정복 1백 주년을 축하하기 위해 대대적인 기념행사를 벌였다. 어느 날 한 친구의 집 발코니에서 축제 퍼레이드를 구경하던 푸셰는 자기 옆에 놀랄 만큼 아름다운 소녀가 서 있는 것을 보았다. 그로부터 4년 후 카뮈가 푸셰에게서 시몬 이에를 빼앗아 그녀와 결혼하면서 알제리 문화계의 걸출한 두 인물은 영원히 결별하고 말았다.

그해에 또 하나의 만남이 이루어질 뻔했다. 알베르 카뮈가 처음 앙드레 지드의 작품을 알게 된 것은 그의 나이 열여섯 살 때였다. 앙투아네트 생테스 이모와 결혼한 귀스타브 아코 이모부가 그 당시 카뮈에게 특별히 신경을 써주었는데, 고기를 써는 일보다 책 읽기를 더 좋아한 정육점 주인이었던 그는 종종 조카에게 읽을거리를 주곤 했다. 어느 날 그는 재미있을 거라면서 카뮈에게 『지상의 양식』(Nourritures terrestres)이라는 작은 책 한 권을 건네주었다.

그러나 당시의 알베르는 아직 자신이 주위에서 풍부하게 보거나 만질 수 있는 자연의 선물을 예술적으로 재현한 작품을 받아들일 준비가 돼 있지 않았다. 알제의 열여섯 살 소년은 이미 이런 종류의 풍성함을 누리고 있었던 것이다. 그는 정말 재미있었다면서 이모부에게 지드의 책을 돌려주었다. 그리고 소년은 다시 해변과 무가치한 독서, "그리고 당시 내가 영위하고 있던 힘겨운 삶"으로 돌아갔다. "그 만남은 이루어지지 않았다."(「앙드레 지드와의 해후」)

고등학교에 다니던 소년이 순수문학을 받아들이기 위해서는 그로부터 적어도 1년이라는 세월과 새로운 교수, 그리고 어쩌면 삶에 대한 두려움이 좀더 필요했을지도 모른다.

1929~30년에 그는 1학년 학급에 있었는데, 거기에는 바칼로레아의 1차 시험이 포함돼 있었다. 카뮈는 계속해서 공부와 운동 모두를 하기 위한 시간을 짜냈다. 실제로 그의 생애 중 이 시기의 것으로 접할 수 있는 유일한 자료는 매주 화요일마다 지난 일요일의 시합 결과를 보도한 대학 스포츠 주간지 『뤼아』(Le Rua)다. 그것을 보면 알베르 카뮈는 1930년 내내 알제 레이싱 대학 주니어 팀에서 뛰었으며, 그의 팀은 거의 매 게임마다 패했다는 사실을 알 수 있다. "공은 아주 미끄럽게 카뮈의 손을 벗어났다."(『뤼아』 2월 18일자)

그러나 그는 정기적으로 팀의 최고 선수 중 하나로 거론되곤 했다. 3월 20일에 카뮈는 주니어 팀이 아니라 자신이 다니던 고등학교 팀에서 뛰었고, 그의 팀이 승리를 거두었다. "리세 팀에서 최고 선수는 님과 클레망, 브랑카, 벨라이드, 알라였으며, 골키퍼 카뮈도 빼놓아서는 안 된다."(『뤼아』 3월 25일자)

4월 22일자의 『뤼아』에는 매주 일요일마다 연습하는 리세 선수들 가운데 하나로 카뮈의 이름이 나와 있다. 이유는 밝혀지지 않았지만 카뮈는 어느 일요일에 자신의 고등학교에 대항하여 실업학교 팀 소속으로 뛴 적도 있다.(『뤼아』 5월 27일자)

10월 28일자에는 여름방학이 끝난 후 알제 레이싱 대학의 주니어 팀에서 보여준 그의 활약이 특별히 언급되었다. "최고 선수는 카뮈였다. 그가 패한 것은 실수 때문이었으며, 그 자신은 잘했다."

그리고 마침내 팀이 한 게임을 이겼다. 상대 팀인 우에스트 미티자 스포츠연합은 "심판의 실수에 의한 기습으로" 한 골을 얻었을 뿐이다. "그것만 빼놓으면 카뮈는 선방을 했다."(『뤼아』 12월 2일자)

평범한 기사를 이렇게 장황하게 소개한 이유는 그것들이 카뮈의 고교시절에 관한 유일한 자료일 뿐 아니라, 지금까지도 확실치 않은 카뮈의 발병 일자에 대한 명백한 증거가 되기 때문이다. 정확한 발병 일자는 중요한 부분인데, 최초로 결핵 징후가 나타난 이후 카뮈의 행동은 물론 사고방식이 일변하게 되었기 때문이다. 『뤼아』의 기사를 확인해보면 카뮈에게 최초의 결핵 징후가 발견된 것이 1930년 12월이 아니면 1931년 1월의 전반기였음을 확인할 수 있다. 1월 20일자 및 2월 10일자의 『뤼아』에는, 이 소년 골키퍼가 병 때문에 결장했다는 기사가 나온다.[12]

장 그르니에를 만나다

1930년 10월에 카뮈는 '상급 1학년반'(철학반)에 들어갔다. 그 반을 마치는 것과 동시에 바칼로레아 2차 시험, 즉 최종 시험을 치르게 되어 있었다. 그때 카뮈의 철학교수는 32세의 장 그르니에였는데, 그는 프랑스 남서부의 구요새 도시인 알비에서 1년 동안 재직한 후 9월 말에 알제리에 도착했다. 그르니에는 생브리외 근처 모친의 고향인 브르타뉴에서 성장했다. 그의 친조부는 나폴레옹 3세에 대항했다는 이유로 투옥된 적이 있으며, 그 후 아들들을 데리고 미국으로 건너가 뉴올리언스에서 프랑스어를 가르치며 근근이 생계를 유지했다. 그 아들들 가운데 하나가 장 그르니에의 아버지다.

평생 동안 교직에 있었던 장 그르니에는 문인으로서도 수수하나마 명성을 쌓은 인물이다. 그는 1927년에 파리의 유명 출판사 갈리마르에서 잠시 근무하면서 아내가 될 마리를 만났다. 이후 그는 갈리마르의 *N. R. F.* 편집자들과 친분을 유지하면서 1930년대 동안 정기적으로 기고를 했다. 알제리에 오기 전 그가 출판한 저술은 보잘 것이 없었다. 예를 들면, 베르나르 그라세가 펴낸 에세이집 『글쓰기』(*Ecrits*)에 짤막한 글 한 편을 기고한 것이 있다. 청년 작가 앙드레 말로 역시 이 에세이에 기고했다.

그러나 1930년에 들어서면서 장 그르니에는 *N. R. F.*에 네 차례 글을 썼는데, 5월에는 프로방스에 대한 에세이 「쿰 아파루에리트」(Cum Apparuerit)를, 그리고 7월부터는 인도에 관한 에세이 3부작을 연재했다.

그르니에가 지중해의 삶에 대한 감상을 적은 몇 권의 작은 철학서를 출판하여 이름을 떨치기 시작한 것은, 그리고 그의 애제자 알베르 카뮈를 일깨우고 영감을 불어넣게 된 것은 알제에서 교사 생활을 하면서부터였다. 카뮈와 그의 동급생들에게는 그르니에야말로 바로 프랑스령 알제리를 넘어선 책과 사상의 세계에 대한 최초의 연결고리였다. 자신을 내세우지 않으면서도 가르치는 데 능란했던 그는 카뮈가 만난 가장 탁월한 교사였음이 분명하다.

첫 수업 때문에 교실에 들어간 그르니에의 시선은 "넓은 어깨에 반짝이는 눈과 결연한 표정을 한" 한 젊은이에게 쏠렸다. 그 학생에게서 풍기는 뭔가가 교사에게, 그가 장차 유별난 인물이 될 것임을 알려주고 있었다. 선생은 카뮈에게 말했다. "말 안 듣는 다른 녀석들이랑 맨 앞줄에 똑바로 앉아 있어!"[13] 이 젊은이가 "천성적으로 규율을 받아들이지 못하는 학생"처럼 보였기 때문이었을까? 카뮈를 몇 번 가르치고 나서 그르니에는 아내에게 아주 유망한 학생이 있다는 말을 했다.[14]

부자들이나 걸릴 만한 병

카뮈의 발병이 확실해지기 전에 이미 그의 가족은 뭔가 잘못되었다는 사실을 눈치챘다. 전해 여름 아코 일가는 조카를 데리고 해안 북쪽으로 12킬로미터 가량 떨어진 생 클루드 쉴 메르에 있는 해변으로 간 적이 있었다. 그때 알베르는 몹시 기침을 했으며, 한 번은 기절한 적까지 있다고 한다.

이후 그해 겨울 알베르의 할머니 카테린 생테스가 그를 데리고 알제 중심부(정육점에서 가까운 랑그도크가 3번지)에 있는 아코의 아파트로 달려간 적이 있다. 그녀는 미친 사람처럼 알베르가 이틀씩이나 계속해서 피를 토했다고 말했다. 아코 일가는 주치의를 불렀는데, 그 의사는 '국가에서 보호하는 전사자 자녀'를 관리하는 공의(公醫)이기도 했다. 의사는 전사자 유가족인 알베르에게 무료로 치료받을 권리가 있다는 사실을 알려주었다.

그리하여 알베르는 대부분의 환자가 이슬람 교도 주민인 무스타파 병원에 입원하게 되었다. 몹시 겁을 먹은 알베르는 아코 가족에게 집으로 데려가달라고 애원했다. 의사는 소년의 오른쪽 폐가 병들었다는 사실을 알아냈다. 의사는 귀스타브 아코에게 이렇게 말했다. "이 아이의 목숨을 구할 수 있는 사람은 당신뿐이오."

그 말은 유복한 아코 일가가, 리옹가의 아파트보다 쾌적한 주택에 살고 있기 때문이었다. 게다가 정육점 주인인 아코는 당시 결핵 환자에게 좋다고 여겨지던 살코기를 조카에게 얼마든지 줄 수 있었다. 주치의는 영양이 풍부한 식사를 권하며 휴식을 취해야 한다고 했다. 책을 읽어서도 안 된다는 것이었다. 소년은 신음했다. "만약 병이 안 나으면 뭘 해야 하지?"[15]

그때 카뮈는 막 열일곱 살이 되었다. 그때까지 그의 세계는 온통 운동과 수영, 친구들과 어울려 시내를 쏘다니는 일에 집중되어 있었다. 그가 알고 있었던 인생은 이제 막 시작되려는 참에 막을 내리고 만 셈이었다.

세월이 지난 후 카뮈는 「빈민가 병원」이란 짤막한 글에서 무스타파 병원에 입원했던 경험에 의미를 부여하려 했다. 그 짧은 보고문에는 희망 또는 희망에 대한 빈정거림과 절망이 뒤섞여 있다.

"그 병은 어느 날 갑자기 찾아오지만 떠나기까지는 시간이 걸리지" 하고 환자 중 하나가 말한다. 그러자 "맞아, 부자들이나 걸릴 만한 병이지"라고 누군가가 대답한다.

이와 비슷한 소재가 『행복한 죽음』의 초고에 다시 쓰이고 있는데, 이방인 뫼르소의 첫 번째 재현이라 할 수 있는 이 소설의 주인공은 원고 말미에서 늑막염으로 죽게 된다. 소설의 제1장에는 다가올 질병의 징후가 나와 있다. 뫼르소는 오한을 느끼며 재채기를 한다. "그는 세 번째 재채기를 하면서 열에 뜬 한기를 느꼈다."

당시에는 결핵과 늑막염 같은 전염성 질병이 오한으로부터 시작될 수 있다는 것이 상식이었다. 몇몇 친구들은 카뮈가 그 병에 걸린 것은 폭우 속에서 축구 시합을 했기 때문이거나, 아니면 골키퍼를 하면서 받은 육체적 충격 때문일 것이라고 여겼다. 어느 학생의 회고에는 이런 내용이 있다.

"어느 날 알베르 카뮈는 알제의 스타디움에서 상대편 선수가 찬 공을 가슴으로 받고 골대 사이에서 기절한 적이 있다."[16]

실제로 결핵은 찬 공기를 쐬거나 격한 운동 때문에 걸리는 것이 아니지만, 그런 요인이나 표준 이하의 생활 여건 또는 영양실조에 의해 자극받거나 악화될 수 있다.[17]

1930년대에는 결핵의 특효약이 없었다. 환자는 인공기흉 치료(컬랩스 요법)를 받는데, 그것은 폐와 흉벽 사이의 흉강에 공기를 주입해 폐를 허탈시킴으로써 감염 부위를 고정시켜 치료하는 방식이다. 처음 주입한 이후 12일에서 14일 사이마다 정기적으로 기흉 주입을 받아야 하는데, 기한은 정해져 있지 않았다.

카뮈는 살아가면서 여러 차례 새롭게 기흉 주입을 받아야 했으며, 1942년에 다른 쪽 폐가 감염됐을 때도 뾰족한 치료법이 없었기 때문에 그쪽 폐 역시 정기적인 기흉 치료를 받기 시작했다.

1940년 당시 프랑스의 결핵 사망률은 인구 10만 명당 140명이었다. 이후 셀먼 왁스먼이 스트렙토마이신을 발견하여 결핵균에 대한 약물 치료를 병행하게 되면서 사망률은 급속히 떨어졌다. 1957년에 10만 명당 27명으로, 카뮈가 사망한 1960년에는 22명이 되었다.

카뮈는 평생 동안 이 같은 신약의 혜택을 거의 받지 못했다. 마지막 10년 사이 또 한 차례의 발작에서 회복되던 카뮈는 마침내 신약의 치료를 받게 되지만, 그때는 이미 폐가 회복 불능 상태였다.

1931년, 카뮈는 모든 것을 잃을 듯이 보였다. 그의 교사였던 장 그르니에는 교실 맨 앞줄에 앉아 있던 '다루기 힘든 학생'이 결석하자 곧 관심을 보였다. 그는 아이들을 통해 카뮈가 병에 걸렸다는 사실을 알게 되었다. 아마 당시 고등학교 교사에게 이런 일은 흔치 않았을 텐데, 그르니에는 카뮈를 찾아가보기로 마음먹었다. 그는 학생 하나를 동반하여 택시를 타고 알제 도심지를 가로질러 벨쿠르 지역을 찾아갔다.

카뮈는 리옹가의 아파트에 있었다. 이 사실은 그가 퇴원한 날부터 아코 일가와 함께 살았다는 기록과 상충된다.

그르니에 일행은 자신들이 불청객이라도 된 기분을 느꼈는데, 어떤 의미에서는 실제로 불청객이었다. 카뮈는 겨우 몇 주일간 수업을 받았을 뿐이어서 이 교사를 잘 몰랐다. 그는 인사말도 제대로 하지 않았고, 질문에는 단답식으로 대답했다. 그르니에는 훗날 그 일을 자기의 문제 때문에 다른 사람을 성가시게 하고 싶지 않은 사춘기 소년의 자존심으로 기록했다. 그는 그것을 '수줍음'으로 표현했다.

이유가 무엇이든 교사는 병든 소년이 자신이 내민 손을 거절했다는 인상을 받고 그곳을 떠났다. 정확히 10년이 지난 후, 그 소년은 그르니에에게 자신이 그때 침묵했던 일과 그 침묵으로 생긴 거리감을 해명하려 했다. "어쩌면 순수한 의미에서 선생님이 '사회'를 대표하셨기 때문일 것입니다. 그러나 선생님은 저를 찾아오셨고, 그날 저는 제가 생각했던 것만큼 초라한 존재가 아니라는 기분을 느꼈습니다."

그의 적대감은 그르니에 개인을 향한 것이 아니었다. 오랜 후에 당시의 병문안에 대해 언급하던 카뮈는, 그 당시 자신은 친밀감을 표현할 줄 몰랐다고 해명하게 된다. 그러기에는 두 사람의 나이 차가 너무 컸다는 것이다.

「긍정과 부정 사이」(Entre Oui et Non)의 초고 내용을 그대로 믿는다면, 당시 누구보다도 침착했던 것은 알베르의 어머니였다.

최초의 징후가 나타났을 무렵 어머니는 내가 피를 잔뜩 토하는 것을 보고도 두려워하지 않았다. 분명 걱정했을 테지만, 그렇다고 해도 정상적인 감정을 가진 사람이 가족의 두통을 걱정하는 것 정도에 불과했다.

어머니는 아코의 집에 있던 아들을 찾아와 말없이 앉아 있곤 했다. 두 사람 모두 애써 대화하려 했지만 할 말이 없었다. 아들은 누군가로부터 어머니가 우는 것을 보았다는 말을 들었다. 그녀는 그 병이 얼마나 심각한 것인지 알고 있었으나 "놀랄 만큼의 냉정"을 유지했다. 실제로 그들 두 사람은 이 냉정함을 공유했는데, 그들의 애정은 그보다 더 깊은 것이었다.

알베르의 형은 어머니가, 처음 피를 토하는 알베르를 보고 몹시 놀랐다고 회상했다. 피가 '몇 통' 씩이나 나왔다는 것이다. 1931년 군대에서 제대하고 돌아온 뤼시앵은 리옹가의 식당에서 책을 읽고 있는 동생을 알아보지 못할 뻔했다. 알베르는 형과 거의 말을 하지 않았는데, 예전보다 냉담해진 듯이 보였다. 뤼시앵에 의하면 알베르는 그해 가을 자신이 결혼하여 분가할 때까지 가족의 아파트에서 같이 살았으며, 그 후에는 다시 아코네 아파트로 돌아갔다고 한다.[18]

결핵으로 죽을 수도 있었을까? 카뮈는 단호한 어조로 "난 죽고 싶지 않아요"라고 귀스타브 이모부에게 말했다.[19] 앞에서 인용한 「긍정과 부정 사이」의 초고에서 카뮈는 다음과 같이 자신을 3인칭으로 표현하고 있다.

그의 병이 최악의 상태에 이르렀을 때 의사는 그에게 아무런 희망도 보여주지 않았다. 그는 그렇다고 확신했다. 뿐만 아니라 그는 죽음에 대한 공포에 몹시 시달리고 있었다.

신약이 나오기 전까지만 해도 결핵 환자가 2, 3년 안에 죽으리라는 것은 충분히 예측할 수 있는 일이었다. 인공기흉 요법으로 회복할 가능성은 70퍼센트 정도로 추산되었다.[20]

「긍정과 부정 사이」의 최종 원고에서는 지나치게 사적인 고백이 모두 삭제되었다. 더 이상 전개를 보지 못한 그 글은 카뮈의 작품집에 수록되지 않았다. 역시 결핵을 앓았던 막스 폴 푸셰는 언젠가 카뮈와 함께 영화관에 갔을 때 그가 각혈하는 것을 본 적이 있다. 그리고 카뮈는 자신은 결핵을 형이상학적 질병으로 여긴다는 말을 했다. 푸셰도 동의해주었다. "넌 원하기만 하면 병이 나을 거야."

푸셰와 친구들은 자신들의 고통에서, 주인공과 작가 모두가 병에 대해 병적으로 매혹된 토마스 만의 『마의 산』에서 볼 수 있는 것 같은 철학적 뉘앙스를 찾고 있었다. 왜냐하면 병은 죽음에 가까이 다가가고 있는 동안에도 삶에 한층 더 근접시켜주었을 뿐 아니라, 덤으로 글을 쓸 여유를 마련해주었기 때문이다.[21]

알베르 카뮈는 평생 동안 결핵 때문에 불편을 겪었다. 그는 병에 걸리지 않았다면 확실했을 교수직을 놓쳤으며, 제2차 세계대전 때 병역을 면제받았다. 물론 이 두 가지 결과가 전적으로 손해였던 것은 아니다. 그는 무슨 일을 하든 속도를 늦출 수밖에 없었고, 새로운 발병과 이에 필수적으로 따르게 마련인 장기간의 요양 때문에 여행이나 그 밖의 다른 활동은 취소해야만 했다. 이제부터는 그가 공을 차면서 햇빛 속을 뛰어다니는 다른 친구들을 지켜보면서 처음 몇 달간 느꼈던 쓰라린 심정이 다시는 사라지지 않게 된다. 예전에는 아이들이 가만히 있으면 그런 감정이 들었을 것이다. 그의 글에서 이것은 아이러니로 나타나게 된다.

5 삶에 대한 자각

'가난한 어린시절', 내가 이모부 댁에 갔을 때 깨달은 중요한 차이점.
우리 집에서는 사물에 이름이 없었다. 우리는 수프 접시, 난로 위의
물주전자라는 식으로 말했다. 그런데 이모부 집에서는 보주 그릇,
캉페르 접시라는 식으로 말한다. 요컨대 나는 선택에 대한 자각을 얻은 것이다.
• 『작가수첩 1』

이제 그 모든 일들이 일어날 차례였다. 장기 요양이라는 사정
때문에 할 수 없이 주어진 독서와 내성을 할 시간, 유일한 결점이
사유하는 인간이라는 것밖에 없는 이모부와 함께 지내는 동안
새로운 환경 때문에 겪은 수많은 자극들, 앙드레 지드나 앙리 드
몽테를랑 같은 문인들이 보여준 북아프리카적인 것에 대한 관심
때문에 일어난 *N. R. F.*의 주변으로서의 지방 문학 운동, 즉 프랑
스령 알제리 문학이나 '지중해적' 문학이 될 만한 분위기의 느린
태동 등.

모든 신간과 최신 문학지뿐 아니라 파리의 새로운 사상을 모조
리 받아들이고 있던 장 그르니에가 이러한 변화의 주요 촉매였음
은 분명하다. 좋건 싫건 간에 그르니에는 이 젊은이가 정치에 첫
발을 내딛도록 도와주는 역할도 맡게 된다. 왜냐하면 저 끓어오
르던 1930년대에 프랑스령 알제리인들은, 유럽 대륙에서 벌어지
고 있는 사건이 자신들에게도 영향을 미칠 수 있다는 사실을 자
각하게 되었기 때문이다.

1931년 당시 46세였던 귀스타브 아코는 당당한 인물이었다.

실제로 모든 증인들은 그가 행진이라도 하듯 정확한 스텝으로 걸어다녔다는 사실을 증언하고 있다. 키가 크고 호리호리하며 가느다란 콧마루에 팔자수염을 기른 그는 전쟁 전의 알제에서 주목하지 않을 수 없는 인물이었다.

알제 시에서 가장 좋은 정육점을 소유하고 있던 그는 카페 애호가로도 널리 알려져 있었다. 그는 중심가였던 미슐레가(그 거리는 그 이후 디두슈 모라드로 이름이 바뀌었다)에 있는 자신의 점포 바로 맞은편에 있는 레스토랑인 '라 르네상스'에서 아니제트 잔을 놓고 앉아 정치와 문학에 대한 자신의 견해를 피력하곤 했다. 정치와 문학은 1·2차 세계대전 사이의 프랑스에서 거의 유일한 화젯거리였다. 그렇지 않으면 친구들과 '블롯'이라는 카드놀이를 하기도 했다.

그의 아내이며 알베르 카뮈의 어머니와 자매지간인 앙투아네트는 어깨에 스카프를 두르고 머리는 쪽을 진 채 가게를 보았다. 아코는 자기 아내를 앙투아네트라고 부르지 않아서 사람들에게 그녀는 그저 '게이비'(Gaby, 멍텅구리)로만 알려졌다.

귀스타브 아코는 카페에 있을 때나 거리를 거닐 때나, 붉은 목도리에 하얀 실크 양말, 청색 줄무늬가 있는 잘 다림질된 정육점용 근무복 차림이었는데, 일종의 허식으로 그 위에 소의 피 몇 방울을 뿌리곤 했다. 아무튼 그의 조카의 말에 따르면 그랬다고 한다. 간단히 말해서, 당시 카뮈의 가까운 친구가 말한 바에 따르면 그는 르네 클레르의 영화에나 나올 법한 정육점 주인이었다.[1] 훗날 그의 조카는 이렇게 회상한다. "그는 아침나절에 정육점 일에 전념하고 하루의 나머지는 자신의 장서와 신문 읽기, 그리고 이웃 카페에서의 장황한 토론으로 보냈다."[2]

당시 그의 예찬자 가운데 한 사람의 말에 따르면, 그의 토론 상대 중에는 인근 알제대학의 학장과 저명한 교수들도 있었다고 한다.

아코 이모부

아코는 리옹의 외곽에 있는 생 제니스 라발에서 태어나 주된 악습이 식도락인 현실적인 산업 지역에서 성장했다. 그 자신이 좋아한 음식은 로제트라 불리는 마른 살라미였다. 그는 어머니와 푸주한인 계부와 함께 알제에 정착했고 그곳에서 앙투아네트 생테스를 만났다. 그가 일자리를 구하러 리옹으로 돌아가기로 마음 먹었을 때 앙투아네트도 따라갔으며, 그가 세일즈맨이 되자 그녀 역시 마차를 타고 남편과 함께 돌아다녔다.

제1차 세계대전 때 아코는 의학적인 이유로 일선 군복무에서 제외되었다. 그는 낮에는 보충역으로 군복무를 한 다음 밤이 되면 파리의 대형 식품점에서 고기 써는 일을 했는데, 난생 처음 해보는 일이었다. 그러나 얼마 지나지 않아서 프랑스 상인들의 은어로 천당이라고 하는 선반 진열 부문에서 최고상을 획득했다. 덕분에 그는 지하창고에서 카운터로 자리를 옮기게 되었다. 그는 매일 반나절을 고기 써는 법을 배우며 보냈다.

어쨌든 그도 군복을 입었기 때문에, 1917년 7월 앙투아네트와 결혼했을 때는 군인의 결혼식이 되었다. 그들은 결혼식을 올리는 수많은 군인 부부들 가운데 하나였다. 전쟁이 끝나자 그들 부부는 알제로 돌아와 미슐레가에 정육점을 열었다.[3]

훗날 그는 알베르에게 정육업을 배우라고 설득하면서, 그 일이 별로 하는 것 없이 쉽게 돈을 벌 수 있는 직업이며 글을 쓸 시간도 충분하다고 말했다.

"일주일이면 네게 푸주한이 되는 법을 가르쳐줄 수 있단다. 넌 돈도 많이 벌게 될 테고 원하는 대로 글을 쓸 수도 있어."[4]

카뮈는 장 그르니에게 아코 이모부가 전투적인 아나키스트였다고 말한 적이 있는데, 그는 분명 모두에게 호감을 살 만한 비순응주의자였던 것 같다. 아코가 소중히 여긴 작가는 아나톨 프랑스였는데, 전집까지 갖고 있었다. 일설에 의하면 19세기의 사회적 고전들, 즉 샤를 푸리에와 빅토르 위고, 에밀 졸라 등에 정통했다고 한다. 그러나 아코는 폴 발레리, 왕정주의자 샤를 모라스의 글을 즐겨 인용했으며, 우익 왕정주의 기관지인 『악숑 프랑세즈』(L'Action Française)를 읽었다. 그의 말에 귀를 기울인 고객들과 카뮈 주위의 젊은이들은 깊은 인상을 받곤 했다.

아코 일가의 가게에 인접한 랑그도크가 3번지에 있던 아파트는 바닥을 높인 1층이었다. 건물 안에 있는 아파트였지만 커다란 현관과 4개의 침실, 후면에 있는 정원 등으로 저택 분위기를 풍겼다.

아코 일가와 함께 지내는 동안 알베르 카뮈는 거리 쪽에 나 있는 안락하고 큼직한 방을 썼다. 아파트는 어두웠지만 뒤뜰의 레몬 나무 아래 앉아 책을 읽을 수도 있었다. 게다가 그는 이모부가 최고급 수입 제품만 판다는 사실을 강조하기 위해 이름 붙인 가게 '영국 푸줏간'에서 두툼한 스테이크를 얼마든지 먹을 수 있었다. 또한 옷과 필요한 책을 사보도록 넉넉한 용돈도 받았고, 주말이나 연휴 때는 아코 일가와 함께 소풍을 가기도 했다.

귀스타브 아코는 조카를 자랑스럽게 여겨서 손님들에게 조카에 대한 얘기를 곧잘 늘어놓곤 했다.

이 젊은이가 자식이 없는 부부로부터 버릇이 나빠질 정도까지는 아니더라도 후한 대접을 받은 것은 사실이다. 교양 있는 푸주한의 격려와 의지력이 강한 이모의 보살핌 속에서 보낸 그 시기는 그가 바랄 수 있는 최고의 요양기였던 셈이다. 카뮈는 정기적으로 기흉 치료를 받기 위해 병원에 다녔다. 랑그도크가에서 고등학교까지의 통학 시간은 예전의 절반이었으며, 알제대학은 길모퉁이만 돌면 있었다.

하느님은 아무 말도 없군

이제 그는 다시 등교할 수 있게 됐다. 카뮈는 고등학교 과정의 마지막 학년인 '상급 1학년반'을 한 번 더 다녀야 했는데, 이는 결과적으로 장 그르니에와의 접촉을 그만큼 연장해준 셈이 되었다. 그는 더 이상 운동경기에 낄 수 없었지만, 그래도 부지런히 축구 시합을 보러 다녔다.

이제 카뮈의 환상의 몇 안 되는 출구 가운데 하나가 옷차림이 되었다. 화려한 이모부에게서 받은 자극 외에도 그의 재정적 지원 덕분에, 그렇지 않아도 언제나 깔끔했던 알베르는 이제 '멋쟁이'가 되었다. 프랑스 출신의 프랑스인(그 지역 방언으로 '프랑코위')인 막스 폴 푸셰는 친구 카뮈를 독특한 옷차림을 한 '최고의 전형적인 알제리인'으로 보았다.[5]

푸셰가 카뮈를 장 드 메종쇨에게 소개했을 때 메종쇨의 눈에 이 젊은이는 어딘지 건방져 보였다. 푸셰는 메종쇨에게 이렇게 말했다. "너도 알다시피 저 친구는 1등상을 휩쓰는 부류야."

푸셰의 빈정거림에도 불구하고 메종쇨은 카뮈에게 마음이 끌렸다. 이모부의 영향 탓인지 하얀 셔츠에 하얀 양말을 신고 볼사리노 펠트모를 쓴 그는 정말 우아해 보였던 것이다. 그때가 1932년이었으니 열아홉 살이 채 되지 않은 때였다.[6]

카뮈의 말투에 대해서는 여러 가지 증언이 있다. 노르망디 출신인 푸셰는 물론 카뮈의 말투를 전형적인 '프랑스령 알제리인' 식이었다고 기억했다. 그것은 이탈리아식으로 억양이 없는 단조로운 말투로서, 모음이 일그러지고 지방 특유의 표현이 심하게 섞인 것을 의미했다. 그 지방 명문가의 후예였던 메종쇨은 카뮈가 장난삼아 일부러 그런 어투를 쓰기는 했어도 실제로는 그런 억양이 없었다고 단언했다. 사실 만년에 녹음된 육성을 들어보면 카뮈는 어느 만큼 변하기는 했어도 프랑스령 알제리인 특유의 억양을 버리지 못했으며, 원할 때는 언제든 '프랑스령 알제리인' 식으로 말할 수 있었다.

메종쇨은 또한, 자신의 새 친구가 특히 몸가짐이 세련되고 빈정거리는 어투를 구사하며 타고난 편안함과 우아함을 갖추고 있었다고 했다. 또한 카뮈에게서는 일종의 다감함을 엿볼 수 있었다면서 "깜짝 놀란 듯한 표정도 이내 입가의 가벼운 빈정거림으로 바뀌고 눈이 반짝이며 때로는 아주 울적한 권태에 사로잡히곤 했다. 그러다가도 이내 희극적인 감수성으로 다시 쾌활해지곤 했다. 그를 처음 소개받는 모든 사람들에게도 이러한 매력이 잘 통했다"고 증언했다.

알베르는 또한 저 설명하기 힘든 '수줍음'을 지닌 인물로 기억되기도 했다. 가까운 친구들과 있을 때는 겸허한 태도를 보였는데, 그것이 메종쇨처럼 예민한 젊은이의 마음을 사로잡았다.

그러나 우정을 얻기가 쉽지 않은 때도 있었다. 조각가가 된 보석세공사인 루이 베니스티는 카뮈를 잔인하다고 여겼다. 베니스티 그룹의 예술가들은 카뮈와 같은 지적 세련미를 갖추지 못했는데, 카뮈는 종종 그들로 하여금 그런 자의식을 갖게 만들었던 것이다. 어느 날 독학으로 공부했으며 그룹의 다른 구성원보다 10년은 연상인 베니스티가 카뮈에게 따져 물었다. "우린 모두 최선을 다하고 있어. 그런데 왜 빈정거리는 거지?"

그 말에 카뮈는 얼굴이 창백해졌다. 그리고 그날 이후로 둘은 가까운 친구가 되었다.

1931년 9월, 벨쿠르 시절의 동창생인 루이 파제가 우연히 알베르 카뮈와 맞닥뜨렸는데, 그때 까뮈는 가브리엘 단눈치오에 대한 경의로 온통 하얀 옷차림에 흰 넥타이까지 하고 있었다. 그의 눈에는 카뮈가 지드의 『바티칸 지하동굴』(*Les Caves du Vatican*)의 주인공이며 캐주얼 타이를 맨 미남 청년 라프카디오처럼 보였다.[7]

종종 카즈바 한복판에 있는 프로망탱이라는 카페에서 막스 폴 푸셰와 카뮈의 주도 아래 장황한 토론이 벌어지곤 했다. 19세기의 화가 외젠 프로망탱이 자주 들렀으며, 훗날에는 그들의 문화적 영웅 앙드레 지드가 알제를 방문하는 길에 찾곤 했다고 한다.

여기서 그들은 뮤에진(이슬람 사원에서 기도 시간을 알리는 사람—옮긴이)이 바로 맞은편에 있는 작은 이슬람 사원의 첨탑 꼭대기에서 기도 시간을 알리는 동안 박하차를 마시곤 했다. 푸셰는 카뮈가 특히 이 '기도의 부름'에 감동했다는 사실에 주목했는데, 그 당시 카뮈는 루이스브뢰크(네덜란드의 성아우구스티누스 신봉자—옮긴이)나 아빌라의 성테레사, 그리고 그르니에의 영향에 의해 『바가바드 기타』 등 신비주의자들의 책을 읽고 있었다.

카뮈 일행은 일요일 아침이면 덜컹거리는 버스를 타고 도시의 위쪽 고지에 있는 부자레아 마을을 찾아가기도 했는데, 이 마을 이름이 '대기의 입맞춤'이라는 뜻이라는 사실을 알고 즐거워했다. 일행은 바다로 내리막길을 이룬 언덕 기슭의 구불거리는 길을 따라 걸어서 돌아오곤 했다. 카뮈는 오래된 공동묘지를 지날 때마다 한 세기 전 스페인인과 몰타인, 프랑스인들의 이주를 증언하고 있는 그 묘비들에 마음이 끌렸다. 어느 날 카뮈는 한 무덤에서 줄지어 나오는 개미 떼를 유심히 바라보았는데, 그것이 그 묘비들에 대한 아이러니로 비쳤다. 돌아오는 길에는 마지막으로 몰타인의 술집에 들러 지중해식 소시지 '수브레사드'를 안주삼아 독한 술을 마시곤 했다.

그들은 부자레아에서 내려오던 길에 교통사고를 목격한 적이 있다. 한 이슬람 교도의 아이가 버스에 치여 혼수상태에 빠진 듯이 보였다. 그들은 몰려든 군중을 지켜보며 더 이상 견딜 수 없을 때까지 울부짖는 아랍인들의 통곡에 귀를 기울였다. 그 자리를 떠난 카뮈는 푸른 바다와 하늘이 펼쳐진 풍경을 향해 돌아섰다. 그러고는 하늘을 향해 손가락 하나를 세워 보이면서 이렇게 말했다. "저것 봐, 하느님은 아무 말도 없군."

푸셰는 카뮈가 비록 하늘의 침묵 속에서 참을 수 없는 고통과 죽음에 직면한 인간의 상황을 알았으나, 그에게 종교에 대한 특별한 반감은 없었다고 확신했다.[8]

카뮈와 푸셰, 메종쇨, 베니스티, 루이 미켈은 이제 그룹을 이루었다. 오랑에 정착한 스페인인의 제5대 후예로서 건축학도였으며 후에 건축가 르 코르뷔지에 밑에서 일한 미켈은 친구인 메종쇨이 카뮈를 푸셰의 아파트로 데려왔을 때 처음 그와 만나게 되었다.

그들은 함께 서부영화나 공포영화를 보러 가곤 했으며, 바브 엘 우에드나 카즈바 바로 아래에 있는 조그만 술집이나 선원 지구의 생기 넘치는 주점에 앉아 있곤 했다. 그 술집에서는 35상팀만 내면 아니제트 한 잔에 이집트 콩과 땅콩, 감자튀김, 구운 생선, 올리브를 안주로 먹을 수 있었다. 그들은 특히 '레 바 퐁'(얕은 바닥)이라는 술집을 좋아했는데, 단두대와 허리를 천으로 감은 해골을 공중에 매달아놓은 어둠침침한 술집이었다. 그 천을 벗기면 용수철에 달린 음경이 튀어나오곤 했다. 그곳의 주인인 난쟁이 코코는 또 다른 음경 장식으로 손님들에게 물을 뿌리기도 했다. 카뮈는 코코와 친해져서, 나중에는 카페 이름을 '죽음과 섹스의 친구'로 바꾸는 게 어떻겠냐고 제안하기도 했다.

일요일 오후에는 바브 엘 우에드 해변의 말뚝 위에 지은 '발 마타레스'와 '벵 파도바니' 같은 무도회장을 찾아가곤 했다. 벵 파도바니는 나중에 아마추어 연출가 카뮈가 처음으로 연극 실험을 하는 장소가 된다. 여기서 그들은 인근 담배공장에서 일하는 스페인 출신의 아가씨들과 만나곤 했다. 푸셰는 반쯤은 장난삼아서, 그 아가씨들과 포옹할 때 자신들이 지중해의 위대한 프롤레타리아 여신을 껴안는 것으로 여기곤 했다고 회상했다.

카뮈는 거리에서 만나는 사람들의 말에 귀를 기울이고는, 그들의 구수한 표현을 친구들에게 들려주곤 했다.[9]

해방을 가져온 책

카뮈는 의무교육 프로그램에 의해 모든 프랑스 고등학교들이 준수한 표준적인 교육을 받았다. 그들은 당시 아르망 퀴비에 교수의 『철학개론』을 교재로 썼는데, 거기에는 주요 철학자들에 관한 모든 지식이 들어 있었다. 카뮈는 그 교재에서 쇼펜하우어와 니체를 발견했다. 또한 도스토예프스키의 작품과 성서도 읽었다.

막스 폴 푸셰는 카뮈에게 제임스 조이스의 『율리시즈』(Ulysses)도 빌려준 적이 있는데, 카뮈는 '혼란스러우면서도' 재미있게 그 책을 읽었다고 한다.[10] 카뮈가 처음으로 조이스를 읽었다는 이 이야기가, 아나톨 프랑스와 『악숑 프랑세즈』에 빠진 아코 이모부가 『율리시즈』를 읽고 찬사를 바쳤다는 이야기보다 설득력이 있다.[11] 그것이 사실이라면 이 말은 그의 조카가 자신의 '복사판'이라는 의미가 됐을 것이다.

확실히 그르니에와 그가 대표하는 모든 것들, 즉 그가 파리에서 가져오는 책과 잡지, N. R. F.와의 접촉은 카뮈가 고등학교 마지막 학년에 얻은 계시였다. 그르니에에서 지드까지는 한 단계만 더 나아가면 되었다.

카뮈는 훗날 그르니에의 『섬』(Les Iles)의 재판 서문에서 자신이 스무 살 때 처음 읽은 이 조그만 책이 『지상의 양식』을 읽었을 때 받은 충격에 견줄 만한 느낌을 주었다고 밝히게 된다.

그르니에의 에세이 중 일부는 책으로 출판되기 전에 N. R. F.에 발표되곤 했다. 그러나 이 두 번째 계시는 중요한 점에서 큰 차이가 있었다. 젊은 카뮈에게는 장 그르니에의 행복에 대한 개념이 훨씬 이치에 맞는 것 같았다.

지드와 그르니에 두 사람 모두, 남부인들은 이해하고 있을 뿐만 아니라 매일같이 실제로 살고 있는 지중해적 덕목을 찬미했다. 카뮈와 그의 동료인 태양 숭배자들에게 필요했던 것은 그것과는 다른 것이었다. 그것은 오히려 "우리의 욕망, 우리의 행복한 야만성으로부터 약간 비껴서는 일"이었다. 그들에게 필요한 것은 엄숙한 설교자의 침울한 훈계가 아니었다. "우리에겐 좀더 미묘한 스승이 필요했다"고 카뮈는 말한 적이 있다.

또한 예컨대, 다른 대지에서 태어난 어떤 인간이 역시 빛과 육체의 광휘를 사랑하여 저 비길 데 없이 탁월한 언어로, 이러한 외양은 아름답지만 그것들은 사멸하게 마련이므로 필사적으로 사랑하지 않으면 안 된다고 말하는 것.
   • 『섬』의 서문

카뮈는 특히 그르니에의 책에서 나온 한 구절에 충격을 받은 나머지 훗날 자신의 책에서 자주 그 테마를 반복했다. 「케르겔렌 군도」(Les Iles Kergulen)에서 그르니에는 이렇게 썼다.

나는 종종 홀로, 모든 것을 팽개친 채 어느 낯선 도시에 도착하는 것을 꿈꾸곤 했다. 나는 겸허하게, 아니 비참하게 살았어야 마땅했다. 그러면 무엇보다도 '비밀'을 지킬 수 있을 것 같았다.

카뮈는 또한 아무렇게나, 아니면 마치 그 저자가 글을 쓸 때 그를 염두에 두기라도 한 듯한 또 하나의 진술에 매혹될 수밖에 없었다.

사람들은 인간을 엄습하는 질병과 사고가 얼마나 많은지에 경악한다. 그것은 일상에 싫증난 인간이 그나마 남아 있는 영혼을 지키기 위해 질병으로의 이 비참한 도피를 행하기 때문이다. 가난한 인간에게 질병은 여행과 같으며, 병원에서의 삶은 궁정에서의 삶이나 다름없는 것이다.

알베르 카뮈가 글을 쓰고 싶다는 의식을 갖게 된 것도 바로 이 무렵의 일이었다. 『섬』은 그의 결의를 굳혀주었다.

그는 훗날 그르니에가 빌려준 또 한 권의 책, 즉 앙드레 드 리쇼의 『고통』(La Douleur)이라는 소설을 상기한다. 작가는 그 책에서 카뮈가 알고 있는 것들에 대해서, "어머니, 가난, 하늘 아래 감미로운 밤"에 대해 처음으로 이야기했다. 그 책은 해방을 가져왔다. 카뮈는 어느 날 밤 그 책을 읽고 계시에 눈을 떴다. 그는 책이 도피와 기분전환에 불과한 것이 아니라는 사실을 알았다. 책들은 "나의 완고한 침묵, 이 모호하고도 독재적인 고통, 나를 에워싼 유일한 세계, 내 가족의 고결성, 그들의 비참, 그리고 나의 비밀"에 대해 이야기할 수도 있었던 것이다. 마침내 그는 "창조의 세계"를 꿰뚫어볼 수 있게 되었다.

아마 그럴지도 모른다. 그러나 『고통』은 제1차 세계대전 당시 어느 프랑스 장교의 미망인과 그 마을에 머문 독일군 전쟁포로의 짧막하고도 불운한 열애에 관한 진부한 이야기다. 미망인의 어린 아들이 목격자로 나온다.

알베르처럼 그 소년 역시 '국가에서 보호하는 전사자 자녀' 지만 그들 간의 유사점은 그것이 전부다. 미망인 들롱브르는 가난하지 않고, 그녀와 그녀의 아들은 벨쿠르의 생활과는 전혀 다른 삶을 살았다. 『주홍글씨』와 비슷한 뉘앙스를 풍기는 이 소설에서 말하는 '고통'은 질투와 수치심에서 파생된 것이다.[12] 아니, 이 짤막한 소설은 카뮈의 글에 거의 아무런 흔적도 남기지 않았다.

반면 그르니에의 에세이는 반성을 위한 영역뿐만 아니라 심지어 형식까지 마련해주었다. 그르니에 자신은 사망한 친구에 대한 회상록 『알베르 카뮈』에서 자신의 영향력은 의도적인 것이 아니었다고 말했다. 설혹 카뮈를 가르치고 있었다고 해도 자신은 작품을 쓰는 데 분주했으며, 또 자신이 감수성이 예민한 젊은이에게 꿈을 전했다 해도 이는 의도적인 행위가 아니었다는 것이다.

물론 그는 진지한 제자들을 집에 초대하여 함께 대화를 나누고 책을 빌려주거나 선물하곤 했다. 그러나 그르니에는, 자신이 젊은이였던 카뮈에게 지나칠 정도로 엄격했고, 그를 미완성의 뛰어난 인간으로서보다는 실패한 철학자로 평가했었다고 고백했다.

뚜렷한 증거는 없지만 카뮈는 이 무렵 처음으로 사심 없는, 즉 학업과 무관한 글을 썼던 것 같다. 동급생 조르주 디디에가 "내 방에서 본 세계"라는 제목의 잡지를 내기 시작했다. 카뮈의 기억에 의하면 그 잡지는 필사본으로 간행되었다. 카뮈는 비행사를 찬미하는 에세이 한 편을 기고했는데, 그 작품은 현재 찾을 수 없는 상태다.[13] 장 그르니에는 그 조그만 잡지가 나온 것이 2학년 아니면 1학년 때였을 것이라고 생각하는데, 그렇다면 1929년에서 1931년 사이 또는 그 이후, 즉 카뮈가 열여섯 살에서 열여덟 살 때의 일이다. 그것이 현재 알려진 사실의 전부다.

그르니에는 카뮈가 작가가 되고자 했던 때가 바칼로레아를 통과할 무렵이라고 단언했는데, 그렇다면 1932년 6월의 일이다. 어느 날 선생과 제자는 알제의 중앙우체국 근처 거리에서 만났다. 카뮈는 그르니에에게 자신이 책을 쓸 수 있다고 생각하는지를 물어보았다.[14]

장 그르니에는 지체하지 않고 제자를 시험대에 세웠다.

장래가 유망한 젊은이

얼마 후 카뮈의 무시무시한 할머니가 사망했다. 그녀의 마지막 며칠이 『안과 겉』에 힘차고도 간결한 문체로 기술돼 있는데, 거기서 젊은이는 할머니의 병을 또 하나의 연극에 불과하다고 여기고 있다. 좋지 않은 기억이 너무나 많았기에 소년은 동정심을 보이려 들지 않았다. "하지만 환자 역을 하다 보면 그것이 실제로 병이 될 수 있는 법이다. 할머니는 죽기 전까지 가식에 빠져 있었다."

그 죽음은 손자에게 아무런 영향도 미치지 못했다. 그러나 매장할 때는 울음을 터뜨렸는데 주위에 있던 이들 모두가 울고 있었기 때문이며, 소년은 자신의 울음이 진심이 아니라고 여겼다.

이 에세이에서는 할머니가 죽을 무렵 알베르와 뤼시앵이 소년이며 여전히 어머니와 같은 집에서 살고 있는 것처럼 보인다. 그러나 소재에 대한 문학적 변형을 사실로 받아들여서는 안 된다. 그들은 할머니가 죽었을 때 더 이상 소년이 아니었다. 당시 알베르는 최초의 결핵 발병 이후 집에 살고 있었다. 의무적인 군복무를 마치고 제대한 그의 형 역시 결혼해서 최종적으로 집을 떠나기 전이어서 집에 살고 있었다. 따라서 그 사건은 1931년 5월과

11월 사이에 일어난 셈이다.[15]

2차이면서 최종 시험인 바칼로레아를 보기 위한 고등학교의 이 마지막 학년 동안 알베르 카뮈는 '정식' 작가가 되었다. 그는 훗날 자신이 열일곱 살 무렵부터 *N. R. F.*를 읽었다고 회상했다.[16] 이제 그는 자기만의 에세이를 쓸 능력을 갖추었다. 그런 글을 발표할 지면은 마련돼 있었다. 비록 자신이 직접 간행하지는 않았지만 장 그르니에는 『쉬드』(*Sud*)라는 조그만 월간 문예지의 발간을 독려해주었는데, 그러한 출판물이 작가 지망생들에게 필요한 자극제가 되리라고 여겼던 것이다. 마지막 학년에 발행된 『쉬드』 3·5·6월호에 알베르 카뮈의 글이 실렸다. 그 글들은 학교 과제의 일환이었거나 교실 토론에서 파생된 것이 분명하다. 그르니에는 그 글들을 소개하면서 "이것들은 초고"라는 점을 강조했다. 그 중에서 원고 형태로 남아 있는 유일한 텍스트는 「음악에 대한 에세이」(*Essai sur la musique*)인데, 학교 과제답게 개요와 문헌 목록이 포함되어 있다.[17]

첫 에세이 「새로운 베를렌」(Un Nouveau Verlaine)은 『쉬드』 1932년 3월호에 게재되었다. 그 글은 베를렌이 순진한 몽상가 이상의 평가를 받을 가치가 있다는 사실을 입증하려는 감동적인 시도다. "시인은 병든 몸 때문에, 괴로운 심정 때문에 고통을 받았다."

베를렌은 죄를 지었고 그 일을 후회했으며, 자신이 나쁜 짓을 저지르고 있다는 것을 의식했다. 보다 본질적으로 흥미가 가는 텍스트는 5월호에 게재된 「불행한 시인 제앙 릭튀」(Jehan Rictus, le poète de la misère)로서, 돈 한 푼 없는 주인공이 몽상을 통해 자신의 비참한 상태에서 도피하려 한다는 내용을 담은

『거지의 독백』의 저자이자 캬바레 2류 시인이 명예회복을 하는 내용이다. 젊은 카뮈는 이렇게 결론짓고 있다.

이 책에서 특히 매혹적인 부분은 거지의 탁하고 더러운 삶과 천진하고 푸른 영혼을 대조시킨 데 있다. 그는 어린시절의 믿음을 간직하고 있었다. 그런 그의 환상을 깨뜨리지 말자.

카뮈는 『쉬드』 6월호에 다시 글을 발표했다. 「세기적 철학」(La Philosophie du siècle)에서는 그 당시 출간된 앙리 베르그송의 저서 『도덕과 종교의 두 근원』(*Les Deux sources de la morale et de la religion*)에 대한 실망감을 드러냈다. 그 저서는 마땅히 베르그송의 작업에서 절정에 이르렀어야 하는데도 비평자의 생각에는 방법론에 집착한 이전 저서를 넘어서지 못했다는 것이다.

같은 호에 실린 카뮈의 야심만만한 글 「음악에 대한 에세이」는 쇼펜하우어와 니체에 의해 보강된 음악의 정신적 가치에 대한 찬사다. 젊은 카뮈는 줄거리나 메시지를 전달하는 음악을 거부하면서 다음과 같이 주장했다.

"일반적으로나 결론적으로 볼 때, 우리를 감동시키고 우리가 음미해야 할 진정으로 창조적인 음악은 모든 이성과 분석을 몰아낼 '몽상의 음악'이다."

여기서 몇 가지 짚고 넘어갈 점이 있다. 그중 하나는 베르그송의 논문에 대한 일시적 관심인데, 이는 사실상 어느 학문에 대한 연구(고등학교 학생의 통상적인 과제)라기보다 신간 서평에 가까운 것이다. 제양 릭튀를 선택한 것은 다른 의미에서는 이단과 파격인데, 거리의 속어로 글을 쓴 릭튀가 제2차 세계대전 발발 전의 프랑스에서는 교실에서 다루어질 만한 소재가 아니었다는 사실 때문이다.

마지막으로, 그르니에가 자신의 제자들, 그중에서도 특히 카뮈를 진지하게 대했다는 사실이다. 이 점에 대한 또 다른 증거가 그르니에와, 탁월한 시인이며 화가로서 브레통에서 태어난 유대인이자 독실한 가톨릭 신자인 막스 자콥이 나눈 편지에서도 발견된다.

자콥은 실제로는 1876년 7월 12일에 태어났지만, 그 자신은 생일이 7월 11일이라고 단언했는데, 통찰력 있는 아마추어 천문학자인 그는 12라는 숫자가 감옥과 죽음을 의미한다고 여겼기 때문이었다. 그는 생애 대부분을 생 브누아 쉬르 루아르에서 명상과 기도로 보냈다. 1944년에 게슈타포가 그곳에 있는 그를 찾아내 포로수용소로 보냈는데, 그는 거기서 저 최초의 예언대로 죽음을 맞이했다.

프랑스 해방 이후 그의 시신을 매장하기 위해 생 브누아로 옮길 때 시신을 운반하던 군용 트럭이 길을 잃었는데, 이 에피소드는 그가 쓴 시의 내용과 일치한다. "매장식은 이미 전날에 열렸으나, 착오 때문에 다시 한 번 해야 했다."

다작 작가인 자콥은 장 그르니에가 알제의 젊은 교사였을 때 이미 유명해져 있었다. 자콥과 오랫동안 서신을 교환하고 있던 그르니에는 그가 글을 써주었으면 하는 희망에서 『쉬드』에 대해, 그리고 자신의 젊은 제자 카뮈에 대해 이야기했다.

1932년 여름에는 알베르 카뮈와 막스 자콥도 서신을 교환하게 되었다. 자콥은 1932년 9월 28일 그르니에에게 다음과 같이 썼다. "카뮈 군은 장래가 유망한 젊은이처럼 보이네. 그는 예술에 대한 믿음을 보여주는데, 이는 얼마든지 다른 형태의 믿음으로 변형될 수 있다네."[18]

아직 열아홉이 채 되지 않았고 프랑스에서 자신의 첫 번째 책이 출판되기까지 정확히 10년이 남은 그때, 카뮈는 벌써 유명 시인과 문학적 대화를 나누고 있었던 것이다. 그때 이후로 카뮈와 프랑스 현대 문인들과의 거리는 일정하게 유지되었다.

그는 자신의 '행복한 병' 덕분에 지드의 『배신자』(Traités)를 읽었다. 카뮈는 『사랑의 시도』(La Tentative amoureuse)에 나오는 모든 구절을 외우고 있었다. 그는 장 그르니에에게, 지드의 『일기』(Journal)가 "인간적"이라고 말했다. 카뮈는 얼마 지나지 않아 지드의 모든 저작을 읽었고, 그르니에는 그에게 프루스트의 『잃어버린 시간을 찾아서』를 주었다.[19]

고등학교 시절의 어느 때, 아마도 마지막 학기에 젊은 학생 카뮈는 『이크담』(Ikdam)이라는 주간지를 발행하는 동아리에 가입했다. 이슬람 교도의 의식을 고취시키기 위해 전설적인 민족주의자이며 전사인 아브드 엘 카데르의 손자 에미르 칼레드가 1919년에 발행하기 시작한 신문이었다.

이 무렵 칼레드는 알제리 거주 이슬람 교도가 처한 상황에 대한 초기 보고서 『알제리 이슬람 교도의 상황』을 내고 망명 생활을 하고 있었다. 그의 추종자인 사데크 덴덴이 『이크담』 발행과 '알제리 동포애 운동'을 주도하고 있었다. 그 무렵 신문은 이슬람 교도와 프랑스-유럽계 이주민들과의 평등, 다수의 토착민에 대한 차별법 폐지, 언론과 거주 이전 및 집회의 자유를 요구하는 급진적인 노선을 취하고 있었다. 『이크담』과 사데크 덴덴, 그리고 카뮈가 어느 정도 관련되었는지에 대해서는 알려진 바가 없으나, 아무리 짧았다고 해도 이 만남은 무척 중요하다. 카뮈는 이 일을 계기로 알제리의 이슬람 교도와 그들의 열망을 최초로 경험하게 되었기 때문이다.[20]

사슬에 묶인 프로메테우스

1932~33년 사이의 카뮈의 학교 생활은 이상하리만큼 모호하다. 고등학교를 졸업했으면서도 아직 대학에는 들어가지 않은 시기였다. 본토 프랑스에서는 교수가 되기 위해 진학하는 파리의 명문교인 고등사범학교에 들어가기 전에 2년간의 준비 기간이 있는데, 각각을 '이포카뉴'와 '카뉴'라고 한다. 그러나 당시 알제에서는 '이포카뉴'만 이수할 수 있었기 때문에 결국은 그것이 종착지나 다름없었다. 학생들은 철학에 집중해 논문을 써야 하지만 최종 시험을 치를 필요가 없는 그 과정을 쉽게 여겼다. 그해에 카뮈는 두 명의 뛰어난 젊은이 앙드레 벨라미슈와 클로드 드 프레맹빌을 만났는데, 그들은 6월에 있는 학년말 시험을 무시한 채 오랑의 집으로 돌아갔다.

프레맹빌은 페르피냥에서 장교의 아들로 태어났다. 그는 '이포카뉴'를 마치고 파리의 대학에 들어갔으면서도 카뮈와는 계속 연락을 취했으며, 알제리로 돌아와서는 함께 문학 및 정치적 모험에 가담하게 된다. 그룹에서 가장 먼저 공산당에 가입한 프레맹빌은 고국에 남아 있는 친구에게 단순한 정치적 영향력 이상의 존재였다. 제2차 세계대전 이후 그는 파리에서 저널리스트로 활동했는데, 클로드 테리엥이라는 이름으로 프랑스 방송국인 라디오 유럽 1의 뉴스 편집자 겸 시사해설가가 되었다. 그는 1966년 1

월에 사망했다.

벨라미슈는 전후 프랑스에 정착하여 번역가로 활동하며 제인 오스틴과 로렌스 등의 작품을 번역했다. 그는 훗날 카뮈 덕분에 갈리마르사의 번역도 맡게 된다.[21]

카뮈는 학기 초에 「직관」(Intuitions)이라는 제목으로 일련의 산문시를 쓰고 있었다. 이 산문시는 그의 사후에 『알베르 카뮈 노트 2권』으로 출간되었다. 그는 이 시들을 몽상이라 일컬었다. 1932년 10월에 씌어진 것으로 추정되는 짤막한 서문은 그 메시지에 대한 반항을 암시하고 있다.

만약 그 시들이 낙담하는 경우가 있다면 그것은 아무도 그 열정을 원치 않았기 때문이다. 또한 만약 그것이 부정적이라면 아무도 긍정을 원치 않았기 때문이다.

이러한 반항의 원인에 대해서는 알려진 바가 없다. 어쩌면 그것은 자신의 글을 본 친구들의 반응을 표현한 것일지도 모른다. 어쨌든 「직관」은 카뮈로부터 나온 '자생적인' 최초의 작품이다. 낭만적인 어조를 띤 그 시편은 '세기말적'인 양식을 취하고 있다. '행복'(Bonheur)과 '일체'(Unité)는 대문자로 표기되어 있다. 결론은 다음과 같다. "내가 아는 것은 한 가지뿐인데, 그것은 정열과 믿음과 열의로 스스로를 연소시키는 신비로운 내 영혼이다."

막스 폴 푸셰, 그리고 이제는 프레맹빌, 벨라미슈 등의 독자와 작가와 몽상가들이 참여하면서 문학 토론은 본격적인 양상을 띨 수 있었다. 구알제 시가지를 산책하거나 주위의 산을 걸으면서, 또는 학생 전용 카페에서 토론이 벌어졌다. 아마 그때 이들은 상당한 양의 원고를 주고받았을 것이다.

그 무렵 카뮈가 지금은 단 한 줄도 남아 있지 않은 「베리아 또는 몽상」(Beriha ou le rêveur)이라는 에세이를 썼을 때 푸셰는, 몽상가가 아니라 논리학자를 그렸다는 이유로 비난했다. 그러자 카뮈는 이 작품을 옹호하는 열 가지의 비망록으로 그 주장을 반박했다. 거기서 카뮈는, 자신이 내세운 인물 베리아가 스스로를 논리적으로 표현하고 있다면 그것은 이단의 형식으로 심오한 감정을 표현하는 데 적지 않은 즐거움을 얻을 수 있기 때문이라고 설명하고 있다. 그는 지드가 철학적 성찰에 평이한 표현을 동원하고 있다는 점을 지적했다.

나아가서 카뮈는 "나는 '몽상'과 '행동' 양자를 논리보다 우위에 두고 있다"고 말하고 있다. 그리고 어떻게 논리를 인정하지 않는다고 한 푸셰가 그 에세이가 논리적이라고 주장하면서 동시에 그것이 마음에 든다고 할 수 있는지 반문하는 것으로 비망록을 마무리 짓고 있다. 그러면서 카뮈는, 그 에세이는 여러 번 읽을 필요가 있다는 점을 인정하고 있다.[22]

이와 같은 의견 교환과 이포카뉴 프로그램, 그리고 깊어가는 그르니에와의 친교가 그의 우주를 급속히 확장시켜주었다. 카뮈는 그르니에의 집을 자주 찾아갔다. 뿐만 아니라 알제대학의 강의에도 참석했던 것 같다.

1933년 4월의 「독서 노트」(Notes de lecture, 『알베르 카뮈 노트 2권』에 재수록됨)에서 카뮈는 스탕달과 아이스킬로스의 『사슬에 묶인 프로메테우스』, 셰스토프, 도스토예프스키, 니체, 그르니에, 그리고 특히 지드에 대해 언급하고 있다. 이 노트는 카뮈가 작성한 최초의 일기였으며, 나중에 책의 형태로 출판된 정식 일기는 1935년 5월부터 씌어진 것이다. 1933년 4월에 쓴 이 노트에 카뮈는 최초의 내적 성찰을 기록하게 된다.

나는 언제나 넘쳐흐를 만반의 태세를 갖추고 있는 나의 감수성을 길들이는 법을 익혀야 한다. 나는 그것을 반어와 냉담 속에 감추는 데 능했던 것 같다. 이제는 다른 가락으로 노래하지 않으면 안 된다.

그는 마지막 행간에서만 겨우 내비칠 뿐 '현재의 번민'을 감추는 데 성공한 또 하나의 에세이 「무어인의 집」(La Maison mauresque)을 완성했다고 적고 있다. 「무어인의 집」은 적지 않은 노고를 들인 작품이다. 그 작품이 아주 마음에 든 그는 장 그르니에에게 먼저 그 에세이를 읽히기 전에는 다시 읽으려 하지 않았을 정도였다.

이 에세이는, 후기의 일기에서는 보기 드문 사적인 내용까지 담고 있다.

S. C.와 함께 시내를 산책하면서, 지나치리만큼 솔직한 기쁨을 감추기 위해 시와 진부한 구절을 암송하는 것으로 겨우 나 자신을 억제할 수 있었다. 태양은 해변에서 좋은 냄새를 풍겼다.[23]

그는 장 그르니에의 책을 읽었다. 그 책은 『섬』이었다. 그 책을 통일시켜주는 요소는 끊임없는 죽음의 존재다. G.의 견해 자체는 내 존재 방식을 바꾸지는 못하지만, 나를 더욱 엄숙하게 만들어주고 삶의 중대성을 간파하게 한다.

이런 식으로 내게 영향을 줄 수 있는 인물도 없다. 그와 함께 두 시간쯤 보내고 나면 나는 풍요로워진다. 내가 그에게 얼마나 빚지고 있는지 알게 될 날이 올까?

「무어인의 집」은 학교 노트에 필사된 형태로만 남아 있다가 카뮈 사후에 출판되었다. 그 글은 1930년 프랑스의 정복 1백 주년 기념의 일환으로 건립된 벨쿠르 인근 자르댕 데세에 있는 어느 알제리풍 주택을 테마로 하고 있다. 카뮈는 「감정의 집」을 쓸 내성의 흐름을 위해 그 집을 밑바탕으로 사용하고 있다. 그곳의 건물들과, 작가 자신의 감정 사이에 상호작용이 이루어지고 있다. 그 에세이는 그의 모든 초기 저술에 차용될 시적 양식으로 씌어져 있다. 카뮈는 이제 의식적으로 언어 사용 훈련을 하고 있었던 것이다.

같은 노트의 마지막 페이지에는 처음으로 자신의 실제 세계를 소재로 한 「용기」(Courage)라는 단편이 들어 있다. 그 글은 "할머니, 그녀의 아들, 맏딸, 그리고 그 맏딸의 두 아이까지 모두 다섯 사람이 한집에 살고 있었다"는 문장으로 시작되어, 무서운 할머니의 비참한 죽음으로 끝난다. 이는 카뮈가 출간한 최초의 책 『안과 겉』의 한 부분에 대한 초고인 셈이다.

또한 카뮈의 모든 텍스트를 통틀어 가장 묵시적인 부분이 들어 있는데, 『안과 겉』의 핵심뿐 아니라 이 젊은이의 세계관까지도 드러내고 있다. 그 부분은 "명석하고 반어적인 인간은 사람들을 성가시게 한다"라는 문장으로 시작되어 다음과 같이 끝난다.

우리가 아는 한 아직 씌어지지 않은 이 에세이들은 환경의 산물이었다. ……내가 그 삶과 햇살이 마음에 드는 지중해 연안 국가에서만 살 수 있다는 것은 사실이지만, 동시에 존재의 비극이 인간을 괴롭히며 이곳이 가장 심오한 침묵과 관련이 있다는 것 역시 사실이다. 세계와 나 자신의 이런 잘못된 측면과 올바른 측면 사이에서 어느 하나를 선택하지는 않겠다.

그가 방금 『섬』을 읽었으며 자신의 독서 노트에 그 책에 대해 썼다는 사실을 상기하자. "G.(장 그르니에)는…… 나를 더욱 엄숙하게 만들어주고 삶의 중대성을 간파하게 한다."

그러나 내성과 성숙에 이르게 되면서 카뮈는 그르니에의 『섬』이 아무런 지상의 의지 없이 인간을 좌초하게 만드는 황폐한 섬이라는 사실을 깨닫게 된다. 카뮈 자신은 불가해와 신비를 통해서가 아니라 인간 자신의 의지를 통해 구원이 가능하다고 여겼다. 카뮈는 견고한 대지를 떠나지 않았다.[24]

6 신비로운 요부

> 내 귀여운 소녀의 손을 잡아 내 곁에 앉히겠다. 그럼 그녀는 나를 바라보겠지.
> 우린 서로의 눈 속에서 미지의 바다를 향해 느린 항해를 하게 되겠지.
> • 「잠든 아내 곁에 남겨둔 노트」

그녀는 어느 모로 보나 균형 잡힌 얼굴에 건강했으며, 턱과 광대뼈가 매혹적인 소녀였다. 알제의 젊은이들은 누구나 거리를 지나는 그녀를 알아봤고, 댄서처럼 유연한 몸매와 붉은 기가 도는 금발, 그리고 당시 그곳의 사정을 감안할 경우 사치스러운 최신 유행 의상을 입고 다니는 그녀에게 감탄을 금치 못했다.

그녀는 바람둥이였으며 심하게 말하면 요부였다. 그녀는 같은 옷을 두 번 걸치는 일이 거의 없었는데, 특히 속옷을 입지 않고 다니는 버릇은 그 당시로 보면 여간 이상한 일이 아닐 수 없다. 훗날 카뮈와 알고 지내던 젊은이들 가운데 하나는 "우린 모두 얼마간씩 그녀와 사랑에 빠져 있었다"고 고백했다. 그 당시 학생층의 대표적인 미녀였던 그녀는 그들의 '나자'이기도 했다. 나자는 앙드레 브르통의 이야기에 등장하는 신비롭고 변덕스러운 여주인공을 가리켰다. 브르통의 여주인공의 어두운 운명은 바로 시몬 이에의 운명을 예견한 것이었다.[1]

그녀의 어머니 마르트 소글러는 방탕한 생활로 평판이 난 성공한 안과의사였으며, 그녀의 아버지 아실에 대해서는 거의 알려진 바가 없다. 소글러 부인의 시숙인 아메데 라퐁은 저명한 외과의사이며 조산학 교수였는데, 훗날 알제 의과대학 학장이 되었다. 시몬 이에는 1914년 9월 10일 알제에서 출생했다. 친구의 아파트 발코니에서 프랑스의 알제리 정복 1백 주년 기념 행진을 구경하다가 막스 폴 푸셰를 만났을 때 그녀는 열여섯 살도 채 되지 않았다.

그녀는 돌아오지 않을 거야

그때부터 푸셰와 시몬 이에는 거의 언제나 붙어 다녔는데, 그는 자신의 젊은 시절에 대한 회상록 『내가 기억하는 하루』에서 그녀를 그저 "S."라고만 기록했다.

푸셰에 의하면 그들의 관계 때문에 시몬의 계부이며 마르트 소글러의 두 번째 남편이 격분했으며, 의심스러울 정도로 격렬한 질투에 사로잡혔다고 한다. 푸셰는 젊은 연인들을 미행하여 궁지에 몰아넣곤 하던 그 사내에게 얻어맞았던 일도 기억하고 있었다. 그러나 푸셰는, 마르트 소글러 자신이 두 번째 남편과 자기 딸 사이의 관계를 인정하고 있다고 여겼다. 푸셰와 시몬은 비공식적으로 약혼한 사이로서, 푸셰가 군복무를 마치고 돌아오면 결혼할 것으로 알려져 있었다.

그러나 푸셰는 몹시 바쁜 나날을 보내고 있었다. 학업 때문이기도 했지만, 무엇보다 정치 활동이 주된 요인이었다. 알제리에 청년사회주의자연맹을 창설한 그는 지도자로서 종종 소도시에 분회를 설립하기 위해 시외까지 여행을 해야 했다. 그들은 이따금씩 그들의 정치적 견해에 대해서는 아무것도 모른 채 적대감만 품고 있는 유럽 이주민들, 또는 그런 적대적 이주민들의 선동으로 젊은 조직원들을 공격하는 이슬람 교도들과 맞닥뜨리곤 했다.

푸셰는 자신이 이렇게 시외로 떠나 있을 때 친구 알베르 카뮈가 시몬을 만난 것으로 믿었다. 카뮈는 같은 낭만주의자로서 그녀에게 매혹되었다. 두 사람은 함께 자신들이 읽고 있던 책 속의 주인공 역을 하곤 했다. 푸셰의 말에 의하면 그녀 역시 카뮈를 유혹했다.

푸셰가 그녀와 만나기로 약속한 어느 날, 그녀는 나타나지 않았다. 그녀는 다음날도, 그 다음날도 약속 장소에 나오지 않았다. 그리고 카뮈가 푸셰에게 할 말이 있다고 했다. 두 젊은이는 자르댕 데세에서 만나 해변으로 걸어 내려갔다. 카뮈가 벨쿠르에서 유년기를 보내면서 찾곤 하던 그 해변이었다. 그곳에서는 만을 에워싼 도시의 전경을 볼 수 있었다.

푸셰는 시몬을 화제에 올리기 위해 자신이 불행하다고 털어놓았다. 그러자 카뮈가 걸음을 멈추고 그를 향해 돌아섰다. "그녀는 돌아오지 않을 거야. 이미 선택했거든." 카뮈가 말했다. 푸셰는 그녀가 누구를 선택했다는 것인지 알아차렸다.

그는 그때 자신이 고통과 동시에 기쁨을 느꼈다고 회상했다. 푸셰가 기뻤던 것은 자신의 운 좋은 경쟁자가 그룹의 일원이며 자신이 좋아하고 또 찬탄하던 사람이라는 사실 때문이었다. 그가 그런 말을 하자 카뮈가 이렇게 대꾸했다. "난 네가 천재인지 아닌지 의심하고 있었는데, 그 말을 들으니 그렇다는 걸 알겠군." 그런 식으로 행동하는 것은 그들이 하던 게임의 일부였다. 적어도 훗날의 푸셰는 그렇다고 여겼다.

그러나 어쨌든 그 일 때문에 두 사람의 우정은 깨지고 말았다.

푸셰의 상처는 당시 깨달았던 것보다 훨씬 깊었다. 두 사람의 불화는 깊어졌으며, 다른 일들이 사태를 악화시켰다. 이 두 남자는 다시 친구가 되지 못했다. 그래도 1934년, 카뮈가 시몬 이에와 결혼하고 난 후 푸셰가 결핵에 걸려 프랑스 본토에 있는 생 일레르 뒤 투베의 학생 요양원에 가게 됐을 때 카뮈는 그에게 다음과 같은 편지를 써보냈다.

우리의 하찮은 실재에서 유일한 가치는 우리가 인생에 대해 들을 수 있는 증언 가운데 있다. 우리는 그것을 말하고 사라지는 것이다. 바로 그것이 단순성이라는 것이며, 티파사의 호텔 주인 말대로, 우리가 죽으면 아무도 우리에 대해 말하지 않을 것이다.

그러나 그렇다고 해서 비관적인 태도를 취하는 것은 잘못이라고 카뮈는 결론짓는다. 아직 사랑과 예술과 종교가 존재하는 것이다. "그 이상 무슨 말을 더 할 수 있을까? 나는 네가 내 경험의 범주를 구성하는 존재들 중 하나라는 사실을 굳게 믿고 있다."[2]

시몬 이에와의 관계는 행복한 결말을 맺지 못했다. 그들이 만났을 때 카뮈는 열아홉 살이 채 되지 않았고 그녀는 열여덟 살이 채 되지 않았다. 알베르 카뮈에게 이 매혹적인 소녀는 몽상의 대상이자 자신이 쓴 산문시의 청중이었다. 그렇기에 그녀는 영묘할수록 그만큼 더 좋았다. 그러나 이 다른 세계에서 온 존재는 보다 세속적인 것을 필요로 했다. 푸셰의 표현에 의하면, 그녀는 "모든 감각의 무질서"를 추구했으며, 바로 약물에서 그것을 찾은 것이다.[3]

그녀의 가족과 친구들이 인정한 사실에 의하면, 그녀는 열네 살 무렵 생리통을 완화시키기 위해 모르핀을 썼고 이후 모르핀에 중독되었다. 그녀에게 비판적인 사람들은 그녀를 천성적으로 사납고 충동적이며 허언을 일삼는 정신이상자로 보았다. 그녀가 약물을 복용하는 것뿐 아니라 일상생활에서도 한참 어긋나 있었다는데 모두가 동감했다. 소문에 의하면 그녀는 어머니의 약장을 휩쓸고 백지 처방전을 모두 쓴 다음, 필요한 약물을 손에 넣기 위해 시내의 젊은 의사들을 홀렸다고 한다. 그녀의 만년은 사설 병원과 요양원을 들락거리는 것으로 채워졌다.

당시 카뮈는 자신이 그녀를 구할 수 있다고 믿었다. 어쩌면 그녀와 결혼함으로써 이를 좀더 성공적으로 할 수 있으리라고 여겼을지도 모를 일이다. 확실히 마르트 소글러는 그렇게 여겼던 것 같다. 그녀는 자기 딸이 이 직업도 없고 병약한 젊은이와 결혼하는 것을 독려했고, 신혼부부가 살림을 꾸리도록 도와주었으며, 두고두고 사위에게 고마움을 표했던 것이다.

생애 마지막 순간까지도 카뮈는 시몬 이에를 도와달라는 부탁을 받았고, 그럴 때마다 언제든 도움의 손길을 내주었다.

그러나 조카에게 숙식을 제공하고 있던 아코 일가의 의견은 달랐다. 그들은 장래가 유망하며 앞으로 험난한 길이 놓여 있는 알베르가 결혼이라는 부담을 져서는 안 된다고 여겼다. 더더욱 '그런' 결혼은 용납하기 어려웠다. 그러나 이미 시몬은 그들의 조카와 함께 온 시내를 누비며 돌아다니는 중이었다.

바칼로레아에 응시한 적도 없기에 대학생이 되지는 못했지만 생기에 찬 지성의 소유자였던 시몬은 모든 지식을 순식간에 흡수했다. 그녀는 종종 카뮈와 함께 강의를 듣곤 했는데, 실용적인 교복 차림의 다른 여학생들과는 달리 여우 모피 어깨걸이를 걸치고 강의실에 들어서곤 했다. 물론 이런 우아함에 이미 약혼자에 의해 교화되기 시작한 세련미가 더해졌다. 이는 동시에 시시한 목표의 성취를 의미하기도 했다. 챙 넓은 모자, 굽 높은 하이힐, 매우 긴 담뱃대 등(이런 장신구는 그들 그룹과는 어울리지 않았다)을 걸친 시몬은 중상류층의 과장된 상징이었던 것이다.[4]

그러나 귀스타브 아코가 보기에 그녀는 무척이나 형편없는 존재였다. 그녀는 조카를 쥐고 흔드는 '구르강딘'(gourgandine, 유식한 바람둥이)이었다. 아코가 보기에 좋은 여자란 묵묵히 일하고, 남편이 공공장소에서 의견을 토로하고 있는 동안 자기를 내세우지 않을 줄 아는 여자였다. 시몬은 분명 그런 부류의 여자가 아니었고, 따라서 알베르의 아내로 적절하지 않았다. 알베르는 너무 어리고 건강도 약했으며 해야 할 공부가 남아 있는데다 아무런 생계 수단도 갖추지 못한 상태였다. 또한 귀스타브 아코가 보기에는, 벨쿠르 출신의 사내가 정반대의 사회경제적 환경에서 자란 여자애와 관계하는 것 자체가 잘못된 일이었다.[5]

그리고 적어도 카뮈의 한 친구가 보기에는, 귀스타브 아코가 자기 조카에 대한 시몬의 지배력을 질투했을 가능성도 있다.

그 당시 소글러 박사의 병원이 있는 도심지 디슬리가에서 어머니와 함께 살고 있던 시몬은 아코의 집에 살고 있는 알베르를 찾아오곤 했다. 귀스타브 이모부는 이를 중단시켰다.

건축학교 학생 장 드 메종쇨이 어느 날 저녁 그 집에 들렀다가 깊은 절망의 나락에 빠져 있는 친구의 모습을 보았다. 그때 카뮈는 메종쇨에게 무표정한 얼굴을 돌리더니 그저 이렇게 말했다. "그녀는 돌아오지 않을 거야."

그다지 자세한 설명이라 할 수 없었지만 메종쇨은 꼬치꼬치 따져 묻지 않았다. 메종쇨은 그저 카뮈를 위로해주기 위해 그의 머리에 한 손을 얹으면서, "나가서 뭐 좀 먹자"라고 말했을 뿐이다.

카뮈가 외출 준비를 하는 사이에 메종쇨은 벽난로 선반 위에 펼쳐져 있는 책을 보았는데, 거기에 이런 시구가 있었다.

거리에서 머리에 햇살을 가득 받고,
한밤중에 웃으며 내게 왔을 때
난 네가 눈부신 모자를 쓴 요정인 줄 알았다.

그는 책장을 넘기다가 이 책이 말라르메의 시집이라는 것을 알았다. 제목은 「환영」이었다.

"이 책 좀 빌려줘."

오랜 세월이 지난 후 그는 책꽂이에서 이 책을 발견했는데, 표지 안쪽에는 "알베르 카뮈, 1932년"이라고 적혀 있었다. 그는 깜박 잊고 책을 돌려주지 않았던 것이다.

두 사람은 구선원 구역이었던 마린가의 낡은 아랍 식당에서 끝도 없이 긴 저녁식사를 했다. 그들은 침울한 기분으로 맛이 좋지도 나쁘지도 않는 음식을 먹었다.[6]

저는 아무것도 후회하지 않습니다

이제 이모부 집에서 사는 것도 끝낼 때가 되었다. 젊은이는 시간이 흐를수록 자기 이모부의 독재적 행동과 연장자 특유의 지배욕이 짜증스러워졌다. 어떤 의미에서 이는 두 강한 의지가 충돌한 셈이다. 카뮈는 자신이 갇혀 있다는 느낌을 받았다. 귀스타브 아코가 르네상스 식당에서 대학교수들과 어울리는 일까지도 '모르는 것이 없는 이모부'라는 이미지를 강요하는 것 같아서 불쾌하기만 했다.[7]

이렇게 해서 '이포카뉘'가 끝났다. 모든 일이 잘됐다면 여름방학이 끝나고 대학 1학년이 이어졌을 것이며, 그는 랑그도크에 있는 자기 방에서 바로 옆 동네나 다름없는 강의실에 앉아 있게 되었을 것이다. 그러나 실제로는 그렇게 되지 않았다. 시몬 이에, 그리고 카뮈 자신만의 삶의 방식 때문이었다.

7월이 됐을 때 카뮈는 형 뤼시앵이 있는 미슐레가 117번지 2호로 이사했다. 그는 7월 13일에 쓴 편지에서 장 그르니에에게, 이제 대학 과정을 위한 학업을 계속할 수 있을지 확신이 없다고 말했다. 그리고 "저는 아무것도 후회하지 않습니다. 제 신념과 감정에 따라 행동했기 때문입니다"라고 단언했다.

카뮈는 그르니에에게, 그 결별은 개인적인 불화는 물론 상충하는 이상 때문이었다는 사실을 암시했다. 그러나 그는 아코의 소박한 지성과 매력적인 인품에 감탄한 그르니에에게 어느 한쪽을 편들어달라고 하지는 않았다. 그르니에에게 보낸 두 번째 편지에서 카뮈는 이렇게 결론지었다.

중요한 점은 제가 하나의 목표, 할 일을 정했다는 사실입니다. ……저는 조금도 자만하지 않은 상태로, 제게 저항력과 활력, 의지력이 있다는 사실을 알고 있습니다. 물론 제 육체적 상태는 아직 부족한 점이 많습니다. 하지만 저는 치유를 원합니다.

편지에서 그는 자신이 시내에서 가장 말 많은 젊은 여자와 함께 집필과 치유를 계속하기로 했다는 사실을 덧붙이지는 않았다.

1933년 가을, 카뮈는 대학에 진학했다. 그는 이제 이모부의 후원에 의지할 수 없었다. 얼마 지나지 않아 카뮈는 미래의 장모로부터 도움을 받게 된다. 그는 이를테면 바칼로레아를 준비하는 고등학생을 가르쳐서라도 가능한 한 자기 손으로 돈을 벌기로 굳게 결심했다. 생 일레르 뒤 투베 요양원에 있는 막스 폴 푸셰에게 보낸 편지에서도 그는 자신의 불운한 경쟁자에게, 과외 교습 자리라든가 기사 작성, 편지를 대필해주는 일거리가 없는지 알아봐 달라고 부탁하기까지 했다.[8]

알제대학은 알제의 중심부 미슐레가 바로 위의 신고전풍 건물에 자리 잡고 있었다. 그 당시 학생 수는 수백 명에 불과했는데 모두 유럽인들이었다. 대학에 갈 만한 이슬람 교도 학생이라면 차별이 덜한 본토 프랑스의 대학에 진학하기를 원했기 때문이다.

카뮈가 대학에 입학했을 때는 철학 강좌가 개설된 지 얼마 지나지 않은 때였다. 그 대학의 정규과정은 3년제였다. 처음 2년 동안 학생들은 학사증을 따기 위해 네 과목을 이수하게 되며, 3년째에는 '고등과정 수료증'을 따기 위한 공부가 이어지는데, 이 과정에서는 학위논문을 써야 했다. 이 과정까지 이수하는 학생은 전체의 3분의 1 정도였다. 그 다음에는 고등교육 교사직 또는 박사학위를 위한 과정으로서 '교수자격시험'을 보기 위해 파리로 가야 했다.

입학 연도에 따라서 처음 두 과정을 먼저 따거나 아니면 나중 두 과정부터 먼저 따게 되어 있는데, 정해진 순서가 있는 것은 아니었다. 카뮈의 경우 '윤리 및 사회학 수료증' 시험을 먼저 보게 되었는데, 그 시험은 추가로 공부할 필요가 없었다. 이포카뉴와 그 동안의 독서로도 충분히 시험을 치를 수 있었을 것이다.

카뮈는 1933년 11월 6일에 해당 과정의 수료증을 받았다. 그는 1학년 과정에서 '심리학 수료증'을 따기 위한 공부를 하여 1934년 6월에 시험에 통과했다. 그리고 같은 해 11월 8월에는 '고전문학 수료증'을 따고, 1935년 6월 4일에는 '논리학과 일반철학 수료증'을 획득했다.

이런 체계에서 주제를 무엇으로 선택하느냐는 전적으로 자유였다. 교수는 매 학기마다 학생들에게 전수할 자료를 선택했다. 학급은 소규모여서 세미나보다 약간 많은 정도였다. 학생들은 구두로 리포트를 제출하며, 그 다음에 토론이 이어졌다. 카뮈의 교수였던 르네 푸아리에의 말에 의하면 어떤 의미에서 알제대학은 교수의 인도하에 독자적으로 학업을 이수하는 독학생의 집결지였다.[9]

엄격하고 지적으로 자신만만했던 르네 푸아리에와, 보다 상상력이 풍부한 인물로서 지적인 엄격함과 창조적 인간의 필수적인 지식을 고루 갖춘 장 그르니에가 교수였다는 것은 적지 않은 도움이 되었다.

1900년생인 푸아리에는 샤르트르의 고등학교 교사였다가 남프랑스의 몽펠리에대학 교수직을 역임한 후 33세 때 알제로 전근한 인물이었다. 좌익 성향의 학생들은 즉각 그를 반동적인 인물로 간주했다. 아무튼 카뮈의 친구들 대부분은 그를 좋아하지 않았으며, 그가 학생들의 성적을 너무 가혹하게 평가한다고 여겼다.

학생들은 그가 이브 드슈젤르처럼 공공연히 정치 활동을 하는 학생들(그들은 사회주의자 인터내셔널, 즉 제3인터내셔널의 표지로서 화살 세 개로 된 옷깃 단추를 달고 다녔다)을 차별한다고 숙덕거렸다. 카뮈는 푸아리에 교수의 성향을 잘 알고 있었지만, 모범적인 학생이 되어 대학 교육의 이수를 저해하는 정치적 알력에 말려들지 않기로 마음먹었다. 철저하게 준비하는 그는 나무랄 데 없는 학생이었으며 교수들의 눈밖에 나지도 않았다. 그렇다고 해서 교수들에게 아부했다는 것은 아니다. 그는 공공연한 반항을 억제하는 동시에 철저하게 거리를 유지했기 때문이다.[10]

모든 학생이 그런 의혹을 품고 푸아리에 교수의 냉정하고도 예리한 가르침을 받은 것은 아니었다. 당시의 대학 생활을 회고하던 한 알제리계 유대인은 "푸아리에는 우리 (알제리계 유대인) 세대가 갈망해 마지않던 프랑스적 지성, 지적 우아함의 화신이었다. 그는 카뮈와 대화를 나누었고, 나머지 학생들은 어린애가 된 기분이 들곤 했다"고 말했다.[11]

푸아리에는 자신의 교수가 20점 만점에서 14점을 주면서 '아주 우수함'이라는 평가를 내렸던 일을 기억하고 있었다. 그는 카뮈의 논문에 경탄했으면서도 15점을 줌으로써 카뮈를 당혹스럽게 했다. 교수 입장에서 볼 때 대학 생활은 그 나름으로 여유가 없었다. 주당 4시간씩 가르쳤던 푸아리에는 알제에서 교수로 재직하는 동안 자신이 강의 자료를 준비하느라 독자적인 연구를 할 여력이 없었다고 회상했다.[12]

카뮈의 고등학교 시절 교사이자 지적 인도자였던 장 그르니에는 푸아리에 교수의 조수로서 교육에 참여했다. 그르니에는 1922년에 푸아리에와 나란히 '교수자격시험'에 통과했으나 두 사람이 가까웠던 적은 한 번도 없었다.

푸아리에는 그르니에에게 온정이 결여되었다고 여겼으면서도,

작가로서는 자기보다 그르니에가 카뮈와 더 친하게 지낼 필요가 있다고 여겼다. 그르니에의 교수법은 커리큘럼에 환상을 도입시키는 것이었다. 그는 독자적인 프로그램을 만들고 도교(道敎) 같은 보충 과제도 강의하곤 했다.[13] 훗날 카뮈는 자신이 인도철학 강독을 받았다는 사실을 기억했는데, 그르니에는 카뮈에게 플라톤과 셰스토프를 가르쳐주기도 했다. 그들은 함께 스피노자, 데카르트, 키에르케고르도 강독했다.[14]

이제 처음으로 이 젊은이는 그와는 분명 거리가 먼 계급과 환경을 대표하는 교수들뿐만 아니라 동급생들에게도 평가를 받게 된다.

당시 프랑스 대학은 대체로 중산층, 즉 자유업 종사자의 자녀들로 구성돼 있었다. 정선 과정이 엄격했기 때문에, 평균적인 지적 호기심 이상을 갖춘 학생들과 만날 가능성이 높았다. 따라서 이제 카뮈가 아무리 그러고 싶어도 거리감을 유지하기가 어려워졌다. 초등학교 시절, 심지어 고등학교 시절에서처럼 그 보답으로 뭔가를 주지 않고는 리더가 될 수 없었다. 그러나 대학 동급생들은 그를 타고난 리더로 간주했다. 그것은 너무나도 확고해서 그가 있어야 할 원래의 자리처럼 보일 정도였다. 그 자신은 동급생의 호의를 애원한 적이 없으며 누군가로 하여금 자신을 좋아하도록 만들기 위해 속임수를 쓴 적도 없었다. 그는 말처럼 독립적이었다. 마치 '접근금지' 팻말을 들고 다니기라도 하는 것 같았다.

그는 일부러 자신의 가난을 드러낸 적이 없었는데, 그 점이 오히려 그의 신비로움을 더해주는 역할을 했다. 어쩌면 그의 '수줍음' 때문에 전혀 의도하지 않았던 인간, 즉 잘난 체하는 인간으로 비쳐졌을 수도 있다.[15]

알베르 카뮈를 만난 지 2주가 지났을 때, 안락한 가정 출신으로서 노르망디와 브르타뉴에서 다듬어진 세련된 어투를 구사했으며 나중에 전국적으로 유명한 변호사가 되어 폭동 당시 알제리 투사들을 변호하게 되는 이브 드슈젤르는 이 새로운 친구에게 친근한 호칭 '튀'(tu)를 쓰자고 권했다. 그 말에 카뮈는 냉담하게 대꾸했다.

"나는 당신이 마음에 들지만, '튀'보다는 '부'(vous)를 쓰는 편이 나을 것 같은데."

그런 대꾸에 충격을 받은 드슈젤르는, 카뮈의 그러한 행동이 대학 밖의 자칭 유미주의자 그룹(장 드 메종쇨, 루이 미켈 및 그들의 친구들)과의 관계에서 비롯된 것이라고 여겼다. 실제로 카뮈와 '유미주의자' 친구들은 서로 '부'라는 호칭으로 불렀다. 나중에 카뮈는 보다 느슨한 태도를 취하게 되지만, 드슈젤르와 다른 사람들은 그가 말하는 태도가 완전히 느슨해지지는 않았다고 여겼다.[16]

당시 카뮈는 돈이 없는 학생처럼 보이지는 않았는데, 아코가 사준 옷을 입고 다녔을지도 모른다. 새로 사귄 친구들 중에는 그를 멋쟁이로 보는 이들도 있었다.

당시 사회주의 청년 운동에 전념하고 있던 드슈젤르는 카뮈의 겉모습과 그의 견해가 대조된다고 여겼다. 드슈젤르의 생각에 따르면, 급진론자는 자신의 옷차림에 그렇게까지 신경을 써서는 안 되었던 것이다. 훗날 드슈젤르의 아내가 되는 미리암 살라마는 그보다는 더 관찰력이 있어서, 카뮈에게는 엷은 회색 싱글 수트 한 벌뿐이라는 사실에 유의했다. 구두는 금빛이 도는 황색이었다. 언젠가 카뮈는 너무 얇아져서 이제 벗겨질 정도인 구두 밑창을 보여주기 위해 한쪽 발을 든 적이 있다. 그때 그는 이렇게 농담했다. "푼돈을 세고 있는 것보다는 완전한 가난뱅이 쪽이 낫죠."

그가 새로 사귄 대학 친구들에게, 자신의 어머니가 다른 도시 오랑에 살고 있으며 정신병을 앓고 있다는 식으로 얘기한 것은 이 무렵의 일이었다. 이로써 친구들이 그의 어머니와 만날 모든 가능성은 차단되는 셈이었다. 그는 대학 급우들에게 자신의 어머니가 스페인 출신이라는 사실을 굳이 밝히려 들지 않았다.

친구들은 대개 서로의 집을 방문했지만, 카뮈의 집만큼은 방문하지 않았다. 친구들 중 몇몇은 카뮈의 형이나 이모부의 집을 방문하거나, 카뮈의 조그만 다락방을 찾아가 축음기로 라벨이나 드뷔시의 음악을 듣기도 했다. 마치 자신이 벨쿠르에서 성장한 것이 한낱 '게임'에 불과하다는 듯이 그의 행동거지에서는 영락없는 귀족 티가 났다.[17]

예술가 친구들과 어울릴 때의 카뮈는 가난이나 초라함과 거리가 멀었다. 적어도 아코 이모부네에서 사는 동안에는 용돈이 친구들보다 많았다. 책과 레코드를 사서(그렇지 않으면 시몬의 돈으로 사거나) 친구들에게 빌려준 사람은 카뮈였던 것이다.[18]

카뮈는 일이 잘되지 않을 때 특히 냉정하게 대처했다. 언젠가 심리학 시험을 치르게 됐을 때 이브 드슈젤르가 카뮈에게 시험이 오후에 있다고 잘못 말한 적이 있었다. 오후에 두 사람이 시험장에 와보니 시험은 이미 오전에 끝난 뒤였다. 카뮈는 분명 낭패를 보았다. 그에게 무척 중요한 시험이었던 것이다. 그런데도 카뮈는 여유로웠다. 그는 아주 느긋하게 말했다. "그럼 다음 시험을 보면 되지." 다음 시험은 여섯 달 뒤에나 있었는데도 말이다.

당시 대학 사회에서는 좌파와 우파 사이에 긴장감이 상존했다. 사회주의 투사였던 드슈젤르는 그 한가운데 있었다. 그러나 카뮈는 어느 쪽에도 관여하지 않았다. 드슈젤르는 카뮈의 이모부가 그런 일을 허락하지 않았거나 아니면 건강 때문일지 모른다고 여겼다.[19]

분명한 것은, 카뮈가 얼마 후 과외 활동 때문에 그 지방의 명사가 되었지만 대학에서는 진지한 학생이었다는 사실이다. 교수들은 다른 태도로 그를 대하기 시작했다. 그 당시 젊은 라틴어 교수였던 자크 외르공은 "카뮈는 뭔가 다른 학생이었다"고 회상했다.

그는 나이 차를 상쇄하는 성숙함, 잡담을 허용치 않는 무거움과는 거리가 있는 진지함, 예민한 감수성을 보호해주는 의식적인 정중함으로써 우리의 우정이 존경 위에 자리잡도록 했다. 우리의 눈에 그는 이제 중요한 삶을 영위하게 될 어떤 인물, 무에서 시작하여 자만하지 않고 한 인간이 되기 위한 엄청난 사업을 벌이려는 어떤 인물로 보였다.[20]

지중해를 담은 시

그는 이제 공적이면서도 사적인 몇 가지의 삶을 누리고 있는 듯이 보였다. 그에겐 대학 생활이 있었고, 대학 바깥의 '유미주의자' 그룹이 있었으며, 시몬 이에가 있었다. 또한 작가로서 자신을 한층 단련시키고 있었다.

대학 생활의 첫 해를 시작하던 바로 이 무렵 그는 「지중해」 (Méditerranée)라는 시를 썼다. 그리고 그 원고를 말라르메 시집을 빌려준 적이 있는 장 드 메종쇨에게 건네주었다. 4연 55행으로 구성된 그 시에서 이 풋내기 시인은 자신의 작품에 속속들이

스며들게 될 지중해적인 관념, 즉 본토 프랑스 작가들과 구분 짓게 하는 속성을 자기만의 언어로 정의해보려 했다. 그것은 그의 철학적 신앙고백이라 할 『반항인』에 최종적으로 담기게 될 진실의 첫 번째 형태가 된다.

그는 주변의 모든 사람들, 특히 이주민이나 그르니에처럼 본토에서 일시적으로 옮겨온 사람들, 지드처럼 좋아하는 작가들 같은 비지중해인들에게 이러한 지중해적 관념을 충분히 주입받고 있었다. 지드는 몽테를랑과 피에르 루이스, 오스카 와일드 등과 더불어 카뮈와 그의 친구들이 인정할 수 있으며 분명코 그런 모습으로 동화되고자 했던 북아프리카를 창조한 인물이었다. 확실히 그들이 지중해 연안이 내려다보이는 길을 따라 산책하면서 오랫동안 나눈 대화의 주제는 이런 것이었으리라.

지중해인(그리고 그 동맹자)이라는 관념은 이들 태양의 축복을 받은 땅이 자신의 한계와 사물의 올바른 척도를 잘 알고 있는 인간을 양육한다는 데서 나온 것이다. 북유럽인의 눈에는 달변에다 격하기 쉬운 이 지중해인이 공정하고 침착한 성품의 소유자로는 보이지 않을 테지만(그는 심지어 재미있는 별종처럼 보이기도 한다), 이 문학적 지중해인에게는 자신이 고전의 계승자이며 자연에 순화된 인간이라는 확신이 구석구석 배어 있었다. 얼마 지나지 않아 카뮈는 로마 시대의 유적이 무성한 초목, 인접한 바다와 대조를 이루고 있는 낭만적인 티파사에서 지중해인으로서 자신의 상징을 발견하게 된다.

푸아리에의 강의 시간에 알게 된 친구 필립 쿨롱벨이 주말에 카뮈를 자기 부모의 집으로 데려갔는데, 그 집은 마을을 압도하는 듯한 '하얀 벽과 장미, 초록색 베란다'로 이루어진 저택이었다.[21]

종종 인용되는 「티파사에서의 결혼」(Noces à Tipasa)은 "봄날이면 티파사에는 신들이 거주하는데, 그 신들은 태양과 쑥의 향내 속에서 말을 한다"라는 구절로 시작된다.(『결혼』)

카뮈의 초기 시 「지중해」에는 다음과 같은 교리적인 내용이 배어 있다.

지중해여! 너의 세계는 우리의 저울 위에 있나니
(……)
확실성이 균형을 이루고 있는 금청빛 요람이여,
(……)
라틴의 대지는 떨지 않는다.
(……)
네 안에서 세계는 광택을 내고 인간을 만들었나니.

교리적인 부분만 인용한 것이다. 젊은 시인은 이렇게 결론짓는다.

지중해, 오! 지중해의 바다!
홀로, 알몸으로, 비밀이 없이 너의 아들들은 죽음을 기다리고 있노라.
죽음은 그들을 다시 그대에게, 순수에게로, 최후의 순결로 돌려보내리라.

이 시는 그 무렵 씌어진 다른 원고와 함께 카뮈 사후에 출판되었다. 산문시나 시적 운율과 정서가 듬뿍 담긴 산문이 많다.
짤막한 글 「주검 앞에서」는 사랑하는 이의 주검과 마주한 인간의 연속적인 감정 상태를 묘사하고 있다. 절망감은 급속하게 무정한 평정과 냉소로 바뀌지만, 여기서의 관찰자는 아주 젊은 사람이다.

또 하나의 습작 「사랑하는 이와의 결별」에는 날짜가 없으나 극적인 「주검 앞에서」에 철학적 해석을 가한 것으로 볼 수 있다. 사랑하는 이의 죽음에서 손에 닿지 않는 존재를 희구하는 절망감, 또는 한 번은 손에 닿았으나 완전히 소유하지 못하는 데 대한 절망감을 읽게 된다. 그러나 "너무도 많은 사물들이 사랑을 받을 수 있기에, 분명코 어떠한 낙담도 최종적일 수 없다."

이러한 시구의 수신인에 대한 정보가 없는 상황에서는 그것이 현재의 상황에 대한 경고로서 작가 자신을 향한 진술이라고 짐작할 수밖에 없다. 카뮈와 시몬 이에를 알고 있는 모든 사람들은 그가 그녀와 사랑에 빠진 것이 편의에 의한 선택이 아니라는 데 동의했다.

다른 몇몇 원고들은 대학 첫 번째 학기 이전이거나 학기 중에 완성된 것으로 추정된다. 짤막한 「신과 그의 영혼과의 대화」는 희망의 본질에 대한 재치 있는 내성이다. 「모순」은, 인생이란 인간들의 반응 여부에 상관없이 지속되는 것이기에 운명에 순응하거나 그에 반항하는 것 하나하나가 '불길한 희극'일 뿐이라는 주장을 펴고 있다.

이러한 원고는 젊은 작가에게 언어를 갈고닦는 훈련이 되었다. 그는 언어를 남용하고 있고, 텍스트들은 화려하고 사색적이며 자기중심적이다. 하지만 그것이 바로 작가가 글쓰기를 시작하는 방식이다. 작가들은 얼마나 효율적으로 과잉을 제거할 수 있느냐를 익히는 데서 교훈을 얻기 때문이다. 이러한 증거를 바탕으로 볼 때 카뮈는 빠른 속도로 배우고 있었다. 예술을 위한 예술의 시기는 명료한 것을 설득력 있게 표현해야 할 필요성 때문에 발아와 동시에 사그라들고 말았다.

카뮈는 같은 시기에 이러한 성찰 외에도 청춘기의 외상을 포착하고 정의하려는 또 다른 시도를 했다. 「빈민가 병원」은 분명 결핵이 발병했을 때 잠시 무스타파 병원에 입원했던 일과, 그 이후에 기흉 치료를 받기 위해 외래병동을 드나든 경험에서 나온 것이다.

이 소품에서는 한 무리의 결핵 환자가 병원 마당에서 햇살을 쬐고 있다. 때는 5월이다. 환자들은 가십을 주고받으면서 동료 환자들의 불행에 대해 농담을 나눈다. 달려오는 자동차에 몸을 던져 자살하려다가 운전사에게서 발길질만 당한 이발사, 성욕이 지나친 아내와 계속 사랑을 나누며 몸을 혹사한 끝에 죽고 만 다른 환자에 대해서. 그들은 완쾌될 가능성에 대해서도 이야기를 나눈다. "결핵은 치료법이 있는 병이야. 다만 시간이 걸린다는 게 문제일 뿐이지."

오류를 범하느니 침묵하는 편이 낫다

1933년의 마지막 소품 「영적 교섭으로서의 예술」은 과제물 형식을 띠고 있으며, 그러한 분류에 들어맞는 결론을 갖추고 있다. 그러나 글의 전개는 전적으로 개인적인 내용으로서, 어떤 의미에서는 정착하지 못한 실존은 공허하다는 사실을 충분히 알고 있으면서도 주어진 모든 사상에 회의를 품는 '인생의 문턱에 선' 한 젊은이의 의지 선언으로 간주될 수도 있다. 그는 일상의 범속을 초월하기 위한 수단으로서 예술을, 또는 '예술들'을 선택한다. 지은이는 계속해서 건축과 미술, 문학, 음악을 이야기하는데, 그중에서 음악이 가장 완벽한 예술 형식이다. 그것들은 모두 인생을 무시한 채 영적 교섭을 표현하고 있지만, 인생에서 예술로의 전환은 오히려 인생의 중요성을 강조하는 것일 뿐 결코 무시하는 것이 아니라고 주장한다.

그는 예술과 인생을 화해시키려는 자신의 어설픈 시도를, 자신보다 탁월하거나 고귀한 어떤 것 또는 누군가에 대한 신념과 자유에 대한 갈구를 귀담아 들어줄 청중을 발견했다. 정규적으로 강의에 출석하지는 않았지만 시몬 이에는 젊은 철학도가 공부하는 과정에서 충분한 혜택을 누리고 있었다. 영리한 그녀는 한때 구혼자였던 막스 폴 푸셰가 관찰했던 것처럼 친구들이 보는 책을 읽고 그것을 이해할 만한 지성의 소유자이기도 했다. 1933년 말이 아니면 1934년 초로서 두 사람이 결혼하기 전, 시몬에게 보낸 카뮈의 편지는 마치 그르니에에게 보여주기 위해 작성한 논문과도 같다. 플레야드판으로 출간된 텍스트에 의하면 다음과 같다.

산사나무 아래 우리가 앉은 테이블은 우리가 꿈꾸었던 봄날이 저 두려운 죽음 이외에 그 어느 것과도 비슷하지 않다는 사실을 상기시켜준다. ……이렇게 해서 우리는 '조화'로, 또는 찬미와 범신론의 다채로움으로 행진하는 것이다.

비 뿌리는 하늘과 아침의 초원 저 뒤편, 이 향기로운 꽃들의 이면에 무엇이 있는 것일까? 그리고 이 모든 것에 대해, 이 흥미로운 신비에 대해 이야기하는 나는 누구일까? 믿음을 갖고 있는 그와 다른 누구일까? 그러나 내 믿음은 꽃의 향기 이면에 있는 것이 아니라 바로 그 향기, 그 꽃들인 것이다.

시몬을 보다 정기적으로 만나면서 그녀에게 구혼하는 일이 그의 대학 첫 학기에 가장 두드러진 활동이었다. 그러나 습작과 논문 이외에 그는 또 다른 형태의 글쓰기를 준비하고 있었다. 장 드메종쉴, 루이 미켈을 비롯한 예술가 친구들과의 교류가 조형미술에 대한 그의 관심을 확대시켜주었던 것이다. 적어도 카뮈는 그무리 중에서 자신이 눈으로 보고 있는 것에 대해 글을 쓸 재능을 갖춘 인물이었다.

알제는 가장 감각적인 파리파(派)의 휴양지로서, 파리 다음 가는 회화의 도시가 되었다. 화가들은 카뮈의 테마이기도 한 태양과 바다, 원주민의 건축과 의상, 아프리카 식물을 무엇보다 중요한 주제로 여겼다. 젊은 프랑스 화가들이 로마로 가서 그곳 프랑스 아카데미의 빌라 메디치에서 작업하는 것처럼, 본토의 화가들 중 일부는 2년간의 주거 연구비를 받고 알제 자르댕 데세의 삼림이 울창한 능선에 지어진 무어식의 아름다운 저택 빌라 아브드 엘 티프로 향했는데, 그럼으로써 지중해의 이 항구도시는 예술의 교차로라고 자임할 수 있었다. 훗날 카뮈는 북아프리카의 창백한 파스텔 풍광을 사랑했던 이 프랑스 화가들에 대한 편애를 드러냈으며, 자신의 작품집에 쓸 삽화가로 그들, 예를 들면 에디 르그랑, 클레랭 등을 선호했다.

그는 대학신문 『알제 에튀디앙』(Alger-Etudiant)을 위해 전시회 비평을 썼다. 만약 카뮈가 자신의 친구이며 전시회에 세 점을 출품한 조각가 루이 베니스티에 대한 비평에 초점을 맞추지 않았다면 첫 번째 비평은 지중해를 테마로 한 전시회인 오리엔탈 살롱을 다루게 됐을 것이다. 칼럼 하단에, 다음 호에는 살롱에 대해 보다 개괄적인 보고를 하겠다는 예고가 나와 있다.

1934년 1월 25일에 발행된 『알제 에튀디앙』에 실린 이 첫 비평은[22] 베니스티의 화실에 대한 환기로 시작된다. "이글거리는 난롯불과 그 곁에 두 개의 안락의자가 놓여 있는 길쭉하고 눅눅한 방이다."

화실 벽에는 데스피오와 마이욜의 작품이 걸려 있다. 방 한쪽 구석에는 미완성 조각 작품 한 점이 놓여 있다. 그 방은 침묵에 잠겨 있다.

"침묵 속에서 배양된" 이 작품들 중 몇 점이 대중 앞에, 화려한 전시장의 조명 속에 모습을 드러냈다. 단 세 점뿐이지만 베니스티는 예술 작품은 서서히 완성된다고 믿는 희귀한 젊은 예술가 중 하나다. "그의 예술은 이제 겨우 시작에 불과하지만 그의 구상은 거의 완숙 단계에 이르러 있다."

실제로 그 출품은 시작이었다. 베니스티가 대중 앞에 처음으로 작품을 드러낸 전시회였던 것이다. 본업이 보석세공인이었던 그는 강도 사건 이후에 경제적 곤궁에 처하게 되자, 자신이 늘 하고 싶어 했던 일에 뛰어들기로 결심했다. 그는 어느 노화가의 화실에서 실물 데생을 공부하기 시작하다가 그곳에서 장 드 메종쇨을 만났다.[23] 1903년생인 베니스티는 카뮈가 이 "희귀한 젊은 예술가"에 대해 비평문을 쓸 무렵 카뮈보다 열 살 연상인 서른 살이었다.

전적인 찬사로 일관되던 비평은 얼마간의 유보로 끝을 맺는다. 회화가 침묵이나 폭소로 이루어지는 것이라면 조각은 단호한 발언이어야 한다. 그러나 베니스티의 확언은 소극적이다. 그가 창조할 수 있고 또 그래야 하는 강력한 작품이 이 전시회에서는 보이지 않는다.

이 신참 비평가는 다음 호에도, 앞서 언급한 살롱에 대한 기사를 썼다. 그는 대규모 전시회라는 발상 자체를 비웃는 것으로 비평을 시작했다.

그림은 더불어 사는 것이며, '거의 연애와도 같은 침묵 속의 오랜 기다림'이다. 자신은 꼼꼼하게 검토한 작품에 대해서만 글을 쓸 것이다. 또한 유명인에 대해서는 거론하지 않을 것이다. 그가 주목할 가치가 있다고 여긴 화가들은 모두 몇 줄씩의 비평을 받았으며, 그 살롱에서 가장 주목할 만하다고 여겼던 또 다른 화가 르네 장 클로에 대해서는 긴 문단이 할애되었다. 그는 자신이 즐겨 찾던 곳을 그린 클로의 그림에 대해 장황하게 이야기했다. "그 작품에서 부자레아의 섬세한 시적 반향, 그리고 베르길리우스풍의 부드러움과 나태한 분위기를 감지할 수 있었던 것이 반가웠다."

그는 절대 진리를 주장하지는 않았으나, 자신이 진실된 견해를 제시하고 있다고 여겼다. 그가 유감으로 여긴 점은, '수많은 잡초 가운데 양질의 밀이 거의 없다는 것'뿐이었다. 그가 보기에 오리엔탈 살롱은 지루하고 천박한 슬픔에 잠겨 있었다. 친구 메종쇨은 전시회가 열린 곳에 대한 카뮈의 맺음말을 결코 잊지 못했다.[24]

전시장 뒤편에는 큼직한 창들이 반쯤 잠에서 깬 오전 나절의 항구 쪽으로 나 있다. 흐릿한 돛대들이 빽빽이 들어서 있고 뱃고동이 예리한 칼날처럼 안개 속으로 저며든다. 그것이 그 전시회에서 가장 좋은 그림이었다.

카뮈는 『알제 에튀디앙』에 두 차례 더 기고했는데, 하나는 화가 피에르 부셸에 대한 것이고[25] 다른 하나는 빌라 아브드 엘 티프에 거주하는 화가들에 대해서였다.

이 마지막 비평에서 카뮈는 리샤르 마그의 작품에 초점을 맞추었다. 그 작품은 빌라 주변과 '여름날 점점이 뿌려지는 햇살 속에 잠긴 티파사'를 그린 풍경화였다. 그는 "단언적으로", "남성미에 가득한 아름다운 어깨"를 만들어낸 당부아즈의 조각에도 같은 감명을 받았다.

또한 그는 보유에서, 자신이 또 다른 출품자인 앙드레 앙부르에 대해 언급하지 않은 것은, 그 화가를 어떻게 평가해야 좋을지 확신이 서지 않았기 때문이라고 밝혔다. "나는 어느 만큼 확신이 서는 사실에 대해서만 말하고 싶다. 그런데 이 경우는 그렇지 않았다. 오류를 범하느니 차라리 침묵을 지키는 편이 나은 것이다."

카뮈와 비슷한 연배인 앙부르는 이 말을 불쾌하게 여겼다. 알제리에 온 지 얼마 되지 않았던 그는 자신이 지방색에 맞지 않거나 거부당하고 있는 것이라고 생각했다. 다른 몇몇 젊은 화가들 때문에 그가 이질적인 화가로 간주된 것이다.

이 기사가 게재되고 난 후 앙부르는, 자신이 그 기사를 쓴 '카뮈의 면상을 후려칠' 것이라고 말했다는 소문을 들었다. 얼마 후 그 소문을 퍼뜨린 당사자가 나타나더니 앙부르에게, 카뮈는 결핵을 앓고 있으니 때려서는 안 된다는 말을 했다. 보헤미안에다 자유분방한 본토 프랑스 출신 유대인 독신자를 좋아하지 않는 친구들의 조종에 넘어간 것으로 보이는 카뮈를 때릴 생각이 없었던 앙부르에게는 이 모든 일이 그저 우스꽝스럽게 여겨졌다.[26]

악의 꽃에서 걸어 나온 여인

알베르 카뮈는 '심리학 수료' 시험에 통과한 지 12일 만인 1934년 6월 16일에 시몬 이에와 간소한 결혼식을 올렸다. 만약 앙투아네트 이모가 그 자리에 나타났다면(그녀는 그것이 시몬의 부모의 체면을 깎는 방법이라고 여겼다),[27] 카뮈의 친구들은 아무도 예식에 참석하지 않았을 것이다.

공식 결혼증명서에는 어머니가 동의했다고 표기되어 있는데, 당시 카뮈가 아직 스물한 살이 되지 않았기 때문이다. 어머니가 결혼 선물로 무엇을 받고 싶으냐고 묻자 카뮈는 하얀 양말 한 다스라고 대답했다. 당시 카뮈는 흰 양말만 신고 다녔다.[28]

훗날 그들 부부는 한 친구에게, 자신들이 일부러 결혼식 날 밤을 따로따로, 즉 신부는 자기 어머니와 함께, 신랑도 자기 집에서 보냈다는 말을 했다. 부부끼리 서로 '부'(vous)라는 존칭을 썼던 것처럼, 이러한 행동을 보여줌으로써 자유로운 정신의 소유자들 사이의 결혼이 단순히 성관계에 대한 탐닉이 아니라는 사실을 보여주기 위해서였다.[29] 실제로 이들은 언제나 서로를 '부'라는 호칭으로 불렀는데, 그녀는 남편이 싫어하는 알베르라는 호칭을 쓰지 않았을 것이다. 친구들은 그를 '카뮈'라고 불렀고, '부'라는 딱딱한 존칭을 썼다.[30]

당시 카뮈의 가장 친한 친구였던 장 드 메종쇨은 시몬의 쇼핑에 따라나섰다가 그녀가 캐서롤(자루 달린 냄비―옮긴이)이 뭔지조차 모른다는 사실을 알았다. 그녀는 여느 때처럼 상대방을 당혹스럽게 만드는 독특한 어투로 상점 주인들에게, 메종쇨이 신랑이라고 말했다.

그녀의 혼수에는 침대 시트 열여섯 장, 덧베개 네 장, 베갯잇 여섯 장, 식탁용 식기 한 세트, 그리고 개인 용도로 쓸 잠옷 두 벌, 약식복 한 벌, 잠옷 위에 입는 재킷 한 벌, 슬립 여섯 벌, 나이트가운 여섯 벌이 들어 있었다.

관대한 소글러 박사는 이 신혼부부에게 알제 시의 고지대에 있으며 '이드라 공원'이라는 이름이 붙은 쾌적한 빌라 하나를 얻어주었다. 1935년의 집세 영수증이 아직까지 남아 있는데, 합계가 450프랑으로 그곳의 당시 물가를 감안할 때 비싼 액수였다. 그러나 이 새 집의 외관은 수수했다. 이 집에서 무엇보다 좋은 점은 언덕을 향한 테라스로 트여 있는 커다란 거실이었다.

메종쉴이 그들의 침실을 설계했는데, 완전히 평면적인 디자인으로 단순한 목재 가구와 선반을 갖춘 그 방은 알게 모르게 일본풍의 영향을 받았다. 창가에 놓인 책상 위에는 카뮈가 메종쉴에게서 얻은 석고로 된 크메르의 부처상 하나가 놓여 있었다.[31]

장 그르니에도 근처에 살고 있었는데, 그의 집 역시 바다가 아니라 언덕을 향해 있으며 하얀 치장벽토로 마감한 상자 같은 주택이었다. 덕분에 그들은 자주 함께 저녁 나절을 보내게 된다.[32] 카뮈 부부는 또한 아코 일가와의 관계도 회복하여, 떳떳하게 랑그도크 거리로 돌아갈 수 있게 되었다. 점심 식사가 끝나면 '게이비' 이모는 집으로 돌아가는 신혼부부의 장바구니에 살코기를 듬뿍 담아주곤 했다.

아코 일가가 이 신혼부부에게 호의를 품었다는 확실한 징표는 14마력짜리 시트로앵이다. 아코는 1930년에 당시로서는 대형차에 속하는 그 차를 구입했다. 다른 많은 프랑스계 알제리인들이 그랬듯이 그들도 프랑스의 알제리 정복 1백 주년을 기념하여 뭔가 거창한 일을 벌일 생각을 했다. 그래서 그들은 '영국 푸줏간'을 계속 운영하는 한편, 백년제와 그에 뒤이어 알제리의 경기부양으로 예상되는 호황에서 한몫을 벌기 위해 호텔을 사들였다.

백년제의 호황에 대한 기대는 물거품으로 돌아갔다. 그러나 호텔을 갖고 있는 동안 앙투아네트는 정육업과 관광업 사이에서 시간을 쪼개가며 두 배로 일해야 했다. 그 보답으로 귀스타브 아코는 그녀에게 밍크 코트 한 벌과 시트로앵 중 하나를 선택하도록 했고, 그녀는 자동차를 택했다. 이제 그들 부부는 '게이비' 이모가 일주일에 한 번 정도 쓴다는 조건하에 알베르와 시몬에게 자동차를 선물로 줬다.

그러나 시몬 카뮈는 차를 나눠 쓰는 것을 못마땅하게 여겼다. 어느 날 아코의 집앞에 나타나야 할 시트로앵이 오지 않았다. 그들은 조카에게 불만을 표했다. 조카에게서는 아무 답변도 오지 않았다. 대신 그 지역 경찰서에서 연락이 왔다. 경찰서 앞에 주차돼 있던 차 안에서 아코 부부의 서류가 나왔던 것이다.

그것으로 모든 일이 끝장나고 말았다. 시몬이 카뮈에게 악영향을 끼친다고 생각하고 있던 귀스타브와 앙투아네트는 이 일로 카뮈 부부와의 관계에 종지부를 찍었다. 한편 벨쿠르 시절 알베르의 동창으로 한때 뗄래야 뗄 수 없는 관계였던 앙드레 빌뇌브가 아코 일가의 집을 자주 들르고 있었다. 빌뇌브는 그 집의 양자나 다름없었다. 카뮈는 질투까지는 아닐지 몰라도 노골적으로 불쾌감을 표했다. 어느 날 거리에서 빌뇌브와 맞닥뜨리게 된 카뮈가 이렇게 조롱했다. "이런, 이모부를 만나고 오는 모양이로군."

알베르 카뮈는 이모부를 여전히 좋아했고 이해했을 테지만, 카뮈와 빌뇌브는 이 일로 불화를 일으키면서 두 번 다시 만나지 않게 되었다. 그들의 우정이 끝난 데 대해 이보다 더 그럴싸한 이유는 찾을 수 없었던 것이다.[33]

소글러 박사 부부나 친구들과도 멀리 떨어져 오로지 '나자'와 함께 살게 된 카뮈는 이 전속 청중을 자신의 창조적 자극제로 이용하기 시작했다. 평온한 심정으로 시몬을 환기할 만큼 충분한 거리를 유지해본 적이 없었기에 창조의 대상이 아니라 그저 청중으로서였다. 그녀가 창조의 대상이 된 것은 훗날의 일이었다.

처음에는 순전한 지복의 나날이 이어졌다. 여름철에 일을 하고 있던 카뮈는 아침 일찍 일어나, 잠든 여자를 위해 짤막한 메모를 남겨놓곤 했다. 그날 점심을 함께 하기로 한 약속을 상기시키는 것이거나, 이런 내용이었다. "당신은 잠들어 있어. 그런 당신을 감히 깨울 엄두가 나지 않는군. 당신은 사랑스러워. 내겐 그것으로 족해."

시몬이 보관한 이 메모 가운데 어느 하나에서, 신랑은 자신이 1.5프랑의 전차 삯을 아끼기 위해 일찍 집을 나서는 것이라고 해명하고 있다. 그는 5킬로미터 떨어진 도심지까지 가기 위해 언덕을 걸어 내려가곤 했다.[34]

아무 기록도 남아 있지 않고 친구들의 회상도 확실치 않지만, 카뮈가 선박 중개인 밑에서 일한 것은 이 무렵이었을 것이다. 알제에서 어음 교환을 공인받은 네 명의 선박 중개인들은 모두 항구가 내려다보이는 카르노 거리의 같은 건물에 사무실이 있었다. 카뮈의 형은 그가 선구상 밑에서 일했다고 기억했으며, 그가 다닌 회사가 선박 중개인과 선구상을 겸한 아마르티니사였을 거라고 추측했다. 어느 쪽이든 카뮈는 해변을 뛰어다니면서 서류를 나르거나 다른 심부름을 처리해야 했다. 『이방인』의 서두는 다채로우면서도 짧막한 이 무렵의 경험을 이용하고 있다.[35]

시몬의 베개 옆에 놓인 어느 날의 아침 메모에는 둘만의 우주를 같이 건설하자는 제안이 적혀 있다.

> 우리는 사상과 인간적인 일들의 좁은 경계선을 깨뜨리고 '시공'을 초월하기를 원한다. 우리가 원하면 그 일은 이루어지리라. 내 귀여운 소녀의 손을 잡아 내 곁에 앉히겠다. 그럼 그녀는 나를 바라보겠지. 우린 서로의 눈 속에서 신드바드의 배가 항해했던 저 미지의 바다를 향해 느린 항해를 하게 되겠지. 봐, 지금 우린 그곳에 있어.[36]

친구 하나는 그녀가 그토록 잠을 오래 잤다면 필시 마약 때문일 거라고 생각했다. 친구들은, 서서히 진행되는 아내의 쇠약을 막아보려는 카뮈와 그의 장모의 소용없는 노력을 괴로운 심정으로 지켜보았다. 줄담배에 대한 아내의 집착을 막아보려고 카뮈 스스로 담배를 포기하는 것을 본 다른 친구는 그런 카뮈의 행동을 성자에 비교했다.

카뮈의 친구들이 본 그녀는 몸가짐과 의상이 한층 더 사치스러워진 것 같았다. 객관적인 증인이라 할 수 없는 막스 폴 푸셰는 카뮈의 결혼 몇 개월 후 거리에서 그녀를 본 일을 기억했다. 그녀의 아름다움은 사그라들고 있었다. 꽃다발을 안은 채 눈을 동그랗게 뜬 멍한 표정으로 지나치는 행인에 개의치 않고 노래를 부르고 있는 그녀의 모습은 영락없이 슬픔에 잠긴 오필리아였다는 것이다. 그는 카뮈가 진심으로 그녀를 치유하기를 원했는지, 아니면

그저 실험을 관찰하는 실험자의 눈으로 그녀를 지켜보기만 했을 뿐인지 알 수 없다고 했다.[37]

또 다른 친구는, 어느 날 식당에서 시몬이 방금 다녀간 화장실에 가보았더니 빈 유리 튜브가 있었다고 했다. 이런 이야기 중 어느 것이 사실인지 여부는 그다지 중요하지 않았다. 모두들 그 이야기를 사실로 받아들이고 있었기 때문이다. 카뮈의 친구들은 그녀와 그녀의 도발적인 태도를 약간 두려워하고 있었다. 그중 한 사람의 표현에 의하면, 그녀는 그들 중 어느 누구라도 자살로 몰고갈 수 있었다.

어느 날 저녁 함께 저녁식사를 하기 위해 카뮈 부부의 집을 방문한 프레맹빌은 알몸 위에 속이 비치는 베일 하나만 걸친 시몬과 맞닥뜨리고는 눈을 내리뜨고 있다가 핑곗거리가 생기자마자 그곳을 떠났다고 한다. 북아프리카에서는 친구의 아내를 존중해야 하는 것이다.[38]

훗날 한 친구가 시몬 카뮈에게 "당신은 낮이 아니라 밤의 여인이오" 하고 말했다. 그 말에 그녀가 이렇게 외쳤다. "정말 재미있군요. 카뮈도 같은 얘기를 했거든요."

그 친구가 한 말의 의미는 그녀가 『악의 꽃』(Les Fleurs du mal)에서 곧장 걸어 나온 여자 같다는 뜻이었다. 그는 카뮈가 정말 자기와 같은 의미로 그 말을 했을지 의아하게 생각했다.[39]

7 앙가주망

저는 인류의 독성인 불행과 쓰라림의 총량을 줄이는 데 한몫하고 싶습니다.
• 공산당에 가입하며 장 그르니에에게 보낸 편지에서

시몬 이에와의 이상한 생활이 알베르 카뮈의 창조 및 공적인 생활에 조금이라도 영향을 미쳤는지는 단정하기 어렵다. 카뮈가 당시나 이후에 쓴 글에는 아내와 동일시할 수 있는 인물이 완전히 배제되어 있는 것처럼 보인다. 그녀는 실생활에 적지 않은 모델을 두고 있는 『행복한 죽음』의 원고에조차 등장하지 않는다.

그의 편지에는 자신의 불안정한 가정 생활을 언급한 내용이 거의 나오지 않으며 친구들과의 대화에서도 마찬가지였다. 그런 종류의 과묵함은 프랑스계 알제리인, 즉 지중해인에게서는 얼마든지 가능한 일이다. 가정 생활은 가정 생활로 끝났다. 기혼자든 아니든 남자들은 공공장소에서 다른 남자들과 교제하며 공적인 일에 대해서만 이야기를 나누었던 것이다.

마침 그 무렵에는 공공장소에서 화젯거리로 삼을 만한 일이 풍성했다. 얼마 지나지 않아 프랑스가, 그리고 약간의 시차를 두고 프랑스령 알제리가 또 다른 정치적 격동기에 접어들었던 것이다. 이는 정치가 격동에 빠졌던 저 드레퓌스 시대 이래로 유일한 시기였을 것이다.

프랑스 역시 다른 나라들처럼 경제 위기에 빠져 있었다. 그럼으로써 프랑스 정치의 분열이 심화되면서 우파는 극단적 파시즘으로, 좌파는 공산주의로 치달았으니, 그들 각각의 모델은 히틀러의 독일과 스탈린주의자가 득세한 소련이었다.

시대정신에 휩싸이다

카뮈의 대학 1학년 후반기인 1934년 2월 6일, 프랑스 중도파와 좌파는 하원 의사당 근처의 콩코드 광장에서 우파가 벌인 대대적이고 격한 시위에 충격을 받았다. 하원이 에두아르 달라디에의 급진사회주의 정부의 신임 투표를 준비하고 있었는데, 투표를 저지하거나 권위주의 정부를 촉구하기 위해 시위대가 몰려나온 것이다.

시위대의 함성에는 파시즘의 기미가 들어 있었다. 그 뒤를 이은 폭동으로 17명이 사망하고 2,329명이 부상한 끝에 정부는 무너졌다. 그 상흔은 영원한 것이었다. 프랑스인에게는 아직도 '2월 6일'이 무심할 수 없는 날이다.

며칠 후 전통적으로 라이벌 관계였던 공산주의자와 사회주의자들이 항의를 위한 총파업에서 힘을 합했다. 온건파와 좌파의 연합 행동이 구체적 형태로 나타나려면 아직 18개월이 더 남은 시점이었으나 이미 수레바퀴는 돌기 시작한 것이다.

카뮈의 일상 행동에 깊이 관여하지 않은 이들의 눈에는 그가 바뀐 것처럼 보이지 않았다. 그는 대학에서 사회주의자 친구들과 어울릴 때조차 정치에 관심이 없는 학생, 호감은 가지만 믿음이 가지 않는 학생처럼 처신했다. 카뮈의 대학 친구들은 내막을 자세히 알지 못했다. 그의 눈은 다른 쪽에 쏠려 있었고, 그는 점점 더 그들을 정중하게 대했다.

카뮈가 대학 밖에서 사귄 친구들 가운데 건축을 공부하며 다른 젊은 예술가들과도 알고 지내는 태평스럽고 잘생긴 젊은이가 있었다. 유대인 이주민의 아들인 로베르 나미아는 오레 태생이었다. 블리다에서 학교 생활을 마친 그는 집을 떠나 제본소에서 일하다 정치에 투신했다. 훗날 그는 카뮈 패거리의 영웅이 되는데, 스페인 내란이 발발하자 모두들 이를 규탄하고 우려하기만 했는데, 정작 국제여단에 입대한 사람은 나미아였던 것이다.

일찍부터 정치 투쟁에 뛰어든 또 다른 개종자는 자신의 부르주아적 양육에 반기를 든 클로드 드 프레맹빌이었다. 그는 카뮈와 함께 이포카뉴를 마친 후 파리로 건너가 대학 교육을 받았다. 그는 시대정신과 분위기에 휩싸였다. 파리의 젊은 학생에게 투쟁은 공산주의와의 연대를 의미했다.

"내가 공산주의자라는 말을 했던가?" 프레맹빌은 1934년 1월 자신의 동창인 앙드레 벨라미슈에게 편지를 썼다. "오랑에서나 알제에서는 프랑스사회당(SFIO)을 신임할 수도 있겠지만 여기서는 그런 일이 불가능하다네. 이 기숙사에서는 백치 둘과 늙은 하녀 몇 사람을 제외한 나머지 모두가 공산주의자라네."[1]

1934년 7월, 프랑스 사회주의자와 공산주의자는 행동 통일을 위한 협정을 맺고 공동 프로그램을 짜냈다. 실제로 이제껏 고립되었던 공산당은 집단 행동, 즉 사회주의자와의 연합을 넘어설 준비를 하고 있었다. 스탈린과 소비에트당은, 유럽의 잠정적 위협거리였으며 공산주의를 주요 표적으로 삼은 히틀러의 봉기를 보고 경악했다. 그 결과 용납할 수 있는 모든 세력의 행동을 통일시킬 필요성이 제기되었고, 이는 보다 많은 급진사회주의자들을 포괄하는 것을 뜻했다. 실제로 '인민전선'의 새로운 전술에서는 모든 중도 및 좌파 운동이 국내외 파시즘에 맞서는 전선으로 통합된다.

얼마 지나지 않아 인민전선은 독자적인 기관지를 발행했고 지방의 정치 활동을 위한 조직 구조를 급속히 발전시켰다. 1932년 8월에 암스테르담에서 좌파 작가인 앙리 바르뷔스와 로맹 롤랑이 주도한 '전쟁과 파시즘에 반대하는 회의'라 불리는 반파시즘 회의가 개최되었다.

1년 후에는 '유럽 반파시스트 회의'가 파리의 살레 플레옐 연주회장에서 개최되었다. 이 두 회의에서 '암스테르담-플레옐' 운동이 전개되었다. 1933년에는 '혁명 작가 및 화가 협회'가 '문화의 옹호를 위한 위대한 잡지'로 알려진 『코뮌』을 후원하기 시작했다.

이 잡지에 프랑스의 지식인 공산주의자 및 그 동반자들의 활동이 충실히 보고되었다. 각종 선언문과 신문, 잡지가 신속하게 바다 저편 알제리로 건너갔다. 훗날 프랑스의 언론인이 된 장 다니엘은 당시 블리다 지방 소도시의 학생이었다. 그는 자신의 회고록에서 인민전선의 활동이 자신이 살던 소도시의 젊은이들에게 미친 영향에 대해 이렇게 기술하고 있다.

기사를 읽기도 전에 『코뮌』의 목차부터 우리를 열광시켰다. 하나하나의 이름은 우리들이 나아갈 '노선'을 권위 있게 단언했다. 게다가 어떻게 이보다 더 상황이 명확해질 수 있겠는가? 나치즘과 파시즘, 그리고 그들의 프랑스 공범자들이 '악'을 구현하고 있다는 사실을 누구 하나 의심하지 않았다. '선'이라면 모스크바 쪽을 바라보는 것만으로 충분했다.

그들의 문화적 영웅 앙드레 지드가 반파시스트 및 친소 운동에 투신했다는 사실만으로도 그들이 열광하기에 족했던 것이다.[2]

카뮈는 그답게 냉정한 결의와 더불어 심사숙고한 끝에, 자신의 학과 진행에, 이를테면 자신의 논문 지도교수인 푸아리에 교수와의 관계에 아무런 영향을 주지 않고 정치계에 발을 들여놓았다. 그는 친구 사이였던 앙드레 토마스 루오를 통해서 공산주의 투사이며 암스테르담–플레옐 운동의 공식 명칭인 '평화와 자유'의 부사무국장 에밀 파뒬라를 만났다. 이 단체는 파리 본부에서 입안한 전략을 실천하기 위해 설립된 최초의 공산주의 전선 중 하나가 된다. 알제 지부의 사무국장인 샤를 에스쿠트는 당원이 아니었다. 그 당시에도 그 이후에도 공산주의자들은 비공산주의자로 하여금 전선을 관리하게 했다.

알제의 조직 계획에 의해 카뮈는 파뒬라와 함께 일하게 되었는데, 이 젊은 신참 회원은 벨쿠르의 노동자 계층에서 지구위원회를 책임지게 되었다. 그는 맡은 일에 전념했다. 우연히 옛 친구이며 벨쿠르 초등학교 시절 급우이자 당시 프랑스 해군에서 제대하여 상선 선원이 된 루이 파제와 만나게 된 카뮈는 그에게 당장 자기 일에 합류하라고 졸랐다. 훗날 자신은 '암스테르담–플레옐'이 무슨 의미인지조차 몰랐노라고 고백했지만, 파제는 친구의 말에 동의하고 카뮈가 주재하는 벨쿠르의 스포츠 카페 지하실에서 열린 회의에 참석했다.[3]

얼마 지나지 않아 카뮈는 또 한 사람의 벨쿠르 주민인 샤를 퐁세의 도움을 받았는데, 그와는 평생 동안 친구로 지내게 되었다. 카뮈는 퐁세에게 자신의 일에 대해 이렇게 털어놓았다. "나는 벨쿠르의 젊은이들을 잘 알고 있어. 볼링이나 카드놀이, 아니제트 주를 마시는 데는 그들을 따를 자가 없지. 하지만 그들을 정치에 끌어들이는 것은 전혀 다른 문제야."

퐁세는 자신의 새 친구를 빤히 쳐다보면서, 어떻게 이렇게 우아한 옷차림을 한 젊은 신사가 벨쿠르의 밑바닥 주민들에 대해 알고 있는지를 의아하게 여겼다. 퐁세에게 이 무렵의 카뮈는 다음과 같이 보였다.

키가 큰 이 청년은 잘 만든 양복을 편안해 보이게 입고 있었는데 나비넥타이는 깔끔한 옷차림에 포인트를 주었다. 연두빛 나는 갈색 눈에 작은 귀가 양옆으로 튀어나오고 입술은 살집이 많아 크고 두툼했다. 이 모든 점이 호감을 끌었다.

그러나 그 어떤 점도 퐁세가 알았던 알제인과는 달랐다. 그의 화술은 아주 정확했다. 간혹 대화 중에 얼마간의 농담을 섞어 넣는다 해도 단정함을 잃지 않는 한도 내에서였다. 퐁세는 다음과 같이 회상했다. "얼마간 대화를 나누고 나면 그 진지함에 놀라고 만다. 그러나 종종 그런 대화 속에 한순간의 즐거움이 번뜩이곤 했다. 그는 매력적인 젊은이였다. 지적이었고 범상치 않았던 것이다."[4]

자넨 철학자로군

알제대학에서 카뮈는 우아하고 정확한 화술로 유명했다. 로마 역사가 살루스티우스의 텍스트를 설명하던 카뮈는 단순히 문법적이고 문학적 분석에 머무르지 않고 철학적 해석을 시도함으로써 교수를 놀라게 했다. "카뮈 군, 자넨 철학자로군" 하고 교수가 말했다.[5] 르네 푸아리에의 수업 시간에 카뮈는, 인간은 자신을 실제와 다르게 보고 스스로에게 거짓말을 하는 성향이 있다는 보바리즘의 정의로 유명한 철학자 쥘 드 고티에 관한 논문을 제출한 적도 있다.[6]

카뮈는 모든 학습을 철저히 했기 때문에 대학 건물을 벗어나서 무슨 활동을 하든 흠 잡히거나 비난을 받지 않았다. 그의 우아함은 1935년 5월 푸아리에 교수의 철학반에서 촬영한 학급 사진에서 확인할 수 있듯이 아주 두드러져 보였다. 단정하게 빗질하고 나무랄 데 없는 차림을 한 알베르 카뮈가 릴리안 슈크룬, 이브 드 슈젤르, 그리고 장차 드슈젤르의 아내가 될 미리암 살라마와 나란히 앉아 있는 사진이다.

파리로부터 정치 지령이 끊임없이 날아왔다. 공적으로는 전선의 조직과 기관지로부터, 사적으로는 현장의 흥분을 고스란히 흡수하여 운동의 형태로 발산하는 프레맹빌로부터. 카뮈는 분명 그런 운동에 매료되었던 것 같다.

프레맹빌은 정치적, 지적, 문학적 관심사를 한데 뭉뚱그려 북아프리카의 수도인 알제에서 유럽인과 이슬람 교도들을 결속시킬 문학·정치 잡지를 만들 계획을 세웠다. 그는 이런 잡지가 국외자들을 운동으로 끌어들이는 한편 그들 모두를 보다 나은 공산주의자로 개조하게 될 것이라고 여겼다. 한편으로는 끊임없는 토론의 장을 열어놓을 것이므로 결코 편협하게 되지는 않을 터였다. 무엇보다도 파리에 있는 자신과 알제의 친구들 사이의 대화 창구 역할을 하게 될 것이다. 자신과 카뮈가 그런 일을 할 만한 경험이 있다고 여긴 프레맹빌은 카뮈의 주재 아래 잡지를 발행하고 싶어 했다.

삼각형의 세 번째 꼭지를 이룬 벨라미슈의 제의에 따라 잡지 제목은 『누벨 주르네』(La Nouvelle Journée)로 정해졌다. 처음 게재될 기사들 중에는 호네거와 스트라빈스키에 관한 에세이와 지드의 『일기』에 대한 서평, 루이 아라공의 『우랄 만세』(Hourra l'Oural)에 대한 토의, 인기 있는 『북호텔』(Hôtel du Nord)의 저자이며 노동자의 삶을 다룬 작가 외젠 다비에 관한 연구 논문 등이 포함되어 있었다.

또한 정기간행물에 게재된 문학 작품에 대한 정기적인 비평도 들어갔는데, 카뮈는 N. R. F.와 좌파 지식인의 잡지 『유럽』을, 프레맹빌이 나머지를 다루기로 했다. 프레맹빌은 벨라미슈에게 다음과 같이 썼다. "좀 일이 많기는 하지만 알베르 카뮈가 잡지의 성실한 자아비판을 맡을 것이고 토론의 큰 틀을 제시하게 될 거야."

그는 또한, 당시 이미 유명작가였던 장 지오노가 이 잡지에 대한 지원과 집필을 해주기로 했다고도 밝혔다. 잡지는 프레맹빌이 인쇄업자와 작가들과 독자들까지 모두 알고 있는 알제에서 제작되며, 카뮈는 모금을 담당하게 될 것이었다. 그러다 프레맹빌은 생각을 고쳐먹었다. "만약 카뮈와 다른 많은 사람들이 이론뿐 아니라 실천적으로 공산당에 가입할 경우 과연 그런 잡지가 유용할

거라고 생각할 수 있을까?"(1934년 9월 7일, 벨라미슈에게 보낸 편지)[7]

그러나 카뮈의 조언자였고, 카뮈가 평생 동안 '스승'이라 불렀던 장 그르니에로부터 예기치 못한 충고가 나왔다. 카뮈와 그르니에가 연락을 주고받았다는 사실에 의심이 간다면, 그 두 사람을 아는 모든 이들의 증언과 교실 안팎이나 이드라의 저녁 나절 두 사람이 토론한 증거, 그리고 두 사람 중 하나가 죽을 때까지 끊이지 않았던 서신 교환을 염두에 둘 일이다.

아무튼 그르니에가 공산당으로 대표되는 지적 감옥의 정치적 교조성에 대한 성찰을 시작한 것은 바로 카뮈가 정치 활동을 알게 되고 효율성이란 가장 좋은 조직과 일하는 것임을 의미하는 것, 다시 말해서 공산당과 함께, 그리고 나중에는 그 안에서 일하는 방법임을 깨달은 바로 그때였다. 젊은이들의 문화적 영웅인 지드가 자신의 예술을 공산주의에 저당잡히고(1936년, 소련 여행에서 공산주의의 진상을 깨닫게 되기까지), 또 한 사람의 문화적 영웅인 앙드레 말로가 국내외 공산주의와의 연합 활동을 위해 지식인들을 규합하던 그때 이러한 견해를 취한다는 것은 고립을 자초하는 행위였다.

그런데 장 그르니에는 그렇게 하고 있었다. 1935년 벽두에 발표된 에세이 「사회 속의 지식인」(L'Intellectuel dans la société)에서 그는 공산당과의 연루에 대해, 특히 역사의 흐름을 타고 있다는 운동에 대한 지식인의 열망에 대해, 제자 카뮈가 두고두고 잊지 못할 표현으로써 경고했다. 그리고 카뮈는 제2차 세계대전 이후 자신의 행동강령으로 그 표현을 택했다.

어느 경우든 진심에서 우러나오는 마음이 없다면 함부로 당(黨)에 뛰어들지 않는 게 좋다. 홀연히 자신의 비참함과 인류에 대한 연대책임을 깨달은 예술가가 어느 날 갑자기, 흡사 가족에게서 벗어나기 위해 성급하게 결혼을 결심하는 여자처럼 자신에게서 벗어나기 위해 당에 가입하는 경우가 있다. 하지만 그것은 불행한 가정을 탄생시킬 뿐이다. 따라서 지드와 공산주의의 결혼은 잘못될 가능성이 매우 높은 것이다.[8]

그르니에는 이런 글을 쓰는 데 그치지 않고 공개적인 석상에서도 발언했다. 젊은 장 다니엘은 그르니에가 '교조적인 정신'을 분석하는 소리를, 마르크스주의자의 교리와 스탈린주의자의 무오류성, 모스크바의 '절대권', 관료적인 계급 서열, 프롤레타리아가 아닌 새로운 재판관 계급의 독재 등에 대해 비판하는 소리를 들었다. 그르니에는 아서 케스틀러 이전에, 레몽 아롱이나 아이작 도이처 이전에 그러한 주장을 내놓았던 것이다. 하지만 말로의 막강한 영향력 앞에서 그르니에가 과연 무슨 일을 할 수 있을까, 하고 다니엘은 생각했다.[9]

그 의문을 이런 식으로 바꿀 수도 있으리라. 그르니에가 정말 하고자 했던 일은 무엇이었을까? 적어도 자신이 아끼는 제자가 공산주의 실험을 계속하지 못하도록 막으려던 것은 아니었다. 왜냐하면 그르니에가 자신의 주장을 실제로 응용할 수 있었더라도, 그리하여 자신의 안락한 거실에서 '교조적인 정신'은 무자비한 기만으로 이어지게 마련임을 설득할 수 있었다 해도 그는 그렇게 하지 않기로 했기 때문이다. 그보다는 자신이 아끼는 제자가 불장난을 하도록 거들어주는 쪽을 선택했던 것이다.

그녀는 현재에 산다

이 무렵 카뮈는 알제의 행정을 전담하는 중앙행정기구로서 총독부 휘하 기구인 알제 도청에 취직했다. 카뮈가 장 그르니에에게 한 말에 의하면, 그해 여름 그는 어느 개인회사에 취직했지만, 얼마 후 회사 간부가 회삿돈을 횡령해 달아났다고 한다. 무일푼이었던 카뮈는 공무원 자리를 알아보면서 친구들에게 도움을 청하기 시작했다. 옛 친구이며 메종쇨 등의 젊은 예술가들과 교제하던 마르셀 보네 블랑셰가 그에게 알제 도청의 일자리를 구해주었다.

카뮈는 지붕 바로 아래에 있는 사무실에서 북아프리카의 작열하는 태양 열기를 고스란히 받으며 하루에 일곱 시간씩 일을 했다. 안부가 궁금하여 사무실에 들른 한 친구의 부인은 그곳에서 땀을 뻘뻘 흘리며 눈에 띄게 수척해진 카뮈의 모습을 보았다.

그는 순식간에 말이 없는 사람으로 알려졌다. 그곳 분위기가 재미있을 리가 없었다. 적어도 처음 며칠 동안 퇴근 무렵이 되면 그의 아내 시몬이 현관에 와서 기다리곤 했다.

카뮈는 운전면허증과 자동차등록증을 교부해주는 부서에서 서기보로 일했다.[10] 그가 '글을 쓸 줄 모른다'는 이유로 해고당했다는 소문은 충분히 근거 있는 이야기다. 카뮈 자신도 이 사건에 대한 희극적인 소문을 사실로 확인해준 바 있다.[11] 그는 도청의 한가한 서기 직에 관한 이 에피소드를 아주 재미있게 여겼을 것이다.[12] 그는 어느 친구에게, 자신이 자동차 두 대에 똑같은 번호를 내주고 난 뒤 해고당했다고 말했다.[13]

그러나 이 에피소드의 직접적인 원인은 다른 폐가 과로로 감염

될까 우려한 카뮈의 주치의가 두 달간 휴식을 취하도록 했기 때문이다. 그때부터 카뮈는 생업을 개인 과외 교습으로 한정하지 않을 수 없었다.

카뮈의 주치의였던 스타카 크비클린스키는 호감이 가는 기인이었다. 카뮈 그룹의 어느 일원이 묘사한 바에 의하면 '고매하며 덩치가 크고 위풍당당한 별종'으로서, 『행복한 죽음』의 등장인물 자그뢰의 모델일 가능성이 있다. 헌신적인 좌파인 그는 공산주의자 전력이 있었거나, 아니면 그 당시 공산주의자였다. 그의 아내는 카뮈가 말로의 『분노의 시대』(Le Temps du mépris)를 각색하여 처음으로 연출을 맡았을 때 연기자로 참여하게 된다.

그는 환자들을 약초와 닭의 태아로 치료했으며 신비주의에 관한 논문도 썼으나 출판한 적은 없다. 크비클린스키는 주치의자 친구로서 카뮈에게 태양이든 바다든 겁내지 말고 인생을 만끽하라고 권했다. 카뮈는 그를 의사라기보다는 친구이며 철학적 조언자로 여겼고, 그의 말에 따라 수영을 계속했고 여름의 태양도 겁내지 않았다.[14]

또래의 모든 프랑스 남자들이 그렇듯이 이제 카뮈도 병역의무를 치를 나이가 되었다. 당시의 일반적인 복무 기간은 12개월이었다. 당연한 일이지만, 1934년 10월 신체검사를 받으러 간 그는 폐 때문에 군복무를 면제받았다.[15]

대학으로 돌아온 카뮈는 학사증(학위)을 따는 데 필요한 네 단계 가운데 세 번째 단계인 '고전문학 수료'를 위한 시험에 통과하고, 논리학 및 일반철학 수료증을 위한 최종 시험을 준비하기 시작했다.

일찍이 그의 교사였던 장 그르니에가 수에토니우스의 『카이사르의 생애』에 대해 언급한 적이 있다. 그르니에는 카뮈에 대한 자신의 회고록에서, 자신이 학생들에게 칼리굴라 황제의 저 낭랑한 외침 "모두 유죄로다!"를 낭독해준 사실을 회상하고 있다. 이제 카뮈는 라틴어 교수인 자크 외르공의 아우구스투스 일가에 대한 강의에 참석할 기회가 생겼다.

1931년 알제리에 온 외르공은 앙드레 지드의 친구로 널리 알려져 있었는데, 학생들과 지드에 대해 토론을 벌이곤 했다. 훗날 알제에 온 지드는 외르공 일가의 집에 머물렀다. 외르공의 장인은 지식인들의 집회장소인 파리 근교 퐁티니에서 저 유명한 연례 세미나를 개최한 인물이었는데, 어떤 의미에서 외르공은 파리와 알제를 잇는 또 다른 다리 역할을 한 셈이었다. 그르니에와 마찬가지로 외르공 역시 학생들과 터놓고 지냈으며 학생들의 과외활동에도 참여했다. 그 당시든 그 이후든 일반적인 프랑스 대학교수들은 그렇지 않았다.[16]

이 무렵 카뮈가 쓴 글로서 유일하게 남아 있는 것은 「멜뤼진의 책」(Le Livre de Mélusine)이라는 제목의 공책에 씌어졌으며 아내 시몬에게 바쳐진 미문의 습작과 「빈민가의 음성」이라는 제목으로 한데 엮인 에세이 초고로서, 후자는 훗날 『안과 겉』이 출간될 때 원고가 되었다.

1934년 12월에 시몬에게 준 첫 번째 텍스트는 세 편의 짧막한 이야기를 모은 것이다. 첫 번째 이야기인 「몹시 슬퍼하는 아이를 위한 콩트」(Conte pour des enfants trop tristes)는 "이제 요정 이야기를 할 시간이다"라는 문장으로 시작되는데, 지은이는 매혹적이며 반어적이고 잘 다듬은 산문을 구사하여 사랑하는 이에게 경의를 표하려는 데 목적이 있는 듯한 글을 쓴다. "이 요정은 여자 아이다. 그 아이는 장래나 끼니를 걱정하지 않는다. 그녀는 현재에 살며 꽃을 보면 웃음을 터뜨린다." 앙드레 브르통의 저 공상적인 '나자'가 자신을 전설적인 물의 요정으로서 인간과 결혼한 멜뤼진으로 여겼다는 사실에 유념하자.

「빈민가의 음성」은 1934년 12월 25일이라는 날짜와 서명이 씌어진 것으로 역시 아내에게 헌정된 작품이다. 이 작품은 전자와는 전혀 다르다. 설혹 매끄러운 문체로 씌어진 이 「빈민가의 음성」이 사실주의와 정치론, 심지어는 벨쿠르의 삶에 대한 직접적인 진술마저 피하고 있다 해도, 여기에는 카뮈 가족의 드라마가 선명하게 부각되어 있다. 예술적 잔재주로 진실의 일부가 감춰져 있기는 하지만 이 글에서 처음으로 리옹 가의 가정에 대한 이야기가 나온다. 그는 여기서 어머니의 침묵과 화해를 시도한다. 이제 그는 그런 글을 쓸 수 있을 만큼 벨쿠르로부터 멀리 떨어져나온 것이다. 그는 어머니의 연인에 대한 이야기와, 그 관계가 삼촌 때문에 좌절되고 만 전말에 대해 진술하고 있다. 카뮈는 소재를 다른 형태로 이용했을 뿐 이 에세이를 발표하지는 않았다.

그는 계속해서 중요한 비극이 될지도 모르는 인생의 자잘한 아이러니에 주의를 기울였다. 1935년 1월, 유고슬라비아에서 어머니를 찾아온 아들을 어머니가 죽게 만들었다는 신문 기사를 본 카뮈는 나중에 소재로 쓰기 위해 그 기사를 오려두었다. 이 소재는 처음에는 『이방인』의 일화로 쓰였다가, 후에 연극 「오해」(*Le Malentendu*)의 플롯으로 활용되었다.

20년 만에 귀향한 남자가 그를 알아보지 못한 어머니와 누이의 손에 살해되고 약탈당하다.

- 『데페슈 알제리엔』

호텔 주인이 딸과 공모하여 탈취를 위해 손님을 죽였는데, 알고 보니 아들이었다. 실수를 알게 된 어머니는 목을 매달고, 딸은 우물에 몸을 던져 자살했다.

- 『에코 달제』[17]

그해 봄 카뮈는 당시는 물론 지금도 프랑스의 학생들이 쓰는 조그만 노트를 펼치고 작가 일기를 쓰기 시작했다. 처음에는 문학적 비망록과 떠오른 생각들, 단편과 장편, 희곡의 개요, 독서록 등을 적어나갔다. 또 내성적 기록, 특히 여행 중에 본 사람들과 풍경 묘사도 써 넣었다. 그러다 나중에는 발표를 염두에 두고 단락을 표시했다.

1950년대까지 이 일기에는 내밀한 세부 내용이 담겨 있었기에, 1935년 5월에서 1951년 3월에 이르는 노트들의 경우 거의 있는 그대로 출판할 수 있었다.[18]

정치에 이끌리다

1935년, 프랑스 외무장관 피에르 라발은 모스크바로 가서 스탈린과 만났다. 스탈린은 프랑스 온건파를 만족시키고, 향후 중도파 프랑스인과 모스크바 지향적인 프랑스 공산당 사이의 연합을 가로막는 장벽을 제거하기 위해 작성된 성명서로 그를 흡족하게 해주었다. "스탈린은 적절하게 안전한 수준에서 프랑스가 군사력

을 유지한다는 국방정책을 이해하고 완전히 동의한다"는 공식성
명이 발표되었다.[19)]

이제 프랑스 공산당이 예컨대 반식민주의적 이상주의자들의
입을 막기 위해 기본적인 슬로건의 일부를 개정해야 할 필요가
있으리라는 사실을 인식하기에는 너무나 이른 시기였다. 당시에
는 이들 반식민주의적 이상주의자들 가운데 몇몇이 공산당에 입
당할 채비를 하고 있었다.

1935년 6월, 알베르 카뮈는 학위에 필요한 네 번째이자 마지막
수료증, 즉 '논리학 및 일반철학 수료증'을 획득했다. 이제 그는
논문을 제출해야 하는 '고등과정 수료증'을 위한 공부에 전념할
수 있었다. 7월이 되자 훨씬 자극적인 사건이 일어났다. 파리에서
'반파시스트 지식인 감시위원회'(CVIA)가 발족되었다. 알제대학
의 스페인어 교수인 마르셀 바타이용이 이 위원회의 알제지부 간
사가 되었다. 그는 좌파 지식인들의 혜성이었던 앙드레 말로에게
알제를 방문하여 공공회의에서 연설해줄 것을 요청했다.

유럽의 좌파 동료들인 지드, 쥘리앵 방다, 줄리언 헉슬리, E.
M. 포스터, 하인리히 만, 일리야 에렌부르크, 막스 브로트 들과
함께 파시즘에 반대하는 새로운 작가 전선인 국제작가회의에 가
입했다가 갓 탈퇴한 말로는, 얼마 전 그 지역에 자신의 '불의 십
자가' 추종자들을 결집시킨 우파 극단론자인 콜로넬 프랑수아 드
라 로크에 대한 대응으로 연설을 하기로 마음먹었다.

말로는 수상비행기로 알제에 도착함으로써 극적인 분위기를
조성했고 부두에서 바타이용을 비롯한 친구들의 환영을 받았다.
바타이용 일가는 말로를 자신들의 집에서 재웠다. 왜냐하면 파시
스트들이 대집회에 앞서 반대파 연사를 납치하는 것으로 유명했

기 때문이다. 말로는 비행 중에 연설문의 초안을 잡았는데, 그가 작성한 「라 로크에 대한 답변」은 프랑스 혁명을 과격하게 환기시킨 연설문으로 세인의 뇌리에 남게 되었다.

회의는 연병장 인근에 있는 벨쿠르의 한 조그만 극장에서 열렸는데, 이는 도심지에 있는 대형 강연장의 주인들이 반파시스트 투사들에게 장소를 빌려주기를 겁냈기 때문이었다. 그러나 바타이용 패거리는 극장 안에 자리를 마련하지 못한 지지자들은 물론 지나가던 행인들까지도 연설을 들을 수 있도록 확성기를 설치함으로써 앙갚음을 했다.[20]

회의는 별 사고 없이 진행되었지만 그래도 말로 자신은 훗날, 적대적인 청중과 대면한 행사였다고 회고했다.[21] 실제로 반파시스트 지식인 감시위원회 측에서 선발한 건장한 남자들이 극장을 경비했다. 말로는 와이셔츠 차림으로 입에 담배를 문 채 연단을 서성거리면서 연설을 했다. 그가 떠날 때 알제의 젊은 반파시스트들은 부두에서 그를 전송하며 두 주먹을 번쩍 치켜들었다.[22]

적어도 한 명의 참석자는, 그날 벨쿠르 극장에서 말로의 연설이 끝났을 때 알베르 카뮈가 앞으로 나와서 그와 인사를 나누었다고 회상했다. 그들은 몇 마디 말까지 주고받았으리라는 것이다.[23] 말로 자신은 그 당시는 물론이고 알제리에서 카뮈와 만난 적이 없다고 회상했다.[24] 실제로 어떤 일이 일어났든 이제 카뮈는 말로와 악수를 나눈 것 이상의 확신을 얻게 되었다.

그 무렵 말로는 예술을 대의에 희생시킨 일종의 정치 팸플릿 소설이라고 할 만한 『분노의 시대』를 막 출판했는데, 이 작품은 나치즘에 맞서 싸우는 남성적 우정에 대한 찬가였다. 주인공 카스너와 나치의 감옥에 투옥된 적이 있는 작가 자신의 분신이라 할 젊은 투사는 둘 다 공산주의자다. 카스너는 노동자의 아들이며 장학생이었고 작가였다. 이 소설은 1935년 3월에서 5월까지 *N. R. F.*에 연재되었다.

같은 달 파리에서는 암스테르담-플레옐 운동의 제의에 의해, 프랑스의 모든 좌파 세력들이 국경일인 7월 4일을 기해 '인민연합'의 기치 아래 시가행진을 벌였다. 주최측은 행진 참가자가 50만 명에 이르렀다고 주장했다.

카뮈가 점점 정치에 경도되면서 인민전선 활동에 적극적으로 참여하고 있다는 사실을 알고 있던 장 그르니에는, 공산당이 인민전선 돌격대를 규합하고 있다는 것도 알고 있었다. 그는 공산당 활동이 이 새로운 쥘리앵 소렐에게 가치 있는 경험이 될지도 모른다고 생각했다.

아끼는 제자에게 그런 이야기를 할 때, 또한 나중에 그것을 글로 쓸 때, 그르니에는 자신이 제안하는 그 모든 암시를 염두에 두었을까? 스탕달의 소설 『적과 흑』의 젊은 주인공 쥘리앵 소렐은 '냉소적으로' 자신의 야망을 위한 받침대로서 성직을 선택한 것은 아니었을까?

그르니에가 카뮈에게 위선적으로 행동하도록 촉구하려 한 것이 아님은 분명하다. 카뮈가 진심에서 행동하기를 기대한 거라면, 오히려 그르니에가 냉소적이었던 것일까? 이제부터 일어나려는 일을 감안할 때, 연상되는 책은 『적과 흑』이 아니라 『위험한 관계』(*Les Liaisons dangereuses*)였다. 훗날 그르니에는 이렇게 회고했다. "나는 인간에게는 행복할 권리가 있지만 반드시 진리에 대한 권리가 있는 것은 아니라는 일반적 원칙에서 시작했다."

본의가 무엇이든 그르니에는 공산당이 리더십을 필요로 한다는 사실을 알고 있었다. 공산주의 교리의 위험성에 대해 자신이 쓰거나 말하는 내용에도 불구하고 그는 자신의 제자에게 입당을 권유했다. 그르니에는 이런 운동을 심각하게 반대할 이유가 없다고 보았다.

당시 카뮈는 다른 모든 것을 거부할 만큼 특정한 믿음이 있지는 않았으며, 다만 최고의 진리를 구하고 있었다. 카뮈는 그에 어울리는 우애의 정신을 품고 있었다. 그는 유럽 이주민과 이슬람 교도 사이의 평등을 원하고 지지했으며, 아무리 모험과 위험에 가득 차 있더라도 자신의 신념을 저버리지 않을 만한 경험에 달려들 준비가 되어 있었다. 아무튼 그의 교사의 눈에는 그렇게 보였다.

스스로를 입증할 수 있는 경험은 그것이 없는 삶은 생각할 수 없을 만한 위험을 감수해야 하는 법이다. 그르니에는 어느 날 저녁 이드라의 집에서 전차 정류장까지 제자와 함께 걸으면서 그렇게 말했다.[25]

한편 카뮈는 시몬와의 관계가 원만하지 않았다. 규칙적이고 분별 있게 일하기를 좋아하는 젊은이에게, 그녀의 행동은 그것이 실제든 소문이든 분명 당혹스러웠으리라. 설혹 그가 사람들이 그녀에 대해 전해주는 소문, 예를 들어 그녀가 마약을 구하기 위해 젊은 의사들에게 몸을 맡긴다는 것 등에 대해서 몰랐다 해도, 그녀가 마지못해 자신과 살고 있는 것 같은 일상적인 문제들을 처리하지 않으면 안 되었다. '밤의 인간'이 되지 못한 카뮈의 몇몇 친구들은 그녀를 만날 수도 없었다.

두 사람 사이의 문제는 외부로 드러나지 않았다. 친구들 중 어느 누구도 두 사람이 파경을 맞고 있는 이유에 대해 확실히 말하지 못했다. 우선 그녀가 집을 떠나기로 했다. 일시적인 별거가 어느 정도 도움이 될지도 몰랐다. 적어도 알제의 유혹으로부터, 아니 최소한 알제의 편의시설들로부터 얼마간 떨어지게 할 수는 있을 터였다. 그녀는 은둔 생활을 해보기로 마음먹었다. 이는 알제의 병원에 감금되는 것과는 다를 터였다.

그녀는 발레아레스 제도에 가기로 했고, 카뮈가 나중에 합류하기로 했다. 둘이서 날짜까지 정해둔 것은 분명해 보인다. 그녀는 배를 타고 떠났고, 그는 홀로 걸어서 언덕 위의 집으로 돌아왔다. 그녀가 없는 집은 텅 빈 것 같았다.

이 무렵 카뮈는 자기 역시 떠날 필요가 있다고 마음먹었던 것 같다. 그는 당시 공공 노동지 『트라보 노르 아프리캥』(*Travaux Nord-Africains*) 편집장이던 에드몽 브뤼아를 찾아가 장 그르니에의 추천을 받고 왔노라고 자신을 소개했다. 그르니에는 브뤼아와 소르본 대학 동창이었다. 브뤼아의 잡지는 상선의 항로와 밀접한 관계를 맺고 있었다. 카뮈는 브뤼아에게 자신을 무료로 그리스까지 데려다줄 수 있는지 물어보았다. 브뤼아는 그럴 수 없다고 대답했지만, 두 사람은 이후 가까운 친구가 되었다.[26]

당시 카뮈는 부르주아 지식인으로 손꼽히던 라피 일가와 자주 만나고 있었다. 라피의 집은 이드라의 집에서 작은 골짜기 하나를 사이에 둔 라 르두트라 불리는 언덕에 있었다. 그는 시내를 들락거리면서 라피의 집 앞을 지나다녔으며, 가끔씩 저녁 나절 시몬과 함께 그들을 방문하기도 했다.

전직 선장인 앙드레 라피는 '병참대장'으로 '샤를 쉬아피노 북아프리카 알제 해운회사'에서 선박의 장비 조달을 책임지고 있었다. 쉬아피노사는 사실상 알제리와 본토 프랑스 사이의 해운업을 독점하고 있었다. 앙드레 라피의 장인인 에르네스트 말르바이는 알제리의 원로 언론인으로서 1888년에 문화잡지 『르뷔 알제리엔』(*La Revue Algérienne*)을 창간했는데, 나중에는 그의 딸인 앙드레의 아내가 출판을 맡았다. 예술 후원자인 말르바이가와 라피가는 얼마 지나지 않아 젊은 카뮈에게 도움과 격려를 주게 된다. 라피가의 자녀들은 그의 친구가 되었으며, 막내인 장은 사실상 그의 제자가 되었다. 또한 맏이인 폴은 카뮈의 정치·문화적 모험에 가담하게 된다.

카뮈의 방문이 부쩍 잦아지면서 이 인정 많은 집안은 그의 번민을 알아차리게 되었다. 어느 날 앙드레 라피가 집에 와서 카뮈와 자신의 아들 폴을 위해, 알제에서 동남방으로 북아프리카 해안을 따라 본과 비즈르트, 튀니스를 거쳐 리비아 국경 못 미친 곳에 있는 튀니지의 마지막 항구 가베까지 가는 화물선을 알아봤다고 했다. 혼자 남은 남편이 아내를 기다리면서 시간을 보내기에는 더할 나위 없었다. 그는 자기도 동행하겠다고 했다.

그러나 알제 항을 떠난 지 얼마 되지 않아 카뮈가 병에 걸렸다. 그는 기침을 하면서 각혈을 했다. 놀란 친구들은 다음 항구인 부기에 배를 대기로 결정했다. 그곳은 출발지로부터 육지로 불과 250킬로미터 떨어진 곳이었다. 그들은 뜨거운 열기 속에서 하루 종일 버스를 타고 알제로 돌아왔다. 그 다음 몇 주 동안 카뮈는 요양하며 시간을 보냈다.[27]

카뮈는 1935년 8월 21일 자신이 요양하고 있던 티파사에서 장 그르니에게 다음과 같은 편지를 보냈다.

공산당에 입당하라던 선생님의 충고는 옳았습니다. 발레아레스 제도에서 돌아오는 대로 입당하겠습니다. 모든 것이 저를 그들에게로 이끌고 있으며, 저는 실험을 감행하기로 이미 마음을 굳혔다는 사실을 말씀드립니다. 공산주의에 대해 제가 갖고 있는 이의에 대해서는 그것들을 실제로 겪어보는 편이 나은 것 같습니다.

그는 인간으로 하여금 자족케 함으로써 종교적 의미가 결여된 공산주의를 유감으로 여겼다. 그러나 어쩌면 공산주의가 그에게 보다 정신적인 문제들을 대비시켜줄지도 모를 일이었다.

전 그 사상이 교조적이라고 말하는 것이 아닙니다. 하지만 제가 하게 될 진지한 실험에서 저는 언제나 삶과 인류 사이에서 『자본론』을 내려놓지 않을 것입니다.

카뮈는 공산당에 입당하여 그 교리가 진화하는 과정을 보게 된다. 그는 공산주의 철학에, 그릇된 이성주의가 진보의 환상과 결합되고, 계급투쟁과 역사적 유물론이 노동계급에게만 혜택을 준다는 관념 같은 오류가 내포돼 있다는 것을 알고 있었다. 그렇지만 그는 다음과 같이 말했다.

제게는 사상 이상으로 삶 그 자체가 종종 공산주의로 귀결되는 것처럼 보입니다. ……저는 인류의 독성인 불행과 쓰라림의 총량을 줄이는 데 한몫하고 싶습니다.[28]

이러한 동기는 분명 지적 실험을 좋아하며 인생이 성찰의 대상인 교수의 마음을 움직였을 것이다.

그 편지가 프랑스 공산당의 당원 후보로서 적절한 태도를 보여준 것인지, 이런 태도가 그에게 도움이 될 수 있었는지, 또는 그로 하여금 당을 떠나지 않도록 한 것인지 여부는 증거에 기초하여 판단해야 할 문제다.

8 공산당 입당

교제를 추구할 것, 모든 교제를. 인간에 대한 글을 쓰고 싶다면서
어떻게 그 풍경으로부터 떨어질 수 있겠는가?
• 『작가수첩 1』

이제 섬의 은거지에 있는 시몬과 합류할 때가 되었다. 카뮈는
친구들에게 자신의 행방을 알리지 않은 채 알제리를 떠났다. 설
혹 그가 별거를 못마땅하게 여기고 있었을지는 몰라도 일기에는
그러한 내용이 전혀 나오지 않는다.

어쩌면 그가 당시 노트에 모든 것을 털어놓았는데 그 고백의 성
격 때문에 훗날 문학에 관련된 부분만 제외한 나머지가 삭제됐을
가능성도 있다. 현재 남아 있는 것은 여행자로서의 인상기뿐인
데, 그는 이것을 훗날 『안과 겉』에 포함된 발레아레스 제도에 관
한 에세이의 소재로 이용한다.

또한 그가 시간을 내어 어머니의 선조가 살았던 발레아레스 섬
(미노르카)을 방문했다는 증거도 없다. 그의 관심은 다른 데 있었
다. 어쨌든 카뮈는 처음으로 떠난 해외여행에 대한 자신의 반응
을 여유 있게 관찰했다. 나중에도 그랬지만 이번에도 여행은 "모
호한 두려움…… 낡은 습관의 은신처로 복귀하려는 본능적인 욕
망"을 자극했다.

그는 낯선 땅에서 방향 감각을 잃은 여행자가 모국어로 된 신문

을 읽을 필요가 있음을, 다른 사람들과 접촉할 수 있는 카페가 절실함을 일화식으로 기록해놓았다. 이런 고독의 성찰은 분명히 시몬과의 재회 전야에 씌어졌을 것이다. 그렇지 않으면 시몬과 함께 있으면서도 고독을 느꼈을지도 모를 일이다. 카뮈가 그녀를 어떻게 찾아냈는지에 대해서는 알려진 바가 없다. 훗날의 소문에 의하면, 그때 카뮈는 그녀가 자신의 은거지로 삼았다고 한 그 '수녀원'이 실은 오래 전부터, 아마도 몇 세기 동안 폐쇄되어 있었음을 알았다고 한다.[1]

부부는 함께 알제로 돌아왔지만 시몬은 여전히 친구들과 거리를 유지했고 그들 앞에 나타나지도 않았다. 얼마 후 그녀는 다시 한 번 치료를 받기 위해 사설 병원에 입원했다.

인간의 연대를 위하여

카뮈는 정치적 활동을 시작했다. 그는 아주 신중하게 공산당에 입당했는데, 그런 신중함은 그가 평생 동안 중요한 일을 할 때마다 보인 태도였다.

그는 함께 이 모험에 뛰어들기로 한 몇몇 친구들을 제외하면 아무에게도 그 사실을 알리지 않았다. 그의 대학 동료들, 그르니에를 제외한 교수들은 이에 대해 전혀 모르고 있었다. 노동계급 출신이어서 당원으로서 적합한 인물로 간주된 옛 친구 루이 파제조차 카뮈가 공산주의자가 됐다는 사실을 몰랐다. 그럼에도 6개월 동안 그들은 나란히 정치 활동을 벌이게 된다. 카뮈의 또 다른 친구이며 파제와도 친구이자 친척인 폴 라피는 카뮈에게 이끌려 입당했다.[2]

카뮈는 누구나 알고 있는 공개적인 활동도 했다. 그중 하나는 예술 활동이었는데, 분명 앙드레 말로와의 짤막한 만남, 참여와 신념을 위해 예술을 이용한 말로에 대한 동경에 자극을 받은 것이리라.

말로 자신은 훗날 정치소설 『분노의 시대』를 실패작으로 여기며, 생전에 그 작품의 재판 발행을 허락하지 않았다.[3] 확실히 그 작품의 주된 가치는 서문에 명확하게 드러난 대로 정치적 메시지에 있었다. 서문은 *N. R. F.* 연재 당시에는 게재되지 않았다. 서문에서 말로는 이렇게 썼다. "인간이 되기는 어렵다. 그러나 연대하는 인간이 되는 것이 남과의 차이를 추구하는 것 이상으로 어려운 일은 아니다."

그래서 카뮈는 친구들을 역시 정치 활동의 또 다른 형태가 될 극단으로 끌어들임으로써 '연대의 강화'를 시작했다. 극단 이름은 '노동극장'이었는데, 카뮈 자신이 『분노의 시대』를 각색하여 첫 작품을 공연했다.

카뮈는 공산당의 또 다른 전선에서 지도자가 됐는데, 노동자들을 위해 좌파 노동조합이 후원한 교육 프로그램에서였다. 그 당시 이 '인민대학'의 공식 명칭은 '노동대학'이었다.[4] 노동극장과 노동대학 같은 운동은 사회주의자 막스 폴 푸셰가 창립한 영화 클럽인 '노동영화'와 짝을 짓게 된다.

그리고 마침내 이 젊은 행동가는 '고등과정 수료'를 위해 알제 대학의 세 번째이자 마지막 학년이 되었다. 푸아리에 교수와 면담하는 과정에서 학위 논문의 주제가 정해졌다. 이집트 출신의 신플라톤주의 철학자 플로티누스와 북아프리카의 기독교도인 성 아우구스티누스와 더불어 헬레니즘 사상 및 초기 기독교 사상을

다룬다는 것이었다.[5]

카뮈는 이미 논문을 위해 폭넓은 독서를 하고 있었다. 논문의 서지 부분만 플레야드 판본으로 4페이지에 달했다.[6]

그리고 한편으로는 최소한의 생활비를 충당하기 위해 건강 나쁜 젊은이가 할 수 있는 방법인 개인 교습으로 돈을 벌었다. 그 일로 목돈을 만들려면 사실상 단체 교습을 해야 했다. 전해에 카뮈에게서 교습을 받은 고등학교 여학생은 이제 이드라에 있는 카뮈의 집 거실에서 여섯 명의 다른 여학생과 함께 수업을 받게 되었다. 그들 모두 바칼로레아의 두 번째이자 마지막 시험인 철학 과목을 공부했다. 수업은 형식에 구애받지 않고 최대한 자유롭게 진행되었다. 카뮈는 학생들에게 차와 담배를 나누어주었다. 이 여학생들 모두 평점의 최고치인 7점 만점으로 바칼로레아를 통과했다.[7]

1930년대 중반 알제리의 프랑스 공산당이 처한 입장을 이해하려면 약간 상상력을 동원할 필요가 있다. 우선 이들의 입지가 상당히 좁았다는 점을 이해해야 한다. 전체를 통틀어 수도에 있는 열성 당원은 채 1백 명이 되지 않았다. 선거 때 35명의 후보 리스트를 만들려면 거의 묘기를 부려야 할 정도였다.[8]

또한 본토 프랑스와는 다른 알제리 특유의 풍토를 이해할 필요가 있다. 알제리는 완고한 식민지 이주민들로 구성된 핵심 계층의 압력을 받는 지방 총독의 통제하에 있었다. 공공생활은 파리의 경우와 견줄 수도 없을 정도였는데, 종종 제3공화국의 정치를 무능하게 보이도록 만들 정도로 각종 민주 세력이 활개치고 있었다. 알제리는 변경법에 따라서 변경의 전초 기지처럼 통치되고 있었다.

파리에서는 공개적으로 공산주의자가 될 수 있었지만, 이곳에서는 자신을 공산주의자라고 내세우기가 힘들었다. 알제리의 민족주의를 촉구함으로써(1930년대 당시 다수를 차지하고 있던 이슬람 교도들에게 최소한의 권리조차 부여돼 있지 않았기 때문에), 또한 북아프리카뿐 아니라 본토 프랑스에서 이슬람 교도들 간에 진보 기구를 설립하는 데 이바지함으로써, 공산주의자들은 분명 두려움과 경멸의 대상이었던 것이다. 얼마 지나지 않아 그들은 기소되었고, 지방 책임자들은 투옥을 피하기 위해 알제를 떠나 좀더 활동하기 쉬운 전시 스페인으로 달아나기에 이른다.

카뮈가 입당할 무렵 알제리 공산당 지부는 자율권조차 부여받지 못하고 있었다. 이들은 여전히 파리에 본부를 둔 프랑스 공산당의 지부에 불과했다. 각 지방의 공산당 조직은 조그만 세포로 구성된 지리적 '지구'로 조직돼 있었다.

카뮈는 이제 막 가입하기 시작한 젊은 지식인들을 위해 대학과 중상류층 구역에 별도로 구성된 세포에 배속되었다. 세포명 '솔리에르 고지'는 그 지역 이름을 딴 것이었다. 그 세포는 알제-벨쿠르 지구의 간사이며 암스테르담-플레옐 운동 당시 카뮈의 친구였던 에밀 파퇼라의 통제를 받았다. 파퇼라는 카뮈를 입당시킨 인물들 중 하나였다. 그는 카뮈가 당원이 '되지 말아야 할' 이유가 없다고 여겼다. 공산주의 운동의 젊은 베테랑이었던 파퇼라는 내심, 카뮈가 철두철미하게 노동계급만으로 구성된 세포에서는 거북해할 것이며 평당원들과 뜻이 통하지도 않을 거라고 여겼다.[9]

1935년 9월 1일 지구당의 종신 임원이 된 젊은 기능공 엘리 미뇨는 카뮈와 그의 젊은 친구들이 식민주의에 대한 반감 때문에 충동적으로 입당했다고 여겼다. 엘리 미뇨와 그의 노동자 동료들은 카뮈의 무리를 '보이스카우트'로 간주했다.[10] 그럼에도 불구하고 당에서는 보이스카우트들을 환영했다. 열성적인 클로드 드 프레맹빌은 과묵한 친구 앙드레 벨라미슈에게 이렇게 말했다. "바로 지금 당은 우리를 필요로 하고 있어. 과거였다면 카뮈와 나, 우리들은 지금보다 쌀쌀맞은 대접을 받았을 거야. 게다가 우리에게 변화를 요구했을 테지."[11]

'솔리에르 고지' 세포는 순식간에 비슷한 생각을 지닌 젊은 남녀 스카우트 단원들로 채워졌다. 그중 하나는 화가인 모리스 지라르였는데, 그는 장 드 메종쇨을 데리고 일한 건축가 피에르 앙드레 에므리의 처남이었다. 폴 라피도 있었다. 훗날 라피의 아내가 된 콜레트를 통해서 카뮈는 이미 서로 뗄래야 뗄 수 없는 두 오랑학생, 즉 잔 폴 시카르와 마르그리트 도브렌을 만난 적이 있는데, 이제 그 두 사람도 솔리에르 세포에 가담했다.

잔 시카르는 오랑에 큰 공장을 소유한 가문의 일원이었으며, 그녀의 어머니는 담배 제조업자 집안 사람이었다. 대학 학위를 받은 그녀는 문학으로 고등과정 학위를 딸 예정이었으나, 전쟁이 터지자 샤를 드골의 레지스탕스 정부에 들어갔고, 그곳에서 르네 플르벵을 만나 그가 내각에 있을 때 주보좌관이 되었다. 그 결과 잔 시카르는 전쟁 직후 프랑스에서 가장 영향력 있는 여성 가운데 하나가 되었다. 그녀는 1962년 9월에 자동차 사고로 사망했다.

마르그리트 도브렌 역시 오랑의 부유한 치과의사 집안 출신이었지만, 알제에서 고대사로 고등과정 학위를 따기 위한 공부를 하고 있었다. 그녀는 잔 시카르를 따라 알제 지방정부에서 일하다가 역시 플르벵을 따라 파리로 갔으며, 그곳에서 공무원으로 재직했다.

이후 시카르와 도브렌은 카뮈와 모든 정치 및 문화 활동을 같이 했으며, 그와 함께 '세상 위의 집'인 언덕 중턱의 '피쉬 별장'을 세내기도 했다. 나중에 여기서 당의 세포 회의가 몇 차례 열리기도 했다.[12]

카뮈의 친구인 건축가 루이 미켈이 르 코르뷔지에 밑에서 저 유명한 세브르가 스튜디오에서의 도제 과정을 마치고 파리에서 돌아오자, 카뮈는 그 역시 당으로 끌어들였다. 미켈은 막스 폴 푸셰의 청년사회주의연맹에 가입한 적이 있었다. 카뮈는 토론을 주도하면서 자신의 세포를 마르크스엥겔스 그룹이라 불렀고, 이 세포의 목적이 지도자 양성에 있다고 미켈에게 말했다.[13]

대외적으로 카뮈는 노동대학의 강의실을 확보하느라 분주했다. 당연한 일이지만 강의실 중 하나는 '이드라 공원'의 빌라였다. 그는 이번에도 루이 파제를 끌어들였다. 파제는 빌라의 거실에서 다른 스물두 명의 학생들과 함께 학습에 참가했는데, 그중에는 그 자신처럼 상선 선원도 있었고, 노동자들도 있었다. 카뮈는 그들에게 프로이트 입문을 가르쳤는데, 파제는 강의 수준을 따라잡기 어렵다고 생각했지만, 그곳을 나서면서 강의를 받은 학생들이 전과 다른 사람이 되었다고 확신했다.[14]

연극이라는 운명

얼마 후 카뮈의 모임에 젊고 총명한 고등학교 교사가 들어왔는데, 정치적으로 무소속인 그는 공산당에 가입하지는 않았으나 젊은 프랑스계 알제리인들의 격렬한 정치 활동에 투신했다. 1909년에 태어난 이브 부르주아는 파리의 명문인 고등사범학교를 마치고 교수 자격증을 받았다. 이후 런던 킹스 칼리지의 프랑스어 부교수로 재직하다가 미국 메릴랜드 주 아나폴리스의 세인즈 존스 대학에서 쥐서랜드 장학생으로 한 해를 보낸 후 리옹의 교사로서, 그리고 1935년 가을부터 알제의 뷔고드 고등학교 교사로 프랑스 교육계에 발을 디뎠다. 그는 그때까지 20개국을 돌아다녔으며 4개 국어를 어느 정도 유창하게 구사할 수 있었다.

1935년 10월 학기 초에 열린 '반파시스트 지식인 감시위원회'의 첫 번째 회합에서 부르주아는 젊은 좌파 지식인들이 아마추어 극단 같은 문화 활동에 참여해야 한다고 강변했다. 그는 그 자리에 참석한 교사와 학생들로부터 그러한 단체를 만들 계획을 세우고 있는 한 대학생을 만나보라는 조언을 들었다.

이브 부르주아는 알베르 카뮈에게 "붉은 전선으로!"라는 슬로건으로 끝나는 메모를 보냈다. 그 메모에서 부르주아는 자신의 인상을 설명하면서, 카뮈가 약속 장소인 오토마티크 주점에서 자신을 알아볼 수 있도록 로뎅(알자스산의 두꺼운 모직물-옮긴이) 스프링코트 차림을 하고 있겠노라고 했다. 단번에 서로에게 이끌린 두 사람은, 부르주아는 직접 경험한 적이 있고 카뮈로서는 물론 아무런 경험이 없는 동시대 연극에 대한 토론을 벌였다.

카뮈는 이 금발의 잘생기고 가냘픈 청년이 더할 나위 없이 매력적인 개성이 있다고 여겼고, 부르주아는 카뮈를 단정하고 예의바르며 성숙하고 잘 교육받았으며 병력이 있음에도 풍채가 좋은 청년으로 보았다. 그는 또한 장 그르니에가 이 젊은이를 아주 중시한다는 사실도 알고 있었다. 훗날 부르주아는 그 당시의 격렬한 정치·문화적 활동기를 카뮈의 '캐밀롯' 시절이었다고 회고했다.

부르주아는 급속하게 노동대학과 어우러졌다. 그곳에서 그는 처음엔 영어를, 나중에는 스페인어를 가르쳤고, 다른 사람들은 프랑스어와 수학을 가르쳤다. 이들은 노조에서 배당해준 학생 명단을 받으면 밖으로 나가 강의에 쓸 방을 징발했다. 보통은 초라한 동네의 누추한 방들이 교실로 쓰였다.

카뮈는 수업 중에 와서 짤막한 격려 연설을 하곤 했다. 그는 분명 자신이 하는 일을 즐기는 듯이 보였다. 그러나 참된 혁명은 보다 좋은 구두를 신는 것이 아니라 존엄성의 문제라고 이야기함으로써 노동 계급 학생들을 당황하게 만들기도 했다.

부르주아는 또 한 명의 고등학교 교사인 알프레드 푸아냥과 훗날 그의 아내가 된 엘리즈도 데려왔다. 부르주아의 두 번째 아내 이본느 자르니아는 나중에 자원 단체에 가입하게 되는데, 한번은 부르주아에게 문맹자를 위한 수업을 마치고 나오다가 건물 밖에 앉아 알파벳을 외우려고 애쓰는 젊은 이슬람 교도 노동자들을 보고 감동을 받았다는 말을 하기도 했다.[15]

공연 목적이 한정된 아마추어 극단을 조직하던 카뮈는 자신이 극장과 평생토록 함께할 운명의 첫발을 내딛고 있다는 사실을, 그래서 연출가라는 제2의 직업을 얻는 것은 물론 프로 무대에서 공연할 희극을 쓰게 될 줄을 알았을까?

카뮈가 연극에 관한 철학은 고사하고 자신의 경력을 위한 간단한 구상이라도 해보고 나서 노동극장을 시작했다는 증거는 어디에도 없다. 모든 증거를 볼 때, 그가 연극이 자신의 삶에서 얼마나 중요한지 알게 된 것은 이 첫 번째 연극을 각색하고 배역을 정한 후 연출과 연기를 한 뒤였던 것 같다.

카뮈는 앙드레 말로의 『분노의 시대』를, 무대 뒤의 내레이션,

짤막한 장면들, 무대 위나 밖을 조명하는 방식의 빠른 장면 전환 등을 동원한 희곡으로 각색했다. 그는 친구들로 극단을 만들었는데, 그중에는 루이 미켈, 로베르 나미아, 루이 파제, 폴 라피, 잔 시카르, 마르그리트 도브렌, 이브 부르주아 들이 있었다. 그런데 각색한 희곡을 공연하려면 작가의 허락을 받아야 했다. 소문에 의하면 카뮈는 "공연하시오"라는 한 마디 말로 된 전문을 받았는데, 말로가 친칭인 '튀'를 쓴 사실에 기뻐했다고 한다.[16)]

카뮈의 각색은 원전의 핵심을 고스란히 살려냈다. 어느 독일인 공산주의자가 나치에게 체포된다. 그러나 익명의 동지가 그의 신분을 대신했기 때문에 풀려날 수 있었다. 주인공 카스너는 지하 조직원이 조종하는 비행기를 타고 프라하로 탈출하여, 반나치 집회에 참석하고 아내와 재회하게 된다.

말로는 체포된 반나치 독일인의 석방운동을 위해 그 작품을 썼는데, 저 멀리 모스크바의 공산주의자들까지 이 작품에 찬사를 보냈다. 카뮈가 쓴 것이 분명한 선언문에는 이렇게 나와 있다.

집단적이고 우호적인 노력의 결과 현재 알제에서 노동극장이 조직되고 있다. 이 극장은 모든 집단문학에 내재된 예술적 가치를 인식하고, 때로는 예술을 상아탑에서 끌어내리는 일이 필요하다는 사실을 증명하려 하며, 미의 의미가 인간성의 어떠한 측면과 뗄 수 없는 관계에 있다고 믿는다. 이러한 생각들은 독창적인 것이 아니다. 본 극장의 노력은 인간적 가치를 회복하는 데 있지, 새로운 성찰의 주제를 제시하려는 데 있지 않은 것이다.

생산 수단을 공리적 목적에 맞추는 일이 불가결했다. 그 결과 지금껏 알제에서 볼 수 없었던 구상을 무대와 배경에 응용하기 위한 몇 가지 혁신이 필요했다.

선언문은 계속해서, 오로지 자신들이 연출과 연기를 맡은 연극으로 극장을 열겠다고 밝혔다. "그럼에도 불구하고 노동극장은 그 한계와 약점을 인식하고 있다. 우리의 취지가 아니라 연기로 판단해줄 것을 여러분에게 요구한다."

선언문은, 연극에서 나오는 모든 수익은 '국제노동자원조'라는 단체를 통해 실업자들에게 전달될 것임을 약속하며 끝을 맺었다.

노동극장 최초의 연극이자 「분노의 시대」의 첫 공연이며 알베르 카뮈의 첫 번째 연극은 모든 어려움을 뛰어넘는 사건이었다. 자금 부족 때문에 현금으로 구해야 하는 물건들의 경우는 모든 단원이 조금씩 추렴했다.

젊은 조직원들은 극적 효과를 높일 수 있는 극장을 택했는데, 연극을 관람한 사람이라면 누구도 잊을 수 없는 선택이었다. 바브 엘 우에드의 해변, 모래밭에 말뚝을 박아 지은 탈의장과 카페 겸 무도장 사이에 있는 벵 파도바니는 폭이 15미터, 길이가 40미터나 되며 지중해 쪽으로 창들이 나 있는 널찍한 무도회장이었다.

주중에는 단원 대부분이 바빴기 때문에 대개 늦은 오후의 희미한 빛 속에서 연습해야 했다. 그들 중 몇몇은 빈정거리기 좋아하는 사람이라면 '이슬람 교도의 대용품'이라고까지 할 밑바닥 노동자로 일하고 있었다. 소속이 없는 지식인들은 리르가의 아랍 식당에서 시시 케바브로 저녁을 때웠고, 그 다음에는 여성 단원들을 기숙사까지 바래다주곤 했다.[17]

건축가인 루이 미켈이 무대장치를 설계하고 정치 집회 참석자라는 단역도 맡았다. 루이 파제는 독일군 장교 역을 맡았는데, 실감나게 보이기 위해 머리를 밀기까지 했다. 그는 나치 역에 열중한 나머지 다른 배우로 하여금 자신을 후려치도록 하기까지 해서, 모두들 그에게 너무 격렬하게 연기하지 말도록 당부해야 했다. 앙드레 벨라미슈는 의장 역을 맡았는데, 대사가 "아무개에게 발언권이 있습니다"라는 한 마디뿐이었다.

그는 카뮈가, 관객들이 각자의 정치적 견해에 관계없이 연극에 몰두하도록 만들었다는 데 깊은 인상을 받았다. 마르그리트 도브렌은 레닌의 아내로서 객석에서, "블라디미르 일리치는 민중을 깊이 사랑했어요"라는 대사를 읊었다. 카뮈의 주치의 스타카 크비클린스키의 부인은 카스너의 부인 역을 맡았다.[18]

여러 나라에서 강의를 한 이브 부르주아가 히틀러 치하의 독일에서 가져온 음반에 담긴 나치의 행진곡이 서두를 장식했으며, 그가 보관하고 있던 장교복과 군화는 나치 돌격대원의 의상으로 더할 나위가 없었다. 부르주아 자신은 집단수용소에 수용된 청년 역을 맡았으며 무대 뒤에서 "내겐 동지가 있다네"를 불렀다.

카뮈는 무대 위에서 연기하지는 않았으나 무대 옆에서 확성기로 카스너의 독백을 읊었다. 혁명 집회 장면에서는 실제 관객이 집회에 참석한 상상의 관중이 되어 서까래가 진동하도록 "너희, 굶주림의 포로들이여, 일어나라"를 노래했다.[19]

1936년 1월 25일 「분노의 시대」의 첫 공연에 알제 시민이 얼마나 참석했을까? 극장 관계자 한 사람은 2천 명이라고 대답했다. 공연장에 대해 잘 알고 있던 한 건축가는 기껏해야 3백 명 정도가 정원이라고 보았다.[20] 그러나 많은 사람들이 서거나 창턱에 앉아서 공연을 본 것은 사실이다.

그 지역 공산당에서 격주간으로 발행하던 기관지 『뤼테 소샬』 (*La Lutte Sociale*)은 "노동자, 회사원, 학생, 교수, 의사, 여성, 청년 등 모든 계급을 망라한 1천 5백 명의 관객"이 연극을 관람했다고 주장했다. 1천 5백 명의 관객이 2회 관람했다면 총 관객은 3천 명 정도가 된다. 40년이 지난 후 모든 이들이 선명하게 기억한 사실은 연극과 주위 환경의 상호 작용이었다. 배우들은 불과 몇 미터 밖에서 들려오는 파도 소리 사이사이에 대사를 읊어야 했는데, 피에르 에므리의 의견에 따르면 그것이 오히려 품위를 더해주었다.

"시험 공연치고는 탁월한 역작이었다"고 공산당 기관지는 보도했다. 보수적인 『에코 달제』조차 첫 공연에 앞선 기사에서 "젊은 대학생의 문학적 재능이 이미 눈부신 빛을 발했다"는 찬사를 던졌다. 4월 15일자 『에코 달제』에서 같은 평자 르네 자농은 "놀라운 극적 감각, 알제에서 보기 드문 탁월한 분위기"라는 극단의 말을 인용하면서, 이 연극이 "사회 모든 계급으로부터 나온 성공"이라고 언급하고 있다.[21]

연극 전문가라면 깨달았을 테지만 그 첫 번째 연극에서는 에르빈 피스카토르의 서사극 냄새가 났다. 퐁세는 벵 파도바니 공연에 대해 이야기하면서 그 점을 언급했다.

카뮈가 그 당시 연극 이론과 연극사에 대한 책을 읽지 않았다 해도 나중에는 그것들을 읽고 특히 20세기 연극 운동의 영향을 받았음을 인정했을 것이다. 그중에는 엄격하고 간소한 무대의 창안자인 자크 코포, 앙토넹 아르토, 『극예술』의 저자로서 런던에서 베를린에 이르는 유럽 무대를 격동으로 몰아넣기 시작한 장본인

에드워드 고든 크레이그, 과거에 우세했던 리얼리즘 운동에 반발한 또 다른 개혁자 아돌프 아피아 등이 있다.

훗날 카뮈는 파리의 비외 콜롱비에 극장에서 자신의 '집단극장'(1937)을 코포의 작업에 헌정하게 된다. 그는 당시의 사조를 눈으로 본 적이 없었지만, *N. R. F.*나 다른 잡지를 통해 코포와 새로운 연극인에 관한 글을 읽었을 가능성은 있다.

절망에 대해 생각하기, 희망을 누리기

카뮈는 또한 르 코르뷔지에의 문하생으로서 스물세 살 때 알제리로 이주한 스위스 건축가를 통해 직접적인 정보를 듣는 이점도 누렸다. 피에르 앙드레 에므리는 지방의 건축 사무실에서 일했는데, 그곳 직원 중에는 젊은 제도공 장 드 메종쇨이 있었다. 메종쇨이 그를 카뮈에게 소개시켜주었을 때 에므리는 스물여덟 살이었고 카뮈는 열여덟 살이었다.

에므리는 1·2차 대전 중 유명한 연극인이던 조르주와 뤼드밀라 피토에프 부부와 가깝게 지냈고, 그들의 연극에 참여한 적도 있었다. 훗날 그들 부부는 파리의 마튀랭 극장을 인수하고 1924년부터 조르주가 사망한 1939년까지, 체호프와 버나드 쇼, 피란델로, 오닐, 그리고 프랑스인인 클로델과 아누이 등 현대 거장들의 작품 여러 편을 소개했다.

에므리는 노동극장 주변에 있던 이들 중 가장 경험이 풍부한 연극인이었을 뿐만 아니라 적절한 정치적 공감대도 있었다. 그의 처남 중 하나는 알제 인민전선 조직의 사무국장이었고, 또 다른 처남은 공산당에서 카뮈와 같은 세포에 소속돼 있었다.

스위스인인 에므리 자신은 입당할 수 없었다. 그는 비록 나이 때문에 리허설이 끝난 뒤 구시가지의 카페와 식당을 배회하거나 피쉬 별장에서 코뮌식의 야영을 하던 젊은 단원들과 동화될 수는 없었지만, 작품 선정 같은 문제로 조언을 요청받을 때마다 흔쾌히 응하곤 했다. 그는 노동극장이 막심 고리키의 「얕은 바닥」을 공연할 때 무대장치 디자인을 맡기 시작하여 그 뒤 그들의 모든 작품에 깊이 관여했다.

그러나 우두머리는 카뮈였다. 미켈은 그에게 '타고난 권위'가 있다고 생각했다. 그에게는 언제나, 그것도 아무런 다툼 없이 결정권이 주어졌다.

공연할 새 작품의 선택을 놓고 자유로운 토론이 벌어졌다. 공산주의자 친구들이 분명 정치노선을 강조했을 테지만, 극단을 이끈 것은 이 젊은이였다. 퐁세는 훗날 이렇게 말했다. "무엇보다 그에게는, 그만의 독특한 존재 비중으로 적시에 정확한 말을 함으로써 주변에 놀랄 만한 우애와 신뢰를 조성할 줄 아는 무한한 재능이 있었다. 카뮈는 설득력이 있고 쾌활했으며 그가 던지는 농담에는 우정이 담겨 있었다."[22]

이제 그를 억누를 것은 아무것도 없었다. 「분노의 시대」가 진행됨과 거의 동시에 그와 친구들은 다음 작품을 계획했다. '혁명적인 작가 및 예술가 협회'의 기관지 『코뮌』의 후원 아래 '혁명적 극장의 가능성'에 대한 강연 일정이 잡혔는데, 확인되지 않은 연사는 카뮈였을 가능성이 높다.[23] 많은 일을 하면 그만큼 더 많은 일을 할 수 있는 법이다.

이 무렵 그의 내면 일기는 여러 편의 이야기들과 최초의 장편에 대한 새로운 아이디어들로 가득 찼다. 어쩌면 이때 훗날 『안과 겉』

을 구성하게 될 에세이의 원고를 쓰기 시작했을지도 모른다.[24]

그 자신도 끝없이 새로운 간행물과 조직을 창설한 활동가인 프레맹빌은 파리에서 친구 앙드레 벨라미슈에게 보낸 편지에서 솔직하게 감탄을 표했다.

카뮈는 자신이 절망 끝에 하나의 모험으로 공산주의자가 되었다고 말했어. 그건 두고 보면 알게 될 일이야. 왜냐하면 결국에 가서는 행동이 모험과 절망을 몰아낼 테니까.

그것 외에 나는 카뮈와 그의 행동 사이에 상충되는 면이 있음을 알게 되었어. 카뮈는 계속해서 절망에 대해 '생각'하고 그것에 대해 글도 쓰지만, 그가 '누리고 있는' 것은 희망이기 때문이지.

자가당착에 빠지는 일 없이도 그가 지금보다 더 자신의 노선에 열중하리라고 말할 수 있어. 그가 이미 치유되었다는 것은 네가 나보다 더 잘 알고 있을 거야. 그리고 그는 빠르게 회복될 거야. 그가 언제나 자신을 비난하기만 하지는 않을 테니까. 내 귀에는 종종 내가 잘 알고 있는 카뮈, 즉 공산당에서 태어난 것이 아니라 그곳에서 성숙하고 있는 카뮈에 대한 소식이 들려오곤 해.(1936년 1월 9일)[25]

2월 13일자 카뮈의 일기는 자기 혼자서는 아무 일도 할 수 없다는 것을 깨닫고 도움을 호소하고 있는 듯이 보인다.

나는 사람들에게 그들이 줄 수 있는 것 이상을 요구하고 있다. 전혀 그렇지 않은 체하는 허영심. 하지만 그 얼마나 큰 잘못이고 또 절망스러운 일인가.

또한 그는 자신이 해야 할 일에 대해 이렇게 썼다.

　교제를 추구할 것, 모든 교제를. 인간에 대한 글을 쓰고 싶다
면서 어떻게 그 풍경으로부터 떨어질 수 있겠는가?

하지만 그가 내미는 손은 아무런 반응도 얻지 못했다. 적어도
그는 아무도 자신의 말에 귀를 기울이지 않는다고 생각했다.

　연상의 친구를 찾아가 그에게 모든 이야기를 털어놓는다. 그
러나 그는 다른 일로 분주하다. 그런 다음 나는 전보다 더 외롭
고 더 공허해지는 것이다.

집으로 돌아가 이런 글을 쓴 카뮈가 실제의 카뮈라 해도, 그와
함께 캐밀롯 시대를 보낸 친구들은 그 사실을 전혀 몰랐다.

불시에 알제에 나타나 그 지역 공산당 조직으로 자리를 옮긴 프
레맹빌은 자신이 할 일은 알제리의 유럽 주민과 이슬람 교도 주
민들 사이에 화해를 이끌어내는 것이라고 판단했다.

그는 새로운 프랑스-이슬람 연합회의 사무국장이 되어 프로그
램과 세칙을 만들고, 반파시트 지식인 감시위원회의 마르셀 바타
이용과 이슬람의 온건파 지도자 엘 오크비의 지지를 얻어내고,
수도와 국내 여러 곳에 지부를 설립할 전략을 세웠다.

얼마 지나지 않아 그는 노동부의 후원으로 회의를 결성했다. 안
될 이유가 없었다. 왜냐하면 그는 이슬람 교도 참석자들로 하여

금 아랍어로 프랑스 국가를 부르도록 했던 것이다. 그러나 제2차 세계대전 전의 알제리에서 이슬람 교도가 프랑스인과 동등하다는 의견을 내놓는 것은 과격한 행동이었다는 사실을 말할 필요가 있을 것 같다. 그 무렵 식민 지역의 다수를 차지한 토착민들에게는 모든 유럽 이주민이 누린 기본적 시민권이 주어지지 않았다.

프레맹빌은 스물한 살에 물려받은 아버지의 유산으로 조그만 인쇄소를 사들여 공산당 동료와 이슬람 교도 민족주의자들을 위한 소책자와 정기간행물을 발간하기 시작했다. 그가 접촉하는 사람들 중에는 메살리 하드지의 '북아프리카의 별'(ENA) 운동 조직원들과 온건파 사업가 페르하 아바스도 있었다. 아바스는 훨씬 후에 온건파에서 전향하여 알제리 봉기의 명목상의 지도자가 되었다.[26]

이 무렵 카뮈는 이슬람 교도 친구들의 선전물을 인쇄하는 프레맹빌의 일도 거들었던 것 같다. 이 시기에 로베르 나미아가 카뮈와 함께 인쇄소에 찾아갔는데, 그곳에서는 메살리의 신문인 『북아프리카의 별』의 프랑스어판을 찍어내고 있었다. 카뮈가 편집과 교정 일을 맡아 처리했다. 나미아는 프랑스인들이 그 일을 하는 것은 이슬람 교도가 그런 자료를 만들 경우엔 체포되어 심문당하기 때문이라고 여겼다.[27]

태양으로의 귀환

프레맹빌이 카뮈의 생각과 행동 사이의 모순이 결코 완전히 해소되지 않으리라고 본 분석은 정확했다. 나중에 카뮈는 공산당 노선과 갈등을 겪게 되는데, 한편으로는 일기의 내밀한 성찰 속에 장 그르니에가 공산주의에 대해 말한 것을 되새기고 있었다. "정의의 이상을 위해 어리석은 언동에 동의해줘야 하는 것일까?"

'그렇다'는 대답은 숭고하겠지만, '아니다'는 대답이 훨씬 정직한 것이리라. 그것은 기독교 신자인 지식인이 직면하는 문제이기도 했다. 신자는 성서나 노아의 방주 같은 우화의 모순점들에 대해 고민해야 할까? 종교재판이나, 갈릴레오를 유죄로 몰아간 법정을 옹호해야 하는 것일까? "하지만 그것 말고도 공산주의에 대한 염증은 어떻게 처리해야 할까?"

그가 얻은 유일한 해답은 정치 활동에 더욱 깊숙이 투신한다는 것이었다. 그와 노동극장의 동지들은 「분노의 시대」의 승리에 뒤이어 또 하나의 정치적 작품을 계획했다.

카뮈는 이번에는 집단 창작을 하자고 주장했다. 1934년 10월 스페인의 아스투리아스 지방 광부들이 봉기하여 노동자 · 농민 공화국을 선언한 후 모로코인과 외인 용병부대의 습격으로 정부에 항복하고 뒤이어 무자비하게 진압된 사건이 그 주제였다.

이브 부르주아는 진압에 맞서 침묵으로 저항했던 어느 빈한한 공동체를 극화한 로프 드 베가의 『푸엔테오베주나』 (Fuenteovejuna)의 분위기로 만들자고 제안했다. 작가는 모두 네 사람으로, 카뮈는 물론이고 그의 친구 잔 시카르와 부르주아, 푸아냥이었다. 그들은 당시 아무도 살지 않고 주로 카뮈와 친구들을 위한 작업실로 쓰인 피쉬 별장에서 만나곤 했다. 작가들은 각기 연극의 한 부분을 맡았으며, 각자가 쓴 원고를 넘기면 카뮈가 전체를 하나로 결합시켰다.

카뮈는 빠른 대화를 처리하는 부르주아의 재능에 감탄했다. 부르주아는 제4막 첫 부분의 심문 장면을 썼다. 잔 시카르는 정부 각료회의 장면을 썼다. 라디오 성명문은 모두 푸아낭이 썼을 것이다. 그들은 처음에는 애정 문제를 염두에 두지 않았으나 나중에 가서는 페페와 필라 사이에 감정적 결합을 설정했다.

카뮈는 마지막 코러스 부분과 나머지 장면들 대부분을 집필했다. '영원한 아버지'와 페페 같은 인물은 카뮈의 제의에 따른 것이었다. "'내가' 그자에게 투표한 것은 거만하지 않기 때문이야" 같은 명확한 풍자문 역시 마찬가지다.

그들은 '눈'이나 '짧은 삶'처럼 내용을 환기시키는 제목을 붙이려 했으나, 결국 라틴어 교수인 자크 외르공의 조언에 따라 '클로델풍'의 울림을 갖는 「아스투리아스 폭동」(*Révolte dans les Asturies*)으로 의견을 모았다.[28]

카뮈는 또한 무대 지시문, 그중에서도 특히 서두의 묘사를 작성했는데, "관객이 자신을 보호할 수 없을 정도로" 무대가 관객을 "포위해야 한다"고 씌어 있다. 객석 양쪽은 광산촌의 중심가인 오비에도 거리이고 전면은 중앙 광장이다. 정부 각료들의 회의 탁자는 객석 한복판에 위치하며, 확성기는 '바르셀로나 방송'을 나타낸다.

카뮈는 계속해서 다음과 같은 지시문을 썼다. "관객들이 각자 연극을 보고 참여할 수 있도록 관객을 에워싼 이 다양한 높이에서 연기를 해야 한다. 가장 이상적인 것은 좌석번호 156번과 157번에서 연극을 서로 다르게 보는 것이다."

이 글을 쓰고 있던 젊은이는 서사극을 한 번도 본 적이 없었지만, 그럼에도 그것을 연출하고 있었다. 일이 끝난 후 그는 한 친구에게 「아스투리아스 폭동」은 좋은 연극이 아니며, 자기 혼자였다면 그런 연극은 쓰지 않았을 것이다, 그러나 자신에게 그 작품은 예술이라기보다 하나의 행동에 가까운 것이었다고 실토했다.[29]

그들은 어느 아마추어 악단이 쓰는 벨쿠르의 커다란 창고에서 연습했다. 부르주아가 자신의 민요 음반 수집목록에서 찾아낸 진짜 아스투리아스 민요를 스스로 번안한 곡으로 연극의 막을 올렸다. 무정부주의자 벵상 솔르라가 콘서티나(아코디언처럼 생긴 6각형 손풍금－옮긴이)를 연주했다. 피카르디 출신의 한 나이든 교장이 스페인 수상 역을 맡았다. 부르주아는 사변적인 늙은 광부 역을, 카뮈는 청년 지도자 역을 맡았다. 그러나 그 연극의 '스페인적' 분위기와 다채로운 말투와 유머는 스페인에서 온 것이 아니라 알제의 거리에서 나온 것이었다.[30]

3월 중순 공산당의 격주간지 『뤼테 소샬』에는 노동극장의 「아스투리아스 폭동」 공연이 임박했음을 알리는 기사가 실렸다. "우리는 1934년 오비에도의 혁명에서 인간의 힘과 고귀함의 본보기를 발견했다."

『뤼테 소샬』의 그 다음 호에는 4월 2일에 첫 번째 공연이 예정돼 있다는 기사가 나왔다.[31]

이제 오랜 준비가 끝나가고 있었다. 카뮈는 일기에 "여자들과의 부드러우면서도 제한된 우정"에 대해 쓰면서, "막혔던 숨통이 트이는 느낌"이라고 변명처럼 덧붙였다. 왜냐하면 그는 결혼이 교제의 자유를 박탈하지 않았다는 것, 그리고 여자는 구애의 대상이라는 지중해식 통념에도 불구하고 여자가 성적 매력과는 상관없이 훌륭한 동지가 될 수 있다는 사실을 알게 됐기 때문이다. 잔 시카르와 마르그리트 도브렌이 이런 친구들이었으며, 잔과는 아주 가깝게 지내서 두 사람이 연인 사이라고 여긴 친구들도 있었지만 실제로는 그렇지 않았다.

카뮈는 「아스투리아스 폭동」을 공연함으로써 자신이 할 일을 다했다고 생각했다. 그런 다음에는 자기 일, 이를테면 이제 서서히 틀이 잡혀가고 있는 책을 쓰는 일에 전념할 생각이었다. "흥분과 절망의 이 오랜 생활이 끝나면 다시 한 번 재건하겠다"라고 그는 스스로에게 다짐했다. "마침내 태양과 헐떡거리는 내 몸뚱이로 돌아갈 것이다."

그렇지만 일은 생각대로 되지 않았다. 카뮈는 시 당국의 소환을 받았다. 젊은 연출자들은 도청으로부터 구두 허락을 받았다고 생각하고 자신들의 계획을 추진했지만, 시장 오귀스탱 로지는 별다른 설명도 없이 연극을 공연해서는 안 된다는 명령을 내렸던 것이다. 공산당 간행물 『알제리 우브리에르』는 5월 7일자에서, 시장이 "선거운동 중에 위험한 주제를 다루고 있다"는 이유로 연극 공연을 금지시켰다고 보도했다.

당시로서는 그 금지령을 정치적 이슈로 전환시키는 것 외에 달리 할 수 있는 일이 없었다. 카뮈는 개인적으로 세워둔 계획들을 젖혀놓은 채 알제리 언론의 편집자들에게 편지를 보내고, 포스터와 소책자를 인쇄하며, 가능하다면 항의 집회를 열 계획을 세웠다. 그는 또한 공공장소에서의 공연이 허락되지 않는다면 표면상 비공개로 공연할 클럽을 조직할 생각도 해보았고, 여의치 않으면 「분노의 시대」를 세 번째로 공연하면서 「아스투리아스 폭동」의 대사를 공개적으로 읽는 방법도 고려해보았다.

이 돌발 사태는 마침 부활절 방학 때 일어났기 때문에 가까운 친구들은 오랑이나 다른 곳으로 귀향한 상태였다. 카뮈 혼자서

이 모든 운동을 계획하고 실행에 옮겨야 했다. 그는 몇 통의 편지를 보내는 것으로 일을 끝낼 수밖에 없었다.[32]

4월 13일, 카뮈는 시장의 금지령에 항의하는 공개서한을 보냈다. 그는 그 연극이 "지금껏 알제에 알려진 바 없는 새로운 예술적 관념"을 보여주려는 의도였다면서, "이 도시에서 그 동안 철저히 간과되었던 예술 형식인 연극을 위해 이러한 노력이 지속되기를 희망했다"고 썼다. 그는 노동자와 학생들이 모금한 300프랑으로 시립극장이 80만 프랑이라는 공공 보조금으로도 하지 못한 일을 해냈다는 사실을 지적했다.

카뮈는 계속해서, 도청에서 이미 내준 인가를 시장이 거부한 것은 놀랄 일이 아니지만, 도청이 승인했다는 사실은 연극에 파괴적인 요소가 없음을 뜻한다고 주장했다. 게다가 그 수익금은 유럽인이나 토착민을 막론하고 궁핍한 알제리의 아동을 위해 쓰일 예정이라는 점도 밝혔다.

그들의 빈약한 자금은 만회할 가망도 없이 날아가버리고 말았다. 석 달 동안의 노고가 시의 조처로 물거품이 된 것이다. 카뮈는 이렇게 결론지었다. "지나치게 오랫동안 훌륭한 예술 작품이 우둔함에 희생되어왔다. 그리고 우리는 이런 손실이 보상받을 수 있다고 믿을 만큼 젊다."[33]

다시 한 번 보수 언론이 우호적인 태도를 보여주었다. 4월 15일 자 『에코 달제』에서 비평가 르네 자농은 그 서한의 글을 고쳐 쓴 기사를 실었다. 이 기사는 연극이 "폭력적으로" 금지되었다는 카뮈의 표현을 "갑작스럽게"로 바꾸었다. 자농은 극단의 "예술적 관심과 이타적 작업"을 강변하면서, 극단 측에서는 가능한 모든 수단을 동원하여 금지령에 항의하려 한다고 덧붙였다.

그들이 찾아낸 최선의 방법은 연극을 책으로 출판하는 일이었다. 카뮈와 부르주아는 어느 카페에서 만났는데, 부르주아는 이 젊은이가 불과 10분 사이에 대본에 이른바 '시'를 첨가하는 것을 감탄 어린 눈으로 지켜보았다. 제2막에 나오는 알론소의 단편적인 회상과 공상 부분이었다. 부르주아는 카뮈가 자신의 외가가 있는 발레아레스 제도에서 영감을 얻은 것으로 여겼다. 부르주아 자신은 포르쿠나라는 지명을 제시했는데, 아스투리아스 지방과는 무관한 것이었다.

마침 카뮈의 머리에 떠오른 것은 안달루시아 지방에 있는 어떤 마을이었는데, 그 칼레 카를로스 마르크스의 주민들은 하얀 린넨 바지에 큼직한 모자를 쓰고 다녔다.[34]

카뮈는 원래 이런 형태로 연극을 발표할 의사가 없었지만 공연이 불가능하게 되었기에 최소한 독자들로 하여금 읽을 수 있게 하려 한다는 내용의 머리말을 덧붙였다. 연극의 작가들은 책에 "공동창작 에세이"라는 제목을 달았으며, 그것이 그 작품의 유일한 흥밋거리였다. 그러나 카뮈의 결론은 앙드레 말로가 쓸 만한 것이었다.

그것, 즉 연극은 행동을 그것과 어울리지 않는 틀 속에 집어넣으려는 시도이다. 뿐만 아니라 이 행동이 여기서처럼 죽음에 이른다는 것만으로도 족하다. 나아가서, 그것이 인간에게 고유한 고귀한 형식, 즉 부조리를 달성하기 위해서는 이 행동이 죽음에 이르는 것으로 족하다.

당시 아직 출판사를 개업하지도 않은 스물한 살 난 에드몽 샤를로가 그 책을 즉각 반공개적으로 출간했다. 표지에는 발행인이 이니셜 "E. C."로 표기되어 있었는데, 모임에서는 그 이니셜이 "카뮈 출판"을 뜻하는 것이라고 여긴 이들도 있었다.

프레맹빌은 카뮈에게 이렇게 말했다. "열 줄만 읽어도 자네 문체, 아니 자네 말투라는 것을 알 수 있을 정도야. 그런데 어째서 익명으로 한 거지?"

그 말에 카뮈가 이렇게 대꾸했다. "결국 이제는 장인(匠人)을 뛰어넘어 작품의 우수성으로 돌아갈 시대가 됐잖아."[35]

이 젊은이의 뜻에 공감한 빅토르 하인츠 인쇄소의 사장인 에마뉘엘 앙드레오가 5백 부를 인쇄하여 샤를로에게 500프랑을 청구했다. 이 젊은 출판업자는 권당 5프랑이라는 소매가를 붙여서 2주 만에 초판을 모두 팔았다.

에드몽 샤를로의 부계 조상 가운데 한 사람은 선박에서 빵을 굽는 일을 했는데, 1830년 배가 알제에 정박했을 때 그곳에 정착했다. 그의 아버지는 빵 굽는 가업을 버리고 책 장사를 했다. 1915년생인 에드몽 샤를로는 몰타 섬 출신으로 남부 사막의 도부꾼이었던 외할아버지의 손에서 자랐다. 그는 이드라 지역에 살았으며 장 그르니에의 철학반 학생이었다. 그가 처음 알베르 카뮈를 만난 곳도 이드라에 있는 그르니에의 집이었다.

그르니에가 샤를로에게 장차 무슨 일을 할 생각이냐고 묻자 그는 서점을 하고 싶다고 대답했다. 그르니에는 그에게 두 가지 충고를 했는데, 하나는 지중해 관련서에 치중하라는 것이고, 다른 하나는 그저 책을 팔기만 하지 말고 출판도 하라는 것이었다.

알제에서 아셰트 도서보급소를 운영하던 그의 아버지는 아들로 하여금 시내의 대형 서점에서 도제과정을 밟도록 했다. 그는 독자적인 서점을 차릴 계획을 세우기 시작했지만, 준비도 되기 전에 아는 친구들 사이에서 판매할 목적으로 한 친구의 책을 출판했다. 그 책은 그 지방 항공 클럽의 이야기를 다룬 것이었다.

1936년 5월에 간행된 『아스투리아스 폭동』은 그가 출판한 두 번째 책이었다. 세 번째 책이며 장 지오노의 작품인 『둥근 세월』(*Rondeur des jours*)은 새로 문을 여는 서점의 첫 손님 350명에게 무료로 나눠주기 위해 출판한 것이다. 후에 그 서점은 지오노의 작품 제목인 '진정한 보물'(Les Vraies Richesses)이라는 이름으로 불렸다.

훗날 샤를로가 카뮈의 첫 번째 문학작품을 출판하게 된 연유도 『아스투리아스 폭동』을 출판했기 때문이었을 것이다. 장 그르니에는 샤를로에게 자신의 에세이집 『산타 크루즈』(*Santa Cruz*) 원고와, 카뮈의 첫 번째 책 『안과 겉』의 원고를 내주었다.[36]

얇고 소박한 이 책의 표지에는 다음과 같은 글이 적혀 있다.

공동창작 에세이
아스투리아스 폭동
4막 희곡
E. C.

알제 노동극장의
친구들을 위해

『아스투리아스 폭동』이 인쇄되고 난 후에도 이브 부르주아는 내용 대부분이 한 사람의 필적으로 적힌 원고를 갖고 있었다. 아마 카뮈의 필적일 것이다. 그러나 제2차 세계대전 때 부르주아가 잠시 집을 비운 사이 마침 알제리에서 봉기 진압이 격화되자 그의 아내는 남편의 서류를 태우는 것이 좋겠다고 생각했는데, 『아스투리아스 폭동』의 원본 원고도 그 가운데 섞여 있었다.[37]

9 영혼의 죽음

세상으로부터 고립되지 않기. 대낮의 밝은 빛 속에서의 삶은 낭비가 아니다.
모든 상황, 불행, 실망에도 불구하고 내 모든 노력은 관계를 재정립하는 데
집중되어야 한다. 이러한 슬픔 가운데 느끼는 사랑에 대한 무한한 욕망,
저녁 대기에 감싸인 언덕을 보는 순간의 이 엄청난 도취감.

• 『작가수첩 1』

"여자들과의 부드러우면서도 제한된 우정." 적어도 한 명의 여
자친구는 여자 이전에 진정한 의미의 친구였다. 만약 그들 사이
에 연애 감정이 있었다 해도 지속되지 않았을 것이다.

마리 비통이라는 이름으로 그림을 그렸던 여자의 본명은 마르
그리트 데스투르넬 드 콩스탕 남작으로서, 프랑스 귀족사회에서
HSP('프로테스탄트 상류사회'[Haute Société Protestante]의 약
자)라 부르는 명문가의 일원이었다.

상류층 부르주아인 그녀는 대부분 그녀보다 열 살에서 열다섯
살 연하인 카뮈의 청년 그룹에 훌륭한 동지로 가담하게 된다. 특
히 카뮈에게 흥미를 느낀 그녀는 얼마 가지 않아 그의 재능을 알
아보았다. 자신의 재능을 아낌없이 빌려주기로 결심한 그녀는 그
극단의 디자이너가 되어 의상을 담당하고, 자신의 친구인 피에르
앙드레 에므리, 루이 미켈과 함께 무대장치에도 관여했다.[1]

마리 비통은 아마추어 조종사이기도 했다. 그녀는 자신의 딸이
비행기 사고로 죽었음에도 불구하고 계속해서 비행기를 몰았다.
카뮈가 장 드 메종쇨과 함께 그녀가 모는 비행기를 타고 처음 하

늘을 난 것은 그가 시 당국의 소환을 받은 바로 그날이었을 것이다. 훗날 메종쉴은, 말쑥한 옷차림을 한 '여남작'과 함께 거리를 산책했던 일, 그리고 그녀가 빈정거리는 듯한 미소를 띤 얼굴로 두 사람을 시 청사 앞에 내려주었던 일에 대해 회상했다.

그 직후 비퉁은 이 새로운 친구를 비행기에 태워 3백 킬로미터 떨어진 제밀라로 데려갔다. 그들은 해발 9백 미터의 바위투성이 고지에 로마 황제 트라얀이 세운 극장과 사원, 광장, 욕탕 등의 식민지 유적을 방문했다. 후기 비잔틴 건축에 가까운 건물들은 산기슭에 자리잡고 있었다.

이 여행이 그 이듬해 카뮈가 쓴 글, 그리고 『결혼』에 「제밀라의 바람」(Le Vent à Djémila)이라는 제목으로 실린 에세이의 토대가 됐을 것이다. 그러나 그 에세이에는 단순한 풍경 이상의 것이 담겨 있다. 제밀라는 인간으로 하여금 죽음을 준비하도록 도와주는 장소라고 한 카뮈는, 질병이 일종의 '도제과정'으로서 죽음의 확실성을 희석시켜준다는 생각은 망상에 불과하다고 썼다. 그는 명료한 정신으로 죽음과 대면하기를 원했기 때문이다.

카뮈의 또 다른 여자친구는 오랑 출신의 잔 시카르와 마르그리트 도브렌인데, 그들은 알제의 대학에 유학을 보낼 만큼 여유 있는 집안 출신으로서 상급 학위를 따기 위해 공부를 하고 있었다. 카뮈는 "솔직하고 가냘프며 여원데다 긴장하고 있고 열정적이면서도 겉으로는 냉정한" 잔을 자신이 이해할 수 있고 또한 자신을 이해해주는 동료로 여겼다. 잔의 충실한 친구인 마르그리트 역시 한 팀이 되었다. 두 여자 모두 카뮈와 문화적, 정치적 모험을 같이 할 재능을 갖추고 있었다.

빛 속의 집

1936년 봄, 알제 중심지의 고지에 있는 시디 브라임로를 따라 산책하던 세 사람은 어느 집에 세를 놓는다는 표시가 붙어 있는 것을 보았다. 그 집은 만과 항구, 멀리 있는 산까지 한눈에 조망할 수 있는 곳이었다.

그들은 문을 노크하고 집 주인인 조르주 피쉬와 이야기를 나누었다. 집 주인은 자신과 가족이 1층에 살고, 위층을 세놓는다고 말했다. 월세는 300프랑이었다. 그 말에 세 젊은이는 서로 얼굴을 쳐다보았다. 당시 여학생들은 여학생 전용 숙소인 '숙녀의 집'에 살고 있었고 카뮈는 예측이 어려운 시몬과 표면상 함께 살고 있었다.

빌라에 가구가 없었지만, 낮 동안 그곳을 캠프로 사용할 생각이었기에(적어도 그때는 그렇게 생각했다) 그다지 중요한 문제가 아니었다. 그들은 중고 침대 하나와 낡은 테이블 하나를 들여놓고 열의를 다해 빌라를 꾸미기 시작했다.

사후에 출판된 카뮈의 소설 『행복한 죽음』 초고에는 그 집에 대한 묘사가 "그 집은 만이 내려다보이는 산 정상에 매달려 있었다"로 시작되는데, 증인들의 말에 따르면 적절한 묘사라고 한다.

그 작품에서 가장 설득력 있는 부분은 바로 이 집에 관한 것이기도 하다. "그 집에 가려면 올리브 덤불로 시작해서 올리브 덤불로 끝나는 힘겨운 오솔길을 지나야 한다." 그러다 "땀에 흠뻑 젖고 심호흡을 하며" 마침내 정상에 이르면 작고 파란 대문이 나오는데, 그 문을 지나 부겐빌리아에 긁히지 않기 위해 조심하면서 좁고 가파른 층계를 올라가야 했다.

그 집의 평면도는 엉성한 정사각형을 이루고 있었다. 아망디에 가에 면한 후면에는 침실과 주방이 있었다. 앞쪽으로는 시와 항구 쪽을 향한 다른 침실이 큼직한 옥외 테라스 쪽으로 나 있고 그 옆에는 같은 전망이 보이는 거실이 있었다. "전망이 탁 트인 그 집은 다채로운 세상의 빛이 폭발하는 공중에 떠 있는 비행기 조종석 같았다."

숲과 빨랫줄, 붉은 지붕들 사이로 만과 그 너머의 자주색 산들이 한눈에 들어왔다.

카뮈와 친구들은 그곳을 '세상 위의 집'이라고 불렀다. 그 집은 처음부터 카뮈에게 불가해한 매력을 품고 있었다. 그 집은 어린 아이의 비밀 장소와도 같았다.

실제로 그 집을 떠올리는 카뮈의 글은 그 자신이 한번도 제대로 누려본 적이 없는 유년기와 사춘기의 갈망을 고스란히 드러내고 있다. 그는 이브 부르주아가 「분노의 시대」에서 불렀던 독일 행진곡 「내겐 동지가 있다네」에 맞춰 이 비밀 장소와 우정에 대한 시를 썼다. 카뮈의 작품집에 수록된 그 시의 주요 부분은 다음과 같다.

내겐 동지들이 있었네,
세상 위의 집이라는.
(……)
그곳에선 세상이 정지하고
우정이 싹트지,
자유를 규정짓는
개방에의 완고한 욕망이.
우리의 집은 전진한다네.(반복)

여름방학을 맞은 친구들이 각기 짐을 꾸려 오랑의 집으로 돌아갈 때, 카뮈는 그들에게 자신이 하루의 대부분을 보내게 될 피쉬 별장에서 일어나는 일들을 정기적으로 써 보내겠다고 약속했다. 그리고 그는 후광을 그려 넣은 자화상 같은 그림으로 장난기를 강조한 편지들을 보냄으로써 약속을 지켰다.

그 무렵 카뮈와 불안정한 그의 아내는 이드라의 빌라를 포기한 채 시와 만의 전경이 한눈에 들어오는 텔름리가(오늘날은 살라 부아쿠이르가로 불린다) 위쪽 알제 고지에 있는 시몬 어머니의 빌라에 살고 있었다. 테라스가 잔뜩 달린 독특한 집이었는데, 소글러 박사의 주문에 맞춰 건축되었고 세련된 가구로 장식되어 있었다.[2]

시몬이 치료를 받으러 툭하면 병원에 입원하곤 했기 때문에 카뮈는 그 집에서도 대부분 혼자서 지냈다. 집에 있을 때도 시몬은 거의 모습을 나타내지 않았다. 집안 어딘가에 있거나 아니면 외출했을 테지만, 카뮈의 친구들은 물어볼 엄두를 내지 못했다.

집안을 친구들로 가득 채운다는 유년기의 환상에 비추어 볼 때 그의 은거에는 그 이상의 이유가 있었다. 그는 잔 시카르, 마르그리트 도브렌과 함께 자신들의 공동 생활 실험을 연장하기로 동의하기까지 했다. 나중에 그들은 '미래의 농장'이라고 이름 붙이게 될 농장도 함께 구입하게 된다. 그들은 이를 위한 세칙까지 마련해놓았다.[3]

카뮈는 자신의 일기에 그 동네에서는 피쉬 별장을 이미 "세 학생의 집"이라고 부르고 있었다고 기록했다. 아마도 『결혼』에 수록될 '세상 위의 집'에 관한 에세이를 구상하던 중이었을 것이다.

이 무렵 그의 노트는 나중에 소설 『행복한 죽음』이 될 메모와 개요로 채워지고 있었다. 일기에 나오는 기록의 순서를 그대로 받아들일 경우, 피쉬 별장의 낭만적인 삶을 이용하겠다는 구상은 한 청년이 병자를 살해하고 그의 돈으로 덧없는 행복을 산다는 진부한 구상보다 앞에 나온 것이었다.

초기의 메모에 의하면 파트리스는 이렇게 말한다. "카테린, 난 이제 내가 글을 쓰리라는 사실을 알고 있소." 여기서 카테린은 1936년 가을 피쉬 별장으로 이사 오게 될 크리스틴 갈랭도고, 파트리스는 알베르 카뮈다. 실제로 파트리스(카뮈)는 얼마 가지 않아서 『결혼』에 포함될 에세이와 희곡 『칼리굴라』, 그리고 『시시포스의 신화』(Le Mythe de Sisyphe)가 될 일기의 주된 내용을 구성하게 된다.

그는 또한 일기에서, 자신은 몸에 신경을 써서 나약함과 병의 재발과 맞서 싸워야 한다고 다짐하고 있다. 여기서 그는 자신이 하게 될 작업을 범주별로 나누어 목록을 작성하기 시작했다.

철학적 작업: 부조리.
문학적 작업: 힘과 사랑, 그리고 정복의 표시로서의 죽음.

그러나 우선 푸아리에 교수에게 제출할 학위논문을 끝내야 했다. 「신플라톤주의와 기독교사상」에서 이 학생은 당연하다는 듯이 인간이 만물의 척도인 그리스의 체계를 초자연적인 기독교 체계와 대비시켜놓았다. 이 정신적 싸움의 주역이 북아프리카인 및 플로티누스(그의 신플라톤주의는 초기 기독교 사상에 지대한 영향을 미친 바 있다)와 성아우구스티누스(그는 고대 그리스인의 방법론을 이용했으나 그들의 명석함은 거부했다)가 된 것은 결코 우연이 아니었다. 카뮈는 기독교 정신이 "성육신의 차원에서 모든 난점을 처리하고 있다는 데 깊은 진리가 있었다"고 결론짓고 있다.

푸아리에는 논문에 "철학자라기보다는 작가가 쓴 논문"이라고 메모해놓았다. 그는 오류와 틀린 라틴어 철자에 유의했으면서도, 예술가와 철학을 논해서는 안 된다는 사실도 알고 있었다.

카뮈가 쓴 논문의 심사위원은 푸아리에, 학장이며 그리스 법률사가인 루이 제르네와 장 그르니에였다. 그들은 1936년 5월 25일 알베르 카뮈에게 고등과정 학위를 수여하기 위한 수료증에 공동으로 서명했다.

이제 카뮈는 고등교육직으로 나아갈 교수 자격 시험에 응시할 수 있었다. 그러나 평생직업이 될 그 자리는 후보에게 건강을 요구했다. 결핵이 불치병이었던 당시에, 카뮈는 자신이 교사가 될 만큼 건강하다고 내세울 수 없었다.[4]

그러나 그는 삶을 최대한 누리면서 살 생각이었다. 산책을 하고 난 후 그는, 바다와 태양과 꽃을 찬미하면서 경험한 흥분에 대해 기록했다. 그리고 그와 동시에 "여자들과의 부드러운 우정, 미소와 농담과 계획들"에 대해서도 썼는데, 물론 피쉬 별장의 동지들을 가리키고 있었다. 그러고는 갑자기 다음과 같이 절규한다. "나는 내 모든 행동으로써 세상과, 또한 깊이 감사하는 마음으로 사람들과 굳게 결합할 것이다."

이제 그의 일기에는 구체적인 집필 계획이 빈번히 등장한다. 또한 친구들에게도 자기는 다른 할 일이 있다는 사실을 털어놓았다.

그는 스페인에서 점증하는 혼란 때문에 마음의 동요를 느꼈다. 이는 인민전선 정부가 극우 파시스트의 위협에 제대로 대처하지 못하리라는 사실을 가리켰다. 공산주의자가 파리에서 일어난 일을 우려하면서 동시에 스페인에서 일어나고 있는 일에 대해 무심하기란 어려웠을 것이다. 게다가 카뮈는 공표되지 않은 공산주의자였을 뿐 아니라 아무도 모르는 스페인인의 면모 역시 지니고 있었다. 그는 스페인에 대해 구할 수 있는 모든 자료를 구해 읽기로 결심했다. 그 무렵은 프랑코가 반란을 일으키기 전이었다.

스페인의 수상은 산티아고 카자레스 키로가였는데, 그는 공개적으로 파시스트에 대항했으면서도 공공질서의 와해에는 충분히 대처하지 못했다. 그로부터 10년도 채 지나지 않아 그의 딸이며 배우인 마리아 카자레스는 카뮈의 연극에서 여주인공 역을 맡게 된다. 프랑스에서는 사회주의자들이 5월 3일 국민선거에서 대승을 거두고 하원의 다수당이 되어 있었다. 6월 4일 그들의 지도자인 레옹 블룸은 의회 투표에서 공산당의 지지를 받아 최초의 인민전선 정부를 구성했다.

사교 모임

학기가 끝났다. 여름방학을 맞아 친구들이 뿔뿔이 흩어진 상태에서는 조직적인 행동을 할 수가 없었다.

카뮈는 혼자 독서하며 밤낮을 보냈는데, 그중에는 그가 읽을 법하지 않은 책도 들어 있었다. 고비노(프랑스의 작가, 외교관. 문명은 인종의 구성에 따라 운명이 결정되며, 한 사회가 인종 혼합으로 흐려지면 쇠약해진다는 이론을 폈다―옮긴이), 셀린 등이 그렇다. 그러나 셀린의 『할부 죽음』(Mort à crédit)을 집어든 카뮈는 앞부분을 읽고 나서 책을 내려놓고는, 자신이 알고 있는 가장 염세적인 문장에는 외설스러운 낱말이 하나도 나오지 않는다고 친구들에게 말했다. 인간에게는 전적으로 사악할 수 있는 능력조차 없다고 한 것은 스탕달의 말이었다.

카뮈는 젊은 키에르케고르가 레기네 올슨을 사랑했다가 거절 당한 일에 대한 고백서인 『이것이냐 저것이냐』의 제1권 「유혹자의 일기」에 열광했다. 키에르케고르는 그녀가 죄악에 물든 자신이 사랑하기에는 너무나도 어리고 순결한 여인이라고 생각했다. 아마도 딸의 어깨 너머로 카뮈의 편지를 읽었을 잔 시카르의 아버지는 딸에게, 카뮈에게는 야망이 결여됐다고 주의를 주었다. 카뮈는 오랑의 친구들에게, 그것은 오히려 야망의 '과잉'을 입증하는 것이라고 단언했다.[5]

카뮈는 이브 부르주아를 자주 만났다. 그들은 여자들과 어울려 영화관이나 연주회에 가거나, 그저 카즈바를 거닐거나, 카페에 앉아 있거나, 또는 세 그루의 오래된 무화과나무가 무덤에 그늘을 드리운 조그만 이슬람 교도들의 무덤인 '공주의 묘지' 같은 지방 명소를 찾아다녔다. 때로는 유복한 친구들과 테니스를 치기도 했다.

카뮈는 부르주아에게 자신의 아내 시몬과 만나보도록 권했는데, 그때 시몬은 도시 위 고지에 있는 벤 아크로운의 한 병원에서 치료를 받고 있었다. 부르주아는 그녀와 가까운 시골로 짧은 산책을 하기도 했다.

얼마 후 부르주아는 카뮈 부부와 함께 도시에서 남서쪽으로 2백 킬로미터 떨어진 테니에트 엘 하드 마을의 성령강림 대축일을 보러 갔다. 그들은 그곳의 명소인 삼나무 숲을 보러 갈 생각도 않고, 들을 산책하거나 체스를 두며 휴식을 취했다. 알제로 돌아온 시몬은 퇴원해서 어머니가 사는 집 위층에서 카뮈와 함께 살았다.

카뮈는 부르주아에게 자신이 좋아하는 조각 작품인 아름다운 소녀상을 보여주었다. 부르주아는 바흐의 「골드베르크 변주곡」 전곡을 듣는 데 카뮈만큼 열의를 보이지 않았다.

카뮈는 그에게 중국에 관한 책과 19세기 무정부주의 이론가인 막스 슈티르너가 쓴 책, 그리고 어스킨 콜드웰의 소설 한 권도 빌려주었다. 콜드웰의 소설은 당시 프랑스어판으로 구할 수 있는 유일한 작품으로서 그해 모리스 에드가 쿠엥드로의 번역에 앙드레 모루아가 서문을 쓴 『신의 작은 땅』(God's Little Acre)이었을 것이다.

부르주아는, 카뮈 부부가 좋아했던 책이 토마스 만의 『마의 산』과 야코프 바서만의 『마우리치우스 사건』, 그리고 스페인 시인 루이스 데 공고라의 시구로서 어느 강연에선가 인용된 부분들이었다고 말한 바 있다. 그는 또한 시몬이 춤을 잘 춘다는 사실도 알게 되었고, 그녀로부터 프로 무용수가 되기 위해 연습할 생각이라는 말을 들었다. 그녀는 10월에 노동극장이 활동을 재개할 때 참여해서 극단의 다음 작품이 될 막심 고리키의 「얕은 바닥」에서 남편이 페펠 역을 맡을 때 나타샤 역을 맡기로 합의가 되어 있었다.

당시 부르주아가 가장 해보고 싶어 한 일은 카누를 타고 중부 유럽을 가로지르는 것이었다. 그는 카뮈 부부에게 함께 여행하자고 제안했다. 젊은 부부는 그 계획이 어쩌면 자신들의 결혼 생활을 정상 궤도에 올려놓아 줄지도 모른다고 생각했다. 그들은 항구로 내려가 부르주아가 마르트 소글러에게 선물한 낡은 카누를 타보았다.

여행을 떠나기 전 카뮈는 알제 서쪽 어퍼 카빌리의 주요 지구인 티지–우주에 가서 연설을 했다. 암스테르담–플레옐 운동 측이 그곳에서 열린 군중집회에서 연설하도록 파견한 것이다. 훗날 카뮈는 자신이 시골 이슬람 교도들이 쓰는 부드럽고 빨간 페즈모(帽)의 바다 앞에서 연설했다고 회상했다.

유럽 여행

7월 초 카뮈 부부는 3등 선객이 되어 부르주아와 함께 마르세유로 건너갔다. 그들은 마르세유에서 기차를 타고 리옹으로 갔고, 부르주아는 친구들로부터 자신과 카뮈 부부가 쓸 2인승 카누 두 대를 빌렸다.

그는 카뮈 부부에게 차갑고 낡은 그 도시를 구경시켜주었다. 그당시 안개로 덮인데다 눈에 띄지 않는 뒷골목이 잔뜩 나 있는 리옹은 영락없이 미스테리 소설의 무대로 보였다.[6] 그들은 인근에 있는 빌뢰르반도 들렀다. 카뮈는 그곳의 생활과 음식, 풍습, 심지어 매춘부들까지 모두가 중류층 수준이라고 여겼다.

카뮈는 지쳐 있었지만 이제부터 겪게 될 모험을 잔뜩 기대하고 있었다. 그러나 흥분하지는 않았다. 지난 해 여름 발레아레스 제도에 갔을 때 그랬듯이 이번에도 그는 여행이 자신의 내면에 확실히 짚어낼 수 없는 두려움을 일깨운다는 것을 깨달았다.

부르주아는 카뮈가 지루하거나 지친 모양이라고 여겼지만, 그것 때문만은 아니었다.[7] 그는 예측할 수 없는 건강 때문에 불안해하는 것처럼 보이기도 했고, 낯설고 머나먼 땅에서 또 발병하게 되지 않을까 두려워하는 것처럼 보이기도 했다.

7월 15일 그들은 오스트리아행 기차에 올라 지루한 여행 끝에 티롤 지방의 중심지인 인스브루크에 도착했다. 일행은 황혼 속에서 호기 있게 전세마차를 타고 괴테도 숙박한 적이 있는 저 유서 깊은 여관 '황금 독수리'로 향했다. 그 여관은 1390년에 세워진 곳이다.

다음날 부르주아는 카뮈 부부에게 도시 관광을 시켜주었다. 카뮈는 시민들이 반바지 차림에 깃털 모자를 쓰고 돌아다니는 인스부르크가 희극 오페라 무대에 적당하다고 여겼다. 그곳에서 부르주아는 카누 여행에 필요한 물품을 구입했다.

그들은 그곳에서 신문을 구해 읽었는데 머리기사는 스페인에 관한 내용이었다. 스페인령 모로코에서 프랑코 휘하의 군대가 마드리드의 인민전선 정부에 맞서 일으킨 반란이 본토 전역으로 확산되고 있었다.

부르주아는 아름다운 골짜기를 따라 독일과의 국경 근처인 쿠프슈타인까지 60킬로미터 가량 뻗어 있는 인 강이 초보자인 카뮈 부부에게 가장 적당한 곳이라고 생각했다. 7월 19일 오후 그들은 카누 두 대를 조립하여 강한 물살을 타고 그곳을 출발했는데, 카뮈와 시몬이 한 배를 타고 부르주아는 일행의 짐과 함께 다른 배를 탔다. 그날은 모든 일이 순조로웠다. 그들은 카누를 강둑에 대고 그날 밤을 텐트에서 보냈는데 세 사람이 쓰기에는 좁았기 때문에 잠자리가 편치 않았다.

이튿날 아침 길을 걷고 있던 카뮈가 갑자기 고통으로 마비된 채 걸음을 멈췄다. 그때서야 카뮈는 어깨를 격하게 쓰는 운동을 하지 말라는 주의를 받았던 것을 상기했다. 또한 그는 자신이 다른 사람들과 같지 않다는 것, 자신이 하고 싶은 일을 모두 할 수는 없다는 사실을 쓰라린 심정으로 깨달았다.

그들은 아침나절에 다음에 할 일을 놓고 입씨름을 벌였다. 카뮈가, 자신은 기차를 타고 쿠프슈타인으로 가서 기다리고 있을 테니 부르주아와 시몬은 함께 강을 타고 여행하라고 제안했다. 그가 강둑에 서서 지켜보고 있는 사이에 두 사람은 순식간에 시야에서 사라졌다.

부르주아와 시몬은 앞쪽 카누에 함께 탔는데 부르주아가 고물에 앉았고, 두 번째 카누는 줄에 달려 끌려가고 있었다. 그러나 이런 식으로 여행하는 데는 문제가 있었다. 선두에 있는 카누가 물살보다 더 빠르게 뒤쪽 카누를 끌어당길 만한 추진력을 유지해야 했기 때문이다. 역풍이 불자 아무리 힘껏 노를 저어도 앞쪽 카누의 속도가 떨어졌다. 아무리 애를 써도 뒤쪽 카누가 선회하여 45도 각도를 이루는 것을 막을 방도가 없었다.

부르주아는 그런 상태로는 교각 아래를 통과하기가 무리라고 판단했다. 결국 그들은 바람이 잦아들 때까지 여행을 멈추고 야영하기로 했고, 덕분에 쿠프슈타인에 24시간 늦게 도착했다. 가랑비가 내리고 있었다. 그들은 강둑에서 자신들을 기다리고 있는 카뮈의 쓸쓸한 모습을 발견했다. 카뮈는 일기에 이렇게 기록했다. "인 강을 따라 내리는 빗속에 잠긴 교회와 들판. 그 안에 있는 고독."

카뮈는 그들에게, 약속한 시간에 두 사람이 나타나지 않아서 현지 경찰에 신고했다고 말했다. 그 모든 소동은 술집에서 마무리되었는데, 그곳 경위 한 사람이 부르주아의 친구들을 즐겁게 해주려는 생각에서 마지못해하는 부르주아에게 억지로 이탈리아의 음담패설을 통역시켰던 것이다.

다음 행선지는 그 유명한 아름다움 때문에 부르주아가 꼭 가보고 싶어 하던 곳이었다. 당시 그는 베르히테스가덴이 1923년의 폭동이 실패한 이후 그곳에 은둔했던 아돌프 히틀러가 소중히 여기는 곳이라는 사실, 그리고 히틀러가 묵었던 낡은 오두막집이 화려한 모습으로 바뀌었다는 사실을 몰랐다.

한때 '교회의 속국'이었던 베르히테스가덴은 숨막힐 듯 아름다운 풍광에 싸인 곳이다. 그곳에서 가장 눈에 띄는 것은 해발 2,700미터에 달하는 바츠만 산봉우리였다. 굳이 히틀러가 아니더라도 그 일대는 바바리아의 알프스 지역에서 관광객이 선호하는 장소였다.

그들은 한참 찾아다닌 끝에 겨우 여관에 방을 얻었고, 얼마 지나지 않아서 민요 연주회장이 나치의 시위장으로 바뀌는 광경도 목격했다.

부르주아는 독일인들의 이념뿐 아니라 독일인 자체에 대한 카뮈의 편협한 태도에 짜증스러워했다. 그는 자신과 이 청년 사이에 정신적으로 큰 차이가 있다고 판단했으며, 그 동안에도 카뮈가 여간해서는 다른 정치 견해를 용납하지 못했던 일들을 떠올렸다.

리옹에서도 이와 비슷한 일이 있었다. 예전에 부르주아가 가르친 학생 하나가 카페에 앉아 있는 그들을 보고 다가와 인사를 했다. 그 학생은 공교롭게도 우익 운동권이었는데, 그가 떠나고 나자 카뮈는 그 학생의 견해에 대해 노골적으로 혐오감을 드러냈던 것이다.

나중에 그들이 리옹의 어느 교회를 둘러보고 있을 때 부르주아가 무심코 카뮈 부부에게 자신이 가톨릭 교도라고 말했다. 그때 카뮈는 마치 부르주아가 반공산주의적 언동을 하기라도 한 것처럼 몸을 움찔해 보였다.

이제 부르주아의 독일에 대한 동경과 그 모든 것에 대한 카뮈의 혐오는 도저히 양립할 수 없다는 사실이 확실해졌다. 또한 부르주아는 시몬의 '요부다운' 우아함과 화장이 티롤풍의 소박한 문화와 지나치리만큼 동떨어져 있다는 것을 깨달았다. 사람들이 언제나 그들 일행을 빤히 쳐다보았던 것이다. 카뮈 자신은 이처럼 분위기가 좋지 않았던 베르히테스가덴 방문을, 친구들에게는 물론 자신의 일기에서도 언급하지 않았다.

그러나 어쨌든 그들은 베르히테스가덴에서 남쪽으로 5킬로미터 떨어진 바바리아 지방의 쾨니히스제 호수에서 쾌적한 하루를 보냈다. 그들은 각자 그곳에 도착했다. 약속장소에 일찍 도착한 부르주아와 시몬은 처음으로 진지한 대화를 나누었다. 그는 그녀가, 생각했던 것만큼 자신에게 별 호감을 품고 있지 않다는 사실을 알았다.

카뮈는 기차와 거리에서 본 사실들을 기록하고 있었다. 그는 자신이 진심으로 좋아하는 사람들, 이를테면 피쉬 별장의 동지들과 함께 여행하는 것을 꿈꾸기 시작했다. 그는 일부러 시간을 내서 우편으로 사립학교인 오랑의 페넬롱 초등학교의 교사직을 신청했다. 그는 가능한 모든 방법을 동원해서 알제를 벗어나기로 마음먹었다. 어쩌면 거주지를 바꿈으로써 시몬과의 생활은 물론 시몬의 삶 자체도 바꿀 수 있을지 모른다고 여겼을 것이다.

그들은 계속해서 베르히테스가덴에서 북쪽으로 24킬로미터 가량 떨어진 잘츠부르크로 향했다. 그곳은 볼거리도 많고 산책할 곳도 많았다.

카뮈는 모차르트의 생가에서 연극에 쓸 소재를 잔뜩 발견하고 흥미를 보였다. 그는 대성당 광장에서 후고 폰 호프만슈탈의 신비에 찬 작품을 야외 공연한 것에도 감동을 받았다. '이제야' 비로소 여행의 흥분을 공유하기 시작했던 것이다. 그가 주변의 일에 공감한 것은 그 여행을 시작한 이후 처음 있는 일이었다. 음악이 그 촉매 역할을 해주었다.

잘츠부르크와 그곳의 음악은 소소한 희극 오페라가 아니라 그랜드 오페라에 걸맞았다. 왜냐하면 카뮈는 이곳에서 생애의 가장 큰 충격 가운데 하나를, 그것도 전혀 예기치 못한 상황에서 받게 되었기 때문이다.

삶이 달라질 것이다

여행하는 동안에도 카뮈 부부와 부르주아는 우편물을 받고 있었다. 친구들로부터 온 편지도 있었지만 우편환도 있었다. 주로 부르주아의 봉급과 마르트 소글러가 추가로 보낸 돈이었다. 그리고 물론 취직 가능성과 관련 있는 우편물도 있었다. 클로드 드 프레맹빌은 카뮈에게 어쩌면 언론 관련 일자리가 생길지도 모른다는 편지를 보냈다. 카뮈 일행은 알제의 친구들에게, 우편물을 자신들의 여행 일정에 맞춰 주요 경유지에 발송하도록 부탁해두었다.

7월 26일 잘츠부르크에 있던 카뮈는 우편물을 찾으러 우체국에 들렀다. 그곳에 몇 통의 편지가 와 있었다. 그중 두 통은 피쉬 별장의 친구들이 보낸 것이었다. 시몬 앞으로 온 편지도 한 통 있었는데, 카뮈가 그녀를 대신해서 찾을 수 있었다. 그 편지는 중요해 보이기도 했고 의심스러워 보이기도 했다. 어떤 의사의 반송 주소가 적혀 있었던 것이다.

그는 편지를 열어보았다. 편지에는 앞으로도 계속 약을 주겠다는 것과, 편지를 쓴 사람과 시몬의 관계가 의사와 환자 사이 이상임을 명백히 보여주는 내용이 씌어 있었다.

카뮈가 그날 발견한 편지를 읽어본 친구들 중 현재 생존해 있는 사람은 아무도 없기 때문에, 그에게 엄청난 비극을 안겨준 내용은 이후 그가 평생 우정을 나눈 한 친구에게 털어놓은 고백만으로 재구성할 수밖에 없다.[8]

부르주아는 젊은 부부가 묵고 있는 호텔방에서 모종의 폭풍이 일고 있다는 것을 알 수 있었다. 그러나 카뮈는 아무 일도 없었다는 듯이 그 여행을 계속하기로 했는데, 부르주아가 아무 눈치도 채지 못했다고 여겼기 때문이었다. 그러던 어느 날 아침 카뮈는 딱딱한 얼굴로 부르주아에게 이렇게 말했다. "난 아내와 헤어지기로 했어." 그러고는 이렇게 덧붙였다. "그건 너와 아무 상관없는 일이야."

부르주아는 그 말이 전혀 불필요한 것이었기 때문에 오히려 놀랐다. 카뮈는 알제의 친구들에게, 이제부터 자신의 삶이 달라질 것이라고, 왜냐하면 앞으로 혼자 살 것이기 때문이라고만 말했다.[9]

카뮈 부부와 부르주아는 전처럼 여행을 계속했다. 카누를 탈 때만 따로따로 여행을 했을 뿐 육로로는 함께 다니면서 드레스덴, 실레지아, 모라비아, 그리고 이탈리아 북부를 거쳐 알제로 귀국했다.

친구들은 카뮈의 침묵 앞에서 뭔가 다른 일이 있었을 것이라고만 짐작했다. 이를테면, 카뮈의 아내가 그를 프라하에 남겨둔 채 부르주아와 함께 달아난 것으로 문학사에 기록돼 있는 것도 그런 추측 가운데 하나다.

물론 카뮈와 아내 사이의 긴장에 새로운 짐이 더해졌는데, 불운한 방관자인 부르주아 때문에 야기된 긴장감이었다. 이 고등학교 교사는 시몬에게 모호하면서도 예의 바른 태도를 취하기로 마음먹었으며, 카뮈보다 아내 쪽에 더 위안이 필요하다는 점을 카뮈 자신도 깨닫고 있으리라고 확신했다.

그들은 '백마 여인숙'이 있는 잘츠카머구트의 호수와 산을 걷거나 증기선을 타고 가로질렀지만, 비 때문에 수시로 발길을 멈출 수밖에 없었다. 카뮈는 자연스럽고도 익살스럽기까지 한 태도를 유지했다.

린츠에 도착하자 그는 기흉 주입을 받으러 갔고, 그 사이에 부르주아는 카누 한 척을 프랑스로 돌려보내러 갔다. 실제적인 문제는 부르주아가 처리했다. 그는 안내인이자 통역이었으며 보트 타기의 명수인데다 돈 관리까지 맡고 있었기 때문에 종종 고압적이 되었고, 그럴 때마다 카뮈가 맞대꾸하곤 했다.

체코슬로바키아 국경에서 카뮈 부부는 부르주아가 기차에서 내려 세관으로 사라진 사이에 불안한 20분을 보내야 했다. 기차가 막 출발하려는 참이었다. 그제서야 그들 부부는 자신들에게 돈이나 차표도 없을 뿐 아니라 반경 7백 킬로미터 이내에서 사용되는 언어는 한마디도 할 줄 모른다는 사실을 깨달았다.

부르주아는 카누를 타고 보헤미아 지방을 가로지르기로 마음먹었는데, 시몬 카뮈도 그와 동행하기로 했다. 잘츠부르크에서 카뮈가 그런 선언을 하고 난 뒤였으니 분명 부르주아가 먼저 제의하지는 않았을 것이다. 그 안을 내놓을 수 있는 사람은 카뮈뿐이었다. 어쩌면 시몬이었을지도 모르는데, 그 경우 카뮈로서는 거절하지 않는 것을 명예로 여겼을 것이다. 아무튼 부르주아는 그 제의를 달갑게 받아들였을 것이다. 왜냐하면 몰다우 상류는 거칠었으며, 그녀는 그가 생각했던 것보다 체력이 강했기 때문이다. 그는 그 까닭을 그녀의 오스트리아 혈통 탓으로 돌렸다.

그들은 북쪽으로 강을 타고 올라가며 야영을 하면서, 어쩌면 카뮈가 기다리고 있을지 몰라 크루마우와 부드바이스(체스케 부데요비체) 같은 마을에 들러보곤 했다. 실제로 카뮈는 프라하에 이르기 전 이 두 번째 마을에서 기차에서 내렸을 가능성이 높은데, 그가 처음에 『오해』의 제목으로 '부데요비체'(Budejovice)를 염두에 두었기 때문이다.

비 때문에 일정이 늦어지자 그들은 카누를 접고 기차에 올랐으나, 가는 길에 프라하에서 한 시간 거리에 있는, 얀 후스의 추종자들이 세운 옛 중심지 타보르에 들르기도 했다.

실제로 카뮈는 프라하에서 내내 혼자 있었다. 그는 우울증에 빠져 제대로 관광을 할 수가 없었다. 이제 여행 친구들이 나타나야 할 때였다. 카뮈에겐 그들 없이도 일주일간 충분히 지낼 만한 돈이 있었지만, 그럼에도 약간 불안했던 것이다. 그는 이 낯선 도시를 돌아다니기가 힘들었으며, 관광 책자 목록에 있는 유대인 공동묘지 하나 찾을 수 없었다. 이곳의 주요 박물관을 찾았을 때는 문이 닫혀 있었다.

그는 건강이 악화되는 조짐을 느꼈다. 오랑에서의 교사직에 대해 생각하던 그는 자신이 그곳에 머물지 않을 새로운 이유가 생

겼음에도 전혀 알제를 떠날 생각이 없다는 사실을 깨달았다.[10]

카뮈의 에세이 「영혼의 죽음」(La Mort dans l'âme)에는 친구들과 합류하기까지 6일 가량 버틸 만한 돈을 가지고 프라하에 도착한 일과 그때 느꼈던 불안감이 세세하게 기록되어 있다. 방세와 식대, 냉담한 타인 사이에서 발병할 것에 대한 두려움, 자신이 원하는 대로 이 유서 깊은 도시를 돌아다니지 못하고 있는 사실 등등.

그는 이 거리를 지나며 식초에 절인 오이를 보고 그 냄새를 맡았는데, 이는 그가 프라하를 떠올릴 때마다 프루스트의 마들렌 과자와도 같은 역할을 하게 된다.

그는 문화적인 목적에서 결국 교회와 미술관 몇 군데를 들러보았지만, "다시 밖으로 나오는 순간 이내 이방인이 되고 말았다."

그의 상태는 절망적이었다. 벌써 며칠 동안이나 한마디도 말을 하지 않은 채 지냈던 것이다. 그 후 노크 소리가 나고 시몬과 부르주아가 들어섰다. 그는 아마 "다시 만나게 돼서 반갑다"라고 말했을 것이고, 그들은 그의 행동에서 이상한 점은 발견하지 못했을 것이다.

카뮈의 에세이에는 실레지아와 모라비아, 그리고 북부 이탈리아로의 여행이 정확하게 기록돼 있는데, 감성적인 1인칭으로 서술된 그 기록은 카뮈가 친구들에게서 버림받은 채 홀로 여행을 계속했음을 뒷받침해주고 있다.

그는 홀로 충분한 돈도 없이 프라하에 도착한 젊은이에 관해 『행복한 죽음』의 한 장에서도 자기연민에 찬 묘사를 동원하고 있다. 그 소재는 거의 변형되지 않았다. 또한 체코슬로바키아를 경유하여 이탈리아까지 이어진 여행 경로가 다시 한 번 나온다.

이제 그 경이로운 도시 프라하에 체류함으로써 얻을 이점을 최대한 이용할 수 있게 되었다. 그들은 유대 박물관은 물론 그곳의 주요 미술관에도 가보았다.

또한 가을에 공연할 예정이던 막심 고리키의 연극도 한 편 보았다. 그 당시 프라하의 한 아마추어 극단이 「프티 부르주아」라는 연극을 공연했는데 카뮈는 이를 그 지역의 노동극장이라고 했다. 무대장치는 형편없고 조명도 빈약한 공연이었다. 그들은 알제에서는 그보다 더 잘 할 수 있으리라 확신했다.[11]

8월 15일 사이가 틀어진 카뮈 부부는 함께 드레스덴행 기차에 올랐다. 부르주아는 엘베 강을 타고 싶어서 카누를 조립한 후 다시 범주를 시작했다. 다시 합류한 여행자들은 의무적으로 드레스덴 미술관들을 둘러보고 라파엘의 「시스틴 마돈나」에 경탄을 보냈다. 부르주아는 이곳에서 자신의 배를 프랑스로 돌려보냈다.

그들은 계속 동쪽으로 여행하여 루자티아 상류에 있는 중세풍의 바우첸을 방문했다. 그곳에서 카뮈는 괴테의 묘지에 대해 언급했다. "벽돌 아치 속에 피어 있는 제라늄과 해바라기들."

슐레지아의 괴를리츠에서 카뮈는 부르주아와 함께 약간 무리한 관광을 했다. 그들은 부르주아의 『베데커 여행 안내서』에 나오는 신비주의자 야코프 뵘의 묘지를 방문하고 싶었지만 그 하이킹이 카뮈에게는 무리였던 것이다.

그 다음으로 로자 룩셈부르크가 수감됐던 감옥이 있는 브로추아프를 방문한 카뮈는 고운 가랑비가 내리는 가운데 솟아 있는 교회와 공장의 굴뚝을 보았다.

그들은 이제 지칠 대로 지치고 돈도 거의 바닥나 있었다. 그래서 폴란드의 고대 수도인 크라쿠프는 건너뛰고 곧장 비엔나로 가기로 했다. 그곳으로 가던 중 그들은 "차갑고 언짢은 느낌을 주는" 슐레지아 평원에 깊은 인상을 받았다.

그들은 이제 체코슬로바키아의 심장부에 있었다. 그러나 올뮈츠와 황량한 모라비아에서 여행을 중단할 수밖에 없었다. 카뮈 부부는 이미 그 이전에 마르트 소글러에게 전보를 보내 돈을 청했고, 그 돈은 즉각 도착했다. 소글러 박사는 돈을 좀더 주겠다고 했으나 그들은 그 정도로도 그럭저럭 지낼 수 있으리라고 여겼다.

그들은 이후 3주 동안 더 여행을 할 계획이었다. 무엇보다도 이제 한결 마음이 느긋해진 카뮈의 기분이 눈에 띄게 좋아졌다.

그는 훗날 "부드럽고 나른한 평원"에 대해 기록했고, 『오해』의 무대가 필요하게 될 때 이곳을 상기하게 된다. 그 당시 주민의 75퍼센트가 체코인, 25퍼센트는 독일인이었던 모라비아도 예전에는 독립 공국이었다. 이웃 보헤미아와 합병된 모라비아는 1478년 올뮈츠 조약에 의해 헝가리 국왕의 소유가 되었다.

올뮈츠 다음으로 그들은 브르노의 고대 제조업 중심지에서 발을 멈췄는데, 훗날 카뮈는 자신의 일기에 그곳에 대해 "가엾은 이웃들"이라고 언급했던 사실을 기억하게 된다.

나는 뭔가를 기다리고 있었다

비엔나에 이르러서야 카뮈의 기록은 안도의 한숨을 짓는 것처럼 보인다. '마침내 문명세계로' 온 것이다. 그는 호사와 빈곤을 동시에 보았지만, 그곳에 체류하면서 즐길 수 있는 것을 마음껏 즐기게 된다. 어느 날 저녁에는 비엔나의 몽마르트르라 할 그린 징의 소박한 카페에서 백포도주와 풍성한 음식을 즐기며 유쾌한 시간을 보냈다.

하지만 이제 정말 돈 문제가 심각해졌다. 게다가 지치기도 했다. 또한 너무 오랫동안 함께 지낸 까닭에 그들 사이에도 긴장감이 감돌았다. 카뮈와 부르주아는 한 시간 동안 단 한마디도 나누지 않은 채 성슈테판 대성당과 링슈트라세를 걷기도 했다. 그들은 이탈리아에 잠시만 머무는 조건으로, 무솔리니 치하의 이탈리아에서 관광객을 위해 실시한 특별 기차 요금 혜택을 이용하기로 했다. 부르주아가 자신이 좋아하는 도시 비첸차에 가보자고 해서 그들은 기차로 돌아갔다.

늦여름 오후에 알프스에서 아드리아 해를 향해 내려오는 일은 환희 그 자체였다. 카뮈는 차창을 통해 시몬에게 이곳저곳을 가리켜 보였다. 그런 모습을 보던 부르주아는 그들 부부의 행복했던 시설을 상기했다. 훗날 카뮈는 「영혼의 죽음」에서 "그럼에도 불구하고 비엔나에서 베네치아로 가는 기차 속에서 나는 뭔가를 기다리고 있었다"고 당시의 일을 기록하고 있다.

나는 그동안 멀건 수프만 먹고 살아서 딱딱한 빵껍질 맛은 어떨지 궁금하게 여기는 회복기 환자와도 같았다. 이제 한 줄기의 빛이 나타날 찰나였다. 지금은 그것이 무엇이었는지를 알고 있다. 나는 행복을 맞이할 준비가 되어 있었던 것이다.

기차에서 카뮈는 부르주아에게, 자기들이 타고 있는 칸의 구석 자리에 앉아 있는 중년 남자가 프랑스계 스위스 작가인 라뮈인 것 같다고 속삭였으며, 부르주아도 그가 그 작가와 무척 닮았다고 생각했다.

베니스에서 그들은 기차를 갈아타기 위해 거의 두 시간을 기다려야 했다. 부르주아는 카뮈 부부를 데리고 팔팔한 걸음으로 역에서 좁다란 골목길을 지나 작은 다리를 오르내린 후 피아자 산마르코까지 갔다가 역으로 돌아왔다.

마침 축제 때여서 리알토 다리를 지나면서 보니 그 일대는 물론 배들까지 온통 초등을 달고 있었다. 마치 오페라 무대의 일부 같았다. 그날 밤 도착한 비첸차의 피아자 데이 시뇨리 역시 비슷한 인상을 주었다. 다음날 일행은 마지막 관광을 즐겼다.

카뮈는 특히 팔라디오가 디자인한 테아트로 올림피코의 원근법을 이용해 입체적으로 만든 무대의 시각적 효과에 감탄을 금치 못했다.

그들은 관광안내소에서 마침 꼭 필요했던 정보를 얻었다. 2킬로미터 남쪽 벌판에 우뚝 솟은 산촌 몬테 베리코에 있는 어느 펜션 주소였다. 티에폴로가 장식을 한 발마라나 저택에서도 가까웠다. 이곳에서 그들은 일주일간 지내며 따로따로 돌아다니다 식사 때만 만나곤 했다.

비록 부르주아에게 내색은 하지 않았지만, 카뮈는 분명 이 "내 영혼에 꼭 들어맞는 토양"을 편안하게 여겼다. 그는 「영혼의 죽음」에도 그곳에 관한 회상을 담아놓았지만, 최초의 일기에서 찢겨나간 페이지에도 분명 그곳에 대한 내용이 적혀 있었을 것이다. 왜냐하면 저 아래 들판을 향해 창문이 나 있는 언덕 꼭대기의 방에서 씌어진 그의 에세이가 증명하고 있는 바와 같이, 오스트리아와 독일, 체코슬로바키아, 심지어 잠시 체류한 곳에 대해서도 자신의 감정을 주의 깊게 기록해놓은 카뮈로서는 그곳에 대한 감상을 기록할 시간적 여유도 많았고 또 그럴 만한 이유도 충분했기 때문이다.

그는 비첸차의 거리는 물론 전원 깊숙한 곳까지 걸어 다녔다. "마주치는 모든 존재, 거리의 냄새, 그 모든 것은 무제한의 사랑을 위한 구실이다." 그는 또다시 태양과 햇살에 감싸인 전원이 자신에게 어떤 의미가 있는지를 자각했다. 정오의 태양은 그에게서 자신을 제외한 모든 것을 벗겨내어 고뇌, 즉 아름답고 냉담한 대지와의 고통스러운 만남과 직면케 했다. 이따금씩 불안감이 들 때마다 비첸차를 생각하기만 하면 마음이 가라앉았던 것이다.

카뮈 일행은 마르세유에서 알제로 귀환하는 항해에서 여름방학이 끝나 사람들로 북적거리는 3등 선실을 이용했다. 9월 9일 알제에 도착한 카뮈는 시내 중심가에 있는 형의 조그만 아파트로 이사했다. 교통이 불편하고 편의시설이 부족한 피쉬 별장은 당시의 그로서는 감당할 수 없는 사치였다. 시몬은 친정 어머니의 집으로 돌아갔다.

그 이후에도 카뮈는 계속해서 마르트 소글러의 의논 대상이 돼줌으로써 변덕스러운 시몬의 상태에 도움을 주었다. 마르트 소글러에게 시몬은 남은 평생 동안 병원에서나 집에서나 무거운 짐이었던 것이다. 그들 부부는 이후 4년간(그래서 카뮈가 재혼을 준비하게 될 때까지) 이혼이라는 번거로운 절차를 밟지 않았지만, 다시는 함께 살지 않았다. 시몬은 재혼과 이혼을 겪은 후 1970년에 사망했다.

10 세상 위의 집

그들이 '세상 위의 집'이라 일컫던 그곳은
놀이를 위한 장소가 아니라 행복을 위한 집이다.
• 『행복한 죽음』

잘츠부르크는 하나의 전환점이었다. 이제부터 알베르 카뮈는
결혼이라는 화상 흉터를 지닌 채, 완전히 본질적인 고독 아래 놓
이게 됐다. 이제는 귀스타브 아코를 대신하던 마르트 소글러 같
은 사람도 없었고, 안주할 집도 없었으며, 보헤미안 생활이 본질
이던 학창시절도 끝났다. 그는 시몬 카뮈가 자신의 시험대였었노
라고 게이비 이모에게 쓰라린 심정으로 말했다.[1]

그는 이제부터는 그의 친구들이 이후 평생 동안 알게 될 성격을
지니게 되었다. 여느 자존심보다 강하고 평범한 것 이상의 감수
성을 지닌, 장 그르니에가 "아프리카 기질"이라고 표현한 바로 그
러한 성격이다.[2] 이제 그의 삶은 전보다 더 많은 비밀을 띠게 되
었다.

다양한 친구들은 첩보기관의 숨겨진 방들처럼 각각의 칸막이
로 구분되었다. 그의 '스페인적' 측면은 새로 나타나거나, 아니면
계발되었다. 동료였던 프랑스-스페인계 알제리인 에마뉘엘 로블
레는 그것을 신중한 용기와 긍지가 한데 결합된 '투우사의 영혼'
이라 일컬었다.

카뮈의 '지중해적' 성격 역시 도드라지기 시작했는데, 그런 면이 명확하게 나타날 때는 여성들 앞에서였다. 이는 어머니와 어머니로서의 아내에 대한 존경과 빈틈없는 배려인 동시에 새로운 피정복자에 대한 날카로운 포착이기도 했다.

코뮌의 친구들

그는 또한 시몬에게서 받은 상처에 대해 분풀이라도 하려는 듯이 하나의 지속적인 관계가 주는 위안과 확신을 거부함으로써 스스로를 벌했다. 그의 이러한 행동을 '극도의 여성 혐오증'으로 본 사람도 있었는데, 카뮈 스스로도 그러한 견해를 조장했다.

그르니에는 카뮈가 "영원한 미를 추구하면서 고독하고도 탁월한 인간으로서 위협적이고 거친 파도에서 제왕의 행복을 누리며 살아가는" 모차르트의 오페라 「돈 조반니」에서 자신의 모습을 인지했다고 생각했다.[3] 자신이 유혹한 여인을 경멸하며 고의적으로 여인의 가슴에 못을 박은 돈 후안 말이다.

하지만 그 일은 지나치리만큼 쉬웠다. 가까운 친구들은 거의 언제나 여성이었는데, 그들은 친구인 동시에 연인이 될 수도 있었던 것이다.

잔 시카르와 마르그리트 도브렌은 그의 연인이 되지는 않았지만 아주 가까운 사이여서, 카뮈의 몇몇 친구들은 그들을 카뮈의 '보디가드'라고 불렀다. 그들의 존재는 언덕 위의 빌라 '세상 위의 집'을 세상으로부터의 도피처로 만들어주었다. 그곳에서 카뮈는 스페인적인 오만, 사냥꾼다운 지중해식 태도를 버리고 아이들 같은 유희를 즐겼다.

그가 중부 유럽에 있는 동안 여자들은 피쉬 별장을 정돈해놓은 후 남은 방학을 보내기 위해 오랑의 부모 집으로 돌아갔다.

카뮈는 형의 집이나 어디든 다른 숙소에서 잠을 자고 피쉬 별장에서는 낮 동안 바다로 난 테라스에 앉아 글을 쓰는 것이 이상적이라는 것을 깨달았다.

그는 아직 일자리를 구하지 못해 아파트를 세낼 여력이 없었다. 우표를 살 돈조차 빠듯했던 것이다. 그러나 친구들이 돌아오기 전 그 마지막 여름, 아무와도 연락이 닿지 않아서 아무 일도 할 수 없었던 그때 아무것도 하지 않고 지내는 일은 정말이지 좋았다. 그는 10년만 지나도 이런 상태를 지복으로 여기게 될 것이라고 생각했다.[4]

얼마 후 친구들이 직장과 학교로 돌아오기 시작하자 카뮈는 그들 중 가장 전투적인 사람들만 모아 정치 · 문화적 활동을 할 조직을 결성했다. 카뮈 자신은 그 일을 공산당 활동의 연장이라고 여겼다. 그와 샤를 퐁세, 에밀 스코토 라비나와 피쉬 별장 친구들은 이미 '코뮌의 친구들'의 모태가 되는 활동에 가담하고 있었다. 얼마 지나지 않아서 그들은 '문화의 집' 창설과 더불어 보다 구체적인 노력을 기울이게 된다. 파리로부터 공산주의자들의 지령을 받는, 국민 운동의 알제리 판인 셈이었다.[5]

그 무렵 인민전선은 이미 침묵에서 벗어나 지식인들의 지배적인 이념이 되어 있었다. 알제리에서 가장 반동적인 이주민과 기업가들이 포함된 급진 사회주의자들도 포괄했다.

이브 부르주아는 자신과 친구들이 이제 상비조직이 되었다는 사실을 기쁜 심정으로 기록했다.[6] 그들은 그 시대가 창조적인 젊은이들에게는 더할 나위 없는 시대라고 확신했다. 즉 이제는 자신을 표현하면서 모든 시민의 문화적 발전을 떠맡을 책임을 질 수 있게 된 것이다. 그 구성원 가운데 하나가 훗날 회고한 바처럼, 그것은 일종의 폭발이었다. '아랍인들'은 참여하지 않았잖은가? 하지만 이 젊은이들은 평범한 식민지 주민이 아니었다. 그들은 '아랍인들'만큼이나 열심히 일했던 것이다.

알제리의 모든 유럽인은 이슬람 교도에 비교할 때 부르주아였는데 대부분 중산층의 자녀인 이 젊은이들은 함께 먹고 자고 함께 일하고 함께 글을 쓰면서 혁명을 이룩하고 있었다. 그리고 이 그룹 전체에서 카뮈는 가장 훈련된 인물, 목적에 전적으로 집중한 인물로 보였다. 그의 건강과 가난이 주요인이었다.[7]

얕은 바닥

1936년 9월 29일, 노동극장의 다음번 레퍼토리인 막심 고리키의 「얕은 바닥」 리허설이 진행되고 있었다. 적어도 초기의 계획에 의하면 뒤이어 마키아벨리의 『만드라골라』(*Mandragola*), 『분노의 시대』 리바이벌, 발자크의 『보트랭』(*Vautrin*), 그리고 페르난도 데 로하스의 『셀레스티나』(*La Celestina*)가 이어질 예정이었다. 그러나 시몬과의 별거가 일종의 전환점이 되었다.

카뮈는 시몬이 자신의 세계를 공유할 것처럼 보였던 저 행복했던 때에 그녀를 위해 정해둔 고리키 극의 여주인공 역을 대신할 사람을 찾아야 했다. 그는 잔 시카르에게 그 역을 제안했으나 그녀는 원치 않았다. 그녀와 마르그리트 도브렌은 뒤늦게 오랑에서 알제로 돌아왔기 때문에 그들 없이 리허설을 시작해야 할 상황이었다.

신인 배우를 모집하던 카뮈는 여주인공 역을 맡을 매력적인 젊은 여성들이 수없이 많다는 사실을 알게 되었다. 그는 이 무렵 같이 연습하는 배우들이 연극에 부적합하다고 여겼다. 또는 그가 전보다 더 많은 요구를 하게 된 것일지도 모르지만. 얼마 가지 않아서 텍스트에 진력이 난 그는 이제 좀 새로운 것을 시도해보고 싶었다.[8]

한편 새로운 긴장이 감돌기 시작했는데, 카뮈와 이브 부르주아 사이의 경우가 특히 심했다. 이 고등학교 교사와 친구들은, 카뮈가 감독 겸 연출자로서 자신을 지나치리만큼 진지하게 받아들여서 아마추어인 주제에 자신이 메이에르홀트나 스타니슬라브스키라도 된 줄 알고 있다고 여겼다. 그들은 카뮈가 잔 시카르나 마르그리트 도브렌의 경우는 그녀들이 돌아오기를 몇 주 동안 기다려주었으면서도, 단지 리허설에 빠졌다는 이유로 한 청년의 배역을 빼앗은 점을 지적했다.

개인적으로 카뮈에게 열중하는 단원들과 나머지 단원들 사이에 보이지 않는 벽이 생겼다. 부르주아는 그 나머지 단원들에 속했다. 그는 시몬 카뮈에게는 계속 따뜻하게 대했는데, 두 사람이 함께 공공장소에 있는 모습이 목격되기도 했다.[9]

카뮈의 입장에서 볼 때 비록 리허설을 진행시키고 있긴 했지만 그 무렵 본격적으로 일자리를 알아보고 있는 상태에서 자신이 11월 말로 예정된 연극 공연 때까지 알제에 있게 될지 확실치 않았다. 그는 심지어 알프스의 요양원에 있는 어린 환자들을 가르칠 교사직에 응모하기까지 했다. 그는 내심 그 자리가 돌아오지 않기를 바랐으나, 이제 수입원이 전혀 없는 상태였기 때문에 지방 사무직이라도 찾아야 할 형편이었던 것이다.

그는 아주 외딴 곳의 구직광고까지 읽고 있었고, 그 어떤 것도 외지다고 불평할 처지가 아니었다. 그는 은밀하게, 인도의 어느 왕자가 서구 교육을 받은 비서를 모집한다는 광고가 나지나 않을까 기대했다.

새로운 친구 에드몽 샤를로의 출판을 관심 있게 지켜보던 카뮈는 지중해 작가와 시인들의 작품을 모은 '메디테라네'(지중해)라는 총서의 편집자가 되기로 했다. 그는 오랑에서 총서를 받아볼 독자 10여 명을 확보해주기로 한 뒤 그 일을 오랑의 부르주아 계급과 밀접한 잔 시카르에게 넘겼다.[10]

마침내 샤를로가 문을 연 그 성냥갑만한 서점은 이내 독서인들의 모임 장소가 되었다. 사람들은 이곳에서 신간서적과 정치 및 문학잡지들을 읽을 수 있었고, 책을 살 여유가 없을 경우에는 빌릴 수도 있었다. 신간 한 권 값을 회비로 내면 그 다음부터는 추가 비용 없이 얼마든지 다른 책으로 바꿔볼 수 있었다. 회비를 좀더 낼 경우에는 한 번에 두 권도 빌릴 수 있었다.

카뮈는 처음엔 비공식적인 동업자로서, 그 다음엔 단골 필자로서 늘상 서점에서 지내면서 위층 사무실로 통하는 좁은 층계에 걸터앉아 책을 읽기도 하고 책을 가져가기도 했다. 얼마 지나지 않아 카뮈는 샤를로에게 구입해야 할 신간이나 출판할 원고에 대한 조언을 해주기에 이른다.[11]

이 무렵 피쉬 별장의 '스카우트 단원'으로 신참이 합류했다. 잔 시카르와 마르그리트 도브렌은 오랑에서 알고 지내던 크리스틴 갈랭도가 알제에서 일자리를 구하자 카뮈에게 도움을 요청했다. 이런 일에 적극적이었던 그는 즉각 크리스틴을 초대했고, 피쉬 별장에 임시 숙소를 마련해주기까지 했다. 가능했다면 그녀를 자

기 집으로 데려갔을 테지만 그에겐 집이 없었다.[12]

그 무렵 이 새로운 '상비조직'은 「얕은 바다」의 두 차례의 공연을 알제리에서 가장 훌륭한 공연장에서 할 수 있게 되었다. 1회 공연은 11월 28일 토요일 밤이었고 2회 공연은 일요일 낮에 열렸다.

살레 피에르 보르드(오늘날에는 살레 이븐 칼둔으로 불린다)는 건축가 자크 기오셍이 페레 형제와 함께 설계한 총독부 고층 청사의 일부다. 페레 형제는 보강 콘크리트로 건축에 혁신을 일으켰다. 둥근 천장의 폭이 30미터에 달하며 대작을 공연할 수 있는 이 광대한 원형 건물은 서사극에 필요한 널찍한 무대도 갖춰져 있었지만 아쉽게도 음향 설비만은 대사를 읊는 연극보다는 연주회에 어울렸다.

극의 줄거리는 몰락한 자들이 들락거리는 여인숙에서 한 사람이 여인숙 주인을 살해하는 데 초점을 맞춘 단순한 내용이었다. 한바탕 소동이 끝난 후 등장인물들은 잠시 흔들렸던 비참한 생활로 다시 돌아가게 된다. 비슷한 시기에 장 르누아르도 고리키의 이 작품을 영화로 만들었는데, 그 영화는 그해 최고의 영화로 선정되어 델뤽 상을 받았다. 루이 주베와 장 가뱅이 주연으로 나온 영화에서는, 장 가뱅이 카뮈가 알제에서 맡았던 도둑 페펠 역을 맡았다.

이 작품을 위한 무대장치는 카뮈의 건축가 친구 피에르 앙드레 에므리가 맡았는데, 그는 이후 극단의 모든 무대에 참여하게 된다. 에므리는 이용할 수 있는 것은 모두 동원했는데, 그중에서도 특히 연주자들이 좌석 높이를 달리하기 위해 사용했던 나무상자가 유용했고 합판도 좋은 재료가 되었다. 폴란드의 소목장이인 막스 뷔그도르치크가 목공 솜씨를 발휘했다.

배우들은 걸인을 연기했기 때문에 의상에는 별 문제가 없었다. 현명한 거지 노인 역을 맡았던 부르주아는 성처녀와 아기예수를 그린 오스트리아제 접시를 빌려주었는데, 멀리서 보면 성상처럼 보였다.[13]

비록 즉흥적으로 제작되긴 했어도 그 공연은 첫 번째 공연을 능가한 작품으로 평가되었고 결과도 만족스러웠다. 『에코 달제』에는 다음과 같은 기사가 실렸다. "젊고 용기 있는 노동극장의 단원들이 다시금 공연을 했다. 그 넓은 객석이 관객들로 빽빽히 메워졌다."

이어서 평자는 "시간이 흐르면서 관객들은 큰 공연장의 세련된 공연에 식상했다"는 점을 지적했다. 그와 같은 절망적인 주제를 선택하는 데는 용기가 필요했을 테지만, 결과는 성공적이었다고도 했다. 무대장치와 연기와 조명 그리고 "배경을 실루엣으로 처리한 그림자 연기로 연극에 환상적인 분위기를 불어넣은 몇몇 아름다운 장면들."

평자는 이 극단이 하나의 막이 끝날 때마다 통상적으로 받던 박수갈채를 거부한 채 익명으로 남고자 한 사실에 주목했다. "하지만 그 얼마나 아름다운 겸허의 교훈인가!"

공산당 기관지 『뤼테 소샬』은 이 극단이 불과 몇백 프랑의 자금으로, 피토에프와 뤼녜 포가 파리의 화려한 무대에서 보여준 것과 같은 것을 시도했다는 사실을 덧붙였다.

그의 동료 단원들과 평생 친구인 샤를 퐁세가 말한 것처럼, 모두를 익명으로 설정한 규정과 상관없이 알베르 카뮈가 이 극단의 리더라는 사실에는 의심의 여지가 없었다.

그는 유능한 배우였지만 그의 가장 열렬한 추종자라도 결코 탁월한 배우라고 말할 수 있을 정도는 아니었다. 그는 그 아마추어 단원들 가운데 미국에서 볼 수 있는 젊은 주연배우처럼 운동선수 같은 체격에 무대에 어울리는 인물, 요컨대 가장 덜 어설픈 배우였다. 다른 단원들은 지방의 희극 배우라는 인상을 극복하지 못했고 '프랑스령 알제리식' 사투리와 지중해식 몸짓을 버리지 못했는데, 적어도 카뮈만큼은 그런 것들을 극복할 수 있었다.[14]

이제 『행복한 죽음』에서 청춘의 화려한 수사로 묘사된, 저 목가적이고 행복한 공동체 시절이 시작된다. 카뮈가 출판을 의도하지 않았던 이 작품에는 지울 수 없는 미숙함의 흔적이 엿보인다.

잔 시카르와 마르그리트 도브렌이 마침내 도착했는데, 이번에는 피쉬 별장에 정착하기 위해서였다. 잔은 반항아가 되어 돌아왔는데, 상류층에 속하는 그녀의 가족이 알제에서의 딸의 방탕한 생활, 즉 무대 활동과 심지어는 공산당에 입당한 사실 등을 알게 되었기 때문이다. 가족은 그녀를 알제로 돌려보내지 않으려 했다. 그래서 그녀는 학생 숙소('숙녀의 집')를 아예 포기하고 마르그리트 도브렌과 오랑에서 온 그들의 친구 크리스틴 갈랭도와 함께 그곳으로 이사했다.

오랑의 고등학교에서 바칼로레아에 합격한 크리스틴은 알제에서 자동차 판매회사의 비서직을 구했기 때문에 피쉬 별장의 세를 충당할 수 있었다.[15] 카뮈는 비정기적으로 별장을 들락거렸는데, 크리스틴이 살게 되면서부터 대부분의 시간을 그곳에서 보냈다. 알몸으로 일광욕하기를 즐긴 이 젊은 여인과의 교제는 『행복한 죽음』에 가벼운 일화로 등장한다.

비록 그의 무조건적인 예찬자들을 퉁명스럽게 대하긴 했어도 카뮈에 대해 적대감을 품고 있지는 않았던 이브 부르주아가 피쉬 별장을 장식하기 위해 자신이 쓰지 않는 커다란 조개껍질을 어깨에 메고 찾아오기도 했다.[16]

잔과 마르그리트는 침실 하나를 같이 썼다. 크리스틴은 '세상 위'로 난 테라스에 면한 큼직한 창이 달린 방을 차지했다. 카뮈는 그녀의 방 창가에 수수한 나무 책상을 갖다놓았다. 그녀는 하루 종일 직장에 나가 있었다.

『행복한 죽음』에서 피쉬 별장과 관련된 장들은 1936년 말부터 이듬해에 이르는 기간에 그들이 실제로 영위했던 생활의 충실한 기록이라 할 수 있다. 클레어는 잔 시카르이고, 로즈는 마르그리트 도브렌이며, 카테린은 크리스틴 갈랭도다. 다른 친구들에게도 모두 새로운 이름이 부여되었다. 애완동물만이 실제 이름 그대로 쓰였는데, 고양이 칼리와 굴라가 그렇다. 고양이는 이후 카뮈의 생애에서 필수적인 요소가 되었다.

창가에 놓인 그 조그만 책상에서 나온 주요 작품 가운데 하나가, 변덕스러운 폭군에 대해 쓰기 시작한 희곡 『칼리굴라』 초고인데, 그 작품은 1945년에 초연되기까지 수많은 개작을 거치게 된다.

별장에는 카뮈가 '커크'(고통스러워하는 개)라고 이름 지은 길 잃은 개 한 마리도 있었다. 그 개의 고통은 나중에 해충구제업자를 부를 때까지 온 집안에 만연해 있던 진드기 때문이었을 것이다. 모든 애완동물은 공동 소유였으며, 친구들이 그 빌라를 다른 친구들에게 넘겨줄 때 함께 넘어갔다.[17]

어느 날 학교에서 학생을 가르치고 있던 이브 부르주아는 황급하게 휴게실로 불려갔다. 역에서 학교로 곧장 달려왔음이 분명해

보이는, 옷을 잘 입고 몸집이 큰 나이든 부인이 부르주아에게 자기 딸 잔 시카르가 어디 있는지 말해달라고 요구했다. 그러자 그는 타고난 연기 재능을 이용해서 말을 더듬는 시늉을 했다. 시카르 부인이 그룹의 다른 젊은이들의 이름을 대라고 하자 그는 몇 개의 이름을 만들어냈다. 그녀는 부르주아가 자기에게 거짓말을 하고 있다는 사실을 깨닫자 악수를 하면서 일부러 손톱으로 그의 손바닥을 찌르고는 그대로 걸어 나갔다.[18]

카뮈는 유럽에서 돌아온 이후 극단을 위해 계속해서 아이스킬로스의 『사슬에 묶인 프로메테우스』의 연출 작업을 했다. 기존의 모든 번역본이 어색하다고 여긴 카뮈는 처음부터 새로 그 작품을 다듬기 시작했다. 그는 잔 시카르의 총명한 조언에 의지했다. 이제 그녀는 무대 및 음악에 관해 카뮈의 의도를 충분히 이해할 수 있는 조력자였기 때문이다. 그러는 한편 그들은 12월 6일 노동자의 제전인 '알제 노동자 축제'에서 공연할 라몬 J. 센데르의 「비밀」을 급히 만들었다. 노동자를 심문하는 경찰에 관한 이야기였다. 6일 만에 제작된 그 연극은 『알제리 우브리에르』로부터 예술적 역작이라는 호평을 받았다.[19]

여전히 일자리가 없었던 카뮈는 프레맹빌이 소개해준 신문사 일자리에 대해 알아보기 위해 잠시 오랑을 다녀왔다. 그 도시에서는 인민전선 세력들이 자금과 인재를 모아 독자적인 일간지를 발행했다. 보수적인 이주민들이 관리하는 유일한 언론이었다. 법대생인 마르셀 슈라키가 신문사 직원 선발을 거들고 있었다.

그는 카뮈와 면담하면서, 월급으로 1,200프랑밖에 줄 수 없는데, 그 이유는 인쇄업자들은 2,000프랑을 받는 데 반해 편집부 전 직원이 똑같이 저임금을 받기 때문이라고 했다. 카뮈는 그런 형편없는 급료를 준다면 차라리 알제에 그냥 있는 편이 낫겠다고 대답했다.

카뮈는 그때 서신으로 교사직을 문의해보았던 페늘롱 초등학교에도 들러보았을 텐데, 설혹 취직이 되었다 해도 그곳의 상류층 및 왕당파적 분위기가 마음에 들지 않았을 것이다.[20]

일자리는 전혀 예기치 않았던 곳에서 생겼다. 그는 어느 오래된 극단이 이끄는 라디오 알제 방송국의 연극단에 1년 계약으로 고용되었다. 라디오 방송국의 지방 공연을 해야 하는 자리였는데, 무엇보다도 오를레앙빌, 마스카라, 세티프 같은 알제리의 소도시와 마을을 정기적으로 돌아다녀야 했다. 그에게는 알베르 파르네스라는 예명도 생겼다. 후에 카뮈는 마스카라에서 일하던 대학시절 친구인 릴리안 슈크룬에게, 자신이 그 도시에 세 차례 머문 적이 있어서 그곳 호텔 주인과도 친해졌는데 호텔 주인은 여전히 자신을 알베르 파르네스로 알고 있더라고 했다.[21] 그는 공연 때마다 80프랑씩을 받았다. 2주간의 순회공연 레퍼토리에는 몰리에르와 보마르셰도 포함되어 있었다.[22]

1937년 2월 25일 『에코 달제』지에는 19세기에 인기 있던 낭만주의 시인 테오도르 드 방빌의 「그랭고르」(Gringoire) 공연에 대한 평이 실렸다. 이 작품에서 카뮈는 올리비에 르 댕 역을 맡았는데, 그 기사에서는 본명으로 언급되어 있다.

훗날 그는 당시 3등칸에서 이슬람 교도 농부들과 어울려 기차 여행을 하면서 겪었던 재미난 일화들을 기록하게 된다. 한번은 어떤 사람이 칸막이 객실 안으로 들어오더니 이슬람 교도가 들어오지 못하도록 여행가방을 좌석 위에 잔뜩 늘어놓았다. 그 사내가 객실을 잠시 비운 사이 카뮈와 다른 배우들은 그 여행가방들을 역의 승강장으로 집어던지며 행인들에게, 누군가 그 짐을 놓고 내린 모양이라고 외쳤다.[23] 그의 일기에도 이때의 여행에 대해 기록한 부분이 있는데, 전혀 다른 어조로 기술하고 있다. "아침이 되면 정오의 태양처럼 사납고 난폭한 오랑 사람도 다감하고 유약해진다."

크리스틴은 비서로 일하면서 700프랑을 벌었고, 일을 한다는 것이 새로운 경험인 잔 시카르는 자신이 180프랑을 벌었다고 자랑스럽게 이야기하곤 했다.[24] 그녀는 원하는 사람에게는 계층을 따지지 않고 누구에게나 프랑스어와 수학을 가르쳤다. 하루는 카뮈가 초등학교 때의 교사인 루이 제르맹의 조카를 그녀에게 데려왔다. 그 학생은 지리와 역사, 프랑스어의 바칼로레아를 준비해야 했다. 조카가 시험에 통과하자 제르맹은 그들 전부를 벨쿠르에 있는 자택으로 불러 파티를 열어주었다.

카뮈는 시간이 있을 때는 개인교습도 했는데, 대부분 학생의 집에 찾아가서 가르쳤다. 그는 피쉬 별장의 가사일도 나누어 했다. 순번을 정한 공동 거주자들은 공동 적립한 돈으로 일주일씩 음식을 만들어야 했다. 식단은 아주 간단했는데, 구운 고기에 마르그리트 도브렌이 매주 오랑의 부모에게서 받아오는 식품으로 보충한 것이었다. 그 식품 꾸러미에는 조리한 음식도 들어 있었다.[25]

하지만 이 모든 일은 카뮈 같은 건강 상태에 있는 젊은이에게는 무리였을 것이다. 클로드 드 프레맹빌은 오랑에 있는 친구 앙드레 벨라미슈에게 이런 편지를 보냈다. "난 카뮈에게 몹시 화가 나 있네. 그는 나를 완전히 잊고 있어. 그는 자신의 시간을 모두 빼앗고 지치게 하며 고립시키는 그런 가짜 생활에 푹 빠져 있어."

카뮈는 체중이 줄었고 다시 각혈을 했다.[26] 그래도 결핵의 재발은 몇 개월 동안은 그다지 심각해 보이지 않았으며, 카뮈 역시 어쩔 수 없는 상황이 될 때까지 그 생활을 그만두려 하지 않았다.

문화의 집

인민전선 활동 대부분을 특징짓는 이상주의를 자신들의 정치 노선에 맞춘 목표로 전환시키는 법을 알고 있는 공산주의 간부가 보기에 사유하는 인간에게 가장 효과적인 선전기관 중 하나는 '문화의 집'이었다. 이는 모든 직종의 지식인들에게 호소력을 갖도록 의도된 다중 예술, 다중 미디어적 접근 방식이었다. 그럼으로써 그들은 자신들이 주위의 보다 큰 사회의 문화 및 정치적 의식을 각성시키는 데 기여하고 있다고 느끼게 된다.

문화의 집은 정치는 물론 과학과 문학의 순회 강연을 지원하고, 영화와 연극 프로그램도 제공했다. 그 활동 참가자가 반드시 공산당원이거나 공산주의 노선에 전적으로 따라야 할 필요는 없다. 인민전선의 돌격대원이기만 하면 되는 것이다.

강연이나 공연을 보고 나오면 좌파의 투쟁적 슬로건이나 프로그램에 대해 호감을 갖게 될 텐데, 청중 가운데는 분명 정식 공산주의자나 사회주의자가 아닌 사람들도 포함되어 있었다. 현존하는 모든 문화 및 정치 운동은 문화의 집으로 인재를 집결시킬 수 있을 것이며, 알제에 이런 기구가 창설된다면 여러 조직의 대표 자격을 갖게 될 것이었다.

갖가지 계획으로 가득 차 있고 그것을 사회적으로 유용하게 만들고 싶어 하던 카뮈와 그의 친구들은 이와 같은 문화의 집 개념을 받아들일 준비가 되어 있었다. 거추장스럽고 돈이 드는 시설은 필요치 않았다. 아니 '집'이 없어도 상관없었다.

훗날인 1960년대에 드골 당파가 된 앙드레 말로는 프랑스 전역에 대담하고 화려하게 건축된 문화의 집 네트워크를 창설하게 된다. 말로는 아담한 극장과 강연장, 화랑, 도서관을 한데 통합한 그 문화의 집을 20세기의 대성당이라고 언급한 바 있다. 하지만 그것은 말로가 샤를 드골의 문화부 장관이 되었을 때의 이야기다. 1930년대의 문화의 집은 임시변통한 것이었다.

문화의 집 알제 지부는 다른 초라한 사무실들과 함께 좌익 운동본부로 쓰이는 낡은 건물의 한 초라한 방에서 사무를 보았는데, 공공활동은 저 인상적인 살레 피에르 보르드 같은 지방의 회관에서 집행되었다. 그 정도면 충분했는데, 왜냐하면 그 조직과 프로그램, 심지어 연사들 대부분까지 파리의 문화의 집 본부에서 공급되었기 때문이다. 알제리 그룹에서는 아마추어 연극인 같은 특별부문의 인재들과 그 지방의 특성을 살린 기획(지중해 문화의 통일)만 더하면 되었다.

좌파에 속해 있던 카뮈의 모든 친구들은 그와 함께 이 모험에 뛰어들었다. 그들은 카뮈를 사무국장으로 하고, 잔 시카르와 샤를 퐁세를 이사로 하는 이사진을 선발했다.

연설국에는 카뮈의 고등학교 시절 친구로서 그와 평생 동안 우정을 나눈 로베르 조소와 마르그리트 도브렌이 소속돼 있었다. 에밀 스코토 라비나는 인쇄국에, 잔 시카르는 극장위원회에 소속되었다. 카뮈와 미술비평가이자 친구인 마르셀 본네 블랑세, 그리고 조각가 루이 베니스티는 전시 담당이었고, 카뮈의 주치의이자 친구인 스타카 크비클린스키는 과학위원회 회원이 되었다.

즉각 포괄적이고 야심적인 프로그램이 승인되었다. 연설국은 격주마다 토착 이슬람 교도의 예술과 문학, 철학, 음악, 건축, 연극, 그 밖의 지중해 문화, 북아프리카 민속에 대한 좌담회를 개최할 예정이었다. 처음에 구성된 조직 계획에 의하면 인쇄국은 정규적인 선전 업무를 수행하고 공보를 발행하기로 되어 있었지만, 동시에 라디오 알제에서의 좌담회도 편성하기로 했다.

공연위원회는 연극과 영화 프로그램에 관한 업무를 처리하면서 지방 축제를 준비하고 토착 음악 연주회를 기획했다. 전시위원회는 '지방' 예술은 물론 토착 예술, 그리고 건축 전시회와 도시계획에도 관여했다. 과학위원회에서는 연구실험실에서 쓸 기금을 모을 예정이었다.

이 모든 계획이 성사된 것은 아니지만, 이 일에 관련된 젊은이들이 학생 신분이거나 생계를 위해 노동을 해야 하는 상황이고 언제나 자금이 부족했다는 점을 감안하면, 생각했던 것 이상의 성과를 거둔 셈이다.

파리 소재 문화의 집 연맹의 지부로서 알제의 문화의 집 창설을 선포하는 유인물이 배포되었다. 알제 지부는 '노동영화', '노동극장', '의학과 노동', '코뮌의 친구들', '소련의 친구들', 그 밖에 르 코르뷔지에 지향의 '국제현대건축학회' 같은 조직들과 혁명적인 예술가들의 단체 등의 지지를 받게 된다. 선언문에 개진된 문화의 집의 목적은 다음과 같다.

1. 이 기구가 없다면 흩어지거나 충돌하고 말 문화적 활동을 조정하고 통합하는 일.
2. 보다 나은 설비를 갖춘 기구로 소그룹을 지원하는 일.

3. 작가와 예술가들이 참여할 지적이고 예술적인 운동을 조직하는 일.

4. 지중해적이고 토착적인 문화에 이바지하는 일.

선언문은 또한 문화의 집이 노동극장과 노동영화의 공연을 지원하며, "노동계급에 새로운 문화에 대한 희망을 심을 수 있을 것인가?"라는 주제의 강연회를 열 예정임을 공표했다.

곧 이어서 지드와 말로, 장 지오노를 알제로 초빙하는 일, 다리우스 밀로드와 아서 호네거의 연주회 개최, 파리로부터 예술 전시회를 가져오는 일 등이 시도됐다. 과학 쪽으로는 "생물학과 마르크스주의" 같은 주제에 대한 좌담회가 기획됐다. 토착적인 관습이 연구되고, 아랍민중극장이 조직됐다. 얼마 후부터 '식민지는 물론 프랑스 내에서' 개최하는 모든 행사의 할인 입장권을 사기 위해 단체 및 개인들로부터 회원 자격 문의가 쏟아져 들어오기 시작했다.

'문화의 집'의 젊은 발기인들의 신앙고백을 표명한 선언문의 결론에는 당시 카뮈가 전념하고 있던 문제들의 흔적이 담겨 있다.

'문화의 집'은 만인에게 그 활동을 이해하고 지지할 것을 다급히 촉구하는 바이다. 이 땅의 지식인들은 지중해 문화를 대표하는 독특한 과제를 수행할 의무가 있다. '문화의 집'에 집결한 지식인들은 이 문제에 깊은 관심을 갖고 있으며, 범속과 폭력에 의해 위기에 처한 우리 시대의 '문화'에 기여할 방도를 찾을 것이다. 그 목적을 위해 우리는 우리 지중해에서 그럴 권리와 의무가 있는 알제 시를 지식인의 도시로 만들어야 하는 것이다.[27]

삶에 대한 기호

알제 '문화의 집'의 야심 찬 활동범위와 프로그램 못지 않게, 그들이 거둔 초기 성과 역시 대단했다.

1937년 2월 6일 공산당 기관지 『뤼테 소샬』의 한 기사에서 예고된 그 최초의 활동은 2월 8일에 여성평신도 공제회관에서 개최된 "지중해 문화가 달성될 수 있을 것인가?"라는 주제에 관한 좌담회였다.

연사의 이름은 나와 있지 않았지만, 신문은 노동자들로 하여금 '문화의 집' 행사에 참석하고 가입하도록 촉구했다. "왜냐하면 바로 인민전선과 짝을 이루는 '문화전선'을 창출하는 일이기 때문이다."

이 첫 번째 회합에 참석한 노동자들은 그리 많지 않았지만, 학생과 교수들, 여러 분야의 지식인들로 구성된 청중은 무척 고무되었다.

"다시 젊어진 듯 아주 동조적인 분위기였다"고 보수적인(급진적 사회주의) 『에코 달제』는 전했다. 청중들은 "가장 열렬하고 가장 재능 있는 '문화의 집'의 발기인"인 연사 알베르 카뮈와 동료 간사들이 서 있는 연단을 향하고 있었다. 간사들 중 두 명은 여성이었으며, 이는 "새로운 정신"을 시사하는 것이라고 신문은 보도했다. 그 기사를 쓴 기자 역시 여성이었다.[28]

'문화의 집' 공보지 『죈 메디테라네』(*Jeune Méditerranée*, 젊은 지중해)에 요약문이 게재되었고 그의 『에세이』(*Essais*)에도 수록된 카뮈의 연설은 알제 인민전선의 정신에 대해서보다는 자신의 견해와 지적 길잡이들, 그중에서도 그르니에의 견해를 좀더 부각시키고 있다. 그러나 그는 신중하게 자신의 지중해 관념을 '문화의 집'의 일반적 개념의 틀 속에 맞추어 넣었다.

그는 지방주의가 종종 극우파의 손에 넘어가 일종의 파시즘으로 변질된다는 사실을 시인했다. 샤를 모라스의 경우가 그랬다. 그는 그러한 실책 때문에 지중해와 라틴, 아테네와 로마를 혼란시키는 결과가 빚어진다고 여겼다. 그것은 사멸한 전통, 퇴폐적인 민족주의, 지중해적 우월성의 문제가 아니다. 그보다는 한 민족으로 하여금 스스로를 표현하도록 도와주는 문제인 것이다.

카뮈의 지중해는 지중해 유역 전체를 관통하는 "삶에 대한 기호"이기 때문에, 노르망디인이나 알자스인보다는 마요르카나 제노바의 주민에게 더 친밀감을 느낀다는 것이다. 그들에게는 공통의 역사가 있다. 동서양 사이의 가교가 있는 것이다.

연사는 여기서 자신의 여행 경험을 끌어냈다. 그는 목까지 단추를 잠근 중부 유럽인에게서는 왠지 거부당하는 느낌을 받았다. 이탈리아의 파시즘조차 붙임성 있고 쾌활한 이탈리아인의 기질에 의해 유연해졌다. 따라서 지중해의 집단주의는 어쩔 수 없이 러시아의 그것과는 구분될 수밖에 없다. "여기서 우리가 해야 할 일은 지중해를 원상복구시키는 것이다. 부당하게도 그것을 자기 것이라고 주장하는 자들의 손에서 지중해를 빼앗아 경제적 질서를 받아들이도록 준비시키는 것이며, 우리는 그 질서를 맞이할 준비가 되어 있다."

그들이 할 일은 인간을 파괴하기보다는 장려하는 지중해적 문화의 제반 양상을 지원하는 것이다. 카뮈는 폭력과 죽음이 난무하는 오늘날의 세계에 희망의 여지가 있다고 보지는 않았지만, 문명을 위한 공간은 있을 것으로 여겼다.

젊은 지중해

이 최초의 공적인 행사가 성공한 데 자극받은 카뮈와 그의 친구들은 다른 새로운 활동에 달려들었다. 라디오 알제의 순회공연 때문에 대기 상태였던 카뮈는 노동극장의 다음번 프로그램의 리허설을 감독했다. 「사슬에 묶인 프로메테우스」와 벤 존슨의 「남녀양성자 또는 침묵한 여인」 두 편이 동시에 공연될 예정이었다.

카뮈는 또한 문화의 집에서 초빙한 본토 프랑스의 연사이며 인기 있는 좌파 소설가이자 『코뮌』과 『위마니테』(L'Humanité)에 기고한 인물로서 "혁명적인 아나톨 프랑스"에 대해 강연할 클로드 아벨린을 맞이할 준비를 했다. 아벨린은 문화의 집 파리 본부의 후원을 받아 프랑스의 여러 지방을 순회하며 강연하고 있었다.

2월 19일 카뮈는 라디오 알제에 자신의 초청 연사를 짤막하게 소개할 수 있었다. 그는 아벨린의 작업이 "세상의 고통"을 지향하고 있음을 언급한 후 인민전선의 격주간지 『방드르디』(Vendredi)에 게재된 연사에 대한 설명을 차용했다. "키가 크고 호리호리한 젊은이로 등이 약간 굽은 그는 온화하고 다소 수줍은 성격으로, 격한 어조로 말하지 않으면서도 설득력과 매력을 갖추었다."

아벨린이 한 강연은 10월 혁명 5주년을 맞이하여 『위마니테』에 게재되었던 소련에 대한 찬사를 인용하면서 아나톨 프랑스의 정치적 측면에 초점을 맞추었다. "그들은 운명이 호의를 베풀 경우 러시아 전역으로 퍼져나가 언젠가 유럽을 비옥하게 만들 씨앗을 뿌렸다."[29]

아벨린이 어느 일요일 아침 '라탱 구'라는 카페 지하실에서 한 무리의 평화주의자 학생들을 앞에 놓고 연설한 것도 아마 이 무렵의 일이었을 것이다. 이미 젊은 학생들 사이에서 명사가 되어 있던 카뮈 역시 그 회의에 초빙되었다. 화창한 일요일이어서 청중은 많이 모이지 않았다.

미소를 띤 카뮈를 본 주최 측의 한 사람이, 의장이 군복무에 반대하는 연설을 하는 자리에 카뮈가 참석했음을 지적하자 카뮈는 당혹감을 느꼈다. 아벨린이 연설을 시작하자 카뮈의 미소는 사라졌다.

회의가 끝날 무렵 그는 아벨린과 함께 연사석에 합류했다. 카뮈는 끔찍한 군복무에 대해 활기차게 연설하던 젊은이에게 나이를 물어보았다. 청년은 자신이 열일곱 살이라고 대답했다. 그러자 카뮈가 이렇게 말했다. "그렇군. 내가 제대로 안 거라면 자넨 아직 군복무를 하지 않았겠군. 그렇다면 병영 생활에 대한 자네의 격정과 묘사력에 한층 감탄하지 않을 수 없는걸. 하지만 내 생각엔 자신이 경험한 사실에 대해 말하는 편이 더 나을 것 같은데, 어떤가? 그렇다면 자네 견해에 호감을 갖고 지지할 수 있을 텐데 말이야." 회의가 끝난 후 그들은 함께 학생식당으로 자리를 옮겼는데, 그곳에서도 카뮈는 모두에게 환대받는 명사였다.[30]

이후 모든 활동이 폭발적으로 전개되기 시작했다. 3월 10일, 문화의 집은 카뮈의 주재 아래 '민중과 문화'에 대한 토론을 벌이면서, 카뮈가 공산당 세포를 운영하고 있던 지역에 '고지문화서클'을 발족시켰다.

4월 26일, 고지문화서클은 파리의 프랑스 의회보다 먼저 일부 알제리계 이슬람 교도에게 참정권을 부여하게 될 '블룸-비올레트' 법안에 대한 회의를 열었다. 카뮈의 연설 제목은 "지식인과 비올레트 법안"이었다. 공동 연사는 프랑스-이슬람 연맹의 간사였는데, 아마 클로드 드 프레맹빌이었을 것이다.

카뮈는 '반유대주의에 반대하는 국제연맹'(LICA)이 이슬람 교도 종교 지도자인 엘 오크비와 함께 주최한 집회에서도 문화의 집을 대표했으며, 그 자리에는 LICA의 창설자인 베르나르 르카셰가 참석했다.

얼마 지나지 않아서 알제 문화의 집의 활동이 『코민』지의 보도를 계기로 파리에 알려지기 시작했다. 그 5월호에는 이런 기사가 실렸다. "알제의 세력은 확장일로에 있다. 그곳 '문화의 집'은 과학자 이렌 졸리오 퀴리의 좌담회를 후원했으며, 주목할 만한 푸슈킨 제전을 개최했다. 알제에는 노동극장이라는 훌륭한 극단이 있다."[31]

프레데리크 졸리오 퀴리는 아내가 연설할 때 그녀와 나란히 연단에 있었다.[32] 7월호 『코민』에도 알제리인에 대한 찬사가 실렸다. "알제는 지역을 기반으로 한 고유한 형태의 문화 서클을 설립할 필요성을 제대로 이해했다."[33]

문화의 집에서는 과학학술국이라는 부서용으로 독특한 서식을 사용했는데, 카뮈는 이 서식으로 친구 릴리안 슈크룬의 사촌을 원자이론의 연구 상황에 대한 회의의 연사로 초청했다.[34]

문화의 집 기관지인 『죈 메디테라네』 1937년 5월호는, 3월 24일 푸슈킨의 밤에 자크 외르공 교수가 푸슈킨에 대해 강연한 내용으로 시작된다. 그 외에도 문화의 집의 광범위한 전망이 언급되어 있다. 『죈 메디테라네』는 블룸-비올레트 선거법 개정을 지지하는 알제 지식인의 선언문으로 마지막을 장식했다.

90만 명의 주민이 교육과 문명의 혜택을 받지 못한 채 전례 없는 빈곤이라는 장애를 안고 있으며 특별법과 비인간적인 법규로 억압받고 있는 국가에서 문화를 논할 수는 없는 일이다.

이슬람 교도의 참정권 확대를 꾀한 비올레트 법안은 50인의 청원자에 의해 "이슬람 교도의 총체적 해방으로 나아가기 위한 의회의 한 걸음"으로 간주되었다.

이러한 활동에서 연극 프로그램의 연출자이며 연기자이고 강연자이며 진행자이고 청원자인 카뮈가 활동의 중심부에 있었으리라는 것은 쉽게 짐작할 수 있는 일이다. 그것만이 아니었다. 그해의 공식 활동은 공산주의 지식인인 앙드레 뷔름서의 좌담회(6월 6일)와 젊은 알제리 화가 및 조각가의 전시회(6월 12~13일), 젊은 이슬람 교도 조명 예술가 라 브레 리셰스의 전시회(6월 24일 ~ 7월 12일), 그리고 시즌의 종결을 고하는 제전(7월 31일)으로 막을 내렸다.[35]

이 무렵 샤를 퐁세는 상부 조직인 파리 문화의 집 사무국장으로서 전국의 프로그램을 맡고 있던 르네 블레슈에게, 알제리 지부에는 정회원만 몇백 명에 이른다고 보고할 수 있었다.

그러나 이 무렵은 분위기가 반전된 때이기도 했는데, 그 원인의 일부는 소련에 대한 앙드레 지드의 비관적인 보고서 『소련에서 돌아와서』에 있었다. 퐁세 자신은 파리 본부의 상부 계층이 풍기는 닳고 닳은 분위기에 충격을 받았다.

알제 문화의 집은 지드의 책에 대한 공개 토론을 후원하기로 결정했다. 지드의 책은 『코뮌』에 실린 앙드레 뷔름서의 기고문을 비롯하여 가능한 모든 언론 매체를 동원한 공산주의자들의 공격을 받고 있었다.

파리의 블레슈는 지드와 그의 모스크바 비판에 대한 좌담회 계획을 포기하도록 종용했으나, 알제 지부를 운영하던 젊은이들은 계획을 밀어붙이기로 결정했다.[36)]

그 무렵 알베르 카뮈는, 친구들에게는 한마디도 하지 않았으나 공산당 세포 내에서 개인적인 투쟁을 벌이고 있었는데, 그 일이 결국 당에서의 제명에 이르게 되었다. 그에 대한 고발과 재판과 선고는 문화의 집과 수많은 부속 위원회에 대한 그의 열광적인 활동에 극적인 종말을 고하게 된다.

자신을 설명하고 싶지 않은 남자

당시 노동극단은 나름대로 질서 잡힌 조직이었다. 신작 공연은 토요일 밤 9시와 다음날 오후 1시에 적어도 두 차례 공연되었으며, 후속 공연은 수요에 의해 결정되었다.

아이스킬로스의 「사슬에 묶인 프로메테우스」와 존슨의 「남녀 양성자 또는 침묵한 여인」은 1937년 3월 6일과 7일 '불우아동구제회'와 일종의 공산당 적십자인 '인민구원회'를 위해 살레 피에르 보르드에서 2회 연속 공연으로 초연되었다.

카뮈가 연출을, 루이 미켈이 무대장치를, 마리 비통이 의상을 담당했다. 루이 베니스티는 프로메테우스를 제외한 모든 배우를 위한 가면을 디자인했는데, 이는 카뮈의 아이디어였다.[37)] 카뮈는 처음에 베니스티에게 의상도 부탁했다. 그는 이 그리스 연극을 포도원 농장에 초점을 맞추어 '알제리식'으로 공연하고 싶었다. 그러나 마리 비통이 출현하면서 의상은 그녀의 몫으로 돌아갔으며, 그 결과 전혀 다른 분위기를 내게 되었다.[38] 비통의 영국인 친구 프랭크 터너가 바흐의 곡에 기초하여 아이스킬로스 공연을 위한 음악을 작곡했다.

카뮈가 「남녀양성자 또는 침묵한 여인」에서 주연을 맡았고, 화가 루오의 조카인 앙드레 토마스 루오는 관객 앞에서 서두 대사를 읊었다. 그런데 한참 대사를 읊던 토마스 루오가 갑자기 입을 다물었다. 대사를 잊은 것이다. 그러나 관객은 그것이 일종의 익살인 줄 알고 박수갈채를 보냈다.[39]

이런 모든 활동은 참가자들에게는 평생 잊지 못할 노고였지만, 연극을 공연한 젊은 이상주의자들이 원했던 만큼 관객 속으로 파고들지는 못했던 것 같다. 『알제리 우브리에르』는, 노동자를 위한 이 연극을 보러 온 노동자는 얼마 되지 않았는데 아마도 노동자들이 편안하고 저렴한 보르드 강당보다는 시립 오페라극장의 불편한 좌석을 더 선호하기 때문인 것 같다고 논평했다.

3월 24일 사망 1백 주년을 맞이하여 개최된 푸슈킨의 밤에서 특히 중요한 프로그램은 외르공 교수의 강연과 프랭크 터너의 피아노 연주회, 푸슈킨의 「돈 후안」 공연이었다. 여기서 카뮈는 물론 돈 후안 역을 맡았다. 그 인물은 두고두고 그를 매료시켰으며, 훗날 『시시포스의 신화』에서 인간 행동의 원형 가운데 하나로 기술된다. 그는 평생 동안 몇 번씩, 도저히 그럴 여건이 되지 않았을 때에도 다른 작가들의 「돈 후안」을 무대에 올릴 계획을 세웠다.

푸슈킨의 연극은 노동절에도 '소련의 친구들'을 위해 공연되었으며, 문화의 집과 프랑스−이슬람 연맹의 공동 후원으로 5월 5일에 다시 한 번 공연되었다. 연극이 끝나면 모리스 지라르가

그린 푸슈킨의 거대한 초상화가 무대 위에 올라오는 장관이 펼쳐졌다.[40]

1900년 파리에서 초연된 조르주 쿠르틀린의 「330조항」의 경우 관리의 거드름을 풍자한 완벽한 소품이어서 지방의 좌파 축전에서 쉽게 인기를 끌 수 있었다. 여기서 카뮈는 주인공 '라 브리그' 역을 맡았다.

「에스파냐 34년」은 전혀 다른 연극이었다. 이 작품은 알제 시에서 공연을 금지시킨 연극 「아스투리아스 폭동」의 축소판이다. 이 연극은 바흐의 합창곡을 배경으로 하여 "그런데 나는 늙은 산티아고"로 시작하는 극의 마지막 합창으로 구성되었다. 루이 미켈은, 그중 어느 시점에선가 카뮈가 다른 모든 출연자의 노래를 중지시키고 자기 혼자서 노래하도록 연출한 일이 있어서 그것을 기억하고 있었다. 로베르와 마들렌 조소 역시 배역을 맡아 이런 대사를 읊었다.

"이제 곧 눈이 올 테지."
"그런다고 누가 기억이나 할까?"[41]

카뮈가 「아스투리아스 폭동」에서 이 부분을 발췌한 데는 개인적인 이유가 있었던 것 같다. 당시 카뮈는 이브 부르주아와 더 이상 작품에 관한 의논을 하지 않았기 때문에, 이 부분은 분명 그의 작품이었다.

프레맹빌의 충고가 어떤 결과를 가져왔든 카뮈는 여전히 소모적인 생활을 하고 있었다. 그는 글을 쓸 시간을 겨우 짜내서 앞으로 쓸 작품을 위한 메모를 남겼다. 1937년 4월에 씌어진 그의 일기에는 『이방인』의 주제에 대한 기록이 있다.

　이야기…… 자신을 설명하고 싶지 않은 남자. 그는 홀로 진리를 깨닫고 죽어간다. 이러한 위안이 주는 허영심.

　6월에 기록한 다른 메모는 소설의 클라이맥스에 나오는 사제와의 대화에 관한 최초의 구상이다. 그 앞에는 나중에 『결혼』으로 발표될 제밀라에 관한 에세이의 노트, 얼마 지나지 않아 『안과 겉』으로 발표될 '영혼의 죽음'에 관한 노트, 그가 좋아한 '세상 위의 집'을 주제로 한 노트, 소설 작업에 대한 추구, 결국 쓰진 못했지만 말로에 관한 에세이, 학위논문에 관련된 노트 등이 나온다.

　5월의 일기에는 『안과 겉』의 서문 초고에 대한 메모가 나오는데, 거기서 작가는 이 에세이들이 형식을 제대로 갖추지 못한 데 대한 변명으로 "성숙이 충분하지 못했기 때문"임을 털어놓고 있다. 그러나 그런 변명도 헛수고였던 것 같다. 그는 사람들은 언제나 인간보다 그 인간이 품고 있는 생각에 관심이 있다는 것을 알고 있었다.

11 전환점

나는 내 모든 행동으로써 세상과, 또한 깊이 감사하는 마음으로써
사람들과 굳게 결합할 것이다. 세상의 옳고 그른 측면을 선택할 생각은 없다.
• 『안과 겉』

1937년 5월 10일, 카뮈의 첫 번째 책 『안과 겉』이 에드몽 샤를
로가 펴내는 총서 제2권으로 출판되었다. 6.5×8인치(약 16.5×
20센티미터) 판형으로 된 350부가 에마뉘엘 앙드레오의 빅토르
하인츠 인쇄소에서 인쇄되었다.

장 그르니에에게 헌정된 이 책은 그가 젊은 작가에게 끼친 영향
에 대한 최초의 공적 인정인 셈이었다. 친구들에게 여러 권을 기
증하고 또 다른 친구들이 여러 권을 샀음에도 초판이 다 팔리기
까지는 2년이 걸렸다. 당시 샤를로는 아직 본토 프랑스에 판매망
이 없었기 때문에 전량이 알제리에서 소화되었다.

샤를로는 이제 2개월에 한 종씩 책을 출판했다. 그는 책 한 종
의 인쇄비로 750프랑을 상정했는데, 어림잡아 1개월분 수입에
해당되었다. 그래서 그는 서점에서 나오는 1개월분의 수입을 2
개월의 생활비로 쓰고, 두 번째 달의 750프랑으로 신간을 출판하
기로 했다. 사업을 시작한 지 처음 1년 반 동안 이런 속도로 책을
출판했지만, 2쇄를 찍은 책은 한 권도 없었다. 1939년에 『결혼』
을 낼 때까지 샤를로가 펴낸 책은 각각 500부씩이었다. 『안과

곁』은 권당 20프랑에 팔렸다.[1]

지극히 사적인 이야기

극히 사적인 이 에세이집은 그의 생애 만년에 이르러 노벨상을 수상하고 난 뒤에야 많은 독자를 위해 재출간되었다. 그것도 "이 책은 이미 출간되었지만, 부수가 얼마 되지 않은 까닭에 아주 비싼 값에 팔렸다. 부유한 독자만 그 책을 읽을 권리를 가져선 안 될 것"이라는 이유에서였다.

파리의 비평적 반향이 없기 때문에 당시의 독자들이 벨쿠르의 유년기와 중부 유럽과 이탈리아, 그리고 발레아레스 제도로의 고독한 여행을 환기한 이 글을 어떻게 느꼈는지를 상상하기는 어려운 일이다. 표제와 같은 제목의 에세이에서 이 젊은이는, 삶을 향하고 있는 '자신'과 자기 묘비를 사고 장식하는 데 돈을 쓰는 노파를 대비시켜 이야기하고 있다.

그럼에도 불구하고 그는 지역 언론이 자신의 책을 지나치게 씁쓸하고 비관적이라고 평가한 사실에 실망했다. 하지만 만약 그가 삶에 대해 그렇게 온 몸으로 달려들지 않았다면 할 말이 없었을 것이다.

이 책에 대해 말한 유일한 친구인 장 드 메종쇨에게 보낸 편지에서 카뮈는, 덜 사적인 내용을 담았으면 좋았을 것이라는 비평에 동감한다고 썼다. 카뮈는 나중에는 예술 작품을 쓰겠지만 거기서 찾아볼 수 있는 유일한 개선점은 형식뿐일 것이며, 이것과 똑같은 내용을 이야기하더라도 좀더 객관적인 작품이 나오게 될 것이라고 단언했다.

또한 카뮈는 메종쇨이 종종 자신은 하고 싶은 말도 하지 못하고 죽는, 이를테면 길에서 사고를 당하는 것 같은 급사를 두려워한다고 말했던 것을 상기시켰다. 그러면서 자신은 언제나 건강에 무관심했지만 이제는 뭔가 할 말이 생겼으니 그것 때문에라도 살고 싶다고 했다. "장, 인생이 이처럼 열정적이고 고통스러운 것이 될 수 있다는 사실이 놀랍지 않아?"[2]

사실 건강은 카뮈가 이제 직면하지 않으면 안 될 문제였다. 그동안 지나칠 정도로 무리했던 것이다. 온갖 공적 활동과 공산당 기구와의 개인적인 투쟁의 긴장감이 그를 마모시켰다.

친구들은 이런 갖가지 활동과 드러나지 않는 일들이 그에게 어떤 결과를 가져올지 걱정했다. 「사슬에 묶인 프로메테우스」와 「남녀양성자 또는 침묵한 여인」의 공연 이후 샤를 퐁세는 카뮈의 결핵 발병 시 치료한 적이 있는 친구이자 의사인 폴 레장드르와 카뮈에 대해 의논했다. 레장드르 박사는 환자에 대해 우려를 나타냈다. "그는 정력을 지나치게 낭비하고 있소. 십중팔구 좋지 않은 결과를 가져올 거요."

퐁세는 카뮈에게 말을 꺼낼 적당한 때가 오기를 기다렸다.

여름이 되자 그들은 북쪽 방파제로 수영을 하러 가곤 했다. 그들이 항구를 건너기 위해 올라탄 작은 보트가 구시가지 앞을 지나가고 있었다. 해안 거리의 사무용 건물 뒤편으로 카즈바가 보였다. 퐁세는 친구에게 건강에 대한 말을 꺼내기가 쉽지 않다고 여겼지만, 어쩌면 그날은 충고를 들어줄 마음이 있을 것 같다고 생각했다. "이성적으로 생각해 봐. 요양원에 있는 게 도움이 될 거야. 우리가 주선을 해보겠네. 어쩌면 무료로 치료받을 길이 생길지도 몰라."

카뮈는 친구의 말에 감동한 듯이 보였다. 그는 고맙다고 했다. 그리고 풍세가 한 말이 맞을 테지만 자신은 병자들의 분위기에서 낯선 사람들과 살 수 없다고 말했다. "내게는 자네들과 함께 있을 때와 같은 따뜻한 우정이 필요해."

카뮈는 마치 스스로를 비웃기라도 하듯 입가에 희미한 미소를 띤 채 말했다.[3]

카뮈는 얼마 동안 활동을 줄인 채 글쓰기에만 전념했다. 피로 때문이었을까? 아니면 의사의 충고 때문이었을까? 그렇지 않으면 정치적 실망감 때문이었을까? 바야흐로 모든 공적 활동이 잠시 유예되는 알제리의 여름 때문이기도 했으리라.

그는 다른 친구에게, 자신은 더 이상 불필요한 일에 휘말리지 않고 있으며, 덕분에 얼마간 하고픈 일을 할 수 있게 되었다고 말했다.[4]

내 육체와 싸울 것

카뮈는 이따금씩 무더운 도시를 벗어나곤 했다. 7월에 메종쇨에게 보낸 편지에는 그달 중순쯤 카빌리로 여행을 다녀올 계획이라는 내용이 적혀 있다.

그는 시간만 나면 알제에서 서쪽으로 1백 킬로미터 떨어진 티파사에 갔다. 저 당당한 셰누아 산기슭에 자리한 이 로마 유적지에는 보존이 잘된 고대 원형극장과 광장이 있었는데, 그 모두가 자연스러운 야생의 무대에 자리 잡고 있었다. 그곳은 카뮈를 통해 최상의 표현을 얻게 된다. 처음에는 「티파사에서의 결혼」을 통해서, 훨씬 뒤에는 「티파사로의 귀환」을 통해서.

첫 에세이에서 그는 자신이 티파사에서 한 번에 하루 이상은 보낸 적이 없다고, 풍경마다 나름대로 그것에 질리는 순간이 있게 마련이라고 했다. 어느 기분 좋은 날 카뮈는 크리스틴 갈랭도(그는 그녀에게서 발견한 관능적이면서 명료한 개성 때문에 그녀를 '대지'라는 의미의 '라 테르'[La Terre]라고 불렀다), 그리고 조각가 친구인 베니스티와 함께 티파사를 찾았다. 그날 하루 종일 카뮈는, 훗날 베니스티가 「티파사에서의 결혼」에서 보고 크리스틴에게서 영감을 얻은 것이라고 여기게 된 문장으로 자신의 감정을 토로했다.[5]

이렇게 대지의 여신 앞에서 시를 읊고 난 카뮈는 그것을 글로 적기 시작했다. 그러고는 그 원고를 자신의 교수이자 친구인 자크 외르공과 마르그리트 도브렌에게 보냈는데, 아마 장 그르니에에게도 보냈을 것이다.[6]

그는 당시 이혼 수속을 밟고 있던 클로드 드 프레맹빌과 함께 이제 정말 휴식을 취할 때가 되었다고 생각했다. 친구이며 인민전선 동료이기도 한 드괴르스 부부가 몽블랑과 제네바 인근 사부아 산맥 뤼생즈에 있는 방갈로를 빌려주었다. 그곳에서는 취사도 가능할 것 같았다.

카뮈는 하루에 7프랑 정도면 그곳에서 생활할 수 있으리라고 계산했다. 어쩌면 파리로 첫 여행을 하고 프로방스 일부 지역, 그 다음에는 피렌체, 시에나, 로마, 나폴리, 그리고 시칠리아의 팔레르모에서 튀니지까지 항해할 수 있을지도 모른다고 생각했다.

그는 1937년 세계박람회를 보기 위해 파리에 가 있던 잔 시카르와 마르그리트 도브렌에게 함께 이탈리아를 여행하자고 설득했다.

카뮈는 7월 29일 프레맹빌과 함께 마르세유로 출항한 후 유명한 로마 경기장과 극장 유적이 있는 아를에서 잠시 멈추었다. 그 다음엔 성벽과 거대한 교황청이 있는 아비뇽에 들렀으며, 이어서 로마 유적지 중에서 가장 인상 깊고 보존이 잘된 극장이 있는 오랑주에도 들렀다. 그들은 그곳에서 파리로 갈 예정이었다.

여행 도중 카뮈는 일기에 다음과 같이 자신의 고통을 기록했다. "내 관자놀이를 조이는 이 열기, 세상과 인간에 대한 이 기이하고도 갑작스러운 포기."

그는 이렇게 스스로를 타일렀다. "내 육체와 싸울 것."

리옹에 이를 무렵부터 카뮈는 몸이 좋지 않았다. 게다가 여행을 할 때마다 경험하는 그 모든 불안감이 새롭게 타올랐다. 그들은 파리가 있는 북쪽으로의 여행을 포기했다. 그보다는 사부아에 있는 방갈로로 가는 편이 나을 것 같았다. 카뮈는 일기에 이렇게 덧붙였다. "알프스에서 나를 기다리고 있는 것은 고독, 그곳에서 나 자신을 치유할 수 있을 거라는 생각과 더불어 내 병에 대한 '자각'이다."

그곳에 도착해보니 드괴르스 부부의 소유지는 폐허나 다름없어서 도저히 사람이 살 수 없을 정도였다. 게다가 기본적인 필수품도 없어서 프레맹빌이 마을에서 그것들을 구해 가파른 길로 끌어올려야 했다. 그 방갈로의 이름은 '굶주린 자의 성'이었는데, 정말 딱 들어맞는 이름이었다.

첫날 밤 카뮈는 발작적으로 기침을 터뜨리며 각혈을 했다. 친구는 겁에 질린 채 그의 곁에 앉아서 꼬박 밤을 새웠다. 다음날 아침이 되자 두 사람 모두 얼굴이 창백했다. 프레맹빌은 친구를 주의 깊게 지켜보면서 며칠 동안 참을성 있게 간호했다.

다행히 마을에 다른 친구들이 있었다. 철학자 같은 의사이자 카뮈의 친구인 크비클린스키 부부 역시 뤼생즈에 방갈로를 갖고 있었던 것이다. 의사의 아내이자 「분노의 시대」에서 카스너의 아내 역을 맡은 적이 모렐라 크비클린스키가 두 사람을 맞아들였다. 그러나 공간이 너무 좁았기 때문에 두 사람은 자신들이 세낼 만한 다른 방갈로를 찾아보기 시작했다. 한여름에 그런 것이 남아 있을 것 같지 않았다. 적어도 그들의 형편에 맞는 값싼 방갈로는 구할 수가 없었다.

카뮈는 더 이상 아무 일도 하지 않고 있었다. 그는 알제로 돌아갈까 생각하기 시작했는데, 피렌체에 대한 기대가 크지 않았더라면 실제로 그랬을지도 모를 일이었다.

그들은 산중으로 들어가보았다. 카뮈는 이 거친 풍경이 익숙해질 거라고 생각했으나, 거기에서는 아무런 할 일이 없었다. 이후 평생 동안 카뮈는 산봉우리가 험하게 솟아 있는 반지중해적 경치를 혐오하게 된다. 그가 할 수 있는 일은 기껏 그 풍경과 휴전을 맺는 것뿐이었다. 사납고 야만적인 적과의 휴전 말이다.

그들은 국경을 건너 제네바에 도착한 후 보트를 타고 레만 호를 유람했다. 카뮈는 길을 걷다가 벤치에서 자주 쉬어야 했다. "아무 것도 아냐. 금방 지나갈 거야. 잠시 실례할게."

뤼생즈에서 세낼 집을 구하지 못한 카뮈는 아무튼 파리로 가보기로 했다.[7]

글을 쓸 수 있을 것 같은 도시

카뮈는 종종 파리로 가서 일자리를 구하거나 경력을 쌓을까 생각해보곤 했다. 작가로서, 그리고 예비 교사로서 프랑스에서 지낼 만한 '유일한' 도시는 파리뿐이었다. 그러나 그런 생각을 할 때마다 돈 한 푼 없는 젊은이에게 파리는 지옥이 될 수도 있다는 사실을 깨닫곤 했다.

8월 초인 이제 그는 온갖 불길한 예감에 사로잡힌 채 알제리를 통치하는 국가의 수도로 향하는 기차에 올랐다. 파리에 도착한 그는 자신이 상상했던 지옥과는 전혀 다른 도시를 발견했다.

그의 일기에는 "부드러움과 감동…… 잿빛, 하늘, 돌과 물의 일대 장관"이라는 말이 씌어졌다. 호황기를 맞아 건설 열기가 일고 있던 1930년대 알제에 살았던 청년에게 파리는 실제로 다정다감하게 여겨졌을 것이다. 그 당시는 아직 투기열풍이 불지 않은 때였다.

며칠 동안 시내를 돌아다니던 그는 흡사 그곳에서 태어나기라도 한 듯 그 도시에 대해 잘 알 것 같은 느낌을 받기 시작했다. 그는 유년기의 오랜 경험 때문일 것이라고 생각했다. 생기에 차고 천박한 무페타르가, 노트르담 대성당 뒤편의 오래된 동네 등 벨쿠르와 비슷한 지역을 수없이 발견했던 것이다.

그는 파리와 사랑에 빠졌지만, 바람을 피울 수도 있는 여자와의 사랑이라는 것도 알고 있었다. 그는 그녀와 더불어 행복하지 않을지 모르지만, 이 도시에서는 글을 쓸 수 있을 것 같다고 생각했다.

그런데 파리를 떠나기 전에 카뮈는 문화의 집의 본부와 그 책임자인 공산주의자 르네 블레슈에게 경의를 표했을까? 그는 공산주의 세포 동료인 모리스 지라르에게 분명히 그랬다고 고백했다.

뿐만 아니라, 문화의 집에 있는 동안 프랑스 문인 가운데 당원 제1호가 된 루이 아라공과 맞닥뜨렸다는 얘기도 했다. 알제 문화의 집에서 온 젊은이와 당시 이미 명사였던 아라공이 언쟁을 벌였다는 것이다. 지드의 『소련에서 돌아와서』 때문에 벌어진 언쟁이었을까? 그 이유는 밝혀지지 않았다.

카뮈는 파리에서 다시 산으로 돌아왔다. 이번에는 그림엽서에 나올 듯한 아름다운 중세의 마을 앙브룅으로였다. 그 마을은 강이 흐르는 계곡 위 840미터 높이의 언덕에 자리 잡고 있었고, 그 위에 우뚝한 산봉우리 하나가 솟아 있었다.

이곳에서 카뮈는 8월 중순부터 9월 둘째 주에 잔과 마르그리트가 이탈리아 여행을 위해 합류할 때까지 머물렀다. 결국 그의 설득이 먹혀들었던 것이다.

앙브룅에서는 하루 33프랑에 세 끼 식사를 제공하는 방을 얻었는데, 원래의 하루 7프랑이라는 예산을 훨씬 초과하는 비용이었다. 설상가상으로 그곳의 가구는 보잘것없었고 주위에는 멍청한 사람들밖에 없었다. 그러나 그는 자신이 건강을 위해 산에 있다는 사실을 의식하고 꾹 참아야 한다고 다짐했다.

강요된 무위는 즐겁지 않았지만, 그 덕분에 내적 성찰을 위한 충분한 시간이 있었다. 어느 날 저녁 앙브룅을 산책하던 그는 이 은거가 자신이 바로 그해 내내 바라던 일이라는 것을 깨달았다. 자신이 해야 할 많은 일에 대해 혼자서 조용히 생각할 기회였던 것이다.

카뮈는 자신이 정치와 문화가 격동하는 알제에서는 계획을 짤 시간은커녕 그럴 생각조차 품지 못하리라는 사실을 알고 있었다. 그곳에서는 자기에게 부과된, 또는 스스로가 부과한 매일매일의 활동을 쫓아가는 것이 고작이었다.

그는 자신의 글에 대해서도 생각하기 시작했다. 일시적인 활동으로서가 아니라, 기분을 표현하고 경험을 보고하는 짤막한 에세이 형태가 아니라, 이번에는 좀더 긴 작품이 될 것이었다. 그는 자신의 첫 번째 소설 『행복한 죽음』의 줄거리를 구상하고 등장인물을 만들어내기 시작했다. 그는 이미 프레맹빌과 뤼생즈 일대를 산책하면서 자신의 주인공 파트리스 뫼르소에 대해 토론한 적이 있었다.

카뮈는 제목을 임시로 '노름꾼'(Le Joueur)이라고 정했는데, 나중에 『칼리굴라』가 될 희곡에도 같은 제목을 붙이려 했다. 그는 일기에 단편적인 대화들을 적어나갔다.[8]

다음과 같은 줄거리를 보면 그의 의도가 명백히 드러난다. 그는 자신이 경험한 다양한 삶, 즉 벨쿠르에서의 어린 시절, 첫 번째 결혼과 특히 그 파국적인 결말, 피쉬 별장의 이상주의적인 생활 등등에서 자료들을 끌어내려 했던 것이다.

그는 이 짜임새 있는 소설에서 모든 중요한 활동, 모든 일, 모든 중요한 만남에 관해 기록하게 된다. 그 중에는 벙어리, 할머니, 질병, 순회극단, 도청, 심지어는 그르니에와의 대화와 파리에서의 산책에 이르는 항목들이 포함되어 있다.

이런 기록들은 발육부전의 『행복한 죽음』보다는 오히려 바로 그 뒤를 이어 쓰게 된 진정한 소설 『이방인』의 주제가 되었다. "평범한 장소에서 인생을 추구했던 한 인간이 어느 찰나에 자신이 인생에 대해 얼마나 이방인 같은 존재였는가를 깨닫게 된다."

이 무렵 일기의 어느 부분에는 "인간적인 음성"을 들을 수 없었던 정치와 프랑스의 지도자들에 대한 낙심이 엿보인다. 그는 또한 일기에서, 잘츠부르크와 프라하 여행과 관련하여 성적 질투라는 주제를 중시했음을 드러내고 있다. 그 기록은 젊은 남편이 아내의 배신에 경악했음을 시사하고 있다. 이 부부의 친구들은, 그들이 서로 상대방의 모험에 관여하지 않는 현대식 결혼 생활을 하기로 한 모양이라고 짐작했지만 말이다. 노트에는 다음과 같은 개요가 포함되어 있다.

1. 마르트와의 밀통.
2. 마르트가 자신의 부정을 이야기하다.
3. 인스부르크와 잘츠부르크 – 익살극
                        – 편지와 호텔방
                        – 열병에 걸린 채 출발

그러나 결국 『행복한 죽음』에서 성적 질투라는 주제는 중요하게 다루어지지 않았고, 시몬 역시 그녀가 여전히 카뮈의 마음을 괴롭히고 있었다 해도 두드러진 인물로 남지 않았다. 그녀가 마르트나 작품 여기저기에 나타나는 다른 여자들에 대한 영감의 원천이라 해도, 그녀는 이제 나자라는 불멸의 존재가 아니었다.

유별나게 활동적이었던 그에게는 실로 오랜 기간이었던 은거를 마치면서 카뮈는 학생 시절의 노트에 이렇게 써나갔다.

이 8월은 '전환점'이며, 광적으로 일에 달려들기 전의 심호흡과도 같았다.

나는 살아서 창조해야 한다. 눈물이 나올 정도로 살아야 한다. 편백나무가 우거진 산등성이에 자리 잡은, 둥근 기와와 푸른 덧문이 달린 이 집에 오기 전에 그랬듯이.

카뮈는 이 글을 이탈리아행 기차를 타기 위해 마르세유로 가는 도중 프로방스에서 썼다. 친구들의 회고와 그 자신의 기록과 서신만으로는 그가 그때 프로방스의 어느 지역을 여행하고 있었는지 명확하지 않다. 그의 유일한 여행 동반자였던 프레맹빌은 이미 세상을 떠났다.

앙브룅에서 마르세유로 가는 도중에 카뮈가 장 그르니에가 좋아했던 루르마랭 마을을 찾기 위해 적지 않은 고생을 했으리라는 점은 충분히 짐작할 수 있다. 지금도 승용차 없이 찾기가 쉽지 않으니까, 그 당시로서는 두말할 나위도 없는 일이다. 그르니에는 알제의 고등학교에서 알베르 카뮈를 가르치기 바로 전 루르마랭 성에서 연구원 자격으로 한철을 지냈다. 그르니에는 루르마랭에 관한 에세이를 발표한 적이 있는데, 아마도 카뮈가 읽은 그르니에의 첫 번째 글이었을 것이다. 그르니에는 틀림없이 카뮈에게 루르마랭 이야기를 들려주었을 것이다. 이 사실을 확인해줄 장 그르니에도 이미 고인이 되었다.

몇 년 후 카뮈가 다른 작가들과 함께 루르마랭을 방문했을 때, 표면상으로는 첫 번째 방문처럼 보였지만, 그의 일기에 나오는 "오랜 세월이 지난 후……"라는 구절은 그것이 첫 번째가 아님을 말해주고 있다. 또한 1937년 여름 루르마랭에서 카뮈를 만난 적이 있는 증인이 적어도 한 사람 남아 있다.[9]

피렌체와의 사랑

루르마랭에 갔든 가지 않았든 그 여름은 진정한 의미에서 전환점이 되었다. 이후부터는 카뮈의 내적인 삶이 공적인 삶보다 우위를 차지하게 된다. 그렇다고 공적인 삶을 아예 포기한 것은 아니었다.

카뮈는 이제 막 진지하게 그 삶 속으로 뛰어든 참이었다. 하지만 그는 이제부터 자신이 해야 할 일이 자신의 삶에서 나온 책을 쓰는 것임을 알고 있었다. 그 일을 하려면 시간을 절약해야 했다. 무엇보다도 체력을 아껴야 했다. 이런 의미에서 1937년 여름은 분수령이었던 셈이다.

카뮈의 스승이자 친구인 자크 외르공은, 그에게 프랑스에 있는 동안 퐁티니의 시토수도회 수도원에서 매년 열리는 세미나에 참석해보라고 권했다. 외르공의 장인이며 철학자인 폴 데자르댕이 정기적으로 프랑스에서 가장 뛰어난 지식인들을 그곳에 불러모았는데, 그중에서도 앙드레 지드, 로제 마르텡 뒤 가르, 자크 리비에르를 비롯한 *N. R. F.* 그룹이 주로 참석했다.

카뮈도 퐁티니에 가서 외르공과 함께 그 참석자들을 만나보고 싶었을 것이다. 그러나 퐁티니의 세미나는 매년 9월 말에 열렸는데, 카뮈로서는 그때까지 프랑스에 머물 수가 없었다.

게다가 이제 두 여자 친구 잔과 마르그리트가 있었는데, 그들 모두 돈이 떨어진 상태였다. 그들은 카뮈의 이탈리아 여행에 어떻게 합류해야 좋을지 방도를 찾을 수가 없었다. 그러기에는 1,000프랑이 필요했지만, 물론 카뮈에게는 돈이 없었다. 그는 이미 프레맹빌에게 몇백 프랑을 빌렸던 것이다.

결국 프레맹빌에게서 얼마간의 돈을 다시 빌렸지만, 이제는 프레맹빌 역시 거의 파산지경이었다. 프레맹빌은 여자들이 카뮈와 함께 이탈리아 여행을 하게 되자 그곳에서 그와 작별했다.

그들은 마르세유에서 하룻밤 묵기로 하고, 구항구의 식당에서 저녁식사를 했다. 그 지역은 아직 제2차 세계대전의 참화를 당하기 전이어서 마르셀 파뇰의 영화에 나올 때의 모습 그대로였다. 그들은 다음날 아침 5시에 일어나 작은 레스토랑에서 아침식사를 했는데, 카뮈는 그곳의 노동자들이 커피와 럼주를 같은 분량씩 마시는 것을 보고 감탄을 금치 못했다. 그들은 이탈리아행 기차에 올랐다.

마르세유에 머문 그 짧은 동안에도 카뮈는 일기에 고백한 것처럼 "고독의 쓰디쓴 맛"을 경험할 여유가 있었다. 그는 그 체류를 즐긴 것 같았다.

프랑스와 이탈리아 리비에라 지방의 아름다운 장관을 관통하는 기차 여행은 또 다른 기쁨을 안겨주었다. 그들은 모나코의 서양협죽도와 제노아의 화원을 지나갔다. 하지만 이번에도 카뮈는 일기에 다음과 같이 기록했다.

"피로와 울고 싶은 욕망. 이 외로움, 사랑에 대한 이 엄청난 갈증."

함께 산책하고 대화를 나누는 것은 물론 사랑을 나눌 연인이 필요했던 걸까? 그런 연인을 발견하기까지는 아직 시간이 필요했다.

어쨌든 피사에 이르러 기차에서 내릴 무렵 그는 자아를 발견했다. 친구들 곁을 떠나 혼자서 인적 없는 시내의 거리를 돌아다니던 카뮈는 울음을 터뜨리지 않을 수 없었다. 이제 비로소 상처가 치유되기 시작한 모양이라고 그는 생각했다.

절실하게 사랑에 빠지고 싶은 사람은 정말 그렇게 되게 마련이다. 그는 피사와 피렌체에서 발견한 이탈리아와 사랑에 빠졌다. 여기에는 그의 지중해의 또 다른 면, 즉 지중해적 문명이 있었다. 그는 자신의 개인적인 불행을 잊을 준비가 되어 있었다. 카뮈는 일기에서 이렇게 고백했다.

　　사물과 존재가 나를 기다리고 있다. 나 역시 분명 그들을 기다리고 있으며, 내 모든 힘과 슬픔을 다하여 그것들을 갈망하고 있다. 하지만 지금 이곳에서 나는 침묵과 비밀이라는 생계비를 벌고 있다.

그의 일기에는 이곳에서의 일주일간의 체류에 대해 그가 여행했던 어느 곳보다 많은 내용이 씌어 있다. 그는 『여름』에 수록된 「사막」(La Désert)에서 이때의 행복을 거듭해서 토로한다.
　　카뮈의 작품 어디에서도 이 에세이에서처럼 풍경과 인공적인 사물들, 개인적 욕구가 그처럼 깊이 있고 강렬하게 탐색된 적은 없다. 설혹 그가 나중에 자신이 피렌체에서 자아를 찾았다는 사실을 피쉬 별장의 친구들에게 고백하지 않았다 해도, 독자들은 그 사실을 알게 될 것이다.
　　그르니에의 『섬』에서 발견한 것, 즉 태양 아래의 아름다운 사물의 덧없음, 혹은 그 아름다움을 성찰하는 인간의 덧없음을 그는 피렌체에서 스스로 찾아냈다.
　　9월 16일에 여행은 끝났다. 하루에 30리라짜리 호텔식 하숙집에 묶었지만 세 사람 모두 돈이 떨어졌기 때문에, 관광객에게 철도 요금을 할인해주는 이탈리아의 정책에도 불구하고 원래 계획대로 로마와 나폴리, 시실리로의 여행을 계속한다는 것은 불가능했다. 하지만 그가 여행을 원하긴 했을까?
　　그들은 아를에 잠시 들른 후 마르세유로 돌아갔는데, 그곳에 이른 카뮈는 남아 있는 돈으로는 3등표 한 장을 겨우 살 수 있을 뿐

이라는 것을 깨달았다.[10]

구속에 대한 두려움

알제로 돌아온 카뮈는 이내 『행복한 죽음』을 쓰는 데 열중했다. 그는 먼저 많은 구절들을 일기에 적으면서, 그것들을 고쳐 쓰는 데 주저해서는 안 된다고 다짐했다. 그러나 자신이 1937년 가을에 스물다섯 번째 생일을 맞게 된다는 사실도 알고 있었다. 다른 모든 사람들이 하는 일, 즉 직장을 구하고 경력을 쌓기 시작할 때였다. 어쩌면 그에게 맞는 일은 교사직일지도 몰랐다.

그 무렵 그는 시디 벨 아베스의 문법교사로 임용됐는데, 한때 성벽과 성문을 갖춘 변경 도시였던 그곳은 프랑스 용병들을 위한 최초의 전초기지였다. 그곳에서 태어난 예언자의 이름을 딴 시디 벨 아베스는 이제 반듯한 거리가 나 있는 중간 규모의 농업 중심지였다. 알제 시에서 멀리 떨어진 그 도시는 오랑에서 남쪽으로 80킬로미터 떨어진 곳에 있었다.

이 신임 교사는 어느 토요일 저녁 시디 벨 아베스에 도착하여 곧장 교장을 방문한 다음 호텔에 투숙했다. 다음 순간 그는 자신이 앞으로 9개월 동안 이곳에서 '오도가도 못할 것' 같다는 예감에 사로잡혔다. 그가 혐오해 마지않는 생활이었다. 그러나 한편으로는 그에게 절실한 안정감과 글 쓸 시간을 얻게 될 터였다.

카뮈는 그곳에서 해야 할 일에 대해서는 신경 쓰지 않았다. 그는 언제나 주위 사람들보다 더 열심히 일해왔던 것이다.

확실히 이렇게 조용한 직업을 갖는 것은 글쓰기에 더할 나위 없는 조건이었다. 그는 도청에서 하루종일 근무했을 때 자기 일을 전혀 할 수 없었다는 사실을 상기했다. 그때는 정신적으로 너무 지친 나머지 아무것도 할 수 없었다.

다음날 아침에도 그는 호텔 방에서 이 도시에서 앞으로 보내게 될 9개월에 대해 숙고했다. 그는 그 시간을 견딜 수 없으리라는 사실을 깨달았다. 알제행 기차가 출발하기 몇 분 전에 카뮈는 소지품을 여행가방에 쑤셔 넣고 방값을 치른 다음 역을 향해 달려갔다. 자신을 건드리지 않고 온전히 남겨둘 만한 일자리가 필요했다.

그는 지방의 교사직에서 느끼는 재갈 물리는 것 같은 두려움을 친구들에게 쉽게 설명할 수가 없었다. 그는 친구들이 자신을 게으르다고 여길까 봐 겁이 났다. 오히려 시디 벨 아베스에서 요구하는 것보다 훨씬 많은 시간 동안 일할 마음의 준비가 되어 있었는데도 말이다.

그는 1937년 10월 4일자 일기에 다음과 같이 썼는데, 며칠 내로 친구들과 예전의 교수들에게 보낼 편지의 초고였던 것 같다.[11] "난 그 일자리를 거절했다. 이는 분명 현실 생활에서의 기회를 잡으려고 안정감을 얻겠다는 걱정을 일축한 것이다. 나는 그런 생활의 단조로움과 무감각함 앞에서 물러섰다."

얼마 후 그는 교사직보다 더 고역인 일자리를 받아들이게 되는데, "고독과 구속에 대한 두려움" 때문이었다. "뭔가 추악한 일"에 안주하는 데 대한 두려움이었다.[12]

그는 자신이 미래를 거부한 것, 그리하여 현재의 불확실한 상황으로 돌아온 것이 자신이 강하기 때문인지 약하기 때문인지 알 수 없었다. 그는 결정을 내릴 수가 없었다. 하지만 결정을 내리지 않는 것 역시 결정의 한 가지 형식이었다.

10월 10일.

가치를 취하는 것과 취하지 않는 것. 창조하는 것과 창조하지 않는 것. 첫 번째 경우에는 모든 것이 정당화된다. 예외 없이 모든 것이. 그런데 두 번째 경우는 전적으로 '부조리'하다. 여전히 가장 심미적인 자살을 선택할 여지가 남는다. 결혼+44주, 그렇지 않으면 리볼버 권총 한 자루.

하지만 알제 생활에 정착하기 전 최후의 탈출구가 생긴다. 그의 일기에는 감귤과 올리브, 미모사로 유명한 블리다 너머 아틀라스 산으로 여행한 일이 기록되어 있다. 그곳은 알제에서 48킬로미터 떨어져 있다. 그는 이번에는 자신의 신체를 시험하는 중이었다. "문화의 진정한 통로인 육체는 우리에게 그 한계를 드러낸다."

철학자이며 의사인 크비클린스키는 카뮈에게 무리하지 말고 삶을 순리대로 받아들이라고 말했다. 냉소적인 말 같지만, 동시에 세상에서 가장 아름다운 여인의 견해와도 일치한다고 그는 덧붙였다.(『작가수첩 1』 11월 13일)

그는 그것을 확신할 수 없었다. 시디 벨 아베스에서의 일에도 불구하고, 모든 것을 잃지 않으려면 삶의 일부를 희생하는 것이 정상적이라고 여기고 있었다. 굶어죽지 않으려면 하루에 여섯 시간에서 여덟 시간 정도를 일해야 한다고. "그러고 나면 그 삶에서 이익을 얻는 법을 아는 이들에게는 모든 것이 다 이익이 된다." (『작가수첩 1』 11월 22일)

12 정당

이상도 고결함도 갖추지 못한 자들이 정치와 인간의 운명을 빚고 있다.
정치판에서는 고결함을 갖춘 이들을 찾아볼 수 없다.
• 『작가수첩 1』(1937년 12월)

　역설적이게도 공산당 내에서 두각을 나타내거나 높은 서열에 오른 적이 없는 알베르 카뮈는, 실제로는 알제리의 정치와 문화에서 가장 활동적이고 유명한 공산주의자였을 것이다.

　그러나 당과 관련된 카뮈의 일이 그의 공적인 삶만큼 중요한 적은 없었다. 당과 관련된 일이란 엄격히 말하자면 세포 회의, 그가 자신의 직속상관의 지시에 따라 수행해야 할 과제 등을 의미한다.

　노동극장은 민중의 사회·문화적 환경과 맞닿아 있었고, 심지어 보수 언론으로부터도 호평을 끌어낼 수 있었다. 문화의 집은 그 짧은 존속기에도 불구하고 문화와 정치 분야에서 많은 기여를 했다. 공공 연사이며 순회공연 배우이자 이제는 야심만만한 작가인 카뮈는 당이 요구할 수 있었던 그 어떤 일보다 명확하고 가치 있는 역할을 수행했다. 노동극장이 인민전선의 창조 작업이었다는 사실, 그리고 문화의 집이 사실상 거의 위장되지 않은 공산주의 전선이었다는 사실을 잊어서는 안 될 것이다.

　카뮈가 신중한 공산주의자였다고 판단할 만한 충분한 근거가 있다. 그의 스승이며 친구이자 조언자인 장 그르니에가 그처럼 공공연히 공산당의 교리에 회의를 품었다는 이유 때문이었다고 하더라도, 그가 공산주의자들 속에서 자신의 위치를 끊임없이 확인했던 것은 그 자신에 대한(그리고 그르니에에 대한) 의무였다.

그는 그르니에에게, 자신이 일체감을 느끼는 사람들 즉 알제의 노동계급과의 친교를 유지하기 위해서 대의명분이 있는 공산주의자가 되지 않을 수 없었다고 말했다. 그는 운동에 투신하여 전력을 기울일 때도, 공산주의의 궁극적 목적과 실천에 대해서는 끊임없이 경계하며 성찰하고 있었다. "공산주의를 위한 활동을 수락하는 동시에 회의를 품을 수도 있다."[1]

가난뱅이 백인과 이슬람 교도

당시 친구들의 눈에 비친 젊은 카뮈는 공산주의 교리를 통째로 삼키고 그 전문용어를 흉내 내고 있는 듯이 보였을 것이다.

막스 폴 푸셰는 카뮈가 자신을 사회적 반역자라고 매도했던 일을 기억하고 있는데, 공산주의자들이 사회주의자들에게 던지는 욕설이었다. 그는 카뮈의 말을 이렇게 인용했다. "아무튼 자넨 개량주의자의 당에 속해 있지. 개량주의는 파시즘의 온상이고 말이야."[2]

그러나 카뮈는 한번도 마르크스주의자였던 적이 없었으며, 마르크스주의의 역사 분석에 대해서도 회의를 품었다.[3] 그는 입당하기 전에 마르크스나 엥겔스, 혹은 다른 어떤 공산주의 철학자의 저서도 읽은 적이 없었다.[4] 이 점은 토론에서 그가 보인 유연성에 대한 해명이 될지도 모른다.

아무튼 막스 폴 푸셰를 제외한 다른 사람들과의 토론에서는 그랬다. 적어도 한 친구는 카뮈가 상대의 분노를 피하며 부드러운 어조로 대답하는 것을 보고 놀랐다. 어떤 부당한 말에 불만스러웠던 그는 그저 이렇게 말했을 뿐이다. "그건 부질없는 짓이었어."

다른 사람의 행동에 충격을 받았을 때는 "제대로 사는 법을 모르는군"이라고만 말했다.[5] 그것은 교조주의자가 할 말이 아니었다. 그의 적들에게 익히 알려진 표면상의 빈정거림 이면에는 '수줍고 부드러운' 동료가 감춰져 있었던 것이다.[6]

이제 처음으로 카뮈는 진정한 의미에서 자신의 사회적·지적 수준에 상응하는 이슬람 교도와 교제하게 되었다. 그에게 언제나 그와 친구들이 '아랍인'이라고 부르는 민족과 교류할 능력이 있었다 해도, 사실상 베르베르족이든 아랍인이든 이슬람 교도들은 카뮈와 그의 친구들의 세계와 공유하는 부분이 없었다.

카뮈와 그 친구들은 학교에서나 놀이를 하면서, 또 훗날 직장에서도 이슬람 교도와 만난 적이 없었던 것이다. 생활수준의 격차가 사실상의 사회적 분리를 야기한 셈이다.

종교와 민족적 습성 역시 요인으로 작용했다. 프랑스계 알제리 자유주의자라고 해도 아랍인에 대한 관심은 '타인'에 대한 관심일 뿐이었다.[7] 따라서 온정주의적이 되지 않기가 힘들었다.[8]

가난뱅이 백인으로 자라났음에도 불구하고 이슬람 교도와 맺고 있는 것과 같은 친숙한 관계를 얻기 위해서 카뮈와 그의 동료들은 미래를 향한 커다란 발걸음을 내딛고 있었다. 그럼으로써 프랑스계 알제리인 이주민들 대부분들로부터는 점점 멀어졌지만 말이다.

지금은 어느 누구도 당시 인민전선에 이슬람 교도들의 참여가 두드러졌다고 주장하지 않을 것이다. 그것은 그들의 전선이 아니었다. 그들에게는 투표권조차 없었다.

하지만 공산당은 알제리 인구의 태반을 차지하고 있는 이슬람 교도에 관심의 초점을 맞추었다. 그들이야말로 진정한 의미의 무산계급이었다. 바로 이 점이 카뮈 같은 젊은이에게 '아랍 신당원 모집'이라는 과업이 주어졌던 이유인 것이다. 그는 훗날 그 일이 자신의 당 활동의 절반을 차지했다고 말한 바 있다.[9]

비밀 공산당원 아마르 우제간은 어느 날 알제리계 이슬람 교도들이 일으킨 반프랑스 폭동의 비밀 지도자로서 체포되어, 훗날 독립 알제리에서 각료로 임명될 때까지 감옥에 갇혔다. 그는 알제리의 버려진 포도원을 복구하는 데 필요한 원조를 요청하기 위해 미국을 방문했는데, 이후에는 존 F. 케네디의 장례식에 참석하기 위해 알제리 공식 대표단의 일원 자격으로 미국을 다시 방문하게 된다. 그의 추종자인 한 프랑스인은 언젠가 우제간을 "알제리 정계에서 천일야화 같은 존재"라고 일컬은 바 있다.

알베르 카뮈와 만났을 때 우제간은, 흔히 '코민테른'으로 알려진 공산당 국제회의의 제7차 대회에 알제리 대표단 단장 자격으로 모스크바를 방문했다가 막 귀국한 참이었다. 그는 '아서 도덴'이라는 가명으로 회의에서 연설을 했는데, 이는 알제리에서 이슬람 교도가 공산주의자가 된다는 것이 얼마나 위험한 일이었는가를 시사한다.

우제간은 1910년 알제에서, 열네 자녀의 열한 번째 아이로 태어났으며, 형제들 대부분은 어려서 죽었다. 그의 할아버지는 프랑스 당국에 대항한 반군이었기에 그에 대한 벌로 땅을 몰수당했다. 그의 부친은 호텔 레스토랑에서 일했다. 독실한 신자였던 그의 부모는 그를 초등학교에 보내기에 앞서 코란 학교에 보냈다.

우제간은 신문팔이와 심부름꾼, 그 다음에는 우체국 전신원으로 일했다. 1926년에는 우체국의 청년 노동운동 단체인 '청년노조'의 공동설립자가 되었고, 1930년에는 '소련의 친구들'의 공동 설립자가 되었다.

1934년 우제간은 알제 공산당의 간사가 되면서 기관지 『뤼테 소샬』의 비밀 편집자가 되었다. 알제리 지역연맹 정치국에 속해 있던 이슬람 교도 간사 한 명이 입국을 금지당하고 그 후임자가 체포되고 난 후 그가 그 자리를 떠맡았다.

별개의 당을 조직하지 못했던 당시의 알제리 공산당은 파리에 중앙위원회가 있는 프랑스 공산당의 일개 지부에 불과했다. 1935년 코민테른 회의 때 우제간은 별개의 알제리 공산당(PCA) 설립을 강력히 요구했고 결국 그의 요구가 받아들여졌다. 그는 지역연맹 간사로서, 그 다음에는 알제리 공산당의 선전국장으로서 프랑스계 동조자와 이슬람 종교지도자(울리마), 이슬람 교도 공무원, 노조원을 한데 결집한 반식민주의 연합 전선을 구축하려 했다.

우제간은 당시 재결합한 프랑스노동총동맹(CGT) 활동을 단념하고 부두노동자, 농장노동자, 광부의 조직화에 전력을 기울였다. 1936년에는 알제리 이슬람 교도 회의 설립을 거들면서 집행위원회 간사가 되었으며, 인민전선에 그 새로운 운동을 고취시키기 위해 노력했다. 1937년 7월에는 시의회 의원으로 선출되었다.[10]

우제간은 이른바 '지식인 세포'로 알려진 '솔리에르 고지' 세포에 호의적인 관심을 보였다. 젊은 대학생과 카뮈 등의 예술가 동지들이 주요 구성원이긴 했지만, 토착 구성원도 몇 명 있었으며, 그중 일부는 진정한 의미에서 노동계급이었다.

우제간은 카뮈가 이슬람 교도와 그들의 사회적 조건에 관심이 많았다고 말했다. 이상한 것은 카뮈가 흔히 '아랍주의자'로 알려진 다른 유럽인들과 달리 별다른 곤란 없이 그들을 이해하고 그들의 언어를 익힌 듯이 보였다는 사실이다. 그래서 우제간은 카뮈에게 젊은 이슬람 교도 지식인들과 접촉하도록 촉구했다.

프랑스어와 교양을 갖춘 그 젊은이들은 쉽사리 '민족개량주의자' 이데올로기에 물들 수 있었는데, 그들을 공산주의 노선과 가까운 '민족혁명주의자'로 이끈다는 것, 그리고 가능한 경우 그중 가장 진보적인 자들을 당원으로 끌어들이려는 것이 목적이었다. 카뮈는 이슬람 교도 작가들과 울리마들, 그중에서도 그들의 의장인 벤 바디스와 부의장인 타이엡 엘 오크비와 개인적으로 교제하기 시작했다.

카뮈 역시 당에서 새로 사귄 친구들로부터 관심의 대상이 되었는데, 그들은 그의 교양과 헌신, 천진함에 매료되었다. 입당하고 나서 언젠가 카뮈가 병에 걸리자 우제간이 병문안을 간 일행에 끼어 패스트리, 꽃과 함께 벨쿠르 투사들이 모은 돈이 담긴 봉투를 건네준 일도 있었다.[11]

카뮈에게 자극을 받은 지식인 세포는 다른 프랑스계 알제리인들에게서는 찾아보기 힘든 태도로 이슬람 교도 문제를 처리하기 시작했다. 당의 벨쿠르 지부 간사인 회계사 에밀 파뒬라처럼 아랍주의자의 이데올로기 쪽에 가까운 방향이었다.

파뒬라는 노련한 공산주의자인 동시에, 전술적이고 이념적인 고려와 상관없이 토착 알제리인들의 일상적인 문제를 이해하고 관심을 기울인 몇 안 되는 비이슬람 당원이었다.

1924년 프랑스 공산당이 알제리 세포로 하여금 알제리 민족주의 조직을 결성하도록 요구했을 때, 파딜라는 알제리 내의 이슬람 교도들이 극히 취약한 지위에 있으며 프랑스 식민 당국으로부터 임의 투옥과 남부 사막 지역으로 추방당할 위험이 높다는 이유로 이 전략에 반대했다.

파딜라는 당시 자크 도리오(훗날 파시즘으로 전향하여 나치 협력자가 되었다)가 의장이던 파리의 당 식민 지부에 소환되었다. 파딜라는 이런 이슬람 교도 운동이 알제에 조직될 수 없는 이유를 설명하고 난 후, 그 조직을 덜 위험한 본토 프랑스에 설치해줄 것을 요구했다.

그 결과 1926년 에미르 칼레드의 발기에 의해 동명의 기관지와 함께 당의 이슬람교 전선인 '북아프리카의 별'이 창설된 것이다. 프랑스 내의 이슬람 교도 노동자들도 가입할 수 있었던 북아프리카의 별과 기관지는 빈틈없이 통제된 알제리의 상황에서 식민지의 이슬람 교도들이 불필요한 모험을 하는 일 없이도 강력한 영향력을 행사할 수 있게 했다.[12]

이제 1898년에 제화공의 아들로 틀렘센에서 태어난 무소속 민족주의자 메살리 하드지가 등장하게 된다. 초등학교를 마친 그는 당시는 물론 그 이후에도 많은 이슬람 교도들이 그랬던 것처럼 일자리를 구하기 위해 프랑스로 이주했다.

공장 노동자가 된 그는 프랑스 공산당에 입당하고 북아프리카의 별 창설에 관여하면서 정치 활동에 열중했다. 그러나 1926년에 당을 떠난 그는 이민노동자에 대한 당의 간섭주의적 태도를 비난하며 1년 후 북아프리카의 별의 책임자가 되었다. 그럼에도 불구하고 그의 지도 아래 북아프리카의 별은 공산주의자들과 밀접한 동맹 관계를 유지하면서 인민전선에도 참여했다.

당시는 물론 그 이후에도 메살리의 운동은 여전히 종교적 전통에 젖어 있는 일반 노동자들과 일체감을 유지했기 때문에 언제나 보다 이념적이고 덜 종교적인 운동과 구분되었다.[13]

파시즘과 사회주의

카뮈가 공산당 당원으로 활동하던 1935년 가을부터 1937년 11월 사이에 프랑스와 알제리의 정치판도가 급변하고 있었다. 인민전선의 이데올로기가 파리를 장악하게 되면서 인민전선은 공산주의자와 사회주의자들뿐 아니라 보다 온건한 급진 사회주의자들까지 포괄하게 되었다.

하지만 1936년 5월의 국민입법선거에서 승리한 쪽은 사회주의자들이었다. 따라서 사회당 당수 레옹 블룸이 정부 수반이 되었지만, 그 정부는 1937년 6월까지만 존속한 뒤 프랑스의 악화된 경제 상황과 위기에 제대로 대처하지 못한 총리의 무능력 때문에 몰락하고 말았다.

그 모든 시련기에 인민전선 정부는 모든 민주 세력 간의 연합을 주창해온 프랑스 공산당으로부터 유례없는 지원을 받았다. 실제로 공산주의자들은 인민전선이 실제보다 훨씬 광범위한 당파와 운동을 포괄해주기를 원했던 것이다.

왜냐하면 나치즘과 파시즘이 세력을 과시하기 시작한 그 당시, 세계 공산당을 굳건히 통제하고 있던 소련은 중요할 수도 있는 개개의 지역적 목적을 희생시키는 한이 있더라도 모든 민주 세력을 통합하라는 일반 노선을 강요했기 때문이다. 그것은 공산주의자들이 노동운동과 정치 활동에서 과거의 적과 결탁할 것을, 심지어는 보수 급진 사회주의자들과 손을 잡아야 한다는 것을 의미했다. '사회주의적 파시스트'라는 말은 이제 보다 온건한 사회주의자에 대한 조롱으로 쓰이지 못했다.[14]

알제리에서는 새로운 공산주의 노선이 한층 격렬한 조정기를 거치면서, 알베르 카뮈에 대한 재판과 제명으로 이어지게 된다.

국제공산주의(또는 제3인터내셔널)의 일원이 되기 위한 21개 조건 중 하나로서, 각국 공산당이 식민지 해방을 지원하는 동시에 '제국주의자들'을 축출해야 한다는 요구사항이 있었다.

이 명백한 강령에도 불구하고 알제리 공산주의자들은 이슬람교도의 민족주의에 깊이 침투할 수 없었는데, 교육받은 이슬람교도들이 독립보다는 프랑스 공동체와의 융합을 선호했기 때문이다. 그 결과 알제리 공산주의자들은 프랑스 식민당국으로부터 위험한 무법자로 간주되었으면서도, 온갖 노력을 기울여도 이슬람 교도들을 끌어들이지 못했던 것이다.

그들은 당시 지도자들 중 한 사람이 말한 대로 '아랍인들보다 더 아랍적'이었다. 그들이 북아프리카의 별 운동을 창출한 것도 바로 이와 같은 정신에서였다.

아마르 우제간이 연설한 1935년 모스크바 국제공산주의 제7차 회의에서 다시 한 번 반식민지적 입장이 반복되었지만, 공산주의자들은 내심 스페인령 모로코에서 프랑코 장군이 그랬듯이 알제리의 이슬람 교도들을 조직하게 될 우파가 모든 대결에서의 진정한 승리자가 되지나 않을까 걱정하면서 알제리의 상황에 깊은 우려를 품었다.

파리 본부가 프랑스 공산주의자 장 셍트롱을 당의 알제리 지역 연맹의 조언자(실질적으로는 지도자)로 파견한 것도 이 무렵의 일이었다. 그는 공장 조직원으로 활동하면서 자신의 당 활동을 비밀에 부쳐야 했기 때문에 '장 바르텔'이라는 가명을 썼다.

알베르 카뮈가 입당하던 시기에 장 셍트롱이 맡은 임무는 가능한 한 이슬람 교도로서 별도의 알제리 공산당을 이끌어갈 지도자를 찾아서 키우는 것이었다. 실제로 그에게는 두 가지 목표가 있었다. 대중 운동(그리고 이슬람 교도 운동)의 조직화를 촉진시키는 동시에 점점 세력이 커가는 우익 반동에 대한 반파시스트 활동을 촉구하는 것이었다.

셍트롱(바르텔)은 곧 이 두 가지 목표가 크게 모순된다는 것을 깨달았다. 우선 이슬람 교도들은 반파시즘에는 관심이 없었다. 그들의 입장에서 볼 때 이는 유럽의 문제였던 것이다. 다른 한편으로 일반 프랑스계 알제리인들은 전면적인 반식민주의에 그다지 열의를 보이지 않았기 때문에, 자칫하면 이슬람 교도 민족주의자와 모든 계층의 프랑스 이주민과의 전면전이 일어날 위험이 있었다.

또한 당 내부의 문제도 있었다. 파리에 있을 때 셍트롱은 식민지 분과 책임자인 앙드레 페라에게서 브리핑을 받았는데, 그때 그는 반식민 운동에 역점을 두었다. 그러나 알제로 떠나기 전 셍트롱은, 페라의 브리핑에서 반파시스트 운동이 과소평가됐을 것이라고 여긴 당수 모리스 토레즈와 만났다. 토레즈는 셍트롱에게 "파시즘이 세상에 퍼진다 해도 이슬람 교도들의 형편이 더 좋아지지는 않을 것"이라고 주의를 주었다.

알제에 도착한 셍트롱은 자신이 실질적으로 이 지역 공산당의 책임자가 되었다는 것, 자신은 간사인 우제간과 젊은 엘리 미뇨와 함께 일해야 한다는 사실을 깨달았다. 그는 반식민 노선과 반파시스트 노선을 한데 결합하려는 생각을 버린 채 이를 별개의 것으로 하나씩 처리하려고 했다. 한쪽의 지지자들에게 다가갈 경우 다른 한쪽의 지지자를 잃게 되리라고 예상했던 것이다. 그는 프랑스계 알제리인들에게, 알제리 독립을 지지할 경우에만 이슬람 교도들이 반파시스트를 위한 단결을 받아들일 가능성이 있다고 말했다.

그는 또한 파리의 프랑스 공산당의 일개 지부라는 위치에서 벗어나게 될 별개의 알제리 공산당을 조직하기 위한 일정표를 작성했다. 그리하여 1936년 7월 4일 알제 1차 회의에서 알제리 공산당이 창설되기에 이르렀다.[15] 마침내 보다 급진적이며 투쟁적인 알제리 공산주의자들(이슬람 교도는 물론 유럽인들)은 자신들이 그 동안 투쟁해왔던 성과를, 다시 말해서 자치권과 동시에 어쩌면 이슬람 교도의 지도권까지도 얻어냈다고 여기게 되었다.[16]

알제리인들이 알제리 고유의 문제들을 해결하려는 동안에도 세상은 가만히 있지 않았다. 먼 곳에서 일어난 사건도 얼마 지나지 않아 북아프리카에 그 반향을 미치게 됐다.

스탈린은 점증하는 아돌프 히틀러의 위협 앞에서 소련의 이익을 얻으려면 강한 프랑스가 있어야 한다고 판단했다. 물론 모스크바에 호의적인 프랑스를 의미하는 것이었다. 그 결과 1935년 5월, 당시 프랑스 외무장관이던 피에르 라발이 모스크바에 가서 스탈린과 대화를 나누게 되었다. 회의 끝에 발표된 공식성명에서 스탈린은 자신은 프랑스의 국방 정책에 완전히 동의한다고 말했다.

이는 프랑스 공산주의자들로 하여금 반군국주의와 프랑스를 약화시키거나 또는 공산주의자의 잠재적 동맹국들을 화나게 할 요인들을 버리도록 하는 원인이 되었다.

프랑스를 약화시킬 수도 있는 정책 가운데 하나가 반식민주의였기 때문에, 이후로 그 정책은 보류됐다.

새로운 노선을 노동계층으로 침투시키기까지는 시간이 걸렸으며, 셍트롱은 그 일이 완수될 때까지 알제에 머물 수 없게 된다. 그의 호전적 활동들이 그에 반하는 지역 운동을 자극했기 때문이다.

그런 감정은 셍트롱이 선동적 의도로 "알제리는 프랑스가 아니다"라며 떠들어대고 있다며 『데페슈 알제리엔』 제1면에 게재된 비난 기사에서 극에 달했다. 그 결과 그는 재판에 회부되어 유죄를 선고받았는데, 본토 프랑스에서는 허용되는 진술도 알제리에서는 투옥감일 수 있었기 때문이다.

하지만 그는 그 지역을 탈출함으로써 세 차례 언도된 1년형 선고에서 빠져나갔다. 알제리에서 임무를 수행하던 중에 그는 딱 한 번 알베르 카뮈와 마주치게 되는데, 노동극장이 공연한 막심 고리키의 「얕은 바닥」을 관람했을 때였다. 그때 그는 이 젊은 당원 카뮈와 몇 마디만 주고받았을 것이다.[17]

셍트롱이 알제를 빠져나가자, 표면상 자치적인 알제리공산당은 실제로는 여전히 파리 본부의 보호 아래 있었기 때문에 젊은 당 간부인 엘리 미뇨가 파리에서 새로운 '조언자'가 올 때까지 직무를 대리했다.

새로운 사절로 로베르 들로슈가 도착할 무렵에는 새로운 당 노선이 전체 당원에게 이미 전달된 후였다. 반식민주의의 목소리를 낮추고 파시즘과의 투쟁을 강화하라는 내용이었다.

젊은 미뇨가 볼 때 이 새로운 노선은 전적으로 타당했는데, 왜냐하면 알제리야말로 프랑스 파시즘의 온상이었기 때문이다. 콜로넬 프랑수아 드 라 로크 같은 그 지역의 우파 지지자들은 종종 정치적 시위의 수단으로 트랙터는 물론 비행기까지 동원하곤 했다.[18]

문제는 들로슈에게 바르텔과 같은 분별 있는 외교력이 결여돼 있었다는 사실이다. 그는 당의 새로운 지령을 알제리의 특별한 상황을 고려하지 않은 채 무지막지하게 적용했다.[19] 새로운 공산당 노선의 주요 희생자 가운데 하나는 메살리 하드지의 북아프리카의 별이었다. 메살리의 추종자들은 그런 반식민 활동의 위축이 무엇을 의미하는지에 대해 잘 알고 있었지만, 자신들이 배신으로 규정해놓은 활동의 일부가 될 생각이 없었다. 메살리와 그의 동료들은 얼마 지나지 않아 자신들이 사방에서 공세를 받는 처지가 됐음을 깨달았다.

1937년 초 블룸의 인민전선 내각에 의해 활동이 금지되었을 때도 온건파들로부터 공격을 받았으며, 이제 파시즘에 대한 연합 투쟁의 언저리에서 말썽만 부리는 폭도들처럼 간주되는 무리들을 점차 적대시하게 된 공산주의자들로부터도 공격을 받았던 것이다.

평생을 좌파와 우파와 중도파들과 악전고투하다가 결국 프랑스에서 투옥 생활을 한 다음에는 반식민주의적이며 반프랑스적인 민족해방전선(FLN)의 표적이 된 메살리는 1937년 3월 "동화나 분리가 아닌 해방"을 주장하는 '알제리 인민당'(PPA)을 창설함으로써 북아프리카의 별에 대한 금지령에 맞섰다.

당시 메살리는 본토 프랑스에서 활동하고 있었다. 그러다 본부를 알제리로 옮기고 1937년 6월의 시 선거에서 공산주의 정견에 반대하는 선거운동을 펼쳤다.[20] 프랑스 정부가 북아프리카의 별을 금지시키고 그 투사들 일부를 투옥시켰을 때 공산당은 아무 반응도 보이지 않았다. 그런데 이제 메살리의 새로운 알제리 인민당이 공산주의를 공격하는 팸플릿을 배포한 것이다.

메살리의 추종자들은 공산주의 지도자들을 정부의 허수아비이며 앞잡이라고 불렀고, 공산주의자들은 메살리 측을 파시스트의 앞잡이라고 불렀다.[21]

알제리 인민당의 '사이비 민족주의'에 대한 투쟁은 공산주의 언론을 동원한 공공연한 심리전으로 나타났다. 우제간은 알제리 인민당 조직 내의 프랑스 경찰 앞잡이들의 명단을 발표했다.[22]

우제간도 이내 곤경에 처하게 됐는데, 특히 식민주의의 희생자인 이슬람 교도들의 반식민주의가 여간해서는 수그러들지 않았기 때문이다. 우제간은 『뤼테 소샬』 편집자 자격으로 알제리와 프랑스에서 발생한 세 건의 이슬람 교도에 대한 공격 사건을 제1면 머리기사로 묶었다. 그가 보기에 그 사건들은 같은 문제를 대표하는 것처럼 여겨졌기 때문이다.

그러나 레이아웃을 검토하던 로베르 들로슈와 엘리 미뇨가 머리기사를 삭제하고 서로 다른 장소에서 발생한 세 사건을 재배치했는데, 그럼으로써 당연히 발생할 충격을 줄인 셈이었다.

우제간은 그 문제를 정치국에 상정했지만, 정치국에서는 그것을 기술상의 문제라며 기각시켰다. 그러자 우제간은 『뤼테 소샬』의 편집자와 정치국의 자리를 모두 사임했다.

그는 파리로 달려가 당수인 토레즈와 면담하려 했으나, 자신이 복귀한 탈당자로서 배척의 대상이라는 사실만을 알게 됐을 뿐이었다. 그는 그 문제를 깨끗이 해결해줄 것을 요구하면서, 프랑스 공산당이 알제리 공산당의 문제에 관여하는 데 반대하여 자신의 사건을 중앙위원회까지 끌고 올라갔다. 결국 그의 의견이 받아들여지고 들로슈는 해임되었다.

영리한 변증론자

공산주의자와 이슬람 민족주의자 간의 이러한 알력은 알베르 카뮈를 혼란과 고통에 몰아넣었다.

공산당 가입 초기에 그는 메살리의 조직을 위해 젊은 아랍인 투사들을 모집하도록 요청받은 적이 있었다. 그런데 바로 그 젊은 아랍인 투사들이 경찰의 추적을 받고 투옥되고 있었으며, 정선된 카뮈의 당원들은 거기에 박수를 보냈다. 가까스로 체포를 면한 이슬람 교도들이 그에게 와서 이런 책략을 그대로 참고 견딜 거냐고 물었다.

카뮈는 분노에 몸을 떨었으며, 자신의 분노를 감추려고도 하지 않았다.[23] 그는 이제 동료 공산주의자들이 파시스트로 간주한 메살리의 추종자들과 지속적인 유대를 맺게 된다.[24]

프랑스 의회에 앞서 블룸-비올레트 법안을 위해 적극적인 활동을 펼쳤던 카뮈는 아무리 합리적인 개혁안이라 해도 완강한 식민주의자들이 분노를 터뜨리리라는 사실을 잘 알고 있었다.

블룸의 국무장관인 모리스 비올레트가 하원에 올린 이 법안은 당시 600만 명에 달하는 이슬람 교도(프랑스계 알제리인은 89만 명이었다) 가운데서 참전군인과 중학교 졸업자 등 겨우 2만 1,000

명에게만 투표권을 부여한다는 내용이었다. 이는 프랑스계 알제리인과의 동화를 위한 정책의 제1보였는데, 그 당시 온건한 이슬람 교도들은 이러한 동화를 열망하고 있었다.

공산당은 블룸-비올레트 법안을 "진보적이고 유용한 것"으로 간주했고, 온건한 이슬람 종교 지도자들(울리마들) 역시 그 법안을 지지했다.

실제로 이 법안은 너무나 온건해서 메살리 하드지는 이를 식민주의의 도구라 여기고 거부했다. 하지만 보수 프랑스계 알제리인의 저항은 훨씬 위험했다. 프랑스 의회에서 토론이 벌어지자 알제리에서는 격한 반발이 폭발하면서 "블룸에게 죽음을", "유대인에게 죽음을"이라는 슬로건까지 내건 시위가 일어났다.

총 20만 명의 이슬람 교도에게 투표권을 확대하는 쪽으로 법안이 수정되자 항의는 폭동으로 바뀌었다. 인민전선은 반동적인 이주민들의 위협을 꺾을 만큼 강하지 못했으며, 그 수정 법안은 프랑스 의회에 제대로 상정되지도 못했다. 그러나 법안을 둘러싼 논쟁은 새로운 반감을 야기했는데, 이슬람 교도에 대한 이주민들의 반감, 그리고 더이상 정의를 기대할 수 없는 식민정권에 대한 이슬람 교도들의 반감이 그것이었다. 이후 동화 정책의 촉구는 프랑스로부터의 분리 촉구에 자리를 내주게 되었으며, 그 목표는 한 세대 후에 달성되기에 이른다.[25]

공산당 내 카뮈의 지도자들이 이 젊은이를 진정시키려 시도한 것은 분명 그 어느 때보다도 통합의 필요성을 강조하는 '온건'의 측면에서였다. 로베르 들로슈와 우제간은 솔리에르 고지 세포 회의에 참석하여 토론을 경청하고 심지어 카뮈와 개인적인 대화를 나누기까지 했다.

우제간은 '아랍화'의 선두 지역인 벨쿠르 출신의 이 청년이 이슬람 교도 민족주의로 편향돼 있음을 잘 알고 있었다. 그는 또한 카뮈가 인민전선의 기본 전술에 반대함으로써 공산당 노선으로부터 이탈하고 있다는 점도 언급했다. 카뮈는 당이 누가 보다라도 '식민주의의 보루'[26]인 급진 사회당과 연합하는 데 반대했던 것이다. 이를테면 급진 사회당은 알제인민전선위원회의 일원이었으면서도 블룸−비올레트 개혁안에 반대했다.

분명 카뮈는 공산주의자들이 갑자기 프랑스 군대와 조국의 국방을 지지한 사실을 언짢게 여겼을 것이다. 그는 가까운 친구들 앞에서 그 일을 놓고 빈정거리기까지 했다.[27]

우제간은 카뮈가 행동가가 아니라 영리한 변증론자라고 판단했다. 정치국 내에서 들로슈는 카뮈를 트로츠키주의자라고 보고 논외로 치부했다. 우제간은 카뮈의 견해가 오류일 수는 있지만 극단적인 대립항인 식민주의보다는 덜 위험하다면서 이의를 제기했다. 우제간은, 들로슈가 특히 알제리 공산당과 울리마들과의 제휴를 지지하는 자신에 대해 이슬람 교도 민족주의에 편향되었다는 혐의를 품고 있다는 사실도 잘 알고 있었다. 우제간은 들로슈가 카뮈의 이견을 반복해 말하면서 실제로는 자신에게 노선을 수정하라는 메시지를 전하고 있는 것이라고 판단했다.[28]

지역 공산당이 안고 있던 또 하나의 문제는 에밀 파뒬라였는데, 그는 충성스러운 공산주의자인 동시에 정직한 인간이었다. 파뒬라는 엄격한 훈련을 거친 당의 일꾼이었으면서도 언제나 이슬람 교도의 민족주의에 호의적이었기 때문에 당의 새로운 반민족주의 노선을 달갑게 여길 수가 없었다. 어쩌면 그는 알베르 카뮈의 '좌

파적인' 이단에 동조했을지도 모를 일이었다.[29]

실제로 파뒬라는 자신의 세포 내에서 노선 변경 문제를 토의에 부쳤다. 그는 억압받는 이슬람 교도를 파시스트와 비교할 수는 없다고 주장했다. 그와 카뮈 모두 우제간이 당의 주간지에서 메살리파를 파시스트라고 몰아붙인 데 자극을 받았던 것이다.

그러나 파뒬라는 당의 규율에 구속감만 느꼈던 데 반해 카뮈는 자신의 세포 내에서만 항의하는 데 그치지 않았다. 그래서 카뮈의 솔리에르 고지 세포를 포함한 벨쿠르 지부의 간사였던 파뒬라는 카뮈에게 우정 어린 주의를 촉구했다.

이제 카뮈의 이견은 공식적으로 솔리에르 고지 세포의 의사록에 상정되었다. 처음에는 다수의 동료들이 그를 지지했다. 그러나 얼마 후 그들은 당 노선의 논리에 설득당하거나, 혹은 논리에 어긋나는 규율을 선택함으로써 하나씩 떨어져나가기 시작했다. 안건을 투표에 부쳤을 때는 모리스 지라르만이 카뮈 편을 들었다.[30]

그 과정에서 카뮈는 당 본부에 소환되어 견해를 수정하도록 요구받았다. 그러나 카뮈는 당이 이전에 이슬람 교도 민족주의자들을 지지했으면서 이제 와서 그들을 불신하고 식민주의자들과 제휴한다는 것은 이치에 맞지 않는 일이라면서 자신의 견해를 재확인했다.[31]

그것은 새로운 당 노선이 심각한 결과를 초래하고 있었기 때문이다. 메살리와 그의 민족주의자들은 이제 공산당과 총독부 양쪽의 공격 목표가 되었다. 1937년 7월, 메살리의 알제리 인민당은 동화정책을 거부했다는 이유로 제2차 이슬람 교도 회의에서 축출되었다.

한 달 후 메살리와 그의 동료들은 국가의 주권에 혼란을 야기시켰다는 혐의로 기소되었고, 메살리는 2년형을 언도받았다.

1939년에 석방된 직후 메살리는 또다시 체포되어 1941년에 16년 중노동형을 받게 된다. 제2차 세계대전 후 특사로 풀려난 그는 또다시 민족주의 운동을 벌인 후 프랑스로 추방되어 그곳에서 세상을 떠났다.

공산당에서 제명되다

구역의 모든 세포를 하나로 통합시키는 당의 '민주적 중앙집권주의'의 진행 아래, 이제 솔리에르 고지 세포의 모든 구성원이 출석한 가운데 견해 차를 해결하는 것이 벨쿠르 지부의 당면 과제가 되었다.

알제 사무국 역시 그 일을 지시했다.[32] 그 회의는 카뮈가 어렸을 때 살았으며 당시에도 어머니가 살고 있던 집에서 멀지 않은 리옹가의 한 카페 지하실에서 열렸다. 한 참석자는, 회의 장소를 본 당내의 결벽주의자들이 이런 장소에서 회의를 연다는 데 충격을 받았고 불만을 품었다고 생각했다.

파리의 견해를 대표하는 로베르 들로슈가 의장을 맡았으며, 우제간, 미뇨 그리고 '자율적인' 알제리 공산당의 명목상의 사무총장 벤 알리 부코르트도 그 자리에 참석했다.

별로 유쾌하지 못한 분위기 속에서 카뮈는 자신을 변호하며 이단적 견해를 옹호했다. 그는 당 지도부가 식민주의의 억압을 받는 알제리인의 사회적 발전을 이해하지 못하는 데 대해 비판했다. 그는 현재의 상태는 응집력이 결여돼 있을 뿐 아니라 급진 민족주의로 변질될 위험이 높다고 여겼다. 또한 폭력에 대한 평화적인 대안이 있음에도 불구하고, 당이 자체적 프로그램을 견지함으로써 이러한 대안을 고려하지 못하고 있다고 말했다. 그 말에 아무도 대꾸하지 않았다.[33]

파뮐라 자신은 오랜 당 경력 덕분에 재판에 회부되지 않았다. 아무튼 그의 세포가 그의 지위를 보장해주었다. 그는 지부 위원회에서 카뮈를 옹호하는 한편, 축출당하기 전에 사임하도록 충고했지만 카뮈는 충고에 따르지 않았다.

카뮈의 다른 친구들은 이미 오래 전에 떨어져나간 상태였다. 예를 들면 폴 라피는 더 이상 당의 일에 관여하지 않을 생각이라는 취지의 편지 한 통을 보냈을 뿐이다.[34]

얼마 후 당은 모든 지부 위원회, 즉 알제 지역을 포괄하는 지역의 지도자 회의를 개최했다. 여기서 지부 사무장인 파뮐라는 당 사무장 우제간과 대결했다. 이 토론에는 카뮈도 지라르도 초청받지 못했다.

파뮐라는 민족주의에 대한 당 견해의 전개를 비판했는데, 그의 논지는 "어떻게 자신이 설립에 협력했던 조직에 '파시스트'라는 낙인을 붙일 수 있느냐?"였다. 토론에서 파뮐라가 패했고, 그 결과 투표에 의해 카뮈와 지라르는 당에서 축출되었다. 그 다음으로 알제에 위치한 당의 최고 기관인 지역위원회가 소집되어 축출을 비준했다.[35]

결정을 통고받고 돌아온 카뮈는 지라르와 마주쳤는데, 그는 그때 카뮈가 보인 반응은 "부드러운 미소"뿐이었다고 회고했다. 지라르 자신은 축출 통고를 기다리지 않고 리옹 가의 회의 다음날 들로슈에게 당원증을 반납했다.[36]

카뮈도 지라르도 이 결정에 항소하지 않았기 때문에, 정치국이 개입할 필요는 없었다.[37] 이후로는 정식 공산주의자는 카뮈에게 인사조차 제대로 할 수 없었다.[38]

오늘날에도 당에 잔류해 있는 당시 알제의 간사는, 당이 젊은 알베르 카뮈를 제대로 다루지 못했으며, 비록 신념은 있었지만 카뮈 역시 계급투쟁의 본질을 이해하지 못했다고 언급했다.

그러나 카뮈는 이슬람 교도 민족주의의 본질을 이해하지 못했다. 그는 메살리 하드지를 결코 잊지 못했으며, 그럴 만한 위치에 있게 됐을 때 기소되거나 유죄 판결을 받은 메살리파들을 위해 자신의 영향력을 이용하곤 했다. 그 일은 메살리의 변호사가 된 그의 옛 대학 동창인 이브 드슈젤르를 통해서 이루어지곤 했다.

비록 가까운 친구들조차 공산당 내에서 일어났던 일에 대해 몰랐지만 카뮈가 불화와 축출을 겪은 끝에 당에 환멸을 느꼈다는 사실은 1937년에 카뮈의 공적 활동이 크게 증가한 것에서도 명백하게 드러난다.

실제로 세포 및 지부 회의에서 일어난 일에 대해 알고 있는 소수의 친구들 가운데 하나는 클로드 드 프레맹빌이었는데, 카뮈보다 먼저 입당한 그 역시 당 노선이 이슬람 민족주의에 대립하는 방향으로 전환됐을 때 자신의 원칙에 대해 비슷한 갈등을 겪은 바 있었다. 언론활동을 통해 이슬람 민족주의자들의 선전 자료를 찍고 있던 그는 훗날 민족해방전선 반란정부의 명목상 총수가 되는 온건 민족주의자 페르하 아바스의 자금으로 인쇄 설비를 구입했다는 비난을 받았다.

프레맹빌은 1937년 12월 28일 앙드레 벨라미슈에게 전한 대로 당을 떠남으로써 응수했다. "나는 카뮈나 지라르처럼 트로츠키파로 간주되지 않았다는 데 긍지를 느끼고 있어. 그들은 소박한 페라트파인 나처럼 당을 떠나지 않고 축출당했으니까 말이야."[39]

문화의 집이라는 격동적인 생활의 어느 한 시점에서 카뮈 자신은 제명당하고 말았지만, 오늘날 생존해 있는 사람 중 당시의 분위기를 정확히 알고 있는 사람은 없다.

한때 무정부주의자이며 몸집이 크고 타고난 싸움꾼인 가브리엘 프레뒤모라는 사람이 카뮈와 그의 친구들에 대한 추잡한 소문을 퍼뜨린 적이 있었다. 그 소문은 어떤 것이었을까? 그 일이 벌어진 시점은 1937년 봄이었기 때문에 공산당 내부의 토론과 연결 짓기엔 너무 이른 시기이다.

그보다는 극단과 관련이 있는 소문일 가능성이 높은데, 프레뒤모가 노동극장에 관여한 적이 있었고 카뮈가 당과의 알력 끝에 떠나고 난 뒤에도 여전히 극단에 잔류했기 때문이다.

6월 9일, 당시 프레뒤모가 문화의 집 사무국장과 고위 간사들에 대해 퍼뜨리고 있던 '추잡한 소문'에 대한 그의 해명을 듣기 위해 문화의 집 집행위원회가 소집되었다. 그는 자신이 그런 언급을 했다는 사실을 시인했고 문화의 집에서 '즉각적이고 확정적으로' 제명당했다. 그와 동시에 위원회는 그 제재 조치를 가능한 한 광범위하게, 요컨대 『뤼테 소샬』과 『알제리 우브리에르』를 통해 선전하기로 의결했다.[40]

6월에 발생한 일련의 사건들의 결과, 가을이 되자 노선이 한층 경직되면서 문화의 집은 와해되었고 중요한 구성원 전원이 공산당을 떠나고 말았다. 공산주의자가 아닌 카뮈의 친구들은 강경한 공산주의자들이 소련에 대한 환멸의 고백서인 『소련에서 돌아와서』를 썼다는 이유로 앙드레 지드를 배신자로 탄핵했을 때 이미 문화의 집에서 멀어졌을 것이다.

카뮈가 노동극장을 대체할 새롭고 비정치적인 극단을 조직하고 있었을 때, 마침 반카뮈 세력을 포함한 경쟁 극단인 예술가협회극장은 이미 셰익스피어, 수에토니우스, 플루타르크에게서 영감을 얻어 「율리우스 카이사르」를 연습하고 있었다.[41]

또 다른 면에서 이브 부르주아는 카뮈와 그 친구들에 불만을 품은 이들에게, 또는 카뮈의 지도력과 양립할 수 없는 개인적인 이유가 있던 이들에게 일종의 자석 역할을 했다. 카뮈 부부가 부르주아와 함께 중부 유럽을 여행하고 난 뒤에 두 사람은 공적이거나 사적인 반목 없이 그저 멀어졌을 뿐이지만, 그 후속으로 나타난 사건들 때문에 결국은 반목하게 되었다.

부르주아의 무리가 노동대학을 인수한 것도 그 한 예였다. 그는 페데리코 가르시아 로르카에 대해 경의를 표하기 위해 강연과 노래와 시낭송의 밤을 기획했다. 부르주아는 극장 일은 경쟁자인 카뮈 세력에게 맡겨둔 채 다른 모든 일에 관여했다.

그들은 대학 재학생 연합회와 공조했는데, 부르주아와 동료 교사인 푸아냥이 당시 대학에서 학위를 얻기 위해 공부하고 있었기 때문이다.

그들의 활동 가운데는 문학과 역사를 주제로 한 강연회, 토착 미술과 공예품 전시회, 프랑스의 대표적인 만화가 장 에펠을 중심으로 한 만화 전시회, 동양 음악 연주회 등이 있었다. 카뮈와 사이가 틀어진 시몬이 음악 연주회를 위해 피아노를 빌려주었다.

때로는 경쟁이 공개적인 대결로 변하기도 했다. 부르주아파가, 카뮈파가 그날 공연장을 쓸 계획임을 알아내고는 자신들이 시내에서 유일한 그곳을 이미 예약했다는 사실을 카뮈 쪽에 통보한 일이 그 예다.

그해 겨울 부르주아는 카뮈로부터, 구체적으로 지적하지 않은 어떤 부당함에 대해 불평하는 내용의 메모를 받았다. 거기에는 자신이 참을 수 없는 한 가지는 비열함이라는 언급이 있었다. 부르주아는 카뮈에게 우월감을 안겨주고 싶지 않았기 때문에, 카페에서 만나 그 문제를 의논하자고 청했다. 그때의 대화는 느슨한 것이었기에, 동기 같은 것은 중요하지도 않았다.

카뮈와 부르주아는, 어느 한쪽 지지자들이 종종 낭패를 당한다는 사실에 의견의 일치를 보았다. 한참 대화를 나누고 있을 때 카뮈의 친구 중 한 사람(아마도 클로드 드 프레맹빌)이 그곳에 나타났는데, 카뮈가 그에게 부르주아를 소개하자 몹시 놀라는 눈치였다. 부르주아는 카뮈의 친구들이 자신을 뿔과 꼬리가 달린 괴물로 여기고 있는 게 분명하다고 여겼다.

그것이 부르주아와 카뮈의 마지막 만남이었다. 오랜 세월이 지나 제2차 세계대전이 끝나고 10년쯤 지났을 때 부르주아는 포로수용소에 있던 친한 친구로부터 카뮈가 아직도 자신을 높이 평가하고 있다는 사실을 알게 되었다.[42]

13 집단극장

모든 것을 잃지 않으려면 삶의 일부를 희생하는 것이 정상이다.
굶어죽지 않으려면 하루에 여섯 시간에서 여덟 시간 정도를 일해야 한다.
그리고 나면 그 삶에서 이익을 얻는 법을 아는 이들에게는
모든 것이 다 이익이 된다.

• 『작가수첩 1』

몇 달에 걸친 공산당 내부의 투쟁과 공공장소에서의 논쟁, 잔인하고도 단호한 제명이 이 젊은 투사를 흔들리게 했다거나 심한 고통을 주었다는 증거를 찾는 것은 의미 없는 일이다.

카뮈는 사람들이 그런 일을 잊기 위해 흔히 벌이는 다른 열띤 활동에 투신하거나 하지 않았다. 오히려 그의 사회적·문화적 생활이 다른 수단을 통해 전과 다른 방향으로 이어졌을 뿐이다.

이 무렵 카뮈의 일기에는 무심결에 내뱉은 절망적인 언급조차 찾아볼 수 없다. 이 젊은이는 여전히 자신의 일기에 모든 것을 고백하기를 주저하고 있었다.[1]

그리고 모든 조직 활동과 계획이 포함되는 새로운 연극 활동, 즉 리허설 일정, 리허설에 참가할 아마추어 배우를 모집하는 일, 공연장을 예약하거나 대관하는 일, 후원자를 찾는 일 등은 다시 한 번 미래의 불확실성을 수반하게 된다.

일기를 보면 그는 이제 『행복한 죽음』의 초고 작업을 한창 진행하고, 두 번째 에세이집 『결혼』에 쓸 착상들을 수집하는 한편, 이 두 가지를 뛰어넘는 야심만만한 작업을 계획하고 있었다. 그러나

이제 카뮈는 자기 또래의 다른 사람들과 같은 삶을 영위할 때가 되었다. 요컨대 직업을 가져야 했던 것이다.

어쩌면 파리에서 그런 직업을 구할지도 몰랐다. 그는 끊임없이 이사를 다녔는데, 집을 비운 친구들의 아파트에서 산 적도 여러 번 있었다.

그 무렵 세들었던 몇 군데의 조그만 독신자용 아파트 가운데 하나로서 고전 및 현대 플레야드 총서를 광고하는 갈리마르사의 포스터 한 장만 달랑 걸려 있던 미슐레가의 다락방에서 카뮈는 루이 미켈에게 알제리에서의 예술 활동에 대해 이야기했다. 카뮈는 친구에게 "사람들로부터 반응을 들어볼 수 있는 것은 파리뿐이야"라고 말했다. 미켈은 아무 대답도 하지 않았다.

카뮈는 계속해서 이렇게 말했다. "자넨 분명 내게 그런 반향이 필요하냐고 묻겠지?"

미켈은 그것을 '반향하다'(résonner)와 '논하다'(raisonner)라는 단어를 가지고 하는 말장난으로 여겼다.[2]

여덟 시간짜리 일자리

파리에는 문학적 야망을 품은 알제리 젊은이의 호소를 들어줄 만한 사람이 있었다.

북아프리카의 작가 지망생들에게 가브리엘 오디지오는 아버지나 다름없는 존재였다. 그는 알제에서 프랑스로, 그것도 작가 지망생들에게 우상이나 다름없는 갈리마르 출판사로 작품을 보냈다. 그리고 갈리마르사는 1935년에 그의 『지중해의 청춘』(*Jeunesse de la Méditerranée*)을 출판했다. 그는 프랑스의 문학적 · 지적 심장부에 지중해인의 독특한 재능을 전파한 것이다.

훗날 막스 폴 푸셰는, "그는 자신이 청춘을 보낸 나라에 문학적 의식을 부여한 최초의 인물이었다. 그는 알제리에서 많은 작가들이 쏟아져 나오기를 원했다"고 회고했다. 그는 카뮈와 쥘 루아, 에마뉘엘 로블레까지 포함되는 저 북아프리카 문학파의 창시자이자 고문이자 후원자였다.[3]

이 알제리인은 1900년에 마르세유에서 태어나 열 살 때 부친이 알제 오페라 극장 관장으로 임명되면서 북아프리카 땅을 처음 밟았다.[4] 파리의 오페라가에 본부가 있는 경제관광진흥청 알제 사무국(OFALAC)에 근무하던 그는 사실상 알제리 총독부의 프랑스 주재 문정관 역할을 맡았던 셈이다.

1937년 11월 9일 카뮈가 피쉬 별장에서 오디지오에게 편지를 썼을 때, 오디지오는 그를 만난 적은 없지만 명성은 들어서 알고 있었다. 오디지오가 간행하는 공보는 전해 5월 25일 본토 프랑스에 『안과 겉』의 출판 사실을 최초로 알린 간행물이었다. 카뮈는 그에게 다음과 같은 편지를 보냈다.[5]

비록 현재 직장이 없지만 제게는 파리에서 살아야 할 이유가 있습니다. 선생님께서는 혹시 문학사 학위가 있고 고등철학 이수증이 있으며 1년간 언론에서 실무 경험을 쌓았고 2년간 배우와 연출자로서 극단에서 일한 적이 있는 24세의 제가 파리에서 살면서 일자리를 구할 수 있다고 보시는지요? 가능한 한 빨리 그곳에서 살 수 있는지 알아보는 것이 제게는 아주 중요한 일입니다.[6]

오디지오는 정중하고도 솔직하게, 현재로서는 일자리를 구해 줄 수 없다고 답장을 보냈다. 그는 아무리 모든 조건이 잘 갖춰져 있다고 해도 변방의 젊은이가 불황기에 직장을 구하기는 쉽지 않다고 했다. 하지만 만약 카뮈가 얼마간 지내기 위해 파리에 온다면 자신이 도움을 줄 수 있으리라고 했다.[7]

물론 이는 카뮈가 듣고자 한 대답이 아니었다. 그는 분투할 각오가 돼 있었는데, 그 무렵 그에게 분투한다는 것은 자신이 이제부터 쓰고자 하는 글을 쓸 수 있게 해줄 생업을 구한다는 것을 의미했다.

파리로의 이주는 그곳에서 최종적으로 안정을 얻는다는 것이 확실할 때에만 가능했다. 비록 감정적, 정치적 실망감을 겪고 있음에도 불구하고 굳이 알제리를 떠날 이유는 없었다. 다른 조건이 똑같다면 알제리에서 하루 여덟 시간짜리 일자리를 얻는 것이, 앞날이 불확실한 파리보다 나았다. 하지만 우선은 그 여덟 시간짜리 일자리를 구해야 했다.

1937년 5월, 알제리에서 태어나고 자랐으면서도 프랑스에서 직장을 다녔던 젊은 기상학자 장 쿨롱이 알제대학의 부속기관인 기상학 및 지구물리학 연구소 소장으로 취임했다. 연구소가 알제리 전역에 흩어져 있는 355개의 관측소를 넘겨받은 사실을 알게 된 그는, 이 관측소에서 뽑은 자료로 알제리의 기후를 기록하기로 마음먹었다.

쿨롱은 또한 대학 동료들 중 한 사람에게서(아마도 장 그르니에) 직장이 꼭 필요한 카뮈를 채용해줄 수 있겠느냐는 문의를 받았다.

쿨롱은 날씨를 기록하는 작업에 카뮈를 쓸 수 있었다. 그러나 문제는 새 직원에게 줄 돈을 마련하는 일이었다. 기술직 조수를 쓰는 비용으로 매월 1,000프랑을 지급해주는 정부 보조금이 해결책이 되었다. 그는 카뮈에게 일자리를 주면서 우정어린 충고를 했다. "문학과는 아무 상관도 없고 재미라고는 전혀 찾아볼 수 없는데 해낼 수 있겠소?"

그러자 그 젊은이는 달리 선택의 여지가 없다고 대답했다.[8] 그는 11월 22일자 일기에 "모든 것을 잃지 않으려면 삶의 일부를 희생하는 것이 정상"이라고 기록했다.

카뮈는 1937년 12월 초부터 연구소에서 일하기 시작했다. 근무는 4시에 끝났기 때문에 오후와 저녁에는 다른 일을 할 수 있었다.[9] 그는 가브리엘 오디지오에게, 자신의 가능성에 대해 솔직하게 답변해준 데 고마움을 전하는 편지를 보냈다

선생님께서 제시하신 모험은 더할 나위 없이 매력적입니다. 그러나 전 벌써 2년이 넘게 그 게임을 해왔기 때문에, 이제는 안정과 건강을 되찾아야 한다고 생각합니다. 솔직히 말씀드려서, 처음 편지를 드렸을 때 제겐 마르세유까지 가는 갑판 좌석표를 살 돈밖에 없었습니다. ……어쩌면 육체적 피로 때문일지도 모르지만, 저 자신은 이미 친숙하고 결코 생산적이지 못한 가난의 뒤를 쫓아다니는 일은 무익하다고 생각하고 있습니다.

저는 낮 시간을 빼앗기는 대신 저녁 시간에 마음대로 작업할 수 있는 사무직을 구했습니다. 그렇게 쉬운 일은 아니지만, 그 덕분에 성찰할 시간과 제 인생을 계획할 시간을 얻었습니다.[10]

기상학 연구소에서 그에게 처음으로 할당한 과제는 355군데의

관측소에 기록된 25년 동안의 자료, 즉 기후 자체뿐 아니라 특정 관측소가 기록한 월별, 연도별 계기 수치를 목록으로 만드는 일이었다.

이를테면 각각의 관측소는 강우량을 측정하게 되어 있지만, 그 중에는 기온과 습도, 기압을 기록한 것도 있었다. 카뮈는 커다란 카드 한 장에, 각각의 관측소가 측정한 300개월(25년×12개월)분의 모든 정보를 기록해야 했다.

이 카드는 훗날 '카뮈 차트'로 불리게 되는데, 아직도 연구소 파일에 최종 기록으로 정리되어 있다. 이 자료들은 폴 셸처가 1946년 알제에서 출판한 『알제의 기후』에 수록되었다. 그는 서문에서 해당 프로젝트의 기술 조수 "A. 카뮈"에게 감사를 표했다.[11]

쿨롱의 조수였던 폴 셸처는, 자신의 관심사와 동떨어진 일임에도 불구하고 헌신적으로 작업에 몰두한 카뮈에게 감탄을 금치 못했다.

예를 들어서 강우의 경우, 어느 관측소가 1년 동안 폐쇄돼 있었는데 그해에 유난히 강우량이 많았다면 나머지 24년으로 계산한 전체 평균 강우량은 뚝 떨어지게 된다. 그래서 카뮈는 그해에 제대로 관측한 이웃의 한두 군데 관측소를 조사하여 폐쇄되었던 관측소의 연간 강우량을 측정할 수 있게 했다.

355곳의 관측소 목록을 모두 작성하고 나자 이번에는 기압 연구 과제가 주어졌다.[12] 카뮈는 일기에, 기온이 매 순간 변하기 때문에 그 기록은 "실제와 무관한 임의적인 내용"이 될 수밖에 없다고 기록했다. 훗날 그는 익살스럽게, 자신이 측정한 기압은 온통 오류투성이인 자료에서 나왔다고 회상했다.[13]

젊은 기술 조수는 매일 아침 연구소에 도착하면 무릎 아래까지 내려오는 하얀 작업복을 입었다. 그러고는 사다리를 타고 높은 선반에 쌓여 있는 먼지투성이의 서류상자들을 뒤적였다.

카뮈에게 이런 일을 시키는 것이 난감했던 쿨롱이 그에게 일이 지루하지 않느냐고 물었다. 하지만 이 새로운 직원은 그 일을 조용하고도 효과적으로 했다. 1938년 9월 30일에 연구소를 떠나게 됐을 때 카뮈는 쿨롱에게 어려운 시기를 무사히 넘길 수 있게 해준 데 대해 감사를 표했다.[14]

한편으로 그는 자신의 본업에 대해 다시금 생각할 여유를 얻었으며, 숙소라는 것을 마련할 수 있게 되었다. 그 동안에는 발 닿는 대로 잠을 자고 원고는 다른 곳에 보관한 채, 글을 쓸 때는 피쉬 별장을 이용했다. 그런데 이제 미슐레가의 수수한 새 건물에 조그만 방 하나를 세낼 수 있게 된 것이다.

기상학 연구소에서 일하게 되면서 생긴 한 가지 재미있는 측면은 그가 날씨에 관심을 갖게 되었다는 사실이다.

1937년 12월의 일기는 『행복한 죽음』(그리고 결국은 『이방인』)을 위한 비망록이다. 먼저 겨울비에 대한 묘사가 나오고, 다음에는 "눈부신 성공이 보장된 듯이" 보이면서도 지금은 사무직에 종사하고 있는 남자에 대한 이야기가 나온다. 그는 일요일이면 늦게 일어나 창밖으로 비가 오는지 해가 떴는지를 살펴보곤 했다. "이렇게 1년이 지나간다. 그는 기다리고 있다. 죽기를 기다리고 있는 것이다. 그 모든 사건이 있고 난 지금 전도유망하다는 것이 과연 무슨 소용이 있겠는가?"

젊은 연극을 위하여

이렇게 얼마간의 시간이 흐른 뒤 카뮈는 친구들과 함께, 노동극장을 대신하는 '집단극장'을 설립했다. 이 극단의 목표는 과거의 작품을 새로운 시각으로 조명하고, 이념 대신 착상에 의지하는 가장 현대적인 극단을 세운다는 것이었다.

본토 프랑스에서는 *N. R. F.* 창시자의 일원인 자크 코포에게서 그 예를 찾아볼 수 있다. 비외 콜롱비에 극장의 축소판이라 할 수 있는 그의 유명한 파리극장은 이미 하나의 획기적인 사건이 되어 있었다.

카뮈는 코포의 레퍼토리를 모방하거나 차용했는데, 특히 샤를 빌드라크의 『여객선 테나시티호』(*Le Paquebot "Tenacity"*)와 도스토예프스키의 『카라마조프가의 형제들』(이 작품은 코포 자신이 비외 콜롱비에 극장을 위해 원작을 각색했다)이 그랬다.

카뮈의 단원들은 1937년 여름방학이 끝나자마자 연습에 들어갔다. 카뮈는 자신의 스승인 코포의 인용문으로 시작되는 "젊은 연극을 위하여"라는 선언문에서 새 극단 창설을 공표했다.

작업과 연구, 대담성을 슬로건으로 하는 극장의 설립 목적은 번영이 아니라 원칙과 타협하지 않고 견디는 것이다.

프랑스 전역이 지방분권화로 특징지어지는 연극의 '폭발적인 부흥'에 휩싸여 있을 때여서, 집단극장은 젊은 알제 사람들에게 볼 만한 연극의 시즌이 도래했음을 약속했다. 새 단원들은 자신들이 실천에 옮기게 될 사상을 공유했다.

연극은 살아 있는 육신이 교훈을 가르치는 육체의 예술이며, 거칠면서도 미묘한 예술이고, 운동과 음성과 빛의 예외적인 결합물이다. 그와 동시에 연극은 가장 인습적인 예술로서, 전적으로 배우와 관객의 공모라는 틀 안에서 이루어진다.

양자 모두 동일한 환상에 대해 상호적이고 암묵적으로 동의한다.

그 결과 연극은 사랑, 욕망, 야망, 종교 같은 가장 심오한 감정을 전달하는 동시에, 예술가의 천성인 '건설 욕구'를 충족시켜주는 것이다.

이 선언문이 카뮈의 작품이라는 것을 누가 의심할 수 있을까? 계속해서 카뮈는 앙토넹 아르토 덕분에 새로운 연극은 작품에 "진리와 단순성, 격한 감정, 잔혹한 행동"을 요구한다고 말하고 있다.

그들은 아이스킬로스, 아리스토파네스, 엘리자베스 시대의 연극, 스페인 고전(페르난도 데 로하스, 칼데론, 세르반테스), 미국 희곡(포크너, 콜드웰), 현대 프랑스 작품(클로델, 말로) 들 같은 고전 레퍼토리를 탐색할 것이다. 하지만 그 무대만큼은 보다 젊고 자유로울 것이다.

집단극장은 정치적이거나 종교적 성향을 배제할 것이라고 선언하면서 관객과 친교를 맺고 싶어 했고, 1년에 20프랑으로 '집단극장의 친구들' 회원이 돼줄 것을 제안했다.

회원은 입장료의 25퍼센트를 할인받았으며 정기적으로 새 공연 작품에 대한 정보를 제공받았다. 프레맹빌이 선언문을 인쇄했다. 집단극장의 주소는 샤를로의 서점인 '진정한 보물' 앞으로 돼

있었다.[15]

첫 번째 공연작으로 카뮈가 고른 것은 결코 쉬운 작품이 아니었다. 로하스의 『셀레스티나』는 스페인 황금시대 최초의 주목할 만한 걸작으로 당대 유럽 전역의 연극에 영향을 미친 르네상스 초기 작품이다. 이 작품은 원래 공연을 염두에 두고 씌어진 것이 아니라 21막으로 분할된 일종의 대화체 소설에 가까웠다.

처음에 그 작품을 노동극장의 레퍼토리로 제시하여 카뮈의 주목을 끈 것은 이브 부르주아였다. 카뮈는 원작을 공연이 가능하도록 4막극으로 각색한 폴 아샤르의 프랑스어본을 사용했다.[16]

카뮈 자신이 젊은 주인공 칼릭스트 역을, 잔 시카르가 중매인인 셀레스틴 역을 맡았다. 피에르 앙드레 에므리와 루이 미켈이 무대장치를 디자인했는데, 대체로 극장에서 구할 수 있는 비품으로 만들어졌다. 마리 비통은 의상을 담당했다.

그러나 익명성의 전통이 노동극장에서 집단극장으로 이어져, 프로그램이나 광고 어디에도 배우의 이름이 나오지 않았다. 이 새로운 연극은 12월 3일 금요일과 12월 5일 일요일에 공연될 예정이었다.

그 사람은 작가예요

이제 또 한 사람의 영리한 여자가 카뮈 그룹에 들어오게 된다. 카뮈는 유쾌하고 뛰어난 젊은 여성을 즐겨 영입했는데, 그 신입회원이 자기가 하는 일을 이해하고 있을 뿐 아니라 그를 이해하는 능력까지 갖추었을 경우에는 더할 나위 없이 즐거워했다.

그는 한때 시몬 이에도 그런 여자라고 여겼을 것이다. 노동극장과 집단극장의 여배우로 뽑힌 젊은 여성들 상당수가 한동안은 그와 '여자친구'로 지냈다. 그렇지만 관계는 오랫동안 지속되지 못했다.

일요일마다 블랑슈 발랭은 아마추어 조종사인 사촌과 함께 조그만 에글롱기를 타기 위해 알제 인근의 메종 블랑슈 공항으로 가곤 했다. 그녀는 몇 주 동안 계속해서 눈에 띄는 한 여자에게 관심을 기울이기 시작했다. 키가 크고 품위 있는 마리 비통은 그 무렵 조종사 견습기를 마치는 단계였다.

블랑슈는 두 번 이혼한 전력이 있는 그 여성이 자신의 외동딸이 비행기 충돌사고로 죽었음에도 불구하고 비행기를 몬다는 사실을 알고 용기 있는 행동이라고 여겼다.

그녀는 또한 마리 비통이 화가이며 다른 예술가들과도 교제하고 있다는 사실도 알게 되었다. 블랑슈 발랭은 시를 쓰고 있었다.

어느 날 그녀는 새로 사귄 친구에게 자신이 쓴 시의 원고를 건네주었다. 다음 주 일요일에 그 원고를 돌려주면서 비통 부인은 시가 흥미로웠다고 말했다. 그리고 이렇게 덧붙였다. "당신은 우리 그룹에 들어와야 해요. 내가 당신을 이해할 수 있는 사람들을 소개해주겠어요. 정말 재미있을 거예요!"

그녀는 블랑슈에게 시를 좀더 보여달라고 청했다. "그 시를 알베르 카뮈에게 읽혀볼게요. 그 사람은 젊은 작가예요."

마리 비통은 그녀를 자기 집에 초대했으며, 결국 「셀레스티나」 리허설에도 데려갔다.

블랑슈 발랭이 도착했을 때는 리허설이 한창 진행 중이었다. 그녀는 클로드 드 프레맹빌에게 "당신과 같은 시인"이라는 말과 함께 소개되었다. 그러자 두 사람은 마치 시인이라는 칭호를 부끄러워하기라도 하듯 빈정거리는 것 같기도 하고 즐거워하는 것 같기도 하는 표정을 지었다. 블랑슈 발랭은 이곳에서 편안한 느낌을 받았다. 동료의식이 자존심을 눌렀던 것이다.

무대 위를 살펴보던 그녀는 의상도 입지 않은 채 대사를 암송하는 배우들을 유심히 보았다. 그들 그룹 한가운데에 있는 키가 훤칠하고 호리호리하며 창백한 청년이 총책임자인 것처럼 보였다. 그녀는 그 청년이 알베르 카뮈인 모양이라고 생각했다.

그는 잠시 무대를 내려와 블랑슈와 인사를 나누었다. 카뮈는 그 자리에서 그녀에게 배역을 제의했다. 그 말에 그녀는 겁을 먹었다. 그러자 그가 웃으며 말했다. "당신은 이곳에 또 오게 될 겁니다. 그러면 좋겠군요."

그녀는 계속해서 리허설을 보러 왔다. 처음엔 이 아마추어 배우들이 노력은 열심히 하지만 뚜렷한 성과가 없는 것 같아 보였다. 그녀는 첫 공연을 보고 나서야 이 모든 것이 조화를 이룬다는 사실을 깨닫게 된다.

리허설은 종종 방이 있는 단원의 집에서 열리곤 했는데, 때로는 베니스티의 조각 작업실에서 열린 적도 있었다.

학교와 직장에서 돌아온 열여섯 살에서 서른 살에 이르는 남녀 단원들은 연습장에 도착하자마자 자발적으로 필요한 연습을 하면서 한마음이 되어 리허설에 열중하곤 했다.[17]

배우들은 누구나 무대장치를 옮기거나 다른 허드렛일을 거들었다. 배역을 맡은 젊은 여성들은 마리 비통이 디자인한 의상을 재단하고 바느질했다. 노동극장 때도 일을 거들었던 목수 막스 뷔그도르치크가 세트를 짓는 책임자였지만, 망치질을 하는 사람은 그 혼자만은 아니었다. 모두가 닥치는 대로 일을 거들었던 것이다.

뷔그도르치크는 1935년 비니스티의 조각 전시장에서 처음 카뮈를 만났는데, 동유럽 유대인들의 문학과 음악에 대한 해박한 지식으로 카뮈를 사로잡았다. 카뮈는 종종 그의 집에 초대받곤 했다.

리허설을 처음 시작할 때 카뮈는 무대에 대한 메모를 하곤 했다. 훗날 고백했듯이 그 점이 무엇보다 관심을 끌었던 것이다. 리허설을 마치면 모두들 학생식당으로 가서 야외 테라스에 앉아 샌드위치를 먹었다. 꽃 행상인이 여성 단원들의 목에 재스민 목걸이를 걸어주곤 했는데, 그것은 아랍의 관습이었다.

그들은 그곳에서 다시 선원 지구로 자리를 옮겨 쿠스쿠스(밀을 쪄서 고기와 야채를 곁들여 먹는 북아프리카 음식−옮긴이)를 먹기도 했는데, 그보다는 값이 싼 노동계급의 식당인 마르세유 레스토랑을 찾아가는 경우가 많았다. 그곳에서는 모든 음식이 단돈 1프랑이었다. 급사가 계산서를 가져오면 카뮈가 앞에 쌓인 접시 숫자를 세서 값을 치르곤 했다.[18]

그들은 다시 총독부의 살레 피에르 보르드를 공연장으로 이용하게 되었다. 그 공연장은 거대하고 화려했으나 대관료는 쌌는데, 총독부에서 이곳의 이용을 독려하고 있었기 때문이다. 그러나 건축가인 에므리는 음향 상태가 빈약하기 때문에 세가 싼 것이라고 여겼다. 1,200석 중에서 1, 2백 명만이 배우의 목소리를 들을 수 있었다.

실제로 집단극장의 관객은 기껏해야 4백 명 정도였다. 그들에게 동조적인 비평가인 메르시에는 『에코 달제』에서, 공연장이 극단에게 불리했다고 주장했다. 메르시에는 알려지지 않은 작품을 부활시키기 위해 극단에서 탁월한 노력을 기울였으나 작품 분량을 어느 정도 줄일 필요가 있었다고 여겼다. "그것은 중요한 문제가 아니다. 극히 제한된 물질적 수단으로 이 정도의 성과를 거둘 수 있었다는 것만으로도 큰 성공이다. 풍성하고도 영웅적인 그들의 노력이야말로 우리를 무엇보다 감동시켰다."

그는 셀레스틴 역을 맡은 시카르의 재기발랄한 연기와 칼릭스트 역을 맡은 카뮈의 "뜨거운 열정"에 호평을 보냈다.

블랑슈 발랭은 마리 비통이 디자인한 의상을 선명하게 기억했다. 그 긴 여성용 가운은 로하스의 잔혹한 이야기와 걸맞도록 "불쾌감을 주는" 강렬하고도 짜릿한 핑크빛이었다.

「셀레스티나」 공연이 끝나자 단원들 모두가 베니스티의 작업실에 다시 모였다. 그곳에서 다음 작품에 대한 논쟁이 벌어졌다. 그중 하나의 가능성으로 마키아벨리의 『만드라골라』가 떠올랐고, 카뮈가 그중 한 구절을 낭송했다. 그러나 토의 끝에 그 작품은 제외되었다. 카뮈는 클로델의 『마리아에의 고지』(L'Annonce faite à Marie)도 생각해둔 적이 있노라고 말했다.

그들은 최종적으로 앙드레 지드의 '논문'인 『탕아, 돌아오다』(Le Retour de l'enfant prodigue)와 빌드라크의 『여객선 테나시티호』 등 전혀 다른 두 편을 동시에 공연하기로 합의했다. 따라서 더 많은 배우들이 필요했는데, 이번에는 블랑슈 발랭도 빌드라크의 작품에서 테레즈 역을 맡기로 했다.

그녀는 자신이 그 인물에 걸맞는 체격이기는 하지만 성격은 다르다고 여겼다. 그녀는 자신이 배역과 일치되는 면이 부족하다고 여겨지는 점을 극복할 정도로 훌륭한 배우는 아니었던 것이다. 하지만 그녀는 이 배역을, 어느 비평가의 말에 의하면 "아주 훌륭하게" 연기했다.

그녀는 카뮈의 연출과, 카페 주인 역을 맡은 잔 시카르, 검은 피부의 미남인 에밀 스코토 라비나(블랑슈는 아무리 애를 써도 그에게 "내 사랑"이라는 대사를 제대로 읊을 수 없었다), 도저히 알아들을 수 없는 지방 사투리를 구사하던 셀레스탱 르카뇨 등 다른 연기자들의 뒷받침 덕분이라고 생각했다.[19]

카뮈는 이전에 지드의 작품으로 20분짜리 개막극을 만든 적이 있었다. 그는 자신의 스승이자 친구인 자크 외르공에게 지드의 작품을 각색한 원고를 읽히고 그것을 극으로 공연하기 위해 지드의 허락을 받는 데 도움을 받았다.

해설자를 끌어들여 텍스트의 다의성을 보강하기 위해 단 한 줄을 덧붙인 것을 제외하면 그가 바꾼 것은 아무것도 없었다. 외르공은 이내 지드의 호의적인 허가를 받아냈다.[20]

그 사이에 카뮈는 2월 26일 토요일 저녁과 2월 27일 일요일 낮 공연을 할 수 있도록 극장을 빌렸다. 살레 피에르 보르드의 책임자는 집단극장의 단장 앞으로 보낸 회신에서, 그 주의 공연장 사용 일정은 2월 22일 낮 첼리스트 파블로 카잘스의 연주회밖에 없다고 하면서 카뮈의 요청을 허가했다.[21]

그들은 1월부터 매주 월요일, 수요일, 금요일 오후 6시 30분부터 9시까지 살레 피에르 보르드에서 리허설을 했다.[22] 연습장을 쓸 때마다 20프랑이라는 저렴한 대관료를 지불했는데, 그들이 생각하기에도 싼 값이었다. 연극 한 편당 총예산이 500프랑에 한정되고 또 '집단극장의 친구들'에게서 들어오는 가외 수입이 있긴 했지만, 2회 공연을 마칠 때마다 빚을 지게 되어 기부금을 요청해야 하는 경우가 많았다.[23]

「탕아, 돌아오다」의 경우 마리 비통과 루이 미켈이 의상을 맡고 프랭크 터너가 작곡을 담당했다. 카뮈가 탕아 역을 맡았으며 알제 배우학원에 다니던 장 느그로니가 둘째아들 역을 맡았다. 학원에서 장 느그로니를 가르치던 잔 마로동이 어머니 역을 맡았다.[24] 느그로니는 훗날 프랑스로 건너가 프로 극단의 배우 겸 연출자가 됐다.

프로그램 메모에서 카뮈는 공연에 대해 다음과 같이 설명했다. "이 가족 드라마의 연기는 부자연스러운데, 성서의 우화에 등장하는 성스러운 인물들의 스타일을 차용할 것이다."

지드 자신이 짤막한 서문에서 고대의 삼단 제단화를 염두에 두었다고 말했기 때문에 각색에서는 그에 걸맞는 의상과 배경을 사용했다. "해설자는 처음에 육신과 영혼으로 찢어지는 지드 자신을 상기시키는데, 양자의 그와 같은 고통스러운 교호를 수락함으로써 연극에 명암이 부여되고 있다."

프랑스의 대문호가 공산주의자들에게 배신자로 매도당하고 있던 바로 그 시점에 지드의 연극을 선택한 것은 어쩌면 카뮈 자신의 정치적 입장 표명으로 볼 수도 있겠으나, 아무도 그렇다고 단언하지는 않았다. 그에 반해서 또 한 편의 연극 「여객선 테나시티호」는 공산주의자와 인민전선이 선호하는 작가인 샤를 빌드라크가 쓴 작품이다. 그 결과 이제 카뮈의 정치적 적대자로 간주될 수도 있는 『알제리 우브리에르』의 2월 19일자에 다음과 같은 지지 기사가 실렸다.

우리 모두 샤를 빌드라크의 「여객선 테나시티호」를 보러 가자. 처음으로 알제 무대에 오르는, 전후 노동자들의 입장을 대변한 위대한 프랑스 작가의 이 유명한 연극을.

보수지인 『에코 달제』도 이 공연을 대대적으로 호평했는데, G. S. 메르시에는 다음과 같은 구절로 시작되는 긴 비평을 썼다. "집단극장의 젊은 단원들의 끈기 있는 노력이 성공이라는 결실을 거두게 되었다. 이에 우리는 기꺼이 갈채를 보내는 바이다."

평자는 계속해서, 극단으로서는 이 연속 공연이 「셀레스티나」 같은 실험작보다 나은 출발점이 되었다고 언급했다. 메르시에는 지드 연극의 각색과 "높고 좁다란 문으로 출발의 유혹을 상징하는" 무대장치에 찬사를 보냈다.

극단이 계속해서 익명을 고집했음에도 막의 이면을 꿰뚫어 본 그는 카뮈가 "배우로서 크게 발전했으며, 더듬는 억양으로써 고통스럽게도 오해받고 있는 탕아를 표현했다"고 평가했다. 그는 또한 "침착한 태도와 감동적인 음성"으로 아버지 역을 소화해낸 샤를 퐁세와 형의 역을 맡은 레몽 시고데에 대해서도 언급했다. 평자는 동생 역을 맡은 젊은 배우의 이름을 모르는 것을 유감으로 여기면서, 그의 "정확한 이해는 탁월한 재능과 연극에 대한 타고난 감각을 보여준다"고 말했다. 그것은 정말이었다. 그 익명의 청년은 장차 전문 극단의 배우이자 연출가가 될 느그로니였던 것이다.

메르시에는 노동자 세가르 역을 맡은 카뮈와 "여성적인 순진성을 표현한 매력적인 테레즈" 역을 맡은 블랑슈 발랭, "카페 주인역을 소화하기 위해 늙고 추한 모습도 두려워하지 않고 진실되고 인간적인 성격을 경이롭게 표현한" 잔 시카르 들에 대해 다시금 찬사를 늘어놓았다. 미켈의 무대장치에 대해서는 "그 단순성으로

인상적인 암시"를 주었다고 언급했다.[25]

연정이 섞인 우정

그 무렵 카뮈는 블랑슈 발랭과 자주 만나고 있었다. 그가 그녀에게 보낸 메모 중 하나에는 이러한 권유가 담겨 있다.

1937년 12월 29일 2시 30분에 별일이 없다면 카즈바 주변을 산책하는 게 어떻겠소. 그러면 당신에게 내가 알제에서 마음에 들어하는 것들을, 시간을 얻을 수 있는 도시를 보여줄 수 있소. 그것을 시간낭비라고 하는 이들도 있지만 그럴 마음만 있다면……

두 사람은 카즈바의 카페에 앉아 박하차를 마시며 거리 풍경을 바라보았다.

"저것 좀 봐요." 카뮈가 이슬람 교도 군중을 보면서 말했다. "저들이 지나가는 모습 말이오. 정말 품위 있고 냉담하지 않소."

그러고는 이렇게 덧붙여 말했다. "저들은 우리보다 더 교양이 있소."

그는 스페인에 가서 공화군과 함께 싸우고 싶다고 고백했다. "한순간에 모든 것을 소유하고 모든 것을 달성한 다음 죽는 거요!" 그들은 자신들에게 매혹적인 관념인 자살에 대해 사색하기도 했다.

"난 이 도시를 산책하며 돌아다니고 싶소." 언젠가 그는 그녀에게 말했다. "당신도 그러고 싶어요?"

그들은 도시를 가로질러 항구로 내려갔다. 부두를 향해 이어진 지붕들, 황혼 속에 불을 켠 보트들을 보면서 그는 이렇게 말했다. "이곳이 세상에서 가장 아름다운 도시, 가장 사랑스러운 만이 아닐까요?"

그들은 알제의 고지로 오르는 한적한 거리를 따라 몇 번이고 같은 길로 산책을 했다. 그는 직장 일을 마친 후 오후와 밤을 아마추어 연극에 보내는 데서 오는 피로에 대해 털어놓았다. 또한 그녀를 에드몽 샤를로의 서점에도 데려갔는데, 얼마 가지 않아 그곳에서 그녀의 시집 『나날의 향기』(La Sève des jours)가 출간된다.

난생 처음으로 카뮈는 매력적이면서도 글을 쓰는 여자친구를 사귄 셈이었다. 그는 이 두 가지 면을 모두 흡족하게 여겼다. 그들의 '연정이 섞인 우정'은 평생 이어졌는데, 블랑슈 발랭에게 그 관계는 그녀의 삶을 통틀어 가장 중요하고 유일한 사건이었을 것이다.

1938년 1월 어느 날 저녁 같이 산책을 하던 중 카뮈는 그녀에게 자신이 쓰고 있는 소설에 대해 이야기했다. 그는 『행복한 죽음』의 주제를 설명하면서 "사악한 짓을 하고 나서도 과연 행복할 수 있을까?" 하고 반문했다. 그는 이 소설이 "딱딱한 작품"이 될 거라고 했다. 그는 그녀에게 원고의 일부를 읽어보라고 건네주었고, 그녀는 그 작품에 대해 자신의 일기에 이렇게 기록했다.

무섭고 기이하며 잔혹하고 의미로 충만한 이상한 작품이다. 표현이 뛰어난 그 작품은 마음을 사로잡는 이상한 분위기와 힘으로 넘친다. 몇 구절만 읽는데도 고통스러웠다. 이 어렵고 냉소적인 이야기에는 고뇌가 담겨 있다.[26]

그는 원고를 자크 외르공에게도 보여주었는데, 그는 이 청년의 작품이 안고 있는 문제점을 간파했다. 주인공의 범죄에서 볼 수 있는 잔혹한 리얼리즘이 문학적 표현과 부적절하게 섞여 있었던 것이다. 이는 나쁜 의미에서 몽테를랑의 작품과 비슷해 보였다.[27] 아마도 그 초고를 타이핑했을 크리스틴 갈랭도는 외르공과 만나고 돌아와 풀이 죽어 있는 카뮈를 보았다.[28] 두 사람이 만난 날짜는 확실치 않지만, 카뮈는 6월에 쓴 일기에서 소설의 개작을 여름에 해야 할 일로 적어놓고 있다.

실제로 카뮈는 그해 여름에 『행복한 죽음』의 개작에 착수했다. 그러나 어느 시점에서, 아마도 스승의 충고 때문에, 또한 모든 것을 최초의 소설에 쓸어 담으려는 초심자 특유의 성향에서 벗어났기 때문에 몽테를랑의 아류작은 폐기되고 말았다. 그리고 이제 그 소설은 더 이상 『행복한 죽음』이 아니었다.[29]

카뮈가 자신의 원고가 쓸 만하지 않다는 사실을 깨달았다는 것은, 그 소설을 자신의 출판업자인 에드몽 샤를로에게조차 말하지 않았다는 것으로도 짐작할 수 있다.[30]

탁월한 조직운동가와 유망한 작가 후보로서의 삶, 얼마 안 되는 생계비를 벌기 위해 따분한 일에 몰두하는 과묵한 청년으로서의 삶 사이에는 건너뛸 수 없는 괴리가 있었다. 그는 1938년 4월의 일기에 "노동하는 인간과 노동자에 기반을 둔 문명이라는 조건은 얼마나 야비하고 비참한가"라고 기록하고 있다. 그는 이 명제에 대해 스스로 이렇게 대답했다.

하지만 이는 견지해야 할 문제, 그냥 방치해서는 안 되는 문제다. 그 문제에 대한 자연스러운 반응은 노동으로부터 일탈하는 것, 자신의 주변에 입 발린 찬사와 대중을, 비겁과 허위에 대한 그럴싸한 구실을 만들어내는 것이다. 또 하나의 손쉬운 반응은 글을 쓰는 일이다.

무엇보다 침묵의 문제…… 대중을 떠나 스스로 판단하는 법을 아는 것이 중요하다. 삶에 대한 신중한 의식과 육체의 신중한 발전 사이에 균형을 맞추는 것. 모든 가식을 버리고, 돈이라는, 자신의 허영과 비겁이라는 이중의 해방에 매진하는 것.

그는 스스로에게 이렇게 말했는데, 이는 『이방인』에 대한 착상인 동시에 그 작품으로 완성시킬 한 시대에 대한 정확한 평가의 바탕이 되었다. "2년이란 세월은 인생에서 한 가지 문제를 성찰하는 시간으로는 그렇게 길지 않은 시간이다."

그리하여 그는 처음부터 다시 시작하는데, 그럼으로써 "노동하는 인간의 조건"이라는 가장 비참한 조건에서 탈출할 기회를 마련하게 된다.

이 일기 다음으로 1938년 4월의 일기에 또 다른 계획과 과제들이 나온다. "아직 성숙하지 못한" 문화에 대한 에세이 『칼리굴라』였다. 당시 그는 고등교육으로 나아가기 위한 교수 자격 시험 공부를 계속할 계획을 세우고 있었다. 그는 아직 자신의 병력 때문에 당국에서 교사직을 허락하지 않으리라는 것을 모르고 있었다.

대안으로 그는 '인도차이나'를 적어놓고 있다. 그는 정말로 그 먼 프랑스령 식민지에서 출세하거나 하다못해 명성을 얻음으로써 청년 말로가 밟았던 궤도를 따를 생각이었을까? 카뮈는 그보다 몇 페이지 앞의 일기에 다음과 같은 말로의 말을 인용해놓았다. "혁명정신이란 전적으로 인간조건에 대항하기 위한 인간의 항변에 담겨 있는 것이다."

그것은 하얀 작업복을 입고 기상연구소의 사다리를 오르내리는 좌절한 기술직 조수의 상념들일 뿐이었다. 1938년 4월자의 일기 끝에 거듭해서 다짐하는 약속만이 기억될 가치가 있다. "2년 안에 '대작'을 쓰겠다."

카라마조프가의 형제들

아직 매일같이 생계비를 벌어야 하는 작가 후보를 위한 또 다른 출구가 열리고 있었다. 어쩌면 생계수단에 그치는 것이 아니라 그 이상의 발전과 폭넓은 경험까지 마련해줄 일자리가 될 수도 있었다. 1938년의 절반이 지나고 나서야 겨우 마련되기는 했지만 이제 곧 그런 일자리가 생길 예정이었다.

오랑에서 보수적이고 반동적이기까지 한 다수의 압력과 투쟁하기 위한 좌파 일간지가 설립되었다. 카뮈도 이미 마르셀 슈라키에게서 이 신문사의 일자리를 제안받은 적이 있었다.

아내와 함께 그 지역을 방문한 적이 있는 장 피에르 포르라는 알제의 한 건축업자는 새로운 『오랑 레퓌블리캥』(*Oran Républi-cain*)지를 선전하는 벽보를 본 적이 있다고 회상했다. 그는 '스페인의 친구들'이라는 단체의 대표로서 마드리드와 바르셀로나의 왕당파 전선을 찾아간 바 있는 철학자이자 예술사가인 엘리 포르의 아들이었다. 당시 서른여섯 살이었던 장 피에르는 '반파시스트 지식인 감시위원회' 알제 지부를 위한 순회강연을 했으며, 동맹파업으로 보수 세력을 궁지에 몰아넣었던 알제 인민전선 지지

자들의 7월 14일 행진에도 참여한 적이 있다.

포르는 당시 우파인 『데페슈 알제리엔』과 이른바 급진 사회주의적이지만 실제로는 매우 보수적이어서 프랑코 장군에게도 동조적이었던 『에코 달제』 등 2개 신문밖에 없는 알제에서 『오랑 레퓌블리캥』지와 유사한 인민전선 일간지를 발행하면 좋겠다고 생각했다.

알제로 돌아온 그는 감시위원회의 마르셀 바타이용과 좌파 기술자인 루이 뷔로, 그 밖에 법률 및 교직에 종사하는 몇몇 친구들과 이 일을 의논했다.

이제 포르와 견해를 같이하는 친구들은 신문사를 차리기 위한 재정 지원 방법을 모색하기 시작했다. 그들은 좌파 정당과 노조, 이슬람 교도와 유대인 공동체, 교수, 교사, 과학자, 사업가로 구성되는 관리이사회의 전신인 위원회를 창설했다.

그들은 『알제 레퓌블리캥』(Alger Républicain)을 진정한 의미에서 비자본주의적 방식으로 만들고자 했기 때문에 조합을 결성하여 알제와 각 지방을 통해 100프랑짜리 주식을 팔았다. 그들이 모금한 돈은 통틀어서 150만 프랑에 이르렀다.

두세 명의 부유한 사회주의자들이 아무 대가도 기대하지 않고 각기 3만에서 4만 프랑씩을 기부했고, 대다수 주주들은 한 주에서 몇 주 정도를 샀다. 어떤 이들은 매달 또는 격월로 한 주씩 사기도 했다. 소액 주주 대부분은 유대인과 바브 엘 우에드의 스페인인, 카빌리의 공무원과 교사들, 이슬람 중산층들이었다.

포르와 그의 동료인 폴 슈미트가 최대 주주로서 각기 10만 프랑이 넘는 주식을 소유했다. 그들은 1937년 마지막 몇 주 전부터 주식을 팔기 시작하여 1938년 여름 내내 주식을 팔았으며, 한편으로 편집국과 사무국을 설치하고 인쇄 설비를 사들이기 위한 준비 작업을 해나갔다.

나중에 그들은 바브 엘 우에드에 있는 건물 하나를 세내고 중고 인쇄 설비를 구입했으며 『오랑 레퓌블리캥』지로부터 기술적 지원을 받았다. 『오랑 레퓌블리캥』은 인쇄국 국장을 파견하는 한편 편집상의 조언을 해주었다.

포르는 『알제 레퓌블리캥』의 대표 자격으로 편집국장 후보들과 면담하기 위해 파리로 갔다. 그는 몇 사람을 염두에 두고 있었다. 그러나 그가 마지막에 선택한 인물은 어떻게 보면 의외의 인물이었다.

파스칼 피아는 전면에 나서기보다는 배후에 있는 편을 좋아하는 사람이었다. 그의 이런 숫기 없음은 정반대로 나타나기도 했다. 그가 앙드레 말로의 친구였으며, 젊은 시절의 말로처럼 문학적 모험가이고 시인이었다는 사실을 짐작하기는 어려운 일이다. 제1차 세계대전 당시 전사한 병사의 아들인 피아는 어린 나이에 생계비를 벌기 위해 일을 해야 했다. 훗날 그는 당대 최고의 편집자가 되었다.[31]

알제에 있던 카뮈는 때를 놓치지 않고 『알제 레퓌블리캥』의 발기인들과 접촉했으며, 적어도 일자리만큼은 보장되었다고 여겼다. 포르의 동업자 슈미트는 샤라스가의 한 건물에 임시 사무실을 차렸는데, 그곳에는 '문화의 집'과 다른 정치운동 단체도 있었다. 당시 슈미트는 카뮈와 만난 적이 없었다.[32]

다른 이야기에 따르면 카뮈가 취직된 것이 늦여름 또는 초가을로 되어 있지만, 실제로 카뮈는 자신이 1938년 3월에 이미 그곳에 취직된 것으로 간주하고 있었다. 당시 그는 크리스틴 갈랭도에게 그 일을 이야기하면서, 그녀가 원한다면 자기가 일하던 기

상학 연구소의 일자리를 넘겨주겠다고 했다.[33]

하지만 『알제 레퓌블리캥』이 제대로 가동하려면 시간이 필요했다. 파스칼 피아는 아직 면담조차 되지 않은 상태였고 신문사에서 직원을 채용하려면 몇 달이 더 지나야 했다. 이를테면 카뮈가 신문사에서 받는 봉급으로 미슐레가의 안락한 주거지에 있는 아파트로 이사할 수 있게 된 것은 그해 가을이었던 것이다.[34]

날씨 보고서를 분류하는 고역은 몇 개월 더 남아 있었다. 그 무렵 살레 피에르 보르드에서는 보다 자극적인 일들이 진행되고 있었다. 다른 연극이 준비되고 있었는데, 코포가 각색한 『카라마조프가의 형제들』에 관한 야심만만한 무대였다. 공연 일정은 1938년 5월 28일과 29일로 잡혔다.

카뮈는 카라마조프가의 형제들 중에서 이반 역을 맡기로 했다. 그는 블랑슈 발랭에게 방종한 여인 그루셴카 역을 맡기고 싶어 했는데, 그녀는 그 역이 자기에게 맞지 않는다고 여겼으면서도 수락했다. 그녀는 장 느그로니가 맡은 알료샤의 무릎 위에 앉아야 했던 것이다. 하지만 이번에는 가족의 훈계 때문에 연기에서 손을 뗄 수밖에 없었다. 그녀 자신은 카테리나 이바노브나 역을 맡고 싶었을 테지만 그 역은 잔 시카르에게 돌아갔다.

마리 비통이 디자인한 의상을 공연 때까지 도저히 만들 수 없게 되자 블랑슈는 그 지방에서 의상을 맡길 만한 양재사를 알아보았는데, 리허설 직전에 가져온 의상들을 입은 배우들은 흡사 우비를 입은 것처럼 보였다. 그래서 모두가 각자 집에서 쓸 만한 헌 옷 가지들을 구해 와야 했다. 블랑슈 발랭은 낡은 레딩코트와 어깨 망토를 가져왔다. 카뮈는 시의원의 정장을 빌려 입고 나타났다. 그러고는 그 헌옷의 원래 소유자를 환기시키는 말을 외쳤다. "그는 결코 굶주린 적이 없었노라!"

훗날 전문 배우가 되는 또 한 사람의 청년 폴 슈발리에는 스메르자코프 역을 맡았고, 카라마조프가의 세 번째 형제 역은 레몽 시고데에게 돌아갔다.[35]

"오늘 집단극장이 대중에게 선보이는 이 연극에는 매력은커녕 온통 역겨운 면만 있다. 이 연극의 역할은 즐거움이 아니라 감동을 주는 데 있다"는 말이 무기명의 프로그램 노트에 나온다. 알제를 방문했던 극단들의 경우 유명한 배우들이 나오긴 했지만 통상적으로 영혼이 없는 공연을 했던 데 반해, 집단극장은 그들이 끝난 자리에서 시작할 것이며 익명의 협동 작업으로써 작가의 의도를 최대한 살린 연극을 보여줄 것이라는 장담도 나온다.

마침내 젊은 단원들의 의도는 보답을 받았다. 알제의 양대 일간지에서 공연에 대해 호평한 것이다. 신념에 찬 메르시에는 『에코 달제』에 다음과 같이 시작되는 평을 썼다.

지난 3월 집단극장의 「탕아, 돌아오다」와 「여객선 테나시티호」, 그리고 지난밤의 「카라마조프가의 형제들」을 보고 난 지금은 더 이상 의심의 여지가 없다. 이제 알제에도 파리와 몇몇 지방도시가 운 좋게 갖고 있는 것과 비견할 만한 젊은 극단이 생겨난 것이다. 그들은 '전위적'이라고 불려왔으나, 실제로 그들은 그런 명칭으로 불릴 만한 가치가 있는 모든 극단이 마땅히 되어야 할 그런 극단일 뿐이다.

메르시에는 공연에 대해서 기뻐한 만큼 청중의 반응이 없었다는 사실을 개탄했다. 그는 살레 피에르 보르드의 특대형 무대의 충실한 후원자 그룹을 축하해주었다.

배우들은 정확하게 성격을 표현했으며 에므리의 양식적인 무대장치는 연극에 꼭 필요한 분위기를 만들어주었다. 이 무대장치는 최소한의 비용을 들임으로써 예술작품을 만드는 데 어마어마한 돈이 필요하지는 않다는 사실을 입증해주었다. "요컨대 이 주목할 만한 창작품에서 순수하고 진정한 극예술이라는 인상을 받기 때문이다."

『데페슈 알제리엔』에서 샤를 델프는 1911년에 씌어진 코포의 각색에 초점을 맞추었지만, 동시에 공연에 대해 탁월하다는 평가를 내리고, 배우들의 이름이 익명이라는 사실에 유감을 표했다. "역량이 균일한 집단을 구성하고 있고, 지성적인 연기를 보여주었으며, 청중을 감동시키는 데 능숙한 솜씨를 발휘했기" 때문이었다.

극단의 일원인 샤를 퐁세는 아버지 표도르 역을 맡은 셀레스탱 르카뇨가 그 누구보다도 출중했다고 생각했다. 실제로 르카뇨는 진실성을 위해 적지 않은 노력을 기울였다. 그는 무대에 나오는 음식을 진짜로 요구했으며, 실제로 파테 앙 쿠르트(껍질이 딱딱한 파이-옮긴이)와 포도주를 먹고 마시면서 음식을 입에 가득 넣은 채 "이반, 하느님이 있는 거냐?"라는 대사를 리얼하게 연기했던 것이다. 카뮈가 "아뇨"라고 대답하자 르카뇨는 이렇게 반문했다. "그렇다면 모든 게 다 합법적이지?"

카뮈는 나중에 퐁세에게, 르카뇨가 그런 형이상학적 성찰이 담긴 대사를 읊을 때 얼굴에 마늘조각이 튀었다고 말했다. "그래서 실제로 정신적 양식에 대해 이야기하는 기분이 들더군!"[36]

14 만남들

진정한 예술작품은 되도록 적게 말한다.
• 『작가수첩 1』

그해 봄 한 무리의 지중해 청년들과 그들의 교사, 정신적 지도자들이 합세하여 지중해 정신의 전시장이라 할 수 있는 문학지를 만들었다. 그들은 잡지 제목을 '해변'이라는 뜻의 『리바주』 (*Rivages*)로 정했다.

피에르 앙드레 에므리가 디자인한 표지는 바다의 청색이 두드러져 보이는 해변의 그림으로 장식되었다.

『리바주』의 편집위원회에는 카뮈, 르네 장 클로, 프레맹빌을 비롯하여, 당시 알제리의 대표 자격으로 파리에 머물고 있던 가브리엘 오디지오, 라틴어 교수 자크 외르공, 그리고 오디지오와 함께 군복무를 했고 파리에서는 쥘 로맹의 문하생이었으며 훗날 독자적인 문학지를 출간하게 되는 장 이티에 교수도 포함되어 있었다. 당시 그는 막 알제에 도착해 있었다. 이티에는 훗날 뉴욕 콜럼비아 대학 교수가 되어 『소설비평』(*Romantic Review*)이라는 저서를 썼다.

'지중해 문화지'라는 잡지의 부제에 그들의 지향점이 나타나 있다. 그 잡지는 에드몽 샤를로의 서점에서 1년에 여섯 차례 간행될 예정이었다. 적어도 애초의 계획은 그랬다. 프레맹빌이 인쇄를 담당했다.

샤를로는 그 잡지가 자신의 착상이었다고 회상했다. 지중해를 에워싸고 있는 모든 국가의 자료를 구해서 게재한다는 생각에서였다. 나중에는 고대 크레타 문서 같은 문화적 자료도 실을 생각이었다. 카뮈가 그 자리에서 그 제안에 찬성하자, 샤를로는 창간호 계획을 짜기 시작했다.[1]

자유라는 슬로건

오디지오는 1938년 봄에 알제를 방문했을 때 처음 카뮈와 만났다. 5월 4일, 샤를로의 조그만 서점 뒷방에서 열린 『리바주』의 편집위원회 회의 때였다.

오디지오는 외르공과 이티에 등 나이든 지중해인들 곁에 앉아 있는 한 청년을 보았는데, 진지한 얼굴로 말을 삼간 채 조용히 있었지만 "생기 있는 표정에 주의 깊고 예민한 지성의 소유자"였다. 카뮈는 그 모임에서 거의 말을 하지 않았지만, 새로 나오는 잡지의 창간사를 써달라는 부탁을 받았다.[2]

이제 지중해주의라고 할 만한 하나의 이념이 만개하고 있었다. 젊은 프랑스인들뿐 아니라 프랑스의 언어와 문화권에 속하는 다른 국가 젊은이들의 목소리가 비단 알제에서뿐만 아니라 서쪽으로 모로코, 동쪽으로 튀니지에 이르기까지 들리기 시작했다. 『리바주』처럼 지중해권 문화만을 다룬 것은 아니지만 얼마 가지 않아 막스 폴 푸셰도 자신의 시 비평을 출간하게 된다.[3]

카뮈는 『리바주』의 창간사에서, 대개의 경우 새로운 잡지는 존재 이유를 갖게 마련이라고 쓰고 있다. 그러나 이 잡지에는 그러한 존재 이유가 없다. 이 잡지는 스스로를 규정짓고, 상존하는 문화를 규정하려고 시도할 것이었다. "청춘과 인간 및 인간의 작품에 대한 운동이 우리의 해변에 배태되어 있다는 사실을 어느 누구도 잊지 못할 것이다."

이 운동은 연극, 음악, 조형예술, 문학 등 다양한 영역으로 표현되고 있다.

어떤 주의에 대한 유행이 우리를 세계로부터 격리시키고 있을 때, 젊은 대지의 젊은이들이 우리의 삶에 의미를 부여해주는 바다, 태양, 햇빛 속의 여인들처럼 사멸하기 쉽고 본질적인 몇몇 속성에 대한 애착을 선포한다는 것은 그리 나쁘지 않은 일이다.

『리바주』는 어떤 학파도 대표하지 않았다. 그럼에도 구성원들의 감수성은 피렌체에서 바르셀로나까지, 마르세유에서 알제에 이르기까지 동일한 전망에 의해 형성돼 있었다. 그들에게는 차이점도 있었다. 유일한 판단 기준은 질(質)이며, 자유가 그 슬로건이 될 것이다.

실제로 알제의 지중해인들로 하여금 지역주의의, 따라서 그만큼 위험을 안고 있는 부산물인 인종주의로부터 벗어날 수 있게 해준 것은 바로 그와 같은 포괄적인 접근 방식이었다. 카뮈 자신도 1937년 2월의 문화의 집 대담에서 그러한 위험성을 염두에 두고 지적한 적이 있었다. 이런 관점에서 볼 때 『리바주』의 소재는 무해한 것이었다.

1938년 크리스마스 직전에 출간된 창간호에는 오디지오, 블랑슈 발랭(시), 잔 시카르(세르반테스의 『알제리의 목욕』 번역), 프레맹빌(소설 연재)의 기고문과 아울러 쥘 쉬페르비엘과 스페인어권 문학가인 안토니오 마카도와 페데리코 가르시아 로르카 들의 번역 텍스트가 수록되었다.

물론 "리바주의 연습극장"이라는 항목으로 집단극장의 선언문을 수록하기 위한 공간도 마련되었다.

마지막 호이기도 한 제2호에는 1939년 5월 『결혼』으로 출간될 카뮈의 「알제의 여름」(L'Eté à Alger)에서 발췌한 내용도 다섯 페이지가 실렸다. 2호는 실제로는 샤를로에 의해 출간되지 않고 카뮈와 프레맹빌이 잠시 운영한 출판사인 카프레사에서 출간되었다.

뒤표지 날개에는 『결혼』의 광고가 실렸는데, 1,000부는 18프랑에, 알파지로 제본한 100부는 25프랑, 홀란드지로 제본한 14부는 40프랑, 자퐁지로 제본한 6부는 60프랑에 판매하며 모두 수제본이라는 내용이다.

그 뒤로 여러 가지 사건이 일어나면서 『리바주』 3호는 출간되지 못했다. 인쇄 준비가 끝나고 조판까지 돼 있었지만 가르시아 로르카에게 찬사를 바치는 글 한 편이 수록돼 있는 점이 문제가 됐다. 로르카는 프랑코 치하에서 스페인의 적으로 간주되고 있었기에, 1940년에 비시 정권이 들어서면서 조판은 몰수됐고 파기 명령을 받았다.[4]

잔 시카르는 세르반테스의 작품 번역을 출간하지 않기로 했는데, 작품의 반유대적 내용 때문이었다.[5] 1940년에 그런 행동은 극히 위험한 일이었다.

나중에도 살펴보겠지만 『리바주』가 오랫동안 출간되지 못한 이유는 1939년 봄에 샤를로의 출판 활동이 난관에 처했기 때문이었다. 그리고 『리바주』 3호가 출간될 만한 여건이 됐을 때는 전쟁과 비시 정부 때문에 그 일이 불가능해졌다.

진정한 보물

이 무렵 카뮈는 샤를로의 서점에서 많은 시간을 보내고 있었다. 그는 샤를로가 처음 서점을 열었을 때부터 *N. R. F.*, 『코머스』 (*Commerce*), 『유럽』 등의 문학지와 포크너, 헤밍웨이, 더스 패서스, 카프카, 실로네 등의 프랑스어본을 포함한 신간서적들을 훑어보기 위해 수시로 드나들었다.

처음에는 샤를로의 대여문고의 회원 자격이었으나 나중에는 샤를로의 출판사에서 원고 검토를 하면서 원하는 모든 책을 무상으로 읽을 수 있었다.

샤를로 출판사는 샤라스가의 비좁은 곳에 있었다. 사실상 폭 4.5미터에 깊이 9미터 가량의 복도인 1층이 서점의 '진정한 보물'이었다. 이 공간의 절반 이상을 한쪽이 트인 주랑이 차지하고 있었다.

계단을 올라간 위층에서 발코니 가장자리에 놓인 두 책상에 앉아 있는 샤를로와 그의 비서가 발밑으로 서점을 내려다볼 수 있는 구조였다. 새벽부터 밤 10시 또는 그보다 늦게까지 문을 연 '진정한 보물'은 알제뿐 아니라 다른 곳의 얼마 안 되는 독특한 서점 가운데 하나였다.

파리에서는 아드리앵 모니에가 오데옹가에 문학 살롱이 딸린 유사한 서점을 운영했고, 그녀의 미국인 친구 실비아 비치 역시 유명한 서점 '셰익스피어 앤드 컴퍼니'를 운영했다.

'진정한 보물'은 연주회 같은 문화 행사를 후원하거나 집단극장의 예약처 겸 입장권 판매소 역할을 하기도 했다.[6]

막스 폴 푸셰는 이렇게 회상했다. "저녁 6시쯤이 되면 우리는 신간서적을 보러 그곳으로 갔다. 모두 무일푼이었기에 언제나 책을 살 돈이 있는 것은 아니었다. 그런 다음 무리를 지어 근처 술집으로 아니제트 술을 마시러 가곤 했다. 샤를로는 알제의 지적 생활에서 한 축이 되었으며, 에마뉘엘 로블레 같은 작가들을 처음으로 대중에게 소개한 장본인이었다."[7]

얼마 후 카뮈는 샤를로의 편집장이 되어 종종 수수료를 받고 출판용 원고를 검토했다. 나중에는 총서로 발간되는 서적 판매고에서 1퍼센트를 인세로 받기도 했다. 그는 원고들을 재빨리 읽어치우면서 '후원자'인 샤를로를 위해 짤막한 독후감을 써 갈기곤 했다. 이런 독후감은 예리하고 타협의 여지가 없는 판단이긴 했지만, 샤를로의 재정 상황을 알고 있던 그는 상업적인 가치가 있는 책이라는 판단이 설 때는 문학적 가치가 좀 떨어지더라도 무시해버리지는 않았다.[8]

『리바주』 창간호에 대한 계획을 세우고 있던 1938년 초까지 샤를로가 출간한 책 가운데는 카뮈의 『안과 겉』 외에 오디지오, 그르니에, 클로, 푸셰, 프레맹빌의 작품이 포함돼 있었다.

카뮈가 6개월 연하이며 오랑의 스페인 출신 노동계급 가정에서 자란 에마뉘엘 로블레를 만난 것도 바로 샤를로의 서점 겸 출판사에서였다. 로블레의 아버지는 석공이었고 어머니는 카뮈의 어머니처럼 문맹에다 세탁부였다.[9]

1937년 9월부터 2년간 군복무 중이었던 로블레는 샤를로에게 자신의 첫 번째 소설 『행동』(*L'Action*)의 원고를 보냈고, 샤를로는 조언을 듣기 위해 그것을 카뮈에게 건네주었다.

로블레는 카뮈의 이름을 알고 있었고 집단극장의 연극 공연 때 보러 간 적이 있었다. 스페인 역사와 문화에 정통한 그는 카뮈가 연출한 「셀레스티나」에 매혹되었다.

그는 카뮈와 약속한 시간보다 일찍 서점에 도착했다. 미리 기다리고 있던 그는 발코니 너머로 서점에 들어서는 "여윈 얼굴에 약간 빈정대는 듯한 표정으로 희석된 엄숙한 분위기를 풍기는 호리호리한 청년" 카뮈를 보았다. 카뮈는 그에게 군대 생활에 대해 몇 가지 질문을 던졌다. 그러고는 로블레를 데리고 미슐레가 근처에 있는 학생식당 구석 자리로 가서 그의 원고에 대해 토론을 벌였다.

카뮈는 곧장 작가가 소설에서 등장인물 중 하나의 죽음에 대한 태도를 환기시킨 부분으로 대화를 이끌어갔다. 카뮈는 그 구절에 십자표를 해두었다. 로블레는 인생의 모든 의미를 비워버릴 수 있고, 각 개인이 자기 나름의 방식으로 몰아내려 애쓰는 불안에 대해 묘사하고 있었다. 그는 이렇게 썼다. "인간은 강물처럼 흘러간다. 그런데 인간은 언제나 그 자리에 존재하기 때문에 자신들이 전과 다른 사람이라는 사실을 쉽게 망각한다."

로블레는 카뮈가 자신처럼 죽음에 대해 호기심이 많은 것은 스페인 혈통을 물려받았기 때문이라고 여겼다.[10]

『행동』은 주로 얇은 책자를 소량으로 인쇄하는 샤를로사가 감당하기에는 너무 큰 대작이었다. 그래서 로블레는 그 원고를 알제리에 있는 또 다른 출판사 겸 서점인 수비랑사로 넘겼고, 그곳에서 1938년에 책이 출간되었다.[11] 그 과정에서 로블레와 카뮈는 친구가 되었으며, 이후 두 사람은 알제리와 관련된 모든 일에서 힘을 합했다.

그의 소설은 지중해의 삶을 다루었지만 주제는 보편적이어서 대중적인 호평을 받았고, 전 세계에 번역되었다. 훗날 그는 프랑스에서 공쿠르상의 심사위원으로 선출되며, 영화감독 루이 부뉴엘은 그의 작품 『새벽이라 불리는 것』(Cela s'appelle l'aurore)을 영화로 만들었다.

이들 작가들과 교제하던 젊은 카뮈의 작업도 순조로워졌다. 5월에 「카라마조프가의 형제들」을 공연한 후로 이듬해 봄에 「서부의 난봉꾼」을 공연하게 될 때까지 더 이상 정신을 분산시킬 연극 일도 없었다.

이 무렵부터 1938년 9월 말까지 『알제 레퓌블리캥』지의 발기인들이 창간호를 위한 재정 조달 및 준비 작업을 진행하는 동안 카뮈는 활력이 넘치는 낮 동안에는 기상학 연구소에서 생계를 위해 일하고 남은 시간에는 기력을 모아 글을 썼다. 이런 여건에서 그는 한꺼번에 몇 가지 계획을 추진할 수 있었다.

1938년 6월, 그는 여름에 할 일을 일기에 적었다. 첫 번째 소설을 개작하는 것뿐 아니라 첫 번째 연극인 「칼리굴라」와, 나중에 『시시포스의 신화』가 되는 에세이 『부조리』(L'Absurde)를 쓰기로 한 것이다. 그는 또한 이듬해 봄 『결혼』이라는 책의 형태로 출판될 '지중해적' 에세이들을 비롯하여 연극과 주당 40시간의 노동에 관한 글도 쓰기로 마음먹었다.

이 가운데 그해 가을에 완결하여 장 지오노의 『콩타두르 수첩』(Cahiers de Contadour)에 내려다 실패한 마지막 글은 인간다운 노동 시간에 대한 사회적 성향의 논증인데, 하루의 3분의 2를 온전히 자기 것으로 쓰지 못하는 인간은 모두 노예라고 말한 니체에 대한 헌사인 셈이다.[12] 그는 일기에 "그런데 우리 가족은 하루에 열 시간씩 노동을 했다"고 썼다.

또한 가벼운 「여름의 즉흥시」(*Impromptu d'été*)도 쓰기로 계획하지만 완결하지는 못했는데, 일기에 적힌 몇 구절로 판단하건대 아마도 몰리에르의 전통에 젖은 극예술에 관한 희극이었을 것이다.

『행복한 죽음』에 관한 메모는 계속해서 그 작품의 인위적인 구성을 언급하고 있는데, 부유한 병자 자그뢰의 성격이 한 보기다. 카뮈는 이 인물의 모델을 두 다리를 잃은 퇴역 해군 군의관에게서 발견했다. 그는 그 병자의 삶에 대한 열정, 예술과 책과 사물들에 대한 호기심, 무엇보다도 그의 지성에 매료됐다. 실제의 자그뢰는 기혼자였고, 열대병이 도져 사망했다.[13]

구애하지 않으면 안 되는 여인

이 무렵 카뮈는 오랑 출신의 한 아가씨와 자주 만나고 있었는데, 그녀는 그의 두 번째 아내가 된다. 두 사람은 그 몇 해 전에 만난 적이 있었지만, 그 만남은 아주 짤막했다.

당시 프랑신 포르는 리세 뷔고드에서 자신의 전공 과목인 수학 특별반에 출석하고 있었는데, 원래 리세 뷔고드는 남학생만 다니는 학교였다.

그녀의 친구 릴리안 슈크룬이 자신이 듣고 있던 독특한 철학 강좌에 대해 이야기했다. 교수인 르네 푸아리에뿐 아니라 그 반 학생 중 한 명도 독특하다는 것이었다. 그래서 어느 날 프랑신은 푸아리에의 강의실에 들어가, 맨 앞줄에 앉아 있는 카뮈를 보았다. 그는 옷차림만으로 봐서는 그 학교 학생이 아닌 어느 젊은 여자와 나란히 앉아 있었다.

릴리안 슈크룬이 카뮈에게 프랑신을 소개해주었다. 아마 시몬에게는 소개하지 않았을 것이다. 나중에 프랑신은 알베르 카뮈가 밝은 색의 머리카락에 푸른 눈이었다고 기억했는데, 잘못된 기억이었다. 그의 눈은 잿빛을 띤 녹색이었다.

그 후 프랑신은 세브르의 여자고등사범학교에 진학하기 위해 리세 페늘롱에서 수학을 공부하려고 파리로 갔다. 그녀는 그곳에서 만난 오랑 출신의 여학생 마르그리트 도브렌에게서 카뮈에 대해 더 많은 이야기를 듣게 된다.

오랑에서 여름방학을 마친 프랑신은 1937년 9월이나 10월에 알제에 머물며 피쉬 별장에서 열흘을 보냈다. 그녀는 곧 그 매혹적인 별장과, 무엇보다도 그곳에 거주하거나 드나드는 재능 있는 사람들의 격식 없는 생활에 매료되었다. 그중에 알베르 카뮈도 끼어 있었다. 하지만 그녀는 곧 프랑스의 학교로 돌아가야 했다.

그녀는 떠나면서도 피쉬 별장에 얼마간 미련이 남았다. 카뮈 또한 이 영리하고 아름다운 소녀에게 관심이 갔다. 게다가 그녀는 훌륭한 피아니스트이기도 했다. 두 사람은 서로에게 편지를 쓰기 시작했다.

1938년 6월, 친구들(마르그리트, 릴리안, 그리고 이제는 알베르까지)의 다그침을 받은 그녀는 다시 알제로 돌아왔다. 하지만 오래 머물 수는 없었다. 세브르에 진학하기 위한 공부가 그녀에게는 과도한 부담이 되었던 것이다. 그래서 그녀는 언니 크리스티안과 함께 프랑스를 떠나 오랑 고등학교에서 프랑스어를 가르치다가 프랑스 쪽 피레네 지방으로 갔다. 그해 가을 그녀는 고향과 가까운 곳인 알제대학에서 다시 공부를 시작하려 했다. 그러나 알제보다는 주로 오랑에서 많은 시간을 보냈으며, 1939년 4월에는 고향에서 수학 보결교사직을 구했다.

이야기 한 토막. 어느 날 카뮈가 루이 베니스티의 화실에 뛰어들더니 이렇게 외쳤다. "오늘 내 인생 최대의 모험을 할 작정이야. 셔츠하고 샌들 좀 빌려주게."

베니스티는 자기 손으로 샌들을 만들어 신고 다녔다. 카뮈는 차밍 왕자(신데렐라와 결혼한 왕자―옮긴이)로 분장하여, 머리를 곱슬곱슬하게 말고 발톱에 색을 칠한 후 샌들을 신었다. 며칠 후 그는 프랑신 포르를 자신의 약혼녀라고 소개했다. 그러나 오랑 출신의 이 아가씨에 대한 특별한 존경을 표하기 위해 또 다른 옛 친구에게는 그녀를 "내 여자"(ma femme)라고 소개하기도 했다.[14]

그때까지 여자를 쉽게 여기던 카뮈 같은 청년에게는 이곳저곳으로 옮겨 다니는 이 미모의 소녀가 호소력이 있을 수밖에 없었다.

이제까지 그에겐 다른 많은 여자친구들이 있었다. 그런데 이제 나무랄 데 없으며 엄격한 가정교육을 받은 소녀, 그 자신이 구애하지 않으면 안 되는 소녀가 나타난 것이다. 구애는 결혼의 전 단계였다. 과연 그는 정말 그 단계를 거치고 싶은 것일까? 얼마 가지 않아서 그는 가까운 친구들에게 작가 외젠 다비가 묘사한 것 같은 삶, 즉 남자가 아내 말고도 다른 여자와 동시에 사랑에 빠질 수도 있는 삶에 대해 이야기하기 시작했다.[15]

프랑신 포르의 아버지 페랑 역시 카뮈의 아버지처럼 주아브 연대의 병사였다. 그리고 카뮈의 아버지가 그랬듯이 그도 1914년

12월 17일 마른 전투에서 전사했다.

그녀는 카뮈보다 일주일 먼저 태어났다. 그녀의 정식 이름은 마르그리트 페랑드 프랑신 포르다.

페랑의 아버지 장 포르는 공공부문 건설업자였다. 그들과 앞서 언급된 알제의 포르가는 아무 관계가 없다. 그는 오랑의 항만 시설 일부와, 통칭 '아케이드'라고 불리는 연이은 네 블록의 아케이드 건물을 건축했다. 프랑신이 어머니와 두 언니와 함께 살았던 아르즈브가의 건물도 그중 하나였다.

프랑신의 어머니 페랑드의 외조부는 베르베르족 유대인으로서 터키 출신 유대인과 결혼했다. 후에 카뮈 부인은 자신의 베르베르-유대인 혈통이 알제리에서 가장 오래된 토착 주민일 것이라고 했는데, 베르베르족이 아랍인들보다 먼저 그 땅에 살았기 때문이다. 그 땅을 정복한 아랍인들이 베르베르족 기독교인과 유대인을 이슬람교로 개종시키려 했으나 그중 일부는 독립국이 된 알제리에서도 여전히 개종하지 않은 채 남아 있었다.

프랑신 포르의 아버지가 제1차 세계대전에서 전사했을 때 포르가의 여인들은 무일푼이나 다름없었다. 조부인 장은 파산한 후 죽었고, 그의 아들 페랑은 맨손으로 재기하려던 와중에 전사해버린 것이다. 그래서 프랑신의 어머니는 우체국에서 일을 했으며, 그녀의 딸들 크리스티안과 쉬지, 프랑신 역시 학교를 졸업하자마자 직장에 다녀야 했다.[16]

고향인 오랑에 간 프랑신은 어머니와 언니들 앞에서 쾌활한 어조로, 알제에서 교제하는 청년과 결혼하고 싶다고 선언했다. 그리고 그는 결핵환자이며 생계를 위한 제대로 된 직장도 없고 부인과 이혼하지도 않은 상태인데, 남편과 아내가 각각 자유를 누리는 결혼 생활을 원하는 사람이라고 덧붙였다.

그 말에 모두 폭소를 터뜨렸다. 그 집안의 세 딸 중에서 막내인 프랑신이 결혼에 가장 어울렸던 것이다. 사방에 구혼자가 널려 있는 마당에 이런 독특한 '알제리 청년'을 약혼자로 택했다는 말을 어머니와 언니들은 도저히 믿을 수가 없었다.

프랑신이 내놓은 카뮈의 사진을 유심히 살펴보던 언니 크리스티안은 머리에서 귀가 삐죽 튀어나온 것이 마치 원숭이 같다고 말했다. 프랑신이 그 말을 재치 있게 맞받았다. "원숭이는 인간과 가장 가까운 동물이잖아."

나중에 어머니는 또 다른 동물을 비유로 들었다. 나긋나긋하면서도 강인해 보이며 자유를 갈구해 마지않는 이 청년이 알제리의 조그만 사막여우인 페닉을 닮았다고 한 것이다. 페닉 역시 뾰족하게 튀어나온 큰 귀가 달려 있다. 그런 반면 몸집이 큰 백발의 포르 부인은 카뮈에게 모비딕을 연상시켰다.[17]

이 무렵 문학과 상관없는 또 하나의 의미 있는 만남이 이루어졌다. 1938년 7월 카뮈의 피쉬 별장 단짝인 크리스틴 갈랭도가 당시 고향 오랑에서 곡물 수출업자와 동업하고 있던 오빠 피에르 갈랭도에게서 온 편지를 그에게 보여주었다.

독특한 개성이 느껴지는 그 편지를 읽은 카뮈는 그와 친해지고 싶어졌다. 기회는 오래지 않아 찾아왔는데, 피에르가 공수병에 걸렸을지도 모를 고양이가 할퀸 자기 딸을 치료하기 위해 알제에 왔을 때 만났을 가능성이 높다.[18] 그 당시 카뮈는 오랑까지 여행할 이유가 없었다.

피에르는 몸집이 우람하고 큰 머리에 얼굴이 거뭇거뭇하며 "스페인 특유의 새까만 눈"을 한 남자였다. 그는 한번도 말끔하게 면도한 적이 없는 것 같았다. 또한 대화를 나누면서 15분 동안 잠자코 있을 줄도 알았다. 과묵하다, 냉담하다는 표현이 딱 들어맞았다.

투사 같은 체격이었던 그는 수영을 할 때는 물고기 같았다. 지적이기는 했지만 세련미라든가 사교적 우아함과는 거리가 멀었다. 깡패 같은 분위기를 풍겼으며, 그 자신도 둥그스름한 얼굴에 시가를 빼물고 있는 거친 모습이 찍힌 자기 사진을 좋아했다.

그가 해변에서 아랍인과 관련된 폭력 사건에 연루되었다는 소문도 있었는데, 그 일화는 새 친구 알베르에게 『이방인』의 구성 실마리를 제공해주었다. 그는 얼마 후 카뮈에게 다른 방식으로, 즉 프랑신의 전망 없는 구혼자를 마지못해하는 포르가 여인들의 걱정을 덜어주는 중매인으로 이바지하게 된다. 피에르 갈랭도는 카뮈가 평생 동안 순회공연이나 다니는 배고픈 배우 이상의 인물이 될 것이라고 장담했다.

갈랭도의 인간됨을 명확하게 하기 위해 연대기적 순서를 무시하고 그의 훗날 활동을 언급하는 것이 좋을 듯하다. 제2차 세계대전 당시 비시 정부가 알제리를 통치했을 때 그는 지하 저항운동에 뛰어들었다. 주로 유대인과 스페인 공화당 망명자들로 구성된 외인부대를 지휘한 그는 미군과 지역 연락 활동을 조직적으로 수행했으며, 1942년 11월에는 차 한 대분의 병사들로 미군이 알제리 연안에 착륙할 수 있도록 오랑의 라세니아 공항을 장악했다. 그 덕분에 그는 미군과의 연락장교 임무를 맡았다.[19]

어쩌면 카뮈는 똑바로 설 줄도 모르는 창백한 청년이 아니라 갈랭도와 같은 투사가 되고 싶었을지도 모를 일이다. 이후 그는 언제나 갈랭도와 가깝게 지냈다. 그는 에세이 「미노타우로스 또는 오랑에서의 휴식」(Le Minotaure ou la Halte d'Oran)을 갈랭도에게 헌정했으며, 전쟁이 끝날 무렵에는 모험적인 저널 『콩바』에 끌어들이기까지 했다.

부조리에 관한 메모

기상 연구소의 일자리 덕분에 카뮈는 지속적으로 자신의 일을 할 여유를 얻을 수 있었다. 『행복한 죽음』을 완성한 카뮈는 비록 친구들이 그 작품에 대해 찬사를 보내긴 했어도,[20] 자신이 스승으로 삼았던 이들의 냉정한 비평 때문에 그 원고를 정말 출판해도 좋을지 확신이 없었다.

1937년 12월과 1938년 5월, 카뮈는 진정한 의미에서 첫 번째 소설이 될 작품을 위한 첫 번째 메모를 일기에 적었다. "아주 유망하면서도 현재는 사무직에 근무하는 인간형"이라는 메모가 나오고, 그 다음에는 "양로원에 살던 한 노파가 죽는다"는 언급이 나온다. 그러나 이러한 서두는 결코 『행복한 죽음』에 나오는 죽음이라든가 다른 착상으로 새롭게 쓰려던 작품을 위한 것이 아니었다. 『행복한 죽음』을 위한 추가 착상이나 새로운 소재를 다룬 내용은 1938년 늦여름이 돼서야 나타났다.

이 무렵 작가의 마음속에는 『행복한 죽음』으로 표출된 낭만적 관념과, 미망에서 깨어난 새로운 어조가 공존했다.

세상 위의 집에 살던 카뮈는 급속히 자아에 대한 확신이 늘어나면서 동시에 세상에 대한 확신을 잃어가는 성인으로 변모해갔다. 이러한 변화가 기상 연구소에서 『알제 레퓌블리캥』지로 직장을 옮긴 것과 동시에 일어났다는 추측을 입증할 수 있다면 바람직했을 것이다. 하지만 실제로 제시된 증거는 그러한 명제에 모순을 안겨준다.

『행복한 죽음』에 대한 환멸은 직장을 옮기기 전에 이미 일어났던 것이다. "진정한 예술작품은 되도록 적게 말하는 작품"이라는 생각이 들기 시작한 것은 신문사에 취직한 처음 몇 주 사이의 일이었다.

예술가와 그의 경험을 반영하는 작품 사이의 관계에서, 작품이 그 경험 전부를 문학이라는 외피로 둘러싸는 것은 좋지 않다. 그 경험에서 예술작품을 조각조각 베어낼 때 비로소 그 관계가 원만해지는 것이다.

1938년 12월의 일기 바로 앞에 날짜가 적히지 않은 짤막한 메모가 나오는데, 그것이 『이방인』의 서두가 된다. 책으로 출간되었을 때 그 작품의 첫 문단은 다음과 같이 시작된다.

오늘 어머니가 돌아가셨다. 어쩌면 어제일지도 모르겠다. 양로원에서 전보 한 통을 보냈다.

1938년 6월, 그는 그해 여름에 부조리에 관한 중요한 에세이 한 편을 쓰겠다고 다짐한 바 있다. 그리고 이 무렵 그에 관련된 기록들이 씌어지기 시작했다. 이제 집단극장 일에 시간을 빼앗기지 않게 된 것이다.

휴가를 맞아 뿔뿔이 흩어졌던 단원들은 새 시즌이 닥쳤는데도 다시 모일 생각을 하지 않았다. 8월에 카뮈는 잔 시카르에게, 처음부터 다시 시작할 기력이 없다고 고백했다. 아마추어 극단은 분명 즐겁긴 하지만 이제는 그런 사치도 단념할 생각이라고 했다.[21]

그는 그해 여름 『결혼』에 수록될 에세이에 마지막 손질을 가한 후 샤를로에게 넘겨주었지만, 이번에도 여러 난관 때문에 그 책은 이듬해 봄인 1939년 5월이 돼서야 출판되었다. 이미 8월에 카뮈는 티파사와 제밀라, 알제, 피렌체에 관한 이 에세이집이 그보다 앞선 한 시기, 즉 청춘의 한 시기를 마감하고 어떤 의미에서는 자신이 그 시기에서 벗어나도록 도와주었음을 알았다. 또한 그 책이 출판될 경우 사람들은 그것이 새로운 시기의 시작을 의미함을 알게 되리라는 것도 알고 있었다.[22]

그리고 실제로 얼마 지나지 않아서 전투적인 일간지 사무실에서의 새롭고 강렬한 경험 때문에 『결혼』의 세계는 그와는 아주 동떨어진 것처럼 여겨지게 된다.[23]

이 친구는 어디에 쓸모가 있을까

마치 1938년이 중요한 만남의 해라도 된다는 듯이 카뮈는 이제 성년기에 접어든 후 가장 의미 있는 인물과 대면하게 되었다. 이 새로운 친구는 분명 장 그르니에가 카뮈의 사춘기와 청년기에 맡았던 역할을 떠맡게 될 것이었다. 그해 7월 그르니에가 프랑스로 떠난 것은 이러한 변화의 상징이라 할 만한 일이었다.

카뮈와 가장 가까운 친구이자 최악의 적이 될 파스칼 피아가 특유의 모호한 태도로 카뮈와 함께 일을 하기 시작했다.

그는 인민전선 일간지의 책임자로서 자신이 카뮈와 다른 입사 지망생들을 평가해야 한다고 여겼다.[24] 사실 카뮈는 이미 일자리를 제의받았고(적어도 그 자신은 그렇게 여겼다) 그해 늦여름 피아가 알제에 도착하기 전에 이미 기상학 연구소에 통보해놓은 상

태였지만.[25)]

카뮈는 기자로서 전송문을 고쳐 쓰고 문화 및 예술 소식을 전담했으며 매일 오후 5시부터 새벽 1시까지 일을 하게 되었다. 1938년 여름에는 『오랑 레퓌블리캥』을 방문해서 그곳 운영상태를 조사할 계획까지 세웠는데, 그것은 『알제 레퓌블리캥』이 선발 업체인 『오랑 레퓌블리캥』을 본으로 삼을 예정이었기 때문이다.[26)] 이 새로운 직장 덕분에 카뮈는 테라스가 딸린 큼직한 스튜디오식 아파트도 얻을 수 있었다.[27)]

파리에서 장 피에르 포르가 반파시스트 주간지인 『뤼미에르』(La Lumière)와 밀접하던 고참 좌파 언론인인 조르주 보리스와 조르주 알트망의 제안에 따라 피아를 면담했을 때, 피아는 인민전선 기관지로 위장하고 있었지만 실제로는 공산주의 전선으로서 루이 아라공과 장 리샤르 블로크의 지휘를 받던 석간지 『스 수아르』(Ce Soir)의 뉴스 편집국장으로 일하고 있었다.

피아는 비정치적인 뉴스만 다루었다. 그 직장 이전에 피아는 2, 3년간 리옹의 주요 지방지인 『프로그레』(Le Progrès)에서 일했으나 그의 아내가 리옹을 좋아하지 않았기 때문에 파리로 자리를 옮겼다.

그전에는 파리의 신문 및 통신사 여러 곳에서 뉴스 책임자로 일한 적이 있는데, 새로운 기회가 나타날 때마다 직장을 그만두곤했다. 그렇게 자리를 자주 옮긴 이유는 그가 신문사 일을 좋아하지 않았기 때문이었다.

신문사 입장에서 볼 때 피아는 아마도 프랑스에서 찾을 수 있는 최고의 편집자였을 것이다. 그는 신문기자 중의 신문기자였다. 1901년 8월 15일에 파리에서 태어난 피아의 집안은 남프랑스 출신이었는데, 프로방스인지 랑그도크인지는 그 자신도 확실히 알지 못했다. 그들은 가난했다. 피아 일가나 카뮈 일가처럼 가난한 사람들에게는 조상의 역사가 없는 법이다. 카뮈처럼 피아 역시 전쟁 고아였다. 그의 부친은 1915년 9월 파리의 북동쪽 전선에서 전사했다. 프랑스군과 독일군은 카뮈의 부친이 전사하고 나서도 그 자리에서 1년간이나 고착 상태에 빠져 있었다. 그 덕분에 피아는 어린 시절부터 일을 하기 시작했으며, 한번도 쉰 적이 없었다.[28]

이 비범한 인물에 대해 충분히 설명하기란 어려운 일이다. 그는 모험심에 가득한 청년기 때는 시를 썼고 파리의 문학 서클에도 가입했다. 1920년, 어느 문학지의 사무실에서 피아는 작가 지망생이던 앙드레 말로와 만났다.

말로의 한 전기작가에 의하면, 그 시기에 말로가 만났던 가장 중요한 두 사람은 피아와, 말로의 아내가 될 클라라 골드슈미트였다고 한다.

"반어적 명석함, 완벽하게 독립적인 정신, 신비에 대한 뚜렷한 성향", 폭넓은 교양, 놀라운 기억력을 갖춘 피아는 말로를 매혹시키고 그의 문학적 호기심을 자극했다. 그는 보들레르를 본따 『브뤼셀 연감』(*Années de Bruxelles*)을 간행했는데, 말로도 원고를 썼다. 그로부터 다시 몇 년 후 이번에는 랭보를 흉내낸 『영혼의 사냥』(*La Chasse spirituelle*)을 간행하면서 새로 찾아낸 원고를 소개한 바도 있다. 그가 유명한 아동총서와 똑같은 핑크빛 표지로 선정적인 책을 출판했을 때는 말로가 두 사람 모두의 친구인 프랑시스 퐁주와 함께 재판에 참석해야 했다. 어느 정도는 피아 덕분에 말로는 우리가 아는 다중적인 성격의 소유자가 되었다.[29]

군 복무에서 돌아온 피아는 격한 주제를 다룬 논문 「P. P. C.」 ('하직하면서'[pour prendre congé]라는 뜻)를 썼지만, 아무도 이를 출간할 엄두를 내지 못했다.

그는 변변치 않은 직장을 전전하면서 주로 커피와 담배에 의지하여 밤중에 활동했다. 그만한 재능과 박식을 갖춘 인물이라면 뭔가 중요한 일을 해낼 수 있었는데도 말이다. 대신 그는 이를테면 말로와 아라공 같은 남의 일에, 아무 영광도 기대할 수 없는 사소하면서도 필요한 일들에 전념했다.[30]

이것이 알베르 카뮈와 만나기 전까지 파스칼 피아가 걸어온 삶의 역정이지만, 그것으로써 이후 두 사람이 맺을 관계 전체를 이해할 수 있다.

『알제 레퓌블리캥』의 창간호 발행일이 두 달도 채 남지 않은 1938년 8월 하순 알제에 도착한 피아는 임시변통으로 마련한 설비와 10여 대의 리노타이프 식자기, 포르가 프랑스에서 사들여 문자 그대로 손수 조립한 구형 윤전기, 그리고 포르가 모아놓은 몇몇 기자 후보들과 만났다. 사태가 그 정도로 엉망이라는 사실을 알았더라면 그는 알제리의 일자리를 수락하지 않았을 것이다.

"이 친구가 어디에 쓸모가 있을지 보게나." 포르는 파스칼 피아에게 카뮈를 소개하면서 그렇게 말했다. "내가 아는 사람들 중에서 이 친구야말로 기자로 가장 적합한 것 같네."

카뮈는 실제로 탁월한 신출내기에 불과했으나, 그렇지 않았더라도 피아로서는 별다른 선택의 여지가 없었다. 기존의 알제 일간지에 근무했던 사람 말고는 달리 고용할 사람도 없었다. 『알제 레퓌블리캥』 편집위원회 임원들이 모아들인 직원들 대부분은 피아 같은 전문 기자의 눈에는 실망스럽기 그지없었다. 프랑스 출신의 한 나이든 기자는 술 냄새를 풍기며 나타나는 바람에 쫓겨났다.[31]

그들은 알제 중심부의 노동계층 주거지 어귀에 있는 쾨슐렝가의 바브 엘 우에드에 자리 잡은 큰 건물 한 채를 세냈다. 포르는 모리스 지라르를 시켜, 맨발에 넝마를 걸치고 페스모를 쓴 채 『알제 레퓌블리캥』지를 팔러 거리를 뛰어다니는 구두닦이 소년의 포스터를 만들었다.[32]

그해 여름 내내 그들은 자금을 모으고 설비를 구입하고 직원을 선발했다. 이제 모든 준비가 갖추어지고 창간호 발행일이 10월 1일로 잡혔다.

하지만 그 무렵 『오랑 레퓌블리캥』의 인쇄소 소장이 도로에서 차로 가로수를 들이받고 사망하는 사건이 발생했다. 그는 자매지인 『알제 레퓌블리캥』의 인쇄를 도와주기 위해 일주일에 두 번씩 오랑과 알제를 왕복했는데, 한번에 4백 킬로미터를 여행하면서 밤에는 오랑에서, 낮에는 알제에서 일을 했다. 과로 때문에 발생한 사고였다.

그 덕분에 창간호는 10월 6일이 돼서야 나올 수 있었다.[33]

15 알제 레퓌블리캥

왜냐하면 식민지 정복에 한 가지 변명거리가 있다면,
그럼으로써 정복된 국가의 국민들로 하여금 자신들의 특성을
유지할 수 있게 해준다는 정도일 테니까.
• 「카빌리의 비참」(『시사평론 1』)

이제 기존의 두 일간지, 즉 우파인 『데페슈 알제리엔』과 급진
사회주의적이지만 실제로는 식민지의 이해를 반영하는 보수적인
신문 『에코 달제』와 더불어 노골적으로 좌파의 이념에 매진하면
서 칼럼에 프랑스와 국제적 사건에 대한 사회주의적(심지어는 공
산주의적) 관점을 수용하는 세 번째 조간이 탄생했다.

주필 파스칼 피아를 제외하고 대부분 아마추어들로 구성된 직
원들은, 엄밀하게 말하자면 인민전선의 이념을 식민지의 사정에
적용하는 정도에 그쳤다.

바브 엘 우에드의 신문사 사무실은 평범한 건물에 있었다. 인쇄
실과 식자실이 있는 지하실에는 편집자가 편집을 할 수 있는 작
업대가 하나 놓여 있었다. 경영 및 배달 부서는 1층에 있었고 그
위층에 편집실이 있었다.

조간인 『알제 레퓌블리캥』은 물론 야간에 인쇄되었다. 식자는
오후 8시에서 9시 사이에 시작되었다. 피아는 시정 뉴스를 젊은
직원 알베르 카뮈와 전직 신교도 성직자로서 50대에 접어든 또
한 사람의 신입사원에게 전담시켰다.

그들은 통상적으로 이웃한 경찰서와 보안사, 법원, 시의회, 그리고 개회 중일 때는 의회까지 순례하곤 했다. 강력 범죄나 중요한 재판 또는 큰 화재사건 같은 뉴스거리가 있을 때는 보다 심층적인 조사를 했으나, 그렇지 않을 때는 이것이 일상적인 업무였다.

정규직원이었던 카뮈는 오후 4, 5시부터 일을 시작하여 식사 때를 제외하고 11시까지 근무했다. 그러나 재판에 참석하거나 범죄나 사고, 시위 현장을 방문할 경우를 위해 다른 때도 늘상 대기 상태에 있었다. 그런 다음에는 사무실로 돌아와 재빨리 기사를 써서 오후 7시경에는 기사를 제출해야 했다. 그러고는 다시 한두 시간 후 사무실로 돌아와 교정쇄를 읽고 피아와 함께 조판을 거들곤 했다.

피아는 이 청년의 건강이 좋지 않다는 것을 알았다. 이따금 열이 있는 것 같고 쥐어짜듯 기침을 했으며, 간혹 종기가 나기도 했다. 피아는 그가 제대로 먹지 못해서 그런 거라고 추측했다. 그 젊은이는 건강에 해로운 신문사 안보다는 밖에 있는 편이 좋을 것 같았다.

카뮈는 싸구려 기성복으로 간편한 차림을 했는데, 『알제 레퓌블리캥』에 다니면서 멋을 부릴 수도 없는 노릇이었을 것이다. 게다가 무더운 날씨에 겉옷 같은 것은 입을 필요가 없었다.[1] 발행인인 포르도 "간편한 옷차림을 한" 카뮈를 보았고, 그의 활기찬 대화와 빈정거리는 듯하면서도 코믹한 외관에 주목한 바 있었는데, 훗날 그가 쓴 글에서는 그런 점들을 찾아보지 못했다.[2]

카뮈는 조합의 임금 규정에 따라 보수를 지급받았지만 등급은 낮았다. 포르는 그의 보수가 월 1,800에서 2,000프랑 정도였다고 회상했다. 회사의 비밀을 잘 알고 있었다고 할 수 없는 한 직원은,

그가 받은 월급이 3, 4천 프랑이었을 것이라고 추측했다.[3]

피아는 카뮈의 보수가 일반 사무직원이나 상점 점원의 월급 정도였다고 추정했다. 그러나 본토 출신 프랑스인이었던 피아는 야채와 과일, 포도주, 질이 낮은 양고기를 제외하면 알제에서 드는 생활비가 결코 싸지 않다고 여겼다. 그 외의 모든 물품은 프랑스에서 가져와야 했기 때문에 본토보다 비쌌다. 인건비가 낮은 이유는 저임금의 토착민 노동력이 풍부했기 때문이었다.[4]

봉급쟁이와 국무총리의 대화

다른 신문사도 그렇지만 『알제 레퓌블리캥』의 기자들 역시 중요한 기사의 경우 기명기사를 썼다. 주로 부정 폭로기사나 다른 특별한 성과가 있는 기사를 비롯하여 기자의 주관적 견해가 반영된 서평의 경우가 그랬다.

카뮈는 입사하자마자 기명기사를 내보냈다. 피아는 카뮈에게, 원한다면 서평을 써도 좋지만 문학론까지는 쓰지 않아도 좋다고 말했다.[5]

10월 9일 제4호에 실린 카뮈 최초의 기명기사는 「독서살롱」이라는 제목의 서평이다. 카뮈는 원칙론으로 기사의 허두를 뗐다. 즉 자신의 서평은 정치적 교의와는 상관없이 "실제 작품"에 충실할 것이라는 약속을 한 것이다.

그의 「독서살롱」은 올더스 헉슬리와 사르트르, 지드의 『사전꾼들』(Les Faux-Monnayeurs), 조르주 아마도, 장 지로두 등을 다루게 된다.

그는 몽테를랑을 "무기력자들에게는 우스꽝스럽게 보일 인생의 질서를 제시한 서너 명의 위대한 프랑스 작가들 가운데 하나"라고 격찬했다. 또한 친구들 및 동료 지중해인들에게도 지면을 할애했다.

그중에는 샤를로가 출판한 블랑슈 발랭의 시집 『나날의 향기』, 장 이티에의 『앙드레 지드』, 에드몽 브뤼아의 『본 우화집』, 아르망 기베르의 『사적(私的)인 새』 등이 포함되었다. 이런 기사를 쓰면서 카뮈는 원할 경우 자기 자신의 이론을 만들어낼 기회가 있었다. 예를 들면, 지드에 관해 쓰면서 그는 다음과 같이 말했다.

지드의 당파 근성에 대해 그토록 말이 많았던 것은 판단 착오다. 왜냐하면 사회적인 수준에서 그의 견해는 고작해야 교양 있고 관대하며 적당히 이상적인 프랑스인 정도의 중요성을 띠고 있기 때문이다.[6]

처음부터 별로 매력이 없는 진부한 저널리즘의 연속이었다. 아마추어 교정자를 믿지 못한 피아는 하루에 열 시간에서 열다섯 시간을 신문사 인쇄소에서 보내며 3행짜리 광고를 포함한 모든 원고를 낱낱이 읽었다.

자신의 사업을 헌신적인 좌파 자선 사업으로 넘길 생각이 없던 장 피에르 포르는 엄격한 노조의 근로 조건을 요구하는 인쇄공들과 끊임없이 충돌했다. 오히려 기계 운전과 운반을 맡은 저임금 노동자들 쪽이 더 협조적일 정도였다.[7]

주요 뉴스의 경우 『알제 레퓌블리캥』지는 『오랑 레퓌블리캥』과 그 파리 특파원에게서 기사를 받았는데, 이 두 좌파 일간지 사이에 아무런 경쟁 관계도 없었기 때문이다. 한편 카뮈는 다음과 같은 사건 보도를 맡았다.

미슐레가의 사망 사고

한 노파가 차에 치여 90미터나 끌려갔다.
노파는 병원에 도착한 즉시 사망했다.

물론 그 기사에는 서명이 없었다. 그러나 카뮈의 친구 마르그리트 도브렌은 기사의 마지막 문장에서 카뮈 특유의 문체를 알아보았다.

몇 분 후 사고 현장에는 자동차 엔진 덮개 위에 흩어진 야채와 포도송이만이 이 슬픈 사고를 조롱하는 듯한 증인으로 남아 있었다.

그녀가 물어보자 카뮈는 자신이 그 기사를 썼다고 인정했다.[8]
알베르 카뮈가 『알제 레퓌블리캥』에서 이런 종류의 일만 했다면 그 경험이 이전의 직업보다 더 낫거나 진보했다고 할 수 없었을 것이다. 예전에도 문학비평을 썼고, 신문 일도 했던 것이다. 그러나 이전에 그가 했던 모든 활동은 자발적인 것이었다. 극단 일, 문화의 집, 『리바주』, 그의 글 등은 대학 졸업자의 표준적인 산물이었고, 그에 반해 생계를 위한 일자리는 사무직이었을 뿐이다.
카뮈는 이제 막 스물다섯 살에 접어들고 있었다. 난생 처음으로 성인다운 일자리에 채용된 것이다. 피아는 분명 그를 성인으로 대했을 것이고, 기명기사를 씀으로써 카뮈는 이전에는 알지 못했던 책임을 지게 되었다.

그의 첫 번째 기명 일반 기사는 10월 12일자의 「복지법에 대한 반론」이다. 기사에서 그는 물가의 상승 속도가 더 빨랐기 때문에 사실상 인민전선 정부가 승인해준 봉급 인상이 구매력을 증진시켜준 것이 아니라는 사실을 입증하려 했다.

그는 계속해서 이와 같은 사회·경제적인 주제로 기사를 써나갔다. 12월 3일자에 실린 「월급 1,200프랑을 받는 봉급쟁이와 국무총리의 대화」는 정부의 정책에 대한 고발이다. 이제 인민전선의 통치기가 막을 내린 것이다.

에두아르 달라디에와 그의 재무장관 폴 레이노가 집권한 정부는 심각한 사회 문제를 법령으로 처리했다. 1938년 11월 30일, 정부의 우경화에 대한 항의로 총파업이 일어났으나 정부는 미동도 하지 않았다.[9] 어느 모로 보나 프랑스는 우파가 권력을 잡았고, 인민전선의 희망적인 분위기 속에서 창간되었던 좌파 성향의 『알제 레퓌블리캥』은 여러 갈래로 분열된 반대파의 기관지가 되었다.

내정 문제를 다루던 카뮈는 「아스투리아스 폭동」을 금지시켰던 시장 오귀스탱 로지에 앙갚음할 기회를 얻었다. 그는 연속 기사에서 우파 성향의 시 행정부를 공격하면서 시 공무원들의 편을 들어주었다.

노조에 가입한 노동자들을 증오를 품고 추적하는 로지 시장은 7명의 시 공무원을 정직시키거나 해고하려 한다

위와 같은 표제 기사에서 카뮈는 다음과 같이 썼다. "나로서는

그가 우스꽝스럽고 불법적이며 가증스러운 인물이라고 말하는 것조차 쉽지 않다."

물론 카뮈는 특히 노동자와 그 가족의 운명에 예민했다. 그의 기사에는 '비참'이라는 단어가 자주 나오는데, 이는 더 이상 추상적 관념이 아니었다. 시장이 노조 활동을 이유로 시 공무원을 해고했을 때 카뮈는 당사자와 가족에게 닥칠 결과를 설명하면서 다음과 같은 말을 덧붙였다. "그러나 그런 일을 겪어본 적이 없는 로지 시장은 가난이 결코 파티가 아니라는 것을 몰랐다."

프랑스계 알제리인 노동자들이 고통을 겪었다면, 새해를 맞아 토착 빈민들에게 북아프리카 음식인 쿠스쿠스를 나눠주는 행사에서 카뮈가 간파했듯이 이슬람 교도들의 상황은 더욱 좋지 않았다.

하루아침에 가난을 몰아내게 될 거라고는 생각하지 않는다. 하지만 이 아랍 주민들만큼이나 가난한 유럽 주민은 본 적이 없다. 우리는 이러한 불평등과 절망적인 가난을 없애기 위해 힘을 쏟아야 한다.

절망이 순수한 단 하나의 경우

마침내 현실 세계를 맞잡고 투쟁을 벌이게 된 카뮈는 또한 자신의 글쓰기에 매진할 기회도 얻었다. 그는 너무나도 오랫동안 이런 삶을 간절히 꿈꾸어왔기 때문에 자신이 정말로 그 삶을 누리고 있는 건지 의심을 품기까지 했다.

물론 새 직장에서의 처음 몇 주 동안은 글을 쓸 시간을 낼 수가 없었다.[10] 그러나 이윽고, 아마도 그해 가을에 프랑스어로 출판된 『성』(城)에 영감을 받아 카프카에 대한 에세이에 착수했다. 이어서 그는 『심판』도 다루게 된다. 그는 「카프카 속의 희망과 부조리」라는 에세이를 N. R. F.에 보낼 생각이었다.[11)]

1939년 초 에세이를 완성한 카뮈는 원고를 자크 외르공에게 주면서, 원고는 그 자체가 완결된 것이기는 하지만 좀더 긴 에세이 「철학과 소설」(Philosophie et roman)의 일부로 쓴 것이며, 그 에세이 역시 『부조리』(『시시포스의 신화』의 원제)라는 훨씬 긴 작품의 부록이라고 말했다.

외르공은 즉시 그 에세이를 베르나르 그뢰튀쟁에게 보냈다. 그뢰튀쟁은 독일, 러시아의 문학과 철학에 대한 공인된 권위자이며, 말로와 지드 그리고 N. R. F.의 탁월한 편집자 장 폴랑에게 적지 않은 영향력을 미치고 있었다. 그는 또한 카프카를 프랑스에 소개한 장본인이기도 했다.[12)]

그로튀쟁의 반응은 놀라움이었다. 그는 카뮈가 카프카에 대해 지나치게 기독교적 관점을 취하고 있는데 여기에는 구약성서적인 관점이 좀더 적절할 것으로 보았다. 그뢰튀쟁은 카프카의 상징을 좀더 다루고, 키에르케고르나 최근에 사망한 레옹 슈스토프의 철학을 덜 다루기를 원했다. 그럼에도 불구하고 그는 그 에세이를 잡지에 실어주도록 애써보겠다고 약속했다. 하지만 N. R. F.라는 언급은 하지 않았다.

외르공이 그뢰튀쟁의 반응을 전해주자 이 젊은 작가도 그런 반응을 이해하는 한편 뜻밖이고 재미있다고 여겼다. 그의 말이 옳았던 것이다.

마침내 카뮈는 자신이 찬사를 보내던 사람들과 파리에 확고한 기반을 잡고 있는 프랑스 문학계의 정상들로부터 판정을 받게 된

것이다. 적어도 카뮈 자신은 그렇게 여겼을 것이다.[13]

1938년 크리스마스 날, 카뮈는 크리스틴 갈랭도에게 『부조리』라는 에세이를 쓰기 시작했다고 말했다.[14] 이 무렵에 씌어진 그의 일기는 『시시포스의 신화』와 당시 그가 염두에 두고 있던 소설 『이방인』 모두와 관련된 듯이 보인다. 그 부분은 이렇게 시작된다. "절망이 순수한 단 하나의 경우가 있다. 그것은 사형 선고를 받은 인간의 절망이다."

동시에 그는 부조리에 관한 3부작 가운데 세 번째 작품, 즉 희곡 『칼리굴라』를 위한 메모도 하고 있었다.

비록 친구들에게 그 점을 명확하게 말한 적이 없고, 그 자신도 일기에 쓴 적이 없지만 카뮈는 이런 식으로 훗날 자신의 모든 글에 적용될 하나의 방법론을 마련한 것이다. 그것은 하나의 주제에 대해 서로 다른 장르, 즉 에세이, 소설, 희곡 세 작품을 동시에 쓰는 것이다. 이 경우에는 그 주제가 '부조리'였다.

『시시포스의 신화』와 『이방인』, 『칼리굴라』는 거의 동시에 구상되고 동시에 씌어졌으며, 가능하다면 한꺼번에 발표될 예정이었다. 그는 이러한 계획이 실현되려면 여러 해가 걸릴 것을 알고 있었지만 그럴 수밖에 없었다.[15]

1938년 말에 씌어진 일기의 우선순위 상단에는 다음과 같이 기록되어 있다. 뫼르소, 『칼리굴라』, 그리고 자신의 극단 공연 경험을 활용하게 될 『리바주』 특별호를 위한 연극론이 그것이다. 1939년 초에 그는 우선순위 별로 자신의 계획을 열거해놓았다.

연극 강의
부조리와 관련된 독서

칼리굴라

뫼르소

5월 23일, 샤를로는 카뮈의 『결혼』을 출판했다. 아마 본토 프랑스에서 그 책과 관련해서 발표된 유일한 서평은 오디지오가 OFALAC 공보에 게재한 신간 소개 정도였을 것이다.

이 책은 "비상한 밀도의 작품으로서 알제리 문학 및 출판의 지대한 영예다. 이 책에서는 북아프리카 문학에 새로운 액센트를 부여할 감수성과 명상의 정신을 찾아볼 수 있다"라는 호평을 받았다.

그러나 카뮈는 외르공에게, 자신은 그 책의 결점을 알고 있다고 털어놓았다. 그는 스물다섯의 나이에 하기 어려운 '결론'을 내리려 했다는 것이다. 그는 다음번에는 그렇게 하지 않을 작정이었다.

사실상 2년 전에 씌어진 이 에세이들을 다시 읽어본 그는 자신이 허깨비와 싸우고 있었다는 것, 이미 열려 있는 문을 억지로 열려고 했다는 사실을 깨달았다. 어떤 의미에서 그는 자신에 반(反)해서 그 에세이들을 썼던 것이다.

이제 카뮈는 한 가지 사실을 알고 있었다. 자신이 글을 '쓰지 않으면 안 된다'는 것이다. 그래서 신문사 일에서 어느 정도 시간을 빼낼 수 있게 되자마자 자신의 중요한 계획들과 씨름하기 시작했다.[16]

그러는 한편 카뮈는 출판업자가 됨으로써 자신의 야망을 실현시켜가던 옛 친구 프레맹빌의 일도 거들어주고 있었다. 에드몽 샤를로의 사업이 일시적으로 쇠퇴한 사이에 카뮈는 프레맹빌과 함께 자신들의 이름 첫 글자를 딴 '카프르 출판사'(Editions Cafre)를 만들고 낡은 차고에 프레맹빌의 인쇄기를 설치한 이 단명한 사업에 의욕적으로 뛰어들었다.

그들은 샤를로가 여력이 있었다면 출판했음 직한 책들을 인쇄했다. 『결혼』도 그곳에서 출판할 수 있었지만, 카뮈는 그렇게 하지 않았다. 샤를로가 출판을 6개월이나 지연시키고 있기는 했지만, 이미 그 책을 샤를로의 출판사에서 내기로 약속했던 것이다.

다시 출판을 시작한 샤를로는 카뮈와 프레맹빌이 출간한 책들의 배포를 맡아주었다.

『리바주』의 편집위원회가 해체되고 그 대안으로 '집단노트'라고 불릴 새로운 출판물이 계획된 것은 아마도 샤를로의 출판업이 위기를 맞았던 이 무렵의 일이었을 것이다. 그러나 카뮈가 미처 이 잡지를 만들기 위한 구체적인 단계에 접어들기도 전에 『알제 레퓌블리캥』의 위기는 말할 것도 없고 전쟁의 위기가 그 같은 모험을 불가능하게 만들어버리고 말았다.[17]

사건과 음모

언론계에서 경력을 쌓기 시작한 지 얼마 지나지 않아서 카뮈는 흔히 고참 기자에게 할당되는 보도를 맡게 되었다. 요컨대 중요한 범죄 재판 취재라든가 정치 및 사회적 문제들에 대한 조사 등이었다. 이런 기사들은 종종 기명기사로 게재되었다.[18]

카뮈가 빠르게 성장한 자신의 역량을 이미 의식하고 있었다는 사실을 『알제 레퓌블리캥』지의 주주총회 후에 그가 한 말로 미루어 짐작할 수 있다. 당시 한 여성 기자가 지나가는 말처럼, 자기와 또 다른 한 명만이 "이 방에 있는 사람들 가운데 유일한 전문 언론인"이라고 말했다. 그러자 카뮈가 낮은 목소리로 한 친구에게 이렇게 말했다. "정말 대담한 여자로군. 그럼 난 뭐가 된다는 거지?"[19]

카뮈가 기명기사를 쓴 최초의 중요한 재판은 복잡하게 얽힌 오당 사건이었는데, 이 사건은 변경의 사법부는 말할 것도 없고 보도까지 통제한 식민 당국 때문에 한층 복잡하게 꼬였다. 이 특별한 사건에서 카뮈는 재판이 열리는 지역의 신문사조차 보도하지 못한 문제를 다루었다.

공공식품 유통 대리인인 미셸 오당이 티아레 지역의 한 부유한 경작업자에게 고소를 당했다. 이른바 그의 공범이라는 프랑스계 알제리인과 여섯 명의 이슬람 교도와 함께 밀을 훔친 혐의로 체포된 것이다.

진보 세력은 그 혐의를 즉각 식민 당국과 경작업자들, 그리고 지역 이슬람 지도자들까지 합세하여 인민전선 출신의 대리인을 불신임하기 위한 음모로 간파했다.

오당은 『알제 레퓌블리캥』지 앞으로 자신이 "몇 개월 동안 감금당했다"는 편지를 보냈다. 그러나 카뮈가 1939년 1월 10일자 『알제 레퓌블리캥』에 알제리 총독에게 보내는 공개 서한을 게재했을 때 오당은 이미 판결을 앞둔 채 풀려난 상태였다.

카뮈는 알제에서부터 조사를 시작했고, 재판 전 일련의 기사를 통해 식민지 사법부의 현실을 폭로했다.

피아는 오랑에서 남동쪽으로 216킬로미터 떨어진 산기슭에 있는 농경 중심지 티아레로 카뮈를 파견했다. 그곳에서 카뮈는 3월

20일에 열리는 재판에 앞서 사건 현장 조사에 착수했다.

예비 기사 및 법정 보도에서 카뮈는 거짓 증언과 편파적인 재판에 동원된 수법을 폭로하면서, 자신과 신문사는 오당이 전적으로 무죄라고 여기고 있음을 명백히 밝혔다.

이렇게 『알제 레퓌블리캥』지는 이 재판을 공론화함으로써 그렇게 하지 않았다면 나오지 않았을 평결을 가능케 했다. 3월 23일 카뮈는 다음과 같은 제목으로 보도 기사를 낼 수 있었다.

"오당과 창고직원 마스의 결백이 마침내 승리를 거두었다."[20]

이 무렵 그의 일기에 오랑 지역과 메르스 엘 케비르 만에 대한 생생한 인상이 담겨 있는 것을 보면, 티아레에 있는 동안 시간을 낼 수 있었던 모양이다. 티아레에서 카뮈는 권태에 찌든 교사들과 교제했는데, 그들은 그에게 권태의 치유법을 설명해주었다. 술에 잔뜩 취해서 매음굴을 찾아가는 것이었다.

카뮈는 그들과 무리를 지어 매음굴에 간 일을 일기에 묘사해놓았다. "다시 밖으로 나오니 여전히 눈이 내리고 있었다. 개간지 저편으로 전원 풍경이 보였다. 이번에는 희다는 점만 다를 뿐 전과 다름없이 황량하기 그지없는 풍경이다."

엘 오크비 사건은 한층 더 복잡했다. 1936년 8월 2일, 알제의 종교 지도자인 그랑 무프티(이슬람교 최고 법률가─옮긴이)가 카즈바 인근에서 암살당했다.

살인 사건이 발생한 것은 종교 지도자인 울리마들이 통솔하는 이슬람 교도 지식인들 사이에 진보 운동이 점증하면서 인민전선이 한창 비등하던 와중이었다.

그랑 무프티는 프랑스 정부에 보낸 전보에서 드러난 것처럼 이슬람교 수정주의자들, 그중에서도 종교지도자 타이엡 엘 오크비에 반대하는 식민 행정부와 보수 이주민들과 한편이었다.

개혁주의자와 보수주의자 양 진영이 같은 날인 8월 2일에 큰 집회를 소집했다. 이들은 서로 상충하는 요구, 즉 전자의 경우는 인민전선에 자극을 받은 개혁을, 후자의 경우는 현상 유지를 주장했다.

그랑 무프티는 바로 그 집회가 시작된 시간에 살해되었다. 그 결과 개혁파인 '진보서클'의 두 지도자 엘 오크비와 압바스 투르키가 체포되었고, 그로부터 거의 3년이 경과해서 재판을 받게 되었다.[21]

바로 이 무렵 『알제 레퓌블리캉』이 창간되어 카뮈가 나서게 된 것이다. 『알제 레퓌블리캉』에 게재된 그의 기사는 검찰의 취약점에 초점을 맞추었다. 다음과 같은 기사 제목에 사건의 전말이 담겨 있다.

검사 셰누프는 3년 동안
무프티 살인사건에 대해
알아낸 것이 없을 뿐 아니라
오히려 많은 것을 망각했다

유럽과 이슬람 교도 명사들이 어제 종교지도자 엘 오크비와 압바스 투르키 씨의 무죄에 대한 자신들의 확신을 강변했다. (1939년 6월 25일)

검찰 측은 엘 오크비와 압바스 투르키에 대한 근거 없는 고발을 취하했다. (6월 27일)

엘 오크비와 압바스 투르키의 무죄를 깨달은 형사법원은 그들에게 무죄를 선고했다.(6월 29일)

6월 25일자에 법정 증언을 요약하면서 카뮈는 다음과 같이 썼다.

증인 가운데 어느 한 사람도 엘 오크비가 누군가에 대해 증오나 모욕이 담긴 말을 발설하는 소리를 듣지 못했다. 그의 교리는 폭력을 거부했다. 그가 보기에 폭력은 약자의 징후일 뿐이었다. 언제나 사랑과 형제간의 우애를 설교해온 사람으로서 어찌 당연한 일이 아니겠는가?

뿐만 아니라 지적인 그는 언제나 프랑스 사상을 열렬하게 지지해왔다.

선의의 자유주의자였던 카뮈는 엘 오크비가 이 폭력적인 사건에서 무죄라고 믿을 수밖에 없었다. 그는 알제리 이슬람 교도의 비참한 상태에 공감하고 있긴 했지만, 그 당시 민족주의적 투쟁의 진정한 본질에 대해 알지 못했고 알 수도 없었다. 그럴 정도로 이슬람 교도의 사회에 발을 깊숙이 들여놓고 있지는 못했던 것이다. 왜냐하면 이 사건에서는 엘 오크비가 유죄이며 그가 그랑 무프티를 살해하기 위해 암살자를 고용했다는 것이 진실이기 때문이다.

카뮈의 견해에 따르면 엘 오크비가 살인 사건의 배후에 있다는 것을 확신하고는 있으나 증거를 찾지 못한 당국이 아무 죄도 없는 사람을 체포하여 살해를 지시했고 자백하도록 했다는 것이다. 그리고 이와 같은 검찰 측의 시나리오가 무너지면서 엘 오크비는 무죄 선고를 받았다.

엘 오크비 사건의 이런 뒤바뀐 시나리오가 처음으로 일반의 주목을 받게 된 것은 1970년 알제리 봉기운동인 민족해방전선의 프랑스 지부장 모하메드 레자위에 의해서였다.

레자위는 엘 오크비가 재판에서 이김으로써 역설적으로 민족 지도자로서의 경력에 종지부를 찍게 되었다고 주장했다. 그랑 무프티 암살이 총봉기로 이어지지 못했을 뿐 아니라 엘 오크비가 체포됨으로써 그의 지지자들이 겁을 먹고 활동을 중지했기 때문이라는 것이다.[22]

민족해방전선 민족주의자 동료인 아마르 우제간은 독자적인 폭로문에서, 엘 오크비가 적대감을 유발시켜 이슬람 교도들 사이에 봉기를 일으키기 위해 그랑 무프티를 살해했다는 데 동의하지 않았다. 엘 오크비가 개혁주의자이며 친프랑스주의자로서 프랑스 정책의 앞잡이(무의식적이긴 해도)였기 때문이라는 것이다.

그는 또한 정부로 하여금 한 걸음 물러서서 엘 오크비를 석방시키게 함으로써 카뮈는 반식민주의 투쟁에 가담한 것이며 따라서 그냥 속아 넘어가기만 한 것은 아니었다고 여겼다.[23]

오리보의 방화 사건은 패배한 사건이었다. 1937년 9월 농장 노동자 열 사람이 초가 오두막(고소장에는 "건물"로 표기되었다)에 불을 지른 혐의로 체포되어 5년에서 7년의 중노동형을 선고받았다.

『알제 레퓌블리캥』은 1939년 7월에 그 사건 항소심을 취재했다. 기자인 카뮈는 그들의 무죄를 주장하면서, 자백을 받기 위해 고문이 동원되었음을 폭로했다. 그는 "어떤 자유인도 이러한 수법에 직면하여 자신의 존엄을 보장받지 못한다"고 경고했다.

그렇지 않아도 이미 가혹하고 비참한 삶을 영위하고 있는 식민지의 불운한 주민들에게 그런 비열한 수법이 가해진다면, 이는 우리들 한 사람 한 사람에게 도저히 용납할 수 없는 개인적 모욕을 안겨주는 셈이다.

카뮈는 고문에 책임이 있는 자들을 기소할 것과, 농장의 임금제도에 대한 세인의 주목을 요구했다. 항소법정이 그 사건을 재심에 회부했을 때 카뮈는 평결의 서두에 쓰인 인습적인 표현, 즉 "프랑스 국민의 이름으로"라는 구절이 허위라고 반박했다.[24]

전쟁이라도 일으키자, 먹을 것을 얻게

알제리에서 정직한 보도가 얼마만큼 유용했는지는 모르겠지만, 산악지대에 사는 베르베르족의 경제·사회적 여건에 관한 카뮈의 조사는 큰 의미를 띤다.

『에코 달제』에서 한 특파원이 카빌리에 관해 묘사한 적이 있다.[25] 5월에 샤를로 출판사에서 『결혼』이 출간된 지 불과 며칠 후 피아는 그 빈민 지구에 대한 사실적인 보도를 위해 카뮈를 그곳으로 파견했다.

카뮈의 기사는 「카빌리의 비참」이라는 제목으로 사진과 함께 『알제 레퓌블리캥』 6월 5일자부터 연재되기 시작했다. 첫 번째 기사는 「누더기를 걸친 그리스」라는 제목이었고 부제는 "전쟁이라도 일으키자, 먹을 것을 얻게……"였다.

카뮈의 기사는 그 뒤 열흘에 걸쳐 실렸는데, 도심에 사는 독자들에게는 전혀 알려지지 않은 빈궁에 대한 생생한 묘사로 채워져 있다.

그 기사의 일부는, 그가 동시대 알제리에 대해 솔직하게 말한 적이 없다는 비평가들에 대한 반박으로 거의 20년 후 '알제리 연대기'라는 부제와 함께 『시사평론 3』에 수록되었다.

카빌리는 밀을 수입해야 하는데도 그 값을 치를 능력이 없는 인구 과밀 지역이었다. 그 지역에서 가장 좋은 땅은 이미 오래 전에 프랑스 이주민들이 차지했다. 자선만이 카빌리를 살아남게 해 주었다.

카뮈는 사실과 통계를 모으고 입수 가능한 식품의 종류와 분량, 학교의 종류와 부족한 정도를 나열했다. 이는 분명 현지를 실제로 탐방하고, 식민지의 희생자인 일반 서민들과 대담을 나눈 끝에 나온 결과였다.

법정 보도 때와 마찬가지로 그는 1인칭 대명사로 자신의 공분을 표현했다. 그리고 이때 처음으로 카뮈는 그 자신에게도 가치가 있는 중요한 주제를 다루었다. 카빌리에서 만난 한 친구와 함께 티지-우주가 내려다보이는 언덕을 올라갔을 때였다.

그곳에서 우리는 밤이 내리는 광경을 지켜보았다. 산으로부터 이 놀라운 대지로 내려온 어둠이 가장 무감각한 인간의 가슴에까지 휴식을 안겨주는 이 시간, 그럼에도 불구하고 나는 골짜기 맞은편 질 나쁜 보리로 만든 빵 한 조각을 에워싸고 모여든 이들에게는 평화가 없다는 사실을 알았다.

나는 또한 이 놀랍고 장엄한 저녁에 몰입할 수 있다면 더할 나위 없이 감미로운 일일 테지만, 맞은편 언덕의 모닥불로 대표되는 저 비참함이 이 세상의 아름다움을 가로막고 있는 장벽임을 깨달았다.

"자, 이제 아래로 내려가세." 친구가 말했다.

프랑스 영토의 빈곤을 폭로한다고 해서 나쁜 프랑스인이라고 할 수 있을까? 카뮈는 마지막 기사에서 그렇게 반문하고 있다. 그리고 그 반문에 대해, 프랑스는 정의로운 행동에 의해서만 개선될 수 있다고 답변한다.

왜냐하면 식민지 정복에 한 가지 변명거리가 있다면, 그럼으로써 정복된 국가의 국민들로 하여금 자신들의 특성을 유지할 수 있게 해준다는 정도일 테니까.

『알제 레퓌블리캥』의 이런 호전적인 선동이 총독부의 심기를 건드린 것은 분명하지만, 발행 부수를 늘리는 데는 도움이 되지 못했다. 대부분의 알제인들에게 『알제 레퓌블리캥』은 두 주요 일간지 가운데 하나를 보면서 가외로 구독하는 신문이었다.

신문사의 주주들조차, 적어도 일반 주주의 경우는 자기 신문의 이와 같은 우상 파괴에 경악했을 것이다.

과연 이슬람 교도의 자유에 대한 신문사의 강력한 주장이 알제 주민의 통례적 인식을 깨뜨렸을까? 그렇지는 않았다. 피아가 『알제 레퓌블리캥』에서 통상적으로 원주민들에게 쓰지 않던 "무슈"라는 호칭을 씀으로써 이슬람 교도들은 자신들이 조롱받고 있다고 생각했다. 일간지를 구독하는 이슬람 교도는 그보다는 두 경쟁지 가운데 좀더 보수적인 『데페슈 알제리엔』을 선호했다. 광고주들은 자신들의 상호가 좌파 일간지에 실리는 것을 꺼렸다. 영화관조차 자신들의 영화가 품위 있는 『데페슈 알제리엔』에 실리지 못한 경우에만 그 신문에 광고를 게재했다.[26]

물론 『알제 레퓌블리캥』은 카뮈와 그 친구들의 문화 활동을 보도할 지면을 할애했다. 카뮈는 『리바주』 창간호를 선전할 기회를 놓치지 않았고, 집단극장의 선언문을 게재하기도 했다. 그의 친구인 라피 일가가 간행한 잡지 『르뷔 알제리엔』 역시 그 지면을 통해 공표되었다.

실제로 예술 분야를 다룬 그 잡지의 1939년 발행분 두 호에는 카뮈의 기고문이 실려 있었다. 『르뷔 알제리엔』 1월호에는 400단어가 채 되지 않고 거의 알려져 있지 않은 카뮈의 산문시 「진정한 이야기」(Histoire vraie)가 실렸다.

계절의 변화에 대한 감동적인 성찰이 담긴 그 작품은 "1월이 되면 아몬드 꽃이 핀다"는 구절로 시작된다.

같은 호는 잔 시카르가 번역한 스페인의 철학자이자 에세이스트인 호세 베르가민의 고야론으로 시작되며, 또한 피에르 앙드레 에므리가, 건설자이자 주인이었던 인물의 이름을 본따 '마온 농장', 즉 미노르카 마옹의 농장이라 불린 그 지방 농장에 대해 쓴 논문 한 편도 수록돼 있다.

잡지 2월호에 카뮈는 「젊은 알제 연대기」(Chronique du Jeune Alger)를 기고했는데, 이 글은 같은 해에 출간된 『결혼』에 수록된 「알제의 여름」 부록으로서 조금만 바뀐 원고였다.

『데페슈 알제리엔』에 정기적으로 게재되었던 「늙은 알제 연대기」(Chronique du Vieil Alger)를 기억하는 독자도 있다.[27] 『르뷔 알제리엔』 같은 호에는 집단극장의 「서부의 난봉꾼」에 대한 공연 예고도 실려 있다.

마지막 공연

그 무렵 집단극장은 마지막 작품이 될 공연을 앞두고 있었다. 열성 어린 단원들은 그것이 마지막 작품이 될지는 몰랐지만 말이다.

전쟁을 몇 달 앞둔 불안정한 정치 상황에 이어 전쟁이 일어나면서 극단을 부활시키려는 노력에도 불구하고 연극 활동은 종지부를 찍게 되었다. 이 최후의 노력에서 배우들을 한데 모으는 일조차 쉬운 일이 아니어서, 카뮈는 『알제 레퓌블리캥』와 『리바주』를 동원해서 자원할 것을 호소했다.

1939년 3월 31일과 4월 2일로 예정된 두 차례 공연을 앞둔 며칠 사이에 적어도 『알제 레퓌블리캥』의 독자들만큼은 다가올 공연을 모르는 체하기가 어려웠다. 카뮈는 그 신문을 읽지 않는 사람들을 위해 빨갛고 까만 볼드체로 다음과 같은 포스터를 붙였다.

『리바주』의 연습극단인 집단극장 공연
3월 31일 금요일, 오후 9시
4월 2일 일요일, 오후 4시

살레 피에르 보르드

「서부의 난봉꾼」

아일랜드 희곡작가
존 밀링턴 신지의 걸작

3막짜리 냉소 익살극

좌석권 – 8프랑, 12.50프랑, 15.50프랑
예매처: 뷔고드 광장, 뢰브르 모데른, 샤라스 가 2번지, '진정한 보물'
'집단극장의 친구들' 회원에게는 15퍼센트 할인

리허설은 자식들 중 두 명이 단원이던 화가 아르망 아쉬의 스튜디오에서 일요일 오전마다 열렸다. 브르송 광장의 건물 맨 위층에 있는 그 아파트에는 거리와 항구, 그 너머로 만이 보이는 테라스가 딸려 있었다.

이곳에서 카뮈는 오랑 출신의 아가씨를 친구들에게 소개했다. 그녀는 모두를 웃는 낯으로 대했다.

당연한 일이지만 카뮈는 프랑신도 극의 한 역을 맡을 수 있을지 시험해보았다. 그녀가 대사를 읊을 때가 됐을 때 카뮈는 그녀에게 시선을 고정시켰다. 한 친구는 그것이 애정과 "초심자의 역량에 대한 자랑스러운 인정"이 담긴 눈길이었다고 증언했다.[28]

카뮈는 이 연극에서 아버지를 살해했다고 주장하는 청년 크리스티 마옹 역을 맡았다.

첫 번째 공연은 카뮈가 오당 재판에 대한 최종 기사를 보도한 지 불과 일주일 후, 그리고 프랑스 국내에서 북아프리카인에 대한 차별적인 사회보장 혜택에 관한 연속 기사가 실리기 직전에 열렸다. 여느 때처럼 에므리와 미켈이 무대장치를 꾸몄다.

『르뷔 알제리엔』의 평가는 다소 비판적이었다. "이따금씩 튀어나오는 불완전한 어투와 배우들의 모든 노력을 수포로 만든 공연장의 음향 상태 때문에 관객들은 이 탁월한 번역 작품의 진수를 맛보기 어려웠다."

그리고 평자는 설혹 집단극장이 이 걸작을 프랑스어로 소개하는 것 이상의 역할밖에 하지 않았더라도 그것만으로도 충분한 갈채를 받을 만하다고 했다. "그러나 연극에 집중한 성실한 관중들의 존재는 젊고 활기차고 독립적인 극장의 이러한 실험이 시도해볼 만한 가치가 있었음을 입증했다."[29]

이 기사 다음에는 극단의 다음 공연작 목록이 나오는데, 모두 제2차 세계대전 이후로 예정된 작품이었다.

11월 3일: 로저 비트락의 『트라팔가 작전』(*Le Coup de Trafalgar*)

12월 29일: 말로의 소설을 각색한 『인간조건』(*La Condition humaine*), 골도니의 『여관집 여주인』(*La Locandiera*)

1940년 3월 초: 자크 코포 번역의 『햄릿』

5월 초: 일상적인 언어로 새로 번역된 아리스토파네스의 작품.

『알제 레퓌블리캥』에 찬사일변도의 비평을 싣고 싶지 않았던 카뮈는 자크 외르공에게 대신 비평을 해주겠는지 물어보았다. 원칙적으로 카뮈 자신이 공연평을 쓰게 되어 있었지만, 그럴 수가 없었던 것이다. 피아는 그에게 비평을 맡을 친구를 구해보라고 했다. 카뮈는 외르공에게, 토요일 석간에 게재될 기사를 맡아주기만 한다면 무슨 이야기를 쓰든 상관없다고 말했다. 외르공은 그 청을 거절했다.[30]

그로부터 몇 주일 후 카뮈는 또 다른 아마추어 극단인 '대학극단'이 5월 20일 살레 피에르 보르드에서 공연한 장 콕토의 「끔찍한 기계」에 대한 평을 썼다. 여기서 그는 알제인들에게, 그들에게는 단순한 통속극 이상의 것이 있음을 상기시켰다. 그 극단에 호의를 품고 있긴 했어도 카뮈는 연극인의 눈으로 이 아마추어 극단의 공연을 엄격하게 비평했다. 그는 연출의 부재를 유감으로 여겼다. 그리고 몇 가지 기술적 조언을 하고 난 뒤 독자들에게, 음향의 질이 열악한데다 지나치게 큰 공연장이 젊은 배우들에게 적합하지 않았다는 것을 상기시켰다.

어쨌든 이 비평들은 있는 그대로, 존경의 표시로서 받아들여져야 한다. 그리고 연극을 사랑하고 이바지하는 데는 돈이나 명성이 필요하지 않다는 사실을 입증해준 이 극단에 축하를 표해야 할 것이다.

카뮈는 같은 호에 훗날 친구가 될 이탈리아의 반파시스트인 이그나치오 실로네의 『빵과 포도주』 프랑스어 번역판의 서평을 썼다.

카뮈는 그 책을 진정한 의미에서 혁명적인 작품으로 평가하면서, 이 작품이 혁명론자의 의혹에 찬 고뇌를 표출한 것으로 규정했다. 요컨대 실로네의 주인공은 "자신이 사람들에 대한 애정을 희화화한 바로 그 이론 때문에 실제로 자신이 사람들로부터 유리된 것은 아닌지"를 의심하고 있다.

카뮈는 그것을 자신이 공산주의자들과 거리를 둔 데 대한 정당화로 받아들일 수 있었다. 예술적 질이 결여된 혁명적 작품은 존재하지 않는다. 다시 말해서 말로가 "증명하려는 의지"라고 불렀던 것과 말로의 『인간의 조건』 사이에 중도는 존재하지 않는다.

어느 날 카뮈는 에마뉘엘 로블레의 조그만 방을 찾아갔다. 한때 호텔의 욕실이었던 그 방은 로블레가 휴가를 나올 때 글을 쓰기 위해 알제 도심에 세 낸 곳이었다.

카뮈는 로블레에게, 노동계층 거주지에 살면서 겪은 일을 격주마다 칼럼으로 써달라고 부탁했다. 또한 『알제 레퓌블리캥』의 석간판이었다가 나중에 조간을 대체하게 될 『수아르 레퓌블리캥』에 연재할 소설도 부탁했다. 로블레는 욕실을 개조한 그 방에 틀어박혀서 끈기 있게 『마옹 광장』을 집필했다. 이 작품은 훗날 『천국의 골짜기』라는 제목으로 출간되었다.

당시 군인이었기에 본명을 쓸 수 없었던 로블레는 『알제 레퓌블리캥』에 글을 게재할 때는 에마뉘엘 셰느라는 필명을 썼다. '셰느'는 프랑스어로 참나무라는 뜻인데, 그의 본명 '로블레' 역시 스페인어로 참나무를 의미했다. 그는 또 페트론이라는 필명도 사용했는데, 사람들은 그 필명이 카뮈의 것인 줄로 알았다.[31]

로블레는 또한 『알제 레퓌블리캥』 편집진과 함께 범죄 연재소설 『미슐레가의 미스테리』 집필에 가담했던 일도 기억했는데, 그 작품은 작가들이 교대로 1회분씩 맡아서 쓴 것이다. 그런데 작가 중 하나가 질베르트라는 인물을 죽였는데, 다른 작가들은 그녀가 죽었다는 사실을 까맣게 잊고 후속 연재분에 계속해서 등장시켰다. 독자들의 항의가 신문사에 날아들었다.

그 당시 사단 참모의 비서로 복무하던 로블레는 상관들에게서 호평을 받지 못하고 있었다. 그런데 카뮈가 그의 근무지로 전화를 걸어 어느 하사관에게 이렇게 말했다. "여긴 『알제 레퓌블리캥』입니다. 로블레 이등병에게, 혹시 그가 우리 신문을 읽었는지,

그리고 질베르트 부인의 살인 사건에 대해 무슨 할 말이 있는지 알아봐주시겠습니까?"

로블레는 전화를 넘겨받고는 "나는 그녀를 죽이지 않았어"라고 말했는데, 그건 사실이었다. 전화를 끊은 로블레를 모든 장교들이 군법회의 때 감도는 침묵에 잠긴 채 쳐다보고 있었다.[32]

스페인 내전에서 부상을 입고 돌아온 로베르 나미아 역시 『알제 레퓌블리캥』에서 일했다. 그는 기사를 모두 쓰고 나면 카뮈와 함께 학생식당에서 옛 친구들과 어울리다가 인쇄할 시간에 다시 신문사로 돌아오곤 했다. 어느 날 카뮈가 『칼리굴라』 원고를 읽어보라고 건네주기도 했다.

한번은 나미아가 어부들의 파업을 취재하러 파견되었다. 그는 트롤 어선에서 닷새를 보내고 나서 첫 번째 연재 기사가 될 원고를 썼다. 그것을 읽어본 카뮈는, 그 원고를 『알제 레퓌블리캥』이 아니라 『리바주』에 게재하고 싶다고 말했다.[33]

그 신문사에서 일할 당시의 카뮈에 대한 또 하나의 에피소드는, 카뮈와 잠깐 스치듯 만난 다른 직원에게서도 들을 수 있다. 알제 초등학교 교사였다가 파업에 참가했다는 이유로 정직당한 로랑 프레지오시는 『알제 레퓌블리캥』에 취직하여 학교에 복귀할 때까지 6개월 동안 근무했다.

프레지오시는 통신사 기사를 고쳐 쓰는 일을 담당했는데, 다른 일에도 능했다. 발행인인 포르는 매일 밤 그에게 발행 부수가 적힌 밀봉된 봉투를 맡기곤 했다. 그러면 프레지오시는 그 봉투를 지하실로 가져가 인쇄공에게 건네주었다. 그런 다음에는 대기하고 있던 트럭에 신문이 실리는 것을 감독했다.

그는 노동자들이 카뮈를 숭배하고 있다는 사실을 알고 있었고,

그들 대부분이 공산주의자라는 것도 알고 있었다. 프레지오시 자신은 공산주의자들에게 '증오의 대상'이며 마르소 피베르가 창설한 사회주의노동자농민당(PSOP)이라는 좌파 혁명당 소속이었다. 프레지오시의 친구인 피베르는 그에게 당 기관지를 배포하라고 말하곤 했다.

어느 날 저녁 프레지오시는 조판실로 들어가 사람들에게 기관지를 건네기 시작했다. 그는 프랑스노동총동맹의 간사이며 사회당(SFIO) 당원으로서 『알제 레퓌블리캥』에서 정기적으로 발행하는 노조소식지를 조판하고 있던 한 직원에게도 신문을 건네주었다. 그러자 그는 그 신문을 보란 듯이 땅바닥에 팽개쳤다.

그런데 같은 방 조판대에서 일하고 있던 카뮈가 그 광경을 보더니 프레지오시에게 신문 한 부를 달라고 했다. 그것을 들여다보던 카뮈가 큰소리로 그 신문을 정기구독하고 싶다고 말했다. 프레지오시가 구독 신청서를 내밀자 카뮈는 빈칸을 메웠다. 프레지오시는 그때의 일을 표현의 자유에 대한 카뮈의 절대적인 존중으로 받아들였다.[34]

16 1939년 9월

전쟁이 터졌다. 전쟁은 어디 있는가? 믿을 수밖에 없는 뉴스와
읽을 수밖에 없는 포스터를 제외하면 그 부조리한 사건의 징후를
언제 볼 수 있다는 것인가? 전쟁은 푸른 바다 위의 하늘에도,
또렷한 매미 울음소리에도, 언덕 위의 편백나무숲에도 없다.

• 『작가수첩 1』

때때로 세상은 북아프리카 연안으로부터 실제 거리보다 멀리
떨어진 듯이 보이곤 했다. 『알제 레퓌블리캥』에 실리는 사건들은
지방 소식일 수밖에 없었고, 당시 유럽에서 발발하고 있던 끔찍
한 일들은 이곳에서는 흡사 소음기를 통과한 듯 대수롭지 않아
보였다.

이번에도 사건의 진상은 실제와 달랐다. 알제리는 프랑스 영토
였고, 프랑스는 유럽의 최전선 국가였으며, 조만간 다시 전쟁터
로 변했다. 알제리는 다음 전쟁 때 수많은 보병을 공급하게 된다.
막대한 물자뿐 아니라 개인의 자유라는 면에서 볼 때 식민지 정
부 체제에서는 본토 프랑스보다 알제리가 더 큰 희생을 치렀다.

예를 들면, 전쟁이 발발하기 몇 주 전인 1939년 7월, 총독부는
이미 메살리 하드지의 알제리 인민당과 알제리 공산당의 활동을
금지시켰는데, 프랑스 내의 공산당은 전쟁이 선포되고 난 후에야
활동이 금지됐다. 알제리는 민주 프랑스의 일부라기보다는 군사
적 행정구로 관리되었다.

알베르 카뮈는 『알제 레퓌블리캥』 1939년 8월 18일자에서 다

음과 같은 예언자적 진술로서 알제리 인민당에 대한 탄압에 항의했다.

알제리 인민당이 늘상 공격을 받아왔음에도 불구하고 지금껏 그 세력이 어느 정도 증가세를 보였다는 점을 감안할 때 이들을 기소하는 자들의 무지는 놀랄 정도다.

알제리 민족주의는 그에 대한 박해 덕분에 오히려 융성해지고 있다. 따라서 오늘날 인민당이 대중들로부터 얻은 크고 깊은 신뢰가 전적으로 이 나라 고관들의 덕분이라고 해도 결코 틀린 말이 아닐 것이다. 알제리 민족주의를 중단시킬 유일한 방법은 애초에 그것을 태동시킨 불평등을 제거하는 길뿐이다.

프랑스의 인민전선조차 남으로 이동하면서 어느 정도 손실을 경험했다. 그러나 지중해 양안에서 사회적 관심을 가진 대부분의 프랑스인들에게 인민전선은 이제 그 의미 대부분을 상실한 상태였다.

진정한 사회주의–공산주의 동맹이라는 의미에서 볼 때 어쩌면 인민전선은 한 번도 실재한 적이 없었을지도 모르겠다.

비록 의회에서는 정부를 지지했을지 몰라도 공산주의자들은 결코 블룸 정부에 참여하지 않았기 때문이다. 그리고 블룸 내각은 산업혁명 이후 노동계급에게 최초로 인간다운 접근을 한 것으로 평가되는 사회보장과 주 40시간 노동, 유급 휴가 등을 포함한 프랑스식 '뉴딜 정책' 등 찬사를 받을 만한 사회 개혁을 했지만, 포위 공격을 받고 있던 스페인 공화당 정부의 지원 요청을 거절함으로써 국제 사회에서 모든 신망을 잃고 말았다.

1938년 10월 인민전선파의 『알제 레퓌블리캥』이 창간될 무렵 블룸이 실각하고 달라디에가 집권했다. 창간호 발행을 불과 일주일 앞둔 시점에서 달라디에 수상은 뮌헨에서 체임벌린, 히틀러, 무솔리니 등과 함께 히틀러의 체코슬로바키아 침략을 허용하며 사실상 그 영토에 대한 점령을 정당화시켜주는 협정에 조인했다. 그 과정에서 체코인들의 의견은 철저히 무시되었다.

부조리 3부작

이 시기의 알베르 카뮈와 친구들의 삶을 들여다보면 마치 엉성하게 만든 영화처럼 보인다. 화산 언저리에서 누리는 태평스럽고 낭만적인 삶이나 지진 전야의 파티장에 비유할 수 있을 것이다. 알제리가 최전선과 멀리 떨어져 있었기 때문이다.

예를 들면 1939년 7월의 카뮈는 아직 미래라는 것이 존재한다고 믿고 있었다. 프랑신 포르와 함께 최초의 그리스 여행 계획을 짜기 시작했던 것이다. 냉혹한 법원 출입 및 경찰서 취재, 신문사 야간 근무에 지친 그는 알제리에서 그리스까지 가는 사흘 동안의 해상 여행에, 그 침묵의 낮과 밤을 보낼 생각에 들떠 있었다.[1]

오랑에서 프랑신을 만나고 돌아온 그는 여전히 여행 계획에 들뜬 상태에서 그녀에게 배낭을 사라는 전화를 걸었다. 카뮈는 현실적인 측면에서 자신들이 그리스에서 불편을 참으며 여행하게 되리라는 것을 염두에 두고 있었다.[2] 그의 비현실적인 측면은 그리스의 고전들, 주로 신화와 전설에 관한 책들을 다시 읽는 데 골몰하고 있었다. 그가 8월에 쓴 일기는 하루치만 빼고는 모두 고대 그리스에 관련된 내용이다.

그는 또한 이 아름다운 여자와 함께 그리스로 간다는 것은 십중 팔구 결혼까지 의미하는 것임을 깨닫고 그때까지 방치해두었던 시몬 이에와의 이혼을 추진하기 시작했다.

카뮈는 여전히 틈만 나면 피쉬 별장의 수수한 나무 식탁에서 고양이 칼리와 굴라를 동무삼아 글을 쓰고 있었지만, 잠자리가 어딘지는 크게 문제 삼지 않았다. 줄곧 비좁은 독신자용 숙소들을 쓰고 있긴 했지만 기회가 주어질 때마다 좀더 안락한 친구 집에서 자곤 했다.

그는 그리스로 떠나기에 앞서 스튜디오 아파트 생활을 그만두고 리옹가의 어머니 집으로 돌아갔다.[3] 이후 그리스로 떠나지 못하게 되자 에드몽 샤를로가 쓰다가 전쟁 발발과 함께 입대하면서 내놓은 가구 딸린 조그만 아파트의 열쇠를 건네받았다.

샤를로가 9월에 징집되자 그의 아내가 서점을 운영했으며, 카뮈는 신간을 주문하는 데 조언을 해주기 위해 서점을 들락거리곤 했다. 샤를로가 돌아오자 카뮈는 다시 그를 위해 원고를 검토하기 시작했는데, 카뮈가 프랑스에 체류하고 있을 때 그 보수는 카뮈의 어머니나 프랑신 앞으로 지급되었다.[4]

카뮈가 피쉬 별장의 식탁이나, 공동숙소 또는 세냉 아파트, 그리고 샤를로의 서점이나 조용한 카페에서 한 일은 사실상 세 편의 '부조리', 즉 『이방인』과 『시시포스의 신화』, 『칼리굴라』를 동시에 쓰는 것이었다.

이제 소설을 어느 정도 쓴 카뮈는 크리스틴 갈랭도에게, 세 권의 책이 자신의 '필생의 작품'이라고 부를 만한 작업의 제1단계를 구성한다고 말했다. 신문사로부터 2주간 휴가를 얻은 그때 그가 전적으로 매달린 작품은 『칼리굴라』였으리라. 남는 시간은 수영을 하면서 지냈다.

카뮈는 1939년 7월 25일 정도에 희곡의 초고를 완성시킨 것으로 보이는데, 그는 훗날 자신이 그 희곡을 1938년에 썼다고 회상했다. 그 작품의 성공에 큰 의미를 부여하고 있었음에도 작품이 별로 마음에 들지 않은 카뮈는 크리스틴이 다시 타이핑할 수 있도록 손으로 원고를 개작하기 시작했다.

그러나 원고를 다시 읽어본 카뮈는 아직 원고를 타이핑할 상태가 아니라고 판단했다. 그는 계속해서 8월에도 그 작품에 매달려 내용을 단순화시키고 자신이 투명성(또는 신랄함)이라고 여기는 점을 보강했다. 그는 그 작품이 자신을 충실하게 반영하고 있다고 여겼다.

알제에 있는 그에게도 전쟁이 닥치자 그는 원고를 우편으로 크리스틴에게 보내기를 주저했다. 자신의 필적을 해독하지 못한 검열관들이 이를 스탈린이 히틀러에게 보내는 편지쯤으로 판단할까 두려웠던 것이다. 이제 『칼리굴라』 원고는 너무나 소중해져서 그런 모험을 할 수 없었다.[5]

실제로 다시 한 번 개작을 거친 그 희곡을 크리스틴이 타이핑한 것은 1942년의 일이다. 그 작품은 판을 거듭하고 공연할 때마다 개정을 반복했는데, 그 때마다 작가의 현재 프로필을, 그의 인생사뿐만 아니라 그의 조국과 세계가 겪은 사건들을 반영했다. 『칼리굴라』의 '결정판'은 아마도 1958년판일 테지만, 작가의 갑작스런 죽음 때문에 최종판은 나올 수 없었다.

『칼리굴라』 중의 부조리는 과장이나 희화화될 여지가 있다. 이야기의 소재인 카이사르의 생애와 수에토니우스가 기록한 전설, 그리고 매춘부들과 장난친 이 변덕스럽고 전제적인 황제의 이야기는 현대 작가에 의해 부조리의 관념에 적합하게 형상화될 수 있었다.

그러나 3부작의 두 번째 그림이 될 소설은 현대식 문체를 취할 수밖에 없게 된다. 사실상 그 작품은 현대 미국소설에서, 즉 헤밍웨이와 스타인벡, 콜드웰, 제임스 M. 케인 등의 소설에서 나온 것이다. 카뮈는 이러한 형식 선택과 미완성 소설 『행복한 죽음』의 운명을, 자신의 우호적인 스승들보다 훨씬 확고하게 결정지어버렸다.

그러니 『이방인』 중에서 얼마 만큼이 그해 여름 알제와 오랑의 해변과 관계가 있는 것일까? 또는 비속한 어투를 구사하고 거칠게 행동하는 피에르 갈랭도와의 교제와 관계가 있는 것일까? 한때 『냉정한 인간』이라는 제목으로 불리기도 했던 이 소설의 분위기는 갈랭도와 딱 들어맞아 보인다.

로블레가 대여문고에서 책을 빌리려고 샤를로의 '진정한 보물'에 갔다가 위층의 발코니 책상에 앉아 글을 쓰고 있는 카뮈를 보았던 때는 1938~39년 겨울이었다. 그들은 함께 학생식당으로 술을 마시러 갔는데, 바로 그때 그곳에서 카뮈가 자신이 쓰고 있는 소설을 언급했다.[6]

일설에 의하면 카뮈가 어느 날 루이 베니스티와 함께 한 카페에 앉아 있는데, 보헤미안 기질의 3류 화가 소뵈르 갈리에로가 다가와 인사를 나누었다고 한다. 갈리에로의 모친이 얼마 전 세상을 떠났다는 사실을 안 그들은 그를 가엾게 여겼다. 그때 갈리에로는 그들에게 자신이 어머니를 매장하고 나서 여자친구와 함께 영화를 보러 갔다고 말했다. 그러자 카뮈가 베니스티에게 이렇게 말했다. "이제 『이방인』을 위한 두 번째 그림이 생겼군."[7]

만약 카뮈가 정말 그런 말을 했다면 피에르 갈랭도가 겪은 에피소드를 첫 번째 그림으로 생각하고 있었을 것이다. 갈랭도 부부는 오랑에서 9킬로미터가량 떨어진 부이스빌 해변에 다른 부부와 함께 빌라 한 채를 세내어 살고 있었다.

어느 날 한 아랍인이 다가와 친구의 부인에게 치근거렸다. 친구가 그것을 막았다. 그리고 벌어진 싸움에서 친구는 칼 때문에 입가에 상처를 입었다. 친구는 갈랭도의 권총을 빌리러 빌라로 돌아왔고, 두 사람은 함께 그 아랍인을 찾아 나섰다. 그들은 아랍인을 발견했지만, 총을 쏘지는 않았을 것이다.[8] 당시 이런 사건은 해변에서 흔히 일어났다고 그 지역에 살던 한 주민은 말했다.

물론 『이방인』은 갈랭도에 '관한' 소설도, 갈리에로에 '관한' 소설도 아니며, 뫼르소가 아랍인을 죽이고 나서 받게 되는 사형선고에 '관한' 소설도 아니다. 왜냐하면 알제리의 사회·정치적 풍조에서 볼 때 그것이 이 작품에서 가장 사실적인 요소라고 할 수 없기 때문이다. 실제로 사소한 다툼 끝에 해변에서 아랍인을 총으로 쏜 카뮈의 '이방인'이 사형선고를 받은 것은 중요하게 여겨야 할 문제들을 중시하지 않고 무관심하게 대한다는 이유 때문이다.

카뮈는 자신의 일기에, 『이방인』에는 세 사람이 있는데, 그들은 피에르 갈랭도와 그의 누이 크리스티안, 그리고 자신이라고 적었다. 그 소설은 부조리에 '관한' 작품이다.

카뮈가 그 원고를 장 그르니에에게 보여주었을 때 그르니에는 그 작품에서 카프카를 발견했으나, 카뮈는 그 작품을 쓰는 데 카프카는 필요하지 않았다고 대꾸했다. 그는 『알제 레퓌블리캥』에 근무하는 동안 풍부한 법정 경험을 얻었던 것이다.

카뮈의 주인공은 규정되지 않은, 거의 허깨비나 다름없는 존재처럼 보이지만, 작가는 이 인물에 큰 가치를 부여했다. 카뮈는 『이방인』의 미국판 서문에서, 일찍이 자신이 시도했던 요약문을 환기시키며 다음과 같이 말했다. "우리 사회에서는 자기 어머니의 장례식에서 울지 않는 사람은 누구나 사형선고를 받을 각오를 해야 한다."

뫼르소는 게임을 하기를, 다시 말해서 거짓말하기를 거부한다. 실제로 뫼르소는 감수성이 박탈된 인물이 아니라 절대적인 진리에 대한 심오한 열정에 적극적인 인물이다.

대체로 그르니에는 보다 전통적인 카뮈의 다른 어떤 작품보다도 이 작품에 대해 부정적이었다. 아마 그르니에가 세상과 투쟁하는 카뮈에 공감하려면, 그리고 카뮈의 주인공을 이해하려면, 또는 1939~40년 사이의 카뮈를 이해하려면 그와 함께 신문사에서 일을 해야 했을 것이다. 처음으로 그르니에는 제자와 소원해졌다. 이번만큼은 그 제자도 『행복한 죽음』 때 그랬듯이 원고를 서랍 속에 처박지 않았다. 이제 혼자 힘으로 해나갈 만큼 확신이 있었던 것이다.[9]

이는 충분히 예상할 수 있는 일이다. 카뮈는 그해 여름부터 겨울 동안 알제에서, 그리고 1940년 초봄을 파리에서 보내면서 『이방인』을 완성시켰다. 3부작의 세 번째 그림인 『시시포스의 신화』는 그보다 조금 더 오랜 시간이 걸렸다.

짐승의 통치가 시작되다

일견 모순에 가득 찬 듯이 보이는 카뮈의 입장은 1939년 9월

3일 전쟁포고와 함께 뚜렷해졌다. 그 당시 공산당은 전쟁에 반대했다. 소련이 얼마 전 히틀러 치하의 독일이 폴란드를 분할하는 데 동의했기 때문이었다. 스탈린은 그럼으로써 새로운 동맹자 히틀러가 거리낌 없이 서구의 국가들을 공격하는 동안 소련이 전쟁을 피할 수 있으리라고 여겼다.

그러나 물론 카뮈의 입장은 당의 태도에 자극을 받은 것이 아니었다. 그는 비폭력주의자였지만 사실상 평화주의자라고도 할 수 없었다. 그는 형과 모든 친구들이 군대에 소집되었을 때 건강 때문에 징병유예를 받았음에도 불구하고 입대하려고 애썼다. 그는 완전히 풀이 죽은 상태로 징병 사무실에서 돌아왔다. 또다시 입대를 거절당한 것이다.[10] 그때의 일은 일기에 다음과 같이 극화되어 묘사되었다. "이 친구는 아주 약하군. 입대시킬 수 없겠어" 하고 중위가 말했다. 거기에 카뮈는 다음과 같이 덧붙여놓았다. "난 스물여섯 살이며, 팔팔하고, 내가 원하는 바를 알고 있다."

그는 그르니에에게 말하기를, 자신이 입대하려 한 것은 그 전쟁을 용인했기 때문이 아니라 병을 방패로 이용하고 싶지 않았기 때문이며, 전쟁에 소집된 이들과의 연대감을 표하고 싶었기 때문이라고 했다. 카뮈는 자신의 행동이 전쟁을 용인하는 것을 넘어 뮌헨 협정을 지지한 것이라고 본 드슈젤르 같은 친구들과는 절교를 했다.

전쟁이 선포된 바로 그날 카뮈는 조소, 에므리와 함께 미슐레가의 한 식당에서 점심식사를 했다. 카뮈와 조소는 전쟁포고의 의미에 대해 격렬한 토론을 벌였다. 잘못된 이유로 싸워야 하는 부조리한 전쟁에 카뮈가 반대하자, 조소는 이것이야말로 반파시스트 전쟁이라고 맞받았다. 그 일이 있고 나서 조소와 카뮈는 오

랜동안 서로 말을 하지 않았다.[11]

카뮈의 신랄한 태도는 그런 논쟁 직후에 씌어진 것으로 보이는 일기로 미루어 짐작할 수 있다.

저항을 촉구하고 평화를 떠들던 모든 자들이 배신했다. 그들은 남보다 유순하고 더 떳떳치 못하다. 거짓말을 만들어내는 기계 앞에 있을 때 이상으로 개인이 외로움을 느낄 때도 없다. 그는 여전히 경멸할 수 있으며 그것을 무기로 사용할 수 있다. 멀리서 경멸할 권리라도 없다면 심판할 권리만큼은 남아 있으리라.

그는 9월 7일자 일기를 "짐승의 통치가 시작되었다"라는 문장으로 끝맺는다. 그리고 그 다음 일기는 이렇게 시작된다. "모든 이들의 가슴속에서 벌써부터 싹트기 시작한 엄청난 증오심과 폭력. 이제 더 이상 순수함은 존재하지 않는다. 짐승만 있을 뿐, 유럽인의 야수 같은 얼굴만 대면할 뿐이다."

전쟁은 『알제 레퓌블리캥』의 종말에 대한 예고이기도 했다. 이미 7월부터 군은 엄격한 검열을 선포함으로써, 피아와 카뮈 같은 개성 강한 편집자들로부터 충분히 예기할 수 있는 반발을 이끌어냈다.

실제로 그들의 무정부주의적 성향은 비슷했는데, 그것이 당시 두 사람이 그토록 협조할 수 있었던 이유일 것이다. 두 사람 모두 '개전 사유'가 터무니없었던 것만큼이나 뮌헨 협정이 말도 안 된다는 데 의견의 일치를 보았다. 체코슬로바키아나 스페인 때는 그러지 않는데 어째서 폴란드의 경우에는 참전해야 한단

말인가?

그들의 회의주의와 노골적인 이견은 검열관들과 말썽을 일으키는 원인이 될 수밖에 없었다. 그와 동시에 독자들의 상당수, 그리고 신문사의 이사회와도 말썽의 소지가 되었다. 전쟁 때문에 남아 있던 이사도 얼마 되지 않았지만.[12]

왜냐하면 애초에 사업을 시작했으며 그 동안 이 위태위태한 사업을 끌어안고 있던 사람 자신이 전쟁터로 빠져나갔기 때문이다. 총징집 때 장 피에르 포르는 군 면제를 받아 『알제 레퓌블리캥』에 계속 남을 수 있었지만, 그는 자신이 있어야 할 곳이 전선이라고 여겼다. 아무튼 『알제 레퓌블리캥』의 정치적 지향점으로서는 더이상 자유를 사수할 수 없게 되리라는 것을 깨달았던 것이다. 그는 예비역 장교로서 군단에 합류하여 튀니지로 파견되었다.[13]

검열과 자유

이전에도 신문사 형편이 좋지 않았지만, 이제는 악화일로로 치달았다. 광고는 크게 줄었고 주주들로부터 들어오던 기부금도 끊겼다. 봉급이 지급되기는 했으나 연체되기 일쑤였고 직원들이 입대한 자리는 메워지지 않았다. 피아 자신도 그때 이후로 거의 봉급을 받지 못했다.

알제리는 본토 프랑스에서보다 검열이 더 엄격했을 뿐 아니라 파리의 기자들처럼 그에 맞설 수단도 적었다. 총독부를 상대로 호소해볼 방도가 없었던 것이다. 군 장교 하나가 신문사에 와서 교정쇄를 읽었는데, 라디오 방송을 청취하고 쓴 기사까지 검열했다. 신문사에서는 전신이 막히자 이런 뉴스도 보도수단으로 이용하고 있었다.

검열관들은 독자들이 신문이 검열되고 있다는 사실을 알아차리지 못하도록 신문이 공백으로 발행되는 것을 원치 않았지만, 피아는 그런 요구에 응하지 않았다.

어느 날 검열관이 신문이 공백 투성이로 발행되는 데 대해 불만을 표하자 피아와 카뮈는 그 장교에게 공백을 채울 기명기사를 쓰라고 했다. 물론 그 제의는 거절당했다. 그러자 피아와 카뮈는 검열관들을 상대로 장난을 치기로 마음먹었다. 그들은 파스칼, 코르네유, 디드로, 위고 같은 이들의 고전들을 익명으로 게재함으로써 검열관들을 화나게 했다.

다른 한편으로 전쟁 때문에 인쇄와 배포에 더 많은 비용이 들어가게 되면서 『알제 레퓌블리캥』의 시외 지역 독자들이 떨어져 나갔다. 그러자 피아는 2페이지짜리 석간을 발행하여 거리의 신문팔이들이 판매할 수 있도록 했다.[14]

이렇게 해서 9월 15일 『수아르 레퓌블리캥』이 탄생했는데, 그 신문은 10월 28일이 되어 『알제 레퓌블리캥』이 신문용지 부족으로 문을 닫을 때까지 공존했다. 여기서는 카뮈가 편집장을 맡았다.

직원도 덜 필요하고 용지도 덜 들어가는 그 신문은 순수한 여론지였는데, 장난기 넘치는 피아와 카뮈는 얼마 지나지 않아 신문을 무정부주의 기관지로 만들어버렸다.[15]

실제로 『알제 레퓌블리캥』과 『수아르 레퓌블리캥』 모두, 적어도 편집자들과 공감하는 이들에게는 정보 제공처라기보다는 매일같이 받아보는 여흥거리가 되었다.

검열관을 골리는 이야기 하나. "사람이 말을 타면 언제나 말이 더 영리하게 마련이다."(앙드레 모루아의 글) 이것은 '그날의 생각' 중 하나였다.

또는 "인간은 자신의 권력을 이용하는 정도에 따라 판단된다. 열등한 인간들은 언제나 우연이나 우둔함에 의해 주어진 하찮은 권력을 남용하는 경향이 두드러진다."(이 글에는 "칼리굴라"라는 서명이 들어 있다)

여전히 이등병에 불과한 에마뉘엘 로블레스는 민간인 복장으로 신문사에 와서 재미있는 광경을 참관하곤 했다. 언젠가 카뮈가 신문사 구석자리에 박혀 있던 군 검열관들에게 이렇게 말했다. "여러분, 그건 몽테뉴가 쓴 거요. 이름이 생략됐을 뿐이지. 그것도 삭제해야 하오?"

한번은 "『수아르 레퓌블리캥』은 다른 신문과는 다릅니다. 『수아르 레퓌블리캥』은 언제나 여러분에게 읽을거리를 제공합니다"라는 슬로건이, 검열관이 모두 삭제하여 아무 내용도 실리지 않은 면 한복판에 덩그라니 실린 적도 있었다.[16]

또 한 번은 피아-카뮈 팀이 이런 식으로 검열관을 놀린 적이 있다. 그들은 그날의 슬로건으로, 처형당한 19세기 무정부주의자 라바숄의 다음과 같은 글을 선택했다. "스콤브로이드(물고기의 일종)를 막아라." 검열관이 사전을 달라고 하자 그들은 사전이 없다고 대꾸했다. 결국 그 자리는 다시 공백으로 남게 되었다.[17]

카뮈의 친구들마다 각기 좋아하는 이야깃거리가 있었다. 피에르 앙드레 에므리에 의하면, 검열관 하나는 예비역 장교였는데 교양이 별로 없는 건축가였다고 한다. 이 장교와 카뮈 사이에 벌어진 다툼은 굉장했는데, 검열관이 편집자의 상대가 될 수는 없었다.

한 번은 카뮈가 파스칼의 『시골친구에게 쓴 편지』에 나오는 한 구절을 게재하려 했는데 삭제당했다. 그는 장 지로두의 『트로이 전쟁은 일어나지 않으리』에 실린 헥토르의 연설을 제출했는데, 그것 역시 검열에 걸려 삭제당했다.

그러자 카뮈는 성난 어조로 그 장교에게, 파스칼의 말도 그렇지만 당신 상관의 말까지 삭제해도 되냐고 따졌다. 지로두는 프랑스 정부 내의 '정보부장'이었다.

이어서 카뮈는 자신은 군사 문제에는 간섭할 수 없지만 프랑스 문학만큼은 자기 소관이라고 말했다.

마지막으로 카뮈는, 건축가인 당신이 층계를 빼먹고 집을 짓는 사람인지 아닌지는 몰라도, 나는 내가 하는 일에 대해서만큼은 잘 알고 있노라고 했다. 그러자 장교는 얼굴을 붉히더니 카뮈에게 사무실에서 나가라고 명령했다. 나중에 에므리가 카뮈에게, 실제로 그 장교는 건축 중인 주택의 층계를 빼먹은 적이 있었다고 말해주었다. 카뮈는 그걸 몰랐던 것이다.[18]

카뮈에게 직장은 창조적 표현의 연습장이 되었다. 시간이 흐르면서 벵상 카파블, 장 뫼르소, 드모, 이레네 같은 가명들이 쓰였다. 한 연구자에 의하면 이런 가명은 기소를 피하기 위해서가 아니라 독자와 광고주들에게 신문사 직원이 실제보다 많다는 인상을 주기 위해서였다고 한다. 카뮈가 『알제 레퓌블리캥』과 『수아르 레퓌블리캥』에 동원한 무기들에는 패러디와 풍자 같은 것들이 포함되었다.[19]

카뮈는 보다 진지한 기사의 경우, 이를테면 1939년 9월 17일자 『수아르 레퓌블리캥』 사설 같은 기사에는 자신의 서명을 넣었다. 그 사설은 이렇게 시작된다. "좌파의 투사들이 절망할 이유가 이렇게 많았던 적도 없을 것이다."

그는 계속해서, 우리들 대부분은 1914년 이전의 인간에 대해 이해할 수 없었지만 지금은 이해할 수 있는데, 왜냐하면 이제 우리는 인간이 전쟁에 동의하지 않고도 전쟁을 일으킬 수 있다는 사실을 알게 되었기 때문이라고 썼다. "절망의 극한점에 이르면 무관심이, 그와 더불어 죽음의 감각과 맛이 나타난다는 것을 우리는 알고 있다."

이 마지막 문장에서 한 단어 또는 한 구절이 검열로 삭제되었다. 그 공백에는 '삭제'라는 글자가 표기되었다. 그는 11월 6일자의 「우리의 입장」이라는 사설에도 서명했는데, 거기서 검열관 때문에 생긴 공백에 의해 신문사의 입장이 오해받을 것을 우려했다. 그는 국민의 사기를 진작시키기 위해 자유를 빼앗는 것은 잘못이라고 주장했다. 영국의 예를 보면, 평화주의자가 공직을 얻으면 양심적인 자유가 인정된다고 했다.

카뮈는 자신을 제1차 세계대전 이후 체결된 베르사유 조약에 대한 항의자로 간주했으며, 독일에 대한 가혹한 조항과 거기에 명시된 유럽의 분할이 전쟁의 원인이라고 확신하고 있었다. 그는 전쟁의 와중에도 평화조약을 체결할 수단이 고려되고 있는지를 반문했다. 그는 히틀러가 의미하는 것과 다른 완전한 무장해제에 대한 국제협정에 희망을 걸었다.

독일 지도자의 요구에는 정당한 주장과 부당한 요구가 절묘하게 섞여 있는데, 지금까지의 국제 정책을 보면 오히려 정당한 요구가 거부당하고 부당한 요구가 받아들여졌다. 카뮈는 히틀러주의에는 반대하지만, 독일 국민이 굴욕감을 느껴서는 안 되며 부당한 요구는 거부되어야 하는 한편 정당한 요구는 허락되어야 할 것이라고 주장했다. 그는 진리를 옹호할 권리, 절망에 빠지지 않을 권리, 집단적 자살을 막을 가치관을 견지할 권리를 요구했다.

보수 언론의 공격에 대한 반박으로 피아와 카뮈가 서명한 「신념의 직업」에는 다음과 같은 선언이 포함되어 있다. "우리는 철저한 평화론자다. 우리는 상대가 설혹 공산주의자라 하더라도 그에 대한 정부의 기소와 전횡적 수단을 인정할 수 없다."

그러나 그 기사는 검열에 걸려 발표되지 못했다. 그들은 또한, 『수아르 레퓌블리캥』을 비판하는 다른 매체의 기사들 가운데 군 당국이 『수아르 레퓌블리캥』을 폐쇄시키고 싶어 한다고 주장하는 내용이 들어 있었는데, 이러한 주장은 검열에 걸리지 않고 게재된 사실을 의미심장하게 받아들였다. 『수아르 레퓌블리캥』 편집자들은 이미 자신들의 결의를 입증한 바 있다. 따라서 자신들의 행동과 글에 대해 언제든 답할 각오가 되어 있다는 소신을 밝히는 데 굳이 모욕까지 받을 필요가 없었다.

지면에 실리든 그렇지 않든 이런 기사들은 효과가 있었다. 당시 그 기사의 필자들은 분명 지지자들 대부분을 잃지 않은 상태였다. 카뮈의 충실한 친구 가운데 한 사람인 샤를 퐁세는 카뮈의 태도 때문에 그토록 힘들여 설립한 신문이 폐간되었음을 유감으로 여기는 소리를 들었다. 카뮈가 좀더 유연했다면 신문사가 살 수도 있었다는 것이다. 그리고 훗날 복간돼서도 공산당 기관지까지는 되지 않았으리라는 것이다. 그러나 카뮈는 타협하기를 거부했다. 퐁세는 이것을 카뮈의 스페인계 혈통 탓으로 돌렸다.

경찰서에서 그의 활동에 대한 고소장을 들었을 때 카뮈가 보인 행동은 흡사 돈 키호테를 연상시켰다고 한다. 그의 친구가 전해 들은 바에 의하면, 카뮈는 침착하게 경찰서 고소장에 포함돼 있

지 않은 수많은 혐의점들까지 열거했다고 한다.[20]

1939년 12월 28일 구도 군단장은 『수아르 레퓌블리캥』의 책임자에게 공문을 보내, 신문사가 담당 장교의 검열에 걸린 기사를 게재했을 뿐 아니라 12월 23일에 "무례하고 위협적인 어투로" 서한을 보낸 사실에 대해 불만을 표했다. 군단장은 이렇게 결론지었다. "이로써 본인은 견책을 표명하는 바이며, 차후 귀하에게 취해질 보다 심각한 제재조치라는 불이익을 당하지 않도록 당부하는 바이다."[21]

파리에서 알제리 복무를 위해 돌아와 있던 가브리엘 오디지오도 군 정보국에 근무하고 있었다. 그는 장교들이 선동적인 신문에 대해 불평하는 소리를 들었다. 그가 속한 부서 책임자는 카뮈에 대해 이렇게 말했다. "그 친구, 손 좀 봐야겠어."

군복을 입고 있던 오디지오는 카뮈와 직접 접촉할 수는 없었지만, 친구들을 통해서 조심하는 게 좋겠다는 말을 전했다.[22]

폐간된 신문

결정타는 그보다 높은 곳에서 떨어졌다. 포르가 군복무를 위해 떠나고 난 뒤 그의 사촌이며 동료인 자크 레그니에가 계속해서 주주를 대리했다. 주주들 대부분은 전쟁터에 나갔거나 아니면 마지못해 이 파괴적인 신문과 관련을 맺고 있었다.

총독은 남아 있는 이사진과 '우호적인' 회의를 가진 후, 그들에게 신문사의 문을 닫도록 종용했다. "빌어먹을, 우린 전쟁 중이란 말이오! 여러분의 애국심을 기대하겠소."

그러나 편집자들은 그렇게 간단히 자신의 자유를 단념할 준비가 돼 있지 않았다. 더 이상 신문용지를 구할 수 없는 날이 다가오자 피아와 카뮈에게는 검열관들조차 위협적인 존재가 되지 못했다. 그들은 자매지인 『오랑 레퓌블리캥』으로부터 얻은 신문용지로 그날그날 버텼으며, 지방 인쇄업자도 그들에게 용지를 얼마간 나누어주었다. 그러나 신문용지를 도저히 구할 수 없는 날이 오고 말았다.

총독부와 군 당국이 이 사실을 알았더라면 수고스럽게 신문사를 폐간시키려 하지도 않았을 테지만, 직원이 줄어든 총독부는 이제 신문사 내에서 돌아가는 일을 알려줄 첩자조차 두지 못하는 형편이었다. 피아와 카뮈가 검열관의 승인을 받지도 않은 채 최종호를 발행했다면 그것은 그들이 어쨌든 낼 수 있는 마지막 신문이라는 사실을 알고 있었기 때문이다.[23]

이윽고 1940년 1월 10일, 『수아르 레퓌블리캥』 사무실의 카뮈 앞으로 한 장의 통고서가 날아들었다. 알제 지사와 경찰 특수국 국장이 편집장인 그에게 신문이 정간되었음을 알리는 내용이었다. 경찰의 요구에 따라 카뮈는 그 통지서에 확인 서명을 해주었다.[24]

얼마 후 신문사 이사진이 소집되었는데, 카뮈에 대한 형식적인 불신임 결의서를 작성하기 위해서였다. 하지만 결의서를 카뮈에게 보내지는 않았을 것이다. 그 결의서의 내용은 다음과 같았다.

카뮈 씨는 『알제 레퓌블리캥』지 설립 당시부터 편집자로 참여하여 기자로서 도제 과정을 밟았다. 신문이 더 이상 발간되지 못했을 때도 감원 대상에서 제외된 그는 『수아르 레퓌블리캥』지 직원으로서 계속 근무했다. 요컨대 카뮈는 언제나 회사의 배려를 받아온 셈이다. 그러나 그는 모든 성향의 공화주의자를 결집시킨다는 신문사의 설립 목적과 모순되는 독자적인 방침을 굽히지 않았다.

이사회는 진작부터 판매가 격감함으로써 신문사 내부에서 제기된 문제들과 논설의 성격, 검열관들과 매일같이 벌어지는 갈등에 대해 잘 알고 있었다. 그리하여 이사회는 피아 씨를 통하여 카뮈에게 항의의 뜻을 전했으나, 카뮈는 이에 유의하는 대신 오히려 상황을 악화시키기만 했다. 공식 견책과 신문 몰수가 두 차례 이루어졌는데, 그러한 조치에 대해 피아와 카뮈는 이후로는 모든 검열 행위를 무시하겠다는 서한으로 답변했다.

이사회는 이러한 사실에 대해 전혀 고지받은 바 없다. 뿐만 아니라 정부에서 『수아르 레퓌블리캥』지를 정간시켰을 때 카뮈는 자신에게 그럴 권한이 없음에도 불구하고 마치 신문사가 자신의 소유인 양 통지서에 확인 서명을 했다. 이사회가 정간에 항의했을 때, 당국은 피아와 카뮈가 직원으로 남아 있는 상태에서는 신문을 복간시켜줄 수 없다는 뜻을 통고했다.

공식적으로 발표되지 않은 이 결의서의 내용은 다음과 같이 계속되었다.

이사회는 검열 때문에 신문에 게재되지 않은 기사들을 꼼꼼히 검토한 결과 카뮈가 신문사 후원자들의 견해와 완전히 다른 방침으로 석간지를 발행해왔다는 사실을 알게 되었다. 예를 들어 카뮈와 피아 두 사람의 서명이 들어 있고 "모든 당이 우리를 배신했다"는 무정부주의적 견해가 표명된 「신념의 직업」은 이

사회의 입장과 상반되는 글이며 전쟁 수행에도 유해하리라는 사실을 카뮈 자신도 알고 있을 것이다. 한 독자의 주장에 따르면 그 기사는 흡사 『수아르 레퓌블리캥』이 폐간되기를 바라는 것처럼 보였다고 했다.

결의서의 내용은 계속해서 다음과 같이 이어졌다.

이 어려운 시기에 신문사 이사진은 최악의 난관을 해결하면서 오직 사업을 존속시켜나가기만을 바랐다. 그런데 카뮈는 이사진을 돕기는커녕, 그 자신이 충실한 협력자가 되어야 할 의무가 있을 뿐 아니라 일자리를 보장해주었으며 헌신적인 시민들의 희생으로 살아남은 사업에 최후의 일격을 가하기 위해 혼신의 힘을 기울인 듯이 보인다.

현재 카뮈는 파리로 자리를 옮길 취지를 암시하고 있는데, 이는 그가 어째서 『수아르 레퓌블리캥』의 장래에 그토록 무관심했는지를 설명해준다.

이사진은 카뮈가 자의적으로 신문사를 폐간시켰다고까지는 말하지 않았지만, 현재의 상황을 야기한 책임이 그에게 있다고 여기고 있었다.

이 '심각한 과오'에도 불구하고 프랑스의 관료적 형식주의에 젖은 신문사 당국은 피아는 물론 카뮈에게, 『수아르 레퓌블리캥』이 폐간되는 날짜까지 임금을 지불하려 했다. 피아는 그 조건을 수락했으나 카뮈는 그 외에 보상금까지 요구했다. 그 문제는 법정으로 이어질 것으로 예상되었지만 실제로 법정까지 가지는 않

았다.[25]

피아는 이 비난문을 1940년 2월에 자신이 프랑스로 떠나고 난 뒤 남아 있던 서너 명의 이사와 직장 때문에 어쩔 수 없었던 직원 몇몇이 작성한 것이라고 추측했다.

피아는 이미 『수아르 레퓌블리캥』이 공식적으로 폐간되기 전부터 파리로 돌아갈 방도를 모색하기 시작했는데, 일정한 봉급 없이는 생활을 꾸려갈 여력이 없었기 때문이다. 그가 직장을 알아보기 위해 편지를 보낸 상대 중에는 옛 친구 장 폴랑도 들어 있었다.[26]

이 마지막 혼란기에 자리에 없었던 신문사의 원래 발행인 장 피에르 포르는 자신들이 그토록 수고해서 세워놓은 신문사의 물질적 존립에 카뮈가 무관심하다고 여긴 몇몇 사회주의자 이사진들이 카뮈에게 반발했으리라고 여겼다. 일례로, 훗날 반비시 저항 세력에 가담하고 신문사가 침몰하지 않도록 최선을 다했던 헌신적인 회계원은 신문의 폐간에 반대했을 것이다.

포르는 자신의 신문이 애초의 설립 취지대로 파시즘에 강력한 저항 세력이 되어보지도 못하고 폐간되었다는 사실을 유감으로 여겼다. 하지만 그는 『오랑 레퓌블리캥』처럼 아무 특징도 없이 신문사를 꾸려가느니 차라리 무정부주의적 성향을 이유로 폐간당하는 편이 더 나았다고 여겼다.

훗날 포르는 자신들이 기만당했다고 여기는 예전의 주주들과 만나게 되지만, 바로 '그들'이 복간된 『알제 레퓌블리캥』지를 공산주의자들의 손에 넘기자고 한 장본인들이었다.

왜냐하면 그 제호가 1943년 알제에 설치된 임시정부의 발의에 의해 부활되었기 때문이다. 포르가 참전을 선택하고 신문사의 운

영을 동료에게 넘김으로써 신문사는 공산당의 손아귀에 떨어지고 만 셈이다.[27)]

비록 그 사건들 자체는 격렬했지만 카뮈에게 상처를 남기거나 개인적인 작업을 방해하지는 않았다. 그는 세 권의 중요한 책을 동시에 준비하면서도 한편으로는 그보다 덜 야심적인 몇 가지 계획에 관심을 쏟았다.

예를 들면 『수아르 레퓌블리캥』지에서 검열관들과 싸우는 와중에도 프랑신 포르, 그리고 피에르 갈랭도와 다른 친구들을 만나기 위해 오랑으로 자주 여행함으로써 카뮈는 자신이 살고 있던 알제와 너무도 다른 그 도시에 대한 자료를 축적할 수 있었다.

그렇다고 해서 일단 책상 앞에 앉아 집필을 시작하면 보다 넓은 바깥 세상을 잊었다는 뜻은 아니다. 일기에 언급된 수많은 계획에는 언제나 반주처럼 붙어 다니는 내용이 있었다. 그가 거의 개인적인 모욕으로 간주하고 있는 전쟁에 대한 공포였다.

그는 니체의 책들을 읽으면서 자신이 원하는 행동 규범들을 찾아냈다. 예를 들어서 11월 29일, 그는 전적인 순결(성적인 순결, 사유의 순결)과 꾸준한 작업 습관에서 취할 점을 발견했다.

일기는 종종 비관에 빠지곤 했다. 그러나 아마도 『수아르 레퓌블리캥』에 게재할 논설문의 추고였던 것으로 보이는 「절망한 사람에게 보내는 편지」에서 그는 불특정의 절망한 사람에게, 당신에겐 아직 할 수 있는 일이 있다고 말하고 있다. "당신은 열 명, 스무 명, 서른 명의 사람들에게 이 전쟁이 과거나 지금이나 결코 숙명적인 것이 아니며, 이는 전쟁을 멈추게 하는 시도가 가능하다는 뜻임을 설득할 수 있다."

사람들에게 그 얘기를 들려주고 가능하다면 편지로 쓰고 필요하다면 큰소리로 외쳐라. 그리고 이 열 명이 다시 서른 명에게, 그리고 그들 각자가 또 다른 열 명에게 얘기하며 그 일을 반복한다면 어떨까.

『수아르 레퓌블리캥』지의 마지막 며칠 동안 카뮈는 가톨릭 선교 활동의 중심지인 그곳 성당의 이름을 따서 '아프리카의 노트르담'이라 불리는 동네의 큰 집에서 살고 있었다.[28] 그 동네는 '영사의 계곡'으로 알려진 매력적인 주거지였다. 바다가 내려다보이는 집은 편도나무들에 둘러싸여 있었다.

이곳에서 그는 짤막한 에세이 「편도나무 숲」(Les Amandiers)을 쓰기 시작했는데, 그 에세이는 니체에게서 얻은 교훈을 충분히 이용하면서 누구보다도 그 자신에게 시련기에 내적 평화를 얻는 법을 제시하고 있다. 이 글에는 나폴레옹에게서 얻은 교훈도 들어 있다. "결국은 정신이 칼을 지배하게 마련이다."

1940년 프랑스에서 완성된 그 에세이는 비시 정부에 대한 도덕적 저항을 호소하는 글로 보인다. 이 에세이는 『튀니지 프랑세즈』(La Tunisie Française) 1941년 1월호에 처음 발표되었다. 1939년 11월 노트에 나폴레옹의 언급을 기록했을 때, 그리고 영사의 계곡 편도나무 숲에 살고 있던 당시 카뮈의 상태에서 볼 때, 그 작품은 적국은 물론 자신의 조국이 무력을 사용하는 데 대한 포괄적인 비난으로 읽힌다.[29] 아직 카뮈를 반파시스트 투사로 보기에는 너무 이른 것이다.

신문사가 문을 닫게 되면서 파스칼 피아와 카뮈 두 사람 모두 직장을 구하기 시작했다. 2월이 되자 피아는 파리의 대중지 『파리 수아르』(Paris-Soir)의 부편집장 자리를 구했다.

이 무렵 카뮈가 처한 상황에 대해서는 온갖 이야기가 나돌았다.

그가 오랑에 은신해야 했다느니, 마치 위험인물을 전선으로 추방하기라도 하듯 프랑스로 추방됐다느니 하는 이야기들이다.

그런데 실제로 있었던 일은 남성들 대부분이 전쟁터로 나간 상태여서 직장을 구하기가 쉬웠을 것 같는데도 직장을 구하기 어려웠고, 겨우 구했을 때는 정부가 교묘하게 개입하여 그 자리를 빼앗아버렸다는 것이다.

입수할 수 있는 단편적인 증거들이 세부적인 부분에서 차이를 보이고 있지만, 한 가지 확실한 일은 어느 늙은 인쇄업자인 에마뉘엘 앙드레오가 월급 3,000프랑이라는 후한 보수로 카뮈를 채용했다는 것이다.

이 젊은이를 위해 뭔가 해줘야 한다는 딸 질베르트의 말을 들은 앙드레오는 잡지라는 편법을 고안하여 간행 준비를 하면서 카뮈에게 미국식 잡지를 표본으로 하여 시험적인 안을 내보라고 했다. 카뮈는 잡지 샘플을 만들었다.

하지만 앙드레오의 사업체 하인츠 인쇄소는 국민복권과 다른 공공 간행물을 인쇄하는 등 총독부와 적지 않은 거래가 있었다. 정부의 압력이 있었는지, 아니면 정부 측에서 돈을 주고 잡지 일에서 손을 떼도록 종용했는지는 몰라도 카뮈는 그 자리에서 밀려나고 말았다.[30]

그 결과 1940년 2월 중순에 그는 다시 오랑에 있었으며, 그곳에서는 프랑신이 카뮈와 그녀 자신을 위해 일자리를 알아보고 있었다. 카뮈는 그녀에게 신랄한 어투로 "차라리 내게 일자리를 주는 편이 좋을 텐데" 하고 불만을 토로했다.[31]

피아 역시 파리에서 카뮈의 일자리를 알아보면서 정기적으로 진척 상황을 알려주곤 했다. 카뮈는 크리스틴 갈랭도에게, 자신은 더 이상 선택의 여지가 없기 때문에 일자리가 있는 곳이면 어디든 갈 생각이라고 말했다. 2월 셋째 주에 카뮈는 다시 개인교습을 시작했다. 그 일은 직장을 구할 때까지 기다리는 데 충분한 수입원이 되었다. 피아가 파리에서 곧 일자리가 생길 것 같다고 말했던 것이다.[32]

2월 20일이 되면서 몇 가지 좋은 소식들이 있었다. 이혼 법정이 시몬 이에와의 결혼을 취소시켜주었던 것이다. 그 결정은 9월부터 효력이 발생하는데, 그 후에는 언제든 재혼할 수 있었다.

처음으로 프랑신과 만난 루이 미켈은 그녀가 아주 매력적인 여성이라고 생각했다. 그녀에게는 시몬 같은 성적 매력은 없었지만, 카뮈처럼 그녀 역시 '수줍은 성향'을 드러내 보였는데 그 점이 더할 나위 없이 매력적으로 여겨졌던 것이다.[33]

3월 초, 아마도 장 그르니에에 대한 무의식적인 경도일 테지만 ("나는 종종 홀로 낯선 도시에 도착하는 것을 꿈꾸곤 했다") 카뮈는 일기에 이렇게 썼다.

문득 이 어두운 방, 낯선 도시의 소음 속에서 갑자기 잠을 깨는 일의 의미는 무엇일까? 모든 것이 내게 낯설게 보인다.

이상한 일이지만, 고백컨대 실로 모든 것이 내게는 낯설기만 하다.

이제 모든 것이 명백한 이상, 어느 것도 기다리거나 삼가지 않으리라. 적어도 침묵과 창조를 완성시키기 위해 노력할 것. 다른 것은 내게 아무래도 상관없다.

17 파리 수아르

파리의 심장부 『파리 수아르』와 그 천박한 여점원 성향을 느낀다는 것…….
그 감상성, 생기와 자기만족, 인간이 무정한 도시에서
스스로를 방어하는 이 모든 끈적거리는 은신처.
• 『작가수첩 1』

1937년 가난하고 병약한 어린 여행자가 기록한 파리 인상기와, 1940년 기자로 일하면서 본 파리 사이의 대조는 인상적이다. 이와 관련된 텍스트는 1940년 3월자로 된 카뮈의 첫 파리 일기다.

알제에서 이름을 날렸으며 또래의 우두머리였던 젊은 카뮈에게 파리는 충격적인 고독을 의미했다. 하지만 그는 "가난한 방에서 1년간 혼자 지내는 법을 터득하는 일이 백년간 문학 살롱에 드나들거나 40년간 '파리지앵으로서' 사는 것보다 훨씬 많은 것을 가르쳐준다"고 확신했다.

아마 그 삶은 고되고 거칠며 일종의 고문, "그리고 언제나 거의 미칠 것 같은 삶"이었을 것이다. 그러나 파리에서는 재능이라는 것이 표출되거나 사라진다.

설혹 3월의 잿빛 하늘이 아니고 지루한 비가 내리지 않았더라도 그에게는 파리가 명랑한 도시로 보이지 않았을 것이다. 당시는 폭풍 전의 고요와도 같은 '전쟁 없는 전쟁'의 시기였다.

프랑스가 그 마지노선 뒤편에 숨어 있는 사이에 독일은 마음 놓고 폴란드를 점령하고 노르웨이를 침공하며 닥치는 대로 진격했다. 그리고 5월에 북해 연안의 저지대를 거쳐, 프랑스의 국방 체계를 와해시키며 프랑스로 진격했다. 5월 초까지 모든 저항을 분쇄한 독일군은 14일에 파리로 입성했다.

살아 있는 톱니바퀴

『파리 수아르』에서 직원들을 선발하려 하자 파스칼 피아는 주필 피에르 라자레프에게 카뮈에 대한 이야기를 꺼냈다.

피아는 카뮈가 그 업무를 감당할 수 있다는 것을 알고 있었으며, 그가 일의 종류에는 신경을 쓰지 않을 것이라고 여겼다. 피아 자신도 알제에서 프랑스로 돌아오면서 적어도 지위상으로는 강등되었기 때문이다. 알제 일간지의 책임자였던 그는 파리의 대규모 신문사로 자리를 옮기면서 그보다 하위직을 구할 수밖에 없었다. 하지만 사실상 그 당시의 피아의 일은 한직을 채우는 정도였다.

라자레프는 피아에게, 파리까지의 여비를 주지는 못하겠지만 카뮈가 바로 온다면 일자리를 주겠노라고 했다.[1]

3월 14일 오랑에서 그 소식을 접한 카뮈는 바로 그날 짐을 꾸려 파리로 떠났다. 3월 23일에 카뮈는 이미 파리에서 일을 하고 있었다.[2] 피아의 경우가 그랬듯이 십중팔구 그의 여비 역시 『알제 레퓌블리캥』지의 호의적인 이사진이 내주었을 것이다.[3]

알제리에서 기자로 일하던 젊은이에게는 『파리 수아르』라는 이 진기한 직장이 낯설기 그지없었다. 노련한 프랑스 기자라 하더라도 적응 과정이 필요할 정도였다.

프랑스 북부의 방직산업의 왕자라 할 수 있는 『파리 수아르』의 발행인 장 프루보스트는 20세기 프랑스의 언론왕으로 손꼽히는 인물로서, 심각한 내용 대신 범죄와 사건 보도를 포함한 재미있는 읽을거리를 제공하는 대중 일간지의 창시자 가운데 한 사람이다.

피아도 마찬가지지만 이는 카뮈가 혐오해 마지않는 종류의 저널리즘이었는데, 그럼에도 『파리 수아르』는 제2차 세계대전이 일어나기 전 몇 년 동안 매일 200만 부씩 판매되었다.

프루보스트는 『마치』(Match, 전후에는 『파리 마치』로 제호를 바꿈)와 여성 대중잡지인 『마리 클레르』(Marie-Claire)의 발행인이기도 했다. 1940년 레이노 전시내각의 정보장관이기도 한 그는 페탱의 비시 정부에도 잔류하게 된다.

『파리 수아르』라는 거대한 기계 속에서 알베르 카뮈 같은 신참은 조그만 톱니바퀴 하나에 불과했다. 실제로 그는 굳이 신문기사를 쓰는 일에 관계할 필요가 없었고, 그런 요청조차 받지 않았다.

프루보스트의 신문과 잡지는 '부편집장'이라는 자리를 만들어냈다. 편집진과 조판실의 중간 지점으로서, 기본적으로 조판실에서는 레이아웃과 조판을, 편집 업무에서는 교정쇄를 담당하는 자리였다.

부편집장의 일은 기사를 쓰지 않고 기껏해야 기사 제목을 줄이거나 고쳐 쓰는 정도였지만 과거의 기술직에 비하면 보수가 좋았는데, 시각적인 외형을 중시하는 『파리 수아르』 같은 일간지에서는 부편집장이 바로 신문에 대한 '시선끌기'를 감독하는 자리였기 때문이다. 그 자리는 2교대였는데, 한 명은 오전 6시경부터 이른 오후까지, 다른 한 명은 이른 오후부터 오후 6시까지 업무를 보았다. 교대 시간은 종종 바뀌곤 했다.

프루보스트는 당시 가장 재능 있는 언론인 중 하나였던 피에르 라자레프를 주필로 앉혔다. 다이아몬드 상인의 아들인 라자레프는 열다섯 살 때부터 신문사에서 일을 시작했다. 카뮈가 함께 일을 했을 무렵 그는 막 서른세 살에 접어들고 있었다.

라자레프는 『파리 미디』(Paris-Midi)의 기자로 일하다가 스무 살이 되던 1927년에 같은 신문사의 시정 보도를 담당했으며, 1937년에 『파리 수아르』의 주필이 되었다.

훗날 프랑스 언론사가 된 레이몽 마느비가 부편집장들을 담당했는데, 여섯 명의 부편집장 가운데는 피아와 카뮈를 비롯하여 다니엘 레니에프도 포함돼 있었다. 그들은 모두 미국식의 널찍한 뉴스 편집실에서 일했다.

부편집장의 직책상 카뮈는 조판실의 식자공과 교정자, 일반 노조 조합원들과 폭넓게 사귈 수 있었다. 그들의 눈에 카뮈는 그 직책에 넘치는 인물로 보였다. 그가 무엇을 하는 게 더 좋은지는 아무도 짐작 못 했지만 말이다.

인쇄실의 분위기에 잘 적응하는 듯이 보인 카뮈는 업무 시간 대부분을 그곳에서 지냈다. 인쇄공들은 그가 자신들의 조언을 귀담아 듣는다는 사실에 기뻐했다.[4]

피아는 카뮈에게 라비그낭가 몽마르트르의 어느 수수한 호텔을 찾아주었다. 그 호텔은 위아래 두 거리를 바로 연결해주는 층계 역할을 하는 조그만 광장에 면해 있었다. 바로 맞은편에는 여객선의 선실을 닮은 조그만 스튜디오가 미로처럼 얽혀 있는 보기 흉한 목조 건물이 있었다. 바로 그곳에서 피카소, 모딜리아니, 심지어 카뮈의 펜팔 친구였던 막스 자콥 같은 화가들이 작업한 적이 있었다.

호텔 방에는 욕조도 화장실도 없었고, 방으로 올라가는 층계는 어둡고 더러웠다.[5] 그곳에서 대여섯 주를 보낸 카뮈는 생 제르맹 데 프레 교회 바로 맞은편에 위치한 매디슨 호텔의 좀더 안락하고 그만큼 비싼 방으로 옮겼다.[6]

그는 장 그르니에에게 파리가 역겹다고 토로했다. 하지만 당장은 자신의 목적에 들어맞았기 때문에, 나중에 파리에 질릴 만큼 질렸을 때 그곳을 떠나게 된다. 그의 일기에는 울적한 파리에 대한 감상이 잔뜩 적혀 있다. "잿빛 하늘을 배경으로 서 있는 시커먼 가로수들과 하늘과 같은 빛깔인 비둘기 떼. 풀밭 속의 조상과 그 우울한 우아함."

그러나 한편으로 그는 엔리코 테라시니 부부 같은 사람들도 만날 수 있었다. 남편은 유대인 출신으로 이탈리아의 반파시스트 이주자이며 저널리스트에 작가였고, 부인은 알제리 유대계 부르주아지 출신으로 카뮈와는 오랫동안 친구로 지냈다. 그녀는 나중에 남편의 책을 번역하게 된다.

그녀는 알베르토 모라비아의 이탈리어 작품과 아서 케스틀러의 영어 작품 『요가 수행자와 인민위원』을 프랑스어로 옮기기도 했다.

이 부부는 도심지인 콩도르세가의 한 아파트에 살았는데, 그곳을 동료 이탈리아 이주민들을 위한 중계지로 쓰고 있었다. 그 아파트는 카뮈의 직장과 호텔 사이의 중간 지점에 있어서 카뮈는 그들 부부의 아파트를 자주 드나들었다. 그는 아파트에 들어서면 곧장 부엌으로 가서 "뭐 먹을 게 없나요?" 하고 외치곤 했으며, 그런 다음 눈에 띄는 식품 재료를 가지고 음식을 만들곤 했다.

테라시니 부부는 그와 함께 연극을 보러 다녔는데, 주로 몽마르트르에 있는 조그만 극장들을 찾았다. 그들이 본 연극 중에는 샤를 빌드라크의 「늑대 가루」(Le Loup Garou)도 있었다. 그때마다 카뮈는 무대장치와 연출에 대해 장황하게 논평하곤 했다. 실제로 그는 사람들 대부분에게는 별로 중요하지 않은 점들에 대해서만 논평을 했기 때문에, 친구들은 그 말이 단순한 빈정거림인지 아닌지 알 수가 없었다.

카뮈는 테라시니가 쓰고 있던 책의 서문을 썼는데, 이제는 다음과 같은 도입부도 손쉽게 나왔다. "이와 같은 망명 체험에서, 우리들 대부분도 그 향수를 맛보고 있다."

이것이 그의 일기에 남아 있는 유일한 문장이다. 전후 이탈리아로 돌아간 테라시니는 자신의 가족이 수용소에 수용되었다가 나치에게 살해되었다는 사실을 알게 되었다. 그는 은퇴할 때까지 이탈리아 외무부의 전권공사로 근무했다.[7]

또 한 사람의 부편집장이며 카뮈보다 2년 연하인 앙리 코클랭은 이 신입 직원 때문에 자기도 모르는 사이에 난처한 상황에 빠지고 말았다. 휴식 시간에 모두 둘러앉아 한담을 나누던 끝에 코클랭은 무심코 자신은 결핵 환자와는 함께 일하지도 식사를 하지도 않겠다는 말을 했다. 그때 누군가 탁자 밑으로 그를 걷어찼다. 레니에프였다. 레니에프는 나중에 그를 한쪽으로 데려가 그가 저지른 '실수'에 대해 일러주었다. 한 시간 후 용기를 내어 사태를 수습해야 할 처지가 된 코클랭은 카뮈에게 다가가 아까의 일을 사과했다. 그러자 카뮈가 말했다. "자넨 내가 파리에서 만난 사람들 중에서 이해할 수 있었던 최초의 인간이야."

고향 알제리와 너무도 다른 이 지하철의 냉혹한 도시에서 카뮈는 어쩌면 친구가 될 수도 있을 진정한 인간을 발견했던 것이다. 이후 두 사람은 자주 함께 외출을 했으며, 카뮈는 종종 코클랭의 집에 들러 스파게티를 먹곤 했다. 카뮈는 자신이 글을 쓰고 있다는 사실을 한 번도 입 밖에 내지 않았고, 글을 써야 하기 때문에 서둘러 집에 가야 한다는 사실을 암시하지도 않았다.[8]

한번은 피아가 카뮈를 영화의 시사회에 데려간 일이 있다. 말로가 전시(戰時) 바르셀로나에서 자신의 소설 『희망』(*L'Espoir*)을 원작으로 만든 영화였다. 시사회가 끝난 후 피아가 카뮈를 자신의 옛 동지인 말로에게 소개했다. 그러나 말로는 이 낯선 청년에게 거의 관심을 쏟지 않았다.

카뮈는 반파시스트 주간지 『뤼미에르』에 있는 피아의 친구들을 위해 두 편의 글을 써주었다. 첫 번째 글은 모리스 바레를 새롭게 조명한 것이고, 두 번째 글은 장 지로두의 리바이벌 작품 『옹딘』 (*Ondine*)에 대한 비평문이었다. 두 번째 글은 카뮈가 파리에서 몇 가지 연극을 접해보고 난 후 현대 연극 무대에 대해 쓴 최초의 글이기도 했다.

카뮈는 호텔방에서 『이방인』을 꾸준히 써나가고 있었다. 4월 초에 그는 원고 절반을 크리스틴 갈랭도에게 보내 타이핑시켰으며, 5월에는 일기에 작품을 완성했다고 기록했다. 그와 거의 동시에 『시시포스의 신화』 원고도 썼다. 평생 동안 그를 따라다니던 주제인 상징 및 규범으로서의 돈 후안이 이제 처음 등장했다. 그는 다음과 같이 미완성으로 남게 될 희곡의 개요를 집필하기 시작했다.

프란체스코회 소속인 부친: 그렇다면 넌 아무것도 믿지 않는 단 말이냐?

　돈 후안: 전 세 가지를 믿어요, 아버지.

　부친: 그 세 가지가 뭐지?

　돈 후안: 용기와 지성과 여자들을 믿는다구요.

　그 무렵 카뮈는 전쟁 발발과 패주, 그리고 파리로부터의 대탈출을 앞둔 마지막 몇 주 동안 위안을 줄 여인 자닌 토마세를 만나게 된다. 그녀는 미래에 남편이 될 미셸 갈리마르와 함께 파리에서 카뮈와 가장 가까운 친구 중 한 사람이었다. 그녀는 훗날 자동차가 가로수를 들이받아 카뮈와 남편이 죽었을 때 함께 차에 타고 있었다. 하지만 당시에는 『파리 수아르』사의 복도에서 지나치는 매혹적인 여성이었을 뿐이다.

　그녀의 어머니는 프랑스 남서부 바스크 해안 인근의 바욘에서 남편과 헤어지고 자닌 토마세 자매를 데리고 파리로 왔다. 자닌의 나이 열일곱 살 때였다. 그녀는 『오르드르』라는 일간지에서 일하다가 아버지가 아동 도서(그중에는 바스크 지방의 민담집도 있었다)의 필자로 관계를 맺었던 페랑 나당 출판사에서 일했다. 이후 아버지가 그녀를 데리고 인도차이나에 가서 영화를 만들고 싶어 하자 나당 출판사를 사직했다. 하지만 영화 일이 잘 풀리지 않아서 그녀는 실직자가 되었다.

　1939년 1월의 어느 날 오후 자닌은 파리 사교계 명사들이 즐겨 찾던 그랑 불르바르의 댄스 전당인 르 콜리세움에 있다가 출판인 갈리마르의 일가 즉 가스통(창립자)과 그의 아내 잔, 조카인 피에르와 미셸, 미셸의 누이 니콜 들을 만나게 되었다. 그녀는 나중에 직장을 잃고 났을 때 갈리마르 출판사에 도움을 청했지만, 갈리마르는 임시직으로 어느 직원을 대신해서 잠시 근무하도록 해주었을 뿐이다.

마침내 그녀의 아버지가 딸을 자신의 친구인 피에르 라자레프에게 보냈고, 라자레프는 그녀를 『파리 수아르』에서 자신의 세 번째 비서로 채용해주었다. 카뮈가 그곳에 취직하기 13개월 전인 1939년 2월의 일이었다.

1년 후, 어느 비서의 결혼 선물을 사기 위해 신문사 사무실로 돈을 걷으러 다니던 그녀가 카뮈에게 다가왔다. 그녀는 그를 언제나 트위드 재킷을 입고 갈색 담배를 피우는 청년쯤으로 알고 있었다. 그때 카뮈가 말했다. "전에는 인사도 안 하더니 이제 돈을 내라고 하는군요."[9]

피난길

정체 상태에 종지부를 찍은 독일의 무력 공세는 프랑스 북동부 세당 근처에서 터져나왔다. 5월 28일, 벨기에가 함락되었다. 그리고 삽시간에 독일군이 노르망디 동부, 이미 낯익은 전쟁터가 된 샹파뉴 등지에서 쏟아져 들어왔다.

3월 21일에 달라디에의 뒤를 이어 수상이 된 폴 레이노는 군대가 없다는 사실, 아니 남아 있는 군대에 변변한 무기조차 없다는 사실을 깨달았다. 레이노는 국민을 단결시킬 필요에서 5월 18일에 필리프 페탱 원수를 부수상으로 만들어 내각에 끌어들였다.

6월 14일 독일군이 수도 파리로 진군했을 때 정부는 루아르 강변에 위치한 파리 남부의 투르에 있었다. 그 뒤 내각은 남서쪽 끝에 위치한 보르도로 이전했는데, 그 큰 항구 도시는 잠정적인 탈출로이기도 했다. 6월 16일 그곳에서 전시 내각은 페탱 지휘의 강화 내각으로 전환되었다.

파리 소개는 비록 큰 타격임에 분명했지만 그래도 준비가 잘 된 편이었다. 패주 몇 주일 전에 발행인 장 프루보스트는 지방의 주요 도시마다 측근을 보내 『파리 수아르』가 중단되지 않고 출판 활동을 계속할 만한 곳을 알아보게 했다. 초기에 선택된 도시는 브르타뉴의 대서양 연안에 위치한 도시 낭트와 클레르몽페랑이었는데, 마침 피에르 라발 소유인 『모니퇴르』(Le Moniteur)의 인쇄공장에서 신문을 찍기로 했다.

프루보스트의 『파리 수아르』가 파리에서 마지막으로 간행된 것은 6월 11월이었다. 그때 이미 핵심 간부들은 피난길에 올라 있었다. 클레르몽페랑에는 간부들을 위한 방들이 예약돼 있었다. 『파리 수아르』 소속의 운전기사들이 독특하게 장식된 차를 몰고 직원들을 태우러 급파되었다.

이를테면 앙리 코클랭은 클럽에서 수영을 하고 있다가 전화를 받았다. 한 시간 안에 자택 문앞으로 태우러 오겠다는 내용이었다. 부편집장은 프루보스트 왕국의 핵심 요원이었기에 발행인은 이들이 불운한 도시에서 제때에 피난할 수 있도록 해주었던 것이다. 하지만 파스칼 피아는 대탈출의 대열에 끼지 못했다. 그는 4월에 징집되어 파리에서 멀지 않은 주둔지로 파견되었다. 그는 10월에 신문사가 리옹에 본부를 설치할 때까지 『파리 수아르』로 돌아오지 못했다. 자닌 토마세는 한 친구와 함께 조그만 피아트를 타고 파리를 벗어났다.

카뮈도 동료 직원인 교정자 리레트 마이트레장과 함께 차를 타고 떠나도록 배정되었지만, 뒷자리에 『파리 수아르』의 수석간부한 사람을 태웠다. 그들은 밤새도록 '불길해 보이는' 도로를 달렸다. 카뮈의 상관은 끊임없이 자신이 잠들지 않도록 해달라고 말했다.

그들이 파리 남쪽으로 약 370킬로미터 떨어진 산악지대 오베르뉴 지방의 주도 클레르몽페랑 구시가지에 있는 조드 광장에 도착했을 때 라디에이터에서 연기가 솟아올랐다. 물은 물론이고 연료와 오일이 바닥난 것이다.

그때 카뮈가 차에서 뛰어내리더니 황급히 트렁크를 열었다. 문득 『이방인』 원고를 깜박 잊고 짐 속에 넣지 않았을지도 모른다고 생각한 것이다. 다행히 원고는 짐 속에 들어 있었다. 그러나 서둘러 파리를 떠나는 바람에 다른 서류와 개인용품은 매디슨 호텔에 남아 있었다.

그해 여름 피아가 카뮈에게 연락하여 파리에 들를 예정이라고 하자 카뮈는 그에게 호텔에 들러 자기 물건을 챙겨달라고 부탁했다. 매디슨 호텔에 독일군이 주둔하고 있다는 사실을 안 피아는 그곳으로 걸어 들어가 알베르 카뮈의 이름으로 된 서류들을 달라고 하는 것은 분별없는 짓이라고 판단했다.[10]

카뮈는 그 대탈출에 대해 일기의 단 한 곳에 다음과 같은 기록을 남겼다.

클레르몽. 정신병원과 이상하게 생긴 시계. 덧창——온종일 고함을 질러대는 광인——조그만 대지. 온몸은 바다와 파리라는 두 양극을 향하고 있다. 클레르몽에 있어보면 파리를 이해할 수 있게 된다.

이 지방 도시가 그렇게 쾌적했던 것 같지는 않다. 그렇지만 망명자들은 찾아낼 수 있는 오락거리를 최대한 이용하는 법을 배웠는데, 대부분은 독자적으로 생각해낸 것들이었다. 파리에서는 불가능했거나 필요치 않았던 동료애가 생겨났으며, 성관계도 어느 정도 문란해졌다.

카뮈는 트윈 침대가 있는 호텔방에서 동료 다니엘 레니에프와 함께 생활했다. 그는 자닌과 함께 외출하여 먹고 마셨으며 그 다음에는 널찍한 조드 광장을 산책하곤 했다. 그 당시 한 가지 광경이 자닌의 뇌리에 각인되었다. 트위드 재킷을 입고 있는 카뮈가 자기가 갖고 싶은 상점 진열장 속의 트위드 재킷을 바라보는 광경이었다.

장 프루보스트가 그 당시 여전히 보르도에서 명예로운 평화 협정을 시도하고 있던 정부에 참여함으로써 직원들은 다시 짐을 꾸려 군의 호위를 받으며 보르도로 옮겨 갔다. 6월 중순의 보르도 해변은 카뮈에게 알제에 있는 것 같은 착각을 불러일으켰다. 그러나 1940년 6월 보르도의 혼란은 주민들에게도 낯선 것이었다. 공포에 질린 사람들은 상점에서 사재기를 하고 레스토랑과 호텔은 만원이었다. 보르도의 지사는 갑자기 이 품위 있고 오래된 도시로 온 정부 요인들을 모두 수용할 시설을 마련할 수 없었다.[11]

새 정부 수반이 된 페탱 원수는 클레르몽페랑으로 돌아가 6월 29일에 정전 내각을 설립했다. 각 부처는 퓌드돔 지구의 수도와 쓸 만한 호텔과 사설 숙박시설이 자리한 해변의 언덕받이로 나뉘어졌다.

이곳에서 도시의 주인인 피에르 라발은 프랑스 대통령 알베르 르브룅에게 사임을 촉구하고, 페탱으로 하여금 비시에 창설되는 새 정권을 주재하도록 했다. 7월 1일 정부는 다시 북쪽으로 56킬로미터 가량 떨어진 해변으로 이전했다.

프루보스트는 프랑스어 선전 판무관이 되어 정부의 일원으로 참여하는 한편, 자신의 신문사는 클레르몽페랑에 그대로 두었다. 7월 1일 클레르몽페랑의 『파리 수아르』 제1호가 발행되었다. 그때부터 1943년 중반까지, 프루보스트의 『파리 수아르』는 프랑스 중부 및 남부의 여러 지역에서 발행되었다. 1942년 11월 독일이 프랑스의 남은 절반을 마저 점령할 때까지 이 지역은 '자유 지역'이라 불렸다.

그러나 국가적 상징으로서 대중지 『파리 수아르』가 중요하다는 점을 인식한 독일군은 나치 동조자와 정치적 중립자들 사이에서 선발한 어중이떠중이 직원들을 동원해 파리에서도 가짜 『파리 수아르』를 만들어 전쟁 내내 발행했다. 실제로 그들이 발행한 첫 호가 가판대에 나온 것은 프루보스트의 첫 호가 클레르몽페랑에서 나오기 열흘 전인 6월 21일이었다.

두 신문 모두 각자의 방식대로 협력지였던 셈인데, 나치가 후원하는 파리 발행판은 아무 구속이 없었던 반면 자유 지역의 프루보스트판은 비시 정부의 노선을 따라야만 했다. 이는 프랑스와 독일의 '협력'을 지지하는 것을 의미했다.

완성된 『이방인』 원고를 안전하게 서랍에 넣어둔 카뮈는 일하지 않는 날에는 반나절씩 『시시포스의 신화』에 매달렸다. 그해 9월 신문사 직원들이 클레르몽페랑을 떠날 무렵까지 제1부를 끝낼 수 있었다. 다른 한편으로 클레르몽페랑은 카뮈에게 동료들과 보다 친숙해지는 기회를 마련해주었다. "클레르몽에 있어보면 파리를 이해할 수 있게 된다."

파리에서 카뮈는 외로웠을 것이다. 그러나 주민이 9만 명도 채 되지 않는 이 작은 도시에서 『파리 수아르』 제작팀은 함께 살았을 뿐 아니라 여가도 함께 보냈다. 그때는 자닌도 그들 곁을 떠난 뒤였다. 그녀는 보르도에서 파리로 곧장 돌아간 후 그곳에서 피에르 갈리마르와 합류한 다음 함께 카르카손 근처에 있는 그의 부모님 집까지 따라갔다. 얼마 지나지 않아 피에르와 결혼할 예정이었던 것이다.

클레르몽페랑에서는 신문을 1판만 발행했기 때문에 직원들은 오후 일찍부터 소풍을 가든지 무리지어 식사를 하러 다녔다.[12] 자동차도 있었고, 기분전환과 색다른 요리를 맛보기 위해 오베르뉴의 시골을 돌아다닐 만큼 연료도 충분했다. 카뮈는 한 번은 조판실 직원들과 함께 퓌드돔 산 인근의 시골 주막으로 피크닉을 갔다가 정상이 해발 1,400미터인 산에 올라갔다. 여기서 카뮈는 우울한 때도 있었지만 대개는 피크닉 진행자이며 익살꾼이자 마법사 노릇을 맡았다. 그는 음란한 노래로 좌중을 즐겁게 해주었다. 그가 일행에게 들려준 노래 중 하나는 세기 전환기의 사실주의를 풍자한 것으로 부랑자를 다루고 있었다. 그가 어디선가 찾아낸 노래일지도 모르고 어쩌면 만들어낸 것일 수도 있다.

> 그녀는 '사자(死者)의 날'에 태어났다네,
> 그 얼마나 불길한 운명일까.
> 그녀는 삼위일체 축일에 타락했다네,
> 그 얼마나 불행한 일일까.[13]

노련한 프랑스 저널리스트이며 당시 『파리 수아르』의 외교 담당 특파원이었던 조르주 알트슐러는 도심지인 블라탱가에서, 다른 직원들과 함께 쓰는 집으로 가져갈 식품을 사던 카뮈에 대해 증언했다.

카뮈는 저녁 때마다 사람들을 위해 음식을 만들고는 자기 방으로 돌아가 글을 쓰곤 했다. 알트슐러는 카뮈가 『이방인』을 쓰면서 (아마 그때 손질을 하고 있었던 모양이다) 동시에 『시시포스의 신화』도 집필하고 있었다고 회상했다. 어쨌든 알트슐러는 카뮈가 "좀 가라앉은 목소리로" 다른 직원들 앞에서 『이방인』의 한 부분을 들려준 장면도 기억하고 있었다.[14]

이 무렵 카뮈에게 같은 고향 출신의 한 젊은이가 찾아왔다. 카뮈의 대학 동창인 미리암(그녀는 이브 드슈젤르의 부인이 되었다)의 동생 피에르 살라마는 병사로서 그해 6월 중순에서 8월 중순까지 클레르몽페랑에 주둔하고 있었다. 초라한 동네에 자리 잡은 어느 낡은 집의 가구 딸린 카뮈의 방을 찾아간 살라마에게는 클레르몽페랑의 모든 주민이 그곳에 있는 것 같은 느낌이 들었다. 아무튼 그 정도로 여자들이 많았다. 여기서는 여자들이 음식을 만들고 있었다고 살라마는 회상했다.

그와 다른 몇몇 사람들은 몸집이 크고 젖가슴이 불룩 나온 한 여성에 대해 기억하고 있었다. 살라마에게 문을 열어준 사람도 그녀였는데, 그녀는 "난 귀족이라구요!" 하면서 자기를 소개했다. 그녀의 이름에는 귀족에 따라다니는 '드'라는 칭호가 붙어 있었다. 카뮈는 친구에게, 한번은 시내에 나갔을 때 그녀가 자기 방에서 낮잠을 자고 가라고 했는데, 그가 잠이 막 들려는 순간 거대한 몸집이 침대 바로 옆자리로 기어오르는 것을 느꼈다고 고백한 적이 있다.[15]

살라마가 찾아왔을 때는 마침 정치 문제가 저녁나절의 화젯거리였던 것 같다. 카뮈는 살라마에게, 자신의 견해 때문에 언제든 해고될지도 모르지만 체포까지는 되지 않으면 좋겠다는 말을 했다.[16]

카뮈의 처지가 좀 얄궂어진 것만은 분명했다. 극단적인 무정부주의 신문을 거의 혼자서 운영했던 그는 이제 옛 친구들에게 편지를 쓰면서 나치 협력자 피에르 라발의 신문사 『모니퇴르』를 반송 주소로 삼았다.

피에르 라발은 해외에서는 평화 지지자이고 프랑스 좌파에게는 공격 대상이면서 당시 영향력이 점증하는 세력의 협력자이며 훗날 비시의 친(親) 히틀러 정책의 상징이 된 인물이었다. 그는 전후에 반역자로 처형되었다. 카뮈는 클레르몽페랑에서 그런 굴욕적인 시기를 보내고 싶지 않았다. 그는 그 도시를 빠져나가기 위해 후원자인 에마뉘엘 앙드레오를 통해 알제에서 일자리를 얻으려 했지만, 그런 자리는 없었다.[17]

9월이 되자 『파리 수아르』는 클레르몽페랑에서 동쪽으로 170킬로미터 떨어진 리옹으로 사무실을 옮겼다. 오베르뉴의 조그만 주도에 비하면 활력이 넘치는 대도시였다. 50만이 넘는 주민이 거주한 그 도시는 프랑스에서 파리와 마르세유 다음으로 큰 도시였다.

신문사는 도심을 흐르는 론 강으로부터 불과 한 블록 떨어진 쿠르드라리베르테 65번지의 창고에 들어섰다. 그러나 무엇보다 좋은 점은 강 건너편, 루이 14세 때의 우아함을 간직한 저 유명한 벨쿠르 광장 옆에 독신 직원들이 쓸 만한 조그만 호텔이 있다는 사실이었다. 그 호텔은 전에는 매음굴이었다.

이 무렵 프루보스트는 직원들을 툴루즈와 마르세유로 보내서, 자유 지역의 『파리 수아르』가 세 군데에서 각각의 지역 소식을 추가한 지방판을 발행할 수 있는지를 알아보았다.[18]

고독과 어릿광대

리옹은 마침 가을에 접어들고 있었는데, 그해 가을은 유난히 을씨년스러웠다. 드문드문 씌어진 이 무렵의 일기는 그나마 독서에 대한 기록뿐이지만, 잿빛 하늘과 살을 에는 듯한 바람 속에서 황량하고 추워 보이는 론 강이 보이는 어느 조그만 마을에 다녀온 기록도 적혀 있다. 카뮈는 그 지역 주민과 전쟁에 대해 이야기를 나눈 일을 기록했다. 알자스 출신의 피난민인 그 교사는 부모와 소식이 끊어졌다고 했다. "전쟁이 곧 끝날 것 같은가요, 선생님?"

1914년에 그녀는 부상을 입은 아들을 데리러 마른까지 갔는데, 프랑스군의 퇴각이 임박했을 무렵이었다. 그런데 그녀의 아들은 집으로 오고 나서 죽었다고 했다. "그때 본 일은 두고두고 잊을 수 없을 거예요."

역에 도착한 카뮈는 한 시간 정도 시간이 남았다. 멀리서 기적 소리가 들려오고 계곡에는 저녁 바람이 불었다.

너무나도 고립되고 또 너무나 인접해 있다. 여기서는 자유를 몸으로 느낄 수 있다. 얼마나 무서운 일인지! 꽃과 바람도 그 어떤 것에 대한 핑계가 되지 못할 이 세상과 일치한다는 것.

카뮈는 너무나도 외로웠기에, 흥겹게 떠들며 만인이 사랑하는 어릿광대가 될 수 없었다. 리옹의 황량한 가을의 어둠 속에 있던 그에게도 마침내 전쟁의 그림자가 닥쳐왔다. 그는 전쟁의 희생자들에 대해 생각하기 시작했다. 예를 들면, 대학 동창인 릴리안 슈크룬은 페탱 정부 치하에서 유대인이 공립학교에서 프랑스 아동을 가르치면 안 된다는 이유로 교직에서 정직당했다. 카뮈는 그녀에게 멀리서나마 자기가 도울 수 있는 일이 있다면 무엇이든 돕겠다고 했다.[19]

말로가 포로가 되었다거나, 행방불명이 되었다는 소문이 돌았다. 실제로 말로와 그의 기갑사단 대원 몇 명은 6월 16일에 포로가 되어 상의 포로수용소에 수감되었지만, 곧 탈출했다. 그리고 당시에는 점령기 중 일부를 지내게 될 리비에라 저택으로 향하던 중이었다.

카뮈의 알제 시절의 동지이며 청년 공산주의 운동에 가담했던 막스 베랄이 전선에서 사망했다는 소식도 들려왔다.

『파리 수아르』의 동료인 아달베르 드 세공자(훗날 『프랑스 수아르』의 북미 수석특파원이 된다)가 점령 프랑스를 벗어나 자유 프랑스에 합류하고 싶어 했다. 그는 카뮈의 추천으로 오랑으로 가서 모로코 국경을 넘어 영국으로 건너갈 방도를 모색했다. 하지만 카뮈를 동반하지 않은 세공자는 알제리 오랑을 빠져나가지 못했으며 결국 계획을 포기하고 말았다.[20]

파스칼 피아는 이제 리옹에 돌아와 예전의 부편집장 자리를 맡았다. 그는 자신이 겪은 이야기를 들려주었다. 독일군이 파리 지역에 도착했을 때 그의 소부대는 모두에게 잊혀진 채 숲속에 주둔하고 있었다. 그래서 아무도 후퇴를 명령하지 않았다는 것이다. 피아는 가까스로 포로가 될 위기에서 벗어나 아비뇽으로 갔으며 그곳에서 제대한 다음 개인 사물을 가지러 파리로 올라갔다. 그가 생 제르맹 데 프레의 메디슨 호텔에서 카뮈의 물건을 가져오려고 했던 것이 바로 그때였다.[21]

클레르몽페랑의 친목회원 중에는 문제아 역할로 유명했던 영화배우 질베르 질이 있었다.[22] 질이 카뮈에게 고전 작품을 연극으로 만들어 파리 무대에서 공연할 계획을 이야기했다. 그러기 위해서는 16세기 프랑스의 수사이자 피렌체 상인의 아들인 피에르 드 라리베가 쓴 『즉흥희곡』을 각색할 필요가 있었다.

1940년 11월 12일, 카뮈는 집단극단 친구들에게 그 계획을 장황하게 편지로 써 보냈다. 당시 그들은 아마추어 극단을 부활시킬 계획을 짜고 있었는데, 우선 루이기 피란델로의 『한 작가를 찾아 헤매는 여섯 명의 등장인물들』을 공연할 예정이었다.

카뮈는 라리베의 원전을 현대 프랑스어로 번역하면서 짤막한 5막을 보다 긴 3막짜리로 만들었다. 그는 친구들에게 각색한 원고와 함께 배역과 연기, 심지어는 공연에 필요한 무대의 스케치까지 작성해서 보냈다.[23]

1940년 9월 27일자로 카뮈 부부의 이혼 명령이 완결되었다. 이제 카뮈는 다시 결혼할 수 있었다. 그의 전처 시몬 이에의 경우도 마찬가지였는데, 그녀는 10월 22일에 레옹 코탕소라는 젊은 의사와 재혼했다. 시몬은 1938년 파리에서 그 의사와 만났지만, 독일군이 프랑스를 침공하자 알제로 돌아갈 수밖에 없었다. 그런데 1940년 8월, 코탕소 자신이 군인이 되어 알제에 배치된 것이다.[24]

프랑신 포르는 12월 초에 리옹에 도착했다. 열차 시간표를 착각한 카뮈는 그녀를 마중하러 역에 나가지 못했다. 날씨는 추운 정도가 아니라 혹한에 가까웠다. 그녀가 도착한 처음 며칠 동안은 기온이 영하 15도였고, 결혼식 당일은 영하 5도였다. 카뮈는 밤에 일하고 새벽 3, 4시에 귀가했다. 그는 눈으로 여러 겹 다져진 길을 걸어야 했다. 바람은 살을 에는 듯했다. 호텔에 가려면 론 강을 가로지른 다리를 건너야 했는데, 호텔에 도착할 무렵에는 피부가 보라색이 되었다. 프랑신은 자지 않고 장갑을 낀 채 책을 읽으며 카뮈가 돌아오기를 기다렸다. 방에는 난방 시설이 전혀 없었다.

매음굴이었던 호텔은 그 뒤로도 별로 바뀐 것이 없었는데, 1층 휴게실에는 여전히 벌거벗은 여인들의 그림이 벽을 장식하고 있었고, 마담도 여전히 그 일을 하고 있는 듯이 보였다. 론 강 건너편의 『파리 수아르』 사무실 역시 홍등가 한복판에 자리 잡고 있었다. 어느 날 프랑신이 신문사 밖에서 알베르를 기다리고 있는데, 자전거를 탄 남자가 다가오더니 "얼마야?" 하고 물었다. 그녀는 카뮈와 함께 신문사의 인쇄 공장에 있는 직원 식당에서 점심을 먹곤 했다.

불길한 도시에서의 결혼

프랑신은 자신의 스물여섯 번째 생일을 일주일 앞둔 12월 3일에 카뮈와 결혼했다. 그들은 금반지를 살 돈이 없어서 놋쇠반지로 결혼반지를 대신했다. 결혼식은 시청에서 피아와 레니에프가 참석한 가운데 평범하게 치러졌다. 자신들이 초대받았다는 데 감격한 네 명의 조판실 직원도 식장에 도착했다. "우리에 대한 우정의 징표였다!"라고 그중 한 사람이 훗날 회상했다. 그는 소박하고 얌전해 보이던 신부를 뚜렷이 기억하고 있었다. 그들은 파르마 바이올렛 부케와 소박한 4행시를 선물로 가져왔다. 하지만 4행시는 그만 도중에 잃어버리고 말았다. 예식이 끝나자 모두 함께 술집으로 향했다.[25]

프랑신에게는 그 도시가 불길해 보였지만 남편의 직장이 있었기 때문에 아파트를 찾아보기 시작했다. 그들은 어쨌든 그곳에 머물 수밖에 없었다. 카뮈의 봉급은 목요일에 지급되었는데, 다음 주 수요일이 되면 식품을 살 돈이 떨어졌다. 신부는 방이 초라한데도 세가 터무니없이 비싸다고 여겼다. 그녀도 할 일이 있었다. 『시시포스의 신화』 사본을 만드는 일이었다. 타자기를 가진 사람이 없었기 때문에 손으로 일일이 사본을 만들어야 했다.[26]

12월 말 『파리 수아르』는 파리에서 소개한 이래 세 번째 감원을 단행했다. 이제 신문은 4페이지가 발행되었기에 직원이 너무 많았고 경비를 절감해야 했던 것이다. 게다가 1939년에 징집되었던 직원들이 제대하여 하나둘씩 돌아오고 있었다. 자녀가 없던 카뮈 역시 감원 대상에 올랐다.[27]

장 프루보스트의 『파리 수아르』는 1943년 봄까지 발간되었다. 리옹 인쇄소는 그해 5월 25일에 폐쇄되었다. 파리가 해방되자 프루보스트는 복간을 위해 파리로 달려갔지만, 자신의 간행물이 나치의 협력지로 간주되어 복간될 수 없다는 사실을 알고 경악했다. 1944년 9월 30일의 법령은 독일군이 이른바 자유 지역의 점령을 완수한 직후인 1942년 11월 26일 봉쇄일에 제정된 것이었다. 그날까지 자진해서 폐간하지 않은 모든 신문은 적국에 협력한 것으로 간주되어 전후에 복간될 수 없었다.

기소 근거가 발견되지 않았던 프루보스트 자신은 면소 판결을 받았다. 그리고 얼마 후 그는 다시 전후 프랑스의 언론왕으로 군림하게 된다.

피에르 라자레프는 전시 정보국과 '미국의 소리'에서 계속 전쟁을 수행하기 위해 미국으로 탈출하면서 비시 정부로부터 국적을 박탈당하고 재산이 몰수되었다. 그는 전후에 귀국하여 레지스탕스 일간지이며 『파리 수아르』의 모방지로서 『프랑스 수아르』의 전신이 된 『데팡스 드 라 프랑스』(*Défense de la France*)의 편집자가 되었다.[28]

18 오랑

아무것도 주지 않는 대상에게 애정과 관심을 갖는 이유는 무엇일까?
매혹될 것이라고는 무자비하면서도 장엄한 하늘 아래 이 공허함, 추함,
따분함밖에 없는데? 나는 대답할 수 있다. 그건 바로 피조물 때문이라고.
어떤 부류의 인간에게는, 아름답기만 하다면 그 피조물이 천 개의 수도(首都)로
이루어진 국가일 수도 있는데, 오랑이 바로 그런 곳이다.

• 『작가수첩 1』

　알베르 카뮈와 그의 두 번째 아내 프랑신은 1941년 1월 초 리옹에서 난방장치도 없는 객차에 올라 알제리 기항지인 마르세유로 출발했다. 혹한은 그들을 쫓아왔고 오랑주에서 열차는 눈더미에 막히고 말았다. 프로방스 지방에서 그런 사고는 흔치 않았다. 승객들은 기차에서 내려 겨울바람이 몰아치는 역사에서 대기해야 했는데, 얼마나 기다려야 할지는 아무도 몰랐다. 승객들 대부분은 역사에서 밤을 보냈다. 프랑신은 오랑에 살고 있는 교수와 친분이 있었기에 그를 통해 하룻밤 묵을 방을 구할 수 있었다. 호텔 주인이 자기가 쓰는 방을 내주었던 것이다. 그런 다음 다시 열차를 타고 마르세유에 도착하여 오랑으로 직행하는 증기선에 올랐다. 그럼으로써 알제에서 프랑신의 고향까지 육로 여행을 줄일 수 있었는데, 당시에 그런 육로 여행은 야간열차 여행을 의미했다.

　오랑은 카뮈를 매혹시키는 동시에 불쾌감을 주었다. 4백 킬로미터 떨어진 두 해안도시 알제와 오랑은 전통적인 경쟁 관계였다. 오랑은 알제가 자랑으로 여기는 기본적인 문화 환경조차 돼

있지 않은 상황에서도 도시의 모든 속성을 지니고 있는 듯이 보였다. 카뮈는 예전에 오랑을 유럽의 시카고라고 여긴 적이 있지만, 파리에 비해 리옹이 그렇듯이 대도시의 위성도시 정도로 간주됐다.

알제에는 대학을 비롯해서 다른 중요한 문화시설들이 갖춰져 있는 반면, 오랑 사람들에게는 물질적인 것밖에 없었다. 오랑은 투기의 산물이었고 그곳의 모든 아름다운 풍광은 추악한 건물들 때문에 훼손돼 있었다. 심지어 이 도시는 바다를 등지고 있었다. 그럼에도 카뮈가 1941년 1월 오랑에 처음 거주하면서 일기에 기록했듯이 그곳에는 풍요로운 대지가 있었다. 오랑은 그 대지를 숨길 수도, 부정할 수도 없었다. 그 대지 덕분에 권태를 견딜 수 있었던 것이다. "오랑은 인간이 자신들이 만들어놓은 것보다 더 강한 존재라는 증거를 제시한다."

실제로 그 지역은 비옥한 토양과 풍부한 수량 때문에 알제리의 과수원이며 포도주 저장고였다.

이 도시에 대한 카뮈의 애증은, 알제리 시절에 씌어지고 오랑 사람들 특히 피에르 갈랭도에게 헌정된 가장 솔직한 에세이에 길게 표현되어 있다. 카뮈의 눈에 오랑 사람들은 권태라는 괴물에게 먹히고 있는 것처럼 보였다.

편집자 생활

앞으로 18개월 동안 카뮈는 어머니와 다른 가족을 만나고, 친구들을 방문하고, 무엇보다 자신과 프랑신을 부양할 만한 일자리를 찾기 위해 대부분의 시간을 알제에서 보내게 되지만, 1941년

1월에서 1942년 8월 사이의 주거지는 오랑이었다. 오랑은 현재 라르비 벤 음히디가로 불리는, 열주가 늘어선 아르제우가에 위치한 포르 일가의 쾌적한 아파트를 의미했다. 아르제우는 인근 어촌의 이름에서 따왔으며, 라르비 벤 음히디는 프랑스 당국에 체포되어 고문 끝에 사망한 민족주의 투사의 이름이다.

포르가는 아르제우가 65번지와 67번지에 인접한 아파트를 소유하고 있었다. 그 아파트들은 상점가가 있는 층의 위층에 있었으며 테라스에 의해 후면이 서로 연결돼 있었다. 건축자인 장 포르가 자기 가족을 위해 특별히 설계했기 때문이다. 다른 아파트들은 사생활 보호를 위해 각 집마다 테라스가 벽으로 밀폐돼 있었다.

카뮈 부부가 프랑스에서 돌아오자 프랑신의 언니 크리스티안이 어머니의 아파트(65번지)로 옮기면서 자기 아파트(67번지)를 알베르와 프랑신에게 내주었다. 당시 프랑신의 어머니는 우체국에서 일하고 있었고 크리스티안은 오랑의 고등학교 교사였다. 그리고 1939~40년에 오랑의 초등학교 교사를 지낸 적이 있는 프랑신도 초등학교 보결교사직을 구했다. 그러나 돈이 거의 없었던 그들은 제대로 먹지도 못했는데, 암시장의 식품이 너무 비쌌기 때문이다.

아는 사람 모두에게 부탁했음에도 불구하고 알제에는 알베르 카뮈를 위한 일자리가 없었다. 카뮈는 심지어 한 친구와 함께 중고품을 팔아보려고까지 했다.[1] 오랑에서도 취직 전망은 시원치 않아 보였다. 『알제 레퓌블리캥』지 시절의 동료였던 로랑 프레지오시를 우체국 근처에서 만난 카뮈는 그에게 '무슨 일이든' 상관없다면서 일자리를 알아봐 달라고 부탁했다. 그러나 당시 외판원

이었던 프레지오시는 친구에게 별 도움이 될 수 없었다.[2]

물론 할 수 있는 일들이 없지는 않았지만 그런 일들은 거의 수입과는 무관했다. 에드몽 샤를로가 제대하여 출판업을 재개하자 카뮈는 그의 일을 거들었다. 처음에는 클레르몽페랑과 리옹에서 왕복문서를 이용했다. 그러다 이제 알제리에 돌아오고 1942년 11월 연합군이 북아프리카에 상륙하고 난 후 프랑스로부터 완전히 벗어난 카뮈는 샤를로 출판사의 편집자로 일했다. 이는 원고 검토 및 조언을 맡은 정규직을 의미했다.

1942년 2월에 샤를로가 좌파 지식인에 대한 일제 검거령 속에서 비시 정부에 의해 체포되어 오를레앙스빌의 고립된 주둔지에 연금되었다. 한 친구가 애쓴 덕분에 그는 1개월 후 풀려나와 다시 출판업에 복귀했다.

자유 프랑스가 알제에서 권력을 장악하게 되면서 샤를로는 지방 정부에 참여하여 출판 부문을 담당했다. 전쟁이 끝난 뒤 그가 프랑스로 자리를 옮겼을 때 그 부문은 파리의 정보성 소속이 되었다.[3]

카뮈가 샤를로를 거들며 한 일은 주로 '시와 연극' 총서를 위한 선정 작업이었다. 예고 광고에 나온 처음 다섯 권은 『안달루시아의 대중적인 코플라 333편』, 펠릭스 가트뇨가 번역한 가르시아 로르카의 『집시 노래집』, 운송업 직원으로 일하던 시인 루이 브로키예가 쓴 『바다의 자유』, 지로드 뒤클르가 번역한 셰익스피어의 『소네트』, 로블레가 번역한 가르시아 로르카의 『역사소설』 등이었다. 발행 예고된 책 가운데는 라리베의 『유령』을 카뮈가 각색한 책도 들어 있었다. 이 책은 실제로는 1953년이 돼서야 파리의 갈리마르에서 출판되었다. 예고대로 간행된 첫 번째 '시와 연극' 총서는 1941년 9월에 나온 가르시아 로르카의 걸작 『집시 노래집』
이었고 이 책은 총서 중에서 가장 많이 팔렸다. 일기에는 그 당시
카뮈가 연극서를 탐독했다는 사실이 잘 나타나 있다.

  카뮈는 또한 '시와 연극 총서' 외의 책들에도 관여했다. 친구
로블레가 소설 『천국의 골짜기』 원고를 보냈을 때 카뮈는 원고가
책으로 나올 때까지 모든 과정을 도맡았다. 실제로 그는 오늘날
쓰이고 있는 바로 그런 의미의 편집자였다. 광고와 책표지에 쓰일
짤막한 소개글이 필요하자 카뮈는 로블레의 작품에 대해 다음과
같이 썼다.

  장엄하고 자유로운 지중해의 한 도시가, 가엾은 모든 '희망
  의 호송'을 위한 턴테이블 역할을 하고 있다.

  책에 대한 추가 광고를 싣기 위해 쓰이는 띠지에서 흔히 그렇듯
이 소개글은 카뮈의 이름 없이 발표되었다.

  왜냐하면 참된 천국은 상실된 것이기 때문이다.

  그 이듬해에 출판되어 널리 호평을 받은 로블레의 다음 소설
『인간의 노동』에 대한 예고에는 카뮈의 서명이 들어 있다.

  출발, 반항, 자유롭고도 격렬한 우정, 산허리에서의 진실. 그
  런 요소들이 이 소설을 오늘날의 문학에서 예외적인 성공을 거
  두게 하는 요인이며, 에마뉘엘 로블레를 미국의 위대한 소설가
  들과 연결시켜주는 것이다.[4]

알제 집단극장의 부활 가능성에 관해서는 살아 있는 증인들의 수만큼이나 다양한 이야기가 전해지고 있다. 옛 단원들이 카뮈가 리옹에서 일하고 있을 때조차 그의 격려와 더불어 극단 활동을 재개할 계획을 세우고 있었던 것은 분명한 것 같다.

그러나 알제리로 귀국한 카뮈는 새로운 상황에 봉착하게 되었다. 당시 알제는 비시에 자리 잡은 페탱의 수도로부터 멀리 떨어져 있었을 뿐 아니라 파리에 주둔한 독일군들로부터는 더욱 멀리 떨어져 있었기에 어떤 면에서는 본토 프랑스에 있던 상관들보다 더 유연한 비시 정권 동조자들의 통치를 받고 있었다. 다른 면에서 볼 때 그들은 본토인들보다 더 나쁘다고는 할 수 없어도 여전히 악역을 맡고 있었는데, 알제리의 극우파와 인종차별 활동가들이 이제 공적 구속력이라는 힘까지 쥐고 있었기 때문이다.

확실한 것은, 카뮈와 친구들이 몰리에르의 『돈 후안』을 무대에 올릴 계획을 짜기 시작했다는 사실이다. 물론 이는 카뮈가 좋아하는 테마였으며, 얼마 후에는 『시시포스의 신화』에서 행동의 본보기로서 제시됐다.

죄와 벌이라는 인습적인 관념을 초월한 주인공 때문에 몰리에르의 희곡은 당국에 대한 도전으로도 여겨질 수 있었다. 집단극장의 모든 단원들은 자신들이 지극히 도발적인 그 작품을 공연하려 들면 틀림없이 금지당할 것이라고 여겼다.[5] 그들은 그 희곡 작품을 낭독했는데, 그 자리에서 프랑신 카뮈가 엘비라 역을 맡아 낭송했다. 집단극장은 카뮈가 빠진 채로 체호프의 첫 번째 희곡 『이바노프』를 무대에 올리려 했다. 이 작품에서 몰락한 지주이며 까닭 없이 반유대주의에 열중하던 주인공은 자신의 무익함을 깨닫고 자살하고 만다.[6]

또 다른 친구 한 사람은 집단극장 배우들이 하고 있던 일에 대해 상반된 증언을 했다. 두 젊은 여성이 레지스탕스 단체의 설립 구실로 집단극장의 부활을 시도했던 것 같다. 그런데 오래된 단원들 대부분은 그 숨은 동기를 알지 못하고 극단의 부활에 반대표를 던졌다는 것이다.[7]

오랑의 레지스탕스

독일 점령군과 협력 정부에 대한 저항운동에서 '운동'의 의미가, 점령된 프랑스 전역에서 싹튼 것 같은 정식 조직을 의미한다면 그 당시 카뮈는 저항운동에 적극적으로 참여하지 않았다.

이후 1943년 가을 카뮈는 본토 프랑스의 비밀 신문 『콩바』의 간행에 가담하게 된다. 그 이전의 카뮈는 우연히 접촉하게 된 친구들이나 다른 사람들과 함께 활동했던 일시적인 조력자, 또는 동조자에 불과했다. 그가 처음에 취했던 평화주의와, 이 전쟁에 대한 거부감에도 불구하고, 이 무렵부터 카뮈가 저항운동에 동조적이었으며 어떤 면에서 직접 저항운동에 관계했던 것은 분명해 보인다.

훗날 그의 친구들에 의하면 그들은 카뮈를 저항운동에 가담시키고 싶어 하지 않았다는데, 그가 체포되면 심문에서 살아남지 못할 것이기 때문이었다. 실제로 알제리의 저항운동은 1942년 여름 카뮈가 프랑스로 떠나고 난 이후에야 본격화되었다. 하지만 설혹 카뮈가 알제리에 계속 있었다 하더라도 그냥 마음 편한 국외자로 남지는 않았을 것이다. 무엇보다 그는 과거 인민전선 언론에 가담했던 전력 때문에 비시 정권의 눈에는 분명 요주의 인

물이었기 때문이다.[8]

물론 그의 친구들 대부분은 당시나 그 후에 적극적인 레지스탕스 행동대원들이 되었다. 피에르 갈랭도는 독일군 보급품을 튀니지의 전선으로 운송하는 일을 맡았던 오랑의 부두 노동자들이 수집한 정보를, 1940년 6월 정전 이후 오랑에 사무실을 두고 있던 미국 영사에게 전달하는 데 관여했다. 갈랭도는 또한 미국 첩자들이 알제리 연안의 잠수함으로 귀환할 때까지 그들을 숨겨주는 일도 거들었다.

클로드 드 프레맹빌과 훗날 시인으로 활동한 장 폴 드 다들상 역시 오랑에서 활동했다. 카뮈는 레지스탕스 활동과 관련해서 토론을 했거나 그 자리에 참석했던 것이 분명하다. 알제의 몇몇 친구들은 그가 오랑에서 저항운동을 조직하고 있다고 여겼을 정도였다.[9] 그가 할 수 있었던 일, 그리고 실제로 실행에 옮겼던 일은 비시 통제하의 알제리를 벗어나 모로코로 가려는 사람들을 도와주는 일이었다. 이들 망명자들은 모로코에서 런던의 자유 프랑스 조직에 가담하기도 하고, 미국 같은 제3국으로 탈출하기도 했다.

알제의 옛 친구들 대부분은 이런 비공식적인 탈출 루트에 관여하고 있었다. 탈출자들은 처음에 샤를로의 서점을 찾아왔다가 시내에 있는 동조자의 아파트에 머물렀다. 그후 알제에서 철로를 이용하여 오랑으로 간 다음 그곳에서 다시 자유항인 카사블랑카로 향했다. 피쉬 별장을 맡았던 로베르 나미아는 몇몇 도망자들을 재워주었다. 그는 스페인 내전 당시 국제여단의 가리발디 부대 대장이었던 란돌포 파치아르디를 몇 차례 보호해주었다. 카뮈가 보낸 프랑스 언론인 아달베르 드 세공자와 이탈리아의 반파시스트 작가이며 비평가인 니콜라 치아로몬테 역시 그의 도움을 받

았다.[10)]

치아로몽테는 처음에 알제 언덕지대의 저택에 살고 있던 엔리코와 잔 테라시니 부부의 집 앞에 나타났다. 그들은 1940년 초에 파리에서 카뮈와 절친하게 지냈다. 당시 마흔 살이던 치아로몽테는 "알베르 마요"라는 이름의 가짜 신분증을 갖고 있었으며, 테라시니 일가의 집을 찾아온 다른 이탈리아 망명자들이 그렇듯이 화가 모딜리아니의 딸인 잔 모딜리아니의 추천장을 갖고 있었다. 테라시니 부부는 우선 치아로몽테를 집 뒤켠에 숨겨주었다. 그런 다음 방이 필요하게 되자 카뮈에게 그가 있을 만한 곳을 찾아달라고 부탁했고, 카뮈는 피쉬 별장에 은신처를 마련해주었다.[11)]

피쉬 별장에 도착한 치아로몽테는 『햄릿』을 낭독하고 있는 젊은이들을 보게 되었는데, 카뮈가 주인공 역을, 프랑신이 오필리아 역을 맡고 있었다. 그들은 그 당시에도 집단극장의 부활을 염두에 두고 있었기 때문에 카뮈가 알제에 올 때마다 옛 단원들을 모아 공연 계획을 세우곤 했던 것이다. 나중에 그들도 치아로몽테에 대해 알게 되었다.

1934년 이래 파리에 망명한 치아로몽테는 말로와 함께 스페인에서 싸웠지만 그가 지나치게 스탈린주의자들을 맹종한다는 사실을 알고 말로와 결별했다. 독일군이 파리에 진주하자 오스트리아계 유대인이던 장인과 장모는 자살했으며, 그의 아내 역시 남부로 가던 힘겨운 피난길에 툴루즈에서 결핵으로 죽고 말았다. 프랑신 카뮈는 치아로몽테에게, 자신은 그토록 많은 역경을 헤쳐온 사람 앞에서 젊은 사람들이 연기하는 광경을 보였다는 사실을 부끄럽게 여겼노라고 고백했다.

치아로몽테는 카뮈에게, 자신을 오랑에 머물게 해달라고 부탁했다. 그곳에서 카사블랑카로 간 다음 대서양을 건너 미국으로 갈 작정이었던 것이다.[12)]

치아로몽테는 자기 앞에 있는 젊은이가 어느 정도 이름이 있으며, 이 흥미로운 청년들의 지도자라는 사실을 간파했다. 그는 가능한 한 그들의 토론에도 참석했다.[13)] 그런 다음 오랑에 간 치아로몽테는 아르제우가에 있는 카뮈의 아파트에 묵었다. 그곳에서 프랑신의 어머니와 언니가 사는 이웃 아파트로 갈 때는 감시의 눈을 피해 벽으로 막혀 있는 두 아파트 사이의 테라스 위를 네 발로 기어가곤 했다.[14)]

얼마 후 그들은 한결 가까워졌다. 두 남자는 메르스 엘 케비르너머 인적이 없는 해안까지 자전거를 타곤 했는데, 그곳에서 치아로몽테는 자신과 카뮈 모두 바다를 사랑한다는 사실을 알게 되었다. 이 이탈리아인 망명객은 여행 가방을 카사블랑카로 부친 다음 알제리-모로코 국경 방향으로 가는 열차에 올랐다. 그곳에서 기차를 바꿔 타거나 아니면 도보로 국경선을 넘을 생각이었다. 어떻게 했는지는 몰라도 무사히 카사블랑카에 도착한 그는 미국행 배에 올랐다. 그는 전쟁 동안 뉴욕에서 살면서 재혼도 하고 『파르티잔 리뷰』(*Partisan Review*)나 『뉴 리퍼블릭』(*The New Republic*), 『네이션』(*The Nation*), 『폴리틱스』(*Politics*) 같은 자유 지식인들을 위한 정기간행물에 글을 썼다. 그때 이후로 두 사람은 카뮈가 죽을 때까지 친구로 지냈다. 치아로몽테는 1972년에 사망했다.

한번은 치아로몽테가 뉴욕에서 카뮈에게 편지를 보냈는데, 그 직후에 경찰이 카뮈를 소환해서 조사했다. 경찰은 카뮈가 "마요"

라는 인물이 실제로 치아로몽테라는 사실을 알았을 것이라고 주장했으며, 카뮈는 사실을 부인했다. 이 무렵 그는 이미 병이 도져서 각혈을 하고 있었다.[15]

그리고 얼마 후 물불을 가리지 않던 카뮈의 친구 나미아가 어느 날 새벽 4시 피쉬 별장에서 반(反)비시정부 용의자로 체포되었다. 국제여단에서 스페인 공화군과 함께 싸우다 돌아온 그의 연루 사실은 숨길 수 없었다. 체포 당시 책상 위에는 그가 오랑에 있는 카뮈에게 부치려던 짤막한 편지 한 통이 놓여 있었다. 탈출 경로를 통해 누군가를 보내겠다는 편지였다. 나미아는 그 편지를 감추려 했으나 형사 하나가 편지 내용을 보더니 자기 주머니에 집어넣었다. 나미아는 1942년 1월부터 1943년 1월까지 남알제리에 갇혀 있었다. 그 직후 오랑에서 카뮈가 조사를 받았던 데는 분명 또 다른 이유가 있었을 것이다.[16]

한번은 샤를 드골이 런던에서 라디오 방송을 통하여 모든 애국자들에게, 자유 프랑스를 지지한다는 상징으로 5분간 업무를 중단할 것을 촉구했을 때 프랑신의 어머니는 우체국에서 연필을 내려놓고 화장을 고치기 시작했다. 점령지 프랑스라는 특수한 분위기 속에서 그녀는 즉각 동료 직원들로부터 비난을 받았으며 2개월간 봉급을 받지 못하는 징계를 받았다.[17]

저항하는 지식인들

그 당시 리옹에 있던 파스칼 피아가 전국적인 문예지를 발간할 계획을 세웠는데, 그 일이 만약 성사되었다면 보다 광범위하고 지속적인 영향력을 미쳤을 것이다. 비록 개성적이며 내면이 복잡해 보이는 인물이기는 했어도 피아는 전쟁에 대해서는 한 번도 애매한 입장을 취한 적이 없었다. 그는 처음부터 신중하고 사려 깊은 반항아였으며, 나중에는 반나치 저항조직에서 비밀스럽고 위험한 과업을 맡게 된다. 지극히 그다운 일이지만 피아는 그런 모든 행동에서 아무런 영광도 얻지 못했을 뿐 아니라, 그 자신도 애써 영광을 구하려 하지 않았다. 그는 자신이 성취한 중요한 업적을 훗날 떠벌이지 않은 거의 유일한 인물이었다.

파스칼 피아는 일찍부터 '지식인 이적행위'의 속성을 간파한 프랑스인 중 한 사람이었다. 저술가, 극작가, 비평가, 시인, 모든 형태의 예술가와 작가들에게, 실제로는 만사가 전혀 평범하지 않은 상황에서 여느 때처럼 활동한다는 것은 파리를 점령한 나치 세력과 비시의 페탱 정권을 도덕적으로 돕는 행위였다.

한 가지 예로서, 좌파 작가와 유대인들의 참여가 금지된 잡지에 기고하는 행위만으로도 나치-비시의 차별 정책에 대한 정당성을 그만큼 강화시켜줄 수 있다. 따라서 반나치 지식인들은 이내 나치 이데올로기를 표명하는 간행물뿐만 아니라 체제의 기본원칙과 지침, 검열을 수용하는 파리 또는 다른 모든 지역의 매체에 글을 쓰기를 거부하기 시작했다. 적어도 1940년 6월에서 1942년 11월에 이르는 기간 동안, 즉 프랑스가 북부의 독일군 점령지역과 남부의 비시 통치하의 자유지역으로 분할되었을 때 몇몇 프랑스인들이 겪은 경험 가운데 한 가지는, 이른바 자유지역에서는 어느 정도 출판이 가능하지만 나치가 직접 통제하던 파리의 경우는 그 일이 불가능하다는 사실이었다.

파리가 함락된 지 6개월 후인 1940년 12월부터 다시 나오기 시작한 *N. R. F.*의 편집 책임자는 파시스트 지식인인 피에르 드리외

라 로셸이었다. 파스칼 피아는 자유지역에서 이 잡지에 게재될 수 없거나 기고하지 않기로 한 작가들의 글을 발표할 고품격 잡지를 간행하고 싶어 했다. 금지된 작가들 중에는 『지식인의 반역』의 저자인 쥘리앵 벤다, 철학자 장 발 같은 유대인을 비롯하여 조르주 베르나노스와 쥘 로멩 같은 노골적인 반나치주의자들이 포함되어 있었던 반면, 비슷한 명성을 누리던 상당수 작가들은 협력을 선택했다.

알제리로 귀국하기에 앞서 카뮈와 피아는 리옹에서 그 잡지 발행 계획에 대해 이야기를 나눈 적이 있다.

피아는 조용히 원고와 게재 약속을 받기 시작했다. 얼마 안 가서 그는 과거 N. R. F.의 정기 기고가인 베르나르 그뢰튀쟁, 장 발, 레이몽 크노, 말로에게서 지지 약속을 받았고, 지드와 몽테를랑, 폴 발레리로부터는 호의적인 반응이 나오리라고 예상했다. 하지만 거의 비슷한 시기에 드리외 라 로셸도 그들에게서 호의적인 반응을 얻으리라고 예상하고 있었다. 피아는 지드 같은 관망파 작가들에게 드리외의 N. R. F.에는 글을 '주지 말라'는 설득을 폈다.

피아의 계획에서 가장 큰 비중을 차지한 의외의 인물은 과거 N. R. F. 책임자였던 장 폴랑이었다. 그 이유는 1920년대부터 1940년대는 물론 1950년대까지 파리의 유력한 문학 출판사인 갈리마르의 수석 편집고문으로서 프랑스 문단의 배후 인물이나 다름없던 폴랑이 미묘한 게임을 벌이고 있었기 때문이다. 그는 N. R. F.와 드리외 그리고 갈리마르와 함께 일을 하는 한편, 여타의 비밀 활동에도 적지 않게 관여하고 있었던 것이다. 예를 들면 폴랑은 피아의 잡지를 위한 원고를 모으는 데도 협조하고 있었다.

『파리 수아르』 시절 리옹에 있을 때 카뮈와 피아는 이미 토론을 거쳐 분명 카뮈의 마음에 들었을, 그리고 십중팔구 카뮈가 제안했을 제호를 정해두었다. 훗날 카뮈의 반항에 대한 주요 상징이면서 그 주제에 관련된 일련의 작품에 대한 비공식적인 제목이기도 한 "프로메테우스"였다.

처음에는 기존의 것 중에서 사용되지 않는 잡지 제목을 붙이는 편이 나을 것 같았다. 그 경우에는 비시 정부로부터 간행물 허가를 따내기가 한결 쉬웠다. 피아는 폴랑의 미국인 친구 헨리 처치가 전쟁 전에 간행하던 잡지 제호인 '메쉬르'(Mesures)를 붙이고 싶어 했지만, 그러기 위해서는 처치와 스위스를 경유하는 복잡한 서신 왕래가 필요했다. 이외에도 『리바주』를 차용할까 하는 생각도 있었다. 그런데 "프로메테우스"라는 제호는 사실상 쓸 수 없는 것이었다. 피아는 2개월이 지나서야 그 제호가 어느 제약회사 잡지 제목으로 이미 쓰이고 있다는 사실을 알게 되었다.

얼마 후 『뤼미에르』 시절 피아와 친했던 한 인물이 비시 정부에 새로운 문예지를 발행하기 위한 허가를 신청했는데, 그 일의 유일한 결과는 피아가 리옹의 쉬르테 비밀경찰 본부에서 엄격한 심문을 받고 그 뒤로도 계속해서 비밀경찰의 감시하에 놓인 것뿐이었다.

결국 잡지 발간 계획은 성공하지 못했다. 독일군이 남부 지역을 침공하고, 피아 자신도 보다 다급한 여러 가지 비밀 활동을 해야 했던 것이다. 그러나 어쨌든 그 덕분에 작가들 가운데 일부가 이적 행위에 대한 도덕적이고 정치적인 의문을 품게 되었고, 폴랑도 저항 쪽으로 돌아서면서 드리외의 입지가 약해지는 결과가 나타났다. 드리외는 *N. R. F.*에 알맞은 기고문을 받는 데 점점 더 곤란을 겪게 되었다.

만약 피아의 잡지가 간행되었다면 분명히 준비돼 있던 두 원고가 실렸을 텐데, 하나는 피아가 1941년 4월에 폴랑에게 말한 것처럼 폴랑도 조만간 읽게 될 탁월한 소설 『이방인』 원고이고, 다른 하나는 같은 작가의 『칼리굴라』였다.[18]

첫 파도 앞에 선 알몸들

마침내 카뮈는 오랑의 생활에 정착했다. 익숙한 일거리도 생겼다. 전례 없이 개인교사에 대한 수요가 생겨난 것이다. 비시 정권 하의 공립학교에서 유대인 교사를 해고하는 데 그치지 않고 유대인 학생에 대한 인원 할당제까지 만든 덕분이기도 했다. 학생 일곱 명당 유대인 학생을 한 명만 받을 수 있었다. 이런 제도가 본토 프랑스에서는 심각한 문제가 되지 않았을지 모르지만, 유대인 주민 수가 많은 오랑은 아예 학급 몇 개를 없애야 할 상황에 처했다.

고등학교 철학교사인 앙드레 베니쇼도 학교에서 쫓겨났다. 학생들이 계속해서 수업을 해달라고 했기 때문에 그로서는 자신이 할 수 있는 일을 할 수밖에 없었다. 그는 한 번에 다섯 명 이상을 가르칠 수 없게 되어 있었다. 게다가 감시를 받고 있었던(거기에는 가정 방문도 포함돼 있었다) 그는 수업 금지령을 피할 생각도 할 수 없었다. 그 대신 같은 과정을 다섯 차례씩 모두 스물다섯 명에게 가르쳤다.

베니쇼는 다른 학과를 가르칠 교사들도 선발했다. 베니쇼와 포르 일가는 예전부터 절친하게 지내온 사이였다. 프랑신과 마들렌 베니쇼(앙드레의 부인)는 소꿉친구였고 그들의 어머니들 역시 친구 사이였다. 베니쇼는 카뮈에게 프랑스어를 가르쳐달라고 청했다. 수업은 베니쇼의 아파트나 어느 건축가의 사무실, 그렇지 않으면 시내의 적당한 장소에서 했다. 카뮈는 아마도 일주일에 학급당 네다섯 시간씩 모두 스무 시간쯤 가르쳤을 것이다. 그는 창의적인 교사였다. 예를 들면 몰리에르를 가르치기 위해 학생들에게 연기를 시키기도 했던 것이다.[19)]

이 무렵 카뮈는 또 다른 사립학교에서 학생들을 가르치기 시작했다. 그 학교는 유대인이 운영하지는 않았지만 국가 시설이 아니었기 때문에 유대인 학생을 받을 수 있었다. 당시의 비시 정부 치하에서는 학생의 상당수가 유대인이었을 것이다. 카뮈는 레 제튀드 프랑세즈에서 바칼로레아 바로 이전 과정인 리세 1학년 학급을 맡아 프랑스 역사와 지리를 비롯한 몇 과목을 동시에 가르쳤다. 카뮈가 그 학교 축구팀과 함께 찍은 사진이 남아 있다.[20)]

학교의 정교사로 근무하게 된 카뮈는 이제 정기 휴일 외에는 알제로 빠져나갈 수 없게 되었다. 이는 동시에 오랑에서의 변함없는 식단을 의미하기도 했다. 그는 에마뉘엘 로블레에게 "지루한 하루하루가 나를 압박하고 있다"고 불만을 토로했다.[21)] 그는 몹시 외로웠다. 에드몽 브뤼아가 코르네유의 『르 시드』(Le Cid)를 알제의 속어로 패러디한 신간을 보내주었을 때도 서평을 게재할 만한 매체를 찾을 수가 없었다. 카뮈는 자신이 영향력을 발휘할 수 있는 집단과 너무 동떨어진 곳에서 살고 있었던 것이다.[22)]

그렇기는 해도 카뮈는 틈만 나면 알제로 빠져나가곤 했다. 1941년 3월 일기에는 알제에 다녀온 이야기가 적혀 있다. "알제 시 위로 높이 솟은 언덕에 봄꽃들이 만발했다." 그는 "해변에 가득한 쾌활한 여자들"에 대해서도 감탄을 금치 못했다. 3월 21일에는 "봄날의 차가운 바닷물"에 몸을 담가보기까지 했다. 사랑에 대한 쓰라린 반성을 할 시간도 있었다.

사랑의 고통에 대해서는 알 수 있어도 사랑이 무엇인지는 알 수 없다. 여기서 사랑이란 상실과 후회와 공허한 손이다. 난 이제 사랑의 흥분을 맛보지 못할 것이다. 내게 남아 있는 것은 고뇌뿐…… 배반, 구속, 결별, 차갑게 식은 마음들이 산산조각으로 부서진 채 내 가슴속에 남아 있다. 눈물과 사랑의 쓰디쓴 맛이.

그해 7월 카뮈는 오랑 인근 모래언덕에 텐트를 치고 일주일을 보냈다. "바다 앞의 모래언덕, 미적지근한 새벽, 아직 검고 차가운 첫 파도 앞에 선 알몸들."
정오가 되면 더위가 무겁게 짓눌렀다. "이 태양은 살인적이다."
그리고 다시 밤이 찾아온다. "별빛이 쏟아지는 하늘 아래 무량한 행복에 젖은 밤들. ……나는 꼬박 여드레를 행복하게 지냈다고 쓸 수 있다."

1941년 1월, 처음 오랑에 도착해서 쓴 일기는 다음과 같다.

P(피에르 갈랭도일 것이다—지은이)의 이야기. 체구가 작은 한 노인이 고양이의 시선을 끌려고 2층에서 종잇조각을 던진다. 그러고는 침을 뱉는다. 그러다 침이 고양이를 맞추면 노인은 웃음을 터뜨린다.

그 일화는 나중에 『페스트』에 쓰였다. 1941년과 1942년의 오랑은 그 작품을 위한 진수대 역할을 했다. 이 무렵부터는 『페스트』가 카뮈의 주요 관심사가 됐다. 4월이 될 때까지 그는 일기에 이 작품과 계획 중인 새로운 희곡 『오해』가 자신이 "두 번째 시리즈"라고 여기던 주제를 다룬 작품이라고 다짐했는데, 얼마 후 거기에 "반항에 대한 에세이"가 추가된다.

첫 번째 주제를 다룬 세 작품을 완성한 그는 두 번째 시리즈를 위한 작업에 착수할 수 있게 되었다. 『이방인』은 그 당시 아마도 우리가 오늘날 알고 있는 형태를 취했을 것이며, 『칼리굴라』의 첫 번째 판 역시 마찬가지일 것이다. 『시시포스의 신화』는 오랑에 도착하고 얼마 지나지 않은 1941년 2월 21일에 완성되었다. 그날 카뮈는 일기에서 이렇게 선언했다. "세 편의 '부조리'가 완성되었다."

그리고 그 아래 "자유의 시작"이라는 말을 추가해놓았다. 카뮈는 그런 안도감을 『반항인』을 쓰면서 스스로 부과한 장기간의 고행이 끝나는 10년 후에나 다시 맛보게 된다.

이 무렵 다시 등장한 옛 친구는 에마뉘엘 로블레였다. 그는 아내와 함께 틀렘센 인근의 이슬람 교도 거주지인 튀렌의 학교에서 학생들을 가르치고 있었다. 로블레는 어머니를 만나기 위해 자신이 사는 곳에서 128킬로미터 가량 떨어진 오랑을 2주간 방문했는데, 그때 물론 카뮈도 만났다.

그즈음 튀렌에 티푸스가 돌기 시작했고 1941년 4월 로블레의 아내도 티푸스에 걸렸다. 예방주사를 맞은 로블레는 여행 허가를 위한 진단서를 받았다. 당연한 일이지만 카뮈는 로블레에게 아무도 출입할 수 없는 전염병 지역의 검역 격리에 대해 상세히 물어보았다. 로블레의 마을에서는 세네갈 소총수들이 막사를 지키고 있었지만, 환자의 가족은 환자들에게 몰래 물을 가져다주곤 하는

데, 그 행동이 실상은 환자들을 죽음으로 몰아갈 수도 있었다. 멀리 툴루즈에서 백신을 가져와야 했는데, 양이 턱없이 부족했기 때문에 병에 걸린 사람들 대부분이 죽었다.

카뮈는 친구를 역까지 전송하면서도 계속해서 그 일에 대해 캐물었다. 이윽고 그는 친구에게, 자신이 전염병에 관한 소설을 쓰고 있는 중이라고 고백했다.[23]

카뮈는 그 이상은 말하지 않았다. 그는 프랑신과도 자신이 쓰고 있는 작품에 대해 의논하지 않았다.[24] 포르 일가는 그의 작업 습관과 질서 의식에 대해 깊은 인상을 받았다. 크리스티안의 아파트를 차지한 신혼부부는 흔히 학자의 집이 그렇듯이 사방에 널려 있는 책들을 보았다. 카뮈의 손길이 닿으면서 순식간에 모든 물건은 제자리에 놓였다. 그 무렵 카뮈가 분명 글을 쓰고 있었는데도, 크리스티안 포르는 그가 메모를 하거나 뭔가를 쓰는 모습을 한 번도 보지 못했다.[25]

이따금씩 옛 친구가 알제로부터 찾아오곤 했다. 마르셀 보네 블량슈는 카뮈 부부 및 몇몇 친구들(특기할 일은 그 대부분이 유대인이었다는 사실이다)과 함께 카나스텔로 소풍을 가거나, 손님들의 인상이 좀 험악하긴 해도 전시에 최고의 음식을 맛볼 수 있는 식당으로 외출을 하곤 했다. 그리고 다시 아르제우가로 돌아온 그녀는 카뮈가, 프랑신이 남편에게 주려고 애써 마련한 달걀 한 개나 그의 삼촌 귀스타브 아코가 알제에서 보내준 고기 등 자기가 갖고 있던 모든 것을 친구들과 나누는 광경을 보았다. 또한 그녀는 카뮈의 아름다운 아내가 부엌일에 대해 얼마나 무지한지를 알고 놀라기도 했다.[26]

19 부조리

파스칼 피아에게
• 『시시포스의 신화』 헌사

『이방인』이 최초의 독자들에게 미친 영향을 이해하려면 *N. R. F.*파가 좌지우지하고 있던 1930년대 프랑스 문단의 상황을 살펴볼 필요가 있다. 작가들은 대부분 명문대학 졸업자로, 역작이라고 해봐야 프랑스 부르주아지라는 좁은 테두리에서 나온 게 고작이었다. 같은 계급 출신은 아니었으나 독자적이고 화려한 수사학으로 문단에 들어온 셀린은 당시 프랑스에서 거의 유일한 경우였는데, 그도 언제나 이해받았던 것은 아니다. 순수문학에 빠져 있던 대학시절의 알베르 카뮈조차도 그를 이해하지 못했다.

파리 문단의 산물이라 할 수 있는 앙드레 말로는 이국적 환경에서 혁명을 창출함으로써 이러한 테두리를 벗어나보려고 했다. 그러나 진정한 이국 취미, 여행의 전율을 염두에 둘 때 말로와 그의 동료들은 양차 대전 사이의 미국으로 눈을 돌릴 수밖에 없었다. 예를 들면, 이미 1933년 말로의 서문과 함께 프랑스에 『성역』(*Sanctuary*)을 선보였으며 제2차 세계대전 발발 전까지 갈리마르에서 여섯 권의 작품을 출판한 바 있는 윌리엄 포크너, 1939년에 『생쥐와 인간』(*Of Mice and Men*) 번역판을 낸 존 스타인벡,

1936년 프랑스어판으로 『신의 작은 땅』(*God's Little Acre*)을 내고 1937년에는 『빈민가』(*Tobacco Road*)를 낸 어스킨 콜드웰, 그리고 심지어 1936년 『우체부는 벨을 두 번 울린다』(*The Postman Always Rings Twice*)의 프랑스어판을 낸 제임스 M. 케인에 대한 주목이 그랬다.

프랑스 작가에게서 미국적 소설을 기대한 사람은 아무도 없었다. 모방작은 가능했겠지만, 『이방인』은 모방작이 아니었다. 전후의 어느 인터뷰에서 카뮈는 "명확하고 의식적인 자각 없이" 인간을 묘사하려는 자신의 취지과 맞아떨어졌기 때문에 그 작품에서 미국식 기법을 차용했음을 고백했다. 그러나 그것에 대한 일반화는 자칫 소설을 황폐하게 하는 "인조인간과 본능의 세계"에 빠지게 만들지도 모른다고 말했다. 1945년 카뮈는, 백 명의 헤밍웨이보다는 한 명의 스탕달이나 뱅자맹 콩스탕을 선택하겠노라고 말했다.[1]

어느 외로운 이가 쓴 소설

당연한 일이지만 그 『이방인』은 변경의 인종 도가니였던 프랑스령 알제리의 산물이었다. 그곳에서는 노동계급의 소년이라도 뒷문을 통해 문학계에 발을 들여놓을 수 있었던 것이다.

『이방인』은 전적으로 카뮈 자신의 체험의 산물이었으며, 파리 독자들에게는 그런 체험이 없었다. 파리의 독자들은 자신들의 문학에, "네 차례의 짤막한 총격과 더불어 나는 불행의 문을 두드렸다" 같은 놀라운 문장에 의해 예기되는 새로운 특질이 더해지고 있다는 사실을 인정할 수밖에 없었다. 『이방인』에 대한 최초의 중요한 서평을 쓴 사르트르는 그 실존적 특질을 인지했으며, 한 역사가는 그 작품을 이슬람 교도 주민들 속에 고립된 알제리령 프랑스인의 상징으로 평가했다.

훨씬 후에, 적대감을 품은 한 알제리인은 카뮈 또는 그의 주인공이 아랍인을 살해함으로써 잠재의식 속에서 이슬람 교도 알제리인이 없는 알제리를 원하는 알제리계 프랑스인들의 꿈을 실천에 옮긴 것으로 단정 지었다. 핀란드의 한 경제지리학자는 이 작품의 저자에게, 자신은 뫼르소가 방아쇠를 당긴 해변 사건에서 기후가 주민에게 미치는 영향의 전형적인 표본을 발견했다고 말했다.

어쩌면 예리한 대화와 역설로 가득한 『칼리굴라』가 보다 쉽게 프랑스 문학에 흡수될 수 있었을 것이다. 파리의 대중은 분명 과격한 진술에 익숙해져 있었을 것이며, 『칼리굴라』가 그 작가에게 의미하는 바를 굳이 알 필요도 없었고 관심도 없었다. 하지만 카뮈의 '부조리' 3부작에서 세 번째 그림인 『시시포스의 신화』는 어떻게 생각해야 할까?

1940년대의 프랑스인들은 그 작품을 '걸작'으로, 자신들이 알고 있는 세계에 의미를 부여하려는 시도로 여겼다. 그러나 이 무렵 카뮈의 사생활을 잘 알고 있던 독자라면 『시시포스의 신화』를 그것과는 전혀 다르게 읽었을 것이다. 그 작품은 종종 진정한 의미의 자서전으로, 한 젊은 예술가의 자화상처럼 보인다. 지금은 너무나도 잘 알려진 명제 "진정으로 심각한 철학적 문제는 하나밖에 없는데, 자살이 그것이다. 즉 삶이 살 만한 가치가 있는 것인지 아닌지를 판단하는 것이다"라는 구절로 시작하는 이 책을 펼친 독자는 흡사 카뮈의 일기를 읽고 있는 듯한 착각에 빠질 수 있다.

행동의 귀감을 제시하고 있는 이 책의 한 부분은 그것을 다음 세 가지, 즉 돈 후안주의, 연기자, 정복자로 한정짓고 있다. 그 하나하나는 카뮈의 전기에서 이 부분까지를 읽은 독자라면 충분히 이해하게 될 개념들을 내포하는 것이다. 그는 "돈 후안이 이 여자에서 저 여자에게로 옮겨간 것은 애정 결핍 때문이 아니다"라고 적는다.

그것은 그가 동일한 열정으로 언제나 전심전력을 다해 여자들을 사랑하기 때문이다. 그는 이 재능과 탐색을 거듭할 수밖에 없는 것이다. 어째서 제대로 사랑하고자 하는 인간이 드문 것일까?

이 책에서 저자는 세계의 침묵과 직면해서 삶이 과연 살 만한 가치가 있는 것인지를 독자와 그 자신에게 묻고 있다. 삶은 명료하게 영위될 수 있을 경우 살 만한 가치가 있다. 창조자(작가)의 본분은 눈을 똑바로 뜨고 앞으로 나아가는 데 있다. 바윗돌을 산꼭대기로 굴려 올리지만 결국 바윗돌이 다시 굴러 떨어지도록 운명 지워진 시시포스의 노동은 부조리한 인간이 처한 상황이며, 인간은 의식으로써 그 상황을 극복하게 된다.

카뮈의 결론은 "정상으로 나아가려는 투쟁 자체만으로도 인간을 만족시키기에 족한 것이다. 따라서 시시포스는 행복하다고 여길 수밖에 없다"는 것이다.

다른 사람들만큼이나 카뮈에 대해 잘 알고 있던 한 사람이 이 책들의 출판에 관여했는데, 바로 파스칼 피아였다. 직관과 창의력으로써 같은 길을 걸어왔기 때문에 삶의 체험의 산물인 이 작품을 이해할 수 있었던 다른 한 사람은 앙드레 말로였다. 두 사람 모두 오랑의 어느 외로운 젊은이가 쓴 원고를 적의 점령지였던 파리의 문단에 들이미는 모험에 관여했다.

'갈리마르 문고'와 'N. R. F.' 중 어느 쪽이 먼저 태어났을까? 역사적으로 볼 때 앙드레 지드와 에세이스트이며 소설가인 장 슐룸베르제(자크 코포와 함께 비외 콜롱비에를 창설한 인물), 진취적인 젊은 사업가 가스통 갈리마르가 문학 비평지 N. R. F.를 시작했다. 갈리마르의 초기 출판물은 제1차 세계대전이 일어나기 직전 '누벨 르뷔 프랑세즈 출판'이라는 이름으로 간행되었으며, 1919년 가스통과 그의 형제인 레몽 · 자크가 경영을 맡으면서 '갈리마르 문고'라는 이름으로 간행되기 시작했다. 이후로 어느 한쪽 또는 양자 모두가 금세기 전반 프랑스 문학에서 중요한 거의 모든 작품을 출판하게 되면서 '갈리마르'와 'N. R. F.'라는 이름은 서로 분리할 수 없는 것이 되었다. N. R. F.를 읽으면서 성장한 사람은 박식한 독자가 될 수 있었고, 외국문학의 주된 경향이라든가 현대 프랑스 연극에 대해 공연 한 번 보지 않고도 잘 알 수 있었다.

월간 N. R. F.는 작가들을 위한 진수대 역할을 했는데, 그들의 책은 얼마 후 저 유명한 갈리마르 '블랑슈(백색) 총서'의 수수한 표지로 세상에 나오게 되었다. 말로처럼 젊고 팔팔한 작가가 N. R. F.의 서품을 받는 필자일 수도 있었고, 앙드레 브르통 같은 초현실주의자나 루이 아라공 같은 공산주의자, 몽테를랑 같은 보수주의 작가, 마르셀 주앙도 같은 노골적인 복고주의자, 피에르 드리외 라 로셸이 필자가 될 수도 있었다. 작품이 일정한 격을 갖추기만 하면, 가장 아취 있는 센 강에서 세 블록 떨어져 있고 루브르

궁과 박물관의 맞은편이며 마르셀 프루스트의 포부르그 생 제르맹 언저리에 위치한 성전에 들어갈 수 있었던 것이다.

유대인은 제외하시오

제2차 세계대전 당시 갈리마르 출판사가 처한 상황은 그 시대의 문인들뿐 아니라 모든 프랑스인들이 처한 모호한 상황을 보여준다.

'좋은 사람들'이 나치와 싸우고 '나쁜 사람들'은 협조하는 식으로 선악이 분명하게 갈리는 전쟁 영화를 보며 자란 독자들이라면 실제로 전시 프랑스에서 벌어진 일을 이해하기가 어려울 수도 있다. 좋은 사람 중에서 정말 좋은 사람이나 언제나 좋았던 사람은 거의 없었다. 또한 나쁜 사람 모두가 숨은 미덕이 없는 것은 아니었으며 저항운동 중의 일부는 그들이 이끌기도 했다.

애초에 지중해가 내려다보이는 테라스가 딸린 리비에라의 빌라에서 한가로이 살면서 전쟁을 시작했다가 유격대의 무장 행동으로 뭔가 할 수 있을 거라고 생각하기에 이른 앙드레 말로 같은 인물이 유별난 경우는 아니었다. 또한 처음에는 이념적인 저항계획을 시작했다가 집필과 출판에 머문 사르트르 같은 인물도 있었다. 그는 심지어 점령지 파리에서 자신이 쓴 희곡을 공연하여 독일 비평가들로부터 호평을 받기까지 했다. 시몬 드 보부아르는 공공 라디오 방송국에서 근무했다.[2]

독일군이 파리에 진주했을 때 가스통 갈리마르의 첫 번째 관심사는 자신의 출판사를 온전히 유지하는 일이었다. 그는 다섯 대의 자동차에 갈리마르 일가와 서류철, *N. R. F.* 보관판을 싣고 목초지에 둘러싸인 노르망디의 한 빌라로 향했다. 독일이 프랑스 북부를 점령하자 갈리마르 일가는 남부로 퇴각했다.

출판사의 생존은 갈리마르 일가뿐만 점령 세력에게도 관심사였다. 사람들에게 만사가 여느 때와 다름없이 진행되고 있다는 것을 알리기 위해 『파리 수아르』를 창간할 필요가 있었다면, 프랑스의 문화인들에게 N. R. F.가 살아 있다는 사실을 납득시키는 것 역시 그에 못지않게 절실한 일이었다.

독일 대사가 "프랑스에는 세 개의 군대가 있는데, 공산주의와 은행과 N. R. F.가 그것"이라고 말했다는 소문이 순식간에 돌았다.[3] 또 다른 이야기에 의하면, 독일군이 파리에 파견한 최초의 점령군 지휘관이 비군사적인 분야에서 가장 먼저 손봐야 할 두 가지 우선순위가 적힌 편지를 지니고 있었는데, 그 대상이 시청과 N. R. F.였다는 것이다.[4] 어느 쪽이 사실이든, 또는 둘 다 사실과 다르든 상관없이, 낯익고 유명한 이들의 협력을 의미하는 잡지의 속간이 점령지의 안정을 위한 큰 힘이 되었으리라는 것만은 확실했다. 나치들도 지식인의 용도를 알고 있었던 것이다.

그 당시 실제로 일어났던 일을 알기 위해서는, 현재 우리가 알고 있는 것보다 더 많은 것, 요컨대 당시 N. R. F.의 책임자였던 장 폴랑의 심중에서 은밀하게 진행되고 있던 일에 대해 알 필요가 있다. 거래는 지극히 간단한 것이었고, 충실한 폴랑은 틀림없이 그 실현에 한몫 거들었을 테니까. 갈리마르가 독일군의 승인을 받은 책임자 아래에서 잡지를 복간한다면, 책도 발행할 수 있고 폴랑과 크노, 그뢰튀쟁처럼 정신이 독립적인 인물들을 계속 직원으로 쓸 수 있을 것이었다. 갈리마르가 그 일을 거부했다면 독일군이 출판사를 차지하여 자기들 멋대로 처분했을 것이다.

그 다음으로 모든 관련자들에게 중요한 일은 유대인과 공산주의자, 그리고 이러한 타협이 먹혀들 것 같지 않은 몇몇 사람들을 제외한 문학 엘리트들에게 계속 잡지에 기고를 하도록 납득시키는 일이었다. 그 희망 덕분에 지드와 발레리, 자크 오디베르티, 주앙도 같은 문학계의 거물들을 필자로 유지할 수 있었고, 그 외에 몇몇 자발적인 협력자들이 참여했다.

거래의 일부는 *N. R. F.*의 새 책임자를 장 폴랑에서 독일군이 용납할 만한 인물로 교체하는 것이었다. 잡지의 정기 필자 중 알맞은 사람이 있었다. 갈리마르의 필자들 가운데 고참이고 자타가 인정하는 파시스트인 피에르 드리외 라 로셀이었는데, 그는 얼마 후 "히틀러와 히틀러주의의 정신"을 고취시키는 데 동원됐다. 드리외의 오른팔은 갈리마르 출판 부문의 편집고문인 장 폴랑이 됐는데, 그러한 업무 배정의 중요성은 결코 작지 않다. 반나치주의자이고, 유대인과 반파시스트 친구들의 집필이 금지된 상황에서는 글을 쓰지 않기로 작정한 철저한 저항파인 폴랑은 *N. R. F.* 지 지지자이면서 반대자이기도 했다. 그는 잡지의 정기 필자들에게 협력을 구하는 서한을 보내는 한편 개인적으로는 그러지 않기를 바란다고 말했으며, 심지어 반*N. R. F.*지를 창간하려는 파스칼 피아의 구체적인 계획에 협조하기까지 했다.

폴랑은 시치미를 떼고 쥘리앵 벤다 같은 유대인 작가의 원고를 넘기고는 드리외가 그 원고를 게재할 수 없다고 말하게 함으로써 심술궂은 쾌감을 맛보곤 했다.

"어째서 안 된다는 거요?" 폴랑이 아무것도 모르는 양 그렇게 반문하면 드리외는 어쩔 수 없이 "그가 유대인이기 때문"이라고 대답해야 했던 것이다.

드리외가 폴랑에게 점령지와 '자유' 지역을, 즉 프랑스 북부와 남부를 연결하는 잡지를 내보자는 말을 하자 폴랑은 이렇게 대꾸했다. "그보다는 차라리 '금지' 구역을 더해보는 게 어떻겠소? 유대인들 말이오."

그러나 폴랑이 1941년 5월 저항운동 단체와 관련된 혐의로 체포되자, 드리외는 재빨리 그를 꺼내주었다. 또한 드리외는 자신의 옛 친구 앙드레 말로가 점령지 파리로 오도록 면책권을 마련해주기도 했다. 당시 말로는 한 저항운동 단체의 지도자였다. 말로가 방문한 동안 두 친구는 당시 상황에 대해 토론을 벌이기도 했다.

양쪽 모두 거래 내용을 지켰다. 가스통 갈리마르는 독일군의 검열 아래 출판업을 재개할 수 있었다. 독일의 지식인 관리 하나가 출판사가 규칙을 준수하도록 배정되었다. 그는 관대한 편이었지만, 그렇긴 해도 유대인 작가들을 도울 뾰족한 방도는 없었다. 심지어 갈리마르에서 카뮈의 『시시포스의 신화』를 출판하기 전에 체코의 유대인 작가 카프카와 관련된 장을 빼지 않으면 안 되었다.

협력적인 *N. R. F.*는 드리외가 필자를 발견할 때까지는 계속해서 간행되었으나, 더 이상 필자를 찾을 수 없게 되고 갈리마르와 폴랑 모두 만족스런 대안을 찾지 못하게 되면서 1943년 6월호를 마지막으로(그와 동시에 폴랑에게는 마음 놓이게도) 폐간되었다. 1945년 3월에 드리외는 자살했다. 그리고 파리 점령기 동안 출판 행위를 한 데 대한 징계로서 *N. R. F.*는 해방된 프랑스에서 출간 허가를 받지 못했다.[5]

그리하여 갈리마르는 나치 점령하에서도 공산주의자인 루이 아라공과 자유주의자 조르주 바타유의 책을 출판하면서 드리외

라 로셸의 『유럽 대 조국』과 같은 목록에 장 그르니에의 『정통적 정신에 관한 에세이』(*Essai sur l'esprit d'orthodoxie*)에 대한 출판 광고도 했다. 또한 사르트르의 『존재와 무』(*L'Etre et le Néant*), 카뮈의 『이방인』, 『시시포스의 신화』도 출판했다.

이처럼 혼란이 극심했기에 N. R. F. 1941년 2월호에는 풀랑에게 헌정한 폴 엘뤼아르의 시 한 편과 지드의 일기 일부분이 수록되었다. 엘뤼아르의 작품은 나중에 공산주의자이며 레지스탕스 활동가로 더 유명해진 그의 마지막 기고문이 된다. 아울러 뒤표지에 알랭, 마르셀 아를랑, 아벨 보나르, 알프레드 파브르 뤼스, 지드를 비롯하여 앙드레 말로의 원고를 예고하는 광고가 게재됐다. 물론 말로는 원고를 보내지 않았다.

이 원고를 추천합니다

에드몽 샤를로가 카뮈의 첫 번째 주요 작품들을 출판할 수는 없었을까? 만약 그 책들이 변방인 알제에서 나왔다면 어떤 결과가 나왔을까? 파리에 알려지지 않은 조그만 출판사가 발행한 책들이 전국적인 관심을 끌 수 있었을까?

샤를로 자신의 말에 의하면, 1941년 카뮈가 찾아와 이 세 가지의 "부조리" 작품, 즉 『이방인』과 『시시포스의 신화』, 『칼리굴라』를 한 권의 책으로 출판할 수 있는지 물었다고 한다. 이런 식으로 책을 낼 경우 부조리에 관한 문제를 하나로 뭉뚱그릴 수 있기 때문이었다.

샤를로는, 자신은 그런 큰 책을 낼 돈이 없으며, 어찌 됐건 그 작품은 프랑스에서 나와야 최대의 효과를 거둘 수 있다고 대답했다.[6] 그러나 오래지 않아 샤를로는 자신이 점령지 파리에서 출판의 거물이 될 수 있음을 보여주었다. 그는 전쟁 동안 장 지오노와 피에르 에마뉘엘, 피에르 장 주브, 거트루드 스타인, 심지어 지드 같은 문호들의 작품을 자신의 출판 목록에 넣을 수 있었다. 1945년에 본사를 파리로 옮긴 그는 매달 갈리마르에 못지않은 신간을 발행했다. 그 결과 쥘 루아, 앙리 보스코, 그리고 로블레의 경우 중요한 문학상을 수상하게 됐다. 출판된 책 중에는 아서 케스틀러와 알베르토 모라비아 같은 중요한 신진작가들의 작품도 있었다. 얼마 후 샤를로는 지드의 제안에 따라 *N. R. F.*가 남겨놓은 공백기를 채울 잡지 『라르슈』(*L'Arche*)를 후원하게 된다. 만약 갈리마르가 전후에 살아나지 못했다면 샤를로가 프랑스의 주도적인 문예 출판사 자리를 차지했을 것이다.[7]

정기적으로 폴랑이나 말로와 접촉하고 있던 파스칼 피아와 더불어 그 "부조리" 작품들은 최고의 대접을 받게 되었다. 카뮈가 오랑에서 보낸 『이방인』 원고를 피아가 받은 것은 1941년 4월이었다. 그리고 얼마 후 『칼리굴라』의 원고도 받았다. 그러나 그것은 출간될 원고가 아니었다. 출간이 지체된 덕분에 적어도 한 번 이상 개작할 여유가 있었기 때문이다.[8] 피아는 그 원고들을 친구인 프랑시스 퐁주에게 보여주었다. 퐁주 역시 이제 곧 갈리마르에서 획기적인 저서 『사물의 편견』(*Le Parti pris des choses*)를 낼 예정이었다. 퐁주는 카뮈의 작품이 아주 비범한 원고임을 알아보았다.

6월 초, 피아는 두 작품을 당시 생장카프페라 인근 니스와 몬테카를로의 중간 지점인 카프다일의 한 빌라에 살고 있던 말로에게 발송했다. 『시시포스의 신화』 원고가 완성되자 카뮈는 그것도 피아에게 보냈고, 피아는 그 원고 역시 말로에게 보냈다.

그 당시 리옹과 리비에라를 포함한 프랑스 남부와 알제리 모두 비시 정권 아래 있었기 때문에 두 지역 사이에는 편지는 물론 소포까지 자유롭게 왕래했다. 리옹이나 리비에라에서 독일군 점령 지역인 북부의 파리와 우편물을 주고받는 일은 그것과는 달라서 특별한 지역 간 카드가 사용되었다. 피아는 장문의 편지를 『파리 수아르』의 심부름꾼을 통해 파리로 보낼 수 있었지만, 두 지역 사이에서 원고를 보낼 때는 갈리마르의 독자적인 운송 체계를 이용했다. 소포 꾸러미를 칸에 있는 갈리마르의 주소(가스통의 형제이며 동업자인 레몽 갈리마르의 호텔)로 보내면 전담 직원이 그것을 파리로 나르곤 했다. 세 편의 "부조리" 작품도 이런 식으로 1941년 9월 말에 갈리마르에 송고되었다.

한편으로 또 다른 중개인이 생겼다. 장 그르니에는 『이방인』에 대한 의혹에도 불구하고 그 원고를 친구이며 정통 N. R. F. 관련자인 마르셀 아를랑에게 권했지만, 카뮈는 그럼으로써 자칫하면 피아와 말로 사이의 연결에 지장을 줄지도 모른다고 생각했다. 그래서 그르니에는 그 대신 카뮈와 그의 작품을 가스통 갈리마르의 고문인 폴랑에게 추천했다. 말로는 열렬한 추천문과 함께 카뮈의 원고를 곧장 가스통 갈리마르에게 보냈다. 그는 또한 그 원고들을 당시 남프랑스에서 함께 지내고 있던 로제 마르탱 뒤 가르에게도 보여주었던 것 같다.

자닌 갈리마르가 기록한 바에 의하면 갈리마르 출판사에서 폴랑의 주재 아래 매주 열린 원고 검토 회의 때 폴랑이 그 자리에 모인 고문들 앞에서 "우리의 연락망을 통해 도착한 원고 하나를 방금 다 읽었습니다"라고 말했다. 그는 여느 때처럼 기복이 없는 어조로 말하고 나서, 그 원고를 원고더미 맨 위에 올려놓으며 다시 입을 열었다. "물론 이 원고를 추천합니다."

여기서 그가 "원고를 추천한다"는 말은 책으로 출간된다는 것을 의미했다. 당시 심사위원회의 위원들 중에는 레이몽 크노, 브리스 파랭, 자크 르마르샹, 라몽 페르난데스, 알베르 올리비에, 베르나르 그뢰튀쟁 들이 있었다.

가스통 갈리마르는 주저 없이 폴랑의 의견에 동의했다. 갈리마르의 비서가 그 원고를, 점령기 동안 프랑스 출판물을 담당한 독일 측 수석고문 게르하르트 헬러에게 가져갔다. 헬러는 1940년 11월부터 1942년 7월까지 선전부에서 일한 다음 파리 주재 독일 대사관에서 같은 직무를 맡았다.

비서는 헬러에게, 이 원고를 어떻게 생각하는지, 그리고 이 원고가 검열에 대한 위반인지 여부를 알고 싶어 하는 갈리마르의 말을 전했다. 헬러는 그날 오후 원고를 받은 즉시 읽기 시작했는데, 새벽 4시에 끝까지 읽을 때까지 원고를 손에서 뗄 수 없었다. 작품에 매혹된 그는 이는 문학에 일대 진보를 가져온 작품이라고 여겼다. 그는 아침 일찍 갈리마르의 비서에게 전화를 걸어 출판 동의를 표하면서 어려운 문제가 있다면 도와주겠다고 말했다. 종종 그가 도움을 준 일이 있었던 것이다. 하지만 생텍쥐페리의 『전시조종사』의 경우는 그가 도울 수 없었다.

『이방인』을 바로 출간하기로 마음먹은 가스통 갈리마르는 앙드레 말로를 통해 카뮈에게 그 사실을 전했다. 가스통도 그 작품이 아주 비범하다고 여겼던 것이다. 폴랑은 자기 역시 그 작품이 아주 마음에 들었지만 『시시포스의 신화』에는 그 정도로 매혹되지 않았다고 말했다.

그런데 카뮈는 『이방인』을 단일 저작물로서가 아니라 '시리즈'의 일부로 제시했다. 피아는 폴랑에게 그 사실을 확인해주었다. 그러나 파리에서는 그렇게 책을 내는 것이 바람직하지 않다고 여겼다. 실제로 종이 부족 때문에 그것은 불가능했던 것이다.

1941년 12월 갈리마르는 『이방인』을 초판 1만 부 기준으로 10퍼센트 인세(그 뒤에는 12퍼센트)에 해당하는 5,000프랑의 선인세로 즉시 출간하기로 했다. 다른 프랑스 출판사와 마찬가지로 갈리마르 역시 중판 시에는 인세 5퍼센트를 지불하고 있었다.

한편 말로는 『시시포스의 신화』를 『이방인』과 동시에 출간할 수 있는 방도를 알아봐주겠다고 약속했다. 이윽고 다음해 3월, 후속으로 『시시포스의 신화』를 출간하기로 합의가 되었지만, 유대인 작가 프란츠 카프카에 대한 장을 빼는 조건이었다. 그 장은 자유 지역에서 간행되는 잡지에 별도로 발표됐다. 『칼리굴라』에 대해서는 즉각적으로 합의가 되지 못했다. 훗날 갈리마르는 그 작품을 『시시포스의 신화』 이후에 발간하겠다고 제의했지만, 때(1942년 9월)가 되자 카뮈는 작품을 좀더 손질할 필요를 느꼈기 때문에 출간을 미루기로 했다. 결국 『칼리굴라』가 책으로 세상에 나온 것은 1944년이 되어서였다.

『이방인』이 출간되다

멀리 떨어진 오랑으로부터 자신의 원고가 이동하는 복잡한 경로를 추적한다는 것은 거의 불가능한 일이다. 한 번은 원고의 행방이 묘연해진 적도 있었다. 피아가 칸의 레몽 갈리마르를 경유하여 보낸 같은 원고의 사본이 엉뚱한 길로 빠지고 난 후 폴랑이 말로로부터 받은 원고를 기초로 『이방인』을 승인했기 때문이다. 카뮈는 그 소설의 초기 원고가 갈리마르에 도착했을지 모른다는 우려에서 적절한 텍스트가 출판되는 것인지 재차 확인될 때까지 기다렸다. 재확인은 갈리마르의 또 다른 편집자 레이몽 크노가 했다. 카뮈가 점령지 파리로부터 너무나 멀리 있었기 때문에 폴랑이 그를 대신하여 교정지를 읽었던 것이다.

비록 원고의 이동 경로를 통제할 수 없었다 해도, 카뮈는 프랑스에서 일어나고 있는 일은 명확히 알고 있었다. 1942년 3월, 자신이 맡고 있는 잡지의 질이 떨어지는 데 실망한 드리외 라 로셸은 자신이 사퇴하고 모든 권한을 비정치적인 편집위원회의 손에 맡길 것을 고려하고 있었다. 그와 갈리마르는 잡지의 문학적 수준을 보장하기 위해 드리외, 폴랑, 아를랑, 그리고 지오노(독일군이 폴랑을 취소할 경우)로 구성된 소위원회와 함께 운영될 편집위원회 위원직을 폴 발레리와 앙드레 지드, 레옹 폴 파르그에게 맡기기를 희망했다.

발레리는 게르하르트 헬러와 의논한 끝에 지드가 동의한다면 자신도 참여하겠다는 의사를 보였지만, 지드는 망설이고 있었다. 그러한 재편성 전체가 독일인들이 갈리마르를 갈취해서 잡지의 신뢰성을 보강하기 위한 음모로 보였던 것이다. 게다가 드리외도 자신의 실패를 자인하는 결과가 될 그러한 변혁을 더 이상 원치 않게 되었다.

하지만 재편성이 고려되고 있는 동안인 1942년 3월부터 적어도 5월까지 폴랑은 다시 충실한 하인 노릇을 수행했다. 그는 자신에게는 갈리마르 출판사와 더불어 그 잡지의 운영을 거부할 권한이 없다고 여겼다. 폴랑의 협상 중의 일부는 암호화된 편지 형태로 진행되었는데, 그 암호는 필자의 이름을 각각의 작품에 적힌 이름으로 대체한 것이었다. 즉 발레리의 경우는 "유팔리노스", 모리악은 "데스키로", 조르주 뒤아멜은 "살라벵" 등이었다.

폴랑은 1942년 3월 12일 카뮈에게 편지를 보내, 『이방인』을 *N. R. F.*에 게재해도 좋겠는지를 물었다. 이는 『인간의 조건』을 포함한 말로의 초기작이 잡지에 실린 적이 있었기에 기분 좋은 제의이기도 했다. 폴랑은 또한 카뮈가 스탕달에 관한 특별호에도 기고해주기를 희망했다.

카뮈는, 비록 지금은 나치의 승인으로 발행되고 있지만 한때 자신의 문화적 영웅들의 잡지였던 *N. R. F.*의 서품을 받아들일 것인지 여부를 혼자서 결정해야 했다. 사실 그는 이미 전시에 간행되는 *N. R. F.*에는 발표를 하지 않기로 결정했으며, 드리외 라 로셸로부터 받은 비슷한 제의 역시 거절했다. 그는 폴랑도 자신의 양심상의 문제를 이해해주리라고 여겼다.

잡지의 편성이 완전히 달라졌을 경우 카뮈나 폴랑이 어떤 태도를 취했을지에 대해서는 알 수가 없다. 확실한 것은 당시 무명이나 다름없었던 카뮈가 가장 '신성한' 잡지에 게재될 기회를 사양했다는 사실이다. 그의 동료들은 물론 연장자들 상당수는 그렇게까지 단호하지 못했다.

이 모든 일은 오랑에서 카뮈의 결핵이 재발하고 난 후에 일어났다. 그 때문에 카뮈는 일신상의 문제조차 처리할 수 없었으며, 내내 병상에서 회복을 기다리고 있었다.[9]

1942년 2월 초, 갈리마르는 『이방인』 편집에 착수했다. 폴랑이 재교지를 읽은 것은 3월 중순이었다. 카뮈에게는 4월 30일 출간에 앞서 『이방인』과 『시시포스의 신화』의 인세가 도착했고, 6월

15일에 마침내 『이방인』 초판 4,400부가 출간되었다. 7월 26일 말로는 카뮈에게, 자신이 리비에라의 서점에서 그의 책을 보았다는 사실을 알려주었다. 『시시포스의 신화』 역시 『이방인』과 같은 조건으로 1942년 10월 16일에 초판 2,750부가 출간되었다.[10]

적군 점령하의 프랑스 수도에서 책이 출간된다는 것은 어떤 의미가 있었을까? 도덕적인 문제는 차치하고, 그것이 독자들에게 어떤 역할을 했을까?

파리는 출판의 중심지였다. 모든 출판사가 파리에 모여 있었으며, 주요 문학지 역시 마찬가지였다. 작가들은 파리에서 먼 곳에 살 수도 있었지만, 중요한 것은 파리의 문학 살롱이나 카페에서 어떤 얘기가 오갔느냐 하는 것이었다.

하지만 이제 가장 탁월한 인물들은 파리에 없거나 침묵을 지켰다. 설혹 신문이나 잡지가 나치 선전기구의 완벽한 통제하에 있지 않았다 해도, 문화와 같은 비주류의 문제를 다룰 만한 공간이 크게 모자랐기 때문에 별 도움이 되지 않았을 것이다. 종이 부족 때문에 신문은 얇아졌다. 이른바 자유 지역에서의 검열은 지방에 산재한 작은 문학비평지의 경우 훨씬 느슨하게 적용되었지만, 그 독자는 무시해도 좋을 정도였다.

점령하의 파리에서는 비정치적 신문만 존재할 수 있었다. 1941년 이러한 간행물이 전쟁이 일어나기 전의 간행물에 대한 위장 복간의 형태로 출간되었다. 주간지 『코메디아』(Comedia)가 대형 신문 형태로 간행되었던 것이다. 마치 삶이 여느 때처럼 진행되고 있기라도 한 것처럼 문학, 연극, 음악 및 다른 예술계의 명사들을 이용하는 것이 독일의 전술이었다. 창간호는 앙리 드 몽테를랑의 글, 장 폴 사르트르의 허먼 멜빌론, 폴 발레리와의 인터뷰,

장 루이 바로, 아서 호네거 등의 기고문을 게재했다.

독일 점령하의 몇 년 동안 『코메디아』에는 장 지로두, 장 콕토, 자크 코포, 샤를 뒬렝, 콜레트, 심지어 장 폴랑의 글까지도 게재되었다. 또한 매호마다 유럽(독일어권) 문화와 독일의 본질적인 형제애, 프랑스의 운명 등에 풍부한 지면을 할애했다.[11]

사르트르는 곧 그 주간지가 발행인의 주장처럼 독립적이지 않다는 사실을 깨닫고는 더 이상 기고하지 않았다. 그럼으로써 그는 지성인의 첫 번째 본분은 점령 지대의 어떠한 간행물에도 글을 쓰지 않는 것임을 스스로에게 상기시켰다.[12]

하지만 『코메디아』는 파리에서 기대할 수 있는 것 중 가장 나은 매체이기도 했다. 『이방인』 출간에 대해 1942년 7월 11일자의 파리 주간지는 앞면 2페이지를 차지하는 6단짜리의 큼직한 머리기사로 호응을 보냈다.

신예작가

알베르 카뮈

그 기사의 필자는 『코메디아』의 정규 필자인 마르셀 아를랑이었다. 훗날 프랑스 아카데미에 선출된 작가인 그는 N. R. F.를 위해 일을 했을 뿐 아니라 폴랑과 함께 그 잡지의 전후판인 『누벨 누벨 르뷔 프랑세즈』(N. N. R. F.)의 공동 편집자였으며, 얼마 후 폴랑이 지병을 이유로 사퇴하자 1977년에 은퇴할 때까지 편집장으로 근무했다. 그는 장 그르니에가 카뮈의 소설 원고를 보내려 했던 무렵 갈리마르의 편집자이기도 했다. 폴랑이 처음 갈리마르의 원고 심사 위원회 앞에서 그 원고를 소개할 때와 마찬가지로 아를랑의 서평은 『이방인』의 첫 구절로 시작되었다. 그는 당시 샤를로의 출판사에서 재판이 나온 『결혼』을 언급하고, 장 그르니에와 사르트르의 작품을 환기시켰다.

아마도 이러한 순수성과, '관념적' 진실에 대한 경멸에는 적지 않은 문학적 환상이 담겨 있을 것이다. 하지만 카뮈의 사상과 의견은 한 인간의 그것인 동시에 한 국가 또는 풍토의 그것이기도 하다. 도덕과 태양의 노래, 인간의 삶에 대한 절망적인 찬미…… 또한 어느 정도 유보에도 불구하고 다음과 같은 생각을 할 수도 있다. 중요한 것은 카뮈의 견해가 진지하고, 그 어조가 감동적이라는 사실이다. 이미 『결혼』에 나타난 특성이 오늘 『이방인』에서 훨씬 설득력 있게 표현되어 있다. 그것이야말로 진정한 작가의 특성이다.

비시 지배하의 자유 지역에서 독립성이 뚜렷한 간행물은 마르세유에서 발간된 『카이에 뒤 쉬드』(*Cahiers du Sud*)이었다. 역설적으로 이 잡지는 독일 점령기 내내 공공연히 파리로 발송되었으며, 파리의 서적상이며 출판업자인 조세 코르티가 유통을 맡았는데, 검열관에게는 단 한 부도 빼앗기지 않았다.[13]

1943년 2월호에는 이 잡지의 단골 필자인 장 폴 사르트르의 긴 에세이 「『이방인』 해설」이 29개의 각주와 함께 실렸다. 만약 그 당시 사르트르가 영향력 있는 인사였다면, 그리고 그 잡지가 많은 독자를 확보하고 있었다면, 이 글 자체만으로도 카뮈 작품의 성공을 확인할 수 있었을 것이다. 아무튼 사르트르는 『이방인』과 『시시포스의 신화』 사이의 연관을 이해했다.

그는 『시시포스의 신화』에 나오는 이 부조리 소설에 대한 이론이 독자로 하여금 카뮈 자신의 소설을 이해할 수 있도록 도와줄 것임을 깨달았다. 사르트르는 "『이방인』은 부조리에 대해, 그리고 부조리에 맞서 씌어진 최고 수준의 작품"이라고 썼다. 그는 그것을 "도덕주의자의 짤막한 장면"이라고 하면서, 그 작품이 볼테르의 이야기를 연상시킨다고 했다. 그는 그 소설이 "헤밍웨이가 쓴 카프카"라고 생각하지 않았다. "카뮈의 관점이 더할 나위 없이 현실적이기 때문"이다. 사르트르는 설혹 카뮈가 미국식 소설의 기법을 사용했다 해도 그 소설에 영향을 받지는 않았다고 하면서 다음과 같이 날카롭게 예견했다. "그는 아마도 앞으로 쓸 작품에 그러한 도구들을 두 번 다시 쓰지 않을 것이다."

『카이에 뒤 쉬드』 같은 호에는 그르니에가 쓴 짤막한 『이방인』 서평이 실려 있는데, 저자의 출신 배경이 알제리임을 재차 강조하고 있다. "여기에는 온갖 신분과 출신의 인물들이 한데 모여 있다. 신념도 없고 회한도 없고 전통도 없는 사람들, 그리고 여름날의 꿈속에서 더할 나위 없이 천박하지만 명료하게, 그러면서도 이면의 다른 동기 없이 태양과 바다와 감각을 도취시킬 수 있는 모든 것을 즐기는 사람들이 있는 것이다."

그리고 막스 폴 푸셰의 『퐁텐』에 앙리 엘은 다음과 같이 쓴다. "『이방인』과 더불어 카뮈는 말로로부터 시작되어 셀린을 거쳐 장 폴 사르트르에게서 끝나는, 또한 프랑스 소설에 새로운 내용과 형식을 부여하는 현대소설의 정점에 올랐다."

그러나 엘은 카뮈의 작품이 지나치리만큼 의식적이라고 여겼다. 그는 『이방인』을 사르트르의 『구토』와 동일선상에 놓았으며, 이 작품이 카프카뿐 아니라 슈스토브와 키에르케고르의 영향도 받았다고 언급했다. 다시 말해서 그 작품은 키에르케고르가 프랑스에 들어왔다는 신호라는 것이다. 또한 엘은 스타일에서 존 더스 패서스 같은 미국 작가의 흔적을 발견했는데, 그것이 카뮈의 작품과 잘 들어맞는다고 여겼다.

그 당시는 물론 그후에도 프랑스에서 객관적인 프랑스 문학 비평을 기대할 수는 없었다. 아를랑은 출판사 직원인 동시에 그르니에의 친구였고, 사르트르는 갈리마르의 필자였으며, 그르니에는 갈리마르의 필자이면서 카뮈와 친구였다. 엘 역시 친구 사이였다. 어쨌든 카뮈는 분명 프랑스 문단에 깊은 인상을 심어주었으며 호의적인 서평을 받았다.

아마도 전시였던 까닭에 카뮈는 베스트셀러 작가가 될 수 없었는데, 사실 만성적인 용지난 속에서 베스트셀러 작가가 나올 수는 없었다. 그로부터 얼마 지나지 않았을 때 시몬 드 보부아르는 기차 여행을 하면서 승객들이 『이방인』을 『구토』에 비유하는 말을 들었다.[14]

20 페스트

> 그 해안의 곶들은 출항할 준비를 갖춘 함대의 형상이다.
> 모든 오랑 주민들이 떠날 준비를 하고 있다. 매일 정오가 되면
> 한 차례씩 떠들썩한 흥분감이 지나간다. 어느 날 아침 아마
> 우리 모두 함께 떠나게 될 것이다.
> • 『작가수첩 1』

그 당시 명성이 기차 여행을 했다면 그 기차는 아주 느릿느릿 달렸으리라. 기차가 목적지에 이르기까지 수많은 낮과 밤이 지났다. 사람들은 끊임없이 뭔가를 읽고 있었는데, 그것 말고 달리 즐길 만한 오락거리가 없었기 때문이다.

종이가 좀더 풍부했다면 『이방인』을 비롯한 몇 가지 책들은 분명 더 많이 발행되었을 것이다. 출판사들은 양질의 문학서적을 적은 부수로 출간하여 발행 목록을 늘려나갔다. 알베르 카뮈 같은 작가는 은행 예금이나 다름없었다. 카뮈는 자신이 이미 프랑스에서 중시되는 그 모든 명성을 얻었다는 사실을 알고 있었을까? 갈리마르 출판사 주변에는 문학사를 일군 독자들이 웅거하고 있었다. 그들이 바로 프랑스 문단이었다.

카뮈는 갈리마르로부터 자신의 저서를 한 권 받았다. 아직 저자 증정본이 도착하기 전이어서 한 권만 도착했다는데, 서평은 그보다 훨씬 뒤에야 도착했다. 그르니에가 그에게 『코메디아』에 실린 아를랑의 서평에 대해 이야기해주었지만, 카뮈는 그러고도 한참 동안이나 그 서평은 물론 파리의 다른 비평들을 접하지 못했다.

한 가지 그가 확인한 사실은, '자유 지역'의 언론에 게재된 서평이 만족스럽지 못하다는 것이었다. 그는 도덕성이라는 관점에서 공격을 받고 있었다. 카뮈는 일기에 다음과 같이 불쾌한 심사를 기록했다. "책 한 권을 쓰는 데 3년을 바쳤는데 겨우 다섯 줄로 조롱거리가 되다니…… 게다가 인용까지 잘못되었다."

그는 "발송할 생각은 없었지만" 비평가들 중 한 사람 앞으로 보내는 편지 초안을 썼다. 그 익명의 서평자는 『이방인』을 이해하는 데 필수적이고 중요한 사항을 전혀 몰랐다. 주인공이 자신의 일면을 드러내는 마지막 장이었다. 카뮈가 "적게 말하려고" 했기 때문에 서평자는 그 책을 부정적인 것으로, 그리고 주인공을 무기력한 인물로 무시해버렸던 것이다. 작가는 그 비평가에게, 그 시대에 한 권의 책이 국가에 이바지하거나 저해한다고 말할 권리가 없다고 강변했다.

카뮈는 보내지 않은 그 편지를 이렇게 끝냈다.

또 다른 오류를 범하지 말기로 하자. 나는 불행한 작가가 아니고, 이 편지를 발표할 생각도 없다. 비록 오늘날 그러기는 쉬운 일이지만 당신은 잡지에서 내 이름을 자주 보지 못할 것이다.

그들에게 할 말도 없거니와 나 자신을 상술에 희생시키고 싶지 않기 때문이다. 나는 몇 해 걸려 작업한 원고를 책으로 출판했다. 그렇게 한 유일한 이유는 그 원고가 완성됐기 때문이며, 현재 그 다음에 이어질 원고를 쓰고 있기 때문이다.

해방의 페스트

그 다음에 이어질 원고라면 『페스트』였는데, 그는 오랑에 사는 동안 내내 그 작품에 매달렸다. 그가 찾고 있었던 것은 자신의 주제를 담을 강력한 상징이었다. 그는 상징을 효과적으로 쓴 페이지를 일기에 기록해가면서 『모비딕』(*Moby Dick*)을 철저하고 주의 깊게 읽었다. "그 작품에 쓰인 감정과 이미지는 사상을 열 배로 증폭시킨다."

갈리마르는 장 지오노를 포함한 세 명의 역자를 동원하여 바로 그 전해에야 『모비딕』을 간행했다.

그러나 그 당시 전쟁과 점령, 나치 이데올로기의 감염 등 세계가 처한 상황의 모델이던 바로 그 세상으로부터 단절된 채 주민들을 격리시키는 페스트에 걸린 도시를 상징으로 할 생각이 어디서 나왔는지 궁금할 수도 있다. 1941년 4월, 틀렘센 지구에 티푸스가 돌고 로블레가 그 일을 카뮈에게 이야기해주었을 무렵 그의 일기에 페스트에 관한 소설 『페스트 또는 모험』(*Peste ou aventure*)에 대한 구체적인 언급이 처음으로 등장한다. 이 첫 번째 스토리는 그로부터 6년 후 세상에 나오게 될 이야기와 비슷했다.

그런데 이 일기에는 "해방의 페스트"(La Peste libératrice)라는 흥미로운 부제가 붙어 있다. 이것은 애초부터 작가의 심중에 갈등이 자리 잡고 있었다는 것을 암시하고 있다. '해방의 페스트'는 페스트를 정화 작용이며 따라서 유익하다고 본 앙토넹 아르토를 의미하는 것일 수도 있기 때문이다. 카뮈는 *N. R. F.* 1934년 10월호에 게재된 후 『연극과 그 복제품』(*Le Théâtre et son double*, 1938년 갈리마르에서 출간)의 한 장으로 발표된, 연극과 페스트에 대한 아르토의 탁월한 비교문을 읽었을 가능성이 있다. 또한 앞으로 살펴보게 되겠지만, 나중에 장 루이 바로가 『페스트』의 연극판인 「계엄령」을 공연했을 때 실패한 원인은, 카뮈에게 페스트가 전체주의나 마찬가지로 무조건 나쁜 질병이었던 데 반해 바로는 그 작품에서 아르토의 관점(정화적이며 이롭기도 한 질병)을 찾으려 했기 때문이다.

카뮈가 페스트를 착상 초기부터 절대악으로 규정했다는 것은 1941년 10월의 독서 메모에도 암시되고 있다. 1932년 그는, 흑사병이 돌았을 때 유대인이 대량학살되었다는 사실을 알게 되었다. 1481년 페스트가 스페인 남부를 유린했을 때 종교재판소는 이를 유대인 탓으로 돌렸던 것이다.

그러나 오랑은 페스트 이전에 이미 권태의 습격을 받고 있었으며, 카뮈는 이 물질만능의 도시에서 수인이 된 기분에 사로잡힌 채 고통스러워하고 있었다. 그는 해변에 서서 탈출을 꿈꾸었다. "이 공허한 심정과 떨어질 것. 나를 고갈시키는 모든 것을 거부할 것." 그는 이렇게 일기에 자신의 희망을 털어놓았다. "다른 곳에서 급류가 일어나는데 굳이 한 곳을 고집할 이유가 있을까?" 계속해서 이렇게도 말했다. "언젠가 더 이상 사랑의 감정을 느끼지 못할 수도 있을 것이다. 오직 비극만이 남을 때가."

오랑의 겨울 내내 울적한 기분이었던 그는 때로는 체념하고 때로는 일부러 금욕적이 되곤 했다. "모든 것에서 벗어나라. 사막이 아니라면 차라리 페스트나 톨스토이의 조그만 농장이라도 ……."

1942년 초의 그의 일기에는 나치 협력 행위에 대한 최초의 언급이 나온다. 그는 "감히 자신을 파멸시키려는 세력에 저항하는 국가(영국)의 멸망을 기원하는 저 광포하고 저급한 욕망에 사로잡힌" 비시 정부를 비난했다.

각혈

1942년 1월 말의 어느 날 저녁 아르제우의 아파트에 있던 카뮈는 발작처럼 기침을 터뜨렸다. 상태는 점점 악화되어 각혈까지 하기 시작했다. 깜짝 놀란 프랑신은 주치의이며 카뮈의 대학 동창 릴리안 슈크룬의 형부인 앙리 코헨을 찾으러 밖으로 달려나갔다. 당시 그들에겐 전화가 없었다. 코헨 박사는 영화관에서 불려나와 카뮈를 진찰했다. 첫날의 지리한 밤이 지나고 나자 프랑신은 테라스를 건너 어머니와 언니들을 찾아가 간밤의 일을 이야기했다. 크리스티안 포르가 뛰어 들어왔을 때 카뮈는 침대에 몸을 쭉 뻗고 누워 있었다. 카뮈가 조그만 소리로 처형에게 말했다. "이번엔 정말 끝장나는 줄 알았어요."

이번에는 카뮈의 왼쪽 폐가 감염되었는데, 열일곱 살 때 오른쪽 폐가 감염되었을 때만큼이나 상태가 나빴다. 그는 다른 쪽 폐도 허탈시켜 정기적이면서 무기한으로 기흉 주입 치료를 받아야 했다. 각혈은 곧 멈췄지만 의사는 장기 요양을 처방했는데, 이는 오랑에서 카뮈의 주된 기분 전환거리였던 수영까지 할 수 없다는 의미였다.

코헨 박사 자신도 얼마 안 있어 다른 종류의 페스트의 희생자가 됐다. 비시 정부가 반유대인 법령을 선포한 것이다. 의사 개업이 허용되는 유대인의 수를 할당제로 정하여, 유대인 의사는 전체 의사의 2퍼센트 이상이 될 수 없었다. 이와 유사한 할당제가 변호사나 국가가 관리하는 다른 직업에도 적용되었다. 유대인 교사와 학생들은 이미 학교 제도 밖으로 밀려난 상태였다.

오랑 인근의 해변 휴양지 카나스텔에서 봄 휴가를 지내던 카뮈 부부와 베니슈 부부는 코헨 부부를 초대했다. 이제 오랑에도 금지령이 적용되어 개업 포기를 종용당하고 있던 박사의 기분을 풀어주기 위해서였다.

평소 코헨 박사는 엄격한 사람으로 정평이 나 있었다. 그는 카뮈뿐 아니라 심장 질환을 앓고 있던 앙드레 베니슈에게도 철저한 요양을 지시했다. 그러나 화창한 5월 카나스텔로 나온 이 선량한 의사는 자신이 내린 지시 사항들을 잊었다. 그는 이내 환자인 카뮈와 베니슈와 함께 남프랑스의 볼링 게임인 페탕크 토너먼트에 끼어들었다. 다른 사람들은 코헨 박사의 제멋대로식 던지기를 보고 즐거워했다. 아마 그 순간만큼은 박사도 인종법을 잊고 있었을 것이다.

그러나 다시 시내로 돌아와보니 비시 정부의 지방 대리인이 코헨 박사의 병원 문에 공식 봉인을 해놓았다. 그래서 환자이자 친구인 카뮈를 진찰하기 위해 박사는 그를 자신의 처남인 모리스 파리앙트 박사의 진찰실로 불러야 했다. 제1차 세계대전 참전군인으로서 우선권을 받은 파리앙트에게는 개업이 허용돼 있었다.[1]

카뮈가 파스칼 피아와 갈리마르 사이에서 자신의 원고가 옮겨다닌 경로를 추적한 것은 침대 속에서였고, 자신의 작품을 *N. R. F.*에 게재하지 않기로 결정한 것도 문학계, 심지어는 알제리의 문학계로부터 멀리 떨어진 침대 속에서였다. 그의 활동은 오랫동안 독서와 메모로 제한되었다. 처음 3주 동안에는 침대를 떠날 수조차 없었다. 그 다음에야 비로소 『이방인』에 대한 비평가들의 목소리가 들리기 시작했다. 마침내 비평을 접하게 된 그는 아를랑이 『코메디아』에 자신의 책에 대해 1면에 쓴 호평을 읽고 기뻐했다. 그러나 이내 카뮈는 자신을 칭찬한 평자나 공격한 평자들 모두가 자신의 작품을 제대로 이해하지 못했다는 것을 알게 되었다.

문제는 이제부터 어떤 삶을 살 것인가였다. 실로 오랜만에 '요양소'란 단어가 나왔지만 이번에는 무시할 수 없었다. 결국 여름이 되기 전에 북아프리카의 습한 기후를 벗어나는 것이 바람직하다는 결론이 나왔다. 5월에 카뮈 부부는 프랑신의 학기가 끝나는 7월 1일에 프랑스 산악지대로 여행하기 위한 허가증을 신청했다. 신청서에는 의학상의 절박한 추천 사유가 첨부되었다.[2]

여행 허가가 떨어지기를 기다리는 동안 그들은 2주 동안 시내의 더위를 피해 오랑에서 서쪽으로 15킬로미터쯤 떨어진 아인엘투르크 인근의 해안으로 피서를 갔다. 그곳에는 마르그리트 도브렌 일가의 오래된 스페인풍 농가 한 채가 있었다.

그들은 친구들에 에워싸여 지냈다. 카뮈가 수영을 할 수 없었기 때문에 프랑신 역시 물에 들어가지 않았다. 그러나 요리는 허락되었기에 어느 날 카뮈는 주방에 있는 온갖 양념을 총동원하여 대가족이 먹을 멋진 부야베스(생선, 조개 등의 해산물에 향료를 넣고 찐 지중해 요리—옮긴이)를 만들었다.

마침내 8월에 여행 허가가 떨어지자 카뮈 부부는 급히 짐을 꾸려 알제로 가는 열차를 잡아탄 뒤 그곳에서 마르세유행 증기선에 올랐다. 알제에서 카뮈 부부와 함께 점심 식사를 나누었던 친구들 가운데 하나인 에마뉘엘 로블레는 식사를 하는 동안 땀을 줄줄 흘리는 카뮈를 유심히 보았다. 그는 거의 말을 할 수도 없을 정도였다.[3]

요양을 위한 은거지

카뮈의 요양을 위한 거처는 그들의 부족한 돈에 맞춰 결정되었다. 다행히도 포르 일가는 외딴 시골에 그들만의 휴양소를 가지고 있었다.

프랑신 카뮈의 고모인 마르그리트는 배우인 폴 에밀(보통 '에밀 고모부'로 불렸다) 외틀리와 결혼했다. 외틀리의 어머니는 르 파넬리에라는 작은 촌락에서 사실상 농가 한 채에 불과한 하숙집을 운영했다. 그곳은 '중앙 산악지'로 알려진 비바레 산맥 해발 950미터에 위치한 르 샹봉 쉬르 리뇽 마을 외곽에 있었는데, 뾰족한 편암 산정과 부드러운 숲이 울창한 능선이 내려다보였다. 리옹의 서남쪽으로 55킬로미터 떨어진 산업 중심지 생테티엔에서 다시 남쪽으로 55킬로미터쯤 떨어져 있는 곳이었다.

카뮈는 물론 이곳이 자신의 외조모 일가가 살던 땅이라는 사실을 몰랐다. 실락은 샹봉에서 남동쪽으로 불과 몇 킬로미터밖에 떨어져 있지 않았다. 포르 일가는 어렸을 때 이후로 여름철이면 르 파넬리에에 가곤 했다. 외틀리 부인의 또 다른 하숙생 중에는 얼마 후 카뮈와 친구가 될 시인 프랑시스 퐁주도 있었는데, 그는 프랑신의 언니 크리스티안과 심각한 문학 얘기를 주고받으면서 뒷마당에서 놀고 있는 꼬마 프랑신을 바라보곤 했다. 어느 날 퐁주는 샹봉에서 자신의 아내가 될 젊은 아가씨와 만나게 된다.

안주인인 사라 외틀리는 강인하고 자상한 부인으로 많은 사람들로부터 칭찬이 자자한 사람이었다. 그녀는 쇼핑을 하러 르 파넬리에로부터 샹봉 읍까지 4킬로미터 거리를 걸어갔다가 돌아오곤 했다.[4]

제2차 세계대전 전에는 현재 주민의 3분의 1도 채 되지 않는 천 명 미만의 인구가 살았던 샹봉은 프랑스 신교도의 요새였다. 16세기 종교개혁 때부터 샹봉과 그 이웃 마을인 마제 생 부아의 주민은 프랑스에서 다수를 차지하는 가톨릭 교도들과 싸움을 치러왔으며, 종종 박해와 강제 개종의 표적이 되곤 했다. 그러나 마을로 진입하는 유일한 도로가 고개를 넘는 길뿐이어서 샹봉과 마제 주민들은 그에 맞서 저항하곤 했다.

이 지역은 오늘날까지도 신교도들의 집단 거주지로 남아 있으며, 관광 개발과 더불어 프랑스 신교도 가족이 선호하는 여름 휴양지가 되었다. 전쟁 전에는 그들 중에 지드와 퐁주 일가도 포함돼 있었다. 사라 외틀리가 르 파넬리에에서 '하숙식 호텔'처럼 운영했던 집은 요새화된 농장처럼 군집한 거대한 석조 주택들 가운데 하나로서, 원래는 18세기에 한 신교도 공증인 가족의 소유지였다. 총안이 박혀 있는 대문과 훗날 숙소로 바뀐 탑들은 그 지역의 관광 명소이기도 했다.[5]

마르세유행 증기선은 폭풍을 피하기 위해 먼 길을 우회하여 스페인 연안을 따라 항해했는데, 전시의 불량 석탄으로는 바다에서 폭풍을 견딜 수 없었기 때문이었다. 선실은 사람들로 북적거렸으나 맑은 날씨 덕분에 바깥 갑판에서도 잠을 잘 수 있을 정도였다. 카뮈 부부는 승선하면서부터 분주하게 보낼 일이 생겼는데, 자크 외르공이 그들에게 한 친구가 같은 배에 탈 거라고 말해주었기 때문이었다.

역사 부문의 교수 자격시험 합격자이며 역사가 다니엘 알레비의 사위인 루이 족스는 프랑스 함락 이후 알제의 한 고등학교에 임용되었다가 당시 대학에서도 강의를 하고 있었다. 그러나 그는 한 곳에 오래 머무는 사람이 아니었다.

친구들 대부분이 점령군과 비시 정부에 대한 저항 세력에 가담했는데 그 역시 그들과 함께하고 싶어 했다. 그 친구들 중에는 또 한 명의 역사 교수 자격자인 피에르 브로솔르트가 있었는데, 그는 저항 단체인 '인간박물관'에 가담하게 되며(그 단체의 해체는 결국 폴랑의 체포로 귀결되었다) 드골의 고문이자 '레지스탕스 국민회의' 설립에 중요한 역할을 담당하게 된다. 게슈타포에 체포된 그는 비밀을 폭로하기보다 자살을 선택했다. 또 다른 한 친구는 장 물랭으로서, 드골에 의해 프랑스로 파견되어 지하운동을 통합시켰다. 그 역시 체포되어 고문당한 끝에 독일 수용소로 향하는 열차에서 사망했다. 세 번째 친구는 조르주 비도로서, 물랭의 사망 이후 '레지스탕스 국민회의'의 의장을 맡았다.

족스는 카뮈를 찾았으나, 그가 혼자서 여행하는 줄 알고 있었기 때문에 찾을 수가 없었다. 그는 갈리마르에서 새로 나온 루이 기유의 『꿈의 양식』을 읽고 있는 청년을 보고 그가 카뮈일지 모른다고 생각하기도 했다. 한편 알베르와 프랑신은, 테오필 고티에의 책을 들고 있는 학자풍의 조그만 신사가 자신들이 찾고 있던 사람이라고 판단하고 그에게 달려갔다. 카뮈 부부와 족스는 만난 이후로 전시 여행의 고통을 함께 겪으며 떨어질 수 없는 친구가 되었다.

그들이 겪은 고통스러운 일 중에는, 여행자들 모두 이가 없는지 검사를 받기 위해 옷을 벗고 검사가 끝나면 "아무개에게서는 이가 발견되지 않았다"는 내용의 증명서를 받아야 했던 일도 포함되었다. 그들은 마르세유에서 리옹까지 가는 기차를 함께 탔으며, 다음에 다시 만나면 함께 공연을 하기로 굳게 약속한 뒤 헤어졌다. 실제로 그들은 전쟁이 끝나고 6개월 후 리옹 남쪽 비엔나의 피라미드 레스토랑에서 만나게 된다. 그곳은 당시 프랑스에서 가장 유명한 음식점 가운데 하나로서 『미슐랭 가이드』가 별 셋을 준 식당이었다.

프랑스에 있던 족스는 알제리에서 연합군 상륙 준비를 돕는 요원들과 자신을 연결시켜줄 만한 저항 운동 지도자들을 찾고 있었다. 드골과 자유 프랑스가 알제에 도착했을 때 족스는 임시정부의 사무국장이 되며, 해방 후의 파리에서도 같은 직책을 맡게 된다. 그는 훗날 모스크바와 본 주재 프랑스 대사를 역임하고, 드골의 가까운 친구로서 알제리 독립을 위한 협상에서 중요한 역할을 맡았다.[6]

르 파넬리에에 가려면 먼저 열차를 이용해서, 별로 볼 것이 없는 음침한 공업 도시이며 당시 주민이 17만 명이던 생테티엔까지 가야 했다. 그런 다음 르 샹봉 쉬르 리뇽으로 가는 협궤열차로 갈아타야 했다. 샹봉에서부터는 굴러 떨어진 바위로 이루어진 좁다란 계곡을 따라 간혹 급류로 흐르는 냇물을 가로지르는 길을 따라가다가 양옆으로 높다란 버짐나무들이 방패처럼 늘어선 똑바른 오솔길을 오르내리며 걸어가야 했다. 바로 그 너머에 요새와도 같은 농가가 있었다. 주위는 온통 구릉 지대고 그 일대의 송림은 간혹 안개에 덮이곤 했다. 상록수가 우거진 언덕은 우울한 분위기를 자아내는데, 그 지역 주민들조차 자신들의 땅을 '슬픈 곳'이라고 표현했다. 그곳에 도착한 직후 카뮈는 일기에 다음과 같이 썼다.

온종일 샘물 흐르는 소리가 들려온다. 사방에서 솟아나 양지

바른 초원을 지나는 샘물은 내 가까이 다가온다. 얼마 지나지 않아 그 소리는 내 가슴속에서 들리게 될 것이고, 가슴속의 이 샘물이 솟아오르는 소리는 내 모든 생각을 반주하게 되리라. 이것이야말로 망각이다.

그는 새벽 창문으로 바라본 풍경도 기록했다.

해뜨기 전 높다란 언덕 위의 소나무들은 굽이치는 능선과 구분할 수 없을 정도로 한 덩어리가 되어 있다.

이 산지를 방문한 다른 모든 손님들도 그런 정경을 확인할 수 있었다.

해가 높이 솟아오르고 하늘이 밝아오면서 소나무들은 한결 커 보여 흡사 야만인들이 떼 지어 몰려오는 듯이 보인다. 그 야만족들은 골짜기 아래로 쇄도하여, 짤막하고도 비극적인 전투를 치른다. 이윽고 밤의 생각들은 낮의 야만인들에게 패주하고 만다.

1942년 8월 셋째 주 무렵 카뮈 부부는 르 파넬리에 자리 잡게 된다. 얼마 지나지 않아 그들이 확인하게 된 사실 한 가지는 알제리보다 샹봉의 먹거리가 훨씬 낫다는 것이었다. 알제리는 각종 공산품뿐 아니라 고기와 야채, 심지어 기름까지도 본토에 의존하고 있었다. 카뮈는 곧 12일마다 한 번씩 기흉 치료를 위해 생테티엔을 방문하기로 했다. 그가 저녁 때 샹봉에 도착할 무렵이면 프랑신이 역까지 마중 나왔고, 두 사람은 함께 걸어서 요새로 돌아오곤 했다. 한 번은 카뮈가 구불거리는 산길을 따라 55킬로미터나 되는 거리를 자전거를 타고 온 적이 있었는데, 이는 분명 주치의가 추천할 만한 일은 아니었을 것이다.

카뮈는 일기에 조그만 열차를 타고 생테티엔까지 가면서 창밖으로 본 점령지 프랑스와 그곳 주민들이 겪고 있는 시련에 대해 상당히 길게 적어놓았다. "모든 프랑스인은 기대감에 젖은 채 절망적이고 묵묵한 삶을 받아들이고 있다."

이어서, 내리는 빗줄기에 한층 더 어두워 보이는 "지저분한 공업도시의 풍경"에 대한 묘사가 나온다. 그러나 다시 문명과 격리되고 샹봉 읍으로부터도 떨어진 채 흐르는 물소리만이 마음을 빼앗는 그곳, 공기는 신선하고 돈이 많지 않은 프랑스인도 적절한 음식을 섭취할 수 있는 1942년의 르 파넬리에로 돌아온 그는 이곳에서 건강이 나아질 것 같은 기분에 잠겼다. 이곳을 나가게 될 때쯤이면 무슨 일이든 할 수 있을 것 같았다. '무슨 일'이라는 것은 물론 알제리로 돌아가는 일을 의미했다. 하지만 프랑신과 카뮈는 오랑으로는 돌아가지 않기로 합의했다.

그의 꿈은 도심지에서 멀리 떨어져 알제 만이 내려다보이는 부자레아 산정에 집을 구하는 일이었다. 그는 고등학교 시절 막스폴 푸셰와 친구들과 함께 자전거를 타고 그곳에 가본 적이 있었다. 그는 부자레아에 살고 있는 에마뉘엘 로블레에게 바다가 보이는 집을 알아봐 달라고 부탁했다.[7]

그러는 한편 틈이 날 때마다 글을 썼는데, 당시 쓰고 있던 작품은 『페스트』였다. 카뮈는 이제 그 작품을 완성시키는 것이 쉬운 일이 아님을 깨달았다. 그는 "착상에 집중할 것"을 다짐했다.

"『이방인』은 무방비 상태로 부조리와 맞닥뜨린 인간을 묘사한 것이다. 『페스트』도 부조리와 직면한 개인의 관점이라는 면에서 본질적으로 동일한 작품이다. 그러한 과정은 다른 작품들을 써나가는 과정에서 한층 선명하게 나타날 것이다."

그는 작품의 제목을 "페스트"와는 다른 것, 이를테면 "수인"(Les Prisonniers)으로 바꿔야 할지 고심하기도 했다. 또한 『이방인』을 '박애'가 아닌 '무관심'으로 파악한 서평들을 본 카뮈는 『페스트』에서는 자신의 취지를 좀더 명확하게 표현해야겠다고 마음먹었다.

카뮈는 희곡 『부데요비체』에도 매달렸다. 그 작품은 원래, 고향을 떠났다가 돌아와 신분을 속인 채 어머니와 누이가 운영하는 여관에 투숙한 아들이, 손님의 돈을 훔치는 것을 생계 수단으로 삼은 모녀의 손에 피살되었다는 뉴스에 바탕을 둔 것이었다. 이 희곡은 나중에 『오해』로 제목이 바뀌었다.

또 그는 '두 번째 시리즈'의 세 번째 책으로 훗날 『반항인』이 될 작품에 대한 메모도 시작했다.

길고긴 밤에는 조이스를 읽었다. 카뮈는 자신이 감동한 것이 그 작품 때문이 아니라 조이스가 그런 작품을 쓰려고 시도했다는 사실 때문이라고 생각했다. 그리고 프루스트를 읽으면서 『잃어버린 시간을 찾아서』를 영웅적이고 남성적인 작품이라고 여겼는데, 그 이유는 "첫째, 끈덕진 창작 의지, 둘째, 병약한 인간의 역작"이라는 점 때문이었다.

그는 알제로부터, 자신이 오랑에 관해 쓴 에세이로서 샤를로가 얇은 책으로 간행하기로 한 「미노타우로스」(Le Minotaure)가 검열관의 승인을 받지 못했다는 소식을 들었다. 카뮈는 그 책의 판매 수입으로 봄까지 생활할 생각이었다.

그르니에는, 장 기통이 한 전통주의 가톨릭 사제의 삶에 대해 쓴 보고서 『푸제 씨의 초상』에 관하여 카뮈가 『카이에 뒤 쉬드』에 에세이 겸 서평을 게재할 수 있도록 해주었다. 카뮈는 그 사제의 양식(良識)이 가톨릭 교도가 아닌 사람들조차 받아들일 만하다고 여겼다. 카뮈는 오랑에 있을 때 그 서평을 썼고 크리스틴 갈랭도가 원고를 타이핑해주었다. 카뮈는 기통이 전시에 보인 새로운 입장을 적시하는 주석을 첨가한 다음 서평 원고를 그르니에에게 보내주었다. "『푸제 씨의 초상』은 전쟁 전에 씌어진 책이다. 그런데 휴전 이후 기통 씨는 나로서는 전처럼 받아들이기 어려운 글을 발표했다."

그 글은 당시로서는 용기 있는 주석과 함께 『카이에 뒤 쉬드』 1943년 4월호에 게재될 예정이었으나, 그때는 독일군이 잡지 발행지인 마르세유를 포함한 프랑스 전역을 장악하기 위해 비점령 지역이던 남부를 침공한 이후였다.[8]

청춘이 빠져나가고 있다

얼마 후 프랑신이 남편 곁을 떠나 알제로 돌아가기로 했다. 의논 끝에 그녀가 알제로 가서 살 집은 물론 두 사람을 위한 교사직을 찾아보기로 한 것이다. 그 사이에 카뮈는 가능한 한 오래도록 르 파넬리에에 있으면서 산중의 공기를 흠뻑 쐬기로 했다.

그의 아내는 도중에 리옹에 들러 피아 부부를 만나 르 파넬리에에서 가져온 파테(파이의 일종-옮긴이)를 주었는데, 도시에서는 시골에서 만든 것 같은 파테를 맛볼 수 없었기 때문이다. 드롬 계곡에 사는 옛 친구를 만나 일주일을 보낸 그녀는 10월 중순에 알제에 돌아가 있었다.

그녀의 남편은 가을이 다가오는 광경을 지켜보고 있었다.[9] 그는 장기 요양의 필요에 부응하여, 담배를 하루에 4개비 이하로 줄이고 술을 끊는 등 금욕적인 생활을 하고 있었다. 그는 일기 한 군데에 그런 금욕 생활의 미덕에 대해 기록해놓았다. "성생활은 아마도 인간을 진실한 길로부터 일탈하게 만드는 것이리라. 성생활은 아편과도 같다. 성생활을 하지 않으면 만사가 되살아난다."

자신과 자신의 작품에 대해 대화할 기회마저 박탈당한 그는 노트를 상대로 대화를 하면서 스스로 이렇게 다짐했다. "작가는 자신의 창작 행위에 직면해서 어떠한 의혹도 품어서는 안 된다. '그것이 어떤 것이든' 절대로 의심해서는 안 된다."

그리고 "시작"이라고 표기된 것으로 봐서 『페스트』를 쓰기 시작한 날로 여겨지는 10월 23일의 일기에서 다시 한 번 이렇게 다짐했다. "성은 허망하기 그지없는 것이다. 그것은 영원하지도, 생산적이지도 않다."

그는 11월 21일에 출항할 알제행 증기선 예약을 위해서인 듯 리옹을 잠깐 다녀왔으며, 그곳에서 그르니에를 만났다.[10] 카뮈는 어쩌면 파리에서 페스트에 관련된 문학 자료를 조사하기 위해 점령 지역 여행 허가증을 얻을 수 있을지도 모른다고 생각했다. 게다가 파리에서는 갈리마르가 이제 막 『시시포스의 신화』를 간행하려던 참이었다. 그는 일기에 이렇게 불만을 토로했다.

누가 존재와 사물을 포기하느냐가 중요한 것이 아니다(나는 그럴 수 없다). 중요한 것은 나로 하여금 포기하게 만드는 사물과 존재다. 내 청춘이 내게서 빠져나가고 있다. 병 때문이다.

이 기록은 카뮈의 스물아홉 번째 생일인 1942년 11월 7일에 씌어졌을 것이다.

그날 밤 알제리 해안에서는 '횃불작전'이 전개되기 시작했다. 미군과 영국군이 알제의 동서부에 상륙하고 있던 새벽 1시, 프랭클린 D. 루스벨트 대통령은 라디오 방송을 통해 프랑스 국민에게, 연합군은 그들의 영토에 아무 욕심이 없다는 것을 밝혔다. 그와 동시에 오랑 동쪽 아르제우 만에서는 더 많은 병력이 상륙하고 있었다. 제2차 세계대전 최초의 연합군 공세인 이 작전은 76시간 만에 2천 킬로미터에 이르는 북아프리카 연안을 통제했다. 작전 목적은 북아프리카에서 적군을 몰아내면서 남유럽 침공을 위한 기지를 구축하는 데 있었다. 철저한 비밀 속에 계획된 상륙작전으로 추축국 군대는 기습을 당했다. 600척의 군함에 탄 6만 명의 병사가 전쟁의 양상을 뒤바꿔놓은 것이다. 그때부터 서부 연합군은 프랑스, 이탈리아를 비롯한 서유럽 전체가 해방될 때까지 승리를 거듭하게 된다.

의외의 일은 아니지만, 비시 정부에서 모호한 태도를 취하던 자들과 북아프리카와 본토 양쪽에 충성을 바치던 자들의 눈에는 연합군 때문에 직면하게 된 정치적 문제들이 최소한 군사적 문제만큼이나 까다로워 보였다. 이번 기습은 믿음직한 프랑스 레지스탕스 지도자들로 구성된 소그룹이 준비했다. 당시 비시 정부의 인정을 받고 있던 대사 신분의 외교관 로버트 머피가, 그 다음에는 심야에 잠수함을 타고 도착한 마크 W. 클라크 장군이 지중해 해안의 한 가옥에서 프랑스령 알제리인들을 만나 협상을 진행했다.

그러나 북아프리카의 작전 개시 일에 비시 충성파들은 공격에 저항하여 알제 만에 집중포화를 퍼부음으로써 연합군 군함을 침몰시켰으며, 미국 지상군에 대한 비시-프랑스군의 저항은 11월 11일까지 계속되었다. 알제에 상륙한 연합군의 목적은 비시 정부의 대변자인 장 다를랑(그는 곧 피살되었다) 제독에게서 공식적인 공격 중지를 얻어내는 한편 앙리 지로 장군에게 권한을 위임하는 데 있었다. 드골은 그것이 자신을 레지스탕스 지도자 자리에서 쫓아내기 위한 술수가 아닌가 의심했다.

한편 프랑스 본토에 있던 독일군이 11월 11일 새벽에 남하하기 시작하여, 사실상 그날을 기점으로 프랑스 남부지역에 대한 비시의 통치는 종지부를 찍은 셈이 되었다. 이후 프랑스 국토 전체는 독일군의 지배하에 들어갔으며, 따라서 해방된 북아프리카와 본토 프랑스 사이의 연락은 완전히 두절되고 말았다.

카뮈는 11월 11일자 일기에 "비열한 놈들!"이라고 휘갈겨 썼다. 그 기록은 지금까지 연합군의 상륙 작전이 사흘 일찍 이루어짐으로써 자신이 함정에 빠진 데 대한 언급으로 간주되어왔다. 그런데 그보다는 그가 그날 독일군이 자신이 살고 있던 비시 정부의 관할 구역을 침공했다는 소식을 듣고 썼을 가능성이 더 크다. 이제 본토 프랑스와 알제리가 교전 상대국이 됨으로써 카뮈는 리옹에서 예약해두었던 증기선 도항권을 이용할 수 없게 되었고, 따라서 프랑신과 만날 수도 없게 되었다. 심지어는 그녀와 연락조차 할 수 없었다.

그는 일찍 귀국하라는 경고를 받긴 했지만, 모호한 표현에 담긴 의미를 이해하지 못했다.[11] 르 파넬리에에서 알제로 돌아온 프랑

신은 아코 일가의 집에 머물고 있었다. 그녀는 알제리에 귀국하자
마자 북아프리카에 어떤 일이 닥칠지에 대해 단순히 어렴풋한 느
낌 이상으로 눈치를 챘다. 그곳에 연합군의 교두보가 설치되면 남
편이 돌아올 수 없게 되리라는 사실이 분명했던 것이다. 하지만 그
사실을 어떻게 남편에게 전할 수 있을까? 남편이 에마뉘엘 로블레
의 말을 귀담아듣는다는 것을 알고 있던 그녀는 부자레아에서 초
등학교 교사로 있던 그를 찾아갔다. 카뮈에게 귀국을 종용하는 전
보가 발송되었지만, 이미 늦은 때였다. 나중에 그들은, 카뮈가 알
제로 돌아오기 위해 타려고 했던 증기선이 도중에 비시 순찰함의
정지 명령을 받고 마르세유로 되돌아갔다는 사실을 알았다.[12]

　돈도 없이 겨울을 맞게 된 카뮈의 심정은 충분히 상상할 수 있
다. 절망감 위에 가족에 대한 불안이 더해졌다. 그는 독일군이 이
제 본격적으로 알제를 폭격하리라고 예상했다. 그리고 이제 그는
처음으로 자신의 조국에 대한 깊은 우려를 드러냈다. 독일의 점
령이 그 일을 부추긴 것이다.[13]

　르 파넬리에에서는 이미 새벽마다 서리가 내리고 있었다. 그는
두 조류가 합류하는 돌출부, 선박의 뱃머리 같은 돌출부에 앉아
썼다.

　　나는 이 무관심한 대지로의 부동의 항해를 추구하고 있다. 쓰
　라린 사랑에 빼앗긴 이 심장을 달래줄 것은 오직 겨울이 지나
　치게 뜨거운 심장에 안겨주는 자연과 이 하얀 평화뿐…… 조용
　하라, 나의 허파여! 네 식량인 이 창백하고 얼음장 같은 대기나
　삼키거라. 조용히 있으라. 네가 서서히 썩어가는 소리가 들리지
　않도록. 그럼으로써 마지막으로 내가…….

2 절망에 대한 반항

21 이 이방인은 누구인가

그들을 잊어서는 안 된다. 페스트의 습격을 받아 도시에 억류된
이 여행자들은 이제 다시는 재회할 수 없는 사람으로부터 그리고
자신들의 조국으로부터 한꺼번에 떨어져 나왔다는 사실 때문에
더 큰 이별의 슬픔을 겪고 있기에.
• 「페스트에 걸린 망명자들」

　카뮈는 가능한 한 빨리 리옹으로 나가보았다. 승용차로는 그리
먼 거리가 아니지만, 당시 점령지 프랑스에서는 열차를 여러 번
갈아타고 역에서 오래 기다려야 했다. 그의 후견인인 파스칼 피
아가 아직 그곳에 있었다. 한때 프랑스 남부 '비점령 지역'이었던
곳을 독일군이 침공했을 때 피아는 『파리 수아르』지를 떠나 적극
적인 저항 운동에 가담하여, '투쟁'이라고 불렸던 지하 운동의 론
알프스 지구 "R. 1"의 우두머리 마르셀 페크의 부관이 되었다. 그
조직은 쥐라, 사온 에 루아르, 아엥, 론, 오트 루아르, 아르데슈,
드롬, 이세르, 사부아, 오트 사부아를 담당했다. 피아의 가명은
"르누아르"였다.[1]
　이제 카뮈에겐 수입이 전혀 없었다. 그때까지 샤를로 출판사에
서 받은 소액의 보수에 의지해왔던 것이다. 그리고 설혹 이전에
직장을 구할 수 있었다 해도 독일군이 남프랑스를 점령했으니 신
문사에서 일한다는 것은 불가능했다. 결국 선량한 피아는 카뮈의
물질적 궁핍을 돕기로 했다. 카뮈가 얻어먹기보다는 차라리 죽을
사람임을 잘 알고 있던 피아는 친구인 말로와 폴랑에게 편지를

써서 카뮈가 처한 상황을 설명했다. 그는 갈리마르에서 매달 봉급조로 2,000프랑 정도를 도와줄 수 있는지를 물었다. 그게 안 된다면 다음번 소설에 대한 인세를 앞당겨 지급해줄 수는 없겠는지도 문의했다. 말로는 그 제안을 즉각 받아들였다. 갈리마르 출판사는 카뮈를 원고 검토인으로 고용했다.

일이 그런 식으로 전개되자 카뮈는 난처해했다. 그는 돈 때문에 글을 쓴다는 생각이 마음에 들지 않는다고 고백했으나, 거절할 형편이 아니었다. 그가 진정으로 바란 것은 파리에서 직장을 얻는 것이었다. 그래서 그는 폴랑에게 자신이 그런 일자리를 구할 수 있겠는지를 물어보았다.[2]

피아는 카뮈의 정신적 궁핍에도 관심을 보였다. 마침 성탄절이 다가오고 있었기에 피아는 카뮈에게 폴 앙리 튀소가 번역한 키에르케고르의 한정판 저서 몇 권을 선물했다. 그 책들은 훗날 키에르케고르의 전집으로 한데 묶여 재출간되었다. 카뮈가 키에르케고르를 숭배하고 있었기 때문이 아니라, 그가 전에 하이데거에 관해서 쓴 사르트르의 글에서 영감을 받고는 실존주의자들에 대해 보다 깊이 이해하고 싶다고 말한 적이 있기 때문이었다.

절망의 도시에서 함께 보낸 시간

아마도 이때가 아니면 그 다음번에 리옹을 방문했을 때 카뮈는 피아의 몇몇 친구들과 만났다. 그중 하나는 조용하고 성실한 시인이며, 1920년대 초 비밀 공산당원으로서 『사물의 편견』을 갈리마르에서 간행한 이래 N. R. F.와 초현실주의 운동의 언저리에 있어서 별로 두드러지지 않은 인물이었다. 그 작품은 사물의 유형성을 간결하고 반어적이면서도 비애에 젖어 예찬한 산문시집으로서, 전후 '신소설가들'에게 영감을 주게 된다. 그러나 당시 43세였던 프랑시스 퐁주는 결코 유명 문인이 아니었다.

피아는 리옹에서 80킬로미터 가량 떨어진 로안에서 보험 외판원으로 일하고 있던 퐁주에게 편지를 보내, 자신이 『프로메테우스』라는 '자유 N. R. F.'지를 창간할 생각인데 예전에 그 잡지의 필자였으니 자신의 잡지에도 기고해달라고 했다. 퐁주는 피아에게 지금 당장은 발표할 작품이 없다면서 실제적인 문제를 도와주겠다고 했다. 그는 이를테면 봉투에 주소를 쓰는 일을 염두에 두고 있었다. 두 사람은 로안과 리옹의 중간 지점에 있는 타라르에서 만났다. 이번에도 남을 도와주려는 충동을 억제하지 못한 피아가 퐁주에게, 자신이 그곳에 있는 사람들을 모두 알고 있다면서 혹시 리옹의 일간지 『프로그레스』에서 일해볼 생각이 없느냐고 물어보았다. 몇 편의 기사 샘플을 테스트받은 퐁주는 부르 강 브레스 주재원으로 채용되었다.

퐁주는 리옹에 올 때마다 역시 『프로그레스』의 직원인 르네 레이노의 누이의 아파트에서 묵곤 했다. 그 아파트는 레이노뿐만 아니라 저항 운동 임무를 띠고 그곳을 찾아온 대원들을 위한 숙소였다. 카뮈 역시 리옹에 들를 때면 그곳에서 묵었다. 퐁주는 이미 카뮈와 만나기 이전인 1941년 8월에 피아가 보여준 카뮈의 부조리작 세 편을 읽었다. 두 사람 모두 외틀리 일가와 르 파넬리에와 관련이 있었던 까닭에 그들의 관계는 더욱 가까워졌다.

한편 로안에서 공산주의 저항 운동 요원들 간의 중재 역할을 맡고 있던 퐁주는 이제 자신에게 보다 활동적인 과제를 맡겨달라고 당에 요청했다. 그 뒤로 그는 언론인 중에서 신참 요원을 선발하는 일을 하게 됐다. 공산당 국민전선의 밀사로서 그가 맡은 임무는 방문하는 도시의 신문사 간부들과 접촉하여 소식을 전해주고 국민 봉기의 그날 신문사를 넘겨줄 준비를 하도록 도와주는 일이었다.[3]

카뮈는 레이노와도 만나게 됐다. 당시 33세였던 레이노는 아직 시집을 출판하지 않은 시인이었다. 두 사람은 즉각 서로에게 공감하여 책과 원고를 교환했다. 전후에 발간된 레이노의 유작시집 서문에서 카뮈는 여러 일화를 들려줬다. 자신이 리옹을 방문할 때마다 레이노가 비예 몬네가의 조그만 방에 재워주었던 일, 다른 곳으로 잠자리를 찾으러 가면서 레이노가 파이프 담배를 피우곤 했으며, 소등 시간이 될 때까지 대화를 나누었던 일 등등. "점령지 밤의 무거운 침묵이 우리를 에워쌌다. 이 크고 어두침침한 음모의 도시, 리옹은 조금씩 텅 비어갔다."

그러나 그들이 비밀 계획에 관해 이야기했던 것은 아니다. 레이노는 꼭 필요한 경우가 아니면 자신이 하는 일에 대해 거의 이야기하지 않았다. 두 사람은 그런 것보다는 스포츠와 수영, 때로는 책에 관해 마음이 맞는 친구에 가까웠다. 그의 방은 시집으로 가득 차 있었다.

레이노는 더 이상 글을 쓰지 않고 있었다. 그는 카뮈에게 "나중에" 쓰겠노라고만 말했다. 그는 전쟁 발발과 함께 프랑스군에 복무한 뒤 던커크 퇴각 때 해협을 건너 영국으로 건너갔다 다시 돌아와 '투쟁'의 지구 책임자 페크 휘하의 지식인 그룹에서 저항 운동에 가담했다. 1944년 5월 리옹의 벨쿠르 광장에서 체포된 그는 탈출하려다 다리에 총상을 입었다. 그는 투옥되었다가 리옹에서 퇴각 준비를 하던 독일군에 의해 처형되었다.

그러나 그 이전에 기흉 치료를 받기 위해 생테티엔에 들르던 카뮈는 레이노와 만나기로 한 적이 있었다. 그들은 그 '절망의 도시'에서 몇 시간을 함께 보냈다. 카뮈는 레이노에게, 만약 지옥이란 것이 존재한다면 바로 이곳이 지옥일 텐데 이곳에서 저항 운동을 한다는 것은 쉽지 않은 일일 거라고 말했다. 정작 카뮈는 "터무니없을 정도의 무기력 이외에 그 어떤 것도 느끼지 못하는" 자신이 저항 운동의 일원으로서는 쓸모가 없을 것으로 생각했다. 레이노는 카뮈가 과장하고 있는 거라고 말했다.

카뮈가 레이노를 한 친구에게 소개하기 위해 두 사람은 생테티엔에서 만나기로 약속했다. 1943년 9월이었다. "그 사람은 정력적이고 불경한 도미니코회 수도사라네. 자신은 기독교 민주주의자를 혐오하고 니체식 기독교 정신을 꿈꾼다고 말한 적이 있지."

그는 바로 프랑스 교회의 반항아인 레몽 레오폴드 브뤼베르제 신부로서, 바로 카뮈가 말한 그대로였다. 브뤼베르제와 카뮈는 기차역 식당에서 레이노를 기다렸으나 레이노는 디저트를 먹을 때가 돼서야 나타났는데, 몹시 앓고 있어서 말도 제대로 하지 못했다. 5분 후 브뤼베르제는 기차를 타야 했다. 오후 늦게 기차가 있던 레이노와 카뮈는 "더위와 권태로 무감각해진 채 이따금씩 사카린을 넣은 소다수 판매대나 손님이 없이 파리만 웅웅대는 카페에 주저앉아 쉬면서" 도시를 어슬렁거렸다. 레이노를 전송하던 두 사람은 폭소를 터뜨렸다. 카뮈가 "자네도 알다시피 여기선 되는 일이 없잖은가" 하고 말했던 것이다.

또 언젠가 두 사람은 아직 사람들에게 잡아먹히지 않은 비둘기들과 아이들이 노니는 리옹의 벨쿠르 광장을 산책한 적이 있다.

두 사람은 반 시간 동안 말 한마디 나누지 않은 채 걷기만 했다. 그러나 카뮈는 둘이서 똑같은 생각을 하고 있다고 느꼈다.

두 사람은 1944년 봄 파리에서 마지막으로 만나게 된다. 그들은 프랑스가 해방되면 함께 일하기로 굳게 약속했다.

르 샹봉 쉬르 리뇽에서도 저항 단체의 활동이 있었음에도 카뮈가 그 일에 대해 전혀 또는 거의 모르고 있었다는 사실은 얄궂은 감이 있다. 아마도 그가 그 지역에 대해 한정적인 관계만 맺고 있었기 때문일 것이다. 고립된 위치 때문에 샹봉과 그 일대의 전원은 나치나 비시 정부로부터 달아나야 했던 사람들에게는 더할 나위 없는 은신처였다. 그들 대부분은 유대인들이었다.

저항 운동의 지도자는 프로테스탄트 목사인 에두아르 테이스와, 샹봉의 시장이면서 프로테스탄트 학교인 에콜 누벨 세브놀의 교장인 앙드레 트로크메였다.

그 학교는 1938년에 학생이 18명이었던 것이 1939년에는 40명, 1940년에는 150명, 1941년에는 250명, 1943년에는 300명, 1944년에는 350명으로 성장을 거듭했으며, 오늘날에도 학생 수 500명으로 프랑스 국내에서도 유명한 '콜레주 세브놀'의 전신이다. 교사들 중에는 트로크메 목사를 비롯하여 철학자 폴 리쾨르와 앙드레 필리프 같은 유명한 프로테스탄트 평신도들이 포함돼 있었다. 앙드레 필리프는 드골의 런던 정부에서 내무위원이 되었다. 또한 파리 앙리 4세 고등학교의 문학교수였다가 인종법으로 해고된 다니엘 아이작 같은 유대인 교사들도 있었다.

목사들은 교단에서 비시 정권을 맹렬히 공박했다. 샹봉 주민들의 비폭력 행동 중에는 정부 수반인 페탱 원수에 대한 선서를 거부한 일도 들어 있었다. 1942년 8월, 비시 정부의 장관이 지사 및 부지사와 함께 마을을 방문했을 때 환영 깃발 하나 걸려 있지 않았다. 세브놀 학교의 신학생들은 장관에게 비시 정부의 유대인 처리에 항의하는 탄원서를 전달했다. 경찰서장이 유대인들을 끌고 갈 버스들을 몰고 그곳에 나타나 명단을 요구했으나 유대인은 찾을 수가 없었다. 트로크메와 테이스 목사, 그리고 에콜 퓌블리크의 교장 로저 다르시사크는 체포되어 수용소에 갇혔다. 그들은 수용소에서 돌아왔으나 게슈타포가 끈질기게 괴롭히는 것을 피해 숨어버렸다.

아웃사이더였던 카뮈는 이 훌륭한 사람들과 알고 지내지 못했고, 그들에게도 카뮈와 만날 기회가 없었다. 카뮈는 이곳에서 알제 출신의 옛 친구 한 사람을 만났다. 앙드레 슈라키는 인종 할당제 때문에 클레르몽페랑 대학에서 축출되었다가 샹봉에서 멀지 않은 마을에 집이 있던 한 프로테스탄트 의사 집에 얹혀 살던 중이었다. 카뮈는 슈라키를 정기적으로 찾아가 함께 쿠스쿠스를 먹거나 자신의 작품에 대해 이야기를 나누곤 했다. 고향에서 온 누군가와 함께 지내는 일이 카뮈의 불안을 크게 덜어주었다. 성서를 공부하던 슈라키는 성경에서 페스트와 관련된 구절들을 지적해주었고 카뮈는 그의 말을 꼼꼼하게 기록했다. 슈라키는 훗날 북아프리카 유대인에 대한 역사책을 쓰고 성경을 프랑스어로 번역했다.

그러나 그는 슈라키가 저항 운동에서 어떤 역할을 하고 있었는지는 까맣게 몰랐다. '아동 구호'라는 위장된 활동을 하고 있던 그의 임무 중에는 스페인으로 가는 피난민들은 물론 그들의 자녀들과 지하 운동가들의 임시 은신처를 알선해주는 일도 포함돼 있었다. 이런 활동에는 끊임없는 위험이 뒤따랐다. 실제로 슈라키

그룹의 초기 구성원 33명 가운데 29명이 목숨을 잃었다. 한 번은 프랑스 경찰이 추적하는 바람에 슈라키도 몸을 숨겨야 했는데, 밀고자가 어느 저항 운동 투사의 손에 살해되고 난 뒤에야 샹봉으로 돌아올 수 있었다. 슈라키는 독일군이 베르코르의 반독 유격대원들을 쓸어버린 후 저항 운동 지역을 소탕할 것이라고 예측하고 있었다.

그 당시에는 허물없는 친구 사이에도 저항 운동에 대해서는 이야기하지 않았다. 슈라키 자신도, 늘상 마주치던 이웃사람이 바로 자신이 속한 지하 운동 단체의 우두머리였다는 사실을 나중에 알게 되었다. 슈라키는 그 우두머리의 암호명만 알고 있었던 것이다.[4]

새로운 친구들

겨울이 되면서 알제리에 대한 그리움과 슬픔은 더욱 깊어갔다. 그 당시 카뮈의 일기에는 고립된 생활을 꾸려가고자 하는 그의 욕망이 잘 드러나 있다. 그는 하나의 도덕률로서 "사랑이 없는 여자들과의 관계는 따분하다"고 확신했다. "몇몇 여자와 살면서 침묵하거나, 그들 모두와 잠을 자면서 행동할 뿐이다. 중요한 것은 다른 데 있다."

그는 다시금 책상 앞에서 위안을 얻기로 했다. 카뮈가 르 파넬리에의 그 책상 앞을 떠날 때쯤이면 『부데요비체』 또는 『망명자』가(둘 다 『오해』의 초기 제목) 완성된다. 그는 분명 자신을 망명자로 여기고 있었다. 그리고 이를테면 중부 유럽에 있을 당시 그와 시몬과 이브 부르주아가 고향에서 돈이 오기를 기다리던 저 황량한 일주일을 상기하는 데는 고독한 샹봉만큼 좋은 장소도 없었다. 『오해』의 첫 독자들을 그토록 당혹스럽게 만들었던 단색조의 배경에 깃든 단조로운 지리함은 바로 그러한 경험 때문이었다.

그 무렵 카뮈는 반항에 대한 새로운 에세이, 그리고 그 전해 겨울에 완성된 『페스트』의 두 번째 판이라고 일컫던 작품을 쓰고 있었다. 거기에는 주요 인물로 교사인 필립 스테판이 등장하지만, 그 인물은 소설의 최종판에서는 완전히 삭제되고 만다. 훗날 샹봉의 한 주민은, 카뮈가 그 소설의 등장인물에 당시 주위 사람들의 이름을 차용했다고 증언했다. 즉 파넬로 신부는 르 파넬리에서, 리외 박사는 샹봉의 의사였던 리우 박사에서, 조셉 그랑은 카뮈의 이웃인 그랑 일가의 이름에서 따왔다는 것이다.[5]

두 번째 『페스트』에 대한 세부 기록을 보면 그는 질병에 관한 장을 쓸 계획이 있었다. 격리 수용된 오랑 사람은 "육체적 질병은 결코 그것만 오는 것이 아니라 언제나 도덕적 고통(가족, 좌절된 사랑 등)이 따르게 마련이며 그것이 육체적 질병에 깊이를 더해준다는 말을 여러 차례 언급했다."

그는 또한 페스트의 '모랄'에 대해서도 언급했는데, 그 질병에는 모랄이 전혀 없으며, 어느 누구에게도 아무런 보탬이 되지 않는다고 했다.

마침내 1943년 1월 중순 카뮈는 파리에 도착했다. 그는 이전에 두 차례 그곳에 온 적이 있었다. 1937년에는 빈털터리의 회복기 환자로서, 그리고 1940년에는 머나먼 변방에서 몇 권의 책을 출판한 무명 작가로서 거의 3개월 동안 『파리 수아르』의 하급 직원으로 일하면서.

그런데 지금은 나치의 깃발이 장식된 슬픈 파리에서, 비록 2주밖에 머물지 않았고 여전히 빈털터리긴 했지만 선배들의 인정을 받은 작품을 출간한 유망한 젊은 작가로서, 그리고 *N. R. F.*의 거물들과 친교를 맺고 있으며 앙드레 말로가 밀어준 인물로서 어느 정도 명사 취급을 받았다.

카뮈는 마침내 장 폴랑과 만났으며 또한 *N. R. F.* 필자이며 자신이 그에 대한 에세이를 쓰고 있던 철학자 브리스 파랭과도 만났다. 이때 갈리마르의 필자인 장 블랑자도 베르나르 그뢰튀쟁, 폴랑과 함께 카뮈와 만났을 가능성이 높은데, 그는 다음과 같은 솔직한 기록을 남겼다. "좀 구겨진 레인코트를 입은 수척한 청년이었다. 약간 지쳐 보이는 그에게서는 우리 모두가 '지하 운동가'로 간주하곤 하던 모호한 분위기가 풍겼다. 물론 당시 그는 지하 운동가는 아니었을 테지만."

지난 몇 달 동안 그 젊은 작가에 대해 들어왔던 블랑자는 이제야 비로소 당사자를 확인한 셈이었다. "직설적이고 날카로우며 집중력이 뛰어나다. 쾌활하고 심술궂으며 약간의 장난기가 섞인 관대하고 산만한 풍자로 가득한 인물."[6]

그리고 세바스티엥 보탱가에 자리 잡은 갈리마르 건물에서 카뮈는 이제 가스통의 조카 피에르와 결혼하여 자닌 갈리마르가 된 자닌 토마세와 맞닥뜨렸다. 카뮈는 또한 가스통의 조카이며 피에르의 절친한 사촌인 미셸 갈리마르도 만났다.

어느 날 저녁 자닌은 카뮈에게 11월부터 마튀랭 극장에서 공연하던 존 밀링턴 싱의 「슬픔에 찬 데어드레」를 보여주었다.

당시 파리 사람들의 입에 회자되던 그 연극은 장 마르샤와 미셸 오클레어 같은 배우들과 더불어, 가냘프고 감정에 호소하는 젊은 여배우이며 망명한 스페인 수상의 딸이고 당시 파리 배우학교 학생이었던 마리아 카자레스를 선보였다. 그들은 그녀에게 매혹되었다. "그녀는 흡사 포위된 암사슴 같았다"고 그들 중 하나가 말했다. 『카이에 뒤 쉬드』은 그녀를 "극적 에너지로 가득한 놀라운 전도체"라고 평했다. 이미 갈리마르 식구들과 함께 개막 당일 그 연극을 본 적이 있는 자닌은 마튀랭의 배우 겸 연출자인 마르셀 에랑과 그의 동업자 장 마르샤를 알고 있어서, 공연이 끝난 후 카뮈에게 그들을 소개하고 마리아 카자레스의 연기를 축하해주기 위해 분장실로 그를 데려갔다. 그로부터 1년이 조금 지나서 마튀랭 극단은 카뮈의 「오해」를 공연하게 되고 거기서 카자레스가 열연을 하게 된다.[7]

카뮈는 미셸 갈리마르를 통해서 유별난 도미니코회 수사인 브뤽베르제도 만났다. 그는 작가이며 편집자, 영화제작자, 그리고 레지스탕스의 자칭 군목으로서, 파리가 해방되었을 때 노트르담 대성당에서 샤를 드골을 맞이하게 된다. 당시 35세였던 브뤽베르제는 술을 좋아하고 아름다운 여자들과도 곧잘 어울렸는데, 바로 우화 속의 뚱뚱한 수사가 현실로 나타난 것 같았다. 그는 시간을 쪼개 파리와 프랑스 남부 생 막시멩 라 생트 봄의 도미니코회 수도원, 그리고 그 사이의 도시와 마을들을 드나들었다. 생테티엔의 기차역 식당에서 르네 레이노와 잠깐 만난 뒤 황급히 떠났던 바로 그 인물이다.

그는 그해에 다시 카뮈와 두 번 만나게 되는데, 한 번은 샹봉에서, 그 다음에는 생막시멩에서였다. 어느 때인가 한 번은 카뮈와 '브뤽'(친구들은 그렇게 불렀다)이 함께 기차를 탄 적이 있다. 카뮈는 이 이상한 도미니코 수사와 함께 한 여행을 자세히 기록했다. 그 수사는 낯선 승객으로 가득한 칸막이 객실 안에서 반나치적이고 반페탱적인 말을 거침없이 늘어놓았던 것이다. 한번은 브뢱이 그의 손에 1934년 게르트루트 폰 르 포르가 쓴 『교수대에서의 마지막 순간』을 건네주었다. 조르주 바르나노스는 『카르멜회 수녀들의 대화록』을 쓰면서 그 내용의 일부를 차용한 바 있었다. 카뮈는 그 책이 마음에 들었다.[8] 파리에서 만난 이후 퐁랑과 카뮈가 편지를 주고받은 것처럼 브뢱베르제와 카뮈 사이에도 정기적인 서신 왕래가 이어지게 된다.

다시 르 파넬리에로 돌아온 카뮈는 새로 사귄 친구들에게 편지를 써 보내야 했을 뿐 아니라, 샹봉 지방에서 구할 수 있는 신선한 제품과 기름이 없는 대도시의 친구들에게 식료품이 담긴 소포를 잔뜩 보내기도 했다. 하지만 이곳에서 식품을 쉽게 구할 수는 있었지만 종이와 끈은 구할 수가 없었다. 그래서 그는 식료품 값을 우편환으로 보내주던 장 그르니에게 가능한 한 포장지와 끈을 잘 모아두었다가 당시 파리의 드라공가에 살고 있던 폴 외틀리에게 주라고 부탁했다. 그러면 그가 르 파넬리에에 올 때마다 이 소중한 물건들을 갖다주곤 했다. 카뮈는 종이 조각이면 무엇이든 닥치는 대로 구해서 편지를 쓰곤 했는데, 대개 원고를 쓰던 거친 노트지를 이용했다.

그 당시 장 그르니에는 카뮈에게 정확한 출생일을 알려달라고 했는데, 그의 친구 막스 자콥이 카뮈의 별점을 보고 싶어 해서였다. 막스 자콥은 별점을 보는 데 꽤나 시간을 들였거나, 아니면 그 내용을 카뮈에게 알려주기 어려웠던 것 같다. 거의 1년이 지나고 나서야 그는 카뮈에게 비극적인 죽음을 맞을지 모른다는 말을 해주었던 것이다.[9]

주로 서신으로 이루어진 프랑시스 퐁주와의 대화가 르 파넬리에에서의 주된 일과가 되었다. 풍주는 편지에서 낱말과 그 의미를 진지하게 골랐을 뿐 아니라 열네 살이나 연하인 새 친구 역시 진지하게 상대해주었다. 풍주와 레이노, 그리고 세 번째 친구이자 훗날 나치의 손에 살해된 유대인 미셸 퐁트르몰리는 레이노의 방에서 낭독된 『오해』의 원고에 진지하게 귀를 기울였다.

1943년 1월 27일, 카뮈는 『사물의 편견』을 다시 한 번 읽고 난 후 풍주에게 긴 편지를 썼다. 카뮈는 그 작품을 "순수한 상태에서 세계의 무의미를 드러내는 부조리작"이라고 여겼다. 그 편지 내용 일부는 플레야드판 카뮈의 저서에 소개되어 있다. 카뮈가 무엇보다 찬사를 던진 부분은 풍주의 능숙한 표현력이었는데, 그것이 무의미에 대한 그의 고백을 더욱 설득력 있게 만들어주고 있다고 했다.

그들의 대화는 『시시포스의 신화』에 대한 풍주의 감상에까지 이르렀는데, 풍주는 1941년 8월의 일기에도 그 내용을 기록했다. 그것은 풍주 자신의 현실적인 관점을 드러내고 있었다.

그렇다, 시시포스는 행복하다. 그것은 비단 그가 자기 운명을 음미하고 있을 뿐만 아니라 그의 노력이 상대적으로 아주 중요한 성과를 가져오기 때문이기도 하다.

물론 그는 바윗돌을 산꼭대기에 박아 넣지 않을 것이며, 절대성(정의에 의하면 도달할 수 없는)에 이르지도 못할 테지만, 다양한 학문, 특히 정치학(인간 세계, 인간 사회의 조직화, 인간 역사와 개인—사회라는 역설에 대한 전문지식)에서는 긍정적인 성과를 얻을 것이다.[10]

카뮈는 그 에세이에 정의된 견해가 임시적인 것임을 강조했다. 자신은 그것을 넘어서 "총체적이고도 명확한 가치관의 일대 수정"을 감행하고 싶지만, 자신에게 과연 그럴 수 있는 재능과 힘이 있을지는 모르겠다고 했다. "시시포스가 게으르다고 주장하실 수도 있을 것입니다" 하고 그는 1월 27일자 편지에서 결론삼아 말했다. "하지만 세상을 움직이는 것은 바로 게으른 자들입니다. 다른 사람들은 그럴 시간이 없기 때문입니다."

얼마 후 퐁주는 국민전선을 위한 비밀 임무를 시작하기로 결심하고 르 샹봉 쉬르 리뇽에 잠시 들렀는데, 가장 중요한 목적은 물론 새 친구를 만나는 일이었다. 2월 1일, 기차 안에서 카뮈의 편지에 대한 답장을 쓰면서 퐁주는 이렇게 썼다.

만약 당신이 내가 누군지 '전혀' 모르는 상태에서 순진하게 『사물의 편견』을 읽었다면 과연 거기에 무슨 중요성을 부여했을지, 아니 심지어는 그 책을 '읽을' 생각이라도 했을지 의문입니다. 또한 만약 그에 대한 당신의 답변이 긍정이라면, 달리 저자신을 설명할 아무런 '의무'가 없을 것입니다.

그런 다음, 아마 르 파넬리에를 방문하고 난 뒤에 썼을 또 다른 메모에는 이렇게 적혀 있다.

문학만이, 특히 문학 중에서도 사물에 대한 편견, 현상학적 사전, 기원론 등의 설명에 반대되는 묘사만이 위대한 유희를, 즉 '개조하다'라는 말의 뜻 그대로의 세계에 대해 언급하는 것을 가능하게 해줄 텐데, 이는 그 동사의 구체적이면서도 추상적인 성격, 내연과 외연, 다시 말해 그 의미론적 운명 덕분에 가능한 일이다.

바로 이 점에서 카뮈와 나는 퐁주의 견해와 만나게 된다.[11]

퐁주는 르 파넬리에에 도착하여 거의 빈 집이나 다름없는 외틀리 부인의 하숙집을 보았다. 그가 전에 왔을 때는 전쟁 발발 전의 여름 휴가를 맞아 관광객들로 가득 차 있었다. 사라 외틀리는 대개 겨울철에는 하숙집 문을 닫곤 했다. 올해는 카뮈 때문에 문을 열고 있었지만, 난방을 위해 카뮈를 구내의 작은 별채로 옮겼다.[12] 퐁주가 보기에 카뮈는 어디든 따라다니는 시가렛이라는 폭스테리어 한 마리를 기르고 있긴 했지만 외로움 때문에 의기소침해 보였다.[13]

퐁주 역시 완벽주의자이긴 했지만 그와의 대화는 그렇게까지 자극적이지 못했다. 그 무렵 퐁주는 10년 동안 써온 『타르베의 꽃』을 출판했다. 퐁주는 1931년 아르토에게 보낸 편지에서 다음과 같이 쓴 바 있다.

저는 지금 글을 쓰고 있는데, 일단 완성되기만 하면 당신도 『타르베의 꽃』에 만족하실 것입니다. 그 작업이 주는 행복감 덕분에 저는 그 글이 참된 것이며, 또 우리가 현실 속에서 살고 있는 이 또 하나의 세계를 수학적 엄밀성으로 규정짓고 있다고까지 여기고 있습니다.

1936년 그는 마르셀 주앙도에게 보낸 편지에서, 책을 처음부터 다시 써야겠다고 했다. 그리고 마침내 1941년에 세상에 나오게 된 그 책이 폴랑에게 얼마나 중요한 의미가 있는지는 쉽게 상상할 수 있는 일이다. 카뮈 역시 그 책의 내용에 대해서는 신중하게 언급하는 편이 좋았을 것이다.[14)

격리된 인간

파리와 리옹, 그리고 다른 지역과의 서신 왕래는 점령지 프랑스에서 우편물이 상당히 빨리 배달되었음을 짐작케 하는데, 실제로도 그러했다. 심지어는 우편 서비스가 오늘날보다 훨씬 좋았다는 말까지 나올 정도다. 이 무렵 카뮈는 우회적으로나마 아내에게 편지를 써 보낼 방법을 찾아냈다. 한때 튀니지 주민이던 프랑스어 교사 아르망 기베르가 당시 포르투갈에 살고 있었다. 카뮈는 『알제 레퓌블리캥』에 그의 시집에 대한 서평을 쓴 적이 있었다.

카뮈는 그에게 편지를 써서 중립지역인 그곳에서 알제리로 편지를 보내줄 수 있는지 알아보았다. 그리하여 이듬해에 카뮈는 프랑신에게 편지를 쓰게 되는데, 그 편지들에는 어디에선가 나치의 검열을 받았다는 표시로 하켄크로이츠 모양을 한 도장이 찍혔다. 그러나 은폐 삼아 기베르에게 보낸 한 편지에 카뮈는 이렇게 썼다. "우리 정체를 드러낼 그때가 올 때까지 우린 참고 견뎌야 합니다."[15)

카뮈가 리스본을 경유한 프랑신의 답장을 처음 받은 것은 3월 말이었다. 얼마간 아코의 집에 머물렀던 프랑신은 텔랑리 거리의 아파트로 거처를 옮겼는데, 루이 미켈이 잔 시카르와 마르그리트 도브렌에게 남겨준 집이었다. 그녀는 사립학교의 수학교사 직을 구했으며, 오랑으로 돌아가는 것보다는 알제에 있는 것이 언제든 남편과 재회할 가능성이 더 높으리라는 순진한 생각을 품고 있었다.

그녀는 한 번은 일반적으로 피난민들이 가는 길과는 정반대로 스페인을 통해 프랑스로 들어가보려 한 적이 있다. 하지만 자칫 잘못하면 현재 위험에 처해 있을지도 모르는 남편에게 주목을 끄는 결과가 생길지도 모른다고 생각했다.

프랑신은 남편에게 돈을 보낼 방도도 찾아보았다. 그녀가 자신의 봉급 중에서 일부를 어떤 사람에게 주면, 프랑스에 가족이 있는 그 사람이 그에 상응하는 액수를 정기적으로 카뮈에게 송금하기로 한 것이다. 그러나 카뮈는 해방이 될 때까지 돈을 한푼도 받은 적이 없었다.

결국 프랑신은 오랑으로 돌아가 한동안 교사직을 맡다가 연합군에 들어갔다. 처음에는 연안을 따라 주둔한 부대를 즐겁게 해주기 위해 피아노를 쳤으며, 얼마 뒤부터는 오랑의 심리전 담당 본부에 근무하면서 전쟁 수행에 도움이 될 지역에 쓸 선전물 제작을 거들었다. 집에서는 언니 크리스티안이 그녀를 도와 반비시 정부 슬로건을 작성했다. 그러나 그녀는 시간이 흐르면서 프랑스의 이슬람 교도 주민들에 대한 미국인들의 왜곡된 인식을 거북하게 여기게 되었다. 마침 다행스럽게도 루이 족스가 그녀에게 드골 임시 정부에 일자리를 마련해주었다.[16]

카뮈는 가브리엘 오디지오에게서도 얼마간 도움을 받았다. 파리의 북아프리카 원조위원회 책임자였던 오디지오는 카뮈에게 대출을 해줄 수 있었다. 그는 카뮈가 공적 자선을 받아들이지 않으리라 생각하고 그의 자존심을 거스르지 않기 위해 마리 비통을 대신 보냈다.[17]

카뮈는 2월 10일 일기에 "금욕과 고독 속에서 보낸 4개월의 삶"이라고 썼다. "의지력과 정신에는 득이었다. 하지만 마음에도 득이었을까?" 그는 자신도 모르게 공상에 빠지곤 했는데, 이제야 존재를 알게 된 제어되지 않은 그 공상이 작품을 쓰는 데 필요한 사고 활동과 질서를 어지럽히고 있었다. 때론 기차나 버스를 타고 있을 때도 억지로 제정신으로 돌아오는 데 지친 나머지 그냥 멍하니 정신이 떠돌도록 내버려두곤 했다.

이 무렵 『페스트』의 원고는 어쩌면 개인적인 노트였을지도 모른다. 왜냐하면 그는 '격리된 사람들', 격리 수용됨으로써 사랑하는 사람들로부터 떨어지게 된 사람들에 대해 쓰고 있었기 때문이다. 그들은 신문을 읽고 전염병이 급속히 사라진다고 믿을 만한 근거를 애써 찾으며, 기자가 무심코 흘렸을 낱말 하나하나에 희망을 품으려는 사람들이었다. "이렇게 해서 격리라는 주제가 소설의 주된 주제가 된 것입니다." 어느 날 그는 풍주와 이야기하는 도중 그렇게 결론지었다. "망명이란 것이 나를 무겁게 짓누르고 있어서 말입니다."

그럼에도 불구하고 고독의 작용으로 점점 더 개인 문서로 바뀌어가는 『페스트』는 반항이라는 주제에 대한 객관적인 공식화와 보조를 맞추었다. 앞으로 살펴보게 될 것처럼 최종 원고를 쓰게 되었을 때 그는 또다시 자신의 철학을 자서전으로 만들 필요성을 느꼈지만, 카뮈는 자신의 비소설 작품 제목으로 붙인 『반항에 대한 에세이』(*Essai sur la révolte*)에서 그 주제를 종합하게 된다.

3월 초 카뮈는 『이방인』에 관한 사르트르의 에세이가 실린 『카이에 뒤 쉬드』 2월호를 받아보았는데, 그 글은 창작의 의식적인 의미 부분에 지나친 비중을 둔 반면 직관적 요소는 등한시한 것 같았다. 카뮈는 사르트르가 『시시포스의 신화』에 대해 제대로 평가하지 못했다는 메모를 남겼다.

막간을 이용하여 그는 퐁주와의 토론에서 성숙해 나온 듯이 보이는 무의미의 앤솔로지에 관해 간단한 글을 썼다. 이러한 모음집이 필요한 이유는 무엇인가? 그 이유는 그것이 "실제로 삶의 가장 큰 부분, 조그만 몸짓, 사소한 생각, 하찮은 기분들뿐 아니라 우리의 공통된 미래까지도 묘사하는 것"이기 때문이다. 아무리 위대한 사상과 행동도 결국 무의미해지게 마련이므로. 그 글은 추고를 거쳐 1950년대 후반 문학평론지 『카이에 데 세종』(*Cahier des Saisons*)에 발표됐다.

문명에 대한 유죄 판결

아직 눈이 내리는 3월이었지만 3월 9일에는 빙카 꽃(유럽 원산의 협죽도과 식물-옮긴이)이 처음 피었다. 그의 일기에 기록될 만한 사건이었다. 그는 또한 결핵이 언제나 고통만 수반하는 것은 아니라고 썼다. 고통은 현재에 머물게 해주는 동시에, 환자로 하여금 다른 데 정신을 쏟도록 노력하게 만든다. "그러나 손수건 가득한 피를 보는 것만으로도 죽음을 느낀다는 것은 현기증이 날 정도로 시간을 역류한다는 것과 같다. 그것은 바로 생성에 대한 공포다." 이렇게 그는 자신의 건강과 계절을 지켜보았다.

퐁주와 레이노를 통해서 카뮈는 리옹의 문학평론지 발행인인 르네 타베르니에와 접촉하게 되었다. 그 잡지는 비정치적 간행물이어서 계속 발행될 수 있었지만, 거기에 실린 글과 필자들은 정치적 분위기를 강하게 풍겼다. 타베르니에의 잡지는 아라공의 시를 한 번 게재한 뒤 얼마간의 발행금지 처분을 당했다. 그는 『콩플뤼앙스』(*Confluences*)를 1만 부씩 찍어서 남프랑스뿐 아니라 몇몇 서적상을 통해 파리에까지 배포했다.

카뮈는 아라공의 권유로 『콩플뤼앙스』 특별호에 글을 기고하게 되었는데, 당시 그의 일기를 보면 그해 봄에 작업을 하고 있었다는 사실을 알 수 있다. 「지식인과 단두대」(L'Intelligence et l'Echafaud)는 프랑스 소설의 고전 정신을 규명하려는 시도로서, 주로 마담 드 라파예트의 『클레브의 왕녀』를 예로 들었다. 카뮈는 루이 14세의 처형 이야기로 에세이를 시작했다. 루이 14세는 자신을 단두대로 끌고 가는 간수에게, 자신의 말을 왕비에게 전해 달라고 부탁하지만 그는 이렇게 대꾸했다. "내가 여기 있는 이유는 당신 심부름을 하기 위해서가 아니라 당신을 단두대로 데려가기 위해서요."

카뮈는 그 고전 작가가 사명을 거부하는 것을 요점으로 삼고 있다는 사실을 증명하려 했다. 그와 동시에 카뮈는 "오늘날 몇 안 되는 탁월한 작품 가운데 하나"라면서 퐁주의 『사물의 편견』을 소개할 방도를 모색하기도 했다. 그 에세이는 타베르니에의 잡지 1943년 7월호에 실렸다.

그 무렵 리옹 동쪽 교외에 있던 타베르니에의 주택 겸 사무실은 프랑스에서 가장 유명한 공산주의 작가 루이 아라공과 그의 러시아 태생 아내인 엘자 트리올렛의 임시 주거지 겸 은신처 역할을 했다. 산비탈에 자리 잡은 그 외딴 저택은 길고 좁은 층계를 통해야 하고 몇 개의 옆문이 달려 있어서 비밀회의를 여는 데 곧잘 쓰였다.

초기 초현실주의자이자 다다이스트였던 아라공은 1927년에 프랑스 공산당에 입당한 후 스탈린이 통치하는 소련을 노골적으로 옹호하는 역할을 도맡았다. 그는 1968년 소련이 체코슬로바키아를 침공했을 때는 물론 그 이후까지도 정통 공산주의자로 남아 있었다.

독일 점령기 때 1년 넘게 타베르니에의 집에서 지낸 아라공은 그곳에서 자신이 남프랑스 지부 책임자로 있던 지식인 저항단체 '전국작가위원회'(CNE)의 회의를 열곤 했다. 파리의 전국작가위원회 회원 중에는 공산주의자와 비공산주의자를 막론한 주요 작가들이 포함되었는데, 그중에는 가톨릭 작가 프랑수아 모리악, *N. R. F.*의 폴랑과 블랑자 등도 있었다. 실제로 '모든 작가'가 전국작가위원회 소속이었으며, 그곳은 끊임없는 내분으로 전쟁터를 방불케 했다는 주장도 있다. 점령기 동안에 그 단체는 공산주의자 및 비공산주의자들을 위한 만남의 터전이었을지 몰라도 프랑스 해방 직후에는 공산당의 활동을 위한 방어막 역할을 했다.

한번은 타베르니에의 집에서 열린 아라공의 전국작가위원회 회의 때 카뮈가 브뤽베르제 신부를 데려왔고, 신부는 즉석에서 회원으로 가입했다. 카뮈 자신은 아마 그 이전에 가입했을 것이다.[18] 이런 방문 중에도 아라공은 카뮈와 거의 접촉이 없었으나 그의 아내 엘자는 카뮈에게 호기심을 느끼고 몇 차례 대화를 나누었다. 그녀의 짤막한 에세이는 소책자 형태로 출간되었지만, 검열을 통과했을 정도로 공상적인 내용이었다. 『이곳 출신이 아닌 이 이방인은 누구일까?』란 책이었다.

"이곳 출신이 아닌 이 이방인은 누구일까?" 알제 출신인 알베르 카뮈가 은둔했다가 미군의 상륙으로 프랑스에 잡히고 말

앉을 때 그 마을의 주민들은 의아해했다. 아마도 생기와 활기 있는 본능에 넘치는 그곳 주민들은 그 이방인을 하나의 전설로서, 철학적인 실마리이자 지성을 위한 자극제로 여겼을 것이다.

아라공 같은 인물이 리옹에 살면서 유명한 손님들을 맞이하고 파리의 갈리마르에서 책을 출판했다는 사실, 타베르니에가 전국작가위원회의 일로 리옹과 파리를 오갈 수 있었고, 앙드레 말로 역시 언제든 이곳저곳 돌아다녔다는 사실, 사르트르처럼 유명한 인물이 파리 전국작가위원회 회의에 참석할 수 있었다는 사실 등은 전쟁 영화들을 보아온 후세 사람들에게 쉽게 이해되지 않을 수도 있다. 실제로 게슈타포는 대개의 경우 유명 인사들은 건드리지 않았다. 어떤 면에서는 그것이 N. R. F.와 맺은 암묵적 약속의 일부이기도 했다. 모리악에서 주앙도에 이르는 프랑스의 모든 작가들을 알고 있던 독일군 장교 게르하르트 헬러와, 나치 이데올로기의 파리 대변인인 리벤트로프의 대사 오토 아베츠는 온건한 인물이라는 평을 듣고 있었다.

만약 독일인들이 다른 많은 나라의 시민들에게 그랬던 것처럼 프랑스의 유명작가들을 가혹하게 대했다면 전국작가협회가 존재할 수도 없었고 비교적 자유로웠던 문예지도 발행될 수 없었으며 말로 같은 인물이 살아남아 투쟁에 가담하지도 못했을 것이다.[19] 프랑스인들 가운데 일부, 이를테면 유대인들이 나치를 피해 남북 경계선을 넘어가고 있었을 때 사르트르와 보부아르 같은 사람들은 경계선을 살짝 넘어 휴가를 보내고 다시 돌아올 수 있었다.[20]

저항 운동의 적극적인 가담자로서 카뮈를 말할 경우에도 이와 유사한 모호함이 있다. 독일 점령기 때 그가 맡았던 역할에 대해서 많은 책이 씌어졌으며, 권위 있는 책에도 수없이 소개되었다. 그 요점은 그가 르 샹봉 쉬르 리뇽의 지하 운동인 '투쟁'의 일원이었고 나중에는 파리에 배속되었다는 것이다. 실제로 르 파넬리에에 거주하고 있는 동안 카뮈는 어떠한 저항 단체의 활동에도 가담하지 않았고, 지식인의 모임이나 선전 활동에 뛰어들지도 않았지만, 파리에 정착한 1943년 말에는 '투쟁'의 지하신문『콩바』지의 구성원이 되어 파리 해방 이후에 간행될 공적인 신문의 간행을 준비했다.

그럼에도 카뮈는 르 파넬리에에서 지하 간행물에, 『독일인 친구에게 보내는 편지』(Lettres à un ami allemand)에 수록된 두 편의 글을 비롯한 에세이를 기고했으며, 피아와 레이노 같은 적극적인 저항 운동가들과 접촉했다.

중요한 사실은 『알제 레퓌블리캥』과 『수아르 레퓌블리캥』 논설문을 통해 추축국에 대항한 전쟁에 관해 부정적인 견해를 나타냈던 카뮈의 시각이 이제 사라졌다는 점이다. 어쩌면 그는 여전히 평화주의자인 동시에 살육 행위에 대한 반대 입장을 견지하고 있었을 테지만, 독일 점령과 비시의 협력 정부에 대한 적극적인 저항 운동에의 참여가 급선무였다. 비밀 저항 운동을 하기 위해서는 물속의 물고기처럼 주위 환경 속에서 활동해야 하지만 프랑스의 카뮈에게는 그런 환경이 마련되어 있지 않았다.

그는 그런 환경을 만들기 위해 노력했다. 자닌은 갈리마르 사람들 몇몇을 르 파넬리에에 있는 카뮈에게 보내주었다. 브뤽베르제 신부는 그에게 프로방스의 보다 온후한 풍토를 소개할 방도를 마련해주려고 노력했다. 카뮈는 알제 시절의 친구 블랑슈 발랭이 니스에 있다는 사실을 알았다. 그녀는 리비에라 해안 바로 뒤편에 그가 지낼 만한 산악 휴양지를 찾아보았다. 카뮈가 그곳으로 가지는 못했지만, 블랑슈가 자신의 고향이며 드롬 지방에 인접한 북쪽 안네이롱으로 왔다. 두 사람은 그곳에서 가까운 발랑스 역에서, 그리고 나중에는 다시 생테티엔에서 만났다. 발랑스에 관련된 유일한 에피소드는 호텔 옆방에서 들려온 멜로드라마 같은 대화뿐이었는데, 한 시간 반에 걸친 그 대화를 들은 카뮈는 그것을 일기에 기록했다. 또한 카뮈는 블랑슈가 한 말을 재미있다고 여기고 일기에 기록했다. "어떤 사람들은 그저 정상적인 인간이 되기 위해 초인적인 노력을 기울이는데, 그 사실을 아는 사람이 아무도 없어요."

카뮈의 야윈 모습에 충격을 받은 블랑슈 발랭은 집에 돌아가자마자 달걀과 치즈를 보내주기 시작했는데, 아무리 샹봉이라도 모든 물품을 다 구할 수는 없었기 때문이다. 그러나 생테티엔에서 그녀는 카뮈가 모든 것을 정확히 아는 듯한 인상을 받았다. 암시장이 열렸다는 아무런 표시도 없는 건물 위층의 식당을 그가 잘 아는 것이 한 예였다. 카뮈는 그곳에서 얼마 전 갈리마르로부터 받은 돈을 물 쓰듯 썼다.[21] 돈은 쓰라고 있는 것이었다. 카뮈는 "돈을 목적으로 한 삶은 죽음일 뿐"이라고 일기에 썼다. 그리고 생테티엔과 그 주변 환경에 대해서는 이렇게 썼다.

이런 광경은 그것을 낳은 문명에 대한 유죄 판결이다. 인간과 기쁨, 여가의 여지가 없는 세상은 죽어 없어져야 할 세상이다.

이 무렵 그는 글을 쓰는 데 어려움을 느끼기 시작했다. 자신에게는 할 말이 있다는 자신감이 사라져갔다. 그러나 카뮈는 얼마 후인 4월 초 퐁주에게 다음과 같은 편지를 보낼 수 있었다. "귀향을 하지 못한 데 대해 자신을 나무라지만 않는다면 사태는 한결 나아질 겁니다."[22]

이제 그는 리옹에서 의지할 수 있는 친구 하나를 잃을 위기에 처했는데, 바로 지하 운동 단체인 '투쟁'을 이끌던 르누아르였다. 그는 비시 정부의 경찰과 게슈타포에 쫓겨 스위스로 달아나지 않을 수 없었다. 피아는 가까스로 국경을 넘었으나, 8월이 되어 프랑스로 다시 밀입국하려 했을 때 이번에는 스위스가 그의 출국을 허락하지 않았다.

그 무렵 드골의 밀사 장 물렝이 촉구한 결과, '투쟁' 운동은 '해방 남부' '프랑−티뢰르' 그룹과 연합하여 '레지스탕스운동연합'(MUR)을 결성했다. 이 단체의 임무 가운데 하나는 첩보와 방해 공작을 위해 프랑스 철도와 긴밀한 관계를 유지하는 것이었다. 조직의 본부는 파리로 옮겨졌으며 피아는 사무국장으로 그곳에 파견되었다.[23]

카뮈는 부르그앙브레스 인근의 콜리니 마을로 프랑시스 퐁주를 만나러 갔다. 두 친구는 그곳에서 『페스트』에 대해 오랫동안 이야기를 나누었다. 그 덕분에 카뮈의 심중에 변화가 생겼다. 1943년 5월 20일자 일기는 고양된 감정을 숨기려 하지 않는다.

처음으로 만족과 충만의 이상한 감정을 느꼈다. 무겁고 더운 저녁나절 풀밭에 누워 자문했다. "만약 이 날들이 마지막이라면⋯⋯." 그리고 그에 대한 답변. 마음속의 고요한 미소. 하지만 자랑할 일은 아무것도 없다. 아무것도 해결되지 않았으며 내 행동은 단호하지도 못하다. 이는 경험을 종결짓는 경직성인가, 저녁나절의 부드러움 때문인가, 아니면 반대로 더 이상 그 어떤 것도 부정하지 않는 지혜로움의 시작일까?

경제지리학자라면 분명 날씨 때문이라고 여겼을 것이다. 그런 데 거기에는 다른 요인도 있었다. 이제 다시 파리로 갈 예정이었 던 것이다.

22 점령지 파리

유럽의 도시에서 가장 확실하게 찾아볼 수 있는 것은 바로 이 고독이다.
곰팡내 나는 파리 시 앞에서 라스티냐크(발자크의 소설 『고리오 영감』에
등장하는 자신만만한 귀족 청년)는 "오직 우리 둘뿐이야!" 하고 외쳤다.
그렇다, 둘뿐이다. 하지만 그것도 너무 많다!

• 「미노타우로스」

　카뮈는 6월 1일에 파리에 도착했는데, 이번에는 과거와 달리
파리가 얼마만큼은 자신의 도시라는 확신이 있었다. 많은 이들
이, 특히 그가 르 파넬리에에서 계속 식료품 소포를 보내주었던
장 그르니에와 인정 많은 가브리엘 오디지오가 카뮈가 파리에 온
다는 사실을 알고 있었다. 카뮈는 이 두 사람을 모두 만나게 된다.
　이즈음 갈리마르 덕분에 한 가지 중요한 일이 생겼다. 장 폴 사
르트르가 쓴 희곡 『파리』(Les Mouches)가 개막될 때 카뮈는 이후
그의 삶에서 중요한 부분을 차지하게 되는 그 작가와 만났다. 당
시 사르트르는 이미 유명인사였다.
　사르트르는 비록 N. R. F.의 유미주의자 그룹에는 한 번도 낀
적이 없지만 갈리마르의 필자였다. 그렇지 않은 작가가 있던가?
실제로 궁극적인 의미에서 볼 때 그는 폴랑이나 파랭, 크노보다
훨씬 카뮈에 가까웠다. 그의 철학이 적극적이고, 기본적인 견해
가 정치적이었기 때문이다. 압도적인 분위기를 내뿜는 이 조그만
인물은 교사인 동시에 거리의 행동가였다. 그는 '연대'를 추구했
다. 폴랑이 파악하기 어려워서 까다로운 인물이었다면 사르트르

는 늘상 움직이고 있기 때문에 까다로운 인물이었다. 자신이 치명적인 실수를 저질렀을 때조차(자신의 사상의 다음 단계에서 늘상 고백하는 것처럼) 그는 언제나 어떤 행동, 또는 무슨 말을 하고 있었기 때문에 사람들은 그가 어느 지점에 있는지를 알 수 있었다.

독일의 파리

물론 사르트르 역시 그 시대의 모호성을 나누어 갖고 있었다. 사르트르의 새 희곡은, 유대인에게서 따 왔다는 이유로 '시테 극장'으로 이름이 바뀐 사라 베른하르트 극장에서 공연되었다. 연출자인 샤를 뒬렝이나 사르트르는 그 점에 개의치 않는 것 같았고, 나치에 협력하는 언론으로부터 호평을 기대하지 않은 것도 아니었다. 시몬 드 보부아르는 자유에 대한 오레스테스의 부르짖음이 담긴 그 연극의 진의를 깨닫지 못하는 것은 있을 수 없는 일이라면서, 독일 점령군이 발간한 『파리 차이퉁』(Pariser Zeitung)의 비평가는 그 연극을 호평했다고 기록했다. 이것이 독일 점령 하의 공공 생활이었다.

그 당시 카뮈를 만나지 못했던 보부아르는 「파리」의 첫 공연이 6월 2일 오후에 열렸는데, 밤에 곧잘 전기가 끊어졌기 때문이라고 회상했다. 사르트르가 매표소 옆 로비에 있을 때 한 청년이 다가오더니 자신이 알베르 카뮈라고 소개했다.[1] 두 사람이 두 번째로 만난 것은 그해 가을 카뮈가 파리에 정착하게 되면서였다.

카뮈는 장 폴랑과 사이가 아주 좋았다. 두 사람은 동물을 무척 좋아한다는 공통점이 있었는데, 카뮈는 폴랑에게 르 파넬리에에서 자기를 기다리고 있는 개와 샴 고양이에 대해 이야기해주기도 했다. 두 사람이, 당시 갈리마르를 분열시키고 있었으며 폴랑이 그 한가운데 있던 문제에 관한 이야기를 주고받았다는 증거는 없다. 마침내 피에르 드리외 라 로셸이 *N. R. F.* 책임자 자리에서 물러나고 다른 사람이 잡지 운영을 맡도록 선출되었지만 독일군은 자신들에게 별 소득이 없는 이 사업에 종지부를 찍기로 했다. 그리하여 1943년 6월호로 잡지는 폐간됐다.

폴랑은 카뮈 앞에서만 그랬던 것이 아니라 진실로 그의 충실한 지지자였음을 보여주었다. 폴랑은 프랑스 아카데미의 문학 대상에 관해 프랑수아 모리악과 의논하던 중, 지난 2년간 나온 작품들 중에서 기교와 전망 두 가지를 모두 갖춘 유일한 소설이라면서 단호하게 『이방인』을 지지했다. 폴랑은 모리악에게 카뮈는 대담하며 신뢰할 만한 작가라고 단언했다. 그러나 모리악은 그의 말에 귀를 기울이지 않았다. 나중에 모리악은 혁신을 주장하는 『콩바』의 편집자 알베르 카뮈에게 혐오의 대상이 된다. 그는 뚜렷한 이유 없이 늘상 카뮈에게 반대하곤 했다. 카뮈는 모리악이 생각하는 것만큼 그의 '정치적 견해'와 동떨어진 입장을 보인 적도 없었다. 이 보르도 출신의 가톨릭 작가는 거의 본능적으로 알제 출신의 젊은 작가를 좋아하지 않았다. 그런데 카뮈 일가가 실제로는 보르도 출신이라는 것을 알았다면 모리악은 어떻게 했을까?

폴랑은 모리악에게 『이방인』은 바로 모리악의 가톨릭 신앙의 범주에 있는 작품이며, 그 작품의 주제는 '하느님을 사랑하지 않고 어떻게 어머니(또는 아내)를 사랑하겠는가?'라고 주장했다. 그러자 모리악은, 자신이 불만스럽게 여기는 점은 그 작품이 미국

소설에서 차용한 기교라고 반박했다. 폴랑은 그 소설이 미국 소설보다는 볼테르의 『캉디드』에 훨씬 가까운 작품이라고 지적했다. 결국 아카데미상은 좌파 철학자이자 작가인 장 프레보스트에게로 돌아갔는데, 그는 이듬해에 마흔셋의 나이로 베르코르 산악지대에서 독일군과 싸우다 죽고 말았다.

파리에 있던 카뮈는 진행 중인 소설 『페스트』의 일부를 폴랑에게 보여주었는데, 폴랑은 이 작품을 친구인 장 레스퀴르에게 보내야겠다고 생각했다. 레스퀴르는 그 원고를 자신이 발행하던 『메사주』(*Messages*)라는 반(反)*N. R. F.*지에, 당연한 일이지만 *N. R. F.* 사람인 폴랑의 호평과 함께 연재하기 시작했다. 폴랑이 갈리마르의 드리외 라 로셸 곁에 있으면서 다른 반*N. R. F.* 운동들과 함께 레스퀴르의 『메사주』까지 도왔던 것은 확실하다.

폴랑이 친구들에게 마치 *N. R. F.*에 실을 것처럼 원고를 달라고 요청하고는 실제로는 트렁크 속에 넣어두고 전후에야 발표했다는 소문도 있다. 이 소문은 농담으로 여겨졌지만, 실제로 폴랑이 모험적인 친구들의 잡지 발간 계획을 그런 트렁크로 삼고 있었던 것은 아닐까? 드리외의 *N. R. F.* 최종호가 나오고 난 후 폴랑은 한 친구에게 다음과 같은 내용의 편지를 보냈다. 만약 그 잡지가 "내가 그 잡지를 맡았던 그 시점부터" 계속해서 간행되었다면, "폐간되었거나 그렇지 않다 해도 첫 호부터 누구나 그 차이를 분명히 알 수 있을 만큼 '다른' 잡지가 되었을 것이다."[2]

부분적으로는 레스퀴르의 속임수 때문이기는 했지만 처음엔 독일인들도 장 레스퀴르와 그 친구들이 파리에서 『메사주』를 간행하도록 허가했다. 무해한 내용을 담은 잡지로 검열관의 허락을 받은 레스퀴르는 같은 제호로 '다른' 내용을 담아 간행했던 것이다. 그는 독일인들이 파시스트인 로베르 브라지야크의 원고가 수록된 잡지를 승인해주자 피카소의 희곡 『꼬리 잡힌 욕망』을 게재했다. 그리고 독일인들이 속임수를 알아채자 이번에는 점령지 브뤼셀에서 『실랑스』(Silences)라는 제호로 잡지를 간행했다. 그런 다음에는 중립국 스위스에서 트루아 콜린 출판사를 운영하던 친구 프랑수아 라슈날을 통해 간행할 좀더 큰 잡지에 게재할 원고를 모았다. 레스퀴르는 모은 원고를 그 당시 비시 정부의 스위스 공사관 직원이던 라슈날의 손을 통해 스위스로 빼돌렸다. 레스퀴르의 필자들은 서문 때문에 피해를 입을 수 있다는 주의를 받았다. 실제로 '1943년 8월 파리에서'라는 날짜와 그의 이니셜이 붙은 레스퀴르의 글은 『도멘 프랑세즈』(Domaine Français)라는 책자의 반항적인 내용을 강조하고 있었다.

몇 개월 동안 프랑스의 모든 국민은 흡사 침묵의 선고를 받은 사람들처럼 보였을 것이다. 하지만 오래지 않아 우리는 용기 있게 항복을 거부하고, 강력한 군사적·정치적 사건이라도 억누를 수 없는 고귀한 인간관을 단념하기를 거부했다.

그는 이어서, 그 책은 "서로의 만남 그 자체만으로도 인간의 자유에 대한 깊은 참여를 천명하게 될 인간과 자유의 동호회를 결집시키려는" 시도라고 말했다.

『도멘 프랑세즈』 첫 페이지에는 휘트먼의 프랑스에 관한 시 한 편과 '1940년에 피살된' 초현실주의자 생 폴 루의 마지막 시 한 편이 수록되었다. 필자 중에는 루이 아라공과 엘자 트리올렛, 폴 엘뤼아르, 샤를 빌드라크, 클로드 모간 등 좌파 명사들을 비롯하여 사르트르, 모리악, 폴 발레리, 앙리 미쇼, 레이몽 크노, 프랑시스 퐁주, 폴랑, 레스퀴르 들이 포함돼 있었다. 3천 부가 인쇄된 그 책은 은밀하게 프랑스 국내로 반입되어 평범한 포장지에 싸인 채 전달되거나 우송되었다. 물론 일반 판매는 하지 않았다.[3)]

카뮈는 따로 나누어 게재하는 것이 의미가 있을지 확신하지 못해 잠시 주저한 끝에 레스퀴르에게 『페스트』의 한 장을 넘겨주었다. 크노는 카뮈에게, 그런 식으로 작품을 발표하면 혼란만 준다고 말했다. 카뮈는 그 판단을 폴랑에게 맡겼고, 폴랑은 현명하게도 발표를 결정했다.[4)] 왜냐하면 「페스트에 걸린 망명자들」(*Les Exilés dans la peste*, 소설의 제2부 제1장의 초기 원고)은 그 불운한 시기의 카뮈의 고립 상태를 반영하고 있을 뿐 아니라 그 자신이 조국의 현 상황에 의해 야기된 고립을 선택했다는 데 대한 은유이기도 했기 때문이다. 『도멘 프랑세즈』에 발표된 원고는 이렇게 시작하고 있다. "간단히 말해서 전염병의 시간은 무엇보다도 망명의 시간이다."

가족과 조국으로부터 '일시적으로' 격리되는 것이 순식간에 한없이 지루한 격리가 되고 만 것이다. 그러한 격리 상태는 주위를 에워싸고 있던 일반적인 고난으로부터, 다시 말해서 고통으로부터 망명자를 지켜주는 일종의 전환거리라는 비상한 발견으로 막을 내린다. 격리된 자가 무서운 질병에 걸렸을 때조차 이러한 전환거리는 그로 하여금 자신이 곧 죽게 된다는 생각을 하지 않게 해줄 수 있는 것이다.

카뮈는 라슈날이 스위스에 있는 트루아 콜린 출판사에서 간행할 '자유 고전 총서' 가운데 하나인 니체 선집을 편집하고 서문을 쓰기로 약속했다. 하지만 할 일이 너무도 많았다. 1945년에 라슈

넬이 그 약속을 상기시키자 카뮈는 이제 전쟁이 끝났으니 그 일은 할 필요가 없다고 대답했다.[5]

그가 르 파넬리에에 없을 때 한 손님이 외틀리 부인의 하숙집을 찾아왔는데, 바로 '르누아르' 파스칼 피아였다. 피레네 산맥을 건너 스페인으로 간 다음 알제리로 돌아가고 싶다고 한 카뮈의 말을 기억한 피아는 만약 카뮈가 그 탈출로를 이용할 경우 유용하게 쓰일 얼마간의 달러와 스위스 화폐를 가지고 왔던 것이다.[6] 그는 그 돈을 외틀리 부인에게 맡겼다.

르 파넬리에로 돌아온 카뮈는 '브뢱'과의 만남을 일기에 기록했다. 아마 7월 말쯤이었을 것이다. 아마도 가스통 갈리마르를 가리키는 "G"라는 약어로 브뢱베르제는 이렇게 말했다. "G는 성직자 같은 분위기를 풍겨. 알랑거리는 감독파 성직자 말이오. 그렇잖아도 이미 난 그자들과 마찰을 일으킨 적이 있소."

그래서 카뮈가 이렇게 말했다. "난 어렸을 때 모든 성직자는 행복한 줄 알았어요."

브뢱은 이렇게 대답했다. "신앙을 잃을지 모른다는 두려움 때문에 감각이 오그라든 거요. 지금으로선 별 볼일 없는 천직인 셈이지. 성직자들은 인생을 직시하지 못하니까."

카뮈는 브뢱의 꿈이 "성직자들 전체와 맞서 승리를 거두는 일, 그와 동시에 가난하고 용감해지는 일"이라고 덧붙였다. 그들은 "저주받은 니체에 관한 담화"로 대화를 이어나갔다.[7]

인간이라는 짐

카뮈는 다시 한 번 권태로운 삶에 대해 불평하는 편지를 퐁주에게 보냈다. 그러면서 자신이 『칼리굴라』의 한 막을 고쳐 썼노라고 했다. "아니, 내 유언은 절망이 아니에요. 지금 나의 유언은 인내입니다." 그는 또 퐁주에게, 자신이 병든 개를 수의사에게 데려가야 했다는 말도 했다.[8]

이제 그는 퐁주처럼 믿음직한 친구에게 보낸 편지에서도 언급하지 않은 또 한 편의 글을 쓰기 시작했다. 그는 「내 친구였던 독일인에게 보내는 편지」(Lettre à un Allemand qui fût mon ami)를 썼는데, 이 글은 '프랑스 국내 모처에서' 값싸게 인쇄된 프랑-티뢰르 운동의 기관지 『르뷔 리브르』(La Revue Libre) 1944년 2월호에 무기명으로 실렸다. 훗날 『독일인 친구에게 보내는 편지』에 수록된 네 통의 서한 중 첫 번째인 이 글에서 카뮈는 마침내 저항에 대한 애매한 태도를 버렸다. 하지만 여전히 평화주의적 견해는 버리지 않고 있었다. "반면에 증오와 폭력 그 자체가 무익한 일인 줄 알면서도 고문과 살생을 자행한다는 것은 중요한 문제다. 전쟁을 경멸하면서도 싸운다는 것은 중요한 문제다."

과거의 동지에게 보낸 편지처럼 위장하고 있는 이 글은 마치 작가가 자신을 납득시키려 애쓰고 있기라도 하듯 이론적인 성찰이 씌어져 있다. 그러나 결국 이 이성적인 인간은 저항의 몸부림을 정당화하면서 그 승리를 예견한다. 또 다른 편지 한 통이 지하운동지 『카이에 뒤 리베라시옹』에 '루이 뇌빌'이라는 필명으로 실렸는데, 마지막 두 통은 프랑스가 해방되고 나서야 발표되었다.

네 통의 편지를 모두 수록한 이 책의 이탈리아어판 서문에서 카뮈는 다음과 같이 썼다. "그 글에는 우리가 참여한 맹목적인 투쟁을 어느 정도 명확하게 설명함으로써 이러한 투쟁을 보다 효과적으로 수행하기 위한 목적이 있었다."

　1943년 12월에 씌어졌지만 1944년에 발표된 두 번째 편지는 여전히 같은 맥락을 유지하고 있는데("우리의 투쟁에는 자신감만큼이나 많은 쓰라림이 담겨 있다"), 사유하는 인간을 위한 양식이 됐을지는 몰라도 일반 대중을 자극하기에는 무리였을 것 같다. 1944년 7월에 씌어진 마지막 편지는 다음과 같이 시작된다. "자네가 패배할 때가 되었다. 나는 지금 세계에서도 유명한 한 도시에서, 그리고 자네를 희생시키고 자유를 얻을 새 날을 맞이할 준비를 갖추고 있는 도시에서 자네에게 편지를 쓰고 있다." 당시 카뮈는 파리 봉기 때 최초의 총성과 더불어 발행된 일간지 『콩바』의 기자로서 파리에 살고 있었다.

　마침내 『오해』의 첫 번째 원고가 완성되었는데, 카뮈는 먼저 『칼리굴라』 원고를 수정하고 나서 그 원고를 추고할 계획이었다. 그는 여느 때처럼 원고를 장 그르니에에게 보냈고, 그르니에 역시 언제나처럼 원고 여백에 자신의 의견을 적었다. 그는 카뮈가 희곡을 그런 식으로 끝낸 것에 대해 언짢아했다. 이제 그 원고는 『칼리굴라』와 함께 갈리마르에 보낼 수 있게 되었다. 공연되지 않은 이 두 편의 희곡은 동시에 발표됐다.

　'실존'에 관한 앤솔로지를 준비하고 있던 그르니에는 카뮈에게도 기고를 부탁했다. 그러자 카뮈는 반항에 관한 자신의 에세이 일부를 미리 발표하면 어떻겠느냐고 제안했다. 이렇게 해서 1945년 10월 그르니에가 편집하고 갈리마르에서 발행한 선집에 「반항에 대한 고찰」(Remarque sur la révolte)이 게재되었다.

　한여름에 카뮈는 르 파넬리에를 떠나 메장 화산으로 소풍을 갔다. "메장의 고원에 부는 바람은 칼날이 스쳐가는 듯한 소리를 냈다." 카뮈는 자신이 그 바람 때문에 독감에 걸렸다고 8월 11일에 풍주에게 부친 편지에 썼다. 그러나 8월 15일에는 알제 시절의 옛 친구 루이 미켈과 함께 자전거를 타고 생테티엔까지 갈 수 있었다. 미켈은 아침의 대지를 덮은 서리를 보고 경악했다. 그것은 알제리계 프랑스인에게는 놀라운 광경이었던 것이다. 그는 또한 아침 식사 때 버터가 두 조각이나 나오는 것을 보고 놀랐다. 두 사람이 생테티엔까지 자전거를 타고 가면 외틀리 부인이 그들의 식탁에 큼직한 버터 덩어리를 내놓았다.[9]

얼마 후 카뮈를 위해 보다 쾌적한 곳을 물색하던 브뢰베르제가 그를 생 막시멩 도미니코회 수도원으로 초대했다. 그는 특히 기적의 성소인 루르드 인근의 요양소를 염두에 두고 있었다. 카뮈는 8월 30일자 편지에서 풍주에게 이렇게 썼다. "제겐 가톨릭교도 친구들이 있는데, 단순한 공감 이상의 감정을 품은 그들에게 일종의 유대감을 느끼고 있습니다. 그들이 저와 똑같은 일에 관심을 갖고 있기 때문입니다. 그들의 견해에 의하면 그 해법이 명확한데, 제게는 그렇지 않군요."

카뮈는 가톨릭 신자와 공산주의자 모두가 절대를 믿는다는 공통점이 있다고 말했지만, 풍주는 그 견해에 반발했다. 9월 1일 카뮈는 일기에 다음과 같이 썼다. "뉴스에 절망하는 자는 겁쟁이지만, 인간 조건에서 희망을 보는 자는 미친 것이다."

9월 초에 도착한 생 막시멩은 기쁨 그 자체였다. 온화한 프로방스 지방은 그가 알고 있던 세계와 비슷했던 것이다. 생트 봄 산 인근의 14~15세기에 건축된 도미니코회 수도원 건물들과 대성당은 양지 바른 포도원과 올리브 숲 속에 자리 잡고 있었다. 카뮈는 수도원의 영빈관에 머물렀다. 적어도 천국 같은 프로방스의 풍광

속에서 볼 때 수도사들은 목사들보다 훨씬 좋아 보였다. 그는 자신이 갈구하던 "내면의 침묵"을 그곳에서 발견했노라고 퐁주에게 말했다. 9월 20일 다시 르 파넬리에로 돌아온 카뮈는 기독교로 귀의하지는 않았으나 퐁주의 이성주의와 싸울 태세는 되어 있었다. "신의 영역을 관념적 인식의 영역으로 대체한다고 해서 유리할 것은 없다. 인간은 종종 세계 그 자체만큼이나 무거운 짐이 되곤 한다."

카뮈는 기독교를 믿지 않았지만 악의로 비난하지도 않았다. 어쩌면 그 종교는 학대받고 있음에도 그렇게 여겨지지 않았는지도 몰랐다. "어떤 교의는 그 부산물로써가 아니라 그것의 정점으로 판단되어야 한다." 카뮈의 결론은 이렇다. "기독교의 장애물은 정의라 불리는 저 요란한 인간의 창조물이다." 그는 모든 형태의 메시아주의를 거부하고 "상대적 존재에 형식을 부여하는 데" 만족한 채 브뤽의 기독교와 퐁주의 마르크스주의와는 일정한 거리를 유지하려 했다.[10]

카뮈는 평생 동안 기독교로 귀의하도록 유혹과 꼬임을 받았지만 결코 받아들이지 않았다. 그의 사후에 신자들이 무덤에 종종 십자가를 두고 가곤 했다. 그것을 제외하면 그의 무덤에는 별다른 치장이 없었다. 기독교 신자 카뮈에 대한 에세이들을 비롯하여 책까지 씌어졌는데, 대체로 이해할 만한 일인 것이 카뮈 자신이 애매한 입장을 취하고 있었기 때문이다. 그는 기독교 정책을 비난하기는 했어도 기독교와 교회를 공격하는 일은 삼갔다. 어쩌면 정치적 동맹자가 되었을지도 모를 프랑수아 모리악과의 사이에 처음부터 싹텄던 반목에도 불구하고, 카뮈는 프랑스의 기독교 신자들 절대 다수가 믿었던 종교인 가톨릭과 좋은 관계를 유지할 수 있었다.

그 '오해'(그것이 정말 오해였는지는 모르겠지만)는 무엇보다 기독교인들이라면 채우려 들 공백이나 기독교인들이 명확히 하고 싶어 할 애매한 여지를 남겨둔 카뮈 자신의 소설에서 비롯된 것이었다. 그러나 브뤽베르제 신부와 자주 접촉하던 무렵 씌어진 『페스트』에, 틀린 해답을 제시하고 있는 파넬루 신부가 등장한다는 사실은 흥미로운 일이다.

카뮈는 여름에 여행을 하고 난 뒤 몸이 나아지기는커녕 기진맥진하고 말았다. 그는 9월 29일의 편지에서 퐁주에게 이렇게 말했다. "전 제 능력을 충분히 발휘하지 못하고 있습니다. 전 극도로 지쳐 있습니다. 거의 1년 넘게 천사와 싸워왔으니 말입니다." 이 무렵 그는 겨울이 시작되기 전에 르 파넬리에를 떠나기로 굳게 결심하는데, 오트 알프스의 브리앙송 같은 적절한 산악 휴양지가 아니면 (만약 그렇게 바라던 직장을 얻게 될 경우) 파리로 갈 작정이었다. 설혹 적군이 점령하고 있고 식량 배급이 실시되고 있으며 불을 땔 연료조차 충분치 않다고 해도.[11]

아무튼 르 파넬리에에 고별을 고한다는 것은 절대 고독과의 결별을 의미했다. 훗날 카뮈는 그 한 해가 자신에게 깊은 흔적을 남겨놓았다고 술회했다. 그곳에서 보낸 시간은 냉소를 연마하던 뛰어난 젊은 플레이보이에게서 여자들을 떼어놨고, 버릇없던 청년의 혈기를 말끔히 해소시켰다. 성숙한 카뮈, 그리하여 훗날의 카뮈다운 예민한 감수성을 갖추도록 해준 또 하나의 전환점이었던 셈이다.[12]

1943년 11월 1일, 카뮈는 갈리마르에 취직이 되었다. 세바스티앵 보탱가의 그 벌통 속으로 자리를 옮긴 그는 사실상 프랑스 문학계의 거의 모든 중진들과 한집에 살게 되었다. 그의 방은 그렇게 나쁘지는 않았는데, 테라스가 딸린 낡은 건물의 사무실 중 하나였다. 이전에 말로와 폴랑이 쓰던 방이었다. 처음에 카뮈는 작가이자 비평가인 자크 르마르샹과 사무실을 함께 썼다. 그는 드리외에게서 *N. R. F.*를 넘겨받음으로써 결국 그 잡지를 살린 인물이다.

갈리마르

그 당시나 그 후에나 갈리마르에는 어떠한 계급 조직도 없었다. 가스통 갈리마르를 우두머리로 한 그 조직에는 편집장도, 이러저러한 책임자도 따로 없었다. 있는 것은 원고 검토인뿐이었으며, 그중 가장 노련한 이들이 독회위원회 구성원이 되었다. 그 엘리트 그룹은 프랑스 아카데미나 다른 어떤 기구보다도 프랑스 문단에 막강한 영향력을 행사했다. 그리고 폴랑은 바로 그 그룹의 1인자였다. 물론 출판사에는 갈리마르 일가가 포진하고 있었다.

1943년에 이미 예순두 살이던 가스통이 출판사의 편집 부문을 맡고 있었고, 그의 동업자이자 동생인 레몽이 재정을 담당했다. 셋째 동생 자크는 회사 일에 관여하지 않았다. 가스통과 레몽은 각기 자신들의 아들 클로드와 미셸의 보조를 받았다. 나중에 이 두 부자는 실내 정원이 마련된 큰 타원형의 사무실 하나를 나누어 썼는데, 가스통과 클로드가 한 책상을, 레몽과 미셸이 다른 한 책상을 썼다. 미셸의 누이 니콜 역시 남편과 함께 출판사에 근무하게 된다. 그간 출판사 일에 관여하지 않은 가스통의 형제 자크의 자녀 피에르와 로베르, 마리도 출판사에서 일하게 되었다. 피에르 갈리마르는 물론 카뮈의 『파리 수아르』 시절 친구인 자닌과 결혼한 인물이며, 자닌과 자매인 르네는 로베르 갈리마르와 결혼했다.

카뮈가 취직한 지 1년 후 갈리마르사는 위니베르시테가의 큰 저택을 사들여 후면을 세바스티앵 보탱가 건물 한모퉁이와 연결했다. 그럼으로써 이번에는 건물이 미로가 되었지만, 벌통 같던 공간을 크게 확장하고 갈리마르의 자녀들에게 아름다운 정식 정원이 딸린 편안한 아파트를 마련해줄 수 있게 되었다. 17세기 초에 건축된 이 새 별관은 한때 어느 시인이 살았고, 그 다음에는 수필가 게데옹 탈레망 데 레오 소유였는데, 갈리마르는 그 건물을 출판업자 레옹 바일비로부터 사들였다. 그 건물은 프루스트의 포부르 생 제르맹 언저리인 파리 심장부에 자리 잡고 있었으며, 수세기 동안 사람들이 선호하는 도심지의 주거 지역이자 문학과 예술의 중심지였다. 프랑스의 출판사 대부분이 도보로 걸어갈 수 있는 곳에 있었기 때문에, 그 출판사의 필자들 역시 그곳에 거주하려고 애를 썼다.

카뮈는 라스파유가의 모퉁이에서 가까운 셰즈가의 한 호텔에 방을 얻었는데, 사무실까지 천천히 걸어서 10분 걸리는 거리였다. 그는 이후로도 갈리마르 출판사에서 도보로 20분 이상 떨어진 곳에서는 살지 않았다. 엄밀한 의미에서 호텔이라기보다는 셋집에 가까운 미네르브 호텔은 레지스탕스 운동가를 돕던 어느 괴벽스러운 노파가 운영하고 있었다.

카뮈의 친구들 대부분이 이곳에 체류하게 되는데, 그중에는 클로드 드 프레맹빌도 있었다. 파리에 온 에드몽 샤를로는 그 호텔이 쓰지 않고 있던 1층을 개조하여 자신의 첫 번째 파리 출판사

본부로 사용했다. 그 호텔에는 물론 최소한의 설비밖에 없었다. 카뮈의 방에는 싱크대만 있을 뿐 욕실이나 화장실도 없었다. 그 해 겨울 가브리엘 오디지오가 찾아왔을 때 카뮈와 그는 소박한 저녁 식사를 마친 후 코트를 귀까지 끌어올린 채 저녁 나절을 보내야 했다. 그때 카뮈는 그에게 자신의 글을 읽어주었다.[13] 실제로 카뮈는 그가 도착하자마자 곧 직장으로 돌아가야 했으며, 갈리마르에서는 그가 사무실에 나타나자마자 『칼리굴라』 교정지를 건네주었다.

11월 7일에 카뮈는 서른 살이 되었고, 이 일은 그의 일기에서 심각한 성찰의 대상이 되었다. "인간의 첫 번째 능력은 망각이다. 하지만 인간은 자신이 한 선행마저 잊어버린다는 것이 정확한 말일 것이다."

그는 「격리 일지」(Journal du séparé)를 『페스트』에 포함시켜야 할지를 놓고 고민했다. 그 책은 앞으로 나아가고 있었다. 또는 그가 그 책을 전진시키고 있었다. 카뮈는 퐁주에게 이렇게 불만을 토로했다. "의혹과 슬픔으로 가득한 저는 이상하리만큼 불모가 된 듯한 느낌입니다."[14] 그는 자신의 마지막 작품이라고 여기고 「교정된 창조」(La Création corrigée)의 메모를 작성하기 시작했다. 현재 남아 있는 메모로 볼 때 인간이 인간에 대해 저지르는 잔혹한 행위를 담은 무서운 이야기였던 것 같다.

카뮈가 그 이야기를 쓴 이유는 자극을 주는 새 직장에 정신이 팔려 있었음에도 불구하고, 20세기에 가장 불운한 시기를 맞은 파리에 있었기 때문이다. 독일 점령기의 마지막 겨울을 맞은 파리에서는 모든 것이 최악의 상황이었다. 이제는 독일군도 연합국의 이탈리아 공세의 영향을 실감하고 있었다. 그곳에서는 프랑스군이 미군, 영국군과 함께 북진에 참여했다. 동부에서는 소련의 붉은 군대가 독일군을 소비에트 영토에서 몰아내며 사방에서 공격을 감행하고 있었다. 점령지 프랑스에서는 식량과 연료가 갈수록 부족해졌다. 갈수록 무자비한 억압이 진행되자 비시 정부는 독일의 승리가 불가피하다는 것을 프랑스 국민에게 납득시키려 애를 쓰는 등 더욱더 독일에 굽신거렸다.

하지만 식량 배급이 실시되고 냉혹한 나치들이 감시하는 파리에서도 삶은 이어졌을 뿐 아니라 집필과 출판이 이루어지고 연극 리허설도 계속되었으며 개막 공연도 열렸다. 영화도 상영되었다. 직장이나 극장을 가려면 자전거를 타거나 걸어야 했지만 아무튼 갈 수는 있었다. 갈리마르 출판사와 미네르브 호텔 인근의 작은 식당들은 작가와 화가, 배우, 가수, 감독들로 북적거렸는데 이들은 얼마 후 다가올 전후의 생 제르맹 데 프레에 명성을 안겨주게 된다. 석탄이 떨어지고 툭하면 정전이 되는 상황에서, 창작을 때는 스토브가 있는 플로르 같은 카페는 한 세대의 프랑스 작가들의 글 쓰는 손에 온기를 주었다.

시몬 드 보부아르는 자신의 회고록에서, 레지스탕스 대원과 협력자가 한데 뒤엉킨 채 플로르에 모여 있는 광경을 생생하게 그렸다. 어느 테이블에는 파블로 피카소가 앉아 있는가 하면 또 다른 테이블에는 영화감독이 앉아 있었으며, 사르트르와 보부아르도 그들 가운데 섞여서 자신들의 시대를 규정할 책들을 쓰고 있었다. 카뮈는 그보다 좀더 수수하게 미네르브의 호텔방에서 알제 시절의 친구 루이 미켈을 맞이하여, 구하기 힘든 분말 초콜릿을 수돗물에 타서 만든 핫초콜릿을 대접했다.[15)]

미래의 대표 주자

갈리마르에 입사한 카뮈는 즉각 핵심적인 인물이 되었다. 다른 사람들에 비하면 꽤 젊었던 그는 이 고결한 성직자들의 단체에서 공손하고 경외감에 찬 시종에 불과할 수도 있었다. 그는 자제력과 자신의 기질을 발휘해서 *N. R. F.* 내에 있는 갖가지 문학 파벌이나 활동들과 일정한 거리를 유지했는데, 거기에는 초현실주의자들과 한때 초현실주의자였던 사람들(조르주 바타유, 미셸 르이리, 모리스 블랑쇼, 레이몽 크노), 카뮈와는 아무런 공통점도 없는 미몽에서 깨어난 지식인들, 또는 이른바 퐁티니 그룹의 연장자들(폴 발레리, 앙드레 지드, 장 슐룸버거, 그리고 그들의 소장 멤버인 폴랑, 그뢰튀쟁, 말로)이 있었다.

다른 하늘 아래서 태어나고, 소르본이나 고등사범학교 또는 모두가 당연시하던 파리의 국립 고등학교에서 교육받지도 않았으며, 살롱과 카페에서도 이방인이었던 카뮈는 갈리마르에 새로운 종류의 문학과 모랄, 겉치레를 조롱하는 심미주의를 불어넣었다.[16] 폴랑이나 그뢰튀쟁, 심지어는 파랭 같은 인물들이 보기에 카뮈 같은 사람은 자신들 그룹의 일원이 될 수가 없었다. 그 결과 *N. R. F.* 심미주의자들이 그를 경멸했다는 소문도 나돌았다.

과연 폴랑이 『이방인』에 대해 논평하면서, 카뮈의 소설이 모험소설 작가인 퐁송 뒤 테라유를 연상시킨다는 말을 했을까? 그리고 다른 때는 카뮈에 대해, "그는 우리의 아나톨 프랑스"라는 말을 했을까? 폴랑 같은 인물에게서 나오기엔 이중적인 그런 말을?

그러나 그 당시 폴랑은 무슨 말이든 할 수 있는 인물, 친구든 적이든 가리지 않고 거의 모든 사람에 대해 재치 있는 말을 하는 인물로 정평이 나 있었다. 파악하기 힘든 이 인물에 대해 앙드레 피에르 드 망디아르그는 이렇게 쓰고 있다. "폴랑의 진의를 제대로 알아듣지 못한 것이 있는지, 또는 자신이 들었다고 여긴 말 속에 혹시 폴랑이 의도하지 않은 말이 있는 건 아닌지 확신할 수 없었다." 그의 기벽은 애교의 일부였다. 어쩌면 그런 그의 궤변이 카뮈의 혈기에는 지나치게 화사한 것이었을지도 모르지만, 수많은 사무실로 나뉘어 있는 갈리마르 출판사에서는 카뮈 같은 인물이 폴랑 같은 인물과 복도 하나를 사이에 두고 일할 수도 있었고 한쪽이 다른 한쪽을 지나가는 말로 웃길 수도 있는 일이었다.

카뮈 자신은 젊었으며 몇 권의 초기 저작으로 N. R. F.의 몇몇 하위직뿐만 아니라 최상층의 전폭적인 도움과 지지를 받아가며 센세이션을 일으킨 인물이었다. 또한 처음 얼마 동안은 그 자리에 눌러앉기 위해서 최선을 다했으며, 남보다 도드라져 보이려 하지 않았다. 몇 세대에 걸쳐 연이어 문학의 거장들을 배출해냈던 갈리마르 출판사의 입장에서 볼 때 그가 미래의 대표 주자라는 사실이 과연 그의 오점으로 비추어졌을까?

1925년부터 전쟁 발발까지 폴랑은 가스통 갈리마르의 오른팔이었고, 드리외 라 로셸이나 레옹 폴 파르그보다 가스통과 가까웠다. 그런데 이제 폴랑과 드리외와 파르그의 책 전부를 합한 것보다 중요한 책을 출간하고 견실한 문학적 판단력까지 갖춘 카뮈라는 청년이 나타난 것이다. 설혹 정말 그런 것이 있었다면 폴랑 세대의 조롱이나 경멸에는 어쩌면 질투심이 섞여 있었을 것이다.[17]

입사 초기부터 카뮈는 원고 심사위원회 참석을 권유받았다. 그는 사무실 동료 자크 르마르샹과 한 팀이 되었으며, 갈리마르에서 철학서를 낸 브리스 파랭을 자신의 정신적 인도자로 삼았다.[18] 1897년생인 파랭은 철학 교수였지만, 러시아 전문가였고 1927년 갈리마르에 들어오기 전에는 모스크바 주재 프랑스 대사관에서 문화 공보관을 지냈다. 카뮈는 그의 언어 철학에 매료되었다. 카뮈는 르 파넬리에에 있을 때 『플라톤 철학의 로고스에 관한 에세이』를 읽고 자신의 일기에, "그는 언어의 문제를 사회적이고 심리적인 현상으로서가 아니라 형이상학적 문제로 간주하고 있다"고 기록한 바 있다.

이제 카뮈는 그해 겨울 『포에지 44』에 발표된 파랭의 긴 에세이를 읽게 된다. 그 잡지는 전쟁 초기에 피에르 제거스가 간행하기 시작했는데, 연이어서 발행한 『포에지 40』, 『포에지 41』 등은 아라공, 엘뤼아르뿐만 아니라 말로, 모리악 같은 저항 운동 지식인들의 집결지 역할을 하게 되었다. 그 잡지는 독일군의 존재가 별로 확고하지 않던 남프랑스에서 간행되었다. 이후 카뮈는 점령군이 떠날 때까지 포기하지 않을 원칙을 고수하게 된다.

갈리마르 주변에 있던 청년 기 뒤뮈르가 카뮈에게 자신이 파리의 『코메디아』에 발표할 카뮈론의 원고를 보여주었을 때, 카뮈는 그에게 원고를 그 잡지에 주지 말라고 충고했다. 결국 뒤뮈르는 원고를 르네 타베르니에게 주었고, 그는 이를 『콩플뤼앙스』에 실었다.[19]

카뮈는 자닌을 통해 갈리마르 일가의 젊은 세대와 우정을 쌓았다. 전쟁의 마지막 해에 카뮈는 가스통의 조카인 미셸 갈리마르와 가까운 친구가 되었다. 1918년 2월생인 미셸은 파리의 사립학교 에콜 알사시엔에서 엘리트 교육을 받았다. 그리고 이후 탁월한 교수이며 갈리마르의 필자인 르네 에티앙블을 가정교사로 삼았다. 또 한 사람의 갈리마르 필자인 앙투안 드 생텍쥐페리를 통해 미셸과 그의 사촌 피에르 둘다 비행에 관심을 가졌다. 미셸은 할머니(가스통의 모친)에게서 조종석이 트인 에글롱 비행기를 선물받았으며, 해방 후에는 폐쇄식 조정석에 4인승인 노드 1100을 몰았다. 미셸의 아내는 남편과 함께 자전거를 타는 도중 바로 그가 보는 앞에서 트럭에 치여 죽었다.

미셸은 가스통과 그가 하는 모든 일에 매혹되었다. 그는 자신이 원하는 삶이 바로 책의 세계라는 사실을 알았다. 훗날 에티앙블의 회고에 의하면 "결코 나이 먹을 것 같지 않은 짓궂은 표정에 빨강 머리를 한 소년"으로 호감을 주는 청년이던 미셸은 프랑스의 출판 업자들이 통상적으로 신경쓰지 않았고 그런 노력조차 하지 않던 필자와의 관계를 두텁게 하기 시작했다. 그는 자신은 문학과 무관했으면서도 문학계 인사들에게 매료되었다. "재능에는 여러 가지가 있는데, 가장 까다로운 것 가운데 하나가 상대방의 연애 혹은 우정을 이끄는 재능이다. 하지만 많은 사람들이 과학이나 예술 부문에서 (그것이 생계가 달린 문제일 경우에도) 그 품성을 제대로 발휘하지 못하고 있다. 미셸 갈리마르에게는 우정의 재능이 있었다."[20] 그는 또한 장부를 집까지 가져와 연구하면서 출판의 사업적인 측면도 익혔다. 그러나 훗날 결핵 때문에 활동이 위축되면서 가족 사업에서 거의 손을 떼게 된다. 이어서 그는 마흔두 살의 나이에 친구 알베르와 함께 자동차 사고로 사망하고 만다.

미셸과 자닌을 비롯한 젊은 세대 덕분에 카뮈는 입사 당시부터 '갈리마르 문고'에서 단순한 필자 겸 편집자 이상의 역할을 하게 되었다.

보부아르의 회상

시몬 드 보부아르는, 카페 플로르에서 카뮈와 처음 만났을 때의 일을 회고록에 기록해놓았다. 사르트르 역시 그 자리에 있었는데, 그는 이미 「파리」의 공연 개막일에 카뮈와 잠시 이야기를 나눈 적이 있다. 이렇게 해서 세 사람은 다른 사람들이 그들을 하나로 짝짓게 될 오랜 관계를 시작했다. 또한 프랑스 국외에서는 같은 유파로 취급받게 된다. 이 첫 만남에서 나눈 대화는 주로 책에 관한 것이었다. 사르트르는 퐁주의 『사물의 편견』에 대한 카뮈의 찬사에 공감을 표했다. 그러고 나서 사르트르가 자신의 새 희곡에 대한 이야기를 꺼내자 분위기는 한결 부드러워졌다.

사르트르는 자비로 직접 인쇄기를 돌려 품위 있는 잡지를 간행하던 한 제약회사 사장의 요청에 따라 단편 「출구 없는 방」(Huis clos)을 썼다. 그 잡지는 『아르발레트』(Arbalète)로서, 검열에 걸려 갈리마르판 『시시포스의 신화』에서 제외되었던 카프카론을 싣기도 했다.

그 제약회사 사장은 사르트르와 보부아르의 친구이며 연기를 공부하던 새 아내를 위한 희곡을 원했다. 그는 저렴한 비용으로 프랑스 전국을 순회 공연할 작품을 재정적으로 지원함으로써 아내의 재능을 공표하고 싶었던 것이다. 카페 플로르에서 사르트르는 카뮈에게 「출구 없는 방」의 연출은 물론 주인공 역을 제안했다. 카뮈는 망설인 끝에 그 제의를 받아들였다.

얼마 후 그들은 센가의 루이지안 호텔에 있는 보부아르의 방에서 연습을 했다. 하지만 제약회사 사장의 아내가 레지스탕스 조직에서 활동하는 친구들을 만났다는 이유로 체포되는 바람에 순회

공연 계획은 중단되고 말았다. 비외 콜롱비에 극장이 사르트르의 희곡에 관심을 보였을 때 카뮈는 자신이 전문 배우들을 지휘하며 연출하거나 파리 무대에서 공연할 만한 자격이 없다고 판단하고는 그 일에서 물러났다.

하지만 이 무렵부터 동네의 주점이나 미셸 르이리의 아파트에서 자주 열린 파티에 참석한 사르트르·보부아르 커플과 측근들 곁에는 언제나 카뮈가 있었다. 때로는 보부아르가 르이리 부부, 크노 부부, 카뮈를 루이지안 호텔방으로 불러 식사를 하기도 했다. 그곳의 식탁에는 여덟 명이 앉을 수 있었다. 르이리의 아내 제트가 고기를 가져오기도 하고 포도주를 구해 오기도 했다. 그녀는 요리를 좋아하는 사르트르의 옛 제자 자크 로랑 보스트의 도움을 받아 포트로스트나 콩 요리를 만들어내기도 했다. "별로 대단한 요리는 아니었지만 양껏 먹을 수는 있었다"고 훗날 카뮈는 회상했다. 시몬 드 보부아르는 손님 접대를 즐겼는데, 이전에는 그럴 기회가 없었던 것이다.

사르트르와 카뮈가 결별하고 나서 오랜 시간이 지난 후 그녀는 회고록에서 당시의 카뮈를 이렇게 회상했다.

그의 젊음과 독립성이 우리와 잘 어울렸다. 우린 마치 은둔자들처럼 어느 유파에도 얽매이지 않았던 것이다. 우리에겐 집도, 사람들이 흔히 '배경'이나 '주위'라고 부르는 것도 없었다. 그는 성공과 명성을 기꺼이 받아들였으며 그 사실을 감추지도 않았다. 종종 라스티냐크 같은 일면을 내보이기도 했지만 자신을 진지하게 생각하는 것 같지는 않았다.

그는 단순하고 쾌활한 사람이었다. 유머 감각이 있던 그는 가벼운 익살거리도 그대로 지나치지 않았다. 일례로 그는 플로르에서 일하는 파스칼이라는 급사를 '데카르트'라고 부르곤 했다. 그에겐 여유가 있었다. 냉담함과 열정의 행복한 결합에서 나온 그의 매력 덕분에 그런 것도 천박해 보이지 않았다.

보부아르는 그들에게 공통적이었던 어려움이, 단순히 취향과 견해만으로는 설명할 수 없는 카뮈와 그들 그룹의 연대감을 키웠을 것이라고 여겼다. 그들 모두 영국의 BBC 방송에 귀를 기울이고 전쟁 소식을 주고받았으며, 당시에 일어나고 있던 일들에 대한 감정을 공유했다. 그들은 자신들이 반대하는 체제와 이념과 인간들에 대해 영원토록 일치단결해서 맞서기로 약속했다.

그들은 많은 일들을 함께 했다. 예를 들어 갈리마르에서 간행할 예정이었던 '플레야드 백과' 철학 편 중에서 윤리학 부분을 맡을 계획도 세웠다. 여기에는 카뮈와 사르트르-보부아르뿐만 아니라 사르트르의 친구인 철학자 모리스 메를로퐁티도 합세했다. 또한 사르트르는 그들이 함께 간행할 잡지사도 설립했다. 얼마 후 카뮈는 갈리마르에서 간행된 사르트르의 묵직한 철학서 『존재와 무』(L'Etre et le Néant)를 읽게 된다.

사르트르와 카뮈 두 사람 모두 갈리마르에서 새로 제정한 문학상인 플레야드상의 심사위원이었다. 심사위원 중에는 폴랑과 말로, 폴 엘뤼아르 그리고 크노, 블랑쇼, 아를랑 등이 포함되어 있었다. 심사위원장은 르마르샹이었다. 1944년 2월에 발표된 첫 번째 수상작은 배우이며 가수이자 베르베르족의 후예인 마르셀 물루지의 『엔리코』(Enrico)였다. 사르트르와 카뮈 둘 다 그에게 투표했다.[21] 갈리마르에서 카뮈가 맡고 있던 일 가운데 하나는 심사할 원고를 선별하는 일이었다.

카뮈는 무슈 르 프렝스가의 오가르 식당에서 북아프리카 동포들에게 쿠스쿠스로 오찬회를 갖자고 했고, 가브리엘 오디지오가 행사를 주재했다.[22] 사르트르와 함께 이 모임에 참석했던 시몬드 보부아르는 그날 양고기 요리가 나왔는데 자기 접시에는 기름기가 별로 없는 뼛조각만 나와서 크게 실망했다고 회상했다.

그로부터 얼마 후 미셸 르이리가 그들 그룹을 초대하여 1920년대 초현실주의풍으로 씌어진 피카소의 「꼬리 잡힌 욕망」 공개 낭독회를 열었다. 카뮈가 낭독을 맡았다. 그는 프랑스 연극에서 하듯이 장면이 바뀔 때마다 큼직한 지팡이로 바닥을 두드렸으며, 장면을 설명하고 르이리가 선정한 배역들을 연출하는 한편 소개하기도 했다. 그중에는 사르트르와 보부아르도 있었다. 그 낭독회는 르이리의 자택 거실에서 열렸는데, 너무 비좁은 나머지 모두 서 있을 수밖에 없었고, 청중 가운데 몇몇은 옆방에서 그 장면을 지켜봐야 했다.

보부아르에 따르면, 그녀와 사르트르와 카뮈는 나이든 초현실주의자들이 심각하게 받아들인 이 행사를 거의 장난처럼 여겼다고 한다. 피카소는 물론 조르주 브라크, 조르주 바타유, 장 루이 바로도 그 자리에 참석했다. 낭독회는 7시에 시작했고 11시 무렵이 되자 손님들 대부분이 돌아갔지만, 르이리 부부는 배역을 맡았던 이들과 가까운 친구들을 자정의 소등 시간 이후까지 남도록 했다. 그들은 술을 마시고 재즈 레코드를 틀었으나 이웃 사람들을 고려하여 춤을 추지는 않았다. 물루지는 노래를 불렀고 르이리와 카뮈는 멜로드라마의 한 장면을 낭송했다. 보부아르는 자신들이 거대한 포로수용소 같은 파리를 마술로 바꾸어놓은 듯한 느

낌을 받았다. 그들은 새벽 5시가 되어 소등 시간이 끝날 무렵 자리를 파했다.[23]

이 일은 르이리가 벌인 여러 가지 파티의 시초였다. 다음번 파티는 음악가 르네 라이보비츠가 아내와 함께 숨어 있던 쿠르 드 로앙의 조르주 바타유의 집에서 열렸다. 이런 밤이면 그들은 그동안 조심스럽게 비축해놓았던 음식과 술을 가지고 여느 때처럼 꽉 짜인 일상에서 빠져나와 한바탕 흥청거리며 잔치를 열곤 했다. 우정은 있었지만 섹스는 없었다.

이런 잔치의 촉매는 엄청난 알코올이었다. 그들 각자는 한껏 주정을 부렸다. 사르트르는 화장실에 들어가 상상의 오케스트라를 지휘했고 카뮈와 르마르샹은 솥과 냄비를 가지고 군사 행진을 벌였다. 카뮈는 훌륭한 춤 솜씨를 보여주기도 했다.[24]

23 투쟁

행동하라. 더 이상의 위험은 없다. 그러면 적어도 우리들 중
가장 훌륭한 이들이 투옥될 때 품었던 떳떳한 마음을 얻게 되리라.
  • 지하 간행물 「콩바」 1944년 3월호에 게재된 글

'투쟁'은 지하 운동 신문이기 이전에 1942년 독일 점령지의 첩
보를 수집하여 무력으로 적과 싸울 때 기간 시설을 파괴하기 위
해 창설된 비밀 저항운동 단체였다.

1943년, 창설자 가운데 한 사람인 앙리 프레나이는 자유 프랑
스의 지도자 샤를 드골을 설득하여 미국 첩보기관, 그중에서도
전략 서비스국(OSS)과 그 스위스 주재관인 앨런 덜레스 국장과의
협력을 논의하기 위해 프랑스를 떠났다. 프랑스에서 프레나이가
맡고 있던 자리는 선전 활동 담당이었던 클로드 부르데가 대신했
는데, 그 활동 중에는 정기 간행물과 팸플릿을 펴내는 일도 포함
돼 있었다. 1·2차 세계대전 사이에 인기 있던 극작가 에두아르 부
르데의 아들 클로드는 전후에도 계속해서 정치와 언론 분야에서
활동하게 된다.

1943년 마지막 몇 개월 동안 신문 및 다른 선전 자료의 준비는
르네 세르프 페리에르와 자클린 베르나르라는 젊은 여성이 맡았
다. 자클린 베르나르는 투쟁의 지도자들 중 한 사람이며 철도 파
괴 공작단 '레지스탕스-페르'의 책임자인 장 기 베르나르의 누이

였다. 그는 체포되어 아우슈비츠 수용소에 갇혔다가 그곳에서 사망했다. 베르나르 일가는 알자스 출신 유대인이었으며, 자클린과 장 기의 부친은 프랑스군의 직업 장교였고, 삼촌 중 한 사람은 드레퓌스 변호에 주역을 맡았던 인물이다.

앙드레 볼리에(그의 암호명은 '벨랭'과 '카르통'이었다)는 인쇄와 배포를 담당했다. 『콩바』의 창간호는 1만 부가 인쇄되었는데, 연합군의 노르망디 교두보 상륙 직전인 1944년 5월에는 인쇄 부수가 25만 부에 달했다. 볼리에는 리옹의 인쇄소 외에도 이른바 '자유 지역'이라 불렸던 프랑스 남부의 수많은 도시에 있는 열네 곳의 인쇄 활동을 감독했다. 볼리에는 각 지방별로 제작 및 배포가 가능하도록 이들 인쇄소마다 신문 원판을 보내곤 했는데, 그럼으로써 위험을 크게 줄일 수 있었다. 공식 신문 용지를 할당받기 위해 그는 유령 회사를 설립했다. 신문 용지는 독일에서 도착하여 철도 화물 편으로 리옹으로 배달되었다.

볼리에는 또한 가짜 신분증과 경찰 신분증을 만들어 저항 운동 투사와 도망자들을 도와주었고, 각 신분증을 공인해줄 고무인까지 위조했다. 그는 프랑스 경찰에 두 차례 체포당했으나 그때마다 석방되었다. 1944년 3월에는 리옹에서 게슈타포에 발각되어 두 달 이상 고문을 당했으나 입을 열지 않았다. 그 덕분에 저항 운동 동지들은 아무도 체포되지 않았다. 그는 탈출에 성공했고, 이어서 인쇄기는 물론 그라비어 작업실까지 갖춘 '측량 관측 연구소'라는 위장 업소를 차려 원대 복귀했다.

1944년 6월 17일 경찰이 그의 사무실 창문에 총을 들이댔다. 볼리에가 덧문을 닫는 순간 경찰이 발포하여 그의 부하 한 사람이 죽었다. 볼리에는 권총으로 응사하며 여조수와 함께 뒤뜰로 빠져나왔으나 사방이 포위되어 있었다. 기관총 사격으로 부상을 입은 그는 "나를 산 채로 잡지는 못하게 하겠다"고 말한 후 자신의 권총으로 자살하고 말았다. 그의 조수 역시 총상을 입었으나 몇 주일 후 친구들의 도움으로 병원에서 탈출했다.[1]

새로운 저항 운동

리옹에 근거지를 둔 투쟁 운동의 지방 책임자 마르셀 페크의 부관으로 활동하다가 1943년 8월 파리에 도착한 파스칼 피아가 지하 운동 신문의 편집자가 된 것은 당연한 선택이었다. 또 인쇄를 담당한 볼리에가 『콩바』의 편집 책임자 자클린 베르나르와 사이가 좋지 않았기에 누군가가 알제의 드골주의자들과 합류한 세르프-페리에를 대신해서 그 일을 맡아야 했다. 그러나 저항 운동을 하던 피아는 투쟁과 해방, 프랑-티뢰르 운동을 통합한 새 '레지스탕스 통합 운동'의 사무국장으로서 할 일이 많았다.

이번에도 피아는 알베르 카뮈를 떠올렸다. 그는 카뮈를 만나고 있었으나 신중을 기했는데, 아직도 게슈타포의 추적을 받고 있었기에 생 제르맹 데 프레와 갈리마르 출판사 근처에는 얼씬도 할 수 없었기 때문이었다.[2]

자클린 베르나르는 비밀 단체로 하여금 1층에 있는 자신의 조그만 아파트를 회의 장소로 쓸 수 있게 해줄 아파트 관리인을 찾아냈다. 우편물을 찾으러 관리인의 방에 들어온 세입자들이 그들을 볼 수 있었기 때문에 최적의 장소라고 할 순 없었지만, 안전한 회의 장소를 얻는다는 것이 그만큼 힘들었다는 얘기이기도 했다.

카뮈가 파리에 도착하고 나서 얼마 되지 않은 11월 초, 피아는 그를 이 모임에 데려갔다. 다른 참석자들은 자클린 베르나르와 앙드레 볼리에였다. 그 젊은 여인은 레인코트를 입은 이 청년이 영양 부족임을 알아보았다. 당시에는 대부분이 영양 부족이었고 옷차림도 초라했다. 그녀는 또한 이 청년이 짓궂으며 주의력이 뛰어난 동시에 자상한 사람이라고 판단했다. 피아가 말했다. "난 다음 주에 떠나기 때문에 이 친구가 당신 일을 도와주게 될 거요."

그녀가 카뮈에게 물었다. "당신을 뭐라고 부르죠?"

"보샤르라고 하시오."

'보샤르'는 자신이 조판을 하고 신문 기사를 쓸 수 있다고 했다.

당시 그들은 파리에서 발행할 첫 호의 기사를 작성하고 있었다. 아마도 파리에서 발행된 첫 호는 1943년 10월 15일자인 49호였을 것이다. 그러나 인쇄는 그 이전에 됐을 텐데, 비밀 인쇄와 배포에는 시간이 많이 들었기 때문이다. 첫 호에는 샤를 드골의 편지와 코르시카 해방에 관한 기사가 실렸다. 매호마다 인쇄에 넘기기 전에 지면 배정을 끝내야 했다. 낱말 숫자까지 헤아려야 했다. 편집자가 지하 인쇄소에 갈 수 없기 때문이었다. 그 당시에 쓰인 방식은 식자를 하고 지면을 조판한 다음 축소된 판형으로 그라비어를 뜨고 나서 그 인쇄판을 전국의 인쇄업자들에게 보내는 식이었다.

당시 자클린 베르나르는 타이핑과 원고 배달을 담당한 조수의 도움을 받아가며 어느 하녀의 작은 방에서 일하고 있었다. 그 조수는 얼핏 보면 열다섯 살 정도로 보였는데, 덕분에 경찰의 불시 검문을 무사히 통과할 수 있었다. 신문 기사는 영국 BBC 방송 혹은 다른 단파 방송을 청취하거나 스위스와 다른 외국에서 정보를 얻는 통신원들이 수집했다. 런던에서부터 투쟁 운동에 쓰도록 지정된 자금은 자유 프랑스 본부가 낙하산으로 받아 전달해주었다. 그들이 덜레스를 통해 미국으로부터 돈을 받았을 때 드골은 격분했는데, 이는 프레나이가 선호한 방식이었다. 그들은 공급품을 나르고 신문을 배포할 조력자들을 선발했다. 나중에는 모두 자전거를 이용하게 되었는데, 당시 파리의 지하철을 신뢰할 수 없었기 때문이다. 한번은 자클린 베르나르가 비밀 요원의 연줄을 이용하여 카뮈의 자전거에 쓸 타이어를 구해준 적도 있었다.

온갖 시련을 겪는 와중에 그녀는 카뮈가 서정적이고 열광적일 때(그런 때면 지중해인 특유의 제스처를 취하곤 했다)를 제외하면 지극히 비지중해적인 인물이라는 사실을 알게 되었다. 지중해인과는 정반대로 오히려 '영국인'처럼 보였다. 그는 되도록이면 사적인 문제를 입 밖에 내지 않았다. 어느 날 그는 기흉 치료를 받아야 하기 때문에 회의에 참석할 수 없다고 말했는데, 그때까지 아무도 그의 병을 몰랐다. 피치 못할 일이 없는 한 자신의 건강에 대해 말하려 들지 않았던 것이다. 또한 투쟁 운동의 자금으로 점심을 사먹지도 않았고 식량 배급 티켓을 받으려고도 하지 않았다.

모두들 가명을 사용하긴 했으나 얼마간의 시간이 흐른 후 같이 일하는 사람들은 서로의 본명을 알아야 할 필요를 느꼈는데, 비상사태 시 집이나 직장으로 연락을 해야 했기 때문이다. 자클린 베르나르는 갈리마르로 전화해 카뮈를 찾곤 했는데, 교환수가 이름을 물으면 가명을 대곤 했다.

한번은 카뮈가 그녀에게 물었다. "어쩌면 좋죠? 나더러 파리 방송을 맡으라고 하는데 말이에요." 그녀는 그가 나치에게 협력하는 방송국에서 일할 것을 고려하고 있다는 사실에 경악했다. 그러자 카뮈가 설명했다. "당신도 알겠지만, 그것이 내가 아직 살아 있다는 사실을 아내와 어머니에게 전할 유일한 길이라오."

그가 가족에 대해 언급한 것은 그때가 처음이었으며, 자클린 베르나르 역시 처음으로 그에게 아내와 어머니가 있다는 사실을 알게 되었다. 그녀는, 그보다는 지하 단체를 통해 편지를 보내는 게 어떻겠느냐고 제안했다.

카뮈는 신참자들이 무엇 때문에 운동에 가담하고 싶어 하는지 호기심을 느꼈다. 한번은 카뮈 자신이 그 모임에 새로이 부부를 데려와 가명으로 소개했다. 체구가 작은 사내는 범죄 기사를 포함해서 뭐든 닥치는 대로 일할 생각이라고 말했다. 그리고 실제로 자신에게 주어진 모든 일을 해치웠다. 얼마 후 자클린 베르나르는 「출구 없는 방」을 보러 가서, 그 자원자 부부가 바로 장 폴 사르트르와 시몬 드 보부아르라는 사실을 알게 되었다.[3] 얼마 후 카뮈는 또 다른 친구 앙리 코클랭을 데려왔다. 그가 갈리마르에 있는 자신의 『파리 수아르』 시절 동료에게 일자리를 구한다는 편지를 써 보냈던 것이다. 카뮈는 그에게 생계에 보탬이 되는 동시에 자신과 지하 단체에 있는 친구들을 도와줄 은폐물이 될 일자리를 마련해주었다.

마르셀 포트의 집에서 열린 모임에 참석한 코클랭은 '미로'(Miro, 프랑스 속어로 장님 또는 약시를 의미)라 불리는 체구가 작은 한 남자의 제안을 듣고 있었다. 이윽고 코클랭이 중간에 끼어들어 미로의 말이 별로 논리적이지 못하다고 말했다. 카뮈가 코클랭에게 말했다. "좋아, 그 기사는 자네가 쓰게." 그러고서 그는 코클랭을 한쪽으로 데려가 이렇게 말했다. "그런데 자네가 논리적이지 않다고 면박 준 사람이 누군지 아는가? 장 폴 사르트르라네."[4)]

지하 단체의 신문

파스칼 피아는 처음 카뮈를 지하 운동에 소개시켰을 때 분명히 지도자인 클로드 부르데와 만나게 해주었을 것이다. 오랜 세월이 흐른 후 불가피한 기억력 둔화, 그리고 위험하고 혼란스런 시대에 대한 특수하고 비밀스러운 사연 때문에 카뮈가 투쟁에 가담하는 과정에 관한 기록들은 내용이 조금씩 다르다. 카뮈의 친구 브뢰베르제 신부는 카뮈에게 부르데를 만나보라고 권했다고 회상했는데, 그러지 말아야 할 이유는 없었다. 부르데 역시 여러 경로를 통해 카뮈에 대한 소문은 익히 듣고 있었을 것이다. 카뮈는 부르데와 만나기 전에 이미 『콩바』 일을 맡고 있었던 것 같다. 그런 일은 특히 파스칼 피아처럼 본격적인 비밀 요원이 운영하는 사업의 성격상 충분히 가능한 일이다.

카뮈와 처음 만난 부르데는 다음과 같은 인상을 받았다. 그는 그때가 1944년 1월이 아니면 2월일 것이라고 기억했다. "나는 『이방인』을 읽은 적이 있으며, 약간 슬픈 것 같기도 하고 빈정거리는 것처럼 보이기도 하는 어정쩡한 미소, 내리깐 눈, 그러면서도 단호한 표정에서 나로 하여금 그 첫 번째 작품에 찬사를 던지게 했던 그 비통함과 매혹적인 대조를 다시금 발견했다."

훗날 부르데는 카뮈가, 투쟁 운동이 발간할 예정이던 잡지를 준비하는 데 투입됐다는 사실을 떠올렸다. 그 잡지에는 지하 단체의 신문보다 길고 내성적인 글을 실을 예정이었는데, 부르데는 그 잡지에 『르뷔 누아르』(*La Revue Noire*)라는 제호를 붙이고 싶어 했다.[5] 그는 계획만 세워둔 그 잡지의 편집장으로 막시밀리앙 복스(그의 본명은 모노였다)를 뽑아두기까지 했다. 그 잡지의 취지는 지하 단체의 신문보다 더욱 광범위한 독자층을 상대로 한다는 데 있었다.

실제로 카뮈는 그 계획에 가담했지만, 『르뷔 누아르』와의 관계는 어설프고도 짧게 끝나고 말았다.

작가와 편집자와 인쇄업자 사이의 조정은 막시밀리앙 복스의 아들 플라비앙 모노가 편집차장이라는 직함을 달고 처리했다. 아들 모노는 갈리마르 출판사에서 몇 블록 떨어져 있으며 보나파르트가와 센가를 연결하는 거리인 비스콩티가에서 아버지의 아파트 바로 맞은편에 살았다. 카뮈는 『르뷔 누아르』의 편집자와 인쇄업자 사이의 연락을 맡기로 했다.

1944년 3월 10일에서 20일 사이 어느 날인가 막시밀리앙 복스는 아들에게 "우리 조직원 중 한 사람"이 그날 오후에 원고꾸러미를 받으러 방문할 것이라고 말했다. 그것은 복스와 플라비앙 모노, 모리스 클라벨, 이브 강동 등의 원고였는데, 필자의 이름은 적혀 있지 않았다. 방문자는 암호를 댈 것이라고 했다. 정해진 시간에 문에서 노크 소리가 들렸다. 플라비앙 모노가 문을 열어보니 불쾌하리만큼 창백한 안색에 초라한 차림을 한 사람이 서 있었다.

그 방문자는 낡은 레인코트를 입고 있었는데, 플라비앙 모노는 그것을 경찰들이 곧잘 입는 복장이라고 여겼다. 이 의심스러운 방문자는 암호도 대지 않고 원고를 달라고 했다. 그래서 모노는 아무것도 모르는 체했다. 그러자 층계참에 서 있던 그 의심스러운 남자는 그대로 몸을 돌리더니 빈손으로 계단을 내려갔다. 모노는 즉각 아버지에게 경보를 발하고 태울 수 있는 모든 것을 태워버렸으며 의심을 받을 만한 다른 모든 물건들을 지하실에 감추었다.

이렇게 해서 이 의심스러운 인물 카뮈는 더 이상 『르뷔 누아르』의 일에 관계할 수 없게 되고 말았다. 잡지의 유일한 간행물은 1944년 3월자였지만, 파리가 해방되고 나서야 인쇄될 수 있었다. 막시밀리앙 복스는 그 호의 사설에서 그때의 일을 다음과 같이 언급했다.

> 『르뷔 누아르』는 1943년 12월에서 1944년 3월 사이에, 대부분 투쟁 그룹과 연결돼 있던 투사와 작가들에 의해 편집되었다. 그런데 온갖 어려움을 가까스로 극복하고 나서 이제 막 인쇄에 넘기려던 찰나에, 전시에 어느 정도 예측할 수 있는 한 사건이 발생함으로써 그룹이 해체되고 말았다.
>
> 그 결과 연락이 끊어지고 친구들과 고립된 편집장과 편집차장은 유감스럽게도 자신들의 과제를 완수할 수 없었다.[6]

『콩바』에 실린 카뮈의 기고문 중에서 그의 글로 확실하게 판명된 기사는 두 편에 불과했는데, 그중 첫 번째 기사는 1944년 3월에 발표된 것으로 「전면전에 전면적인 저항을」(A guerre totale résistance totale)이라는 제목이었으며, 타성과 참여 부족에 대한 일종의 경고를 담은 내용이었다. "왜냐하면 당신이 행동대원일 경우에는 물론이거니와 동조자라는 이유만으로도 피살되거나 수용소에 끌려가거나 고문을 당할 것이기 때문이다."

5월에 발표된 또 하나의 기사는 「세 시간 동안 프랑스인들을 총살하다」(Pendant trois heures, ils ont fusillé des Français)라는 제목이었는데, 열차 탈선 사건이 발생하고 나서 한 마을의 주민 86명을 보복 살해한 독일군에 대한 내용이었다. 다른 두 기사도 카뮈의 것으로 간주되었는데, 하나는 1944년 4월 독일 점령군의 보조 세력인 프랑스 의용군에 관한 것으로서, "스가나렐은 돈 후안보다 더 잘하고 싶어 한다. 하인이 주인보다 더 비싼 값을 매기는 격이다"라는 표현이 있다. 7월에 발표된 또 다른 기사역시 의용군에 관련된 것으로서, 자신을 바라보는 적을 향해 화염 방사기를 들이댈 수는 없다는 취지의 말로의 말을 인용하고있다.[7]

어느 날 카뮈가 자클린 베르나르를 찾아가, '르누아르'(파스칼 피아)가 리옹에서 체포됐다는 소식을 들었다고 말했다. 그녀는 이미 그 소식을 들었으나 믿지는 않았다. 그는 그녀에게 사실을 확인해보라고 말했다. "그런 인물을 대체할 사람이 없다"는 것이 이유였다. 그는 체포된 것이 확인될 경우 탈출 계획을 위해 리옹으로 가겠다고 했다. 그녀도 카뮈와 함께 가겠다고 했다. 그런데 알아보니 피아가 체포된 것이 아니라, 비슷한 가명을 쓰던 다른 사람이 체포된 것이었다.[8] 투쟁의 지휘자 클로드 부르데 자신은 1944년 3월 25일 체포되어 부헨발트 수용소로 끌려갔다가 1945년 4월에 풀려났다.

조직에게 큰 문제는 작은 판형의 낱장으로 된 신문을 인쇄소에서 독자에게 전달하는 일이었다. 전시에는 잠금 장치가 달린 큼직한 가방을 구하는 일조차 쉽지 않았다. 통상적인 절차는 리옹에서 철도 편으로 수하물을 부치는 것이다. 물론 그 화물에는 『콩

『바』지가 들어 있었다. 그런 다음 파리의 역에서 마치 리옹에서 올라온 승객이 수화물을 찾는 것처럼 가방을 집어가는 것이다. 그러나 부피가 점점 커짐에 따라 『콩바』 팀은 나무상자와 운송회사, 가짜 꼬리표 등을 사용하기 시작했다. 이를테면 "청소용품"이라는 표시를 붙여 가공의 철물점 주소를 적을 수도 있었다. 그러나 한번은 진짜로 있던 철물점 이름을 사용했다. 어쨌든 영수증을 가진 『콩바』 대원이 역에서 상자를 가져갈 것이기 때문이었다. 전시였기 때문에 원래 철도 운송 서비스에서는 화물을 배달해주지 않았지만 일시적으로 배달한 적도 있었다. 그래서 그 나무상자가 진짜 철물점으로 배달되었다. 아무것도 모르고 상자를 열어본 철물점 주인은 『콩바』지 더미를 발견하고는 즉각 경찰에 신고했다. 그러나 그는 신고한 보람도 없이 체포되었다.

자클린 베르나르는 경찰서에 있던 요원에게서 상인이 체포됐다는 사실을 전해 듣고 카뮈에게 사건의 전말을 설명해주었다. 그녀는 말을 하면서도 카뮈가 화를 낼까 두려워하여 일말의 불안감을 품었다. 주위의 다른 모든 사람들이 그렇듯이 그녀 역시 카뮈의 매력에 압도되었기 때문에 그가 자기에게 고함을 치지 않기를 바랐던 것이다.

그러나 카뮈는 그저 웃기만 했다. "당신도 알다시피 저항 운동에 가담하든 가담하지 않든 위험하기는 매일반이라오." 훗날 그녀는 『페스트』에서 이와 비슷한 내용을 읽게 된다. 역병은 어느 특정인만의 일이 아닌 것이다. 그것은 또한 비밀 『콩바』지에 발표된, 카뮈의 기사로 추정되는 두 편의 기사의 주제이기도 했다.[9]

가짜 신분

신문은 기껏해야 바다의 물 한 방울에 지나지 않았다. 체포와 고문, 투옥, 처형의 위험을 무릅쓰고 제작된 신문은 프랑스인들의 사기를 미미하게 진작시켜줄 수 있을 뿐이었다. 그것으로 전쟁의 추이를 바꿔놓을 수는 없었다. 신문이 전후 세계를 변화시킬 수는 있을까? 투쟁 운동에 가담한 투사들 같은 적극적인 저항 운동가들은 조국에서 적군뿐 아니라 협력자 정부까지 몰아내기 위해 애쓰고 있었다. 만약 그들이 자유 프랑스를 위해 희생했다면, 그 까닭은 그들이 해방 후에 보다 나은 프랑스를 만들려는 희망을 품고 있었기 때문이다. 모든 저항 조직은 전후 세계를 위한 프로그램을 갖고 있었으며, 그들도 예외는 아니었다. 비록 전쟁의 끝이 멀어 보이긴 했지만 1944년 봄, 지하판 『콩바』의 편집을 맡고 있던 비밀 조직은 프랑스가 적군의 점령에서 해방되었을 때 발행할 지상 일간지를 위한 계획을 짜기 시작했다.

짧게나마 파리에 들른 파스칼 피아는 『콩바』의 구성원들에게, 파리 일간지를 발행하려면 전문 언론인이 필요할 거라고 조언했다. 카뮈와 자클린 베르나르는 그런 인물을 찾기 시작했다. 피아 자신도 투쟁 운동에 가담하기 전 전쟁 초기에 남프랑스에서 레지스탕스 첩보망과 함께 일한 전력이 있으며 외교 수완에 능한 『파리 수아르』의 통신원 조르주 알트슐러를 데려왔다. 알트슐러는 파리 북동부 뷔트 쇼몽의 산봉우리가 마주 보이는 수잔과 마르셀 포트(암호명 '기몽')의 아파트에서 열린, 전후 일간지를 위한 준비위원회 초기 회합에 카뮈, 자클린 베르나르, 피아와 함께 참석했다. 인쇄업자 모리스 르로이는 아부키르가의 자기 아파트를 빌려주었다. 그 회의에는 초기 참석자들 외에 앙리 코클랭과 알베르 올리비에가 참석했으며, 그 동안 아파트 관리인이 망을 보았다.[10] 카뮈는 사르트르와 그의 친구 보스트, 그리고 디오니스 마스콜로를 데려왔다.

선발된 사람들은 지금 당장은 필요하지 않지만 지시가 있을 경우 즉각 일을 시작해야 한다는 말을 들었다. 총괄적으로 저항 운동을 대표하는 비밀언론 특별위원회는 기존의 신문사 설비를 공유하는 계획을 수립했다. 『콩바』와 다른 두 저항 운동지가 당시 독일군의 일간지로서 독일어로 인쇄되던 『파리저 차이퉁』을 비롯한 협력 언론의 제작 센터로 사용되고 있던 레오뮈르가의 대형 인쇄소를 쓰기로 합의되었다. 그러나 독일인들이 그 시설을 방어할 경우에는 어떻게 할 것인가? 자클린 베르나르는 레오뮈르가의 건물을 보호하는 데 도움을 받기 위해 레지스탕스 행동대원들과 접촉하라는 임무를 맡았는데, 정작 해방일이 되었을 때는 그들에게 더 다급한 임무가 있어서 도와줄 수 없다는 말을 들었다.

그녀는 지하의 밀사를 통해 일간지 『콩바』의 직원들 봉급에 쓰도록 지정된 20만 프랑의 지폐다발을 받았다. 그들은 금고에 그 돈을 보관해달라고 미셸 갈리마르에게 부탁했다. 그리고 한동안 그 돈에 대해서는 까맣게 잊고 있었다. 그 사이에 그들은 판매 수익금으로 봉급을 지불했다.[11]

카뮈는 임시적인 지하 운동 중개인에서 위험을 무릅쓰는 헌신적인 운동가로 변모했다. 당시에는 알 수 없었을 테지만, 전쟁 동안 수행한 임무 때문에 그는 전쟁이 끝나자마자 『콩바』에 관여한 인물로서 스타가 되었다. 임무 가운데는 그로서는 거의 짜내기도 어려운 정력을 바쳐가며 있을 법하지 않은 외딴 곳에서 지루한 회의에 참석하는 일도 포함되어 있었다. 그의 이와 같은 이중 생활은 그의 밤과 낮 시간을 가득 채웠다. 그러한 활동은 파리 망명기 동안의 고독에 대한 보험이었던 셈이다.

그는 직업이 편집자이며 1911년 5월 파리 인근 슈아시 르 루아에서 출생한 "알베르 마테"라는 이름의 가짜 신분증을 얻었다. 주소는 이웃 구인 에피네 쉬르 오르그로 등재되었다. 표면상 1943년 5월에 발행된 이 신분증에는 그의 사진과 지문, 가짜 서명뿐 아니라 납세필증, 지방 시청의 직인, 시장의 서명까지 들어 있었다. 그는 또 '마테'의 이름으로 된 식량 배급표와, 그가 독일 포로수용소에서 석방된 '프랑스 군인'이라는 사실을 증명하는 독일군 서류도 갖고 있었다.[12] 그 가짜 신분증은 십중팔구 리옹에서 인쇄되었을 것이다. 그곳에서 투쟁 운동을 위해 일하던 사람은 '가짜 서류 피터'로 알려진 인물이었다.[13]

1944년 초 언젠가 앙드레 말로가 연합국 측 사령부 지휘를 맡고 있던 도르도뉴 요새를 잠시 떠나 파리에 왔다. 피에르와 자닌 갈리마르는 그를 생라자르가에 있는 아파트로 초대하여 저녁 식사를 대접했으며, 카뮈도 그 자리에 참석시켰다. 두 사람이 처음으로 오랫동안 만나는 자리였다. 그들은 그 자리에서 서로에게 매혹된 것 같았다. 그들은 함께 갈리마르가의 아파트를 나와 한 사람이 다른 사람의 아파트까지 배웅해주었다. 그러고서 이번에는 방향을 바꾸어 다른 사람의 아파트까지 동행해주었으며, 그러는 동안 내내 대화를 나누었다. 대화는 소등 시간이 가까워질 때까지 계속되었다. 다음날 갈리마르 부부가 카뮈에게, 두 사람이 친해졌느냐고 묻자 카뮈는 자신들이 대화다운 대화를 나누었노

라고 대답했다.[14]

그러는 동안에도 카뮈는 갈리마르 문고의 일에 충실했다. 그곳에는 카뮈처럼 생각하고 행동하는 사람들도 있었지만, 다른 진영에 속하는 사람들, 즉 지식인 협력자들도 섞여 있었다. 그는 사르트르 커플과 르이리 부부의 파티에 참석하고 생 제르맹 데 프레의 문인들과 플로르에서 차를 마시기도 했다. 그리고 호텔방으로 돌아와서는 글을 썼다. 『페스트』는 완성 단계에 접어들고 있었다. 적어도 그는 그렇다고 생각했다. 그는 "반항에 대한 에세이"에 푹 빠졌고, 새로운 작품들을 위한 메모를 작성했다. 예를 들면 1년 후 자살할 날짜를 정해놓은 한 남자가 자신이 죽는다는 사실에 무관심해지면서 우월감을 얻는다는 내용의 소설도 있었다.

갈리마르 출판사 내부에서도 저항 활동의 여지가 있었다. 카뮈가 선발한 대원 중 일부는 출판사 직원들이었다. 적어도 한 차례, 그는 자넌 갈리마르에게 독일의 군사력에 관련된 정보를 타이핑하게 한 다음 자신을 대신해서 그 서류를 감추도록 부탁한 적이 있었다.[15]

한번은 카뮈가 사무실로 들어서더니 누군가를 찾는 것처럼 주위를 두리번거렸다. 그는 『메사주』(그리고 『도멘 프랑세즈』)의 편집자 장 레스퀴르를 찾았다. 그러고는 레스퀴르에게 아무렇지도 않은 말투로, 어떤 사람을 그의 아파트에 숨겨줄 수 있는지 물어보았다. 당시 아내와 갓난애와 함께 방 한 칸에 살고 있던 레스퀴르는 그 부탁을 들어주기 어렵다고 대답했다. 카뮈는 사무실 안을 돌아다니며 다른 사람에게도 같은 질문을 던졌다. 레스퀴르는 풀이 죽은 카뮈를 보고 이렇게 물었다. "아주 중요한 일인가?" 그러자 카뮈가 "그렇다네"라고 대답했다. 레스퀴르는, 그렇다면 자기가 방법을 찾아보겠노라고 대답했다. 카뮈는 그와 함께 아래 층으로 내려와 거리로 나왔는데, 레스퀴르는 짙은 홍조를 띤 얼굴에 금발을 한 거인과 함께 있는 앙드레 말로를 보았다. 공교롭게도 말로의 파리 연락책이던 파스칼 피아가 부재중이었다. 그래서 말로는 거리에서 카뮈와 마주치자 자신이 직접 갈리마르 출판사로 들어가는 모험을 감수하는 대신 그에게 도움을 부탁했던 것이다.[16]

레스퀴르는 그 금발의 거인을 자신의 조그만 방으로 데려갔다. 그는 그 남자와 침대를 함께 썼고, 그의 아내는 아기의 요람 바로 옆 방바닥에 깐 매트리스에서 잠을 잤다. 오래지 않아 그는 이 손님이 영국군 장교라는 사실을 알게 되었다.

그날 밤 파리 남부 빌레뇌브 생 조르주의 주요 철도 합류지를 연합국 측이 폭격했기 때문에 그 영국군 장교는 원래 예정했던 대로 도르도뉴 요새로 떠날 수 없었던 것이다. 그래서 장교는 한동안 레스퀴르 가족과 지내야만 했다. 어느 날 그는 커다란 개 한 마리와 함께 들어왔다. 애완견 상점 앞을 지나다가 도저히 참지 못하고 개를 산 것이다. 그렇지 않아도 비좁은 레스퀴르의 방은 더욱 좁아졌다. 그곳을 찾아온 말로는 화를 버럭 내며 개를 돌려주었다. 훗날 레스퀴르는 말로를 통해 그 장교가 조지 힐러 소령이었다는 사실을 알게 되었다.[17]

힐러("영국인 조지")는 말로의 연합국 측 사령부가 있던 도르도뉴에서 말로와 함께 '무기 투하' 조직을 운영했다. 때는 1944년 7월이었다. 그달 하순에 말로와 힐러, 다른 몇몇 대원들이 경솔하게도 국도를 따라 차를 달리다가 독일군 순찰대의 습격을 받았다. 힐러는 중상을 입었고 말로는 사로잡혔다.[18]

갈리마르에 있던 또 다른 청년 중 하나는 미셸 갈리마르와 에콜 알자시엔 동창인 디오니스 마스콜로였다. 카뮈가 그에게 비밀 『콩바』를 편집해보라고 권유하자, 그는 자신은 전투에 더 관심이 있다고 말했다. 그러면서 자신을 군사 조직과 연결해줄 것을 부탁했으나 성사되지는 않았다. 전쟁이 끝난 후 카뮈는, 자신이 마스콜로를 전투에 적합한 인물로 여기지 않았다고 고백했다.

그럼에도 불구하고 마스콜로는 프랑수아 미테랑의 무장단체인 '전쟁포로 국민운동'(MNPGD)에 가입했다. 한번은 그가 아무도 모르게 갈리마르 출판사 안에 권총을 보관한 적도 있었다. 전쟁이 끝난 후 마스콜로는 공산당에 입당했으며, 그곳을 탈당하면서 프랑스 공산주의에 대한 널리 알려진 분석서를 쓴 바 있다.

카뮈가 마스콜로를 무장 투사로 적합하지 않게 보았다면, 카뮈의 친구들 역시 카뮈를 위험한 활동에서 제외하려고 애썼는데, 체포되어 심문을 받는 것만으로도 그가 죽을지도 모른다고 우려했기 때문이다. 그러나 마스콜로는 카뮈와 함께 위험할 수도 있는 구체적인 행동에 두 번 참여했다. 첫 번째는 1944년 초봄 마스콜로가 비밀 인쇄된 신문을 운반하는 일을 맡았을 때였다. 카뮈는 바르베 로쉬슈아르 지하철 역 인근의 카페 테라스에 당시 「오해」를 연습 중이던 여배우 마리아 카자레스와 함께 자리를 잡고는 그의 활동을 지켜보면서, 혹시라도 그가 저지당하거나 수상한 점이 발견되면 그룹의 다른 대원들에게 경보를 울리는 일을 맡았다.

6월에 또 다른 갈리마르 직원 로베르 앙텔므가 체포되었을 때, 마스콜로와 신인 소설가 마르그리트 뒤라스는 생 브누아가에 있는 앙텔므의 아파트에서 증거가 될 서류들을 옮겨야 했다. 여기서도 카뮈는 자콥가와 생 브누아가의 모퉁이에 서서, 수상쩍은 동태가 나타나는 즉시 친구들에게 알려줄 만반의 준비를 갖춘 채 망을 보았다.[19)]

파리에 도착한 프랑시스 퐁주는 레지스탕스 투사들과 친나치주의자들이 출판사들이 몰려 있는 거리에 한데 뒤섞여 살고 있는 가운데 자신도 모르게 쥐와 고양이 놀이에 빠지고 말았다. 한번은 그가 카뮈와 함께 옛 *N. R. F.*의 친구이며 반나치주의자인 그뢰튀쟁을 방문하기 위해 몽파르나스 거리를 걷고 있었는데, 그뢰튀쟁이 살고 있는 캉파뉴 프레미에르가가 가까워오자 갑자기 카뮈가 걸음을 멈추더니, 그 일대는 위험하다고 말했다. 부근에 게슈타포 본부가 있었던 것이다.

또 한번은 퐁주가 갈리마르에서 카뮈와 대화를 나누고 있었는데, 얼마 후 손님들이 몰려들자 카뮈는 그에게 사람들이 갈 때까지 기다려달라고 말했다. 얼마 후 이번에는 미셸 갈리마르가 들어섰다. 퐁주는 그들과 함께 같은 층계참에 있는 피에르 드리외 라 로셸의 사무실로 갔다. 늦은 시각이어서 드리외를 포함한 다른 사람들은 모두 퇴근한 뒤였다. 그들은 드리외의 사무실에 있는 벽장을 열었다. 서류철 밑에 그들이 찾던 물건이 있었다. 말로가 스페인에서 자신의 선전용 소설 『희망』을 영화로 찍은 필름이 담긴 통들이었다. 그들은 그 필름을 가지고 파리의 서부에 있는 뇌이이로 갔다. 한때 갈리마르의 사업 동료가 소유하고 있던 커다란 집에는 말로의 아들들과 그의 아내 조제트 클로티스가 있었다. 말로는 자신이 남부에서 레지스탕스 단체를 지휘하는 동안 가족들을 이곳으로 보낸 것이다. 잠시 어색함에 빠져 있던 퐁주는, 우아한 의자 하나를 끌어와 앉더니 두 다리를 우아한 탁자 위에 올려놓는 카뮈의 모습을 보았다. "여기 괜찮군" 하고 카뮈가 말했다. 금욕주의자인 퐁주에게는 카뮈가 파리의 라스티냐크처럼 벼락부자 행세를 하는 것처럼 여겨졌다.[20]

물론 드리외의 사무실에 어떻게 『희망』의 영화 필름이 보관됐는지 궁금할 것이다. 그것이 정말 영화의 유일한 사본이었을까? 그 필름을 파기하려고 애쓰던 독일인들은 제작자인 에두아르 코르닐리옹 몰리니에의 딱지가 붙은 통을 보고 자신들이 찾던 그 필름인 줄 알았지만, 그들이 실제로 파기한 필름은 다른 영화 사본, 그것도 유일하지 않은 사본이었다. 그 영화는 루이 주베가 주연을 맡은 마르셀 카르네의 「이상한 이야기」였다.[21]

드리외는 그 필름이 자기 사무실에 있다는 사실을 알았을까? 혹시 응석받이 협력자인 그가 자신의 옛 반파시스트 친구의 소유물을 보호해주려 했던 것은 아니었을까? 전시 프랑스라는 이상한 분위기에서는 그랬을 가능성이 높다. 비록 드리외는 만약 자신이 전장에서 그를 만난다면 총으로 쏠 것이며, 또 모종의 상황에 처하면 말로가 처형당하도록 방관할 수밖에 없다고 말한 적이 있지만, 이 두 옛 친구는 독일의 점령기 동안에도 정기적으로 만났으며, 드리외는 말로의 둘째아들의 대부가 되기도 했다. 말로가 레지스탕스 투사였을 때의 일이었다.[22]

사려 깊은 혐오

애국심이 강한 프랑스의 거의 모든 작가들은 비밀 단체인 '전국작가위원회'에 소속돼 있었다. 이 조직의 가장 투쟁적인 지도자들이 공산당 또는 그 전선에 동조한 인물들이라고 해서 장 폴랑과 프랑수아 모리악, 그리고 물론 브뤽베르제 신부 같은 비공산주의 지도자들이 독일 점령기의 막바지 시절에 그 조직에 가입하지 않았던 것은 아니다. 조직에 대한 공산당의 통제와, 자신들의 정치적 목적을 위해 점점 더 그 운동을 이용하려는 행태는 나중에 가서야 명확히 드러났던 것이다. 전쟁의 막바지 무렵 그 단체는 프랑스 문인들 중 가장 뛰어나고 존경할 만한 정상들의 모임이며 지하 아카데미, 심지어는 그들의 법정으로까지 간주되었다. 예컨대, 시몬 드 보부아르에게 만약 그 단체가 그녀의 첫 번째 소설 『초대받은 여자』(L'Invitée)에 투표하기만 하면 그녀가 공쿠르 아카데미상을 받을 수 있다는 사실을 알려준 것도 전국작가위원회였다.[23] 전국작가위원회의 지하 정기간행물은 『레트르 프랑세즈』(Lettres Françaises)였는데, 1944년 1월까지 그 이사회에는 카뮈뿐만 아니라 장 폴랑, 장 레스퀴르, 폴 엘뤼아르도 포함돼 있었다.[24] 『레트르 프랑세즈』는 당시 다작의 좌파 작가이며 프랑스 아카데미 회원의 아들인 클로드 모르강이 편집했다. 모르강(본명은 르콩트)은 루브르 박물관에 있는 자신의 사무실에서 매달 그 비밀 월간지를 편집했다.

이 무렵 카뮈는 프랑스에서, 그것도 친숙한 상대와 최초의 본격적인 논쟁을 벌이게 된다. 알제리의 자유 프랑스 임시정부가 얼마 전 지도자급 나치 협력자이며 비시 정부의 일원을 처형했다. 피에르 퓌쇠는 전쟁 전에는 파시스트였고 비시의 내무부 장관 재임 중에는 독일인들에게 붙잡힌 인질들의 처형에 협력한 인물이다. 그러나 연합군이 북아프리카에 상륙한 이후 퓌쇠는 과거에서 벗어나 한때 친구였던 독일인들에게 맞서 투쟁하려는 의도로 그곳으로 건너갔다. 드골주의자들은 그를 반역죄로 공판에 회부한 후 사형 선고를 내렸다.

알베르 카뮈는 헌신적인 레지스탕스 요원이 되었지만, 사형을 반대하는 평생의 신념 때문에 반나치 동지들과 사이가 갈라지고 말았다. 그는 스스로도 사려 깊은 반론이라고 여겼을 만한 글을 쓰기 시작했다. 카뮈의 글이라는 것이 너무나도 역력한 이 익명의 기사는 다음과 같이 시작한다.

인간 생명의 가치를 무시하는 작가는 있을 수 없으며, 나는 이것이 작가라는 직업에 대한 명예로운 정의 가운데 하나라고 생각한다. 아마도 그런 이유에서 나는 권력을 잡은 인간의 정의를 늘상 혐오해왔을 것이다.

이 글의 필자는 처형에 대한 자신의 '혐오감'과 '반감'을 표현하면서도, 관념적 원칙이라는 미명하에 인간을 죽게 허락했다는 이유로 퓌쇠의 죄를 "상상력의 결여"로 파악했다. 그러나 이적 행위자들은 이제 추상적 관념의 시대가 끝났음을 깨달아야만 한다. 지금에 와서 범죄자가 처형된다면 그것은 계급이나 이념에서가 아니라 "지난 4년간 우리 자신, 즉 모든 피고인들의 강요에 의해" 집행되는 것이라는 것이다.

이 글은 결코 퓌쇠나 다른 이적 행위자들을 위한 변호가 아니다. 그러나 위원회의 지도층, 그중에서도 엘뤼아르는 카뮈의 반어법이 퓌쇠의 죄를 상상력의 결여 탓으로 돌림으로써 가볍게 해준다고 여겼다. 엘뤼아르는 여느 때에는 인자한 인물로 알려졌지만, 나치 범죄자들에게만큼은 무자비했다. 이사회는 카뮈의 기사를 논설로 게재하기에 부적합하다고 결정했다. 그들은 그 글을 엘뤼아르가 요구한 일종의 답변서를 첨부하여 일개 기사로 싣기로 했다. 모르강은 퓌쇠의 처형에 대한 조직의 진정한 입장을 대변하는 논설문을 부탁받았다. 모르강의 글은 『레트르 프랑세즈』 1944년 4월호 제1면 왼쪽에 실렸다. 그 달의 제1면 표제 기사는 「암살된 막스 자콥」이었다. 모르강의 기사 「프랑스의 정의」는 이렇게 시작되었다.

　퓌쇠는 이적 행위 죄목으로 사형 선고를 받고 총살되었다. 그에 대한 지배적인 감정은 프랑스에 정의가 실현되었다는 것이다.

그는 전국작가위원회와 드골의 임시정부가, 1942년 5월 나치에 의해 총살된 『레트르 프랑세즈』의 설립자 자크 드쿠르의 이름으로, 또한 퓌쇠의 경찰에 의해 고문당하고 독일인들에게 넘겨진 다른 사람들의 이름으로 퓌쇠를 재판하고 처형할 것을 특별히 요청한 바 있음을 지적했다.

서명이 없는 카뮈의 기사 「아무것도 해결되지 않았다」(Tous ne s'arrange pas)는 1944년 5월호에 실렸다. 같은 호에 실린 다른 익명의 기고자들은 프랑수아 모리악과 장 폴랑을 비롯하여 모르강과 엘자 트리올레 들이었다. 카뮈의 글 바로 밑에는 역시 익명으로 된 엘뤼아르의 성명서가 첨부돼 있었다.

이 잡지의 다른 곳에 실린 「아무것도 해결되지 않았다」라는 기사를 접한 우리 중 몇몇은 필자의 일반적인 명제에 대해서는 동의하면서도 그가 말하고 있는 이 편리한 '상상력의 결여'라는 진술에 대해서는 그들, 특히 피에르 퓌쇠의 경우 자유 의사에서 나온 것임을 덧붙일 필요가 있다고 생각한다.[25]

그 사건이 카뮈와 강경파들의 즉각적인 결별로 이어지지는 않았다. 카뮈는 1944년 말 파리 해방 이후까지도 위원회에 잔류했다. 카뮈는 그 이후에야 사임하는데, 이유는 그 단체의 공산주의 지향 정책 때문이었으며, 그는 전후 『레트르 프랑세즈』에 글을 발표하기를 거부했다.[26] 그러나 카뮈가 공산주의자와 두 번째로 결별한 데는 뭔가 궁극적이면서도 미묘한 결정이 있었던 것은 아닐까?

왜냐하면 카뮈가 위원회의 비밀 회합에서 자신의 이견을 표명하던 무렵 실존주의 작가들을 '사이비 레지스탕스'라고 비난하는 익명의 팸플릿들이 파리 시내에 유포되었던 것이다. 팸플릿에 인용됨으로써 프랑스 경찰과 독일 점령군의 주목을 끌게 만든 네 명의 작가는 사르트르와 카뮈, 레스퀴르, 그리고 앙드레 프레노라는 시인이었다. 그 결과 표적이 된 이들 작가들 가운데 적어도 한 사람이, 그 팸플릿이 공산주의자에 의해 씌어져 유포되었으리라고 믿은 것은 당연한 일이었다. 공산주의자들은 곧잘 이런 식의 폭로 전술로 성가신 적을 제거했던 것이다.[27]

24 오해

오늘 내가 『오해』를 쓴 목적에 대해 설명해달라는 부탁을 받았다는 사실은
이 희곡이 그다지 바람직한 평가를 받지 못하고 있다는 것을 입증한다.
나는 불평을 하려는 것이 아니라 사실을 있는 그대로 말하고 있다.
간단히 말해서 그 작품은 실패작이다.

• 『피가로』, 1944년 10월 15일

카뮈가 『콩바』의 지하판 간행을 거드는 한편, 파리가 독일군에
게서 해방되는 즉시 나오게 될 일간지 『콩바』의 창간호를 계획하
는 동시에 파리 연극계에 극작가로 데뷔했다는 사실을 납득하기
가 쉽지 않을 것이다. 이제 그의 희곡은 두 편이 되었다.

1944년 5월 『오해』와 『칼리굴라』 두 편의 희곡을 한데 묶어 갈
리마르에서 간행한 책을 소개하기 위해 쓴 글에서 카뮈는 두 희
곡을 『이방인』과 『시시포스의 신화』에 의해 이미 소개된 부조리
의 철학과 연관 짓고 있다. 이른바 '테제극'이 아닌 이 두 편의 작
품은 '불가능극'을 대표한다는 것이다. 카뮈는 다음과 같이 썼다.

이 작품들은 불가능한 상황(『오해』)이나 인물(『칼리굴라』)을
매개로 하여 타당하고 유일한 해결에 이르기 위해서는 반드시
통과해야 하는, 얼핏 해결될 수 없는 것처럼 보이는 갈등을 생
생하게 표현하려 한다. 예를 들면 이 연극은 우리들 각자가 내
면에 살해되도록 운명 지어진 환상과 오해를 품고 있다는 사실
을 시사하는 것이다.

그런데 이 희곡들은 공연도 불가능한 것이었을까? 그 오해는 작자의 의도에 대한 청중의 반응에서 초래되었을까? 처음에는 그렇게 보였다.

개막 준비

이미 언급했듯이 독일 점령기에도 파리 연극계는 여느 때와 마찬가지로 움직였다. 협력자들과 중립주의자들, 심지어는 사르트르처럼 표면상 헌신적인 저항 운동가들까지도 제작자, 연출자, 극작가, 배우로서 경력을 시작하거나 계속해나갔다.

당시 언론계의 총아였던 샤를 뒬랭, 장 루이 바로, 장 콕토, 레몽 룰로 등 파리 연극계의 모든 유명·무명 인사들이 분주하게 활동했으며, 장 마레와 세르주 레지아니 같은 배우들은 이 무렵 데뷔했다.

카뮈는 뒬랭의 문하생이며 사르트르의 친구이자 배우 겸 연출자인 장 빌라르 같은 연극계의 신세대들과도 접촉했다. 그는 종전 20년 후 프랑스 서사극의 일류 연출가, 실제로는 황무지나 다름없던 연극계에서 유일하게 혁신적인 연출가가 된다. 그러나 점령지 파리에서 카뮈와 만날 무렵의 빌라르는 신인이었다. 그들이 생 제르맹 데 프레의 한 카페에서 만났을 때 빌라르는 비록 그에 필요한 재정적 뒷받침은 없지만 자기 손으로 『칼리굴라』를 공연해보고 싶다고 말했다.[1]

당시 코메디 프랑세즈의 정식 멤버였던 바로는, 어떤 극단이 『칼리굴라』를 일종의 실험 연극으로 공연하겠다고 했다면 분명 마음에 들어 했을 것이다. 그는 갈리마르에서 그 문제를 의논했지만 아무런 성과를 얻을 수 없었다.[2] 이러한 논의는 카뮈가 『콩바』지에서 일을 하기 시작하고 최초의 비밀 회의에 참석하며 전국작가위원회 지하 조직과 접촉하는 것과 동시에 이루어졌다.

결국 『오해』는 젊은 연출자가 아니라, 당시 파리의 일류 극단이며 마들렌 지구의 명물이던 마튀랭 극장에서 공연되었다. 이곳은 바로 1943년 1월 자닌 갈리마르가 카뮈를 데리고 싱의 「슬픔에 찬 데어드레」에서 열연하던 마리아 카자레스를 보러 간 바로 그 극장이다. 세기의 전환기에 건축된 마튀랭 극장은 사샤 기트리 같은 대중적이면서도 천박한 작가가 쓴 코미디를 레뮈와 해리 보르 같은 노련한 배우들이 공연하던 터전이었다.

러시아 태생의 연극인인 피토에프 부부와 더불어 그곳의 스타일도 바뀌었다. 다리우스 밀로와 아서 호네거, 초현실주의자 앙드레 브르통과 폴 엘뤼아르의 친구이며 독창적이고 일견 지적으로 보이는 마르셀 에랑이 그 뒤를 이었다. 에랑은 스무 살 때 비외 콜롱비에에서 코포에 의해 공연된 아폴리네르의 「티레시아스의 유방」에서 연기한 적이 있었다. 그는 제네바에서 피토에프 부부를 만났고, 마튀랭에서는 루드밀라 피토에프와 함께 콕토의 「오르페」에서 연기하기도 했다. 또한 영화배우로서 「심야의 방문객」과 「천국의 아이들」에서 배역을 맡기도 했다.

에랑과 그의 동료인 배우 장 마르샤는 「슬픔에 찬 데어드레」처럼 알려지지 않은 고전과 신진작가의 희곡을 프랑스 관객들에게 소개했다. 파리 연극계에서는 극장의 소유주 또는 경영자가 재정적 부담의 상당 부분이나 전부를 책임지고 자기 극장에서 공연할 연극을 제작했다. 이런 시스템은 종종 비슷비슷한 선택과 안정된 배역의 기반이 되기도 했지만 동시에 작품의 수와 질을 제한하는 요인이 되기도 했다.

전시의 파리에서 「오해」처럼 소규모 배역과 단순한 무대 장치가 필요한 연극은 그다지 큰 모험이 아니었다. 당시 쉰두 살이던 에랑은 이미 장 마르샤의 파리 연기 학원 시험에서 탁월한 실력을 보인 마리아 카자레스의 잠재성을 발견한 상태였다. 그러나 「슬픔에 찬 데어드레」로 연기를 시작한 마리아는 학원을 너무 많이 빠지는 바람에 결국 퇴학당하고 말았다. 이후 그녀에게는 1943년 4월에 개막된 입센의 「건축사 솔레즈」리바이벌 공연에서 힐다 역이 맡겨졌다. 그녀는 같은 해 8월 에랑과 함께 마르셀 카르네의 「천국의 아이들」영화 제작에 합류하여 장 루이 바로의 상대역을 맡았다. 덕분에 처음 카뮈와 만나 이야기를 나누었을 바로 그 무렵 그녀의 모습이 영화에 고스란히 남게 되었다. 그해 가을 그녀는 조르주 느뵈의 「테세우스의 여행」에서 마르샤, 에랑과 나란히 무대에 서게 된다. 이 연극에서 그녀가 맡은 연기에 대해서 젊은 비평가 클로드 루아는 『콩플뤼앙스』에 다음과 같이 썼다.

언제든 감정에 젖을 만반의 태세가 돼 있는 그 목소리, 언제나 그토록 조화를 이루고 그토록 순수한, 연기하고 떨고 진동하는 그 몸. 위대한 비극 여배우, 그녀는 스무 살이다.[3]

노련한 연출가 에랑의 인도로 카뮈는 1944년 처음 몇 달 동안 대본을 고치는 작업에 착수했다. 리허설은 3월에 시작되었다. 마리아 카자레스에게는, 자신들의 수수한 여인숙에 투숙한 낯모르는 손님을, 그러나 실제로는 오빠인 얀을 어머니와 함께 죽이게 되는 마르타 역이 주어졌다. 나이에도 불구하고 에랑은 얀 역과 동시에 연출을 맡았다. 사라 외틀리의 아들 폴이 늙은 하인 역을 맡았다.

리허설이 진행되는 석 달 동안 극작가는 연극과 다른 일 두 가지로 자신의 시간을 쪼개 썼다. 이를테면 한편으로 장 그르니에가 실존론 모음집에 게재하기 위해 부탁한 에세이를 쓰고 있었는데, 카뮈가 그 에세이 「반항에 관한 성찰」을 완성한 것은 1944년 3월이었다. 그런 다음 다시 『페스트』로 돌아와 밤마다 "아무 즐거움도 느끼지 못한 채" 작업을 계속했다.[4]

그 무렵 카뮈는 새로 사건 친구이며 야심만만한 작가이자 북아프리카 출신에 결핵 환자이기도 한 기 뒤뮈르와 서신을 주고받고 있었다. 당시 뒤뮈르는 산에서 건강을 회복하는 중이었다. 카뮈는 당시 파리에서 르네 레이노를 만난 적이 있었는데 이후 레이노는 체포되었다. 결국 그는 산 채로 독일군의 손아귀에서 벗어나지 못하고 말았다. 그런 사건들과 동시에 사르트르 및 보부아르와 함께 플레야드 수상 기념 오찬을 가졌고, 갈리마르에서는 『오해』와 『칼리굴라』가 간행되었다.

그 동안 카뮈는 앙드레 지드와는 만나지 못했지만, 갈리마르에서 일하면서 지드와 가까운 모임에 소개받은 상태였다. 그런데 이제 침침한 호텔을 떠나 갈리마르 사무실에서 몇 분 떨어지지 않은 바노가 1호에 있는 지드의 아파트와 연결된 6층 스튜디오로 이사하도록 권유를 받게 되었다. 그 스튜디오는 지드의 젊은 친구인 마르크 알레그레와, 지드의 딸 카테린이 쓰던 곳이었다. 그 스튜디오는 당시 예순여덟 살이던 재치 있는 노부인 마리아 반 리셀베르그의 아파트 본채와 인접해 있었다. 지드는 그녀를 '귀여운 부인'이라고 불렀는데, 지드와 함께 보낸 삶에 대한 그녀의 매혹적이고 솔직한 일기는 지드 자신의 일기가 담고 있던 신비화를 어느 정도 바로잡아주었다. 그녀의 일기는 『귀여운 부인의 노트』라는 제목으로 출판되었다.

또한 그 집에는 지드의 딸 카테린의 어머니이자 마리아의 딸인 엘리자베스, 그리고 엘리자베스의 남편으로서 작가이며 당시 반나치 지하 운동가로 활동하던 피에르 에르바르트도 살고 있었다.[5] 카뮈가 쓰게 될 스튜디오는 한쪽 벽이 트이고 천정이 높은 방으로 천장 한가운데에 공중그네가 늘어져 있었다. 지드에 관한 회고록에서 카뮈는 "나를 찾아온 지식인들이 그 그네를 타는 것을 보는 데 진절머리가 나서" 그것을 치워버렸다고 썼다. 거기에는 또한 지드가 쓰던 피아노도 있었다.[6]

프랑스에서 가장 유망한 여배우

스페인 내전이 발발했을 때 마리아 카자레스는 열세 살 먹은 연약한 아이였다. 그녀는 곧장 스페인 공화국을 지키는 데 한몫 하겠다고 나섰고, 전시 수상이던 아버지의 허락을 받아 병원에서 자원봉사자로 일했다. 그러나 그녀는 그곳에서 한 차례 이상 실신을 했으며, 마드리드가 위험해지자 아버지는 마리아와 그녀의 어머니를 프랑스로 보냈다. 프랑코가 승리를 거둔 후 그는 프랑스에서 가족과 합류했다. 독일군이 프랑스를 점령하자 그는 아내와 딸이 배 편으로 영국에 가도록 보르도로 보냈다. 그러나 배에는 그들 모녀를 태울 자리가 없었다. 그래서 마리아의 아버지는 영국으로 가고 그들 모녀는 점령지 파리로 돌아왔다.

이듬해 그녀는 연극을 좋아하는 어머니의 격려를 받아 연기 학원에 다니는 한편 연기와 고등학교 졸업장(바칼로레아)을 위해 프랑스어도 배워야 했다. 1942년 그녀는 「슬픔에 찬 데어드레」에서 연기를 시작하면서 철학 바칼로레아 공부도 하고 있었으며, 학원을 떠나는 것과 함께 시험에도 통과했다. 마르샤와 에랑이 그녀를 열심히 무대에 올려주었기 때문에 이제 그녀는 형식적인 연기 수업을 받을 필요가 없었다.

훗날 그녀는 자닌 갈리마르가 분장실로 데려온 카뮈를 만났던 일을 기억하지 못했다. 그러나 그녀는 르이리의 아파트에서 카뮈가 무대 지시문을 읽었던 피카소의 「꼬리 잡힌 욕망」 낭독회 자리에는 참석했다. 그때 그녀는 카뮈를 훌륭한 배우라고 생각했다. 그녀는 마튀랭 극장에서 배우들이 희곡을 읽을 때 카뮈와 만났다.

그녀가 극단의 유일한 신참은 아니었다. 그곳에 있던 모든 배우들이 젊었으며, 작가는 물론 배우를 발굴하는 데 열정을 품었던 에랑에게 모두들 깊은 인상을 받았다. 마리아에게 그곳의 분위기는 분명 자극적이었을 것이다. 모두들 가까이 지냈다. 무대 담당이 그녀에게 "오늘 아주 좋았어요" 또는 "오늘은 별로였어요" 하고 말해주곤 했다. 독일 점령기의 그 어두운 시절에 사람들은 특히 서로에게 호감을 갖고 있을 경우 일심동체가 되기 쉬웠다. 붙임성 있고 아마도 '최후의 댄디'였을 에랑은 극장 위층에 살고 있었는데, 그곳은 연극인들은 물론 화가와 작가를 비롯한 예술가들의 집합소였다. 마튀랭의 개막식 날에는 파리의 수많은 지식인들이 모여들었다.[7]

카뮈는 마르타 역을 맡게 된 여배우에게 넋을 잃었다. 그는 마리아 카자레스가 프랑스에서 가장 유망한 비극 여배우가 될 것으로 확신했다. 얼마 후 그는 자클린 베르나르에게, 카자레스가 "일일이 말하지 않아도 모든 것을 다 이해하며" 그녀에게는 "필요한 모든 재능이 전부" 갖춰져 있다는 말을 했다. 그때 이후 생애 마지막 순간까지, 아팠을 때나 그렇지 않았을 때나 마리아 카자레스는 언제나 알베르 카뮈와 가까운 거리에 있게 된다. 그들이 떨어져 있을 때 카뮈는 자신의 일과 생각에 대해 자세히 이야기해 줌으로써 그 거리를 메우곤 했다.

그러나 그 관계는 정신적인 쪽에 가까웠으며, 세상의 온갖 말썽거리로부터 벗어나기 위한 안식처가 되지는 못했다. 카자레스는 전사가 돌아와 자신의 품에서 쉴 수 있도록 난롯가에서 기다리는 유순한 여성이 아니었던 것이다. 아마도 그녀는 카뮈의 어두운 측면, 즉 '수줍음'과 남성이라는 규약 때문에 공적으로는 드러내지 못하고 사적으로 정화시킬 수밖에 없는 감정들에 대해 마음껏 외치고 울고 죽음에 대해 이야기할 수 있는 대상으로서 호소력이 있었을 것이다. 무대 안팎에서 넘쳐흐르는 카자레스라는 존재는 카뮈의 울적하고 고된 공적인 삶을 보상해주었다. 그녀는 카뮈의 스페인 혈통을, 스페인의 정치적 비극뿐 아니라 그 나라의 문학과 연극에 대한 그의 관심을 대신하는 존재였다. 또한 그녀는 그가 사적으로 지중해인과의 접촉을 유지하는 통로이기도 했다.

개막 일이 3주도 채 남지 않은 6월 5일 카뮈는 사르트르와 보부아르가 마련한 파티 석상에서 마리아를 친구들에게 소개했다. 그날 파티는 꽃과 리본으로 장식된 샤를 딜랭과 카미유의 아파트에서 열렸다. 그 아파트에는 정원 쪽으로 난 큼직한 원형 거실이 있었다. 그 집은 한때 빅토르 위고의 정부 쥘리에트 드루에의 집이었던 것으로 전해진다. 사르트르의 친구들과 *N. R. F.*의 고정 필자들은 이곳에 모여 새벽까지 시를 읊고 레코드에 맞춰 춤을 추곤 했다. 그런데 이번에는 카뮈가 마리아와 함께 나타난 것이다. "그녀는 보라색과 연자주색 줄무늬가 있는 로커스 드레스 차림이었으며 머리를 뒤로 묶었다. 그녀가 약간 귀에 거슬리는 소리로 웃을 때마다 깜짝 놀랄 만큼 건강하고 하얀 치아가 드러났다. 그녀는 아주 아름다웠다."[8]

바로 이날 파티를 벌이고 있던 시각, 자정을 90분 넘겼을 때 미국의 낙하산병들이 노르망디의 코탕탱 반도 셸부르 남동쪽 유타 해변에 상륙하기 시작했다. 연합군의 집중 포화가 쏟아지고 난 후 첫 번째 상륙부대가 해안으로 밀려들었다.

그러나 연합군의 상륙이 프랑스 점령 독일군에게 종말의 시작을 의미하긴 했지만, 점령지에서 바로 나타난 결과는 탄압이 더욱 강화되고 독일군의 후방에 대한 잠재적 위험인 지하 운동에 대한 감시가 보다 엄격해졌다는 점이다. 리옹의 『콩바』지 인쇄업자인 앙드레 볼리에가 감시망에 포착된 것은 6월 중순이었다. 그리고 이제 카뮈와 자클린 베르나르, 그리고 그들의 소규모 특별 대원들은 파리의 아파트를 전전하며 해방된 파리에서 발행할 첫 번째 일간지를 준비하기 시작했다.

이 무렵 확인되지 않은 어느 시기에, 파리 무대에 첫 번째 연극을 올림으로써 명성을 얻어보려던 이 젊은이는 지식인 분위기가 물씬 풍기는 좌안의 지드 스튜디오를 떠나, 샬그렝가에 있는 알제 시절의 옛 친구 폴 라피의 아파트로 몸을 숨겨야 했다. 파리에 올라온 라피는 갈리마르를 방문하여 카뮈와 만났으며 그 뒤로도 가끔씩 만나곤 했다. 하지만 두 사람의 관계를 알고 있는 사람은 거의 없었기 때문에 카뮈는 아무도 모르게 라피의 아파트에 숨어 있을 수 있었다. 라피는 그의 부탁으로 마리아 카자레스를 만나기도 했다.

성공한 실패작

1944년 6월 24일, 신문에 셸부르 전투와 비테프스크 지역에 대한 소련군의 공세가 대서특필되고 있을 때 마튀랭 극장에서 「오해」의 첫 막이 올랐다. 연극은 전기 사용에 대한 규제 때문에 초순부터 계속 연기돼왔다.

한마디로 폭풍이 몰아치는 밤이었다. 그 폭풍이라는 것은 물론 극장 안에서의 일이었다. 개막 공연을 본 사람들은 누구나 쉽게 잊지 못했을 것이다. 그것은 파리의 지식인들이, 단조롭기 그지 없는 이 연극의 의도적인 암울함, 소박한 관객조차 예견할 수 있는 비극의 절정을 향한 냉혹한 진행, 고의적이고 부자연스러운 상징을 받아들이려 하지 않았기 때문이다.

마리아 카자레스의 친구이자 연기 교사로서 연극에 호의를 품었던 뒤상은 연극의 분위기에 혼란스러워졌다. 훗날 그녀 자신이 기록한 바에 의하면 그 당시 모두가 억눌려 있던 "비정상적인 삶"에 지쳤기 때문에 제2막이 끝나자(그때는 이미 극장 안이 야유로 가득했으며, 나중에 그녀는 제3막은 전쟁터나 다름없었다는 이야기를 들었다) 자리에서 일어나 그곳을 나와버리고 말았다. 뒤상은 배역 중 일부 때문에 연극이 실패했을지도 모른다면서, 당시는 모두가 너무나 신경이 곤두선 상태여서 "날카로운 연극이 우리들에게는 참을 수 없는 것처럼 여겨졌을 것이고, 더이상 아무도 정상적인 균형 감각이나 이해력 또는 관념이 없었다"고 생각했다.

그러나 카자레스만은 여느 때처럼 탁월했다. "새로 하는 연극마다 찬사를 한 몸에 받는 매력적인 이 여인, 유연하면서 전율하기도 하고 떨기도 하며, 그레스 또는 알릭스 정장을 완벽하게 소화할 줄 아는 이 여인은 이번에는 잊혀진 유럽 한구석의 거칠고 빈한한 여관 주인답게 머리를 뒤로 대충 쓸어 넘긴 채 무뚝뚝한 몸짓, 폐쇄적인 표정을 선보였다." 그녀는 자신의 역할에 생명을 불어넣을 뿐 아니라 제멋대로 날뛰는 관객과도 싸워야만 했다.

이렇게 해서 투사 카자레스의 면모가 드러난 셈이었다. 여전히 그토록 어리고 연약해 보임에도 불구하고. 소란이 아무리 커도 그녀 혼자만은 그 상황을 위압했다. 그녀가 자신이 해야 할 대사를 읊고 나면 소음이 그 뒤를 이었다. 그러나 노련한 배우들도 굴복하고 마는 이런 상황은 예외적인 정신력을 요구하게 마련이다. 카자레스는 마지막 대사 한 줄까지 당당하게 저항했다. 막이 내리고 나서야 그녀는 피로와 고뇌로 눈물을 쏟아냈다.[9]

단 한 사람의 평자만이 첫날 밤 청중의 행동에 대해 공개적으로 비판했는데, 그 자신도 극작가인 앙리 르네 레노망이었다.

개막식 날 밤의 청중들은 종종 자신들도 얼마든지 천박할 수 있다는 사실을 상기시켜주었다. 「오해」의 여러 부분에서 조소가 터져 나왔던 것이다. 이러한 청중들에게, 시위를 하려면 막이 내릴 때까지 기다려야 한다고 요구하는 것은 무리일까? 연극의 사실적인 외양에도 불구하고 그것이 범죄 이야기가 아니라 비극이라는 것을 이해하라는 주문이 무리일까? 또는 우리의 일상생활을 초월하고 품위 있게 만드는 초현실이라는 요소를 인식해보라면? 감정적 욕구를 두 시간만 참으라고 요구한다면?

하지만 이 호전적인 저녁에는 유식한 젊은이들이 참석했고, 그들의 갈채는 순응주의에 물든 파리인들의 표명에 당당하게 반응했다.

레노망은 이렇게 예견했다. "아마도 앞으로 20년 안에 「오해」는 현재의 충실함과 그 광휘 그대로 받아들여지게 될 것이다."

카뮈의 친구들 중에는, 청중들의 그런 적대감이 부분적으로는 카뮈가 반나치주의자이고 레지스탕스 가담자일지 모른다는 사실에 기인했다고 여긴 이들도 있었다.[10] 마리아 카자레스 또한 청중들의 격한 반응을 이해하지 못했으며, 여기에 혹시 정치가 개입돼 있는 건 아닌가 하고 여겼다. 그러나 독일군의 파리 점령기 동안 다른 공연 때는 그런 종류의 적대감이 나타나지 않았다.[11] 일설에 의하면 사르트르 역시 그와 같은 반응을 경험했다고 한다.

사르트르와 보부아르는 그 유명한 개막식 날 그 자리에 참석했는데, 이들은 이미 읽어본 희곡에 대해 어느 정도 선입견을 갖고 있었다. 그들은 이 작품이 『칼리굴라』보다 못하다고 여겼다. 따라서 카자레스의 재능에도 불구하고 그 희곡 공연이 성공을 거두지 못했다고 해서 놀라지는 않았다. 그들은 그 희곡의 실패를 대수

롭지 않게 여겼으며, 시몬 드 보부아르는 자신의 회상록에 "그 일 때문에 카뮈와 우리의 우정이 영향을 받지는 않았다"라는 묘한 기록을 남겼다.

그럼에도 불구하고 사르트르와 보부아르는, 소란에 대해 흡족해하는 협력지의 비평가들에게는 화를 냈다. 그녀는, 그들이 카뮈가 이 전쟁에서 어느 편에 서 있는지를 알고 있다고 했다. 그래서 사르트르와 보부아르는 그 비평가들이 줄지어 떠나는 것을 보면서 웃음을 터뜨렸다. "그 연극은 분명 그들이 비평을 쓰게 될 마지막 개막식이었다. 그들은 조만간 신문사에서, 프랑스에서, 미래에서 축출될 터였다. 그리고 그들도 그 사실을 알고 있었다."[12]

새로운 형식의 어색함과, 알베르 카뮈가 협력자의 이데올로기에 동조하지 않는다는 혐의, 이 두 가지 요인이 관련이 있는 것은 확실했다. 그러나 카뮈의 친구들이 여긴 것만큼 정치가 중요한 요인은 아니었을 것이다. 만약 카뮈가 저항주의자이고 반협력주의자라는 사실을 '누구나' 알고 있었다면, 어째서 체포되지 않았을까?

연극 그 자체에 대해서는 갈리마르의 젊은이들조차 그날 저녁 마튀랭 무대에서 본 광경을 언짢게 여겼다. 미셸과 피에르, 자닌은 줄곧 리허설을 지켜보아왔다. 그들은 찻잔에 관련된 몇 부분이 어색하다고 여겼다. 그 차에는 마르타의 오빠 얀을 죽음으로 몰아갈 독약이 들어 있었다. 개막식 날, 가엾은 마리아가 찻잔 얘기를 꺼내자 여기저기서 숨죽여 웃는 소리가 터져 나왔다. 오케스트라석 뒤편에 앉아 있던 가스통 갈리마르와 그의 아내 잔, 피에르, 미셸, 자닌 갈리마르, 장 마르샤는 청중들이 야유를 보낼 때마다 이에 맞서 박수를 쳤다.

카뮈는 자신의 연극이 화젯거리가 됐다는 사실을 알았다. 그는 자신이 사람들을 자극시켰다는 사실을 만족스럽게 여겼다. 무엇보다도 연극 덕분에 마리아를 만났던 것이다.[13]

마리아는 이 연극을 아주 기쁘게 받아들였다. 그녀는 차분하게 표현된 '초현실주의'에 탄복했다. 그녀는 또한 카뮈가 적대적인 청중들 때문에 거의 고무될 정도로 흥분했다는 사실도 알았다. 그가 원한 것은 바로 그런 식으로 사람들을 자극하는 일이었던 것이다.[14]

카뮈가 일기에 차분한 어조로 다음과 같이 기록한 것도 이 무렵의 일이었을 것이다. "내겐 아주 소중해 보이는 그것, 즉 '신랄하지 않은 마음'을 정복하는 데 10년이 걸렸다." 그리고 그의 비밀 활동이 외부의 훼방(그것이 설혹 감정적인 것이라 할지라도)으로부터 그를 지켜주는 데 도움이 됐다는 암시도 있다.

모든 면에 다 관여할 수는 없다. 최소한 자신이 관여할 수 있는 삶을 선택할 수 있다. 명예로운 삶, 그런 삶만을 영위할 것. 어떤 경우에 이런 삶은 사람들을 외면하는 결과를 가져올 수도 있다. 심지어 그들에게 친근한 감정을 품은 사람에게조차(그 경우에는 더더욱).

파리 해방 이후 카뮈는 청중의 정치적 편향 때문에 움츠러들지는 않았지만 자신의 연극에서 제기된 예술적 문제점은 처리했다. 그는 이 연극이 실패작이라는 사실을 받아들였다.

몇몇 어색한 부분들, 진지하되 지루한 표현들, 아들의 불확실한 성격. 이 모든 것들이 관객의 몰입을 저해할 수 있다는 것은 당연하다. 그렇지만 어떤 면에서 볼 때 내 표현의 일부는 이해되지 못했는데, 이는 청중들의 잘못이다.

그는 그 연극이 인간 조건에 대해 비관적 관점을 취했음을 의식하고 있었다. "하지만 그 점은 인간에 대한 어느 정도의 낙관주의로 상쇄될 수도 있다." 그는 비극적인 언어를 동시대의 인물들을 통해 말하게 한다는 사실도 충격적일 수 있다는 사실을 알고 있었는데, 그 문제는 청중이 그것에 익숙해지는 도리밖에 없다고 여겼다. "연극은 놀이가 아니다." 그리고 이렇게 말했다.

개인적으로 나는 이 연극을 무대에 올림으로써 작가가 누릴 수 있는 가장 큰 기쁨을 맛보았다. 자신의 언어가 음성으로, 그것에 대해 꿈꾸었던 정확한 어조로 훌륭한 여배우의 영혼을 통해 표현된다는 기쁨이다. 마리아 카자레스에게 빚지고 있는 이 기쁨은 내겐 전혀 다른 것이었다.[15]

폭풍의 개막식이 지난 후 나온 협력지를 읽어보면, 나치와 그 협력자들이 카뮈가 저항 운동에 동조했음을 알고 있었다는 생각에 동의하기 어려울 것 같다. 실제로 협력자라면 아버지가 영국에 망명 중인 스페인 공화파인 카자레스라든가, 잔의 아내 마리아 역을 맡았고 남편이 자유 프랑스 라디오의 피에르 부르당인 엘렌 베르코르 쪽을 더 우려했을 것이다.

독일 점령군의 신문 『파리저 차이퉁』이라면 분명 독일의 전쟁 수행에 반하는 음모나 활동을 벌이는 혐의가 있는 극작가 쪽에 유의했어야 했다. 그러나 1944년 7월 2일의 프랑스어판 주간 부록에서 사르트르의 「출구 없는 방」에 대해, 몇 가지 철학적 유보 조항을 두기는 했어도 "연극계 최고의 사건"이라고 일컬었던 『파리저 차이퉁』의 평자 알베르 뷔슈는 카뮈의 연극에 대해 호의적인 시각을 보였다. 뷔슈는 플롯상의 약점, 예를 들면, 얀이 어머니와 누이 앞에서 자신의 신분을 밝히지 않은 이유를 밝히고 나서 카뮈가 시대적 운명을 상징화하려 한 것이 분명하다고 결론지었다. 평자는 아마도 카뮈가 원고에서는 그보다 좀더 명확하게 표현했을 테지만 공연이 원전에 누를 끼쳤다고 여겼다. 레몽 룰루가 무대에 올린 「출구 없는 방」은 수작이었던 것이다. 그러면서도 그는 마리아 카자레스의 진가를 제대로 평가하지 않았다. 그녀는 "분명 딸의 역할에는 재능을 보였지만 결국 부자연스러운 잔인성을 보임으로써 참을 수 없는 분위기를 만들고 말았다." 그리고 얀 역을 맡은 마르셀 에랑은 "아예 존재하지도 않았다."

연극 자체는 그 장면의 질이나 문학적 가치 부분에서 어떤 만족도 주지 못할 것이다. 그럼에도 불구하고 그 작품에는 심오한 사상이 가득하며, 그 때문에 우리는 그 작품을 너그럽게 대할 수 있다.

『파리저 차이퉁』의 평자는 또한 「오해」가 연극 시즌에 종말을 고하는 작품이라는 점도 지적하고 있다. 그는 막바지에 이른 독일 점령에 대해서는 한마디도 하지 않았지만, 점령은 이제 60일도 채 남지 않은 상태였다. 그 신문의 프랑스어판 부록은 8월 13

일자로 종간됐다. 그러나 평자는 모종의 변화가 일어나고 있음을 의식하고 있었다.

카뮈의 「오해」는 선구적인 작품이다. 형식과 착상이 기묘하게 병치돼 있지만 그 핵심은 명확하다. 다른 어느 희곡보다도 「오해」는 우리 주위를 에워싸고 있는 사악함의 핵심과, 인간의 정신적이고 도덕적인 실존 전체를 다루고 있다. 이 작품은 오늘날의 인간이 자신의 존재 기반 자체를 갱신하는 법을 알지 못할 경우 미래에 대해 희망을 걸 수 없다는 사실을 확언해주는 듯하다.[16]

문화 주간지 『코메디아』는 전면에 마리아 카자레스와 마르셀 에랑이 연기하는 사진을 실었다. 그 신문의 평자 롤랑 퓌르날은 그 작품이 "아주 기묘하다"면서 카뮈의 부조리에 대한 반항과 결부시켰다. 그는 이어서, 그러나 카뮈처럼 훌륭한 작가는 점잖게 다룰 필요가 없으며 따라서 그 희곡은 실패작이라고 하지 않으면 안 된다고 했다. 그러면서도, 어쩌면 그 실패작이 다른 수많은 성공작보다 더 나을지 모르겠다고 결론지었다.

반유대주의 문학 및 오락 주간지이며 주로 파시스트 논객 로베르 브라지야크의 활동 무대였던 『제르브』(La Gerbe)는 앙드레 카스텔로의 평을 게재했다. 그는 전후 프랑스에서 인기 있는 역사물 작가가 됐다. 이전에 사르트르의 「출구 없는 방」이 금지된 것은 "평범하기 때문이 아니라 유해할 정도로 추하기 때문"이라고 주장하며 관청에서 극작가들에게 창작증을 발급해야 한다고 촉구한 적이 있던 카스텔로는 이제 의도하지 않은 폭소를 자아내게 했던 대사들에 주의를 환기시키면서 카뮈의 희곡을 조롱했다.[17] 그는 「오해」가 "아주 우스꽝스러운 작품"이라고 했다. 그러나 에랑이 그 연극을 공연한 것은 마리아 카자레스에게 배역을 주기 위해서였으며, 그 점은 그 연극의 행운이었다는 말도 덧붙였다.

「오해」는 바로 다음날인 6월 25일 저녁, 그리고 연합군이 노르망디와 남부를 가로질러 파리로 진격하고 있던 7월 2일에서 23일까지 계속해서 공연되었다. 그리고 파리가 해방될 때까지 공연이 취소되었다가, 그 이후 8월 18일부터 31일까지 공연되었다.[18] 배우들은 전기가 부족해서 취소된 공연을 메우기 위해 하루에 세 차례나 공연한 적도 있었다.[19]

도피자들

1944년 7월 11일, 지하 신문의 집필과 편집, 인쇄, 배포 사이에서 핵심적인 고리 역할을 하던 자클린 베르나르는 어느 대원을 만나러 갔다가 게슈타포의 함정에 빠져 체포되고 말았다. 그녀는 민첩하게 머리를 굴려야 했다. 바로 그날 저녁 마튀랭 극장 근처에서 카뮈와 만날 약속이 있었다. 카뮈가 그녀에게, 밀사로 『콩바』에 가입하고 싶어 하는 마리아 카자레스를 소개해주기로 했던 것이다.

자클린 베르나르는 자신이 약속 장소에 나타나지 않음으로써 친구들에게 자신이 붙잡혔다는 사실이 알려지고, 그들이 다시 다른 사람들에게 소식을 전하는 계기가 되기를 바랐다. 지금은 이미 걷힌 상태였다. 현재의 지하 활동과, 목숨을 걸고 그 일을 수행하던 여러 사람들이 위험에 빠질 터였다. 게다가 '투쟁' 운동은 전후 프랑스에서 확실한 발언권을 갖기를 기대하고 있었다. 그녀가 체포되기 직전 지드의 스튜디오에서 『콩바』의 일반판 창간호를 위한 회의가 열리고 게재할 기사들도 배정되었다. 그녀는 그룹 일원의 집에서 모이는 것이 현명하지 않은 생각이라고 여겼지만, 그와 동시에 지드의 자택에서 회의를 한다는 생각은 마음에 들었다.

체포된 뒤 라 퐁프가의 게슈타포 본부에서 심문을 받고 있던 그녀는 동지들에게 경고할 기회를 잡았다. 독일인들은 암호화된 전화번호가 적힌 그녀의 수첩을 찾아냈는데, 이 암호들은 초보적인 수준으로서 앞의 두 숫자에서 3을 빼고 그 다음에 오는 두 숫자에 3을 더하는 간단한 방식으로 처리한 것이었다. 그 당시 파리의 전화번호는 3개의 문자와 4개의 숫자로 구성돼 있었다. 그녀는 독일인들이 암호를 알아낼까 두려워했다. 이를테면 그녀는 정기적으로 갈리마르 출판사의 카뮈에게 전화를 걸었으며, 전화 건 사람의 신원을 확인할 때면 자신의 가짜 신분증에 있는 이름을 쓰곤 했다. 만약 독일인들이 갈리마르사의 전화번호를 알아내면 "아베스 양"이라는 사람이 갈리마르 문고에 있는 누구에게 전화를 걸었는지 드러날 수도 있었다.

그래서 그녀는 자신이 접선자에게 회의를 연다는 편지를 보내겠다고 제의했다. 그러면 독일인들이 나머지 대원들을 현장에서 붙잡을 수 있을 터였다(적어도 독일인들은 그러기를 원했다). 그녀는 자신이 무해한 일을 하고 있다는 것을 알고 있었다. 그 '접선자'는 사실 임시적으로 쓰던 조수여서 운동과는 아무런 관계도 없는 사람이었기 때문이다. 자클린 베르나르는 요원들을 밖에 둔 채 혼자서 건물 안에 들어갈 수 있고, 그럴 경우 쓸모없는 편지를 전달하면서 카뮈에게 경고를 보낼 수 있을 터였다.

심문자들은 자클린 베르나르가 유대인이라는 사실을 몰랐다. 그래서 그녀는 라벤스브뤼크 수용소에서 중노동형을 선고받고 이송되었다.[20]

그녀가 체포되었다는 사실을 알게 된 카뮈는 생 라자르가에 있는 갈리마르사의 건물로 출발했다. 자닌 갈리마르는 거리에서 알베르 올리비에와 맞닥뜨렸는데, 그는 그녀에게 카뮈더러 집으로 돌아가지 말라는 주의를 전하라고 했다. 그러나 그녀가 카뮈를 만났을 때 그는 이미 누군가에게 주의를 받은 상태였다. 카뮈와 자닌은 그녀의 아파트 발코니에서 밖을 내다보았으며, 그 사이에 자닌의 남편 피에르와 그의 사촌 미셸은 자전거를 타고 카뮈의 옷가지를 치우기 위해 지드의 스튜디오가 있는 바노가의 카뮈 아파트 쪽으로 향했다. 자닌은 금방이라도 그들에게 총을 겨눈 독일군 병사들이 나타날 거라고 생각했다. 다음날 그들은 세 대의 자전거를 타고 파리를 떠났다. 자닌은 교대로 남자들 뒤에 타고 갔는데, 피에르와 미셸은 병자인 카뮈에게 무리가 되지 않도록 자닌을 자신들이 태웠다. 그들은 파리 동쪽으로 88킬로미터 가량 떨어진 프티 모렝 강가의 베르들로로 향했다. 그곳에는 갈리마르의 편집자이며 필자인 브리스 파랭의 집이 있었다. 그 마을에는 파랭의 친척집이 있어서, 갈리마르 일가와 도피자들이 이용하게 되어 있었다.[21]

한편 카뮈가 공모자인 사르트르와 보부아르에게도 경고를 했기 때문에 그들 역시 주의를 기울였다. 보부아르는 회상록에서 자신들이 스스로를 보호하기 위해 애처로울 정도로 은폐를 시도한 일을 기록해놓았다. 그들은 우선 며칠간 미셸 르이리의 집에서 그와 함께 지냈다. 그런 다음 기차와 자전거를 이용하여 식료품점을 겸한 시골 여인숙에 은신했는데, 그들은 그곳에 3주 동안 머물며 카드놀이나 도박을 하는 촌락민들 사이에 섞여 글을 쓰거나 이런저런 일들을 의논하며 지냈다. 간혹 르이리 부부와 자크 로랑 보스트가 그들을 방문했다.

미군이 샤르트르에 접근하고 있다는 소식을 들은 그들은 자전거를 타고 샛길을 이용하여 파리로 돌아왔다. 샹틸리에서 파리로 오는 도중에는 기차를 탔지만, 연합군의 폭격을 받았다. 시내로 돌아온 그들은 재빨리 루이지안에서 10미터쯤 떨어진 웰컴으로 방을 옮겼다.[22]

갈리마르의 식구들과 카뮈는 은신처에서 얼마간은 휴가처럼, 또 얼마간은 아주 위험한 상태에서 지냈다. 그들이 얻은 주택은 알고 보니 퇴락해 있어서 창유리마저 없었다. 그들 모두가 쓸 침대조차 충분치 않아서 미셸 갈리마르는 인근 호텔방을 얻어야 했다. 그들은 연합군의 진격 소식을 알리는 BBC 방송에 귀를 기울였으며, 시골 주점에서 점심을 먹고 저녁은 집에서 해먹었다. 자닌과 알베르는 자신들이 우유에 밀가루를 탄 죽, 즉 모든 프랑스 아이들이 알고 있는 부이이를 좋아한다는 사실을 알게 되었다. 그들은 낮 동안에는 파랭 가족과 함께 산책을 하거나 프티 모렝 강에서 수영을 하며 지냈다.

그렇게 긴장이 너무 풀린 나머지 어느 날에는 식사를 하기 위해 주점으로 들어가기 전에 자전거를 벽에 기대놓고 서 있던 갈리마르 식구들 중 하나가, 독일군 병사들이 근처에서 통행인의 신분증을 조사하고 있는 줄도 모르고 큰소리로 "카뮈!" 하고 불렀다. 일행은 그를 알베르라고 부르기로 정해놓았는데, 그 이름은 가짜 신분증에 있는 이름과 우연히 일치했다. 다행히도 독일 병사들은 카뮈가 누군지 몰랐다. 아니면 그 소리를 듣지 못했을지도 몰랐다.

연합군의 진격과 파리 해방이 임박했다는 소식을 들은 그들은 파리로 돌아왔다. 돌아오는 중에 그들 네 사람은 다시 교대로 자닌를 뒤에 태우면서 자전거를 탔다. 그렇게 페달을 밟던 그들의 눈에 비행기들이 급강하하며 폭탄을 떨구고 독일인들이 도로 옆 숲속의 방공호로 숨는 광경이 보였다. 그들은 "어이없게도" 그 폭탄들이 독일군들만 겨냥한 것이라고 여겼다.

독일군 점령기의 마지막 며칠을 앞두고 파리로 돌아온 자닌은 혼자 다른 곳으로 이사할 계획을 세웠는데, 피에르와 이혼하기로 마음먹었기 때문이었다. 미셸 갈리마르와 결혼하게 될 그녀는 갈리마르 일가가 위니베르시테가에 사두었던 새 건물의 아파트에 있는 그의 집으로 들어갔다. 그녀와 미셸은 저녁 때면 카뮈, 마리아 카자레스와 함께 외출을 하곤 했다.[23]

한편 사르트르와 보부아르는 카페 플로르 옥외에서 카뮈와 마주쳤다. 카뮈가 그들에게, 모든 저항 단체 지도자들이 파리가 자력으로 해방되어야 한다는 데 동의했다는 말을 전해주었다. 지하철은 폐쇄되고 전기는 더욱 자주 끊겼으며 가스 역시 공급되지 않고 사실상 시내에는 식료품이 남아 있지 않았다. 독일군들이 물러가기 시작한 것이다.[24]

25 해방

파리는 8월의 그날 밤 모든 총알을 퍼부었다.
역사와 더불어 묵직하게 흐르고 있는 센 강 주변의 거대한 돌과 분수를
배경으로 다시 한 번 자유의 바리케이드가 쌓였다.
정의는 한 번 더 피를 요구했다.
• 『콩바』, 1944년 8월 24일자

역사는 사소한 일들로 이루어진다. 만약 젊은 도피자들이 바로 그 순간 시골의 은거지를 떠나기로 결심하지 않았다면 알베르 카뮈는 독일 점령군으로부터 파리가 해방되는 순간 그곳에 있지 못했을 것이다.

그와 지하 신문 『콩바』의 동료 편집자들은 갑작스럽게, 그리고 극적으로 표면으로 부상하여 새로운 세계를 요구하고 있던 일반 대중에게 새로운 신문과 저널리즘을 제공했으며, 오랫동안 인내해온 프랑스인들에게 그 자유 투사들이 변화하는 프랑스를 감당할 능력이 있음을 보여줬다. 그 이후 몇 주와 몇 개월 동안 카뮈와 그의 팀은 많은 시민들에게, 해방된 국가를 위한 최선의 희망, 새로운 정치적 도덕성, 패전의 악몽이 다시금 되풀이되지 말아야 할 미래를 의미했다. 『콩바』의 대담한 발행인란은 그 혼란스러웠던 시기에 가장 명징하고 선 굵은 입장을 보여주었다.

샤르트르가 함락되었을 무렵 프랑스 북부 대부분은 연합군의 수중에 떨어졌으며, 미국의 제3군은 수도를 포위하기 시작한 상태였다. 연합군의 계획은, 입성하지 않은 채 파리를 고립시킴으

로써 독일군들로 하여금 유혈이나 파괴를 자행하지 않고 철수하거나 항복하도록 한다는 것이었다. 물론 연합군과 함께 싸우던 프랑스군이 독일군의 항복을 받아내기 위해 제일 먼저 파리에 입성할 특권을 누릴 터였다. 그러나 저항 세력에게는 공공 건물과 주요 건물들, 유적들을 하나하나 확보하면서 자신들의 손으로 자국의 수도를 해방시킨다는 점도 중요했다. 그 결과는 혼란이었다. 비록 서로 다른 파벌(공산주의자, 드골주의자)이 각기 진격 순서를 놓고 벌이는 영광스런 혼란이긴 했지만.

레지스탕스가 파리에 입성할 무렵 독일군은 이미 빠져나가고 있었다. 그래도 여전히 시내에는 적지 않은 병력이 남아 있어서 진압 과정에서 해방군에게 타격을 입힐 정도는 되었다. 파리 시내에 바리케이드를 설치할 필요성 때문에 아이젠하워 장군은 애초의 계획을 수정하여 르클레르 장군으로 하여금 신속하게 수도 중심부로 진격하도록 했다. 독일군의 잔여 세력이 후퇴하기 전에 이 빛의 도시를 파괴하려 들 가능성이 남아 있었던 것이다.

파리 탈환

1944년 8월 18일에 시작된 전투는 개별적인 단체가 독자적으로 감행한 행동이었다. 그들 대부분은 패배를 목전에 둔 독일군들이 놀란 눈으로 지켜보는 가운데 파리 및 공화국 프랑스의 상징물들을 탈환했으며, 한편에서는 스웨덴 영사와 독일군 지휘관이 무혈 철수를 위해 전력을 기울이고 있었다. 독일군은 파리를 파괴하라는 히틀러의 명령을 이행하지 못했다. 8월 21일 '파리해방위원회'는 전투 명령을 내렸다.

파리 시민 여러분,

파리 시민의 봉기로 이미 상당수의 공공건물이 해방되었습니다.

전투는 계속되고 있습니다. 전투는 적군이 파리에서 모두 추방될 때까지 계속되어야 합니다.

파리 시민은 모든 수단을 동원하여 적들의 행동을 방해해야 합니다.

가로수를 쓰러뜨리고 탱크 저지용 구덩이를 파고 바리케이드를 설치하십시오.

연합군은 승리한 시민들의 환영을 받게 될 것입니다.

8월 25일 르클레르의 군대가 입성할 때까지 파리 시민들은 창문과 지붕으로부터 적을 저격하고 공공 건물로 돌진하며, 친숙한 문화재 주변이나 카뮈가 살고 있던 생 제르맹 데 프레의 비좁은 골목에서까지 접전을 벌였다. 이 전투에서 거의 1,500명의 전사자가 났는데, 그중 901명은 프랑스 치안군(FFI) 대원들이고 582명은 일반 시민들이었다.[1)

시몬 드 보부아르는 좌안에서 본 이 봉기의 분위기를 회고록에 기록했다. 파리의 저항 시민들이 시청과 경찰서를 비롯한 공공건물들을 탈환하는 사이, 치안군은 거리에서 독일군 경비대와 전투를 벌였다. 보부아르는 여전히 독일의 하켄크로이츠 깃발이 의회에서 나부끼고 있는 광경을 호텔 창을 통해 볼 수 있었다. 온갖 소문이 난무했다. 친지들과의 전화 통화나 자전거를 타고 지나가는 행인들의 외침을 통해서만 사태의 진상을 알 수 있었기 때문이다. 사람들은 다시 레지스탕스 단체에 합류했다. 사르트르는 코메디 프랑세즈에서 연극 운동 조직과 끊임없는 회의를 가졌다. 여자들은 치안군을 위해 음식을 만들었다.

사르트르와 보부아르는 『콩바』에 있는 카뮈를 만나러 파리 시내를 가로질러 걸어갔는데, 센 강의 방파제에 이른 그들은 자신들도 모르게 양군이 대치하고 있던 무인 지대에 들어섰다. 여기저기서 총알이 날아왔다. 그들은 난간을 보호벽 삼아 허리를 잔뜩 숙인 채 다리를 건넜다. 『콩바』의 본부가 있는 레오뮈르가의 신문사에 도착해보니 기관총을 든 청년들이 입구를 지키고 있었다. 건물 전체가 "하나의 거대한 무질서, 하나의 큰 잔치판"이었다. 카뮈는 사르트르에게 파리 해방에 관한 기사들을 써달라고 부탁했는데, 그 글은 최고의 목격담으로 남게 되었다.[2]

투쟁은 계속된다

'비밀언론위원회'의 결정에 따라 지하 저항 단체는 협력지 신문사의 시설을 인계받았다. 세 개의 지하조직과 그들의 신문인 『데팡스 드 라 프랑스』(Défense de la France), 『프랑 티뢰르』와 『콩바』는 레오뮈르가의 커다란 신문사 건물을 점령했는데, 그 건물은 전쟁 전에는 『앵트랑시제앙』 소유였고, 독일의 점령기 동안에는 『파리저 차이퉁』을 간행하는 데 이용되었다. 여기서 '점령'이란 말은 정확한 표현인데, 왜냐하면 저항 단체 신문들은, 독일군이 여전히 파리에 주둔하고 있고 실제로 해방군과 독일군 사령관 사이에 조인된 휴전 협정으로 여전히 건물을 소유하고 있는 상태에서 봉기 발발과 동시에 건물 안으로 진입했기 때문이다. 그들은 사실상 도시에 남아 있던 최후의 독일 군대의 시선(그리고 총) 아래에서 신문을 간행하여 여전히 위험이 남아 있는 거리에서 판매했다.[3] 지금은 『데팡스 드 라 프랑스』지의 후계자인 석간 『프랑스 수아르』가 쓰고 있는 그 커다란 건물 지하실에는 인쇄기가 있었고, 세 저항 단체 신문이 위층을 썼다. 세 신문은 식자실을 공동으로 사용했다.

레지스탕스 운동에서 맡았던 직책에서 물러난 파스칼 피아는 8월 18일 금요일 그 건물에 처음 진입한 사람들 가운데 하나였을 것이다. 그는 사무실에 남아 있는 독일군 제복을 봤는데, 아마도 민간인 복장을 하는 편이 유리하다고 여긴 독일군이 그곳을 떠나면서 벗어버렸을 것이다. 조르주 알트슐러는 무장 단체와 함께 파리 해방에 참여하는 한편으로 『콩바』를 위한 기사를 쓰기 시작했다. 그는 오페라가와 '9월 4일'가의 모퉁이 은행을 본부로 쓰고 있던 독일군 최고 사령관의 항복 광경을 목격했다.

『콩바』의 직원들은 사무실에서 수류탄 상자들을 발견했는데, 아마도 『파리저 차이퉁』을 방어하기 위한 용도였던 것 같다. 앙리 코클랭이 언제든 독일군 탱크가 건물로 접근할 경우 수류탄을 투척할 수 있도록 그 상자들을 맨 위층 테라스로 옮겼다. 거리 저편으로 여전히 독일군 탱크가 보였다. 그러다 나중에 독일군과 싸우고 있는 파리 경찰에 탄약이 부족하다는 사실을 알게 된 알트슐러와 운전기사가 독일군의 사격을 뚫고 수류탄들을 일 드 라 시테에 있던 청사로 운반했다.[4]

일간 『콩바』의 또 다른 신참은 장 블로슈 미셸이라는 레지스탕스 대원이었는데, 그는 첩보 수집 단체에서 일하다가 1942년 니스에 있던 운동 조직에 가담했다. 그는 게슈타포에 체포되어 고문을 당하고, 후에는 "빌레트"라는 가명으로 지하 『콩바』지에 기사를 썼다. 그가 레오뮈르가에 나타났을 때 독일군 병사들은 여전히 신문사 정문을 지키고 서 있었다. 그래서 그와 동료들은 장애물로 설치된 듯이 보이는 거대한 신문용지 롤을 이리저리 피해가며 건물 후면으로 돌아갔다. 피아는 즉시 그에게 신문사의 영업부를 맡겼다. "난 그 일에 아무런 경험이 없어요"라며 블로슈미셸이 사양했다. 그러자 피아는 "자넨 다른 누구보다 잘하게 될 거야"라고 말했다.

이 무렵 신문사의 직원들 중에는 피아와 알트슐러, 코클랭, 블로슈 미셸 외에 알베르 올리비에와 마르셀 포트도 있었는데, 그들은 처음 며칠 동안 사무실에 쌓인 묵은 신문더미 위에서 잠을 자면서 독일군이 건물 식당에 두고 간 군용 식량으로 끼니를 때웠다.

그때 블로슈 미셸은 여위고 창백한 청년으로 강한 매력의 소유자인 '브로샤르'(아마도 '보샤르'를 잘못 쓴 듯)라는 신문사 편집자와 인사를 나누었다. 아직 본명을 쓰는 사람은 없었으며, 『콩바』의 일반 창간호에는 지하 신문 때와 마찬가지로 익명의 기사들이 실렸다.[5]

카뮈도 레오뮈르가를 처음 방문했을 때 또는 그 초기에 독일군의 검문에 걸렸는데, 드골주의를 의미하는 로렝의 십자가가 C자를 관통하는 문양의 신문 발행인란 디자인을 지니고 있었지만 수색을 당하기 전에 가까스로 없애버렸다.[6]

『파리저 차이퉁』의 설비를 인수한 저항 단체의 편집자들은 상당히 많은 신문 용지도 넘겨받아서 그것으로 한동안 버틸 수 있었다. 당시에는 급료를 받는 직원이 없었다. 신문 행상인들이 현금을 내면 휴지통 속에 넣어두었는데, 사무실 금고 열쇠를 찾지 못했기 때문이었다. 발행인인 피아와 영업부장인 블로슈 미셸은 봉급표를 작성한 다음 휴지통을 뒤져 급료를 지급했다. 얼마 후 '보샤르'는 알베르 카뮈라는 본명으로 논설을 썼고, 알트슐러는 국내 정치기사 담당 편집자, 마르셀 포트는 해외기사 담당 편집자가 되었다.

8월 19일 토요일이 되자 『콩바』 팀은 창간호를 발행할 모든 준비를 끝냈다. 그러나 인쇄 노조인 도서 연맹이 파리에서 "세라"가 대리하는 드골 임시정부의 체제를 존중하자고 주장했다. 알렉상드르 파로디의 가명인 "세라"는 독일군을 자극한 나머지 그들이 빼앗긴 신문사를 다시 점령하려 할까 봐 저항지의 공개적인 발행을 연기하고 싶어 했다. 저항지의 지휘자들이 파로디에게 압력을 가하고 난 뒤에야 비로소 파로디는 발행 허가서에 서명했다. 그때가 8월 21일 월요일 오후였다.

8월 21일에 배포된 창간호는 40×43센티미터짜리 낱장 신문지의 앞뒤에 인쇄됐다. 창간호였지만 앞선 비밀 신문에 대한 예우로 발행 호수는 "4년째, 제59호"로 기록되었다. 미리 세워둔 계획에 따라 신문은 인근 동네에서 신문팔이들에 의해 판매되었다. 신문은 한 시간 사이에 모두 없어졌다.[7] 맨 처음 간행된 신문들은 창밖으로 지나가는 행인들에게 던져주었다. 앞으로 별로 바뀌지 않을 관례로서, 전면 맨 왼쪽의 8칸에는 카뮈가 쓴 무기명 논설이 실렸다.

우리가 처음 신문을 발행하는 8월 21일 현재, 파리 해방은 완료돼가고 있다. 점령된 지 50개월 동안 투쟁과 희생을 겪은 파리는 지금 거리 모퉁이에서 불시에 총격이 벌어지고 있음에도 자유의 정서에 새로이 깨어나고 있다.

이어서 논설자는 자유는 스스로 획득해야 한다는 점을 경고하고 있다.

국내의 프랑스군이 조국에 공화국을 재수립하는 길은 침략자와 배신자와의 투쟁을 통해서다.

파리 해방은 프랑스의 해방으로 나아가기 위한 한 단계일 뿐이다. 그 이후로 또 다른 투쟁이 벌어지는데, 해방된 프랑스가 돈에 예속된 프랑스여서는 안 되기 때문이다. 연합군은 조국을 쇠고랑에서 해방시켜줄 수 있을지는 모르지만, 조국의 자유를 획득하는 것은 프랑스 시민이 할 일이다. 그리하여 "투쟁은 계속된다."

같은 면에 「저항에서 혁명으로」라는 제목으로 또 다른 무기명 기사가 실렸는데, 그것 역시 신문의 슬로건이었다. 그런 슬로건이 매일같이 발행인란 바로 아래 게재되었다. 이 논설은 카뮈의 작품집에 수록된 적이 없으며, 카뮈의 친구 하나는 카뮈가 그 내용을 암시해주기만 했다고 회상했으나, 거기에 쓰인 문장은 카뮈의 것과 흡사하다.[8] 피아 자신이 그것을 쓰는 데 관여했을 가능성도 있다. 실제로 피아는 카뮈의 것으로 알려진 초기의 논설 몇 편을 함께 썼다. 그러나 카뮈는 라디오 리베르테에서 레지스탕스의 「유격대의 노래」가 배경으로 흐르는 가운데 극적인 음성으로 「저항에서 혁명으로」를 낭독했다.[9] 만약 그 자신이 쓰지 않았거나 주된 필자가 아니었다면 그런 일을 했을 리가 없다.

내용을 확실히 전달하기 위해, 다음날에도 같은 내용이 되풀이 되었다.

저항 정신에서 탄생하여 비밀의 위험 속에서 중단 없이 간행되었던 이 신문이 마침내 백주대로의 해방된 파리에 수줍은 모습으로 나타날 수 있기까지 5년간의 침묵에 싸인 완강한 투쟁이 필요했다.

이러한 표현은 분명 카뮈 자신의 정신적 편력도 묘사하고 있다.

최근 몇 년이 무익하기만 했던 것은 아니다. 명예를 손상당한 프랑스인들은 이제부터 지성과 용기, 참된 인간다움에 최고 가치를 둘 것을 요구하는 탁월한 지식으로 그것을 되살릴 것이다. 그리고 프랑스인들은 지극히 일반적인 이러한 요구들이 도덕적이고 정치적인 수준에서 매일같이 자신들에게 양심의 명령을 필요로 하고 있음을 알고 있다. 명확히 말해서 1940년에는 신념밖에 없었던 그들에게 1944년이 되면서 고귀한 의미의 정치가 생긴 것이다. 저항으로 시작한 프랑스인들은 이제 혁명으로 마무리하고 싶어 한다.

논설자는 앞으로 올 날들에서는 말뿐 아니라 행동 면에서도 『콩바』가 그 혁명을 명시할 것임을 약속하고 있다. 한편 신문은 "민중과 노동자의 민주 정치"를 창출할 것과, 자유와 구조 개혁을 보장할 새로운 헌법, 돈에 대한 믿음과 금권의 종말, 모든 우방에 대해 예외 없는 우호에 기초한 대외 정책을 요구했다. "현 상황에서 그것은 '혁명'이라 일컬어진다."

당시 『콩바』는 분명 좌파와 중도좌파에 속하는 프랑스인들 다수의 생각을 대변하고 있었다.

자유냐 죽음이냐

파리는 여전히 전쟁터였다. 일단 독일군의 태반이 철수한 뒤 파리는 부분적으로 야간 공습을 당하긴 했지만, 한번 물러간 독일 지상군은 두 번 다시 나타나지 않았다.

8월 21일 창간호의 표제 기사는 다음과 같았다.

> 파리 시민의 봉기가 공화국을 승리로 이끌었다.
> 연합군은 현재 수도에서 6킬로미터 전방까지 진격했다.

카뮈는 저항 단체가 제공한 운전수 딸린 차를 타고 시내를 가로질러 뛰어난 결핵 전문의인 조르주 브로에 박사를 만나러 갔다. 박사는 2주에 한 번 카뮈에게 기흉 주입 치료를 해주고 있었다. 브로에 박사의 진료실은 와그램가에 인접한 테오도르 드 방빌가에 있었다.

카뮈가 박사의 진료실에 있을 때 밖에서 총격 소리가 나자 그들은 사격 소리의 정체를 알아보기 위해 발코니로 나갔다. 그때 카뮈가 박사 쪽으로 고개를 돌리더니 침울한 어조로 이렇게 말했다. "박사님도 아시겠지만, 이제 혼란이 시작될 거예요."[10]

아마 카뮈가 말한 것은 공산주의자와 비공산주의자들 사이에 벌어진 해방 투쟁에 대한 서로 다른 개념이었을 것이다. 그 징조는 이미 파리 거리에서 벌어진 봉기에서 명령이 서로 뒤엉키는 가운데 명확히 드러났다.

카뮈와 그의 신문사 동료들은 진리와 젊은 프랑스가 자신들의 편인 듯 행동했다. 제2호에는 비밀 활동이나 '애국적' 태도 덕분에 재간행이 허가된 일간지 목록을 게재했다. 여기에는 공산주의 기관지인 『위마니테』(L'Humanité)와 사회주의 기관지 『포퓔레르』(Le Populaire), 『피가로』, 『파리지앵 리베레』(Le Parisien Libéré), 그리고 물론 지하에서 새로 간행됐던 모든 신문이 망라돼 있었다. 『콩바』는 적군과 협력했던 신문들에 대해서는 "어떠한 망각이나 용서도" 있을 수 없다고 경고했다.

한편 도시 외곽에서는 전투가 계속되었다. 카뮈는 그 무렵 파리로 진격 중이던 미군의 위치를 확인하도록 알트슐러를 급파했는데, 미군의 진격 상황을 보도하기 위해서이기도 했지만 파리 해방에 필요한 협력을 촉구하기 위해서이기도 했다. 자전거를 탄 알트슐러는 피에르 갈리마르를 사진사로 동반했다.

그들은 독일군의 저지선은 쉽게 통과했으나 베르사유 근처에서는 폭격 때문에 옴짝달싹할 수가 없었다. 이들은 이윽고 파리 남서부 발레 드 셰브뢰즈에서 미군과 만났다. 갈리마르는 그들의 사진을 찍었고 알트슐러는 미군 탱크 부대 장교와 인터뷰를 한 다음 시내 쪽으로 방향을 돌렸다. 그런데 포르트 도를레앙에서 퇴각 중이던 독일군 아프리카 사단에게 자전거를 징발당해서 걸어서 신문사까지 돌아와야 했다.[11] 그 기사는 다음날 8월 24일자에 다음과 같은 제목으로 게재되었다.

앨빈 P. 어터백 소령과의 2시간

알트슐러는 어터백의 말을 인용했다. "우리가 가고 있다." 실제로 알트슐러도 카뮈도 그리고 아마도 소령 자신도 프랑스군이 맨 처음 파리에 입성할 때까지 미군은 진격을 늦추기로 합의했다는 사실을 알지 못했을 것이다.

카뮈는 8월 22일 밤, 다음날 새벽에 나오게 될 논설문을 썼다.

"적군이 퇴각하기 시작한 뒤 일어난 봉기는 나흘째를 맞았고 프랑스인에 대한 살육 행위로 가짜 휴전 협정이 깨진 다음날인 지금, 파리 시민은 계속 투쟁을 벌이며 바리케이드를 설치하고 있다."

그는 이어서 전투를 촉구했다.

시내에 참호를 파고 숨어 있는 적군이 퇴각하지 못하게 막아야 한다. 퇴각 중인 적군이 시내로 들어오는 일 역시 용납해서는 안 된다. 적군은 결코 파리를 통과할 수 없을 것이다.

논설자는, 삶을 원하는 시민은 남의 손으로 자유가 돌아오기를 기다릴 것이 아니라 바로 자신의 손으로 자유를 쟁취해야 한다고 주장했다. 그리고 한걸음 더 나아가서 다음과 같이 썼다.

"파리를 떠나지 않는 모든 독일군은 연합군 병사들과 동부에 있는 우리의 프랑스 동지들을 살해하기 위한 흉탄 그 자체. 8월 21일 시작된 전투는 "자유냐 죽음이냐"를 위한 싸움이다."

8월 24일이 되면서 카뮈의 논조는 더욱 강경해졌다. 아마도 그 날의 무기명 논설 「자유의 피」는 그 영웅적인 시절에 그가 쓴 글 중에서 가장 단호한 내용이리라.

파리는 8월의 그날 밤 모든 총알을 다 퍼부었다. 프랑스 국민이 살육을 원치 않았으며, 순결한 손으로 자신들이 선택하지 않은 전쟁 속에 뛰어들었다는 것은 시간이 증명해줄 것이다.

그렇다, 그들이 내세울 이유는 헤아릴 수 없이 많다. 그들은 이제 큰 희망과 심오한 반항을 품고 있다.

그러고서 또 한 번 도덕적 훈계가 설득력 있게 전개된다.

지난 4년 동안 침묵 속에서, 그리고 창공과 대포가 격동하는 지루한 세월 속에서 싸웠던 사람들이 어떤 형태로든 체념과 불의를 자행했던 세력의 귀환에 동의하리라는 사실은 기대할 수 없는 일이다.

파리 전투의 마지막 날인 8월 25일, 「진실의 밤」이라는 제목의 논설은 다음과 같이 시작된다.

자유의 총탄이 여전히 도심을 날고 있는 사이에 해방의 대포는 함성과 화환 속에서 파리의 성문을 통과하고 있다. 가장 아름답고 가장 뜨거운 8월의 밤, 파리의 하늘에서는 불멸의 별인 예광탄과 화염의 연기, 그리고 시민들이 환호하며 쏘아올리는 다채로운 불꽃이 한데 뒤섞인다.

시민들에게 분명 유쾌한 순간이었을 것이다. 『콩바』의 카뮈도 이런 유쾌한 기분에 잠겨 시인이 되어 있었다. 봉기에 참여한 투사들은 분명 『콩바』의 처음 몇 호에 카뮈와 그의 동료들이 묘사해놓은 저항인의 초상에서 자신들의 모습을 발견했을 것이다. 전투에 지친 영웅들, 그와 동시에 정치적이고 사회적인 의식을 갖춘 이들, 점령기의 수치스러운 역사와 그런 세월을 가능하게 한 부패한 사회를 인식한 이들은 두 번 다시 이러한 사건이 발생하지 않도록 조국을 변화시키기로 굳게 결심했다. 변화에 대한 욕구, 심지어는 변화가 가능하다는 믿음 없이 저항 운동의 조직원이 되거나 자유 프랑스 정부에 가담할 수는 없었을 것이다. 각자의 정치적 견해가 무엇이든 새로운 신문의 이상주의는 인식할 수 있었다.

시몬 드 보부아르는 『콩바』에 게재된 카뮈의 경고에 주목했다. "정치는 더 이상 개인과 분리되지 않는다. 정치는 타인들에 대한 직접화법이다." 그녀 역시 동의했다. "사람들에게 말한다는 것은 글을 쓰는 우리들의 역할이었다."[12]

카뮈는 8월 25일자 논설에서 이렇게 썼다.

힘겨운 전투가 우리 앞에 남아 있다. 그러나 내장을 드러낸 이 대지에, 희망과 추억에 의해 고문 받은 이 가슴들에 평화가 찾아오리라. 인간은 언제까지나 살육과 폭력에 의한 삶을 영위할 수는 없다. 행복과 애정의 시간이 올 것이다. 그러나 이 평화는 우리로 하여금 망각을 허락하지 않을 것이다. 우리 중 일부는 포탄에 의해 망가진 우리 형제들의 이미지, 이 세월들의 저위대하고 용감했던 형제애를 결코 우리의 기억에서 떠나보내지 않을 것이다.

그날의 표제 기사는 다음과 같았다.

희망과 투쟁의 4년이 지난 후
프랑스군이
해방된 수도에 입성했다

그 면에 실린 또 다른 기사는, 드골이 바로 그날 파리에 들어올 것이며 리옹과 보르도가 해방되었고 독일군은 페탱과 그의 내각을 피난지로 이동시켰으며 사샤 기트리, 제롬 카르코피노, 그 밖에 점령지 프랑스의 다른 유명인사들이 체포되었다는 사실을 보도했다. 한 종군기자는 르클레르의 무장부대가 파리로 진격하고 있음을 보도했고, 박스 기사는 파리 시민들에게 해방을 위한 깃발을 게양하도록 촉구했으며, 파리 시민들에게 화재와 폭발 위험이 있으므로 난방이나 조리를 위해 가스를 사용하지 말 것을 당부하는 메시지도 있었다.

그때부터 『콩바』는 평화 시의 신문처럼 보이기 시작했다. 8월 27일에는 최초로 직원 명단을 발표하면서, "비밀 신문에서 기사를 쓰던 알베르 카뮈, 앙리 프레데릭, 마르셀 기몽, 알베르 올리비에, 파스칼 피아 등이 현재 『콩바』에서 기사를 집필하고 있다"고 언급했다. 훗날 "앙리 프레데릭"이 누군지 기억하는 사람이 아무도 없었는데, 이는 코클랭의 가명이었다. 그는 『파리 수아르』지에서처럼 여기서도 부편집자가 되었다.

독자들은 몇 주 뒤에 가서야 '지도 위원회'의 구성을 알게 되었는데, 피아가 책임자였고 카뮈가 편집장이었다. 위원회의 다른 회원은 기몽(마르셀 포트)과 올리비에였다.

8월 28일자에는 전후 2면의 신문에 몇 구절의 스포츠 뉴스도 실렸다. 그날 전면의 톱기사는 파리 해방에 대한 사르트르의 7가지 기사 중 첫 번째 글이었다. 8월 29일자의 기사는 어니스트 헤밍웨이가 파리에 있음을 보도했다. 9월 9일에는 말로의 생존을 보도했으며, 9월 22일자에는 말로가 그 전날 『콩바』의 편집실을 방문한 사실이 보도되었다. 그때 방문 기념으로 찍은 사진은 여러 곳에서 자주 사용되었는데, 셔츠 차림에 까만 넥타이를 맨 카뮈와 군복을 입고 베레모를 쓴 채 담배를 물고 있는 말로가 서로 쳐다보고 있는 장면이다.

그 무렵 카뮈의 처형 크리스티안 역시 파리로 돌아왔다. 그녀는 알제 자유 프랑스 본부로부터 지브롤터 해협을 가로질러 대서양 해안 셸부르에 상륙한 다음 그곳에서 기차 편으로 파리까지 왔다. 그녀가 『콩바』지로 전화를 걸자 카뮈가 차를 보내, 그가 다시 쓰고 있던 바누가의 지드 스튜디오로 그녀를 데려가게 했다. 카뮈는 그곳에서 크리스티안과 만났다.

얼마 후 그들은 밖으로 나와 뤼니베르시테가를 따라 걸어갔는데, 그때 자전거를 타고 가던 한 소년이 카뮈를 보자 멈춰서더니 최근의 뉴스에 대해 물었다. 카뮈는 파리에서 독일군의 저항 세력을 소탕 중이긴 하지만 전투는 사실상 끝났다고 말해주었다.

"그럼 전 다시 학교로 돌아가게 되겠네요" 하고 자전거를 탄 소년이 말했다. 그러더니 "이제 전쟁도 끝났는데, 아저씨 이름을 말씀해주시겠어요?" 하고 물었다.

카뮈가 그 소년에게 이름을 말해주었다. 그러자 소년이 이렇게 반문했다. "선생님이 바로 『이방인』의 작가시라고요?"

소년은 자신의 지하 운동 동지가 바로 자신이 숭배하는 작가라는 사실을 알고 눈에 띄게 감동을 받은 것 같았다. [13]

가증스러운 신문

카뮈의 『콩바』지, 좀더 정확히 말해서 카뮈와 피아, 알트슐러, 포트, 올리비에와 그들 동료들의 『콩바』지의 도덕적 성향은 신문의 유일한 특성이기도 했는데, 이는 젊은 세대, 특히 저항적인 젊은 세대 대부분이 품고 있던 애매모호하며 종종 표현되지 않은 희망을 구체화시켰다. 그것은 해방된 파리에서 처음 몇 개월 동안 벌어진 권력 쟁탈전 기간 사이에 도덕적 공백이 있을 수 없다는 것을 확인해주었다. 카뮈와 『콩바』지는 새로운 도덕성 그 자체였다. 엄격하게 지켜진 도덕성은 다수의 지지가 필요했는데, 신문사의 직원들은 이미 물질적 이익을 거부하고 흔쾌히 스파르타식 생존 방식을 택했다. 그러나 모두가 『콩바』지의 도덕주의를 높게 평가한 것은 아니었다.

1945년 4월 18일 부헨발트에서 풀려날 때까지 『콩바』를 읽을 수 없었던 클로드 부르데는 훗날 카뮈가 신문에 부여한 양식에 찬사를 보내면서도 그 도덕주의가 "민중의 머리 위에 있는" 잘못된 태도를 수반하는 것은 아닌지 우려했다. 저항 운동 조직이 일상의 정치판에 뛰어들면 손을 더럽히지 않을 수 없는 것이다.[14] 그보다 훨씬 높은 수준에 머물기를 선택한 『콩바』는 이러한 정치 노선을 제시하지는 않았지만, 심정적으로는 좌파에 치우쳐 있었다. 하지만 그들은 사회주의자를 비롯하여 드골주의자든 누구든 가리지 않고 거리낌 없이 비판할 수 있기를 원했다.[15]

8월 31일 카뮈는 언론 자체를 주제로 삼은 일련의 논설 가운데 첫 번째인 「새로운 언론 비평」(Critique de la nouvelle presse)을 썼다. 그는 "돈에 대한 욕망과 고귀한 것들에 대한 무관심"으로 "만인의 도덕성을 실추시키면서" 몇몇 사람들에게 권력을 집중시켰던 전쟁 전의 모델과 달리 저항 단체가 전후 프랑스에 정직한 언론을 제공할 수 있으리라는 지하 저널리스트들의 희망을 상기시켰다. 전쟁 전의 그런 언론들은 국민의 수치인 협력지가 되고 말았던 것이다.

그런데 해방된 신문들은 이와 같은 약속에 충실하지 못하고 있다. 많은 신문들은 "이런 여점원 같은 감수성"(이 표현은 카뮈가 오래 전 『파리 수아르』지에 적용했던 것이다)에 호소하면서 전과 같은 노선을 취해왔다. 그는 그 다음 며칠에 걸쳐 언론의 책임과 실패에 대해서 검토했다.[16)]

그런데 마침 전쟁 전의 선정적 저널리즘 속으로 빠지는 듯이 보이는 새 신문사 하나가 『콩바』지와 한 지붕 아래 있었다. 원래 저항 단체 출신이던 『데팡스 드 라 프랑스』지가 얼마 후 『프랑스 수아르』로 개명하면서 바로 카뮈가 반대하던 부류의 신문이 되었기 때문이다.

그 신문은 『파리 수아르』의 형태뿐 아니라 대중적 성격까지 표방하게 된다. 『데팡스 드 라 프랑스』지는 심지어 9월에 프랑스로 돌아온 『파리 수아르』의 전 편집장 피에르 라자레프까지 채용했다. 그는 그 동안 런던에 있던 미국의 선전 기구인 전쟁 정보국에서 일했다. 카뮈는 그것을 용납하기가 어려웠다. 카뮈와 피아는 옛날을 상기하며 자신의 사무실에서 인사를 나누자는 라자레프의 청을 뿌리쳤다. 카뮈는 자신의 옛 상관인 라자레프에게 아무런 반감도 없었지만, 그가 저항 단체 신문을 저 가증스러운 『파리 수아르』의 이미지로 탈바꿈하도록 채용되었다는 사실에는 분개했음이 분명하다.[17)]

카뮈는 8월 31일자 논설을 '데팡스 드 라 프랑스/파리 수아르'를 모델 삼아 쓸 수도 있었다.

그리고 다시 12월 1일자에서 카뮈는 이렇게 썼다. "세계가 변하고 있다는 사실을 싫어하는 자들은 지금 자신들이 속았다고 느끼고 있다." 그런 다음 이렇게 자신의 입장을 해명했다.

그런 자들에게 파리 해방은 오로지 예전 그대로의 만찬, 자동차, 『파리 수아르』로의 복귀를 의미했다. 우리가 마침내 마음 편히 평범하면서도 강력한 존재가 될 수 있도록 빨리 자유가 오기를!

나중에, 사진으로 뒤덮인 주간지 『마치』(Match)지가 『파리 수아르』의 장 프루보스트의 잡지로서 복간되었을 때 "수에톤"(로마 황제의 전기를 기록한 인물)이라는 서명이 들어간 『콩바』지의 한 기사는 프랑스 정부가 폭력과 옷을 벗은 무희 사진으로 가득한 잡지이자 "프랑스의 명예인 간행물"에 종이를 할당한 데 대해 축하했다.

확실히 『콩바』는 청년의 신문이었으며, 몇몇 예외가 있긴 했지만 그곳의 구성원들 역시 새로웠다. 당시 군에 복무 중이던 학생 장 피에르 비베가 9월에 친구의 추천으로 카뮈를 찾아와, 자신이 사르트르의 분석에 고무받아 『이방인』과 『시시포스의 신화』를 비교하는 글을 박사학위 논문으로 썼노라고 말하자, 카뮈는 그에게 제대하면 찾아오라고 말했다. 제대한 비베는 그곳의 기자로 채용되었다.[18]

당시 25세였던 로제 그르니에는 기독교민주당의 일간지 『오브』(*L'Aube*)가 카뮈와 사르트르를 공박했을 때 레오뮈르가의 건물에서 간행된 『리베르테』라는 저항 단체 간행물에 카뮈를 옹호하는 글을 썼다. 그르니에는 카뮈로부터 사의를 표하고 싶다는 말을 들었다. 두 사람이 만났을 때 카뮈는 그르니에에게, 『콩바』지에서 연극평을 쓸 생각이 없느냐고 물었다. 그르니에는 자신은 기자가 되고 싶다고 대답했으며, 몇 주일 후 카뮈는 그를 채용했다.[19] 파리가 해방된 직후 한때 사르트르의 제자였으며 친구인 자크 로랑 보스트는 거리에서 카뮈와 마주치자 종군기자가 되고 싶다고 했다. 카뮈는 즉석에서 그를 채용하여 독일군과의 전쟁이 계속되는 동안 여러 곳의 전선으로 파견하였다.[20]

카뮈가 전국작가위원회와 『레트르 프랑세즈』에 대한 자신의 입장을 선명하게 밝힌 것도 이 무렵의 일이다. 앞에서도 보았듯이 그 동안 위원회와 그 기관지는 폴랑과 모리악까지 포함할 정도로 좌파 프랑스인들의 광범위한 집결지 역할을 해왔다. 그러나 이제 위원회의 공산주의 전선적 본질이, 속기 쉬운 대부분의 동조자들에게까지 명확해졌다.

지금에 와서 당시의 실상을 종합하기는 어려운 일이다. 확실히 카뮈는 『레트르 프랑세즈』가 피에르 퓌쇠에 대한 자신의 논설문을 거부한 사실을 용서하지 않았을 것이다. 카뮈는 당의 노선에 복종하려 들지 않는 자신과 다른 사람들을 게슈타포와 협력 경찰에 밀고한 셈이 된 그 익명의 팸플릿 출처에 대해 의심을 품고 있었을 것이다.

오늘날 알아낼 수 있는 것은, 카뮈가 당시 위원회와 『레트르 프랑세즈』의 주요 인물이었던 클로드 모르강과 이견이 있자, 장 폴랑에게 자신은 협의회를 탈퇴하겠다면서 자신의 결정을 모든 회원에게 통고해달라고 부탁했다는 사실이다. 그는 협의회가 객관성과 도덕적 독립성을 용납하지 않고 노선의 준수만을 고집한다고 여겼다. 그 논쟁은 카뮈에게 쓰라림만 안겨주었다. 그는 자신이 어떤 형태로든 정치 활동에 가담하게 되는 건 아닌지 우려했다.[21] 모르강이 전화를 걸어 혹시 『레트르 프랑세즈』에 글을 써줄 용의가 없느냐고 물었을 때 카뮈는 사양했다.[22]

『레트르 프랑세즈』는 편집자인 루이 아라공과 피에르 데가 1968년 소련이 체코슬로바키아 내정에 간섭한 데 불만을 품고 소비에트 블록 내의 이견을 지지하기 시작할 때까지 24년 동안 존속되었다. 그 이후 공산당은 재정 지원을 끊었고, 신문은 정간될 수밖에 없었다.

26 최초의 투쟁

우리는 지독한 결함이 있는 인간의 정의(正義)를 받아들이기로 선택했다.
오직 필사적으로 지탱해온 정직성을 통해 이를 수정하도록 주의하면서.
• 『콩바』, 1944년 10월 25일자

카뮈의 『콩바』는, 장 폴랑이 믿었듯이 인간은 심미를 위해 마련된 세계에 살고 있다는 오도된 열광뿐 아니라 전전 프랑스의 낙관론과 탐욕에게, 페탱과 라발의 프랑스가 그렇듯 권력 투쟁을 대표하는 협력자들에게, 그리고 그들 자신의 주장을 고문과 인질 처형·사형 캠프로 이어지는 정책으로 뒤바꾼 협력자들에게 결코 관대할 수가 없었다. 볼리에, 그리고 얼마 후의 레이노처럼 『콩바』의 죽은 동료들과 아직 수용소에 갇혀 있는 자클린 베르나르, 부르데와 더불어 야심만만한 도덕적 관념으로 무장한 카뮈는 폴랑 또는 프랑수아 모리악처럼 용기는 있으나 경험이 거의 없는 가톨릭계 도덕론자보다 선봉에 있었다. "누가 이 자리에서 용서를 거론할 것인가?" 카뮈는 일간지 『콩바』의 처음 몇 호(1944년 8월 30일)에서 그렇게 썼다.

정신이 마침내 칼은 칼로써 정복할 수 있다는 사실을 이해하고, 무기를 들고 승리를 쟁취했을진대, 어느 누가 정신으로 하여금 잊을 것을 요구하겠는가? 내일 발언하게 될 것은 증오가

아니라 기억에 기초한 정의 그 자체다.[1]

이는 해방된 프랑스에서 처음 몇 달 동안 지식인들을 괴롭힌 문제였으며, 카뮈가 쓴 수많은 논설문에서도 그 주제가 전개되기에 이르렀다. 그는 기독교 정신은 마땅히 "직업적 기독교도임이 입증된 자들"을 가차 없이 거부해야 한다고 여기면서 협력자로 나서거나 사악함을 보고도 침묵했던 기독교 당국까지 비판했다.(9월 16일자)

그가 주장한 협력자 처벌, 이른바 '정화'는 필수적이었다. "얼마나 많은 수를 숙청하느냐가 아니라 얼마나 제대로 된 숙청을 하느냐의 문제다." 이는 숙청을 정부 권력 너머 은행과 산업체, 다른 기관들로 확대하고 경제 및 전문직 범죄자까지 처벌하는 것, 이를테면 사샤 기트리를 무대에 서지 못하게 하는 것을 의미했다.(10월 18일) 그는 페탱에 대한 관대한 처분을 반대했다. "그자가 서명한 법 때문에 프랑스인들이 죽음을 맞았다." 그는 페탱에 대해 "가장 무자비하고도 단호한 정의의 처분"을 요구했다.(11월 2일)

인간의 정의

이제 보수지이면서도 애국지인 『피가로』에서 카뮈가 『콩바』지에서 차지한 것과 같은 도덕적 지위를 차지한 프랑수아 모리악이 카뮈에게 응수하기 시작했다. 모리악은 이른바 '정화'가 남용되어서는 안 된다고 했다. 그는 그것을 저항 운동의 열의 탓으로 돌렸다.

1944년 10월부터 『피가로』에 실리기 시작한 일련의 논설에서 모리악은 먼저 자신의 박애에 대한 입장을 자세히 설명했다. 10월 19일자 『피가로』 1면 위쪽에 실린 논설문에서 이 선배 작가는 프랑스인은 국민적 화해에 찬성한다면서 협력자들에 대한 용서를 권했다. 카뮈 역시 그에 대해 『콩바』지에서 정기적으로 응수했다.

"우리는 프랑수아 모리악 씨의 견해에 동의하지 않는다"고 이튿날 『콩바』지에서 카뮈가 말했다. "우리는 필요할 경우 프랑수아 모리악 씨에게 지지를 보냈기 때문에 이번에 그의 견해에 동의하지 않는다고 말하기도 쉽다." 이어서 카뮈는 만약 누군가 두려워한다면 그것도 좋은 일이라고 말했다.

10월 22일자 「『콩바』에 대한 응답」에서 모리악은 카뮈가 협력자의 고발을 장려하는 데 기독교 신학의 용어를 사용하고 있다면서 조롱했다. 그에 대해 카뮈는 10월 25일자의 글을 통해 비록 우리가 기독교인은 아니지만("그것은 바로 우리가 기독교인이 아니기 때문인데") 이 문제를 해결하기로 결심했다며 다음과 같이 반박했다.

기독교인은 인간의 정의는 언제나 신적 정의에 의해 보완되리라고, 그 결과 관대함이 바람직하다고 여길 것이다. 우리는 지독한 결함이 있는 인간의 정의를 받아들이기로 선택했다. 오직 필사적으로 지탱해온 정직성을 통해 이를 수정하도록 주의하면서.

"모리악 씨와 우리 사이에는 일종의 암묵적 계약이 있는데, 그것은 우리가 상호간에 논설의 주제를 제공한다는 것"이라고 카뮈는 12월 5일자 『콩바』지에 쓰면서, 친절하게도 이는 아마 그들의 행동이 전적으로 유사하기 때문일 것이라는 말을 덧붙였다. 이런 공개 토론은 나쁠 것이 없었다.

마침내 『피가로』 1월 7~8일자에 게재된 「박애에 대한 경멸」에서 모리악은 송곳니를 드러냈다. 그는 "우리의 젊은 대가" 카뮈가 높은 곳에서, "아주 높은 곳, 상상컨대 그가 쓸 미래의 작품이 차지할 만한 높이에서" 부역 작가들을 공박하고 있다고 비난했다. 이런 인신공격에 자극을 받은 카뮈는 1월 11일, 모리악이 "공정하지도 관대하지도 않았다"고 응수했다. 훗날 카뮈는 "양쪽 모두 어리석은 말을 했다"고 시인했다. 하지만 그때는 이미 모리악의 어조가 더 이상의 대화가 불가능하리만큼 격해져 있었다고 한다.(1945년 9월 1일자)

카뮈는 모리악이 개인적으로 자기에게 앙심을 품었다는 사실을 알지 못했을지도 모른다. 아무튼 그가 그 사실을 알았다는 증거는 아무 데도 없다. 모리악은 다른 사람들 앞에서 그런 감정을 드러냈는데, 사람들은 이를 질투 탓으로 돌렸다. 카뮈는 기독교적이 아니면서도 여전히 하나의 도덕적 견해를 대표했으며, 그의 경력은 모리악 만큼이나 명예로울 뿐 아니라 젊기까지 했다. 게다가 카뮈는 『피가로』의 전면을 장식하고 있던 모리악조차 얻지 못한 대중적 기반까지 있었다. 동기가 무엇이든 모리악은 카뮈를 공격할 기회를 놓치지 않았다.

몇 달간 이어지던 해방의 열기가 가라앉으면서 카뮈의 내면에는 사형에 대한 평생에 걸친 혐오가 다시 우위를 차지하게 되었다.

품위 있는 일간지

군이 논쟁을 자극하려는 생각이 없었던 카뮈는 대화를 즐기는 듯했으나, 그 경우에도 양쪽 모두가 성의를 보일 것을 기대했다. 『콩바』의 신참자들뿐만 아니라 노련한 언론인들까지 그의 이런 성실성에 매혹되었다. 이들 신참자들 가운데는 비베와 로제 그르니에, 보스트 말고도 폴 보댕, 카뮈의 갈리마르 동료인 자크 르마르샹, 알렉상드르 아스트뤽, 모리스 나도 들이 있었으며, 그 밖에 사르트르와 모리스 메를로퐁티도 있었다.

얼마 지나지 않아 카뮈의 삶은 나름대로 틀이 잡히게 되었다. 그는 논설 초안을 메모한 다음 비서에게 원고를 구술해주고 그것을 정정하지 않았다.[2] 그러나 논설을 쓰기 전에 먼저 피아를 포함한 간부들과 회의를 했고 다른 사람들도 논설을 집필하도록 촉구했다. 그들의 기고문은 카뮈의 사상 심지어는 문체까지 반영하는 경우가 많았는데, 이 그룹이 그만큼 서로 가까웠다는 것을 시사한다. 이러한 교차 작업 덕분에 훗날 논설과 다른 기사들의 필자를 확인하기가 무척 어려웠지만 불가능하지는 않았다. 이를테면 카뮈는 칼럼의 전부가 아니라 일부에 "수에톤"이라는 필명을 썼다. 그는 집필을 하는 일 외에 다른 사람들에게 기사를 배분하기도 했다. 그러나 레이아웃은 피아가 전담했고, 나중에는 로제 그르니에가 보조했다.[3]

카뮈가 이른바 황색언론의 지면을 가득 메우고 있는 자극적인 범죄 기사에 반대한 것은 놀랄 일이 아니다. 한번은 특히 잔인한 사건은 다루지 말도록 직원들에게 당부한 적도 있었다.[4] 일간지에서는 보기 드문 품위 있는 글쓰기와 간결한 문체가 동원되었다. 어투에 대한 이러한 배려 덕분에, 장 다니엘의 표현에 의하면 『콩바』지는 "초기부터 프랑스의 신문 중 가장 뛰어난 명문으로 작성된 신문"이 되었다.[5]

1944년 12월 파리에 도착한 에드몽 샤를로는 독자들이 『콩바』 지의 논설문을 잡아채듯 읽는 광경을 보았다. 그 신문은 파리의 화젯거리였던 것이다.[6]

중요한 인물들은 누구나 매일같이 다른 신문과 함께 빼놓지 않고 『콩바』를 읽었다.

1944년 10월 4일, 『콩바』에는 마리아 카자레스에 관한 다음과 같은 익명의 기사가 게재되었다.

프랑코 치하의 스페인을 탈출한 이 조그만 소녀는 프랑스어는 한마디도 할 줄 모르는 채 미지의 수도에 정착하면서 남다른 운명을 겪게 되었다. 그녀는 불굴의 노력으로 파리 연극계에서 가장 경이로운 스타로 부상했다.

이제 곧 개막될 새 연극이 그녀에게 "아주 탁월한 여배우의 화신임을 입증할 기회"를 마련해주리라는 것이다.

그녀는 이미 그럴 만한 정열과 지성, 그리고 야성미를 지니고 있다. 약간 흠이 있는 어법과 정열의 과잉 자체가, 그녀가 무대에서 내뱉는 심오한 절규의 진정성을 저해하지는 않을 것이다.

이 추천문의 어투나 문체 어디에도 필자가 카뮈라는 사실을 암시하고 있지는 않다. 얼마 후 그는 『콩바』가 아니라 『피가로』에,

『오해』의 집필 의도를 설명할 기회를 얻었다. 10월 19일 『오해』가 마튀랭 극장에서 새롭게 무대에 올려졌기 때문이다. 이튿날 『콩바』지에는 그 연극이 아니라 프랑스 해방 당시 피살된 스페인 사람들을 위한 자선 공연에 관한 기사가 실렸다. 카뮈는 이 신문에서 자신의 지위를 이용할 생각이 없었다.

삼각관계

얼마 후 임시 정부가 구성원들을 해방된 본토로 수송하는 배가 알제를 출항했다. 10월 14일 알제를 출항한 그 배에는 프랑신 카뮈가 타고 있었다. 항해 자체도 오래 걸렸지만, 배 안에서 발진티푸스 환자가 발견되면서 시간이 지체되었다. 그러나 그 달이 지나기 전에 카뮈의 아내는 바노가의 지드 스튜디오에 있는 남편과 만나게 되었다.

카뮈는 레오뮈르가의 신문사에서 보내는 늦은 오후와 저녁 무렵에 카페와 술집에서 사르트르 패거리와 어울리는 등 생 제르맹 데 프레의 심야 활동으로 번다한 삶에서 가정사를 위한 여지를 남겨야 했다. 선택을 해야 했다. 무엇보다도 가정 생활과 마리아 카자레스와의 낭만적인 생활 사이에서 선택해야 했다. 결별은 격정적이었으며, 두 사람 모두 이제 그만 만나야 한다는 데 동의했다.

일기에 나오는 많은 내용이 이 무렵 카뮈의 내면 상태를 짐작케 한다. 『콩바』지를 처음 발행할 무렵의 카뮈는 『페스트』의 완결, 반항에 대한 중요한 에세이 등 개인적인 글을 집필할 여유를 낼 수 없었다. 하지만 앞으로 쓸 글에 대해 상상을 할 수는 있었다.

그 결과 일기에는 맥락이 닿지 않는 돌연한 계획과 착상들이 기록되었다.

1944년 9월 24일, 일요일. 편지.
소설. "사랑과 눈물과 키스의 밤. 눈물과 땀과 사랑으로 흠뻑 젖은 침대. 찢어질 듯한 비탄."

소설. 당당한 남자. 그는 모든 일에 대해 용서를 받는다.

모든 여자를 사랑하는 자들은 추상적 관념으로 가는 도상에 있는 자들이다. 그들은 겉보기와는 달리 이 세계를 압도한다. 그것은 그들이 특별한 경우, 개별적인 경우로부터 등을 돌리기 때문이다. 모든 사상과 관념으로부터 달아나는 자, 진정으로 절망한 자야말로 한 여자의 남자다. 모든 것을 만족시킬 수 없는 유일한 얼굴에 대한 완강한 욕망에 의해서.

12월. 눈물과 어둠으로 가득한 이 가슴.

삼각 관계에 말려들기에는 너무나 자존심이 강했던 마리아 카자레스 덕분에 결별이 가능할 수 있었다. 카뮈 부인의 임신은 최후의 일격이었을 것이다. 카뮈조차도 그것을 이해할 수 있었다. 그렇다고는 해도 그것이 결별의 영향을 완화하거나 상처를 어루만져줄 수는 없었다. 도움이 되었던 것은 당시 두 사람 모두가 몰두하고 있던 공적인 생활이었다. 카뮈는 분명 새로운 정열로, 그것도 능숙하게 일에 몰두했다.

그의 가정은 사무실의 연장이었다. 『콩바』팀이나 다른 친구들과 어울리는 생 제르맹 데 프레의 밤도 마찬가지였다. 그리고 이윽고 그의 사무실이 생 제르맹 데 프레의 연장이 되었다. 이제 곧 프랑스 지성사의 획기적인 주인공들이 될 인물인 말로와 사르트르 등이 그의 사무실을 들락거렸다. '전설적'이라고 말할 수 있는 저녁 시간이, 즉 진정한 토론이나 신문기사 내용에 대한 사후 회의 등이 이런 인물들 앞에서 열리곤 했다.[7] 또는 잉크 얼룩과 담뱃불 자국이 나 있으며 아무 칠도 하지 않은 큼직한 테이블 주위에서 논설 회의가 열릴 때면 편집부 직원들 입으로 특히 잘 씌어진 기사가 낭송되는 경우도 있었다.[8] 가장 중요한 기사는 여전히 익명으로 게재되었던 『콩바』지 특유의 언론 사회주의라는 동료 의식 때문에, 내부 사정을 잘 아는 파리 시민들은 그 필자가 누군지를 문제로 추측하곤 했다.[9]

1944년 12월 8일자의 메모에 다음과 같은 사실이 공표되었다.

정기 논설문 필자의 부담을 줄이기 위해 논설은 그날그날의 사정에 따라 당사의 편집자 두세 명이 집필할 것이다. 논설문은 계속해서 『콩바』팀의 공통적인 견해를 대변할 것이다.

외부의 몇몇 사람들은 이러한 신문사 내부의 결속을 올리비에와 카뮈와 피아의 이름을 딴 "오카피아"(Ocapia)라고 불렀다.[10]

끝나지 않은 전쟁

1944년 10월 28일, 카뮈는 친구 르네 레이노의 사망에 관한 논설을 썼다. 그는 훨씬 전에 피살되었으나 이제야 사체가 확인되었던 것이다. 카뮈는 그 사건에 임하여 살아남은 사람들이 자신들의 의무를 충분히 이행하지 못하고 있다고 주장했다. 그리고 이렇게 덧붙였다. "아무도 걱정하지 말도록 하자. 그는 어느 누구도 이용한 적이 없고, 우리는 그런 그를 이용하지 않을 테니까."

그는 우리가 지난 4년간 자신들의 행동과 글에서 용기의 가치와 몇몇 프랑스인들의 희생을 까맣게 잊고 있던 다른 사람들에게 그 권리를 되돌려주기 위해서 한 인간이 죽는다는 것은 너무 대가가 큰 것은 아닐까 하고 의아해할지라도 그런 우리를 용서할 것이다.

왜냐하면 전쟁이 계속되고 있었기 때문이다. 『콩바』가 일간지로 발행되기 시작한 1944년 8월부터 서구 연합군과 소련군은 각기 베를린을 향해 진격하게 된다. 『콩바』의 논설은 전쟁 상황을 추적했다. 카뮈는 히틀러의 최후가 "연극적이고 처참하게" 될 거라고 예측했다. 스페인에 대한 그의 억누를 수 없는 관심은 나치의 전쟁이 끝나기도 전에 드러났다. 그는 11월 21일자에서 이렇게 썼다. "어째서 우리가 스페인 문제에 관여하는지 묻는 독자들도 있다. 그건 어떤 일에 반드시 관여해야 하기 때문이며, 프랑스가 오늘날 파시즘과 전쟁을 치를 수밖에 없는 상황이라면 그 일에 완전히 뛰어들거나 아니면 아예 하지 말아야 하는 것이다."

그는 드골주의자들이 그랬듯이 서방 연합국들이 레지스탕스 출신의 프랑스 정부를 경계하고 있다고 확신했다. "오늘의 프랑스는 통일체를 형성하고 있다"고 그는 주장했다. (9월 30일자)

우리는 드골 장군 및 공산주의자들과 더불어 프랑스를 하나의 통일체로 간주해야 한다. 드골 장군을 언제까지나 인정하거나 공산당의 모든 견해에 억지로 동의할 필요는 없다. 어느 면에서는 그들과 맞설 수도 있다. 그러나 지금 현재는 희망과 위험에 가득한 하나의 프랑스가 존재할 뿐이다. 만약 우리의 미국인 친구들이 통일되고 강력한 프랑스를 원한다면, 외부에서 이 나라를 분리시키려는 시도를 해서는 안 될 것이다.

비록 후에 카뮈는 『콩바』의 드골주의자들로부터 떨어져 나와 좌파 친구들과 더불어 이 독재자의 정치적 야망에 대해 의혹을 품게 되지만, 이 무렵의 그는 프랑스 우선주의자의 면모가 역력했으며, 당시 프랑스는 곧 드골을 의미했다. 드골주의자 정부는 국민에 의해 선출되지 않았던가? 그리고 연합국들이 인정한 저 프랑코 정부는 어떠한가?

카뮈는 10월 14일자에서 미국의 정책은, 파시즘과 싸우는 한편 대부분의 독재 정권과 공적 관계를 유지하면서도 히틀러와의 투쟁에서 탄생한 드골의 프랑스 정부를 승인하기를 거부하는 모순을 보이고 있다고 썼다. 그는 10월 17일자 신문에서 프랑스와 그 정부가 "외부의 승인 없이도 아주 잘해나갈 수 있다"고 경고했다.

그리고 드골이 모스크바로 갔을 때 카뮈는, 만일 미국이 프랑스와 소련의 우정을 우려하고 있다면, 전전의 공동 안전이 좌절된 데 대해 미국 역시 책임이 있다는 사실을 상기해야 할 것이라고 썼다. "오늘 우리는 처음부터 다시 시작해야 한다. 프랑스-러시아 동맹이 그 첫 단계다."(12월 18일자)

훗날인 1945년 4월 10일에 카뮈는 "그곳에서 현재 경이로운 실험이 진행 중"이라면서 프랑스가 전통적으로 소련을 무시해온 데 대해 유감을 표명했다. 1939년 8월의 독소 협정이 야기한 도덕적 비극조차 그에 선행된 뮌헨 협정으로 설명될 수 있었다. 그는 이어서, 공산주의자가 아니라 해도 소련이 미국과 마찬가지로 새로운 문명을 창조했음을 거리낌 없이 말할 수 있다고 덧붙였다. 그리고 "반소주의는 영국이나 미국에 대한 조직적인 적대감이 그렇듯 위험하고 무지하다."

카뮈는 분명히 작가로서 자연스럽고 편안하면서도 적절한 표현을 구사하며 적시에 올바른 말을 하고 있었다. 그는 마치 이 신문을 위해 태어난 사람처럼 보였다. 또는 그 시대가 이 신문과 카뮈를 위해 만들어진 듯이 보였다. 그는 또한 자신이 얻은 영향력도 의식하고 있는 것 같았다. 『콩바』11월 22일자에는 그의 「자아 비판」이 실렸다. "우리 자신이 언제나 오류를 범하지 않는 명석함과 탁월함을 지니고 있다고 간주하는 위험에서 벗어나 있는지는 확실치 않다."

그러나 기자는 이어서 "모든 언론인의 사명인 성찰과 정직의 의무를 잊지는 않겠다"고 다짐하고 있다. 카뮈는 이렇게 결론지었다. "요컨대 우리는 바로 지금 우리에게 필요해 보이는 저 비판의 노력을 게을리하지 않을 것이다."

카뮈는 『레지스탕스 우브리에르』(*Résistance Ouvriére*)라는 간행물에서 자신의 철학에 대해 보다 심도 있게 표현할 기회를 얻었다. 이 주간지의 1944년 12월 14일자에 실린 한 글에서 그는 계급 투쟁에 대한 좌파사회주의자이면서 노동조합주의적인 접근뿐만 아니라 그러한 견해의 바탕이 되는 단순한 도덕률을 밝혔다. "우리 노동자들은 종종 그렇긴 하지만 결코 부르주아의 삶을 동경해서는 안 된다."

그는 싸구려 백화점에서 파는 가구로 장식되고 일요일이면 영화를 보는 그런 삶을 칙칙하고 편협한 실존으로 정의했다. 그러나 노동 계급이 미래의 프랑스를 이끌어갈 것이다. "자신들의 의미 있는 삶을 개선하기 위해 프랑스 노동자들은 그 고귀함과 고통에 대한 명확한 의식을 견지해야만 한다." 요컨대 그가 바란 것은 고귀한 노동 계급이었으며, "인간에게는 경멸할 것보다 동경할 것이 훨씬 많다"고 여겼다.

그는 바로 레오뮈르가의 건물 안에서 그와 같은 부류의 노동자를 발견했는데, 독립적인 좌파 노조로 구성된 인쇄부는 종종 공산당의 명령을 순진하게 받아들이지 않을 정도로 지적이고 책에 씌어진 사회주의를 넘어설 정도로 창조적이었던 것이다. 그는 이미 『파리 수아르』 시절에 그 사실을 알았다. 독일군의 점령에서 해방되었을 무렵 이들 노동자들 중 일부는 노조 대신에 노동자 협동조합을 설립하고 싶어 했으며, 카뮈도 그들의 계획에 동의를 표했다. 그러나 인쇄공 가운데 소수가 그 계획에 반대하는 바람에 협동조합 계획은 무산되고 말았다. 얼마 후 노동자의 관점을 대리할 책임을 맡은 노동자 대표는 카뮈가 경영자 측의 대표가 될 경우 자신들의 고충이 신속하고도 효율적으로, 그것도 자신들의 방식과 어휘로 처리될 수 있으리라는 것을 알게 되었다.

인쇄공들은 편집자들이 그랬듯이 처음엔 자신들의 보수가 얼마나 될지도 모르는 채 직장에서 먹고 자면서 『콩바』의 모험에 뛰어든 사람들이었다. 『파리 수아르』 시절 카뮈의 동료였다가 『콩바』의 일원이 된 다니엘 레니에프는 카뮈가 좋은 상사임을 알았다. 그는 언제나 좋다고 말했으며, 영업부장인 장 블로슈 미셸이

그런 그를 지지해주었다.[11]

1944년 12월 초 알제 시절의 옛 친구가 찾아왔다. 에드몽 샤를로는 알제 임시 정부에서 근무하고 난 후 파리의 공보부로 배속되었다. 그는 카뮈가 예전에 살았던 셰즈가 미네르브 호텔의 비어 있는 1층 공간을 이용하여 출판 활동을 다시 시작했다. 그는 얼마 후 갈리마르 건물에서 한 블록 떨어진 베르누이가의 1층 점포로 자리를 옮겼다. 카뮈가 그에게 『콩바』의 자금을 빌려주어서, 처음에는 임차인 줄 알았다가 현금 거래로 조건이 바뀌었던 물품들을 구할 수 있었다.

샤를로 역시 오후가 되면 『콩바』에 나타나는 방문객 중 하나가 되었다. 두 알제리인은 함께 이른 저녁 식사를 하곤 했는데, 그 뒤에 카뮈는 논설문을 쓰기 위해 사무실로 돌아가곤 했다. 카뮈는 샤를로에게 유익한 인물들을 적지 않게 소개해주었지만, 그 당시 샤를로는 과거만큼 활발하게 책을 내지는 않았다.

샤를로는 전쟁 중 알제에서 집중적으로 출판 활동을 벌인 덕분에 그곳에서 당대의 여러 중요한 작가들과 계약을 맺고 정부 연락망을 통해 원고를 입수할 수 있었다. 샤를로는 얼마 가지 않아서 중요한 출판업자로 떠올랐다. 전시에 출판했다는 이유로 N. R. F.의 복간이 금지되고 일시적으로 갈리마르 출판사 전체가 빛을 잃자 샤를로가 그 공백을 메웠다.

지드의 제안에 따라서 그는 N. R. F.의 대역으로 『라르슈』라는 잡지를 출간했는데, 그 편집위원회에는 카뮈, 지드, 로베르 아롱, 장 앙루슈 등이 포함되었다. 그는 얼마 가지 않아 파리에서 갈리마르 출판사만큼이나 많은 책을 출판하게 되었다.

1946년 무렵에는 48페이지짜리 카탈로그를 내놓을 수 있을 정도였는데, 그중에는 1945년 르노도상 수상작인 앙리 보스코의 『테오팀 여관』, 이듬해에 같은 상을 받은 쥘 루아의 『행복의 계곡』 등도 있었다. 예전 '시와 연극' 총서의 책임자로 카뮈의 이름이, 그리고 '퐁텐'(Fontaine)이라는 총서의 책임자로 막스 폴 푸셰의 이름이 나온다. 또 거트루드 스타인의 『파리 프랑스』라는 책도 있었다. 가르시아 로르카, 지드의 『두 가상 대담』, 로트레아몽 전집 한정판도 출간되었다. 제인 오스틴, 헨리 제임스, 이그나치오 실로네, D. H. 로렌스, 알베르토 모라비아, 조지프 허거스하이머 등의 저서도 있었다. 그 가운데 무엇보다도 아서 케스틀러의 『요가 수행자와 인민위원』이 눈에 띈다. 물론 로블레, 프레맹빌, 블랑슈 발랭, 에드몽 브뤼아 등 알제 시절의 친구들도 있었다.12)

재결합한 카뮈 부부가 생활한 지드 스튜디오는 해방 후 엘리트 지식인들뿐 아니라 옛 알제 시절 친구들의 모임 장소였다. 어느 날 로베르 조소가 방문해보니 몹시 추워서 불에 탈 수 있는 모든 것을 땔감으로 쓰고 있었다. 조소는 마침 관용차를 갖고 있어서 시인 르네 샤르가 빌려준 장작 난로를 운반하도록 도와줄 수 있었다.13) 얼마 후 로베르 나미아가 나타나 바노가에서 2주를 머물렀지만, 그곳에 있는 동안 내내 추위와 허기에 시달렸다. 그는 쇠 침대가 놓여 있는 조그만 방을 침실로 썼는데, 그런 그에게 카뮈가 말했다. "자넨 언제나 지드를 만나고 싶어 했지. 그런데 이제 그 양반의 침대에서 잠을 자고 있잖나."14)

그 시대에 대한 회상록 『사물의 힘』에서 보부아르는 해방 후 맞은 첫 번째 새해 전야제에 대해 묘사했다. 사르트르와 보부아르는 카뮈의 집, 다시 말해 공중 그네와 피아노가 있는 지드 스튜디오에서 전야제를 보냈다. 이는 그들이 "짙은 금발에 생기발랄하고 보기 좋은 청회색 정장 차림으로" 알제에서 도착한 프랑신 카뮈의 면모를 살필 수 있는 기회였다. 다른 참석자들 몇몇은 사르트르-보부아르 커플이 모르는 사람들이었다. 카뮈는 저녁 내내 아무 말도 않고 있던 한 사람을 가리키며 "저 사람이 『이방인』의 모델"이라고 말했다. 그는 『콩바』지에서 블로슈 미셸의 대리인으로 일하고 있던 피에르 갈랭도였을 것이다. 그러나 보부아르는 그날 밤의 모임에서 '친밀감'을 느낄 수 없었다.

새벽 2시경 프랑신이 바흐를 연주했다. 사르트르를 제외하면 술을 많이 마신 사람은 없었는데, 그날 밤의 파티가 점령기 때의 파티와 다를 게 없다고 여겼던 사르트르는 얼마 지나지 않아서 너무 취한 나머지 설혹 전과 다른 점이 있었다고 해도 알 만한 상태가 아니었다.

사르트르는 미국 정부의 초청과 『콩바』지의 후원으로 뉴욕에 갈 예정이었다. 그는 『피가로』에는 뉴스 속보를, 『콩바』에는 보다 깊은 성찰이 담긴 글을 보내주었다. 카뮈는 경쟁지에는 미국의 도시에 대한 사르트르의 생생한 보도가 실리는 반면 자신의 신문에는 테네시 밸리 당국의 경제에 관한 논문이 실리는 것을 보고 곤혹스러워했다.

파리가 해방되자마자 사르트르는 전시에 가졌던 꿈, 즉 자기만의 잡지를 발행하려던 계획을 실행에 옮기기 시작했다. 카뮈는 신문 일로 너무 분주해서 그 계획에 참여할 수 없었고, 말로는 참여를 거부했다. 초기 편집위원들 중에는 레몽 아롱, 미셸 르이리, 모리스 메를로퐁티, 알베르 올리비에, 장 폴랑 등이 포함돼 있었다. 이렇게 해서 『탕 모데른』(*Les Temps Modernes*, 현대)이 탄생했다.

사르트르의 잡지에 참여하지는 않았지만 카뮈는 계속해서 사르트르 그룹과 밀접한 관계를 유지했고 그들의 모임에도 참석했다. 적어도 이후 5년간 그들 사이에는 사회적 교류뿐 아니라 어느 정도의 협력 관계가 이어졌다. 카뮈는 사르트르를 미국에 보냈으며, 포르투갈을 여행하던 시몬 드 보부아르에게는 기사 연재물을 의뢰했다. 그녀의 기사는 익명으로 실렸는데, 훗날 그녀의 회상록에 의하면 카뮈가 파리를 떠나 있는 동안 연재가 돌연 중단되었다고 한다.

사르트르와 보부아르는 나치 부역자 재판에 대한 카뮈의 견해에 동조했는데, 그녀는 그 견해를 한편으로는 용서, 다른 한편으로는 공산주의적 엄격함 사이에 위치한 '정의의 환경'을 대변하는 것이라고 여겼다. 그런데 사르트르는 카뮈에게 생색을 내고 있었던 것은 아닐까? 그 점은 카뮈가 사르트르를 대할 때도 마찬가지였다.[15] 그러나 카뮈는 일자리가 필요한 사르트르의 친구들 모두에게 직장을 구해주었고, 갈리마르에서 신인 작가의 책을 담당할 때는 가능한 한 많은 사람들의 책을 출간해주었다. 보부아르 자신도 인정하고 있듯이 종전 직후 카뮈의 신문은 사실상 그들 그룹의 기관지나 다름없었다. "『콩바』는 우리의 펜이나 입을 통해 나오는 모든 것들을 호의적으로 보도해주었다."

그리고 얼마 가지 않아서 대화와 심야의 그 멋진 술잔치는 재능 있는 모든 참석자들의 삶에서 프랑스 문화사에 포함될 정도의 중요한 의미를 띠게 된다.

무자비한 정의와 사형

무엇보다 카뮈 자신이 명확히 인식했을 테지만 그로서는 도저히 현실과 보조를 맞출 수가 없었다. 논설을 공동으로 집필함으로써 어느 정도 힘이 덜 들기는 했지만 그것이 궁극적인 해결책은 되지 못했다.

블로슈 미셸은 새로 사귄 친구의 행동이 점점 이상해지고 있다는 것을 의식했지만, 카뮈의 병력을 잘 몰랐던 그로서는 무엇이 문제인지 알 수가 없었다. 그는 카뮈가 개인 생활의 급격한 변화 때문에 어떤 영향을 받고 있었는지 알 수 없었다. 당시 『콩바』나 갈리마르에서 카뮈와 함께 지냈던 어느 누구도 그 일을 몰랐을 가능성이 높다. 마침내 어느 날 그는 카뮈의 사무실로 쳐들어가 "대체 뭐가 문제인가?"라고 다그쳐 물었다. 그러자 카뮈는 자리에 털썩 주저앉으며 자신이 과로에 시달리고 있노라고 불만을 토로했다. 블로슈 미셸은 그가 피로와 병 두 가지 모두에 시달리고 있다고 결론지었다.[16]

원인이 무엇이든 간에 임시적이긴 해도 당장 신문사를 떠날 필요가 있었다. 1월 18일자 『콩바』지에는 카뮈의 다음과 같은 메모가 게재되었다.

내게 동조하는 편지를 보내준 독자들에게 감사하며, 그분들에게 일일이 답장을 내지 못한 것을 유감으로 여기는 바이다. 그 동안 『콩바』에서 손을 떼게 만들었던 심각한 건강상의 이유도 나와 신문사와의 결속감을 가로막지는 못했다. 지금 나의 유일한 소망이 있다면 가능한 한 빨리 복직하는 일일 것이다. 어

쨌든 『콩바』는 팀의 작업이다.[17)]

피에르 에르바르는 지드의 '귀여운 부인' 마리아 반 리셀베르 그에게, 카뮈의 주치의가 그의 현재 상태를 과로 탓으로 진단했다고 말했다. 논설 집필의 일부를 떠맡은 에르바르는 1월 28일 자신의 장모에게, 카뮈의 건강이 심각하게 나빠졌으며 그리 오래 살지 못할 것 같다고 말했다.[18)] 분명히 과장되긴 했지만, 사무실뿐 아니라 집에서도 카뮈를 가까이 대하고 있던 사람의 말이었다.

카뮈는 이 기간을 자신의 글쓰기에 활용하려 애썼다. 그는 1년 전 르 파넬리에를 떠난 후로 작품다운 작품을 쓰지 못했다. 이 무렵 그의 일기는 아주 힘겨운 소설 『페스트』와 당시 얻은 정치적 경험을 극화한 정의에 관한 한 편의 소설 주석으로 채워지고 있었다. 그는 '용서'와 관련된 어느 기록에서 다음과 같이 경고하고 있다.

우리는 우리의 삶의 조건이 부당하기 때문에 정의에 이바지 해야 하며, 이 세상이 불행하기 때문에 행복과 기쁨을 더해야 한다. 마찬가지로 우리가 사형 선고를 받았다는 이유로 사형 선고를 내려서는 안 된다.

이 사형에 관한 논란은 이후 문제는 카뮈를 끝까지 따라다니게 된다. 1월 19일에 작가 로베르 브라지야크의 이적 행위에 대한 재판이 시작되었는데, 반나치 인사들에 대한 무자비한 공격을 일삼았던 이 인물은 파리 지식층의 흑점이었다. 브라지야크는 파시즘을 "20세기의 시 그 자체"라고 말한 인물이면서 동시에 재능 있고 유망한 젊은 비평가였다. 그의 파시즘은 지적인 관념에 그치지 않았다. 협력지인 『즈 쉬 파르투』(*Je Suis Partout*)를 통해 발휘된 그의 반유대주의와 친나치적 위협은 그가 표적으로 삼았던 이들에게는 위험스럽기까지 했다.[19] 브라지야크는 유죄로 판명되어 총살형을 선고받았다. 적어도 당국에 의해 협력 행위 혐의를 받지 않았지만 실제로는 이적 행위를 했던 수많은 프랑스 지식인들이 그에 대한 사면 청원에 나섰다.

이 청원에서 가장 적극적이었던 인물은 이적 행위를 하지 않았던 프랑수아 모리악이었는데, 그의 정열적인 청원 활동을 본 브라지야크는 자신의 변호사에게, 훗날 자신의 작품집이 나올 때 모리악에 불리한 모든 구절들을 삭제해주도록 당부했다.[20]

아마도 모리악 자신은 감히 카뮈에게 브라지야크의 사면을 지지해달라는 부탁을 하지 못했을 것이다. 그 난감한 임무는 역시 『즈 쉬 파르투』와 점령기 동안 간행된 다른 간행물들의 필자였던 마르셀 에메에게 떨어졌다.[21] 에메는 1945년 1월 25일 카뮈에게 편지를 보내, 브라지야크의 사면을 요청하기 위해 드골 앞으로 보낼 청원서에 서명해줄 것을 부탁했다. 그 사건은 카뮈로 하여금, 동지들의 체포와 고문과 죽음을 야기한 자들의 처벌에 대한 자신의 견해를 재검토하게 만들었다.

가족의 증언에 의하면 카뮈는 밤새도록 방 안을 서성거렸다고 한다.[22] 그리고 1월 27일에 그는 브라지야크의 변호사에게 호의적인 답장을 보내면서 자신이 『콩바』의 편집장으로서가 아니라 개인 자격으로서 청원서에 서명하는 것임을 분명히 했다. 그는 또한 에메에게, 온정적인 조치를 청원하는 자신의 동기는 에메의 동기와 다름을 주지시켰다. 에메는 브라지야크의 경우를 프랑수아 비용의 경우에 비교했다. 카뮈는 자신의 친구들을 구타하고 불구로 만든 그 인물을 경멸했으며, 브라지야크는 『레트르 프랑세즈』의 자크 드쿠어 같은 저항 단체 작가들을 위해 단 한번도 온정적인 조치를 요청한 적이 없었다. 그렇다, 카뮈가 브라지야크의 처형에 반대한 것은 그 자신이 어떠한 경우에도 사형을 반대한 인물이었기 때문이다.

그리고 한번 그런 입장을 취한 카뮈는 이를 계속 견지하게 된다. 나중에 카뮈는 뤼시앵 르바테를 비롯하여 『즈 쉬 파르투』의 다른 협력자들을 위해서도 온정적인 조치를 요구하지 않을 수 없게 된다. 그는 브라지야크가 처형된 마당에 르바테를 살려두는 것은 불공평하다는 데는 동의했지만, 르바테를 보호한 정치가들도 살려두는 일 역시 불공평한 일이었다.[23] 『콩바』는 페탱 원수에 대한 사형에도 반대하게 된다. 이전에 카뮈가 '무자비한 정의'를 요구했음에도 불구하고.

무엇보다도 진리를, 즉 모든 사형 선고는 도덕성의 부인이라는 사실을 단호하게 천명하지 않으면 안 되기 때문이며, 또한 이 특별한 경우가 이 허영심 많은 노인에게 순교자라는 평판을 안겨주고 심지어 적들의 마음속에까지 그에게 새로운 지위를 허용하는 결과가 되기 때문이다.(1945년 8월 2일)

모두 59명이 서명하여 드골에게 제출한 브라지야크의 청원서에는 폴 발레리, 조르주 뒤아멜, 모리악의 이름이 맨 위에 있었고 폴랑, 자크 코포, 장 슐룅베르제, 장 아누이, 장 루이 바로, 장 콕토, 장 에펠, 모리스 드 블라밍크, 콜레트, 가브리엘 마르셀, 에메, 그리고 물론 카뮈의 이름도 포함돼 있었다. 브라지야크는 서명자들에게, 특히 과거에 자신이 반대했던 이들에게 경의를 표하는 감사 편지를 보냈다.

드골은 모리악과 브라지야크의 변호사를 접견하고 청원서를 읽기는 했지만 사형이 예정대로 집행되도록 했다. 브라지야크는 서른여섯 번째 생일을 한 달 앞둔 1945년 2월 6일 파리 인근 포르 드 몽트루주에서 처형되었다.

27 전쟁의 끝

우리는 우리의 삶의 조건이 부당하기 때문에 정의에 이바지해야 하며,
이 세상이 불행하기 때문에 행복과 기쁨을 더해야 한다.

• 『작가수첩 1』

잠시 떠나 있었으면서도 『콩바』지와 강한 유대감을 갖고 있던
알베르 카뮈는, 오히려 그 기회를 이용해서 이제 국가적 명물이
된 신문에 대해 성찰하게 된다. 그는 신문사를 떠난 지 거의 한 달
만에 처음으로, 『콩바』 2월 9일자에 "『콩바』의 방침이 달라진 것
처럼 보인다"는 내용의 기명 원고를 썼다.

그는 신문의 노선이 달라진 게 없는데, 논설자들이 한 사람이나
다름없기 때문이라고 주장했다. 이어서 그는 이 한 사람의 정책
을 상술했다. 그것은 산업의 국유화이면서 경제적 민주제이긴 하
지만, 동시에 원자재와 시장과 통화가 국제화되는 진정한 의미에
서 세계 연합의 창설을 앞둔 세계 경제 질서의 한 부분이라는 것
이다. 드골의 임시 정부를 반대하는 데 대한 비판에, 카뮈는 임시
정부가 그러한 프로그램에서 후퇴했기 때문이라고 답변했다.

실제로 『콩바』 팀은 아직 레오뮈르가를 벗어난 프랑스의 분파
에 관해 숙고해보지 않은 채 여전히 일심동체를 이루고 있었다.
나중에 피아와 올리비에 같은 인물들은 드골주의자로 전향하고,
젊은 사르트르파들은 카뮈와 갈라서게 된다. 그러나 그 무렵에는

또 다른 방식으로 결속감이 표현될 수 있었다. 요컨대 편집진들의 이니셜로 논설문에 서명했던 시기가 지난 후 논설들은 아예 아무런 서명도 없이 게재되었던 것이다. 한 사람이 모두를, 모두가 한 사람을 대변했다.

카뮈가 실제로 그곳에 있었을 때 모두를 대변한 인물이었고, 알베르 올리비에가 그의 가장 정확한 대리인이었다면, 병들었을 때나 건강할 때나 매일같이 신문사를 한덩어리로 만들어준 접착제 역할을 한 인물은 누가 뭐래도 파스칼 피아였다. 그는 과거 『알제 레퓌블리캥』지 시절에 그랬듯이, 그리고 실제로 작가 알베르 카뮈의 초기 시절에 그랬듯이 막후의 인물, 즉 『콩바』의 '막후 실력자'였다.

피아에게는 공적인 인정이라든가 찬사 같은 것은 필요치 않은 듯이 보였으며, 신문의 첫 줄에서 마지막 줄까지 모두 읽고 편집하고 문장 대부분을 손질하는 그의 방식에는 그 무자비한 속도에 질린 사람들까지도 감탄해 마지않았다. 카뮈가 처음 몇 주가 지난 후 갈수록 신문에 시간을 덜 쓰면서도 기사 덕분에 큰 영광을 누린 반면, 그만큼 피아는 더 많은 책임을 떠맡았지만 일반 대중의 눈에는 거의 잊혀진 인물이나 다름없었다.

이 신문의 실험이 끝날 무렵 정점에 달하게 된 두 사람 사이의 결별은 피아의 질투심 때문이었다. 그러나 피아가 의식적으로 자신이 질투를 느끼는 인물의 명성을 독려했음은 자명한 사실이다. 피아가 원하기만 했다면 그는 『콩바』에 굵은 서체로 서명 기사를 쓸 수도 있었다. 실제로 사람들이 그의 서명이 표기된 기사로 기억하는 유일한 것은 어느 영화 비평가의 평에 이의를 단 후기뿐이었다.[1]

의심할 여지없이 피아는 성공의 망토를 사양한 적이 없는 카뮈의 변화를 감지했을 것이다. 그는 카뮈가 지나칠 정도로 확신에 넘쳐 빠르게 생각하고, 쓰는 것만큼이나 빠르게 판단한다고 여겼다. 『콩바』의 처음 몇 호가 간행되기 바로 전 그는 좌안에 있는 한 식당에서 카뮈와 점심 식사를 했다. 그때 피아는 다른 테이블에 『파리 수아르』 시절의 편집자 한 사람이 앉아 있는 것을 보고 인사를 건넸다. 카뮈는 그 편집자가 『파리 수아르』의 경영진에 지나칠 정도로 비굴한 태도를 취했다고 말했다. 그러자 피아는 카뮈에게, 그 편집자는 정신병을 앓고 있는 아내와 온전치 못한 자식이 있어서 유약한 사원이 된 것이라고 설명해주었다. 그 말에 카뮈의 얼굴이 창백해졌다.[2] 훗날 카뮈의 절대주의적 행동(장 그르니에가 '아프리카적 기질'이라고 일컬었던)은 피아 자신의 태도에 필적하는 것이다.

하지만 그것은 훗날의 일이다. 그 사이에 카뮈와 피아 그리고 다른 사람들은 계속해서 파리의 화젯거리가 될 일간지를 만들기 위해 노력했다. 그 신문은 프랑스의 지성과 희망에 대한 상징이기도 했다. 1945년 3월 15일 파리의 뮈튀알리테 홀에서 기독교 학생 단체 앞에서 강연하던 카뮈는 바로 그 지성과 희망의 대변인이었다.

그는 독일인들이 지성을 탄압했으며 비시 정부는 전쟁과 지성의 좌절에 대한 책임자라고 말했다. 카뮈는 조롱조로 말했다. "농부들은 그 동안 프루스트를 지나치게 많이 읽었습니다. 그리고 사람들은 『파리 수아르』와 페르낭델, 그리고 구식 연회가 지성의 표시라고 알고 있습니다. 쇠잔해가는 프랑스의 원인인 엘리트의 범용성은 바로 책 속에 기원이 있는 것 같습니다."[3]

카뮈는 이 시기에 쓴 희귀한 서명 논설문이 실린 4월 3일자 『콩바』에서, 선거 및 새 헌정에 불참했으면서도 계속 임시정부 수반이었던 드골이 파리 시민에게 한 연설을 언급했다. 카뮈는 드골이 시민의 역사를 높이 평가하면서도 1830년과 1848년, 그리고 코뮌의 혁명에 대해 언급하지 않은 사실을 유감으로 여겼다. "이 나라의 혁명적 덕목을 간과한 채 이 나라를 강국으로 이끈다는 것은 불가능하다"고 그는 경고했다. "그것은 4년간의 말없는 투쟁에 의해 축성되었고, 이 나라의 정치에 각인되어야 마땅한 진실이다. 내일에 대한 우리의 희망은 새로운 사상과 반항적 용기를 자아내기 위한 힘이다."

카뮈는 다음과 같은 결론을 내림으로써 그가 드골과의 사이에 거리를 유지할 수 있음을 보여준다. "종종 그토록 외로웠던 저 드골 장군의 음성이, 환호하며 그를 맞이하는 국민의 음성과 한순간이라도 일치할 수 있다면 그것은 바로 그 음성이 이러한 희망을 표출할 때다."

드골은 이후 8개월 동안 공산주의자들을 포함한 모든 저항 운동 베테랑들의 지지를 받아가며 여론에 의한 통치를 지속하게 된다. 그리고 1946년 1월 20일에 그가 사퇴한 이유는 프랑스의 전후 첫 의회와 사이가 좋지 않았기 때문이다.

다시 알제리로

마침내 카뮈는 거의 3년 동안 보지 못한 어머니와 남아 있는 친구들, 낯익은 거리와 해변을 보기 위해 다시 알제로 돌아올 수 있게 되었다. 그는 휴가를 간 것이 아니라 스스로 부과한 과제 때문에 간 것이었으며, 그곳에서 일련의 기삿거리를 가지고 돌아왔다.

이 여행은 친구들의 기억에 전혀 남아 있지 않았다. 우리가 그 여행에 대해 알고 있는 사항은 그 당시 한 개인이 쓴 일기, 즉 지드의 '귀여운 부인'이 쓴 일기에서 나온 것인데, 그때 카뮈가 알제에서 지드를 만났기 때문이었다. 훗날 카뮈 자신은 그때 지드를 만났던 일을 잊고 있었다. 왜냐하면 그는 *N. R. F.*에 쓴 지드에 대한 특별 기고문 「앙드레 지드와의 해후」에서 자신이 그 노작가를 처음으로 만난 것이 바노가의 아파트였다고 회상하고 있기 때문이다.

그보다는 마리아 반 리셀베르그 쪽의 이야기가 훨씬 유쾌할 뿐 아니라 사실에 가까울 것 같다. 1945년 4월 어느 날 알제에서 지드가 그녀에게 이렇게 물었다. "카뮈가 어떤 사람인지 설명 좀 해 줘요. 난 그 사람에 대해 아무것도 모르니까." 그래서 그녀는 파리에서 자신이 본 카뮈에 대해 설명해보려 했지만 쉽지 않았다. "그 사람은 억양이 아주 특이하지만 체구는 전혀 특별나지 않아요."

그래서 마침내 지드가 그녀에게, 친구들 중에서 카뮈가 누구와 닮았느냐고 물었고, 그녀는 소설가이며 에세이스트 그리고 무엇보다도 *N. R. F.*에서 폴랑의 전임자로서 1925년에 사망한 자크 리비에르가 카뮈와 닮은 사람이라고 대답했다.

그리고 바로 그 다음날인 4월 24일, 지드는 알제에 있던 카뮈로부터 그날 만날 약속을 정하자는 전화를 받고 즐거워했다. 지드는 자신의 여자친구에게 자크 외롱의 서재에서 발견한 『결혼』을 주면서, 글을 쓰는 방식이 마음에 들었다고 말했다. 그는 카뮈에게 언어 감각이 있다고 평했다. 이윽고 카뮈가 도착했다. 그의 방문은 "더할 나위 없이 흡족스러웠으며", 반 리셀베르그 부인이 본 그대로였다. "전혀 어색하지도 않았고 오해도 없었으며 아주 뜻 깊으면서 진심 어린 방문"이었던 것이다. 카뮈는 지드에게, 자신이 일 때문에 다음날 남부로 떠나야 한다면서, 시내로 돌아오면 다시 한 번 방문하기로 약속했다. 그러나 그때 지드와 귀여운 부인은 이미 파리로 떠난 뒤였다.[4]

지드는 자신의 일기에 카뮈와 만난 사실을 기록하는 것이 바람직하다고 여기지 않았던 모양이다. 지드의 일기에 나오는 그 젊은 작가에 대한 잠깐의 언급은 혹평이 아니라 아무 정보도 없는 애매한 내용뿐이다.

카뮈의 지드에 대한 찬사는──그는 1942년 외르공에게, 자신은 지드를 오랜 친구처럼 생각한다고 말한 적이 있다[5]──점령기 동안 지드가 취한 모호한 태도에도 불구하고 흔들린 적이 없었다. 오히려 정반대였다. 카뮈는 공산주의자들의 공격에 맞서 격렬하게 지드를 옹호했다. 그는 비록 많은 나이 때문에 참여하지 않았던 것일 뿐 지드의 행동은 명예로웠다고 여겼다.

바노가에 도착한 지드는 문간에서 프랑신과 쉬지 자매의 환영을 받았다. 프랑신은 이미 프랑스로 떠나기에 앞서 파리에 있는 지드의 스튜디오에서 살게 되리라 생각하고 알제리에서 지드를 방문한 적이 있었다. 이제 그들 자매는 아래층으로 내려가 그의 가방을 가져온 다음 그에게 차를 갖다주었다. 차가 준비되기 전에 지드는 자신의 방으로 들어가 재빨리 옷을 갈아입고 오후의 차 시간에 걸맞는 복장, 즉 지드 특유의 '멋'을 한껏 부린 차림으로 나타났다.[6]

알제리로 출발할 때의 카뮈가 자신이 프랑스령 알제리 역사의 비극적인 한순간, 즉 그로부터 채 10년도 지나지 않아 일어날 봉기를 예고하는 사건을 목격하게 되리라는 것을 알 리가 없었다. 그 무렵 민족주의 운동이 점증하면서 메살리 하드지의 영향력이 정점에 달해 있었던 것이다.

1945년 3월 '선언의 동지 및 해방을 위한 결사'의 첫 번째 대회에서 메살리는 '알제리 민족의 확고한 지도자'로서 대대적인 환영을 받았다. 카뮈가 지드를 방문한 다음날인 4월 25일 프랑스는 메살리를 추방했다. 메이데이의 시위가 입증해주었듯이 민족주의의 열기는 새로운 절정에 달했다. 이어서 나치 독일에 대한 승리를 축하하는 기념일인 5월 8일, 알제리의 두 도시 세티프와 겔마에서 유혈 폭동이 발생했고 이는 지방으로 번져나갔다. 진압은 무자비했다. 수백 명의 유럽인이 사망한 데 대한 보복으로 수천 명의 이슬람 교도가 죽었던 것이다.

카뮈의 기사 여덟 편(그중 여섯 편은 『시사평론 3 ─ 알제리 연대기』에 재수록됨)은 3주 동안 남부 사막 지대를 포함하여 알제리 영토를 가로지르는 2,400킬로미터에 달하는 여행 이후 씌어진 장황한 개관의 시도였다. 그는 『콩바』지 5월 13일자부터 알제리 상황에 대한 총체적인 개관을 전달했다.

그는 기아에 허덕이는 알제리의 혹독한 상황을 그림처럼 생생하게 묘사했다. 그 표현은 카뮈가 전쟁 전에 『알제 레퓌블리캥』에서 카빌리를 탐사하며 쓴 기사를 연상시켰다. 토착 주민에 대한 공식적인 식량 배급이 유럽인들에 비해 적었을 뿐 아니라 사실상 아랍인들은 할당량보다 적은 양을 받았다.

그는 "아랍인들"(카뮈는 계속해서 이슬람 교도 주민들을 이렇게 언급했다)이 더 이상 프랑스 국민이 되고 싶어 하지 않는다는 사실을 주지시켰다. 그는 극소수 이슬람 교도에게 투표권을 허용하고자 했던 시도로 제정된 블룸-비올레트 헌장과 그것이 1930년대 입법부의 책상에서 고스란히 소멸되고 말았던 일에 대해서도 썼다. 세계는 변하고 있었으며 알제리의 이슬람 교도들은 아랍 세계 밖의 다른 곳에서 벌어지고 있는 일들을 잘 알고 있었고, 따라서 하나의 정책으로서의 동화는 더 이상 바람직하지 않았다. 그는 후속 기사에서 페르하 아바스 주위에 뭉치는 민족주의 운동을 동정적으로 다루었으며, 최종 기사에서는 알제리에 프랑스 민주 정치를 적용할 것을 호소했다. "알제리와 그곳 주민들을 다시금 정복할 수 있게 도와주는 것은 바로 근소한 정의의 힘뿐"이라고 그는 결론지었다.

그의 적들은, 불과 3주 동안 알제리에 있고 나서 모든 해답을 알고 있다는 듯이 떠들어대고 있는 이 인물이 대체 누군지를 알고 싶어 했다. 『콩바』는 5월 25일자에서 그 의문에 대해, 알제리에서 태어나고 성장한 카뮈는 1940년 6월 정전 때까지 '오로지' 알제리에 대해 관심을 기울여온 인물이라고 답변했다. 알제리에서 프랑스인들이 겪은 죽음에 대해 무관심한 것과 달리 카뮈의 가족은 여전히 폭동에 노출된 채 그곳에 살고 있었다. "따라서 만약 그가 증오를 증오로써가 아니라 정의로써 갚을 것을 요구한다면, 그것은 십중팔구 그 일을 가벼이 여겨서가 아니라 심사숙고 끝에 한 말일 것이다."

정부에서 일하는 그의 친구 조소가 내무장관 아드리앵 틱시에를 수행하여 알제리 시찰에 나선 것도 이 무렵의 일이었다. 틱시에는 조소에게, 카뮈로 하여금 정부 편에서 알제리 문제를 대처하게 하면 어떨지를 제의했다. 구체적인 직함이나 과제는 언급되지 않았다. 그 무렵 알제리를 변모시키기 위한 여러 가지 개혁 방안이 논의되고 있었다. 중개인인 총독을 없앰으로써 알제리를 프랑스에 좀더 가깝게 끌어오자는 얘기였다.

조소는 친구에게 그 제의를 전달했는데, 카뮈는 자신이 알제리에서 알제리인들 사이에서, 그리고 바람직하게는 문화 분야에서 일을 하면 좋겠다고 말했다. 그가 틱시에와 만나겠다고 한 것은 무엇보다도 예의 때문이었다. 두 사람은 많은 사항들에 대해 이야기를 나누었지만 구체적인 것은 없었다. 카뮈는 그 문제를 한번 생각해보겠노라고 말함으로써 토의를 끝내버렸고, 결국 아무 성과도 없었다.[7]

카뮈는 로제 그르니에게 그 이야기를 하면서, 자신이 공직을 거부했으며, 장관에게 자신은 신문 기자이며 정치가가 아니라고 말했다는 내용을 덧붙였다.[8] 카뮈는 그 당시 프랑스를 운영했고 드골주의자는 물론 공산주의자와 사회주의자들까지 포함돼 있던 임시 정부와 심각한 마찰이 없었다 해도, 생래적으로 오랜 적인 알제리 총독부를 연상시키는 모든 것에 대해 내심 반발했을 것이다.

카뮈에게 총독부는 가장 훌륭한 프랑스를 대표하는 기관이 아니라 지방 보수 세력의 하수인이나 다름없었다. 언젠가 가브리엘 오디지오가 카뮈에게 정부 간행물인 『알제리아』 지와의 인터뷰를 요청했을 때, 카뮈는 다짜고짜 "그런 구역질나는 잡지와 인터뷰를 한다고요?"라며 격한 반응을 보였다. 그런 다음에야 어조를 누그러뜨리고 오디지오에게 이렇게 말했다. "선생님이 좋으시다면 저도 괜찮습니다." 오디지오는 이를 알제리 프랑스 당국과 화해한 징표라고 해석했지만[9], 이와 비슷한 제의에 대해 카뮈가 훗날 보인 반응으로 볼 때 그런 해석은 지나치게 순진하다.

카뮈는 언제나 알제리가 프랑스의 참된 개혁에 의해서만 구원받을 수 있으리라고 여겼을 것이다. 그는 이슬람 교도들이 투표권을 자유롭게 행사할 수 있는 데 희망을 걸었다. 선거가 있을 때마다 민족주의자들은 그들을 배척했다. 사실상 8백만 명의 이슬람 교도 중에서 불과 8천 명만이 투표권을 행사할 수 있었다.

투쟁을 둘러싼 투쟁

이 무렵 자클린 베르나르가 나치 수용소에서 풀려나 프랑스로 귀국했다. 이제 밝은 세상에서 간행되는 『콩바』에서 다시 일자리를 잡은 그녀는 사내 동지들의 친숙한 분위기와 더불어, 신문사 간부들에게서 투쟁 운동의 사회적 사명감을 기대하는 인쇄공들과의 돈독한 관계를 발견했다. 비록 피아가 그 담당이긴 했지만 카뮈와 아래층 노동자들과의 관계는 이상적인 듯이 보였다.

편집자들은 매일 오후 5시와 6시 사이에 카뮈의 사무실에서 회의를 했다. 피아는 전송된 뉴스들을 분류하여 주요 기사와 그것을 기사로 쓸 인원, 각각의 기사에 배정된 공간 등을 할당해주었다. 예전처럼 그 일은 공동 작업이었고, 그들 한 사람 한 사람이 동일한 견해를 대표했다. 신문 용지는 늘상 부족했고, 심지어는 월간으로 비밀 투쟁지를 만들 때처럼 소형판으로 신문을 찍어야 할 때마저 있었다. 그런 때는 기자들이 장황한 기사를 쓸 공간이 없었다.[10]

수용소에 대한 자클린 베르나르의 이야기는 분명 카뮈에게 강한 인상을 주었던 것 같다. 그는 비슷하게 끔찍한 다른 사람들의 이야기에 그녀의 이야기들을 덧붙여 자신의 일기에 "교정된 창조물"이라는 기묘한 제목으로 기록해놓았다. 그가 기록한 일화 중 하나는 파리의 한 게슈타포 본부에서 일하던 프랑스인 수위에 관한 것인데, 그녀는 매일 아침 독일군의 고문 희생자들 사이에서 청소를 하면서 "나는 이곳 사람들이 뭘 하든 상관하지 않는다"고 말했다. 그는 해외 순회 강연 때 독일 점령기를 설명하기 위해 종종 그 일화를 이용하곤 했다. 나치에 대해 그가 기록해놓은 또 하나의 이야기는 "○○의 SS 수용소에서 1년간 봉직했음"이라는 문신을 가슴에 새기고 풀려나온 한 여성 이야기였다.

카뮈는 이 무렵 자신의 일기에 "모든 사회에 대한 깊은 혐오감"을 토로했다.

그대로 달아나 한 시대의 타락을 고스란히 받아들이고 싶다는 유혹. 고독은 나를 행복하게 해준다. 그러면서 동시에, 타락은 그러한 수용의 순간부터 시작된다는 느낌이다. 존재는 자신이 속한 사회의 최고봉에 남아 있을 수 있기 위해 잔류하는 것이다. 하지만 타인으로의 이러한 분산에 대한 구역질나는 혐오감.

저항 운동을 다룬 책의 서문을 써달라는 요청을 받은 카뮈는 그 저자에게, 자신은 시간에 쫓기는 것 말고는 서문을 쓰지 못할 이유가 없지만 자신이 그 책을 추천한다고 해서 무슨 도움이 될지 모르겠노라고 답변했다. "내 레지스탕스 자격증 때문이오?" 하고 그가 물었다. "난 당신의 주인공에 비해 특별한 모험을 한 적도 없소. 아니면 당신이 본격적으로 작가로 나서려는 이유 때문이오? 하지만 그 경우라면, 이런 증언서 같은 경우에는 더더욱 아무런 설명 없이 책 그 자체로 내놓아야 한다고 나는 늘상 생각해왔소."

그럼에도 그는 작가가 원한다면 서문을 써주겠노라고 약속했다. 그런데 그 책은 이 편지를 서문 삼아 수록한 채 간행되었다. 카뮈의 서명이 들어가기만 해도 새 책에 큰 도움이 되리라고 여겨졌던 것이다.[11]

평화를 되찾은 처음 한 달 동안, 전(前) 투쟁 운동의 지도자 앙리 프레나이 때문에 『콩바』의 주체성이 위협받게 되었다. 포로 및 피추방자(이를테면 나치 수용소의 병사들) 담당 장관이던 프레나이는 공산당 일간지 『위마니테』가, 자신이 게릴라 방식으로 책무를 수행했다고 비난하자 그 신문을 고소했다. 프레나이는 또한 그 논쟁에 관한 일련의 기사를 써서 『콩바』에 게재하고 싶어 했다. 피아는 그에게, 그런 결정은 자기 혼자 내릴 수 없고 신문사의 다른 간부들과도 의논해봐야겠다고 말했다. 다음날 프레나이는 우호적이면서 동시에 부정적인 결론이 나왔다는 답변을 들었다.[12] 신문사에서는 만장일치로 거부 결정을 내렸던 것이다.[13]

프레나이는 격분했다. "하지만 『콩바』를 만든 건 나란 말이오" 하고 그는 신문사 간부들에게 상기시켰다.[14] 그는 자신이 그 제호를 만들고 디자인까지 했다고 주장했다. 프레나이가 점령된 프랑스를 떠났을 때 저항 운동과 비밀 신문을 계승했던 클로드 부르데 역시, 현재의 간부들에게는 프레나이의 기사를 게재하지 않을 권리가 없다고 했다. 결국 그 문제는 프레나이와 부르데가 한편이 되고, 피아와 카뮈가 다른 한편이 된 중재위원회로 넘어가게 되었다.[15]

얼마 후 프레나이는, 신문사 영업 국장인 장 블로슈 미셸이 그 제호를 자신의 이름으로 등록해놓은 사실을 알고 다시 한 번 발끈했다.[16] 그에 대한 설명은 아주 간단했다. 초기 일간 『콩바』의 그 비공식적이고 아마추어적인 분위기 속에서 편집자들은 신문의 제호를 법적으로 등록해놓을 필요성을 알게 되었다. 제호를 등록할 이름을 가진 회사가 없었기 때문에 블로슈 미셸은 관료적인 형식주의에 얽매이지 않고 자기 이름을 적어 넣음으로써 간단히 그 문제를 해결했다. 최종적으로 회사가 결성됐을 때 그 소유주 중에는 피아, 카뮈, 블로슈 미셸, 알트슐러, 포트, 알베르 올리비에 들이 포함돼 있었다.[17]

중재위원회는 레지스탕스 대원이었고 '국가언론위원회' 회장이기도 한 루이 마르텡 쇼피에의 수중에 맡겨졌다. 그는 그 제호가 프레나이와 부르데의 것이긴 하지만 신문사의 비밀 편집자들이 해방 이후 신문을 간행한 것은 실로 적절한 일이었으며, 전후 『콩바』가 거둔 성공은 현재의 편집진 덕분이라고 판정했다.

이듬해로 넘어가 1946년 2월 24일에 내려진 판정의 결론은 다음과 같았다.

따라서 "투쟁"이라는 제호와 이 제호를 사랑하는 독자들, 그 경영 및 배포 체계의 현재 가치는 대부분 파리 해방 이후 피아 및 블로슈 미셸 그룹의 일원들의 노력과 능력에서 비롯된 것이며, 만일 제호가 인위적으로 그 활동을 수행하기 위해 설립된 사업으로부터 분리될 경우 이러한 노력의 결과 대부분은 손상될 것이다.

결국 신문의 제호는, 프레나이와 부르데 및 현 임직원뿐만 아니라 지하 활동기에 신문을 간행하는 데 기여한 모든 이들의 것이기 때문에 분할할 수 없다는 판정이 내려진 것이다. 대립하는 두 당사자 간의 합의가 이루어질 수 없었기 때문에, 제호의 독점적 이용권을 점령기 동안 신문을 발행했으며 "신문이라는 사업에 내재한 물질적 위험을 예상하고 극복한" 사람들의 소유로 본 것은 공정하고 합리적인 결정이었다. 만일 현 임직원들이 회사를 청산하기로 결정할 경우, 이전의 책임자와 전시에 수고한 모든 관련자들이 그 제호의 소유자가 된다는 내용이었다.[18] 그러는 한편 어느 정도의 금액이 프레나이와 부르데에게 보상금으로 지급되어야 했다. 『콩바』의 처분가로 1,500만 프랑을 산정하고 그 가운데 150만 프랑이 보상금으로 정해졌다. 그게 정확한 수치라면 생각보다 적은 금액이었다.

부르데와 프레나이는 그 자금을 이용하여 『옥토브르』(Octobre)라는 좌파 주간지를 발행했는데, 인도차이나의 프랑스 식민 전쟁에 대한 신문의 적대감 때문에 정부 측에서 용지 공급을 끊어버려서 6개월밖에 지속되지 못했다. 부르데는 프레나이와 연합함으로써 카뮈와 결별한 셈인데, 그럼으로써 부르데가 훗날 카뮈의 지원이 필요하게 될 때 일이 여의치 않게 된다.[19]

카뮈와 프레나이 사이에 뚜렷한 정견의 차이가 없었다는 사실은, 프레나이가 공산주의자들과 싸우고 있는 동안 카뮈가 쓴 기사에서도 확인된다. 카뮈는, 자신의 신문이 프레나이를 예찬하거나 옹호하지 않은 것은 프레나이가 한때 자신들의 '투쟁 동지'였기 때문이었으며, 프레나이 역시 지원을 요청하지 않았다고 말했다. "그러나 지나치게 주저할 경우 우리는 결국 거짓말에 가담하고 우정과 진실 두 가지를 모두 배신하는 결말에 이르게 될 것이다."

중재 재판은 또 다른 결과를 야기했다. 『콩바』지의 판매가 쇠퇴하기 시작하여 재정이 위태로울 무렵 재판의 승자에게 보상금을 지불해야 했던 것이다.

독일 여행

독일과의 전쟁이 끝나면서 카뮈는 독일의 군사 점령 지역을 둘러볼 기회를 얻었다. 그는 종군 기자 자격으로 난생 처음 군복을 입고 그 당시 프랑스군이 점령하고 있던 구역, 즉 가톨릭 신자들이 사는 농업 지역인 바덴과 뷔르템베르크의 라인 공국들을 순회했다.

전쟁으로 황폐해진 도로를 따라 여행한 카뮈는 1945년 6월 30일자 『콩바』의 주간 부록에 "평화 시였다면 분명 햇살 넘치는 대지를 즐겼을 이곳에서 벌써 언짢은 기분이 들었다"고 썼다. 라인 지방은 전쟁으로 황폐해진 프랑스의 다른 지방들에 비해 번성해 보였다. 그는 프랑스의 병약한 아이들과, 볕에 잘 그을리고 영양 상태가 좋아 보이는 독일의 어린이들을 비교했다. 그 광경은 독일이 "생물학적으로는 전승국"이라는 사실을 입증하고 있었다.

기자는 프랑스 점령이 엄격하면서도 질서 정연하다고, "승리자가 수행할 수 있는 것만큼의 정의를 지키고 있다"고 보았다. 그는 어느 민간인의 집에서 묵었다. "난 진심에서 우러난 환대를 받았다. 그 사람들은 내 방에 찾아와 밤 인사를 해주었고, 전쟁은 좋은 것이 아니며 평화가, 무엇보다도 영원한 평화가 더 나은 것"이라는 말을 해주었다. 모든 프랑스 병사들에게는 여자친구가 있었는데, 그 점이 콩스탕스 호숫가에서 느낄 수 있는 휴일의 경이로운 인상을 더해주었다. 이 첫 인상은 강렬하면서도 어리둥절했다.

그 기사의 제목은 「독일 점령지의 이미지」였다. 그리고 『독일인 친구에게 보내는 편지』의 필자를 재워준 선한 할아버지의 입에서 그리스도의 영원한 평화란 말이 나왔을 때, 카뮈는 독일로 이송되었다가 SS부대에게 몸을 판 다음 가슴에 "○○의 SS 수용소에서 2년간 봉직했음"이라는 문신을 새기게 된 여인을 생각했다. 카뮈는 이 기사에서, 자신이 일기에 처음 그 여인을 언급했을 때보다 1년을 보탰다.

고통에 좌우되지 않기

카뮈가 돌아오자 지드와 '귀여운 부인'을 포함한 그 가족은 여전히 그들의 손님이며 이웃인 카뮈 부부를 말로와 함께 저녁 식사에 초대했다. 마리아 반 리셀베르그의 일기에 의하면 카뮈는 독일에서 늦게 돌아왔으며, 군대 때문에 참을성도 소진돼 있었다고 한다. 그녀는 그날 저녁의 대화에 대해 거의 기억하지 못했는데, "카뮈의 목소리가 아주 작은데다가 떠들썩한 말로의 음성과 섞여 잘 들리지 않았기 때문"이었다.[20]

지드에 대한 회고에서 카뮈는 어린 시절의 스승과 가까이 지낸 이 몇 개월에 대해 회상하게 된다. 허물없는 친교는 없었는데, 지드가 "우리 세계의 우정을 대신하는 떠들썩한 소란"을 극도로 싫어했기 때문이었다. 게다가 40년이라는 나이차가 두 사람을 떼어놓았다.

그러나 지드는 환영의 미소를 지었다. 때때로 지드는 자신의 아파트 본채 서재와 카뮈의 스튜디오 사이를 막고 있던 이중문을 노크하곤 했다. 또 카뮈 부부가 키우던 고양이 사라가 지붕을 통해 본채로 들어오면 돌려주러 오곤 했다. 이따금 프랑신의 피아노 연주가 지드를 끌어들인 적도 있었다. 그는 카뮈와 함께 유럽의 전쟁을 종식시킨 종전에 관한 뉴스에 귀를 기울이기도 했다. 그 사실은 '귀여운 부인'이 자신의 일기에 기록한 바와도 일치한다. 그 밖의 경우에 카뮈는 문 저편에서 나는 지드의 '발소리'만 듣고 지냈으며, '부스럭거림, 명상이나 몽상을 할 때의 작은 움직임들'도 들려왔다.

시몬 드 보부아르도 이것과는 다른 "아주 즐거운 밤"에 대해 기록을 남기고 있다. 그 자리에는 카뮈와 여배우 롤레 벨롱, 배우 미셸 비톨드, 그리고 "비올라라는 매혹적인 포르투갈 아가씨"가 있었다. 몽파르나스의 술집이 문을 닫자 그들은 보부아르의 호텔까지 걸어갔다. 롤레 벨롱은 맨발이었는데, "오늘이 제 생일이에요. 전 스무 살이 됐어요"라는 말을 되풀이했다. 그들은 술을 사들고 둥근 천정의 원형 호텔방으로 들어가 부드러운 밤을 향해 창을 활짝 열어놓았다. 행인들은 호의 어린 인사를 소리쳐 나누곤 했다. 보부아르는 이렇게 회상했다. "파리는 촌락처럼 친밀했다. 나는 나와 함께 과거를 공유한 낯모르는 사람들, 해방 때문에 나만큼이나 흥분한 사람들과 유대감을 느꼈다."[21]

도회에서 야회가 벌어진 것과는 별도로 카뮈는 이제 아버지가 될 참이었다. 뿐만 아니라, 6월에 그와 프랑신은 쌍둥이를 얻게 됐다는 사실도 알았다. 의사는 지드의 스튜디오보다 쾌적한 환경에서 요양하라고 처방했다. 그들은 올나이의 작은 촌락으로서 발레 오 루프라고 불리는 도시 바로 남쪽에서 그런 '요양소'를 발견했다. 그 요양소는 한때 작가이자 정치가였던 프랑수아 르네 샤토브리앙의 거처였다. 그 훌륭한 낡은 저택은 샤토브리앙이 심은 나무 공원 안에 있었다. 그러나 그 공원은 전쟁 당시의 필요 때문에 채소밭으로 바뀌어 있었다. 카뮈는 미셸 갈리마르 부부에게, 자신들이 그곳에서 삶은 채소만 먹고 산다고 불평했다.[22]

샤토브리앙은 나폴레옹을 자극한 후 파리를 피해 그 집에서 1807년부터 1818년까지 살았으며, 그곳에서 자신의 『사후 회상록』을 쓰기 시작했다. 그는 자신이 놓친 것들 중에서 무엇보다도 발레 오 루프의 그 집을 아쉬워했다. 7월과 8월, 카뮈 부부는 뱅센에 집 하나를 세냈고, 그곳에서 프랑신은 출산 준비로 어머니와 합류하게 된다.[23]

카뮈가 자신의 책임을 의식하고 있었다는 사실은, 그가 1945년 7월 30일에 쓴 일기에도 암시되어 있다.

서른 살이 되면 자신을 책임질 수 있어야 한다. 자신의 결점과 자질을 정확히 알고, 자신의 한계를 인식하고, 실패를 예측해야 한다. 요컨대 자신이 어떤 존재인지를 알아야 하는 것이다. 그리고 무엇보다도 그것들을 받아들일 수 있어야 한다. 천성에 안주할 것, 그러면서도 가면을 쓸 것. 나는 거의 모든 일들을 포기할 수 있을 만큼 사태를 알게 되었다. 남은 일은 엄청난 노력을 매일같이 고집스럽게 쏟아붓는 일. 희망이나 비통함 없이, 비밀스러워질 필요성. 모든 일이 가능하기에 더 이상 어떤 일도 거부하지 않는다는 것. 고통에 좌우되지 않기.

그는 계속해서 일기에 사상과 각오 따위를, 그리고 때로는 다음과 같은 쓰라린 성찰들을 적어나갔다. "명성. 그것은 평범한 사람들에 의해 주어지는 것이며, 너는 그것을 다시 평범한 사람들 또는 사기꾼들과 함께 공유하는 것이다."

그는 자신이 하는 작업의 의미가 기독교인들이 하지 않았던 일, 즉 "저주받은 자들을 돕는 일"을 하는 것이라고 했다.

8월, 그들 부부가 뱅센의 빌라에 살 때, 카뮈는 늦은 오후와 저녁을 『콩바』에서 보내면서 다시금 『페스트』를 썼다. 그는 1944년 7월 31일, 신문사 일에 전념하기 위해 휴가를 얻은 후 갈리마르 사무실에는 거의 나가지 않았다. 작품은 여전히 풀리지 않고 있었으며, 카뮈는 미셸 갈리마르 부부에게 『페스트』 때문에 죽을 지경이라고 말했다.[24] 그러나 지평선에 밝은 빛이 떠올랐다. 오랜 시간 끝에 『칼리굴라』가 무대에 올려지게 된 것이다. 리허설은 8월 16일에 시작되었으며, 개막 공연은 초가을로 예정되었다.

한편 샤를로는 알제는 물론 파리의 새 사무실에서 『결혼』을 재출간했다. 얼마 후 카뮈는 『콩바』에서의 활동에서 물러나 한동안 아무 방해도 받지 않고 『페스트』에 전념하게 된다. 이미 그는 갈리마르에서 편집 일을 재개하는 문제를 의논하고 있었다. 출판사에서는 그에게 총서의 편집을 맡아줄 것을 요청했다. 그는 자신이 선호하는 "프로메테우스"를 총서 제목으로 제의했다. 그 총서는 결국 "에스푸아르"(Espoir, 희망)로 불리게 된다. 9월 1일 카뮈는 활동적인 직원으로서 출판사 근무를 시작했다.

『콩바』에서의 마지막 허드렛일 중 한 가지는 저항 운동 대 이적 행위라는 까다로운 문제였다. 조르주 베르나노스가 7년 만에 브라질에서 프랑스로 귀국했을 때, 그의 도착은 국가적 사건으로서 1945년 6월 30일자 『콩바』의 전면에 보도되었다. 브뤽베르제 신부는 베르나노스와 자신의 아들을 데리고 미셸 갈리마르의 집을 방문하여 카뮈, 말로와 함께 오찬을 나누었다. 갈리마르 부부는 그 무렵 위니베르시테가에 새로 얻은 갈리마르 타운하우스의, 잘 정돈된 큰 정원이 내려다보이는 원형 사무실 건물 지붕 밑에서 살고 있었다.

자닌 갈리마르는 이야기를 하는 동안 베르나노스의 잘생기고 조화로운 얼굴, 잿빛 머리, 불룩 튀어나온 파란 눈이 얼마나 생기와 분노에 차 있었는지를 생생히 기억했다. 그러나 나중에 그들이 머큐리 스포츠카로 베르나노스와 브뤽베르제를 그들의 시골 집으로 태워다줄 때 자닌은 여름의 산들바람에 그만 잠들고 말았는데, 그 동안에도 베르나노스는 계속해서 이야기를 했다.[25]

카뮈는 베르나노스에게 『콩바』를 위해 글을 써달라고 부탁했고 베르나노스 역시 흔쾌히 페탱의 재판을 다루는 데 동의했다. 그는 매주 기사를 보냈고, 기사는 신문에 게재되었다. 그러나 그 다음 베르나노스는 정전 무렵의 프랑스 포로들에 대한 민감한 문제를 언급했는데, 그중에는 협력자 조셉 다르낭에 대한 우호적인 표현도 들어 있었다. 다르낭은 나치에 대한 저항 운동을 진압하기 위해 경찰대를 조직한 바 있었다. 카뮈는 그 기사를 싣지 않았다.

그는 8월 29일 베르나노스에게 편지를 써서, 자신을 무엇보다 괴롭힌 일은 프랑스 포로를 다룬 부분임을 알려주었다. 그리고 다르낭에 대해서는 이렇게 말했다. "나는 모든 사형 선고를 원칙적으로 거부하기 때문에 이 사람이든 다른 어떤 사람이든 고발하지는 않을 것입니다."

하지만 카뮈는 다르낭이 설혹 용기 있는 행동을 했다고 해서 그것이 상황을 약화시킨다고는 생각할 수 없었다. 그런 점에서는 독일군들 역시 좋은 병사였기 때문이다. 그는 『콩바』에 계속

해서 기사를 쓰는 문제는 베르나노스가 결정할 일이라는 말을 덧붙였다.[26]

다음날 『콩바』에는 성격이 다른 카뮈의 사설이 게재되었다. 그는 숙청 재판이 엉뚱한 방향으로 전환된 데 대해 항의했다. 정의를 필요로 하는 곳에 정치가 개입되었던 것이다. 그 결과 협력지에 문학 관련 글을 쓴 것밖에 없는 한 평화주의자가 8년의 중노동형을 선고받은 반면, 친독 프랑스 용병대를 조직했던 자가 5년형밖에 받지 않게 되었다. 진정한 범죄자를 처벌하지 못하고 평화주의자를 노동 수용소로 보내는 사회는 스스로를 심판할 것임을 카뮈는 경고했다.

그달 초 히로시마에 원자폭탄이 투하됐다는 소식이 들려왔을 때 카뮈는 근무 중이었다. "기계 문명은 이제 야만 행위의 최후 단계에 도달했다. 집단적 자살과, 과학적 성과의 지성적 이용 중에서 선택할 필요가 있을 것"임을 그는 경고했다. 파괴와 조직적 살육에 이바지한 과학적 발견을 찬미하는 것은 추악한 짓이라는 것이다.

한번 생각해보자. 만약 일본인들이 히로시마 파괴에 겁을 집어먹고 항복한다면 다행스러운 일일 것이다. 그러나 우리는 이 침통한 소식에서, 진정한 국제 사회에 좀더 정열적으로 탄원하기로 하는 결정 외에 그 어떤 결론도 내지 않을 것이다.

카뮈가 전쟁이 끝나자마자 바로 『콩바』를 떠난 것은 우연의 일치였을 뿐이다. 실제로 그는 건강하고 여력이 있는 상태에서 자신의 글을 쓰기 위해 신문사를 떠났다. 어쩌면 정치라는 싸움판에 지쳐버렸기 때문일까? 분명 그럴 것이다. 아니면 『콩바』의 정책에 더 이상 동의하지 않게 된 것일까? 그런 주장도 있었다.[27] 그러나 그는 나름의 정견이 있었고, 독자적으로 사설을 썼다.

카뮈가 『콩바』를 떠나기 전인 9월 1일자에 게재된 사설의 필자임은 충분히 가정해볼 수 있다. 그는 사무실을 떠나기 전날 저녁 자신의 사무실에서 그 사설을 썼으며, 그 글에는 1년 동안 신문을 간행하면서 얻은 경험이 종합되어 있다. 『콩바』의 야망은 과거와 이미 결별했다. 그 야망은 혹자가 그렇게 간주하고 두려워했듯이 마르크스나 그리스도와 경합하는 데 있지 않다. "공산주의자도 기독교인도 아닌 우리는 그저 대화가 가능하기만을 바랄 뿐이다."

9월 5일, 카뮈의 쌍둥이 자녀인 장과 카테린이 파리의 포르트 드 생 클로드 외곽 벨베데르에 있는 개인 병원에서 태어났다. 그들은 병원에서 세낸 구급차로 파리 서쪽의 쾌적한 교외 부지발로 가서 쇨러가의 주택을 쓰게 돼 있었다. 집 주인인 기 쇨러는 미셸 갈리마르와 어린 시절부터 친구였다. 프랑신을 부축해서 구급차에 태우고 짐을 실은 카뮈가 차에 올라타더니 "자, 갑시다!" 하고 말했다. 그때 프랑신이 남편에게, 아기들이 아직 병원에 있다고 말했다. 그러자 카뮈는 순순히 아이들을 데려오기 위해 차에서 내렸다.[28]

주(註)

1 지중해의 이방인

1 최초의 인간

1. Franck Jotterand와의 인터뷰, *La Gazette de Lausanne*, 1954년 3월 27~28일.

2. Jean Grenier, *Albert Camus*(Paris, 1968).

3. Jean Sarocchi, *Le Thème de la recherche du Père dans l'øeuvre d'Albert Camus*, 1975년 6월, 파리-소르본 대학에 제출된 학위논문. 미완 소설에 대한 개요와 인용은 *Cahiers Albert Camus 2*(Paris, 1973) 서문을, 그리고 Jean Grenier, 앞의 책도 참조할 것.

4. Aldo Camerino의 인터뷰, Il Gazzettino(Venice), 1959년 7월 9일.

5. 필자는 낭트 중앙호적국 기록관들에게 신세를 졌는데, 그들은 거의 2세기까지 거슬러 올라가 자료를 뒤졌을 뿐 아니라 이해하기 쉽게 가계도를 작성해주었다.

6. 프랑스 혁명 이전에 중요한 통계 자료는 지방 교구가 맡고 있었으며, 따라서 Claude와 Marie-Thérèse Camus의 가문에 대한 공식 기록은 존재하지 않는다.

7. 그 섬에서 두 번째로 큰 도시인 시우다델라는 한때 그 섬의 행정적, 종교적 수도였다. 영국 통치자가 오고 난 뒤에도 종교적 수도 역할을 했으며, 그 섬에서 가장 웅장한 대성당이 있다. 미국 해군의 영웅이며 제독인 David Farragut는 시우다델라 출신 선원의 손자다.

8. 카뮈의 모계 선조에 관한 정보는 집안 소유의 문서와, 알베르 카뮈의 형 Lucien과 그의 이모 Antoinette Acault(처녓적 성은 Sintes)의 구술 회고에 들어 있다. 이 집안의 프랑스식 표기 Sintès에 저(低) 액센트가 들어가 있는 점에 유의할 것. 1952년 12월 알제리 방문 중에 메노르카 조상이 정

착했던 사헬 마을을 자동차로 지나가던 알베르 카뮈는 오래된 묘비에서 가문의 이름을 발견했지만 대화를 나눌 만한 후손은 한 사람밖에 찾지 못했다.

9. Emile Camus(1876년 울레드 파예트에서 출생한, Lucien Auguste의 형 Jean Baptiste Emile)의 말.

2 가족 드라마

1. Lucien Auguste Camus에 대한 정보는 그의 아들이자 알베르의 형인 Lucien과, 알베르의 이모인 Antoinette Acault, 그리고 Lucien Auguste Camus의 군사 서류에서 나온 것임.

2. 또는 1미터 80센티미터. 성인이 됐을 때 알베르 카뮈의 키 1미터 78센티미터와 비슷한 키로서 1인치가 채 안 되는 2센티미터 정도의 차이.

3. Lucien Auguste Camus는 포도원 일꾼으로 묘사되었지만, 포도원 기술자라는 편이 좀더 정확할 것이다. 농장에서는 이슬람 교도들이 일꾼으로 일했다.

4. Marcel Moussy, *Simoun*(Oran), 1960년 7월, "Camus l'Algérien" 특집호.

5. 카뮈는 이 이야기를 *Le Premier Homme*에서 사용했다. Sarocchi, 앞의 책.

6. Lucien Auguste Camus의 기본적인 군사 서류인 군 복무 증명서(Livret Militaire). 여기에 주소 변동 사실이 기록되어 있다.

7. 알베르 카뮈의 친구 에드몽 브뤼아에 의함. *Le Journal d'Alger*의 편집자로서 알베르 카뮈의 사망 직후 몬도비를 방문한 그는 출생일자가 적힌 검은 천으로 장정된 장부를 조사해보았다. *Le Journal d'Alger* 1960년 6월 26~27일자를 참조할 것.

8. 알베르 카뮈의 친구 Emmanuel Roblès에게는 그렇게 보였다. 그는 그곳에서 사진을 찍었는데, 그 무렵에는 이슬람 교도 거주자들이, 낯선 사람들의 시선을 피해 집안 여자들이 바람을 쐴 수 있도록 집에 망창이 붙은 현관을 덧붙인 상태였다.

9. 알베르의 형 Lucien Camus는, Catherine과 아이들이 알제로 일찍 돌아간 것은 몬도비 지역의 기후가 그들에게 맞지 않은데다가 어린 알베르가 눈병이 났기 때문이었다고 여기고 있다.

10. 전보 사본은 남아 있지 않지만, 미망인은 3년 반이 지나서 남편의 사망을 '통보'하는 알제 시청의 공식 통지서를 갖고 있었다. "이 병사는 조국을 위해 용감하게 목숨을 바쳤으므로 영예로운 죽음을 맞이한 것입니다."

11. 엽서에 적힌 것은 그의 필적이다.

12. 미망인은 평생 동안 사랑니 크기 정도인 포탄 파편 몇 조각을 상자에 넣어 보관하고 있었다.

13. 여동생 Antoinette Acault의 말. 이를테면 그녀는 "쿠스쿠스"(북아프리카의 대중 음식)를 "쿠쿠스"라고 발음했다. Catherine과 그녀의 어머니는 프랑스어로 대화했으며 집안에서는 스페인어가 사용된 적이 없다.

14. 아들 Lucien에 의하면, 그녀는 미망인 연금 수령 영수증에 "Camus"라고 서명하는 법을 익혔다고 한다.

15. Lucien Camus; Louis Guillous.

16. *Les Nouvelles Littéraires*, 1951년 3월 10일자에 게재된 Gabriel d'Aubarède와의 인터뷰. *Essais*(플레야드판 카뮈 작품집)에 인용된 대로임. 필자와의 대화 중에 알베르의 형 Lucien은, 카뮈가의 아이들이 가난했을지는 몰라도 극빈자는 아니었으며, "궁핍에 빠졌던" 적은 한번도 없었다고 주장했다.

17. *Actuelles I*에 수록된 Emmauel d'Astier de la Vigerie와의 논쟁 중에서: "당신이 내게 답변한 인쇄물에서, 그리고 거짓말을 하고 있다는 점에서 그것과 맞먹는 또 다른 인쇄물들에서 나를 툭하면 부르주아의 아들이라고 지칭했는데, 공산당 지식인 여러분들 대부분은 프롤레타리아가 처한 여건을 경험한 적이 없다는 사실, 그리고 당신이 우리를 현실을 모르는 몽상가 취급을 한 것이 잘못이라는 사실을 '적어도 이번 한 번만은' 상기시켜드려야겠습니다."

18. Lucien Camus.

19. *Cahiers Albert Camus I*(Paris, 1971)에 재수록됨. *La Mort heureuse*를 위한 자료의 초고인 이 원고는 1934년이나 그 이전에 작성되었을 것이다. 동일한 자료가 *l'Envers et l'Endroit*에도 이용되었는데, 그것의 초기 형태인 "Les Voix du quartier pauvre"는 *Cahiers Albert Camus 2*(앞의 책)에 수록된 1934년 12월자의 원고에서도 볼 수 있다.

20. l'Envers et l'Endroit 서문.

21. Antoinette Acault.

22. 그의 조카가 노벨상을 받았을 때 그가 기자에게 말한 대로라면 1930년에 Etienne은 35세였을 것이다. *La Presse Libre*(Algiers), 1957년 10월 18일자.

23. 이 소동의 사실적 근거는 Lucien Camus가, 유작인 *La Mort heureuse*의

편집자인 Jean Sarocchi에게 한 말에 의해 확인되었다.

24. *La Presse Libre*(Algiers), 1957년 10월 18일자. Etienne Sintes는 1960년에 사망했다.

25. Lucien Camus. 할머니는 Lucien에게 이렇게 말하곤 했다. "알베르는 언제나 사실을 말해. 넌 언제나 거짓말만 하고 말이다."

26. Antoinette Acault.

27. Lucien Camus는 이 시절에 대해 "어머니와 함께 행복하게 지냈던 시절"이라고 말했다.

28. 카뮈는 처형 장면을 목격한 적이 없다. Carl A. Viggiani, "Notes pour le futur biographe d'Albert Camus," *Revue des Lettres Modernes*(Paris), Nos. 170~178, 1968.

29. Sarocchi, 앞의 책.

30. Lucien Camus.

31. Sarocchi, 앞의 책.

3 벨쿠르에서의 성장

1. 벨쿠르에 관한 기본 정보에 대해서는 카뮈의 초등학교 시절 친구 Louis Pagès와 Yves Doyon을 비롯해서 카뮈의 오랜 친구이며 알제의 소설가인 Emmanuel Roblès에게 신세를 졌다. 이 동네에 대한 회상을 들려준 다른 이들로는 Robert Recagno, Ernest Diaz, Gilbert Ferrero, Sauveur Terracciano 들이 있으며, 물론 알베르의 형 Lucien도 여기에 포함된다. 알제를 잘 알고 있던 A. J. Liebling은 바다로부터 시내로 들어오는 길에 대해 이렇게 묘사했다. "해안에서 솟아오른 높은 언덕의 해안 쪽 측면에 자리잡은 해적 시대의 알제자이르를 거의 완전히 대체한 프랑스령 알제는 시드니나 샌프란시스코만큼이나 성장한 듯이 보였다. 부두 위쪽의 첫 번째 단 위에 선 전면의 건물들 가운데에서는 대(大)모스크와 어시장의 모스크만이 정복 이전 시대까지 거슬러 올라가는 건물이다. 큰 은행과 선박회사들이 들어 있는 다른 건물들은 소(小)나폴레옹(보나파르트 나폴레옹의 조카. 1852~71년에 프랑스 황제였다가 보불전쟁에서 패전한 뒤 영국에서 객사함—옮긴이) 시대에 건축된 것으로서, 리볼리가의 건물들처럼 열주(列柱)가 있다. 바로 위쪽에 있는 그 다음 단에는 당시만 해도 최고의 쇼핑가였던 이슬리가와, 그 거리와 이어지고 대학과 세기 전환기(여기서는 19세기와 20세기의 사이를 의미함—옮긴이)에 지어진 공동

주택들이 있는 미슐레가가 자리 잡았다. 바로 그 위로, 도시가 남쪽과 서쪽으로 빙 돌아 펼쳐지고 골프장 쪽으로 올라가면서 더 새롭고 보기 좋은 건물들이 들어서 있었지만, 그 꼭대기에는 도시에서 가장 오래된 구역(남동쪽 구역)인 이른바 토착민 구역이 회칠을 한 입방체의 주택들과 더불어 빈민가이면서 기념물로서 끈덕지게 살아남아 있었다. 이 토착민 구역에는 이 도시의 하급 프롤레타리아들인 이슬람 교도들이 살고 있었다⋯⋯." *The New Yorker*, 1964년 2월 8일자("The Camus Notebooks")

2. 이 책 전체에서, 별다른 지시 내용이 없을 경우 거리와 동네 이름은 프랑스인들이 알제리를 통치했을 때 쓰던 이름을 그대로 사용한 것이다. 독립 알제리를 방문한 사람들은 이들 이름 상당수가 바뀌었다는 사실을 알게 될 것이다. 벨쿠르는 시디 므하메드로 불리고, 리옹가는 모하메드 벨루이즈다드, 미슐레가는 디두셰 무라드로 바뀌었다. Camus-Sintes 일가의 아파트에 인접한 위니옹가는 오늘날에는 모하메드 부게르파로 불린다. 알프레드 드 뮈세가는 이 글을 쓸 때까지 이름이 바뀌지 않은 몇 안 되는 벨쿠르 거리 가운데 하나다.

3. *La Presse Libre*, Algiers, 1957년 10월 18일자.

4. 나중에 대학에 가서도 카뮈는 이때와 똑같이 신중한 태도를 유지하게 된다. 카뮈가 가난한 집안 출신이라는 사실을 알지 못한 친구들도 있었다. Yves와 Myriam Dechezelles의 증언. 1930년대에 카뮈의 친한 친구였던 Jean de Maisonseul은 벨쿠르의 집 근처에도 가본 적이 없었다. 그는 그것이 카뮈에게는 고통스러운 기억이었기 때문일 것이라고 짐작했다. 나중에 파리에서 카뮈는 가난했던 어린 시절을 그리워하는 어조로 말할 수 있었다. Susan Agnely의 증언.

5. Lucien Camus. 카뮈는 인터뷰 기자 Carl Viggiani에게, 자신이 로빈 후드에 매료되었었노라고 말했다. Viggiani, 앞의 책.

6. Louis Pagès.

7. 알베르 카뮈의 출생증명서에서.

8. Sauveur Terracciano. Louis Pagès와 Yves Doyon의 추가 설명. 카뮈는 카가유스 말(Cagayous)을 했다고 전해진다. 실제로 *Noces*의 "L'Eté à Alger"를 위한 메모에서 카뮈는 카가유스 말이 프랑스어, 몰타어, 스페인어, 아라비아어를 한데 뒤섞어 문학적으로 재구성한 것으로서 알제의 거리에서 사용되었음을 지적해놓고 있다.

9. Yves Doyon. 안보 방위 분야의 고위 공무원인 Doyon 씨는 또한 필자

를 위해, 카뮈의 벨쿠르 시절 동네를 지도로 자세히 그려주었다. 장교였던 Doyon의 부친은 제1차 세계대전에 참전했다가 중상을 입고 귀환했기 때문에 Yves Doyon 역시 카뮈 가의 아이들처럼 '국가에서 보호하는 자녀'였다.

10. Louis Pagès, Lucien Camus, Yves Doyon.

11. Lucien Camus. 카뮈의 형은 1925년 열다섯 살의 나이에 노동을 시작하게 된다. 열일곱 살이 되자 어머니는 그를 아버지가 예전에 다니던 회사 쥘 리콤에 취직시켜주었으며, 병역을 마치고 나서 다시 그곳으로 돌아왔다. 그 무렵 그는 결혼해서 벨쿠르를 떠나 알제 중심가로 이사한 상태였다. 그는 프랑스 제1군 소속으로 제2차 세계대전에 참전하여 튀니지와 이탈리아에서 복무하고 미군과 함께 프로방스에 상륙했다. 전쟁이 끝난 후 복귀했을 때, 리콤사는 문을 닫은 상태였다.

12. Jean Sarocchi. 카뮈는 Viggiani에게 Louis Germain에 대해 이렇게 말했다. "엄격하지만 따뜻한 분이었다. 나는 그분을 사랑하면서 한편으로 두려워했다." Viggiani, 앞의 책.

13. Viggiani, 앞의 책에서 인용한 것임. 초등학교 시절에 이런 식으로 읽혔던 책들 가운데 어린 카뮈에게 깊은 인상을 남긴 또 한 권의 책은 분명 *Les Enfants de la mer*였을 것이다. 그 책에 대해서는 제목 외에 알려진 사실이 없지만, 이야기가 어느 지점에 이르면 아이들이 이렇게 소리쳤다. "바다로 가요! 바다로 가요!" 그 구절에 대한 기억은 어른이 되고 나서 카뮈의 뇌리에 남아 있었다. Viggiani, 앞의 책.

14. Jean Sarocchi.

15. Robert Jaussaud.

16. "Arrachez la victime aux bourraux", *Actuelles I*의 Caliban(Paris)에서.

4 불시의 한기

1. 또는 식민 전쟁 당시 그 지방을 통치했던 유명한 원수를 기리기 위해 그의 이름을 따서 Lycée Bugeaud라고도 했다. (알제리 독립 이후) 현재, Bugeaud에 저항했던 반군의 지도자를 기리기 위해 Lycée de l'Emir Abd el-Kader라는 이름으로 바뀌었다. 알베르 카뮈와 함께 전차를 탔던 동급생은 Gilbert Ferrero였다.

2. 알제의 지리에 관한 정보의 경우, 독립 이전에 간행된 *Guide Bleu*, *Larousse* 백과사전 등 확실한 출처를 이용했다. 그 밖의 세부 사항은

Max-Pol Fouchet의 회고록 *Un Jour, je m'en souviens······*(Paris, 1968)과, 필자가 Fouchet와 나눈 대화, 그리고 Ferrro, Ernest Diaz, 그 밖에 다른 리세 학생들의 회고에서 나온 것이다.

3. 비록 학생들 가운데는 벨쿠르 출신이라는 이유로 카뮈를 경멸했다는 말이 있지만, 전직 리세의 교사였던 Yves Bourgeois에 의하면 그런 일은 있을 법하지 않은데, 그의 말에 의하면, 반(半)기숙생들은 대체로 영세상인과 하급 공무원의 자녀들인 반면, 기숙생들은 벽지의 중하위 계층 출신이었다는 것이다.

4. Gilbert Ferrero.

5. 전직 교사 Jean Domer의 증언. 카뮈는 Carl A. Viggiani에게, 수업 시간이 오전 7시 15분부터 오후 7시까지라고 말했다. Viggiani, 앞의 책. 카뮈는 통학 시간을 포함했을 가능성이 있다.

6. Viggiani, 앞의 책. *Le Premier Homme*에서, Jacques Cormery는 아가 철물점(벨쿠르 근처)에서 정리 담당 점원으로 일하다가 나중에 선박 중개인 밑에서 일하게 된다. Jean Sarocchi.

7. Jacques Heurgon은 자신과 나눈 대화에서 인용할 수 있도록 친절을 베풀어주었다.

8. Yves Doyon.

9. Gilbert Ferrero.

10. *Le Rua*, 1953년 5월 15일자. 바꿔 말해서, 대학 교양 과정을 듣는 리세 학생은 알제 대학팀에 "소속"되었다. 동시대인인 Robert Jaussaud는, 그 팀은 매일같이 점심 시간 이후에 리세 운동장에서 연습을 하곤 했다고 기억했다. 축구장은 매끄러운 풀밭이 아니라 뾰족한 돌들이 박혀 있고 고르지 못한 땅이었다고도 했다.

11. Charles Poncet, "Camus à Alger", *Simoun*(Oran), No.32.

12. *Le Rua*의 기사들은 카뮈의 RUA 동료였던 Louis Lataillade 박사로부터 제공받았다. 그는 자신의 친구로서 신문을 모아두고 있던 Robert Fougère와 만날 기회가 생기자 필자를 위해 사본을 떴다. 카뮈는 Carl Viggiani에게 자신이 발병한 것은 1930년 12월이었다고 말했다. Viggiani, 앞의 책.

13. *Le Figaro Littéraire*(Paris) 1957년 10월 26일자에서 인용함.

14. Jean Grenier의 부인; Jean Grenier의 *Albert Camus*(Paris, 1968)에서. 5년 뒤 같은 리세에서 교직을 시작한 Yves Bourgeois는 자신의 재임 시

에도 리세의 교사들이 아픈 학생을 방문하는 일은(다른 학생들을 시켜 찾아가보라고 하기는 했어도) 흔치 않았음을 확인해주었다. Grenier의 가정 방문은 그가 카뮈에게 관심이 있다는 것, 그리고 물론 그 자신이 친절한 심성의 소유자라는 사실을 보여준 것이다.

15. Antoinette Acault. 카뮈는 훗날 Viggiani에게, 자신이 입원한 것은(비교적 짧게 끝나는) 기흉 수술 때문이었다고 말한다. Viggiani, 앞의 책. Antoinette 이모에 의하면, 카뮈가 무스타파 병원에 있었던 것은 하루이틀 정도였다고 한다. 그러나 카뮈는 Viggiani에게, 병원에서 스토아 철학자 에픽테투스의 책을 읽었고 그 덕분에 견딜 만했다는 말을 했다.

16. Jacques Heurgon은 자신과 나눈 대화에서 인용할 수 있도록 친절을 베풀어주었다.

17. 카뮈 자신은 Viggiani에게, 자신이 결핵에 걸린 것은 "과도한 운동, 탈진, 햇볕을 너무 많이 쬐었기 때문"이라고 말했다. Viggiani, 앞의 책. Robert Jaussaud에 의하면 카뮈가 처음 각혈한 것은 아가 정류장에서 경기장으로 가는 전차를 잡으려고 미슐레가를 뛰어갔을 때라고 했다.

18. Lucien Camus.

19. Lucien Camus.

20. 파리 해방 직전 파리에 도착한 카뮈를 진찰한 결핵 전문의인 Georges Brouet 박사의 증언. 카뮈는 Viggiani에게, 자신이 죽을지 모른다는 생각에 정말 겁이 났으며 각혈이 있은 뒤 의사의 얼굴에서도 똑같은 두려움을 읽었노라고 말했다. Viggiani, 앞의 책.

21. Max-Pol Fouchet. 몇 년이 지나서 카뮈는 자신의 친구 Jean Bloch-Michel에게도, 결핵은 환자 자신이 아픈지도 모르기 때문에 형이상학적 질병이라는 말을 하게 된다.

5 삶에 대한 자각

1. Acault에 관련된 정보는 Pierre-André Emery, Jean de Maisonseul, Louis Miquel, Lucien Camus, Louis Benisti, 그리고 앞서 인용한 Jean Grenier(Albert Camus)와 Max-Pol Fouchet(Un jour, je m'en souviens……)의 저서들, 그리고 물론 Acault의 미망인이며 처녓적에 Sintes였던 Antoinette Acault에게서 나온 것이다.

2. "Rencontres avec André Gide", *Nouvelle Revue Française*, 1951년 11월호. Essai에 재수록됨.

3. Antoinette Acault. 필자는 Blanche Balain에게 신세를 졌는데, 그는 필자보다 먼저 Acault 부인을 인터뷰하고 필자와 부인을 만나게 해주었으며, 나중에는 필자의 요청에 따라 한번 더 부인을 찾아가 꼼꼼하게 질문을 해주었다.

4. Jean de Maisonseul.

5. Max-Pol Fouchet, 앞의 책.

6. Jean de Maisonseul.

7. *The First Man*에, Gustave Acault의 보호 아래 들어가기 전에 이미 알베르/자크가 '멋쟁이'(dandy)가 되었으며, 동급생들로부터 화려한 차림새 때문에 놀림을 받았다는 암시가 나온다. Sarocchi, 앞의 책.

8. Max-Pol Fouchet, 앞의 책.

9. Max-Pol Fouchet, 앞의 책.

10. Max-Pol Fouchet, 앞의 책.

11. Jean Grenier는 *Albert Camus*에서 그렇게 진술하고 있다.

12. André de Richaud, *La Douleur*(Paris, 1930). Richaud의 부친은 제1차 세계대전 때 전사했으며 그는 프로방스 지방에서 외할아버지의 손에서 자랐다. 그 이야기는 소르그강 근처 보클뤼즈를 배경으로 펼쳐지는데, 그 장소는 카뮈의 만년에 중요해진다. 그의 어머니가 벌인 연애 사건은 아마도 카뮈가 *La Douleur*를 발견한 이후의 일이었을 테지만, 카뮈가 마흔 살 과부의 연애담인 이 이야기에서 자신의 어머니가 생선장수와 벌인 연애의 반향을 보았다는 것은 있을 수 있는 일이다. Richaud와 Grenier 사이의 연관성이 그보다는 더 의미가 있어 보이는데, 두 사람은 1929년 루르마랭 성의 로랑–비베르 재단의 레지던트 펠로우였다. 1930년 알제에 도착한 Grenier는 막 그곳에서 떠난 참이었다.

13. Viggiani, 앞의 책.

14. Jean Grenier, *Albert Camus*. Didier는 훗날 예수회 사제가 되었으며 1957년 자동차 사고로 사망하게 된다.

15. Lucien Camus.

16. Viggiani, 앞의 책.

17. *Cahiers Albert Camus 2*의 각주를 참조할 것. 이 책에는 젊은 시절 카뮈가 쓴 다른 글들과 함께 *Sud*에 실렸던 에세이 네 편이 재수록되어 있다.

18. Max Jacob, *Lettres à un ami*(Pully-Lausanne, Switzerland, 1951). 카뮈는 1932년 8월 25일 Grenier에게 쓴 편지에서, 자신과 Jacob과의 서

신 왕래에 대해 언급했다. Jacob과의 일화에 관련된 자료는 Jeanine Warnod, *Le Figaro*, 1976년 7월 5일자에서 나온 것이다. 좀더 자세한 정보는 Jean Grenier 부인에게서 나온 것임.

19. Grenier, *Albert Camus*. 이 시기에 *Nouvelle Revue Française*에서 Grenier의 *Les Iles*를 부분별로 게재하고 있었음에 유의할 것. 루마랭에 관한 Grenier의 에세이는 1930년 5월호에 실렸었다.

20. Amar Ouzegane; Yves Buorgeois. Yves Bourgeois는 카뮈가 실제로 Emir Khaled를 만났을 가능성이 있다는 말을 들었다.

21. André Belamich.

22. Max-Pol Fouchet, 앞의 책.

23. "S. C."는 누구일까? 무심코 이런 질문을 던질 경우 그에 대한 답은 Simone Camus일 테지만, 카뮈가 그녀와 결혼한 것은 1934년 이후의 일이고 그 이전부터 그녀를 카뮈라는 성으로 부르지는 않았을 것이다. 또다른 "S. C."는 카뮈의 친구이자 의사인 Stacha Cviklinski(카뮈는 그의 성을 Cviklinsky로 표기했다)였다.

24. Jean Grenier는 *Albert Camus*에서, *Les Iles*에 표현된 철학과 카뮈 자신의 작품 사이의 이러한 차이점에 대해 논하고 있다.

6 신비로운 요부

1. Simone Hié를 환기함에 있어서 그녀의 두 번째 남편 Léon Cottenceau 박사, Max-Pol Fouchet, Myriam Dechezelles(처녓적 성은 Salama), Louis Miquel, Jean de Maisonseul의 신세를 졌다.

2. Fouchet, 앞의 책. 그리고 그 책의 필자에게서 들은 직접적인 증언. Fouchet가 자신의 책에서 회상한 바에 의하면, 오랜 세월이 지나 카뮈가 사망하기 얼마 전에 카뮈의 친구들은 파리에서 재회하고는 젊은 시절에 대해 향수 어린 어조로 대화를 나눌 수 있었다. Fouchet는 문인의 길을 걷고 있었고 알제리 반나치 저항 운동에 가담했으며 자신의 문학지 *Fontaine*에 적에 협력하지 않은 작가들의 글을 게재했다.

3. Fouchet, 앞의 책.

4. 이 배경에 대해서는 앞에 이미 인용한 출처 이외에 Louis Benisti, Yves Bourgeois(그는 Simone Hié를 요부라기보다는 희생자로 보았다), Myriam Dechezelles, Marguerite Dobrenn, Pierre-André Emery, Robert Namia, Louis Nallard 부부 등의 신세를 졌다.

5. Blanche Balain이 Antoinette Acault와 한 인터뷰에서.

6. Jean de Maisonseul.

7. Lucien Camus.

8. Max-Pol Fouchet, 앞의 책. 학생들은 자기 돈으로 책을 샀지만 대학 입학금이나 등록금은 없었다. René Poirier 교수.

9. René Poirier; 그리고 카뮈의 동급생인 Myriam Dechezelles와 Liliane Dulong(처녓적 성은 Choucroun). 대학의 학위 수료증은 카뮈 일가가 소유하고 있다. 카뮈는 Carl Vigigiani(앞의 책)에게, 자신이 '윤리 및 사회학 수료증' 시험 공부를 하는 도중에 James George Frazer의 *The Golden Bough*를 읽었다고 말했다.

10. Yves와 Myriam Dechezelles.

11. Henri Chemouilli, *Une Diaspora méconnue: Les Juifs d'Algérie* (Paris, 1976).

12. René Poirie.

13. René Poirier. 그는 그때에도 훗날에도, 자신이 지도한 플로티누스와 성 아우구스티누스에 대한 학위논문을 쓴 카뮈가 철학자라기보다는 예술가적 기질이 강했다고 여겼는데, 철학자를 배출하는 것이 Poirier의 일이었다. 참조: Poirier, Annales d'ethétique(Athens, 1969): "카뮈는 좁은 의미에서 볼 때 사상가라기보다는 작가이며 예술가 쪽에 가까운 인물이며, 연극에 대해 언제나 품고 있던 그의 열정을 감안할 때 우리는 그 사실을 충분히 이해할 수 있었다."

14. Viggiani, 앞의 책. 카뮈는 대학에서 그리스어를 공부하게 되지만, Viggiani에게는 자신이 고전문학 작품들을 프랑스어 번역본으로 읽었다고 말했다.

15. René Poirier.

16. Yves Dechezelles. 카뮈와 연극에 대한 TV 프로그램 "웅대한 계획"(Gros plan)의 프로듀서인 Pierre Cardinal은 카뮈가 Cardinal이 자기에게 친근한 호칭으로 'tu'를 쓰면서 말을 걸었을 때 비슷한 경험을 했으며, 친근한 형태의 남용에 그가 조심스러운 태도를 취한 또 다른 사례들이 있다.

17. Yves와 Myriam Dechezelles.

18. Jean de Maisonseul.

19. Yves Dechezelles.

20. *La Table Ronde*(Paris), 1960년 2월.

21. Sabine Dupeyré(처녓적 성은 Coulombel).

22. *Alger-Etudiant*의 편집자였던 Louis Lataillade 박사는 친절하게도 카뮈의 첫 번째 저널리즘을 보여주는 이들 기사를 제공해주었다. 카뮈가 발을 들여놓은 예술가적 환경에 대한 설명은 Jean de Maisonseul, Paul Raffi의 증언에 의함.

23. Jean de Maisonseul, Louis Benisti. Benisti는 Edmond Charlot의 서점 '진정한 보물'(Vraies Richesses)에서 자신의 첫 번째 개인전을 열었다. 만년에 그는 그림으로 전환했다.

24. Jean de Maisonseul. Maisonseul은 필자에게, 카뮈가 작가가 되리라고 확신한 것은 이 이미지 때문이었다고 말했다.

25. *Alger-Etudiant*, 1934년 4월 19일자에서. 플레야드판에서는 카뮈가 일간지 *Echo d'Alger*에 예술에 대한 글을 기고했다고 암시하고 있다는 사실에 주목할 필요가 있다. 그 사실을 뒷받침할 증거는 없다. *Echo d'Alger*에는 분명히 카뮈의 이름으로 된 기사가 실린 적이 없으며, 신문사 직원이 아닌 젊은이에게 익명이나 가명으로 비평을 써달라고 했을 가능성은 없어 보인다. 플레야드판은 Boucherle의 작품에 대한 비평 초고가 *Echo d'Alger*를 위해 쓴 것이라고 가정하고 있는데, 그것은 십중팔구 *Alger-Etudiant*의 기사를 입수하지 못했기 때문일 것이다. 유감스럽게도 *Alger-Etudiant*에 실린 Maguet에 관한 기사가 엉뚱한 간행물에 실렸다는 식의 이 같은 오류는 카뮈에 대한 후속 연구에서도 되풀이되었다.

26. André Hambourg. 그는 국제 무대에서 활동하게 된다. Damboise는 카뮈가 사망한 후 파리의 오데옹 극장에 놓을 카뮈 흉상을 작업하게 된다. 카뮈의 친구 Maguet는 1940년 프랑스군에 복무 중 전사했다. 카뮈는 그의 유작전 서문을 썼다.

27. Blanche Balain이 Antoinette Acault와 한 인터뷰에서.

28. Jean de Maisonseul.

29. Yves Bourgeois.

30. Jean de Maisonseul.

31. Jean de Maisonseul. 혼수감 및 임대 영수증은 Léon Cottenceau의 호의에 의함.

32. Jean Grenier의 부인. 18세기의 성 근처에 있던 주택 '이드라 공원'(Parc d'Hydra)은 대학에서 5킬로미터 가량 떨어진 비르망드레 지구에 있었다.

33. Antoinette Acault.

34. Léon Cottenceau 박사.

35. Charles Poncet, Lucien Camus.

36. *Cahiers Albert Camus 2*에서 인용.

37. Max-Pol Fouchet, 앞의 책.

38. 사적인 대화에서. 마지막 일화는 Jeanne Delais의 *L'Ami de chaque matin*(Paris, 1969)에 나온 것임.

39. Yves Bourgeois.

7 앙가주망

1. Jeanne Delais, 앞의 책.

2. Jean Daniel, *Le Temps qui reste*(Paris, 1973). 인민전선 시절, *Nouvelle Revue Française*는 정치에 큰 비중을 두면서 Malraux와 Trotsky 양자를 위한 발판을 마련해주었지만, 화려한 필진 중에는 밀어버려야 할 다른 축의 주요 인물들(예를 들면, 1932년 *N.R.F.* 10월호에 선언문 'Le Théâtre de la cruauté'을 게재한 Antonin Artaud)은 물론, Drieu al Rochelle, Robert Brasillach, Marcel Jouhandeau 같은 반대 진영의 지적 지도자들도 포함되어 있었다. 또는 *N.R.F.* 특집호 지면을 Goethe나 Stendhal, 심지어 Faulkner 같은 고전 작가들에 송두리째 할당할 수도 있다.

3. Louis Pagès.

4. Charles Poncet, "Camus à Alger", *Simoun*(Oran), 1960년 32호에 게재.

5. Jacques Heugon. 그의 제자 Geneviève Journau의 증언에서.

6. Myriam Dechezelles.

7. Jeanne Delais, 앞의 책.

8. *Essai sur l'esprit d'orthodoxie*(Paris, 1938)에 수록됨. 같은 책에, 당의 책동을 받은 공산당 지식인 전선("지식인에게 공포의 권력을 휘두르는")에 대한 경고문 "l'Age des orthodoxies"(1936년 4월에 작성)도 들어 있다. 또 그 책에는 *Nouvelle Revue Française* 1936년 8월호에 게재된 정통성에 대한 자신의 에세이에 반감을 품은 독자들에게 답변하는 편지도 들어 있다. "그러나 나는 당신들이 어떤 신념을 눈을 감은 채 수용하며, 자문해봐야 할 질문을 던지지 않는다는 사실에 경악하고 있다." 마지막으로, 그 책에는 카뮈가 공산당의 정통적 신념에 예속된 일을 비판한 Malraux에게 보내는 편지가 재수록되어 있다.

9. Jean Daniel, 앞의 책.

10. Marcelle Bonnet-Blanchet; Edmond Brua 부부. 실제로 그 부서는 공공토목국 내의 자동차 및 운전면허부로 불렸으며, 우두머리는 파트타임 작가인 Jean Pomier였다. Pomier의 *Chronique d'Alger* 1910~1957(Paris, 1972)를 참조할 것. 도청 취업 신청서는 엑상프로방스의 프랑스 국외문서국에 깊숙이 들어 있을 테지만, 필자가 이 글을 쓰고 있는 지금까지는 그 위치가 확인되지 않은 상태다.

11. Charles Poncet.

12. Yves Bourgeois.

13. Marguerite Dobrenn.

14. 사적인 대화에서.

15. 전쟁청(Ministère de la Guerre)에서 발행한 군사수첩(*Livret individuel*).

16. Jacques Heurgon.

17. André Abbou, *Revue des lettres modernes*(Paris) Nos. 238~244(1970)에서.

18. 이들 *Carnets*를 꼼꼼하게 읽은 독자라면 앞부분 항목에 몇 가지 이본(異本)이 있다는 사실을 알아차렸을 것이다. 실제로 첫 번째 노트의 원본 원고가 일부 잘리고 제본되지 않은 페이지를 넣고 새로 짜맞추기도 했는데, 부분적으로는 훗날 카뮈가 자신의 일기에 적당하지 않다고 판단한 사적인 견해라는 이유에서일 것이다. 그 결과 *Carnet I*의 첫 번째 노트 가운데 1937년 9월까지는 연대기적으로 부정확하다.

19. 이 시기의 정치적 사건들에 대한 좀더 상세한 내용과 요약을 보려면 Georges Lefranc의 *Histoire du Front Populaire*(Paris, 1974)를 참조할 것.

20. Marcel Bataillon.

21. Roger Stéphane, *Fin d'une jeunesse*(Paris, 1954).

22. Emile Scotto-Lavina.

23. Robert Namia.

24. André Malraux. Sophie L. Vilmorin의 호의에 의함. Malraux는 필자에게, 자신이 카뮈와 처음 만난 것은 1940년 스페인에 관한 자신의 영화 L'Espoir가 상영될 때 파리에서였으며 두 사람의 친구인 Pascal Pia가 그들을 소개시켜주었다고 말해주었다.

25. Jean Grenier, Albert Camus. 카뮈가 전차를 타려고 했다면 그는 분명 '이드라 공원'에 살고 있지 않았을 것이다. 이 일은 1935년 중반 Simone

이 발레아레스 제도에 체류하는 동안 일어났을 가능성이 있다.

26. Edmond Brua.

27. Paul Raffi; Marguerite Dobrenn. 1935년 8월 8일, 17일, 21일자로 Grenier에게 보낸 편지에서 카뮈는 병이 재발한 사실을 언급했다. 그는 Grenier에게 자신이 기차를 타고 부지에서 돌아왔다고 했는데, Paul Raffi에 의하면 그것은 실제로 이용한 운송 수단이 버스였을 경우에도 쓰는 흔한 표현이라고 한다.

28. Jean Grenier, *Albert Camus*. Grenier는 이 편지가 1934년도에 작성된 것이라고 했지만, 원본에는 날짜가 기록되어 있지 않다. 그러나 Grenier는 자신의 책에서, 입당 결심을 한 시점이 *Le Temps du mépris*를 공연한 이후, 그리고 *Révolte dans les Asturies* 제작을 계획한 이후, 다시 말해서 1936년 봄 이후라고 못박아놓기도 했다. 카뮈의 편지가 실제로 1935년 8월에 씌어졌다는 사실은(발레아레스 제도로의 여행을 앞두고 있다는) 문맥으로 봐서 명백하며, 이 점은 날짜가 기입된 Fréminville의 편지와 다른 사람들의 증언에 의해서도 뒷받침된다. 8장을 참조할 것.

8 공산당 입당

1. 사적인 대화에서. 이미 지적한 대로 첫 번째 노트 원고에 대한 삭제와 재편은 1935년 5월에서 1937년 9월에 걸쳐 이루어졌다.

2. Louis Pagès. 그는 André Raffi의 부인의 조카다. 카뮈는 자신의 친구이자 첫 번째 출판업자인 Edmond Charlot에게 입당 사실을 언급한 적이 없었는데, Charlot는 카뮈의 문학 활동뿐 아니라 정치 활동에도 관련을 맺게 된다. Edmond Charlot.

3. Roger Stéphane, 앞의 책.

4. Yves Bourgeois, Paul Raffi.

5. René Poirier. 카뮈는 훗날, 그 당시 콘스탄틴 주교였고 나중에 알제의 대주교 추기경이 되는 몬시뇰 Léon Etienne Duval에게, 학위논문을 쓰면서 성 아우구스티누스를 발견했을 때부터 자신은 성아우구스티누스에 대한 특별한 "충실성"을 유지했으며, 성아우구스티누스는 신자든 아니든 북아프리카 작가들의 "주교"로 남아 있다고 말하게 된다. 카뮈는 이 성인에게서, 카뮈 자신이 스스로에 대해서 느끼고 있던 "아프리카인" 특유의 강점과 약점을 모두 지닌 예술가적인 면모를 보았던 것이다. Duval 대주교 추기경.

6. Paul Archambault는 *Recherches Augustiniennes*(VI, 1969)에서, 카뮈가 학위논문의 적어도 한 부분에서 이전 작가들의 작업을 한데 짜집기했다고 주장하고 있다. 이 점에 대해서는 *Revue des Lettres Modernes*(Paris), Nos. 315~322(1972)에 게재된 Raymond Gay-Crosier의 논평을 참조할 것.

7. Solange Benisti(Louis Benisti 부인).

8. Elie Mignot. 인터뷰했을 당시 Mignot 씨는 아직 파리 중앙위원회 본부에 소속된 프랑스 공산당 임원으로서, 아랍과 프랑스의 식민지 문제를 맡고 있었다. 당시 당 서기였던 Amar Ouzegane는 필자와의 대화에서, 1935년에는 알제에 몇백 명의 당원이 있었지만 알제리 전체를 통틀어서는 500명밖에 되지 않았다고 했다.

9. Emile Padula.

10. Elie Mignot.

11. Jeanne Delais, 앞의 책.

12. Marguerite Dobrenn과 Paul Raffi. Amar Ouzegane는, 알제리로 돌아오면서 Claude de Fréminville이 솔리에르 고지 세포에 들어갔다고 했다.

13. Louis Miquel.

14. Louis Pagès. 카뮈의 노동대학 활동은 특정한 날짜를 확인할 수 없지만, 카뮈는 1935년 8월 Jean Grenier에게 쓴 편지에서, 자신이 강좌를 가르치고 있어서 알제를 오래 떠날 수 없다는 말을 했다. 그러나 이것은 리세 학생들을 가르치고 있던 과외 교습을 의미한 말일 수도 있다.

15. Yves Bourgeois. 필자가 많은 사람들이 이미 죽었거나 프랑스를 떠났으리라고 여겼으며 아예 카뮈와의 관련에 대해 논할 기회가 없었던 Bourgeois 씨의 행적을 추적했을 때 그는 고맙게도 추억이 담긴 회고록을 필자의 처분에 맡겼으며, 이 책을 준비하고 쓰는 동안에도 많은 질의사항들에 대해 답변해주었다.

16. Charles Poncet. 노동극장, 특히 *Le Temps du mépris*에 관련된 정보를 얻기 위해 Louis Miquel, Pierre-André Emery, Yves Bourgeois, Louis Pagès, André Belamich 들의 회고에 의지해야 했다. 카뮈가 Malraux의 소설을 각색한 원고 사본을 보관해둔 사람은 아무도 없는 것 같았다.

17. Yves Bourgeois.

18. Louis Miquel; Louis Pagès; André Belamich; Marguerite Dobrenn.

19. Yves Bourgeois.

20. Charles Poncet, 앞의 책; Pierre-André Emery. 1936년 4월 13일에 작성된 카뮈의 공개된 편지(Révolte dans les Asturies에 관한)에 의하면, 두 차례의 공연에 수금한 총액은 3천 프랑이었다. 관객 한 사람당 정규 기부금은 1프랑이었기 때문에, 이 사실은 매 공연마다 1,500명이 1프랑씩을 지불했다는 사실을 시사하지만, 기부금 대부분은 실제로 훨씬 액수가 많았을 가능성이 높다. 따라서 영수증을 근거로 관객의 규모를 어림해보려는 사람은 누구나 잘못 판단하기 쉬울 것이다.

21. 알제리 신문기사의 인용은 *Revue des Lettres Modernes*(Paris), Nos. 315~322(1972)에 수록된 Jacqueline Lévi-Valensi의 "L'Engagement Culture"에서 인용한 것임.

22. Charles Poncet, 앞의 책. 이 시기에 Poncet는 학생은 아니었지만 샤피노 해운회사의 정식 직원이었다. 카뮈는 두 사람이 벨쿠르의 암스테르담-플레옐 회의 때 처음 만난 자리에서 그에게 자신의 극장 계획을 말했다. 당시 Poncet는 공산주의자가 아니었다.

23. Jacqueline Lévi-Valensi, 앞의 책.

24. 이미 언급했듯이 초기 *Carnets*의 페이지가 뒤섞였기 때문에 1936년 1월과 2월의 항목들 사이에서 발견된 개요가 실제로 그 시기에 속하는 것인지를 확언할 수 없다. *La Mort heureuse*의 개요에서 그가 이듬해 여름에 했던 유럽 중부의 여행에 대한 언급이 나온 부분은 특히 그렇다. 그러나 *Noces*에 사용된 주제의 초기 형태임을 알아볼 수 있는 텍스트에는 명백히 1936년 1월이라는 날짜가 붙어 있다.(또한, 카뮈가 *Carnets*의 출판을 위해 타이프라이터 원고를 준비하는 과정에서 일기 원본을 수정했다는 점도 유의할 것. 그 사실 때문에라도 카뮈의 생애와 작품에 관련된 날짜를 *Carnets*에 의지한다는 것은 현명한 일이 아니다.)

25. Jeanne Delais, 앞의 책.

26. Jeanne Delais, 앞의 책.

27. Robert Namia.

28. 고(故) Jeanne Sicard의 회상은 카뮈 희곡의 플레야드판 작품집에 요약되어 있다. Yves Bourgeois는 좀더 상세한 내용을 제공해주었다.

29. Liliane Dulong(처녀적 성은 Choucroun)에게.

28. Jacqueline Lévi-Valensi, 앞의 책. 같은 필자는, *Révolte dans les Asturies*가 *Monde*(Henri Barbusse의 잡지) 1934년 11월호(스페인 특집호)에 게재된 André Ribard의 "Oviedo, la honte du gouvernement

espagnol"이라는 제목의 글을 아주 충실하게 따라가고 있다는 사실을 발견했다. 벽을 다이너마이트로 폭파하는 것 같은 특정한 세부는 이 글에서 취한 것이다. 또한 *Monde* 같은 호에 게재된 다른 텍스트로부터도 연극의 소재를 취했다.

29. Marguerite Dobrenn.

30. Yves Bourgeois.

31. Jacqueline Lévi-Valensi, 앞의 책.

32. Marguerite Dobrenn.

33. *La Lutte Sociale*, 1936년 4월 15~30일.

34. Yves Bourgeois.

35. *Simoun*(Oran) 1960년, 31호에서.

36. Edmond Charlot.

37. Yves Bourgeois.

9 영혼의 죽음

1. Pierre-André Emery; Charles Poncet, 앞의 책.

2. Jean de Maisonseul.

3. Marguerite Dobrenn.

4. 카뮈는 훗날 Jean Grenier에게, 총독부는 그의 경우를 오랫동안 숙고한 끝에 교수자격시험(agrégation)에 필요한 진단서 발급을 거부하도록 명령했다고 말한다. Jacques Heurgon의 말에 따르면, 카뮈의 진단서 요구는 두 차례 거부되었다.

5. Marguerite Dobrenn.

6. 유럽 중부를 관통하는 여행에 대해 앞에 나온 것과 현재 진행 중인 내용 대부분은 Yves Bourgeois의 증언이다. Marguerite Dobrenn과, Léon Cottenceau와 Liliane Dulong(처녓적 성은 Choucroun)을 포함한 다른 사람들로부터도 보충 자료를 얻었다. 필자는 Bourgeois가 준 자료뿐 아니라 두 여행자와 동행했던 그 자신의 말도 활용했는데, 그의 말은 필자 자신이 직접 그들과 동행했을 경우보다 훨씬 더 생생하기 때문이다. 그러나 필자는 여기에 날짜라든가 다른 세부를 덧붙였는데, 물론 그 점에 대해서 Bourgeois는 책임이 없다.

7. Marguerite Dobrenn.

8. 친구들과의 사적인 대화에서.

9. Marguerite Dobrenn.

10. Marguerite Dobrenn.

11. 카뮈가 프라하에서 Franz Kafka의 무덤을 방문했을지 여부를 추측하는 것은 재미있는 일이다. 그는 분명 1933년 갈리마르에서 Bernard Groethuysen의 서문과 함께 발행된 *The Trial*을 읽었을 것이다. 그러나 Bourgeois는 필자에게, 그들이 방문한 유대인 묘지에는 20세기에 새로 생긴 무덤이 없었으며, 자신들이 Kafka의 무덤을 찾아보았는지, Kafka에 대해 말을 나눈 적이 있었는지에 대해서는 기억하지 못한다고 말했다.

10 세상 위의 집

1. Antoinette Acault.

2. Jean Grenier, Albert Camus, 앞의 책.

3. Jean Grenier, 같은 책.

4. Marguerite Dobrenn.

5. Charles Poncet; 그리고 Poncet, 앞의 책.

6. Yves Bourgeois.

7. Pierre-André Emery; Robert Namia.

8. Marguerite Dobrenn.

9. Yves Bourgeois.

10. Marguerite Dobrenn.

11. Edmond Charlot.

12. Marguerite Dobrenn.

13. Pierre-André Emery; Louis Miquel; Yves Bourgeois.

14. Emmanuel Roblès.

15. Christiane Davila(처녀적 성은 Galindo); Marguerite Dobrenn; Robert Jaussaud.

16. Yves Bourgeois.

17. Jeanne Delais, 앞의 책. 출전이 암시하는 바처럼, Claude de Fréminville 은 이 무렵 피쉬 별장을 치장하는 데 관여하지 않았지만, 친구들로부터 인수를 받고 나서는 자신이 직접 빌라를 다시 꾸몄다.

18. Yves Bourgeois.

19. *L'Algérie Ouvrière*(Algiers), 1936년 12월 21일자. Jacqueline Lévi-Valensi, 앞의 책에 인용됨.

20. Marcel Chouraqui; Marguerite Dobrenn.

21. Liliane Dulong(처녓적 Choucroun).

22. Carl A. Viggiani, 앞의 책.

23. Pierre-André Emery.

24. Liliane Dulong(처녓적 Choucroun).

25. Marguerite Dobrenn.

26. Jeanne Delais, 앞의 책.

27. '문화의 집' 관련 서류의 소유권은 Emile Scotto-Lavina에게 있다.

28. Lucienne Jean-Darroy, *L'Echo d'Alger*(Algiers), 1937년 2월 10일자.

29. Anne de Vaucher-Gravili, "Claude Aveline et Albert Camus", *Annali della Facoltà di Lingue e Letterature Straniere di Ca' Foscari*(Venice), 1976년 9월호에 수록됨.

30. Catherine Lerouvre, "Amour de la vie", *Simoun*(Oran), 1960년, 31호에 수록됨. Lerouvre는 그 일화가 일어난 것이 1936년이라고 했으면서도, 카뮈가 그때 이미 *Alger Républicain*에서 일하고 있었다고 말하고 있다. 따라서 그 일화가 실제로 일어난 것은 1938~39년일 가능성이 있다.

31. Jacqueline Lévi-Valensi, 앞의 책.

32. Charles Poncet.

33. Jacqueline Lévi-Valensi, 앞의 책.

34. Liliane Dulong(처녓적 성은 Choucroun).

35. Jacqueline Lévi-Valensi, 앞의 책.

36. Charles Poncet.

37. Marguerite Dobrenn.

38. Louis Benisti.

39. Louis Miquel.

40. Pierre-André Emery.

41. Louis Miquel; Robert Jaussaud 부부.

11 전환점

1. Edmond Charlot.

2. 플레야드판 카뮈 작품집에 재수록됨.

3. Charles Poncet, 앞의 책.

4. Liliane Dulong(처녓적 성은 Choucroun).

5. Louis Benisti.

6. Jacques Heurgon과 Marguerite Dobrenn은 1937년 여름에 관련한 주요 정보원이다.

7. Liliane Dulong; Marguerite Dobrenn; Jacques Heurgon; Jeanne Delais, 앞의 책.

8. 카뮈의 *Carnets*에는 1937년 8월 날짜로 부분적인 개요와, *La Mort heureuse*를 위한 또 다른 자료가 들어 있지만, 카뮈가 이들 메모를 적어 놓았던 노트 원본을 잘라냈기 때문에 프랑스어 초판에서는 개요의 나머지 부분들이 40페이지 앞쪽에 인쇄되었다. 아니면 이 소설에 그보다 더 앞선 이형(異形)이 있기라도 한 것일까? 카뮈가 Embrun에서 Christiane Galindo에게 써보낸 메모를 보면, 그가 이런 원고 하나를 버렸음을 짐작케 한다.

9. Jean Varille. 그는 1961년 아버지의 뒤를 이어, 성의 소유주이며 펠로우십을 지원하는 로랑-비베르 재단의 이사장이 되었다. Varille은 카뮈가 자기 부친의 손님으로 온 적이 있었다고 기억하고 있다. Grenier의 에세이 "Cum apparuerit……"는 소책자로 출간되기 전인 1930년 5월에 *Nouvelle Revue Française*에 발표되었다.

10. Jacques Heurgon과 Marguerite Dobrenn은 1937년 여름에 관련된 주요 정보원이다.

11. Jacques Heurgon; Liliane Dulong. 카뮈는 Carl Viggiani에게, 자신이 라틴어 교사로 임명된 적이 있다고 말했다. Viggiani, 앞의 책. 카뮈가 시디 벨 아베스에 교사로 초빙되었을 무렵 Jeanne Sicard는 그곳에서 40마일 떨어진 틀렘센의 학교에 교사로 임명되었다. 그녀는 딱 하루 동안 아이들을 가르친 다음 교장에게 가서 자신이 극단에서 더 좋은 일자리를 제안받았다고 말한 다음 학교를 떠났다. Marguerite Dobrenn.

12. 제2차 세계대전 이후 *Combat*에 있을 때 카뮈는 시디 벨 아베스를 반동의 보루라고 표현한 적이 있는데, 그곳 벽에는 "히틀러 만세"라든가 "프랑코 만세" 같은 낙서가 적혀 있었다고 한다. 1945년 8월 4일자.

12 정당

1. Jean Grenier, *Albert Camus*, 앞의 책.

2. Max-Pol Fouchet, 앞의 책.

3. 교정자 조합에서 한 연설. *A Albert Camus, ses amis du livre*(Paris,

1962)에 수록됨.

4. Viggiani, 앞의 책.

5. Charles Poncet, 앞의 책.

6. Jean de Maisonseul.

7. Louis Miquel.

8. Pierre-André Emery.

9. Viggiani, 앞의 책.

10. Amar Ouzegane. 1938년 초, Robert Deloche와 충돌한 후 그는 사무 장직과 *La Lutte Sociale* 편집장직을 사퇴했지만, 정치국 임원으로 잔류 했다. 공산당 활동이 금지되자 지하 활동에 참여했으며 1939년 8월 스탈 린-히틀러 협정에 대한 비판을 거부했다는 이유로 시의회에서 제명되었 다. 그는 1940년 7월에 체포되어 억류되었으며, 수용소에서는 반나치 선 전을 전파하려 했고, 군 형무소에서 8개월 수감 후 방면, 1943년 4월 27 일 미군이 상륙하고서도 거의 6개월이 돼서야 풀려났다. 그는 PCA의 제3 서기였다가 제1서기가 되었으며(1944년), 1945년 5월 폭동과 학살 사건 이후에는 반란자에 대한 사면 운동을 주도했다.(이슬람 교도 선거인단에 서) 8만 이상의 표를 얻어 알제 대의원에 선출된 그는 1946년 파리 제헌 국민의회의에 피선되었다. 제3회 PCA 대회 때는 본토의 당과의 알력 때 문에 지위가 강등되었다. 1948년 무렵에는 공산주의자에 대한 공공연한 폭동에 가담하여 추방되었다. 1950년 그는 이슬람 교도 종교 지도자들과 손잡고 정치 활동에 개입했으며 1955년 1월에는 민족해방전선에 가입, 민족전문위원회 위원이 되었다. FLN의 지하 투사들은 1956년 8월 그가 작성한 전쟁 프로그램 초안을 채택했다.

11. Amar Ouzegane.

12. Emile Padula. 또한, Mohamed Lebjaoui의 *Vérités sur La Révolution Algérienne*(Paris, 1970).

13. Yves Dechezelles. 또한, Mohamed Harbi의 *Aux Origines du Front de Libération Nationale: la scission du P.P.A.-M.T.L.D.*(Paris, 1975).

14. Georges Lefranc, 앞의 책.

15. Jean Chaintron.

16. Robert Namia.

17. Jean Chaintron. 알제를 떠난 후 "Barthel"-Chaintron은 당에 의해 스 페인 내전에서 국제여단에 복무하도록 파견되었다. 나치의 프랑스 점령

기에는 남프랑스에서 공산주의자 저항운동의 지도자로 활동했다. 체포되어 사형 선고를 받았지만 프랑스 가톨릭 교회가 Pétain에 탄원하여 목숨을 구하고 종신형으로 형량이 바뀌었다. 그는 탈출하여 리무쟁 지역에서 반독 유격대를 총괄했으며 프랑스가 해방되자 오트−비엔의 지사가 되었다.(카뮈의 몇몇 친구들, 그리고 아마 카뮈 자신도, 해방 후 새 지사의 사진을 보고서야 "Barthel"의 본명을 알게 되었다.) 그는 제20차 소비에트 공산당 대회 이후 당과 의견이 엇갈리기 시작했다. 그 대회에서 그는 프랑스 공산당 역시 비(非)스탈린화를 필요로 한다는 견해를 피력함으로써 제명되었다.

18. Eli Mignot.

19. Amar Ouzegane.

20. Yves Dechezelles. 또한, Mohamed Harbi의 *Aux Origines du Front de Libération Nationale: la scission du P.P.A.−M.T.L.D.*(Paris, 1975).

21. André Abbou.

22. Amar Ouzegane. 그는 당이 ENA에 등을 돌리지 않았지만 ENA는 특히 비공산주의계 운동이며 공산주의자 발기인을 제명시킨 민족혁명당을 휘하에 받아들임으로써 당에 맞서고 있다고 여겼다.

23. Jean Grenier.

24. Jean Chaintron.

25. 주요 출처는 Charles-Robert Ageron, *Histoire de l'Algérie contemporaine*(Paris, 1974); Edouard Bonnefous, *Histoire politique de La Troisi?me Republique*(Paris, 1965); J. Droz, *Socialisme el syndicalisme de 1914 à 1939*(Paris, n.d.); Charles-André Julien, "Léon Blum et les Pays d'Outre-Mer", in *Léon Blum chef de gouvernement*(Paris, 1967); Jules Moch, *Le Front Populaire, grand espérance*(Paris, 1971). 그 당시 이슬람 교도는 개인적으로 프랑스 시민권을 신청할 수는 있었지만 프랑스 시민이 아니었다. Chaintron에 의하면, 블룸−비올레트 법안이 도입되었을 당시 공산주의자들은 반대했지만 수정안에는 동의했다. 제10장에 나온 대로, 카뮈가 블룸−비올레트 법안을 지지하는 청원서를 발표했을 때 이는 당 정책과 노선을 같이하는 것이었다.

26. Amar Ouzegane.

27. Marguerite Dobrenn.

28. Amar Ouzegane.

29. Amar Ouzegane.

30. Amar Ouzegane.

31. Emile Padula.

32. Amar Ouzegane.

33. Maurice Girard.

34. Paul Raffi.

35. Emile Padula.

36. Maurice Girard.

37. Amar Ouzegane. 위에서 언급했던 제명은 그의 "민족편향자"적인 관점 때문이었다. 그 당시 식민지 독립에 반대하라는 당의 지시에 대해서는 당수 Maurice Thorez가 1937년 12월 제9차 공산당 대회에서 한 연설을 참조할 것. Jean-Paul Brunet, *L'Enfance du Parti communiste*(Paris, 1972)에 게재됨.

38. Amar Ouzegane.

39. Jeanne Delais, 앞의 책.

40. Jacqueline Lévi-Valensi, 앞의 책. 어느 목격자는, 격론이 벌어졌을 때 카뮈가 Prédhumeau에게 한 말을 기억하고 있다. "나의 당에서 당신 같은 사람들은 추방되어야 해." 또는 그런 취지의 말이었는데, 그것은 그 언쟁이 정치적인 것이며 Prédhumeau가 당원이 아님을 시사하는 것이다. Charles Poncet. Prédhumeau는 스스로를 유명한 공산주의 이탈자인 Bukharin 또는 Zinoviev의 추종자로 일컬었다. Yves Bourgeois.

41. Raymond Sigaudès.

42. Yves Bourgeois.

13 집단극장

1. *Carnets*에서 Cahier II로 수록된 두 번째 학교 노트는 1937년 9월 22일부터 시작된다. 원래의 원고는 온전한데, 그 사실은 당시 그 안에 기록된 것 가운데 아무것도 없어지지 않았음을 의미한다. 그런 반면 온통 떼어낸 자리와 짜맞춘 자리가 있는 Cahier I은, 이 일기가 단순한 사적인 감정의 기록 이상의 내용이었던 시기와, 그러한 감정이 파탄에 이른 카뮈의 첫번째 결혼과 관련된 정확한 시기에 자기검열이 이루어졌음을 시사한다.

2. Louis Miquel.

3. Max-Pol Fouchet, 앞의 책.

4. Gabriel Audisio, *L'Opéra fabuleux*(Paris, 1970).

5. Gabriel Audisio.

6. 플레야드판 카뮈 작품집에 인용되어 있기는 하지만 날짜는 틀리다.

7. Gabriel Audisio.

8. Jean Coulomb. Coulomb은 카뮈를 자기에게 소개시켜준 사람이 Paul Seltzer였다고 기억한 반면, Seltzer는 자신은 카뮈가 연구소에서 일을 시작할 때까지는 카뮈를 알지 못했으며, 자기를 카뮈에게 소개시켜준 사람은 Jean Grenier가 아니면 다른 사람이 분명하다고 말했다.(Jean Grenier 부인에 의하면, Coulomb은 René Poirier 교수도 알고 있었다.)

9. Jacques Heurgon; Liliane Dulong(처녓적 성은 Choucroun).

10. 플레야드판 카뮈 작품집에서 인용됨.

11. Jean Coulomb; Paul Seltzer. Coulomb은 알제리를 떠난 뒤 지구물리학 연구소, 국립 과학연구 센터, 국립 우주연구 센터, 프랑스 과학아카데미 등을 거치면서 걸출한 경력을 쌓게 된다.

12. Paul Seltzer. Seltzer 박사는 카뮈가 평균치를 산출한 방식을 설명해놓은 원고 용지를 보관했다.

13. Pascal Pia.

14. Jean Coulomb.

15. 플레야드판 카뮈 희곡집에 재수록됨.

16. Emmanuel Roblès.

17. 카뮈가 읽고 인정한, Blanche Balain이 쓴 회고록 원고.

18. Charles Poncet, 앞의 책.

19. 카뮈가 읽고 인정한, Blanche Balain이 쓴 회고록 원고.

20. Jacques Heurgon.

21. Marguerite Dobrenn.

22. Jacques Heurgon.

23. Charles Poncet, 앞의 책.

24. Charles Poncet, 앞의 책.

25. *L'Echo d'Alger*(Algiers), 1938년 3월 2일자. Raymond Sigaudès로부터. 그는 집단극장의 다른 연극에 관련된 유사한 문서도 제공해주었다. Mercier는 또한 Gide의 연극에 나오는 "보티첼리 풍의 매력적인 옷차림을 한 젊은이"로 나온 젊은 여성이 누구인지 알아보지 못했는데, 그 여성

도 Sicard였다.

26. BT2(*Bibliothèque de Travail*)(Cannes), 1976년 6월호; Blanche Balain이 마련한 카뮈 특집호.

27. Jacques Heurgon.

28. Christiane Davila(처녓적 성은 Galindo). Davila 부인은 카뮈가 방금 대화를 나눈 사람이 Heurgon인지 Grenier인지 기억하지 못했다. 분명 Grenier가 의논 대상이기는 했지만, 그는 1937~38년도 학년말(7월)에는 알제를 떠나 있었다. 이듬해에는 방브의 리세 미슐레에서 가르쳤고, 그 다음 짧은 군복무를 한 다음 릴 대학의 교수로 임명되었다. 1945년에서 1950년까지는 카이로와 알렉산드리아에서 가르쳤고 1962년 소르본 교수로 임명될 때까지는 릴 대학으로 돌아와 있었다.

29. 카뮈가 Heurgon과 Grenier에게 보여주기 전 1938년 여름에 *La Mort heureuse*의 전부 또는 일부를 고쳐썼고, 따라서 스승들에게 제출한 것은 개정본이리라는 것(1938년 가을)은 생각할 수 있는 일이다. 이 경우 그 소설을 버릴 결심을 한 것은 그해 말이 된다. *La Mort heureuse*을 대신해서 카뮈의 첫번째 소설이 되는 *L'Etranger* 앞머리의 초고는 그의 일기에서 1938년 12월 날짜 바로 앞에서 발견된다.

30. Edmond Charlot. 그러나 그는 훗날 Charlot에게 *L'Etranger*에 대해 이야기하고 Charlot에게 출판할 것을 제의하기까지 했다.

31. 앞에 나오는 내용의 출처 대부분은 Jean-Pierre Faure.

32. Paul Schmidt.

33. Christiane Davila(처녓적 성은 Galindo). 그녀는 1938년 3월 25일자로 카뮈가 보낸 전보를 보관하고 있다. 그 날짜는 중요한데, 왜냐하면 *Alger Républicain*를 간행하고 카뮈를 고용한 이들이 그가 고용된 날짜를 10월에 그 일간지의 첫 호가 나오기 직전인 1938년 늦여름이나 초가을이라고 회상하고 있기 때문이다.

34. Liliane Dulong(처녓적 성은 Choucroun).

35. 카뮈가 읽고 인정한, Blanche Balain이 쓴 회고록 원고.

36. Charles Poncet, 앞의 책.

14 만남들

1. Edmond Charlot.

2. Gabriel Audisio. 또한 *Alger-Revue*(Algiers) 1960년 봄호에 실린 Gabriel

Audisio의 "Souvenirs d'Albert Camus".

3. Max-Pol Fouchet, 앞의 책. Fouchet는 문학지 *Mithra*의 전신인 *Fontaine*을 간행했다.

4. Edmond Charlot.

5. Marguerite Dobrenn.

6. Edmond Charlot.

7. Max-Pol Fouchet, 앞의 책.

8. Edmond Charlot.

9. Emmanuel Roblès.

10. Emmanuel Roblès, "Visages d'Albert Camus", *Simoun*(Oran), 1960년 7월호. Charles Poncet에 의하면 Roblès는 '문화의 집' 집회에 참석했으며, 그곳에서 Poncet는 그를 "수다스럽고 자신감에 넘치는, 풍채 좋은 공군"이라고 보았다. Roblès가 출판업자를 찾고 있어서 Poncet는 그를 Charlot에게 소개해주었다. Poncet, 앞의 책.

11. Emmanuel Roblès.

12. Christiane Davila(처녓적 성은 Galindo).

13. Marcelle Bonnet-Blanchet.

14. Albert Camus의 부인; Louis Benisti; Marcel Bonnet-Blanchet.

15. 사적인 대화에서.

16. Albert Camus의 부인; Christiane Faure.

17. Christiane Faure.

18. Christiane Davila; Robert Jaussaud 부부.

19. 주로, Pierre Galindo, Christiane Davila, Jaussaud 부부의 증언. 청년 Galindo에 대한 묘사는 Emmanuel Roblès, Chales Poncet, Christiane Faure, André Belamich로부터 나온 것임.

20. Marguerite Dobrenn.

21. Marguerite Dobrenn.

22. Marguerite Dobrenn.

23. Jacques Heurgon.

24. Paiscal Pia.

25. 카뮈는 1938년 3월 25일자로 보낸 전보에서 Christiane Davila에게 그렇게 통보했다. 제13장 참조.

26. Marguerite Dobrenn.

27. Blanche Balain; Liliane Dulong(처녓적 성은 Choucroun).

28. Paiscal Pia.

29. André Vandegans, *La Jeunesse littéraire d'André Malraux*(Paris, 1964). 또한, Francis Ponge.

30. Francis Ponge.

31. Paiscal Pia.

32. 포스터가 묘사하는 바가 무엇인가에 대해서는 견해가 상충된다. 필자는 화가 자신의 회상을 선택했다. Jean-Pierre Faure는 그것이, François Rude의 19세기 조각 작품으로 파리의 개선문을 장식하고 있는 *La Marseillaise*에 기반한 것이라고 기억했다.

33. Jean-Pierre Faure.

15 알제 레퓌블리캥

1. Pascal Pia.

2. Jean-Pierre Faure.

3. Laurent Preziosi.

4. Pascal Pia.

5. Pascal Pia.

6. 플레야드판 카뮈 작품집에서 인용. 그 작품집에는 Silone 등의 리뷰가 재수록되어 있다.

7. Jean-Pierre Faure. Pascal Pia의 말에 의하면 이슬람 교도 고용인 두 사람이 있었는데, 그들은 아마 신문사의 이슬람 교도 임원을 통해 고용되었을 것이다. 그 가운데 한 사람은 귀가 멀어서 사무 일을 보았다. 다른 한 사람은 나이가 많은 사람으로 전직 카디(이슬람법에 의거해 판결하는 재판관)였는데, 피아는 그가 경찰 정보 제공자였으리라고 생각했다.

8. Marguerite Dobrenn.

9. Georges Lefranc, 앞의 책. *Alger Républicain*에서 카뮈의 사회 문제 취재를 분석한 글로는, Jacqueline Lévi-Valensi, "La Condition sociale en Algérie," *Revue des Lettres Modernes*(Paris), Nos. 315~22(1972)를 참조할 것. 카뮈는 신문 발행 첫 달인 1938년 10월에 기명기사 일곱 건, 11월에는 여덟 건, 12월에 여덟 건, 1월에 여덟 건, 2월에 아홉 건 등을 썼음에 유의할 것. 문화 문제에 대한 비평과 에세이를 제외한 카뮈의 기사와 사설은 Lévi-Valensi와 André Abbou가 편집한 *Cahiers Albert*

Camus 3(*Fragments d'un Combat*, 1938~1940)(Paris, 1978)에 수록되어 있다.

10. Marguerite Dobrenn.

11. Christiane Davila(처녓적 성은 Galindo).

12. Jean Lacouture, *Malraux, une vie dans le siècle*(Paris, 1973).

13. Jacques Heurgon.

14. Christiane Davila(처녓적 성은 Galindo).

15. Christiane Davila(처녓적 성은 Galindo).

16. Jacques Heurgon.

17. Edmond Charlot; Marguerite Dobrenn; Blanche Balain.

18. Abbou 교수는 서명이 없는 카뮈의 기사를 확인하려는 시도에서 특히 카뮈의 인도주의적이고 도덕적인 가치 체계, 정치관을 주시했지만, 그와 동시에 정부의 언어 폭력에 대한 끊임없는 언급에도 유의했다. Abbou는 이런 방식으로 1938년 12월에서 1939년 1월 사이에 Messalie Hadj의 알제리 인민당(PPA) 회원에 대한 무기명 재판 기사와, (사소한 범죄를 저지른 후) 당국을 피해 달아났다가 호송병의 말꼬리에 묶인 채로 60마일이나 끌려와야 했던 알제리 이슬람 교도를 변호한 좌파 종교 단체의 회원 두 사람에 대한 무기명 재판 기사들을 카뮈의 것으로 여기고 있다. 그 사건은 영토의 남부에서 임의로 자행되고 있는 정의의 상징이었으며, 카뮈는 그 이미지를 훗날 자신의 소설 "L'Hôte"에서 사용하게 되는데, 소설 속의 희생자는 3킬로미터(또는 2마일이 채 안 되는 거리)를 걷는 데 그친다. André Abbou, "Combat pour la justice," *Revue des Lettres Modernes*(Paris), Nos. 315~22(1972).

19. Laurent Preziosi.

20. 주로 Abbou, "Combat pour la justice," 앞의 책.

21. 주로 Abbou, "Combat pour la justice," 앞의 책.

22. *Vérités sur la Révolution Algérienne*(Paris, 1970). 그러나 Lévi-Valensi와 Abbou는 이른바 이 "폭로"에 의혹의 시선을 던지고 있다. *Cahiers Albert Camus 3*, 앞의 책.

23. Amar Ouzegane.

24. 주로 Abbou, "Combat pour la justice," 앞의 책.

25. Emmanuel Roblès.

26. Pascal Pia, "D'Alger Républicain à Combat," *Magazine Littéraire*

(Paris), 1972년 9월호.

27. Edmond Brua.

28. Charles Poncet, 앞의 책.

29. André Veillard, *La Revue Algérienne*(Algiers), 1939년 4~5월.

30. Jacques Heurgon.

31. Emmanuel Roblès.

32. Emmanuel Roblès, "Jeunesse d'Albert Camus", *Hommage à Albert Camus*(Paris, 1967).

33. Robert Namia.

34. Laurent Preziosi.

16 1939년 9월

1. Jacques Heurgon.

2. Albert Camus 부인.

3. Blanche Balain.

4. Edmond Charlot.

5. Christiane Davila(처녓적 성은 Galindo).

6. Emmanuel Roblès.

7. Benisti는 그 대화를 나눈 시점이 1941년 12월(사실상 *L'Etranger*는 그 몇 달 전에 완성되었다) 오랑에서였다고 했다. 앞서 말한 대로, 카뮈는 1938년 가을 일기에 "오늘, 엄마가 죽었다"고 썼지만, 그때는 뫼르소가 극장에 간다는 언급은 없었다. Galliero는 알제의 토착민 구역에 낡고 냄새 나는 스튜디오를 갖고 있었는데, 잠은 간이침대에서 잤다. 오랑을 방문했을 때는 Camus-Faure네 공동주택에서 바닥에 매트리스를 깔고 잠을 잤다. Christiane Faure. Galliero가 군복무 중에 그린 과슈화(畵)에 대해 비교적 호평을 한 Paul Raffi의 리뷰가 있다. *La Revue Algérienne*, 1939년 2월호.

8. Christiane Davila; Pierre Galindo.

9. Christiane Faure.

10. 군사수첩(*Livret individuel*); Albert Camus 부인.

11. Pierre-André Emery; Robert Jaussaud.

12. Pascal Pia; 또한 Pia, 앞의 책.

13. Jean-Pierre Faure. 그는 1년 후인 1941년 7월 전쟁포로가 되어 튀니지

에서 돌아왔다.

14. Pascal Pia; 또한 Pia, 앞의 책.

15. Jean-Pierre Faure; Pascal Pia.

16. Emmanuel Roblès, "Jeunesse d'Albert Camus," 앞의 책.

17. Pascal Pia; 또한 Pia, 앞의 책.

18. Pierre-André Emery.

19. André Abbou, "Variations du discours polémique", *Revue des Lettres Modernes*(Paris), Nos. 315−22(1972).

20. Charles Pocet, 앞의 책.

21. Louis Miquel.

22. Gabriel Audisio.

23. Pascal Pia; 또한 Pia, 앞의 책.

24. Louis Miquel.

25. Louis Miquel.

26. Pascal Pia.

27. Jean-Pierre Faure. Faure가 떠났을 때 그의 직무를 일부 인계했던 Jacques Régnier의 말에 의하면, 어느 날 새벽 2시에 경찰이 윤전기가 돌아가고 있는 *Soir Républicain* 인쇄 공장에 들이닥쳐 직원들을 모두 몰아내고는 쇠막대로 기계를 운전할 수 없는 상태로 만들었다고 한다. 그러나 Pia는 이 사건을 전혀 기억하지 못했으며, 어쩌면 그 사건이 신문사가 문을 닫고 자신이 프랑스로 돌아가고 난 뒤의 일일지도 모른다고 했다. 또한 Pia는 총독이 신문사 이사진과 가진 회의도 기억하지 못했다. Régnier에 의하면 경찰은 정기적으로 신문 가판대나 신문팔이들, 심지어 인쇄 공장에서까지 신문을 압수하곤 해서 신문사 운영을 방해했다. 그러나 경찰이 떠나자마자 신문사 임원과 종업원들은 새로 신문을 찍어 비밀리에 배포했다.

28. Liliane Dulong(처녓적 성은 Choucroun).

29. 1941년(5월 24일) *La Tunisie Française*에 발표된 두 번째 에세이 "Comme un feu d'étoupes" 역시 1939년 11월, 즉 비시 정부가 아니라 (그때는 아직 존재하지 않았다) 프랑스의 전쟁 활동에 대한 카뮈의 저항이 극에 달했던 때의 일기에 씌어진(보르지아의 교황들에 대한) 언급과 더불어 시작되고 있다. 1941년 이들 에세이가 튀니지에 발표되었을 때 그곳 식민지는 비시 정부에 의해 통치되고 있었다. 이런 문맥으로 볼 때

이 에세이 역시 1943~44년의 저항이라기보다는 1939~40년의 저항을 반영하고 있는 듯이 보인다.

30. Emmanuel Andréo의 부인; Henri Karcher의 부인(처녓적 이름은 Gilberte Andréo); Christiane Davila. 또한, 그 당시나 그보다 일찍 카뮈에게 정부의 지원을 받는 선전지에 일자리를 줌으로써, 혹은 그의 책 *Noces*을 잔뜩 구입해줌으로써 그를 "매수"했다면 총독으로서는 다행한 일이 되었을 것이라는 말도 있다.

31. Albert Camus의 부인.

32. Christiane Davila(처녓적 성은 Galindo).

33. Louis Miquel.

17 파리 수아르

1. Pascal Pia.

2. Christiane Davila(처녓적 성은 Galindo).

3. Jacques Régnier; Pascal Pia.

4. Henri Cauquelin; *A Albert Camus, ses amis du livre*(Paris, 1962).

5. Pascal Pia; Enrico Terracini.

6. Pascal Pia.

7. Enrico Terracini; Albert Camus의 부인.

8. Henri Cauquelin.

9. Janine Gallimard 부인(처녓적 이름은 Janine Thomasset).

10. Pascal Pia.

11. 주로 Janine Gallimard, Henri Cauquelin, Pascal Pia; 또한 Rirette Maîtrejean, Daniel Lenief 등, *A Albert Camus, ses amis du livre*, 앞의 책.

12. Henri Cauquelin.

13. Daniel Lenief, *A Albert Camus, ses amis du livre*, 앞의 책. 그러나 Charles Poncet는 마지막 2행을 다음과 같이 기억했다.

그녀는 삼위일체 축일에 죽었다네,
그것이 운명이었네.

Poncet, 앞의 책.

14. Georges Altschuler, "Albert Camus journaliste", *L'Ecole et la Vie*

(Paris), 1960년 2월 6일.

15. Pierre Salama; Janine Gallimard.

16. Pierre Salama.

17. Emmanuel Andréo의 부인; Marcel Paute.

18. Henri Cauquelin.

19. Liliane Dulong(처녓적 성은 Choucroun).

20. Adalbert de Segonazc.

21. Pascal Pia.

22. Pierre Salama.

23. 플레야드판 카뮈 작품집에서 인용; 또한 Raymond Sigaudès; Emile Scotto-Lavina.

24. Léon Cottenceau 박사.

25. Albert Camus의 부인; *A Albert Camus, ses amis du livre*, 앞의 책.

26. Albert Camus의 부인.

27. Pascal Pia.

28. Philippe Boegner, *Oui, patron*······(Paris, 1976); Robert Aron, *Histoire de Vichy*(Paris, 1954).

18 오랑

1. Albert Camus의 부인; Christiane Faure.

2. Laurent Preziosi.

3. Edmond Charlot.

4. Emmanuel Roblés. 카뮈는 전후에 다시 한 번 '시와 연극' 총서에 매달 렸다. 총서의 마지막 책은 전 세계에서 번역되고 공연된 Roblés의 성공 적인 희곡 *Montserrat*였다.

5. Pierre-André Emery. 또한 공연 허가를 받기 위해 그 작품을 당국에 제 출했으나 거절당했다는 이야기도 있었다.

6. Charles Poncet.

7. Louis Benisti. Charlot는 Benisti가 말하는 계획에 포함된 젊은 여성 가 운데 한 사람인 Françoise Moeurer에게 자신의 서류와 카뮈의 원고를 비롯해서 집단극장의 기록을 맡겼다. 그러나 비시 정부 시절에 Moeurer 의 어머니는 수색을 당할 것에 대한 두려움 때문에 서류를 모두 불에 태 웠다. Edmond Charlot.

8. Pierre Galindo. 카뮈는 훗날, 연합군 상륙을 대비하고 있던 알제와 오랑의 그룹이 자신과 접촉했으나 당시 그들의 활동은 미미한 것이었다고 말했다. Christiane Faure.

9. Charles Poncet. 1941년 말 혹은 1942년 초에 카뮈는 소련군의 강력한 저항에 감탄했다. "그것은 소련 정부가 대중으로부터 인정받고 있다는 의미야."

10. Robert Namia. 무사히 미국으로 탈주한 후 Pacciardi는 반파시스트 망명자 간행물의 편집자가 되었으며, 이탈리아로 돌아와서는 신문사 편집자, 정부의 부수상, 국방장관이 되었다.

11. Enrico Terracini; Miriam Chiaromonte. 혹은, Terracini가 그를 피쉬 별장에 데려갔고 그곳에서 카뮈와 만났다.

12. Albert Camus의 부인.

13. Nicola Chiaromonte, "Albert Camus", *Dissent*(New York), 1960년 여름호.

14. Christiane Faure.

15. Albert Camus의 부인.

16. Robert Namia. Namia는 훗날 연합군 심리전부의 언론 담당국 편집장으로 일했으며, 이탈리아와 남프랑스, 독일에서는 프랑스군 소속으로 종군했다. 그는 Claude Bourdet의 *Combat*, Emmanuel d'Astier de la Vigerie의 *Liberation, L' Express, Jeune Afrique, Révolution Africaine*(Algiers*), Nouvel Observateur*에 관여하게 된다.

17. Albert Camus의 부인

18. Jean Paulhan 문서(Jacqueline Paulhan 부인); Pascal Pia.

19. Madeleine Bénichou; Albert Camus의 부인; Christiane Faure. 나중에 카뮈가 오랑으로부터 떠나고 미군이 상륙하고 나서 Bénichou는 쿠르 데카르트(Cours Descartes)라는 사립학교를 설립했다. 그 학교는 유대인뿐 아니라 비유대인도 받았으며 전후에는 학생수 1,300명에 이르는 교육기관으로 성장했다. Christiane Faure 자신은 바칼로레아를 준비하는 유대인 학생들을 위해 무료 과외를 해주었으며, 그녀의 동생 Suzy도 유대인계 학교에서 아이들을 가르쳤다.

20. 카뮈는 Viggiani에게, 자신이 프랑스어, 철학, 문학, 역사, 지리를 가르쳤다고 했다. Viggiani, 앞의 책.

21. 플레야드판 카뮈 작품집에서 인용.

22. Edmond Brua.

23. Emmanuel Roblès. 그는 훗날 1948년 파리의 Charlot이 출판한 *Les Hauteurs de la ville*에서 이 티푸스 유행을 활용한다. 그 책은 그해 페미나상을 수상했다.

24. Albert Camus의 부인.

25. Christiane Faure. 카뮈는 예리한 철학자이며 Proust 숭배자(Benichou 는 Proust에 관한 책을 쓰고 있었지만 출판되지는 않았다)인 André Bénichou의 경우에는 예외를 두었던 것 같다. 카뮈는 Bénichou에게 L'Etranger의 "둘둘 만 원고"를 읽어주었으며, Bénichou 부인의 말에 의하면, 카뮈가 오랑에서 Bénichou에게 *La Peste*의 원고도 일부 읽어주었다고 한다. 훗날 파리에서 카뮈는 Bénichou와 함께 자신이 쓰고 있던 *L'Homme révolté*에 대해 의논하면서, 수정할 곳이 있으면 말해달라는 부탁을 받기도 한다. Bénichou는 1964년에 사망했다.

26. Marcelle Bonnet-Blanchet.

19 부조리

1. *Les Nouvelles Littéraires*(Paris), 1945년 11월 15일자.

2. Simone de Beauvoir, *La Force de l'âge*(Paris, 1960). 여기에서 저자는 지식인들이 점령하에서 허용되는 활동이라고 생각한 것과, 라디오 파리에서 자신이 맡았던 일을 묘사하고 있다. Pascal Ory, *Les Collaborateurs* (Paris, 1977)도 참조할 것.

3. *Cahiers André Gide 6*("Les Cahiers de la Petite Dame")(Paris, 1975)에 인용.

4. Ory, 앞의 책.

5. 주로 *Cahiers André Gide 6*, 앞의 책; *Jean Paulhan le souterrain* (Colloque de Cerisy)(Paris, 1976); *La Nouvelle Revue Française* (Paris), 1969년 5월 1일자(Paulhan 특집호); Claude Martin 편집, *La Nouvelle Revue Française 1940~43*(Lyon, 1975); Lacouture, 앞의 책. *La Nouvelle Revue Française*는 1953년 *La Nouvelle Nouvelle Revue Française*로 복간되었는데, 추가로 붙였던 "Nouvelle"은 결국 사라졌음에 유의할 것.

6. Edmond Charlot.

7. Emmanuel Roblès.

8. Christiane Davila(처녓적 성은 Galindo).

9. 주요 출처는 Albert Camus의 부인, Pascal Pia, Janine Gallimard, Paulhan 문서(Jacqueline Paulhan 부인); Jean-Claude Zylberstein; Jean Paulhan le souterrain, 앞의 책. Heller의 지위는 실제로는 전문 장교 Z(여기서 Z는 소대장 Zugführer을 의미함)였다. 그는 필자에게, 1941년 초반부터 선전반은 프랑스 출판협회와 일종의 자체 검열에 관한 협정을 맺고 서적에 대한 검열 활동을 중단했다고 말했다. Heller의 역할은 조언을 하는 옵서버로 바뀌었으며 미심쩍은 책의 간행에 대한 그의 "동의"는 비공식적인 것이었다. Gallimard 집안의 친구이며 Paulhan의 숭배자인 Heller는 Aragon의 책을 간행하거나 Sartre의 희곡을 공연하는 데 나치 당국이 개입하지 못하도록 막아주었다. Heller는 자신이 그 당시 프랑스 문화 상품에 존중은 물론 그에 대한 무지의 덕을 보았다고 느끼고 있다. *N. R. F.*의 재편성에 대해서는 *Cahiers André Gide 6*; Martin, 앞의 책, Gerhard Heller를 참조할 것.

10. 갈리마르판. 카뮈가 6월 17일 책을 한 권 받았던 것으로 봐서 실제로 책은 그보다 일찍 나왔다. 책의 인쇄 시기는 5월 중순이었을 것이다.

11. Ory, 앞의 책.

12. José Corti.

13. José Corti.

14. Beauvoir, *La Force de l'âge*.

20 페스트

1. Albert Camus의 부인; Christiane Faure; Madeleine Bénichou; Liliane Dulong(처녓적 성은 Choucroun).

2. Jacques Heurgon.

3. Albert Camus의 부인; Emmanuel Roblès.

4. Francis Ponge.

5. Francis Ponge; Roger de Darcissac. 참조: Roger de Raïssac, *Le Chambon-sur-Lignon*(Colmar-Ingersheim, 1974).

6. Jacques Heurgon; Louis Joxe.

7. Albert Camus의 부인; Emmanuel Roblès.

8. Guitton은 훗날 자신이 1943년 12월 전쟁포로로 있을 때 카뮈로부터, *Le Portrait*가 정말 마음에 들었다는 내용의 짤막한 메모를 받았다고 썼다.

개인적으로 카뮈를 알지 못했던 Guitton은 수용소 안에서 돌려보던 *L'Etranger*의 저자가, 자신이 책에 사제를 묘사해놓은 것을 보고 감탄한 사실이 놀라웠다. "Extraits d'un journal", *La Table Ronde*(Paris), 1960년 2월호. Guitton은 훗날 프랑스 아카데미 회원에 선출되었다. Jean Grenier는 Paris Comoedia 1942년 6월 27일자에, 그가 그 주간지에 게재했던 많은 기고문 가운데 하나로 Guitton의 *Le Portrait*에 관한 서평을 실었다.

9. Albert Camus의 부인; Emmanuel Roblès.

10. Blanche Balain.

11. Blanche Balain.

12. Albert Camus의 부인; Emmanuel Roblès.

13. Blanche Balain.

2 절망에 대한 반항

21 이 이방인은 누구인가

1. Pascal Pia; Henri Frenay, *La Nuit finira*(Paris, 1973).

2. Paulhan 문서(Jacqueline Paulhan 부인); 갈리마르판.

3. Francis Ponge.

4. Roger de Raïssac, 앞의 책; Pasteur Edouard Theis; Andrée Trocmé 부인; Roger Darcissac; André Chouraqui. Chouraqui는 훗날 예루살렘의 부시장이 된다.

5. Roger Darcissac.

6. Jean Blanzat, "Première rencontre," *Hommage à Albert Camus*.

7. Janine Gallimard; Dussane(Béatrix Coulond-Dussan), Maria Casarès(Paris, 1953).

8. Raymond-Léopold Bruckberger 신부.

9. Albert Camus의 부인.

10. 갈리마르판 *Le Parti pris des choses*(Paris, 1966), 시(詩)에서.

11. 같은 책.

12. Albert Camus의 부인.

13. Francis Ponge.

14. Paulhan 문서(Jacqueline Paulhan 부인); *La Nouvelle Revue*

Française(Paris), 1969년 5월 1일자 Paulhan 특집호.

15. Armand Guibert, "Limpide et ravagé", *La Table Ronde*(Paris), 1960
년 2월호.

16. Albert Camus의 부인.

17. Gabriel Audisio.

18. Louis Aragon; René Tavernier; Bruckberger 신부.

19. Guy Dumur.

20. Beauvoir, *La Force de l'âge*.

21. Blanche Balain.

22. Ponge에게 보낸 편지에서 인용한 부분은 플레야드판 작품집에 수록됨.

23. Pascal Pia.

22 점령지 파리

1. Beauvoir, *La Force de l'âge*. Malraux는 훗날 이렇게 말했다. "Sartre가
파리에서 독일 검열관의 허가를 받고 자기 희곡을 공연하고 있는 동안 나
는 게슈타포 앞에 있었다." Lacouture, 앞의 책.

2. Paulhan 문서(Jacqueline Paulhan 부인); Jean-Claude Zylberstein;
La Nouvelle Revue Française, 1969년 5월 1일자.

3. Jean Lescure.

4. Paulhan 문서(Jacqueline Paulhan 부인).

5. Jean Lescure.

6. Pascal Pia.

7. 1970년대에 Bruckberger는 바티칸 개혁에 반해서 전통 예배식을 옹호
함으로써 비정통적인 경력을 추구했으며, "교황과 프랑스 주교들에 대해
용납할 수 없는 공격을 가했다"는 이유로 도미니크 수도회의 총장(Maître
Général)에 의해 부인되었다. *Le Monde*(Paris), 1976년 10월 26일자.

8. Ponge에게 보낸 편지의 인용은 플레야드판 카뮈 작품집에서.

9. Louis Miquel.

10. Ponge에게 보낸 편지의 인용은 플레야드판 카뮈 작품집에서.

11. Ponge에게 보낸 편지의 인용은 플레야드판 카뮈 작품집에서.

12. Maria Casarès.

13. Gabriel Audisio; Edmond Charlot.

14. Ponge에게 보낸 편지의 인용은 플레야드판 카뮈 작품집에서.

15. Louis Miquel.

16. Jean Lescure.

17. Jean-Claude Zylberstein; Guy Dumur.

18. Janine Gallimard.

19. Guy Dumur.

20. René Etiemble, "D'une amitié", *Hommage à Albert Camus*.

21. Beauvoir, *La Force de l'âge*. Malraux는 훗날 이렇게 말했다. "Sartre가 파리에서 독일 검열관의 허가를 받고 자기 희곡을 공연하고 있는 동안 나는 게슈타포 앞에 있었다." Lacouture, 앞의 책.

22. Gabriel Audisio.

23. 그 직후에 Picasso는 "배우들"을 모두 그랑 오귀스탱가에 있는 자신의 스튜디오에 초대했으며, Brassaï가 그들의 사진을 찍었다. Brassaï, *Conversations avec Picasso*(Paris, 1964).

24. Beauvoir, 앞의 책.

23 투쟁

1. Frenay, *La Nuit finira*, 앞의 책.

2. Pascal Pia.

3. Jacqueline Bernard.

4. Henri Cauquelin.

5. Claude Bourdet; 또한, Bourdet, France-Observateur(Paris), 1960년 1월 17일자; Bruckberger 신부; Jacqueline Bernard.

6. Flavien Monod; Sylvère Monod; *La Revue Noire*(Paris), 1944년 3월호.

7. 추가 기사의 확인은 Norman Stokle, *Le Combat d'Albert Camus* (Quebec, 1970)에 의해 이루어짐. 그러나 Jacqueline Bernard는, 그 기사들이 작성된 여건과 공동 작업을 감안할 때 어느 기사를 누가 썼는지를 말한다는 것은 불가능하다고 생각한다.

8. Jacqueline Bernard.

9. Jacqueline Bernard.

10. Georges Altschuler; Maurice Leroy, *A Albert Camus, ses amis du livre*, 앞의 책.

11. Jacqueline Bernard.

12. 카뮈 일가가 소유함.

13. Jacqueline Bernard.

14. Janine Gallimard.

15. Janine Gallimard.

16. André Malraux.

17. Jean Lescure.

18. Lacouture, 앞의 책.

19. Dionys Mascolo.

20. Francis Ponge.

21. Lacouture, 앞의 책.

22. Lacouture, 앞의 책.

23. Beauvoir, *La Force de l'âge*, 앞의 책.

24. Jean Lescure.

25. Jean Lescure; Claude Morgan.

26. Paulhan 문서(Jacqueline Paulhan 부인); Claude Morgan. Morgan 자신은 1956년 소련이 헝가리 봉기를 진압한 후 공산주의자 친구들과 인연을 끊었다.

27. Jean Lescure.

24 오해

1. Guy Dumur.

2. Jean-Louis Barrault.

3. Dussane, 앞의 책.

4. Ponge에게 보낸 편지는 플레야드판 카뮈 작품집에서 인용.

5. "Les Cahiers de la Petite Dame", 1937~45년, *Cahiers André Gide 6*.

6. Janine Gallimard.

7. Maria Casarès.

8. Beauvoir, *La Force de l'âge*.

9. Dussane, 앞의 책.

10. Guy Dumur. 또한, Dussane, 앞의 책도 참조할 것. "결국 카뮈가 레지스탕스에서 중요한 역할을 하고 있다는 말이 나돌거나 그런 짐작들을 하고 있는데, 그것만으로도 개막식 날 밤 청중들의 3분의 1이 미리부터 그에게 적대감을 보일 것이라는 확신을 하기에 충분하다."

11. Maria Casarès.

12. Beauvoir, 앞의 책.

13. Janine Gallimard.

14. Maria Casarès.

15. *Le Figaro*(Paris) 1944년 10월 15일자. 나중에 카뮈는 *Le Malentendu*를 대대적으로 개정하게 된다. 오늘날 우리가 읽는 것은 바로 이 개정본이다.

16. *Pariser Zeitung*(Paris) 1944년 7월 16일자.

17. Ory, 앞의 책; Marc Beigbeder, *Le Théâtre en France depuis la libération*(Paris, 1959).

18. 관객이 입장료를 지불한 연극 공연에 대한 기록을 갖고 있는 프랑스 작가 및 극작가 협회에서. 실제로 *Combat*에 실린 광고에 의하면, 그 연극은 11월 6일까지 줄곧 공연되었다. 역사적 정확성을 기하기 위해, 6월 23일에는 초대 손님을 위한 시연(試演)이었을 가능성이 있고, 관객들이 야유를 보낸 것도 이때의 공연이었을 것이라는 점을 덧붙여야 할 것이다. 이 사실은, 그 당시 적어도 한 군데 일간지에서 일반 매표가 개시되는 것이 6월 24일이라고 광고한 것으로도 확인되는 것처럼 보인다. 이전에 카뮈에 대한 연구에서 개막일이 5월, 6월, 7월, 심지어는 8월이라고 한 것까지 있기 때문에 날짜를 확정한다는 것은 그만한 가치가 있는 일이다.

19. Maria Casarès.

20. Jacqueline Bernard.

21. Janine Gallimard.

22. Beauvoir, *La Force de l'âge*.

23. Janine Gallimard.

24. Beauvoir, 앞의 책.

25 해방

1. Robert Aron, *Histoire de la libération de la France*(Paris, 1959).

2. Beauvoir, *La Force de l'âge*.

3. Pascal Pia; Jacqueline Bernard.

4. Georges Altschuler; Henri Cauquelin.

5. Jean Bloch-Michel; Jacqueline Bernard; Pascal Pia.

6. Albert Camus의 부인.

7. Pascal Pia.

8. Jean Daniel, "Le Combat pour 'Combat'," *Camus*(Collection Génies

et Réalités)(Paris, 1964)

9. 앨범 "Presence d'Albert Camus"(Adès)에 녹음으로 보존되어 있음.

10. Georges Brouet 박사.

11. Georges Altschuler; Henri Cauquelin.

12. Simone de Beauvoir, *La Force des choses*(Paris, 1963).

13. Christiane Faure.

14. Claude Bourdet.

15. Georges Altschuler; Henri Cauquelin.

16. 8월 31일자, 9월 8일자, 11월 22일자 사설은 카뮈가 *Combat*에서 쓴 다른 선별된 기사 및 사설과 함께 플레야드판 카뮈 작품집에 재수록되어 있다. 이 장(章)에서 인용된 것도 같은 출처임.

17. Jacqueline Bernard. 이 이야기의 이형(異形)은 Lazare가 카뮈를 초대했는데 카뮈가 그를 온종일 기다리게 만들었다는 것이다. Jean-Pierre Vivet.

18. Jean-Pierre Vivet. Vivet는 나중에 작가 겸 편집자, 그리고 프랑스 서적상 기관지인 *Le Bulletin du Livre*의 발행자가 되었다.

19. Roger Grenier. *Combat* 이후에 Grenier는 Pia와 함께 *Agence Express*로 자리를 옮겼으며, 그 뒤로 *France-Soir*에서 일하다가 소설가가 된 다음 갈리마르 출판사 편집자로 일했다.

20. Jacques-Laurent Bost.

21. Paulhan 문서(Jacqueline Paulhan 부인).

22. Claude Morgan. 카뮈가 내세운 이유는, 자신은 일부라도 광고 수입에 재원을 의존하는 신문에는 글을 쓰지 않는다는 것이었다. 만약 이상주의자들이 원하는 대로 되었더라면 *Combat* 그 자체는 거부했을 것이다. 하지만 모두는 그런 행동 노선이 실행 불가능하다는 사실을 즉각 깨달았다. Jean Bloch-Michel.

26 최초의 투쟁

1. 플레야드판 카뮈 작품집에 수록됨. Jean Paulhan은 점령 당국에 협력한 작가들의 블랙 리스트를 만드는 데 반대했으며, 하마터면 그 문제 때문에 CNE를 사임할 뻔했다. 나중에 그는 레지스탕스 지도자들에게 보내는 공개 서한(*Lettre aux directeurs de la Résistance*)을 발표했는데, 거기에서 그는 협력자들도 나름대로 진실한 면이 있었다고 주장했다.

2. Georges Altschuler.

3. Roger Grenier.

4. Henri Cauquelin.

5. Daniel, "Le Combat pour 'Combat'," 앞의 책.

6. Edmond Charlot.

7. Georges Altschuler.

8. 카뮈가 한 말에서. Albert Camus의 부인.

9. Jean Bloch-Michel; Daniel, *Le Temps qui reste*.

10. Georgette Elgey, *La République des illusions*(Paris, 1965). 그러나 *Combat*에서 일했던 원래의 팀 중에서 이 표현을 기억하는 사람은 없었으며, "오카피아"의 생존 멤버인 Pascal Pia조차 기억하지 못했다.

11. Pierre Blin, Georges Roy, Daniel Lenief, *A Albert Camus, ses amis du livre*.

12. Edmond Charlot; Jean-Claude Zylberstein; Blanche Balain.

13. Robert Jaussaud.

14. Robert Namia.

15. Pierre-André Emery.

16. Jean Bloch-Michel.

17. 플레야드판에 수록된 서지는 *Combat*에 실린 카뮈의 기사가 중단된 적이 없음을 시사하고 있지만, Roger Grenier가 증언하고 있는 것처럼, "Suétone"라는 서명이 들어간 기사가(특히 이 시기에는) 모두 카뮈가 쓴 것이 아닐 가능성이 높다.

18. "Les Cahiers de la Petite Dame", *Cahiers André Gide 6*.

19. Ory, 앞의 책.

20. Jacques Isorni, *Le Procès de Robert Brasillach*(Paris, 1946).

21. Ory, 앞의 책.

22. Christiane Faure.

23. Albert Camus 부인.

27 전쟁의 끝

1. George Altschuler; Jean Bloch-Michel; Roger Greiner.

2. Pascal Pia.

3. 플레야드판 카뮈 작품집에 재수록됨.

4. "Les Cahiers de la Petite Dame", *Cahiers André Gide 6*.

5. Jacques Heurgon.

6. Albert Camus의 부인.

7. Robert Jaussaud.

8. Rober Grenier.

9. Gabriel Audisio. *Algeria* 1948년 10월호를 참조할 것.

10. Jacqueline Bernard.

11. André Salvat의 *Le Combat silencieux* 서문. 플레야드판 카뮈 작품집에 재수록됨.

12. Frenay, 앞의 책.

13. Georges Altschuler.

14. Jacqueline Bernard.

15. Frenay, 앞의 책.

16. Jacqueline Bernard.

17. Jean Bloch-Michel.

18. *Claude Bourdet contre Henry Smadja, Plaidoirie de Me Boissarie*, 1950년 12월 20일.

19. Claude Bourdet.

20. "Les Cahiers de la Petite Dame", *Cahiers André Gide 6*.

21. Beauvoir, *La Force des choses*.

22. Janine Gallimard.

23. Albert Camus의 부인.

24. Janine Gallimard.

25. Janine Gallimard.

26. *Bulletin de la Société des Amis de Georges Bernanos*(Paris), 1962년 3월. *Alger Républicain* 1939년 7월 4일자에서 카뮈는 Bernanos의 왕 정복고주의자가 될 권리를 옹호한 적이 있다.

27. Georges Altschuler.

28. Albert Camus 부인.

찾아보기

ㄱ

갈랭도, 크리스틴 232, 258, 261, 261, 265, 285, 342, 347, 363, 381, 404, 405, 407, 425, 433, 505

갈랭도, 피에르 259, 363, 407, 422, 450, 456, 465, 648

갈리마르, 가스통 434, 473, 474, 477, 480, 481, 545, 551, 556~ 558, 601

갈리마르, 레몽 473, 480, 482, 483, 551

갈리마르, 미셸 434, 522, 523, 551, 558, 559, 577, 581, 582, 601, 608~610, 672~674, 676

갈리마르, 자닌 436, 438, 440, 522, 523, 535, 552, 557, 559, 578, 579, 591, 595, 601, 608~610, 674

갈리마르, 피에르 434, 440, 522, 578, 601, 608, 610, 621

『결혼』 85, 161, 228, 231, 232, 279, 281, 323, 354, 358, 367, 382, 383, 389, 392, 487, 659, 673

『고통』 132

「교정된 창조」 553

『구토』 488, 489

그르니에, 로제 629, 630, 637, 663

그르니에, 장 53, 55, 95, 111~ 113,

115, 116, 121, 124, 125, 127, 130~135, 137, 138, 141, 142, 144, 152, 154~156, 164, 170, 175, 183~187, 192~195, 206, 217, 223, 224, 233, 253, 254, 281, 285, 292, 295, 300, 326, 356, 367, 407, 425, 431, 478, 480, 486, 487, 489, 491, 505, 506, 524, 539, 547, 593

「긍정과 부정 사이」 116~118

ㄴ

「누더기를 걸친 그리스」 389

『뉴욕 타임스』 44

니체, 프리드리히 130, 136, 141, 422, 545

ㄷ

「단두대에 대한 성찰」 79

『데페슈 알제리엔』 189, 310, 345, 349, 373, 391, 392

『도멘 프랑세즈』 543, 544

도브렌, 마르그리트 94, 204, 205, 208, 210, 220, 228, 231, 254, 256~258, 261, 265, 267, 285, 289, 293, 360, 377, 496, 528

도스토예프스키, 표도르 미하일로비치 130, 141, 330

「독일인 친구에게 보내는 편지」 535,
  546, 670
드골, 샤를 204, 267, 459, 500, 501,
  508, 523, 537, 565, 568, 569,
  625, 643, 654, 655, 658
드리외 라 로셸, 피에르 460~462,
  473, 476, 477, 483, 484, 541,
  542, 551, 556, 557, 582, 583
드슈젤르, 이브 154, 157, 158, 181,
  319, 441

ㄹ

라발, 피에르 436, 438, 442, 633
라자레프, 피에르 428, 430, 435,
  448, 628
레니에프, 다니엘 432, 438, 446
레스퀴르, 장 542~544, 579, 584, 587
로블레, 에마뉘엘 325, 356, 357,
  397, 406, 452, 453, 464, 466,
  479, 493, 496, 503, 647
루아, 쥘 325, 479
룩셈부르크, 로자 247
「뤼테 소샬」 211, 219, 260, 270,
  303, 312, 320, 351~355
르마르샹, 자크 551, 557, 562
「리바주」 377, 381, 383, 392, 393,
  398, 462

ㅁ

마르탱 뒤 가르, 로제 293, 480
말로, 앙드레 112, 183, 186, 190,
  191, 201, 207, 208, 222, 267,
  269, 331, 344, 346, 369, 370,
  380, 395, 397, 433, 444, 457,
  461, 469, 473, 474, 477~484,
  488, 513, 514, 534, 551, 555,
  557, 562, 578, 580, 582, 583,

  626, 641, 670, 674
메를로퐁티, 모리스 561, 637, 648
메종쇨, 장 드 125, 126, 128, 129,
  150, 151, 157, 159, 165, 167,
  169, 170, 185, 204, 212, 227,
  228, 282~284
모리악, 프랑수아 484, 533, 541,
  544, 549, 557, 584, 586, 630,
  633~636, 652~654
「몹시 슬퍼하는 아이를 위한 콩트」 187
몽테를랑, 앙리 드 121, 342, 461, 473
뫼르소 80, 114, 290, 381, 408
「무어인의 집」 142, 143
「미노타우로스 또는 오랑에서의 휴
  식」 364
미셸, 장 블로슈 32, 615~617, 645,
  648, 650, 666, 667
미켈, 루이 128, 129, 157, 165, 205,
  208, 210, 227, 276, 324, 332,
  394, 425, 528, 548, 554

ㅂ

바로, 장 루이 486, 562, 590, 592,
  653
바타유, 조르주 477, 555, 562, 563
「반항에 관한 성찰」 593
「반항인」 49, 50, 160, 466, 504
발레리, 폴 461, 476, 483, 484, 486,
  544, 555, 653
「배신자」 138
「벙어리」 76, 92
베니스티, 루이 127, 128, 165, 166,
  268, 276, 277, 334, 361, 406
베르나르, 부르데 633
베르나르, 자클린 565, 567~570,
  574~577, 596, 597, 606, 607, 664
벨라미슈, 앙드레 139, 140, 177,

182, 183, 204, 210

보부아르, 시몬 드 474, 489, 534, 540, 554, 559~563, 570, 584, 593, 596, 600, 601, 608, 610, 613, 614, 624, 647~649, 671

보스트, 자크 로랑 560, 609, 637

부르데, 클로드 565, 571, 574, 627, 666~668

부르주아, 이브 206~208, 210, 217~219, 222, 224, 225, 230, 235~247, 249, 250, 255, 257, 260, 262, 263, 278, 321, 322, 332, 521

「분노의 시대」 186, 191, 201, 207 209, 210, 213, 217, 220, 230

브라지야크, 로베르 543, 605, 651~654

브뤼아, 에드몽 194, 464, 647

브뢱베르제, 레오폴드 517, 523, 524, 533, 535, 545, 548, 550, 571, 584, 673, 674

브르통, 앙드레 145, 188, 591

블랑쇼, 모리스 555, 562

블룸, 레옹 234, 306, 311, 313, 402, 403

「빈민가 병원」 101, 114, 163

「빈민가의 음성」 75, 76, 187, 188

빌뇌브, 앙드레 78, 88

ㅅ

사르트르, 장 폴 7, 34, 36, 43, 50, 375, 474, 478, 486~489, 530, 534, 539, 540, 544, 554, 559~563, 570, 571, 577, 579, 587, 590, 593, 596, 597, 600, 601, 604, 605, 608, 610, 613, 614, 625, 629, 630, 637, 639, 641, 647~649

「사막」 295

「사물의 편견」 479, 525, 526, 532, 559

「사물의 힘」 647

「사슬에 묶인 프로메테우스」 141, 263, 272, 276, 283

생테스, 앙투아네트→아코, 앙투아네트

생테스, 에티엔 61, 73, 75~79, 85, 89

생테스, 카테린→카뮈, 카테린

생텍쥐페리, 앙투안 드 481, 558

샤르, 르네 95, 647

샤를로, 에드몽 223, 258, 281, 331, 341, 342, 351, 352, 354~356, 376, 382, 383, 404, 406, 452, 456, 478, 479, 487, 553, 638, 646, 673

「섬」 130, 131, 132, 142, 144, 295

셀린, 루이 페르디낭 234, 469

「소련에서 돌아와서」 288, 321

「수아르 레퓌블리캥」 397, 412~414, 416~423, 535

스타인벡, 존 406, 469

스탕달 192, 235, 470, 484

「슬픔에 찬 데어드레」 591, 592, 595

「시사평론 1」 373

「시사평론 3」 54, 661

「시시포스의 신화」 232, 277, 358, 380, 381, 404, 408, 433, 439, 441, 447, 454, 469, 470, 477, 478, 480, 481, 485, 488, 506, 525, 531, 559, 589, 629

시카르, 잔 204, 205, 208, 217, 218, 220, 228, 231, 235, 254, 256~258, 261~263, 265, 267, 285, 289, 293, 332, 336, 337, 340,

347, 354, 366, 392, 529

실로네, 이그나치오 355, 396, 647

ㅇ

아라공, 루이 182, 288, 370, 473, 477, 532~534, 543, 557, 631

아롱, 레몽 184, 648

아르토, 앙토넹 493

아를랑, 마르셀 486, 489, 491, 496, 562

아바스, 페르하 216, 320, 662

『아스투리아스 폭동』 218~220, 224, 225, 278, 378

아코, 귀스타브 61, 109, 113, 114, 117, 121~124, 149~151, 158, 170, 171, 253, 467, 509, 529

아코, 앙투아네트 61, 71, 109, 122, 123, 169, 171

『안과 겉』 63, 70, 72, 77, 79, 80, 88, 134, 143, 187, 199, 214, 224, 279, 281, 282, 325, 356

『알제 레퓌블리캥』 345~347, 358, 365, 368, 370, 371, 374~378, 383~386, 388, 391~393, 395, 397~399, 401, 403, 407, 410~412, 414, 418, 421, 428, 451, 528, 535, 656, 661

『알제 에튀디앙』 165~167

『알제리 우브리에르』 220, 320, 338

알트슐러, 조르주 441, 616, 617, 621, 622, 627, 667

에므리, 피에르 앙드레 212, 213, 332, 335, 392, 394, 409, 413, 414

『에코 달제』 189, 211, 221, 260, 264, 270, 336, 339, 345, 348, 373, 389

N. R. F. 34, 112, 121, 130, 135, 182, 192, 201, 212, 293, 330, 355, 380, 460, 461, 463, 469, 473~480, 484, 486, 493, 496, 514, 522, 533, 534, 539, 541, 542, 551, 555, 556, 582, 597, 646, 659

엘뤼아르, 폴 478, 544, 557, 562, 584~586, 591

『여름』 52, 295

「영혼의 죽음」 246, 249, 250

오디지오, 가브리엘 324~327, 351~353, 356, 382, 417, 530, 539, 553, 562, 663

『오해』 188, 245, 248, 466, 504, 521, 525, 547, 581, 589, 591~593, 598~600, 604~606, 639

우제간, 아마르 302~304, 307, 309, 312, 314~318, 388

「음악에 대한 에세이」 135, 136

『이방인』 33, 43, 80, 83, 173, 188, 279, 290, 329, 343, 364, 365, 381, 404, 406~408, 433, 437, 439, 441, 463, 466, 469, 470, 478, 480~489, 491, 492, 496, 504, 531, 541, 556, 571, 589, 626, 629, 648

이에, 시몬 109, 145~149, 159, 164, 165, 169 171~175, 187, 193, 199, 200, 229, 231, 235, 236, 238, 239, 241~246, 249, 251, 253, 254, 256, 257, 291, 322, 333, 360, 404, 425, 445, 521

『인간의 조건』 397, 484

『잃어버린 시간을 찾아서』 138

ㅈ

『작가수첩 1』 63, 121, 199, 227,

298, 299, 323, 351, 401, 427, 449, 655

「잠든 아내 곁에 남겨둔 노트」 145

『적과 흑』 192

『전락』 34, 49

『전시조종사』 481

「젊은 알제 연대기」 392

제르맹, 루이 94~98, 265

「제밀라의 바람」 228

조소, 로베르 267, 409, 662, 663, 647

『존재와 무』 478, 561

「주검 앞에서」 161 162

지드, 앙드레 109, 121, 127, 130, 131, 138, 141, 179, 182~184, 187, 190, 269, 275, 288, 321, 336~338, 375, 376, 380, 461, 473, 476, 478, 479, 483, 555, 593, 594, 608, 646, 647, 659, 660, 670, 671

『지상의 양식』 109, 130

「지중해」 159, 161

「진정한 이야기」 392

ㅊ

『최초의 인간』 37, 49, 51, 53, 55, 63, 98, 105

「출구 없는 방」 559, 560, 570, 604, 605

치아로몽테, 니콜라 456~459

ㅋ

『카라마조프가의 형제들』 330, 358

카뮈, 뤼시앵 오귀스트 60, 62, 64~70

카뮈, 뤼시앵 54, 66, 67, 73, 76, 78, 87, 105, 117, 134, 152

카뮈, 카테린 61~63, 65~73, 75~

78, 81

카뮈, 프랑신 29, 76, 359~364, 394, 403, 404, 422, 425, 445, 446, 449, 450, 454, 457, 458, 463, 467, 495, 496, 498, 500, 503, 505, 508, 528, 529, 639, 648, 660, 671, 672, 676

「카빌리의 비참」 373, 389

카자레스, 마리아 31, 234, 523, 581, 591, 592, 594~600, 602~606, 610, 638~640

카프카, 프란츠 355, 380, 407, 488, 489

『칼리굴라』 232, 262, 381, 398, 404, 405, 463, 466, 470, 478, 479, 482, 546, 547, 553, 589, 590, 593, 600, 673

케스틀러, 아서 184, 431, 479, 647

코클랭, 앙리 432, 433, 436, 570, 577, 615, 616, 625

『콩바』 43, 365, 455, 535, 541, 547, 565~567, 571, 573, 575~577, 581, 589, 591, 597, 606, 607, 611, 614,~617, 619~621, 623~627, 629, 630, 633~639, 641~646, 649~652, 655~658, 661, 664, 666~669, 673~676

키에르케고르, 쇠렌 156, 235, 380, 489

ㅌ

『탕 모데른』 648

토마세, 자닌→갈리마르, 자닌

「티파사로의 귀환」 284

「티파사에서의 결혼」 160, 284, 285

ㅍ

파뮐라, 에밀 179, 203

파랭, 브리스 555, 557, 608

「파리 수아르」 423, 427~430, 434~
437, 439, 440, 442~444, 446~
448, 462, 475, 480, 513, 522, 552,
570, 576, 625, 628, 629, 645, 657

파제, 루이 92~96, 127, 179, 200,
205, 208, 210

「페스트」 43, 80, 466, 493, 494,
503, 504, 506, 521, 530, 537,
542, 544, 553, 575, 579, 593,
639, 651, 673

「페스트에 걸린 망명자들」 513, 544

페탱, 앙리 필리프 435, 438, 454,
519, 625, 633, 674

포르, 크리스티안 40, 360, 362, 363,
451, 467, 495, 498, 529, 626

포르, 프랑신→카뮈, 프랑신

포크너, 윌리엄 331, 355, 469

폴랑, 장 421, 461, 462, 475~477,
479~484, 486, 500, 513, 514,
522, 524, 527, 528, 533, 539,
540, 542, 544, 551, 555, 556,
562, 583, 586, 630, 633, 648,
653, 659

퐁세, 샤를 108, 180, 255, 260, 267,
275, 283, 284, 339, 349, 350, 416

퐁주, 프랑시스 479, 498, 499, 515,
516, 524~527, 530~532, 537,
544~546, 548~550, 553, 559,
582, 583

푸셰, 막스 폴 108, 109, 118, 125~
130, 140, 141, 146~148, 153,
164, 173, 205, 300, 301, 325,
352, 356, 488, 503, 647

푸아리에, 르네 154, 155, 160, 179,
181, 201, 232, 233, 359

「프랑 티뢰르」 614

「프랑스 수아르」 448, 615, 628

프레나이, 앙리 565, 569, 666~668

프레맹빌, 클로드 드 139, 140, 174,
177, 181, 204, 214~216, 223,
242, 263, 265, 274, 278, 285,
286, 290, 292, 293, 319, 320,
322, 331, 351, 352, 354, 356,
382, 383, 456, 533, 552, 647

프루보스트, 장 429, 436, 438, 439,
447, 629

프루스트, 마르셀 138, 473, 552

「피가로」 634~636, 638, 648

피아, 파스칼 346, 347, 367~369,
373~375, 377, 391, 395, 411~
413, 418, 419, 423, 425, 433,
436, 437, 444, 446, 459, 460,
462, 463, 469, 472, 476, 479,
480, 482, 496, 505, 513~515,
535, 537, 545, 567, 568, 571,
574, 576, 580, 615~618, 625,
627, 637, 641, 655~657, 664,
666, 667

ㅎ

하드지, 메살리 216, 305, 306, 311~
314, 317, 319

「행복한 죽음」 75, 77, 81, 101, 114,
175, 186, 229, 231, 246, 253,
261, 262, 290, 291, 296, 323,
329, 341, 342, 359, 365, 366,
406, 408

헤밍웨이, 어니스트 355, 406, 470,
488, 626

「희망」 433, 582

지은이 허버트 R. 로트먼Herbert R. Lottman은 미국 뉴욕에서
태어나 성장했으며, 풀브라이트 장학금을 받은 것을 계기로
처음 프랑스 땅을 밟았다. 그 당시 파리의 플로르 카페에서
알베르 카뮈를 만나게 되면서 그와 인연을 맺었다.
이후 프랑스에 살면서 『뉴욕 타임스』『새터데이 리뷰』『하퍼스』등
미국의 신문과 잡지에 기고했으며『퍼블리셔스 위클리』의
국제 특파원으로도 일했다. 1996년, 프랑스와 미국의 문화에 대한
공헌을 인정받아 프랑스 정부로부터 예술문학 훈장을 받았다.
지은 책으로『뉴욕의 알베르 카뮈』『레프트 뱅크』
『파리 함락』외에『로트실트의 귀환』『플로베르』등이 있다.

옮긴이 한기찬은 연세대학교 국어국문학과를 졸업하고
시인으로 등단한 후 번역가로 활동하고 있다. 옮긴 책으로는
한길아트에서 펴낸『고갱, 타히티의 관능 1·2』(데이비드 스위트먼),
『채플린』(데이비드 로빈슨) 외에『반지의 제왕』(J. R. R. 톨킨),
『월든』(헨리 데이비드 소로),『뉴욕 삼부작』(폴 오스터),
『지식의 지배』(레스터 C. 서로우) 등이 있다.